唐代集會總集與詩人群研究（第二版）

賈晋華 著

博雅文學論叢

北京大學出版社
PEKING UNIVERSITY PRESS

圖書在版編目(CIP)數據

唐代集會總集與詩人群研究/賈晉華著. —2 版. —北京:北京大學出版社,2015.2

(博雅文學論叢)

ISBN 978-7-301-25106-5

Ⅰ.①唐… Ⅱ.①賈… Ⅲ.①唐詩—詩歌研究②詩人—人物研究—中國—唐代 Ⅳ.①I207.22②K825.6

中國版本圖書館 CIP 數據核字(2014)第 272185 號

書　　名 唐代集會總集與詩人群研究(第二版)
著作責任者 賈晉華 著
責 任 編 輯 徐 邁
標 準 書 號 ISBN 978-7-301-25106-5
出 版 發 行 北京大學出版社
地　　址 北京市海淀區成府路 205 號 100871
網　　址 http://www.pup.cn　　新浪官方微博:@北京大學出版社
電 子 信 箱 pkuwsz@126.com
電　　話 郵購部 62752015　發行部 62750672　編輯部 62756467
印 刷 者 三河市北燕印裝有限公司
經 銷 者 新華書店
965 毫米×1300 毫米　16 開本　30.5 印張　440 千字
2001 年 6 月第 1 版
2015 年 2 月第 2 版　2015 年 2 月第 1 次印刷
定　　價 68.00 元

目　録

中編　隋唐五代其他詩人群研究

下編　唐代集會總集七種輯校

導　論

本書研究唐代集會總集及相關的詩人群的活動與創作。書中首次提出“集會總集”的新概念。傳統的四庫分類法中,集部有總集類,但此類包括了各種不同類型的總集。以唐人總集而言,就有選集、唱和集、送别集、家集等。[①] 而唱和總集中又可分出集會總集和非集會總集兩類,其性質有重要的區别。集會總集所收作品,其著者曾經在一定時間裏聚集於一定地點從事詩歌唱和或其他文學活動,往往有較多人參預,形成一定規模的詩人群體,如本書所考輯之《大曆年浙東聯唱集》《洛中集》《洛下遊賞宴集》《漢上題襟集》等。此外,雖然唐人别集中多附收唱和詩,但有些别集專收作者於特定時地與其他詩人唱和酬贈的作品,如顔真卿(709—784)所編《吴興集》,收其任湖州刺史時與文人詞客、門生子弟唱和之作,實質上爲一種特殊形態的集會總集。非集會總集的情況較複雜,有的爲異地遥相唱和的作品集,一般發生於二三人之間,如元稹(779—831)、白居易(742—846)及崔玄亮(768—833)唱和之《三州唱和集》;[②]有的爲某人一生或較長一段時間中與衆多友人的唱和作品集,如《僧靈澈酬唱集》;[③]有的爲兩位或更多詩友在一段時間中或同地或異地唱和的作品

---

① 參陳尚君《唐人編選詩歌總集叙録》,收《唐代文學叢考》(北京:中國社會科學出版社,1997),頁184—222。

② 見歐陽修(1007—1072)等,《新唐書》(北京:中華書局,1975),卷60,頁1624。

③ 同上。

集,如秦系(720? —800?)和劉長卿(? —790?)的《秦劉唱和集》,[①]等等。雖然結集的背景各不相同,但非集會總集的基本特點是其著者未在一段時間中聚集於一定地點唱和並形成詩人群,由此而與集會總集區別開來。[②] 本書的研究中心爲唐代集會總集。

與集會總集直接相關聯的另一個重要概念是"詩人群"。詩人群雖然不是一個新概念,但長期以來一直與"詩歌流派"的概念混淆不清,從而影響了研究的深入和規範。本書爲詩人群下了一個明確的定義,即指在一定時間段裏,曾經聚集於一定地點從事詩歌唱和或其他文學活動,彼此聯繫密切而又相互影響的一定數量的詩人所形成的群體。雖然此類詩人群體往往表現出相近的文學傾向,但其最突出的特徵却是社交人事關聯,體現了中國古代詩人在孔子"《詩》可以群"的觀念影響下所形成的特殊聯結紐帶,[③]比詩歌流派的概念更切合中國古代詩歌發展的傳統,特别是唐以前詩歌發展的傳統。分類的細緻化和概念的明晰化有助於推動中國傳統文學研究進一步科學化、規範化和深入化。本書對以上兩个概念的辨析及實際運用應該有助於澄清傳統文學研究中的一些含混不清的現象。

本書在研究方法上以考證和評論相結合爲基礎,不拘一格地綜合運用古今中外各種適用的方法。對每一總集的考輯,都詳引原始資料,描述歷代著録、版本流傳及存佚情況,並輯集校勘散佚作品。對每一相關詩人群的研究,則考定其聚散離合的時間地點,描述其文學活動和文化背景,分析其現存唱和作品,並評價其在唐代文學和文化發展史上的地位和影響。

---

① 見權德輿(761—818)《秦徵君校書與劉隨州使君唱和詩序》,收董誥(1740—1818)等編《全唐文》(北京:中華書局,1983),卷490,頁6b—7b。

② 有少數總集介於集會與非集會之間,如《汝洛集》就收有數首異地唱和的作品,但大多爲同地集會唱和的產物,詳見本書上編第五章所考述。另有一些總集的情況較複雜,如《珠英學士集》,雖然珠英學士在編書過程中確曾集會賦詩,但這部總集既收有他們於朝廷唱和的作品,也收有非唱和作品,是一部介於集會總集和選集之間的集子,詳見本書中編第二章考述。

③ 關於中國古代詩歌在孔子"《詩》可以群"的觀念影響下而形成的應酬化、普及化及技術化傾向,參看拙文《"〈詩〉可以群":中國傳統詩歌普及化軌迹描述》,《江海學刊》1989年第4期,頁149—155。

本書共分爲上中下三編。上編考論唐代集會總集及相關的詩人群體。第一章以“《翰林學士集》與太宗朝宫廷詩人群”爲題。雖然發現於日本的這一集子被加以错誤的標題，其本來面目可能爲許敬宗(592—672)别集的一部分，但現在所能見到的《翰林學士集》殘卷皆爲貞觀中君臣遊宴唱和的詩篇，故研究者多視之爲總集，本書亦將其作爲集會總集研究。以此集爲基礎，本章對以唐太宗(626—649在位)爲首的貞觀宫廷詩人群的活動和作品作了詳細編年，並分析評價這一詩人群的詩歌創作。貞觀詩人致力於採南北之長，其創作特色在於尚未能如同後來的盛唐詩人那樣，將聲律和風骨、物象和興寄水乳無迹地融會貫通於各種作品，而是因題材、詩體而異地分别採用南北文風，從而在其作品中呈現出一種兩分的現象。研究者或認爲貞觀詩風北方化，或斷定齊梁詩風佔主導，皆失之於只見到這種兩分現象的一個片面。

第二章考述《景龍文館記》及唐中宗(705—710在位)朝修文館學士詩人群。《景龍文館記》爲修文館學士武平一(？—741)所編，包括三方面内容：中宗朝修文館及宫廷文學活動的記録，中宗和修文館學士及其他朝臣的唱和作品，以及修文館學士的傳記。此集久散佚，本章在高木正一、西村富美子及安東俊六等研究的基礎上，進一步從三十餘種原始資料中考輯佚文，共得事件六十六則，詩三百六十七首，斷句四，詞五首，賦一首，序四首，預唱者六十五人，包括李嶠(645？—714)、盧藏用(？—713？)、薛稷(649—713)、宋之問(656？—712)、杜審言(645？—708)、沈佺期(？—713)、閻朝隱(？—712)、徐彦伯(？—714)、蘇頲(670—727)、張説(667—731)等重要詩人。本章進而將這些事件及詩文加以精細編年，並探討中宗對文學的扶持及修文館的建立和活動在唐代文學發展史上的意義，分析修文館學士詩歌作品的體式及近體詩的合律情況，指出修文館學士在將詞從民間移入上層文學的過程中所起的作用，最後還評價了修文館學士詩詞作品的風格特色及其對唐詩發展的影響。

第三章考述《大曆年浙東聯唱集》及浙東詩人群。唐代宗廣德元年至大曆五年(763—770)，鮑防(723—790)爲浙東從事，江南文士紛紛前來依附，形成一個多達五十七人的聯唱群體，包括嚴維(？—780)、吕渭

(735—800)、劉全白、丘丹、吴筠(? —778)等著名詩人,其作品結集爲《大曆年浙東聯唱集》二卷。此集久佚,本章從《會稽掇英總集》《嘉泰會稽志》《蘭亭考》《古今歲時雜詠》《唐詩紀事》《全唐詩》《全唐文》等書中共輯此集逸詩詞三十八首、四言偈十一首、序二首。本章進而分析這些作品中所體現的安史之亂後江南避難文士的心理變化,評價其作品的風格特色,並著重論述其歌辭和聯句作品對唐代文體發展的重要影響。

第四章考述《吴興集》及大曆浙西詩人群。《吴興集》爲顔真卿(709—784)編集其於唐代宗大曆八年至十二年(773—777)刺湖州時與文士僧道、門生子弟唱和之作而成。此集久佚,本章從《太平廣記》《嘉泰吴興志》《皎然集》《顔真卿集》《全唐詩》《全唐文》等書中共輯得詩五十八首,詞二十首,文十首,預唱者九十五人,包括皎然(720? —?)、張薦(744—804)、劉全白、吴筠、王純(743—814)、柳中庸、韋渠牟(749—801)、皇甫曾(? —785)、張志和、耿湋等著名詩人。文中進而分析評價浙西詩人的作品,指出這些作品體現了以詩會友的自覺意識、清雅平淡的文人情趣、由盛唐之夢破滅而帶來的恬退獨善心理、以詩歌爲消遣娱樂工具的觀念。其中,歌辭作品在文人詞的發展過程中起了重要的作用,而遊戲詩則對貞元中以權德輿(761—818)爲代表的臺閣詩風産生了直接的影響。

第五章考述《汝洛集》《洛中集》《洛下遊賞宴集》及以白居易爲首的東都閑適詩人群。此三集爲白居易編輯其於唐文宗大和三年至武宗會昌六年(829—846)"中隱"東都洛陽時與諸閑官文士唱和之作。前二集爲《劉白唱和集》之第四卷和第五卷,本章在花房英樹、柴格朗及橘英範研究的基礎上進一步考輯,共得《汝洛集》六十六首並斷句一,《洛中集》一百四十七首並斷句六。此外還考輯《洛下遊賞宴集》二百二十三首並斷句九。文中還深入探討白居易"中隱"説對傳統朝隱觀的改造和發展,及其與洪州禪"平常心是道"説的關係。傳統朝隱觀强調身與心的分離,"中隱"説則將身心重新合一,强調精神生活和物質生活的同等重要,從而將隱逸文化推向生活化和世俗化。中隱之士在洛陽擔任閑官,在私家園林中過著適意任心的生活,寫著怡樂閑適的詩歌,同時還獲得精神上的超脱。白居易的"中隱"理論和實踐在當時引起了熱烈的反響,許多士大夫追隨他,從而形成一個以老人及閑官爲主體之詩人群,包括劉禹錫(772—846)、裴度(765—839)、牛僧孺(780—848)、李紳(772—846)、王起(760—847)等重要人物。這一詩人群的生活情趣和創作傾向皆與白居易接近。

第六章考述《漢上題襟集》及大中襄陽詩人群。唐宣宗大中十年至咸通元年(856—860),徐商鎮襄陽,段成式(?—863)、温庭筠(812?—870?)、温庭皓(?—869)、韋蟾、元繇、余知古、王傳等遊其幕,唱和酬答。段成式編集諸人詩作,並録往來簡牘,結爲《漢上題襟集》十卷。此集久散佚,自夏承燾撰《温飛卿繫年》以來,已有多位學者注意並概略述及此書。本章於諸位學者研究的基礎上,全面考輯此集,計得詩四十八首又斷句十聯一句,賦一首,連珠二首,書簡十九首又三斷句。文中進一步研究與此集相關之襄陽詩人群的文學活動,並評價其詩文創作,指出襄陽詩人的詠妓嘲謔詩最值得注意,特别是段成式與温庭筠相互嘲謔的詩作,描述了一段飛卿與歌妓相慕相愛的真實情事,對於瞭解温詞及晚唐愛情詩詞的背景頗有裨益。

第七章論述《松陵集》及晚唐蘇州詩人群。唐懿宗咸通十年至十二年(869—871),崔璞任蘇州刺史,皮日休(834?—883?)爲從事,陸龜蒙(?—881?)遊其幕,遂相與唱和,又有羊昭業、張賁、顔萱、魏朴、鄭璧、嚴惲、司馬都、崔璐、李縠等過往唱酬。陸龜蒙編唱和之作爲《松陵集》十卷,今存,共收詩七百首左右。本章詳細考證蘇州詩人群的聚會過程,描述其文學活動,並進而探討皮、陸的出處意識和文學觀念,分析《松陵集》的創作特徵和成績。

本書中編部分研究隋唐五代其他八個詩人群體:隋唐之際河汾詩人群、初唐高宗武后時期(649—705)三大修書學士詩人群、中唐韓孟詩人群、唐末五代前期和後期廬山詩人群及泉州詩人群。這些詩人群的作品有些曾編集,如《珠英學士集》,有些未曾編集或未曾流傳後世,但他們的集會唱和活動符合本書所論詩人群的概念,故亦納入本書的討論範圍。

第一章探討隋唐之際河汾詩人群。這一詩人群以大儒王通(580—

617)講學河汾爲背景,由王氏兄弟、王門弟子及河東、絳兩郡士人官吏組成,包括王度、王績(590—644)、陳叔達(?—635)、凌敬、薛收(592—624)、薛德音等。本章考證這一詩人群的聚會過程,評論其現存作品的創作特色和業績,並著重分析王績對魏晉風度和陶潛詩歌的模仿,以及其對盛唐精神和盛唐詩風的影響。

第二章研究高宗武后時期的修書學士詩人群。唐高宗、武后廣招文章之士大量編修總集和類書,形成三個修書學士群:高宗時以許敬宗爲首之修書學士群,武后前期北門學士群,及武后後期珠英學士群。修書過程同時又是評論詩文及賦詩唱和的過程,故修書學士群亦爲宫廷詩人群。詩句選集《古今詩人秀句集》,詩法著作《詩髓腦》《筆札華梁》《唐朝新定詩格》及詩歌總集《珠英學士集》皆爲此三個修書學士詩人群的産品。本章詳考此三個詩人群的構成,探討類書修撰與詩歌發展的關係,評價修書學士關於新體詩聲律、技巧、作法的討論,並以《珠英學士集》殘卷爲個案研究,分析此時新體詩的合律程度;最後以較充分的理由和證據,提出律詩定格和進士試詩應於中宗神龍前後(705—707)沈佺期、宋之問知貢舉時同步成立的推測。

第三章討論韓孟詩人群。這一詩人群經常被作爲詩歌流派研究,本章則從詩人群的角度展開論述。首先詳述韓愈(768—824)、孟郊(751—814)、張籍(766—830?)、李賀(790—816)、盧仝(?—835)、賈島(779—843)等人的兩次重要聚會,其一爲唐德宗貞元十二年至十六年(796—800)在汴州、徐州一帶,其二爲唐憲宗元和元年至六年(806—811)在長安、洛陽一帶。其次論述孟郊、韓愈所開創的五言、七言古詩新體式的特徵和二人詩風的相互影響,以及他們在兩次聚會中對其他詩人的重要影響。

第四章研究唐末五代廬山詩人群。唐末五代戰亂中,廬山成爲避亂勝地,文人騷客、僧道隱逸紛紛避亂聚居於此。其後南唐於山上白鹿洞建國學,江南士子多來此肄業,而其學業之一即爲詩歌。故在長達半個多世紀的時期中,廬山成爲一個詩歌活動中心,可考知者有二十多位詩人聚居於此,可按時代先後大致分爲兩個詩人群。他們的作品表現了渴求文治、厭惡亂世的心理,以及愛詩成癖、以詩垂名的觀念。創作上五言學賈島,七言學鄭谷,體現了晚唐賈體、鄭體詩風向宋初晚唐體詩風的過渡。

第五章描述唐末五代泉州詩壇。唐末五代之際,中原及各地戰亂頻仍,而王氏兄弟所佔據的閩中則相對安定,故不但外出應舉遊宦的閩士紛紛返鄉,中朝士大夫亦多避亂入閩,從而使得閩中出現詩人詞客薈萃的局面,並在重鎮福州、泉州兩地形成文學活動中心。由於閩王王審知從子、泉州刺史王延彬(891—920)的愛好和扶持,泉州詩壇尤爲活躍,主要有徐夤、鄭良士、省澄、韓偓(842—923)、顏仁郁等。五代後期,閩爲南唐、吴越瓜分,但留從效、陳洪進相繼佔據泉州,保持獨立,延納士人,故彼時泉州的詩歌活動仍相當活躍。

下編在上編研究的基礎上,輯集並校勘唐人集會總集七種:《景龍文館記》,《大曆年浙東聯唱集》《吴興集》《汝洛集》《洛中集》《洛下遊賞宴集》(出於篇幅的考慮,此集僅考輯詩歌篇目)及《漢上題襟集》。[1]

學界已有多部著作對唐五代詩人的生平做了全面而可靠的考證,如傅璇琮主編《唐才子傳校箋》《唐五代文學編年史》、周祖譔主編《中國文

---

[1] 唐人集會總集,除本書所研究諸種外,可考知者尚有初唐時高正臣、陳子昂(661—702)等人之《高氏三宴詩集》;張説於開元三年至五年(715—717)任岳州刺史時與文人門客唱和之《岳陽集》;鄭鋼等人於大曆二年至四年(767—769)在西川節度幕府中唱和之《華陽屬和集》;裴均(750—811)等人於建中四年至貞元四年(783—788)在壽州幕府中唱和之《壽陽唱和集》;裴均等人於貞元十九年至元和三年(803—808)在荆南節度幕府中唱和之《渚宫唱和集》;裴均等人於元和三年至六年(808—810)在襄州幕府中唱和之《峴山唱詠集》;唐次(?—806)等人於貞元八年至十九年(792—803)在開州唱和之《盛山唱和集》(以上參陳尚君《唐人編選詩歌總集叙録》,頁203—215);劉太真(725—792)、顧況(727?—816?)等人於貞元四年(788)夏在長安唱和之《諸朝彦過顧況宅賦詩》(一作《貞元朝英六言詩》等。按日人空海携歸日本之書目中有《貞元英杰六言詩》一卷,見《遍照發揮性靈集》卷四《書劉希夷集獻納表》,參陳尚君《唐人編選詩歌總集叙録》,頁192。另王堯臣(1001—1056)等《崇文總目》(《粵雅堂叢書》本;卷5,頁13b)及鄭樵(1104—1162)《通志》(杭州:浙江古籍出版社,1988;卷70,頁825下)皆録《諸朝彦過顧況宅賦詩》一卷(《崇文總目》所録無"詩"字)。二集實爲同一書。劉太真有《顧著作宣平里賦詩序》(董誥[1740—1818]等編,《全唐文》,北京:中華書局,1960;卷395,頁4b—5a),記貞元四年夏柳渾、劉太真、藏用等於顧況宅聚會賦六言詩,次日朝士遍和,舉國傳誦,即爲此集。今僅存劉序及包佶《顧著作宅賦詩》六言一首(彭定求[1645—1719]等編,《全唐詩》,北京:中華書局,1960;卷205,頁2142),等等。這些集會總集或久已湮没不存,難於輯考;或僅爲一次或數次集會,未形成一定規模的詩人群;限於篇幅,本書未對這些集子展開研究。

學家大辭典・隋唐五代卷》、周勛初主編《唐詩大辭典》等,[①]而本書著者參與了所有這些著作的編撰工作。因此,本書對所涉及的衆多詩人一般不再另做生平考述,讀者可自行參考這些著作中的相關條目。本書文章、注釋及參考書目的格式遵照第十四版《芝加哥文章格式手册》(*The Chicago Manual of Style*)。[②] 這一文章格式爲國際漢學家所普遍採用。

① 傅璇琮主編,《唐才子傳校箋》(北京:中華書局,1987—1995);《唐五代文學編年史》(瀋陽:遼海出版社,1998);周祖譔主編,《中國文學家大辭典・隋唐五代卷》(北京:中華書局,1992);周勛初主編,《唐詩大辭典》(南京:江蘇古籍出版社,1990)。

② University of Chicago Press, *The Chicago Manual of Style* (Chicago: University of Chicago Press, 1993).

上　編

唐代集會總集與詩人群考論

一 《翰林學士集》與太宗朝宮廷詩人群*

日本尾張國眞福寺存唐寫卷子本《翰林學士集》一卷,[①]共收唐太宗君臣唱和詩五十一首並序一首,分屬十三題。其中收許敬宗(592—672)詩十三首並序一首,唐太宗詩九首,上官儀(607? —664)詩六首,長孫無忌(? —659)詩四首,楊師道(? —647)、褚遂良(596—658)詩各三首,劉子翼(? —650?)詩二首,岑文本(595—645)、劉洎(? —645)、朱子奢(? —641)、于志寧(588—665)、沈叔安、張文琮、鄭元璹、張後胤、陸搢、高士廉(576? —647)、鄭仁軌詩各一首。按唐翰林院始建於唐玄宗開元初,選朝官有詞藝學識者,入居供奉;至開元二十六年(738),始以翰林供奉改稱學士,太宗時尚無這一官職,[②]故日本學者早已指出此集標題當係後人妄加。關於此集的實際結集情況,學者們有種種推測。服部宇之吉另擬其題爲《貞觀中君臣唱和詩集》;福本雅一提出《弘文館學士詩集》或《唐太宗御製及應詔詩集》之稱;陳伯海推測可能爲許敬宗後人據其示意

---

* 本章曾以《太宗朝宮廷詩人群:唐詩之發軔》爲題,發表於《清華學報》29 卷 2 期(1999),頁 1—30(1998 年遞交稿件),與陶敏、傅璇琮所著《唐五代文學編年史 · 初盛唐卷》(瀋陽:遼海出版社,1998 年 12 月)大致同時面世。

① 此卷原藏日本奈良東大寺東南大院,14 世紀轉藏於岐阜羽島的真福寺。1612 年,真福寺遷入尾張國(今屬愛知)。1945 年,寺毀於戰火,此卷幸得保存。今存於名古屋真福寺。參陳尚君《〈翰林學士集〉前記》,收傅璇琮編,《唐人選唐詩新編》(西安:陝西人民教育出版社,1996),頁 3。

② 王溥(922—982),《唐會要》(北京:中華書局,1957),卷 57,頁 977—978。關於唐翰林學士建制之討論甚多,以 FengYu Shih (施逢雨)的論述較爲詳盡;參其“Li Po: A Biographical Studies”[李白生平研究](PhD Diss., University of British Columbia, 1983), 95-97。

所編唱和總集,或其所編大型總集、類書之一的殘卷;森立之疑爲許敬宗所撰,陳尚君进一步指出可能爲許敬宗别集殘卷,理由爲集中收許詩最多,每題皆有其作品,且目録亦以其詩列目。[①] 按傳世《翰林學士集》中,《奉陪皇太子釋奠》爲應令,《四言曲池酺飲座銘》爲朝士唱和,[②]且集中收詩作者多有非弘文館學士者,故服部宇之吉和福本雅一的擬題皆未當。許敬宗所編總集、類書雖多已佚,但從現存《文館詞林》殘卷看,這些書分類甚細,不可能如今本《翰林學士集》將各種題材的詩彙集於一卷,則此集本爲總集或類書的説法亦未確。故當以森立之、陳尚君説爲上。

但從另一方面看,《翰林學士集》雖原非總集,其現存作品却皆爲貞觀中君臣遊宴唱和的詩篇,從實質上看可以説是一種特殊性質的集會總集。本章即擬以此集爲基礎,考述貞觀宫廷詩人群聚會唱和的詳細過程,强調這一詩人群作爲唐初詩歌發展主流的實際情況,並分析其創作特色及其對唐詩發展的影響。

(一) 貞觀宫廷詩人群唱和活動考述

武德中(618—626)李世民爲秦王時,忙於戡定内外之亂。其雖於武德四年(621)開文學館延納十八學士,[③]但所注重者在王佐之才和實用之文,如薛收(592—624)"在秦府,檄書露布,多出於收",[④]李世民深器重之;[⑤]詩歌唱和活動則甚少見。[⑥] 武德九年(626)六月,李世民發動玄武門

---

① 見陳伯海《唐卷子本〈翰林學士集〉考索》,《中華文史論叢》29(1984)1,頁 70—71;陳尚君,《〈翰林學士集〉前記》,頁 4。

② 《翰林學士集》,收《唐人選唐詩新編》,頁 9—11。

③ 劉昫(888—947)等,《舊唐書》(北京:中華書局,1979),卷 1,頁 12。

④ 李昉(925—996)等編,《太平廣記》(北京:中華書局,1961),卷 174,頁 1285。

⑤ 劉肅《大唐新語》(北京:中華書局,1984;卷 6,頁 88)載:"薛收,隋吏部侍郎道衡之子,聰明博學。秦府初開,爲記室參軍,未幾卒。太宗深追悼之,後謂房玄齡曰:'薛收不幸短命,若在,以中書令處之。'"

⑥ 可考知者,如《舊唐書·薛收傳》(卷 73,頁 2589)載:"(太宗)與收從父兄子元敬書曰:'吾與卿叔共事,或軍旅多務,或文詠從容。'"再如太宗有《初晴落景》,虞世南有《初晴應教》(《全唐詩》,卷 1,頁 8;卷 36,頁 474),可能太宗爲秦王或太子時唱和之作。但可確考者甚少。

兵變,成爲太子,掌握朝政。八月登基,九月即於弘文殿聚四部書二十餘萬卷,並置弘文館,設學士,開始其偃武修文、倡導文學之活動。太宗朝宫廷詩人群,即自是年開始形成。

《翰林学士集》中所收作者皆署以現任官爵名稱,此極有利於考證其唱和時間。以此集爲基礎,本章進一步廣引文獻,將太宗朝宫廷詩人群的唱和篇章及文學活動逐一考證,起於武德九年九月,終於貞觀二十三年五月,編年如下表。

表一 太宗朝宫廷詩人群文學活動及唱和作品編年表①

時 間	事 件	詩題/篇數	作 者	出 處
武德九年(626)	九月,置弘文館,虞世南(558—638)、褚亮(560—647)、姚思廉(557—637)、歐陽詢(557—641)、蔡允恭、蕭德言(558—654)等以本官兼學士;以褚亮檢校弘文館務,號爲館主。			唐會要 64.1114;海録碎事 11 下.592②
	是年稍後,褚亮等弘文館學士奉詔編《古文章巧言語》1 卷。			文鏡秘府論 354③
貞觀元年(627)	三月,君臣賦詩。	詠寒食鬬鷄	杜淹(? —628)	全唐詩 30.435;大唐新語 8.122④

① 爲節省篇幅,唱和詩題中之"奉和""應制(詔)""侍宴""五言"之類皆省去。如同題詩僅一首,則不標出數目。文獻出處皆去書號及"卷""頁"字,如"卷 64 頁 1114"寫爲"64.1114"。

② 葉廷珪編,李之亮校點,《海録碎事》(北京:中華書局,2002)載:"貞觀初,褚亮檢校修文館務,學士號爲館主。館中有四部書。"修文館當爲弘文館之誤,太宗時無修文館。另《唐會要》(北京:中華書局,1957)載:"(武德九年)令褚遂良檢校館務,號爲館主。"褚遂良是年未爲學士,當爲褚亮之誤。

③ 空海《文鏡秘府論》南卷集論引元兢《古今詩人秀句序》云:"皇朝學士褚亮,貞觀中奉敕與諸學士撰《古文章巧言語》,以爲一卷。"參王利器《文鏡秘府論校注》(北京:中國社會科學出版社,1983),頁 354。其具體時間不可確考,然當在褚亮任弘文館主時。

④ 《全唐詩》(北京:中華書局,1960)於杜淹名下收此詩,題爲《詠寒食鬬鷄應秦王教》。按《大唐新語》載:"杜淹爲天策府兵曹,楊文幹之亂,流越巂。太宗勘内難,以爲御史大夫。因詠鷄以致意焉。其詩曰:……"司馬光(1019—1086)《資治通鑑》(北京:中華書局,1971;卷 191,頁 6012—6014;以下簡稱《通鑑》)載:"(武德九年六月)立世民爲太子。……召王珪、韋挺於巂州,皆以爲御史大夫。"杜淹當與王、韋同時召人。此詩詠寒食事,當作於貞觀元年三月。《全唐詩》擬題誤,當以《詠寒食鬬鷄應制》爲是。

續　表

時　間	事　件	詩題/篇數	作　者	出　處
貞觀元年(627)	是年,太宗有詩贈李百藥。	賜李百藥	李世民	全唐詩續拾 2.662①
	是年前後,太宗曾與袁朗唱和。	秋日／3	李世民、袁朗	全唐詩 1.14, 30.432②
貞觀二年(628)	六月,祖孝孫斟酌南北,考以古聲,作唐雅樂。			通鑑 192.6050
貞觀四年(629)	五月,太宗宴突厥突利可汗於兩儀殿,與朝臣同賦聯句詩。	兩儀殿賦柏梁體	李世民、李神通(?—630)、長孫無忌、房玄齡(579—648)、蕭瑀(574—647)	全唐詩 1.20;通鑑 193.6073—6074, 6077③
貞觀六年(632)	七月,太宗幸武功慶善宫,宫即其誕所。宴從臣於渭濱,賦詩;吕才被之管弦,號《功成慶善樂》,以童兒八佾舞,號《九功舞》。又與從臣唱和。	幸武功慶善宫;過舊宅／4	李世民、許敬宗、上官儀	全唐詩 1.4,1.5, 35.466,40.505;唐會要 33.614, 27.513④

① 陳尚君編,《全唐詩續拾》,收《全唐詩補編》(北京:中華書局,1992)。按太宗詩云:"項棄范增善,紂妒比干才。嗟此二賢没,余喜得卿來。"《舊唐書・李百藥傳》(卷72,頁2572)載:"(武德中),配流涇州。太宗重其才名,貞觀元年,召拜中書舍人。"觀上引詩意,當作於百藥初召歸時。

② 《舊唐書・袁朗傳》(卷190上,頁4984)載:"貞觀初卒,太宗爲之廢朝一日。"則太宗與之唱和約在是年前後。

③ 《全唐詩》於此詩題下引《兩京記》云:"貞觀五年,太宗破突厥,宴突利可汗於兩儀殿,賦七言詩柏梁體。"按《通鑑》載,貞觀四年二月,破突厥;"五月,辛未,以突利爲順州都督,使帥部落之官。上戒之曰……"《兩京記》之"五年"當爲"四年"之誤。

④ 《唐會要》"慶善樂"條載:"貞觀六年九月二十九日,幸慶善宫,宴群臣於渭濱,其宫即太宗降誕之所。上賦詩十韻云:……於是起居郎吕才播之樂府,被之管弦,名曰《功成慶善樂》之曲。令童兒八佾,……爲《九功》之舞。"但同書"行幸"條卻載:"其年(貞觀六年)七月幸慶善宫賦詩。"按上官儀《奉和過舊宅應制》云:"石關清晚夏,璇輿御早秋。"則當以七月爲是。

續 表

時 間	事 件	詩題/篇數	作 者	出 處
貞觀七年(633)	一月,太宗親製《破陣樂》舞圖,令魏徵、虞世南、褚亮、李百藥改製歌詞,更名《七德舞》;宴三品以上於玄武門 ,奏《七德》《九功》之舞,並賦詩唱和	春日玄武門宴群臣 / 2	李世民、杜正倫	全唐詩 1.6, 33.450—451; 唐會要 33. 612; 通鑑 194.6101①
	是年,太宗撰《威鳳賦》賜長孫無忌。	威鳳賦	李世民	全唐文 4.5b—6b②
貞觀八年 (634)	二月,許敬宗等聚會長安曲池賦詩。	曲池酺飲座銘 / 7	鄭元璹、于志寧、沈叔安、張後胤、張文琮、許敬宗、陸搢	翰林學士集 10—11③
	是年,太宗君臣曾唱和。	詠烏 / 3	李世民、楊師道、李義府(614—666)	全唐詩 1.17, 34.46,35.469;大唐新語 7. 113;舊唐書 82.2765—2766④

① 《唐會要》載:“(貞觀)七年正月七日,上製《破陣樂》舞圖。……其後令魏徵、虞世南、褚亮、李百藥改製歌詞,更名《七德》之舞。十五日奏之於庭。”《通鑑》載:貞觀七年,“春正月,更名《破陣樂》曰《七德舞》。癸巳,宴七品以上及州牧、蠻酋長於玄武門,奏《七德》《九功》之舞”。

② 《舊唐書・長孫無忌傳》(卷 65,頁 2448)載:貞觀七年,“太宗追思王業艱難,佐命之力,又作《威鳳賦》以賜無忌”。

③ 按《舊唐書》(卷 3,頁 43)載:貞觀八年二月,“丙午,賜天下大酺三日”。《翰林學士集》中,許敬宗此詩署著作郎,考《唐會要》(卷 64,頁 1114,卷 63,頁 1091),許敬宗貞觀元年已爲著作郎,十年一月已爲中書舍人;又張後胤署燕王友,陸搢署越王文學,考《舊唐書》(卷 2,頁 33,卷 3,頁 46),貞觀二年一月,衛王泰爲越王,楚王佑爲燕王;十年一月,越王爲魏王,燕王爲齊王,則諸人官銜與貞觀八年日期相合。

④ 《大唐新語》載:“李義府僑居於蜀…… 安撫使李大亮、侍中劉洎等連薦之,召見,試令詠烏,立成,其詩曰:‘日裏揚朝彩,琴中半夜啼。上林許多樹,不借一枝棲。’太宗深賞之曰:‘我將全枝借汝,豈唯一枝。’自門下典儀超拜監察御史。”《舊唐書》本傳載:“貞觀八年,劍南道巡察使李大亮以義府善屬文,表薦之。對策擢第,補門下省典儀。黄門侍郎劉洎、侍書御史馬周皆稱賞之,尋除監察御史。”李世民、杜正倫、李義府三詩皆詠巢烏事,二李詩又同用齊韻,當爲同時唱和之作。

續 表

時　間	事　件	詩題/篇數	作　者	出　處
貞觀九年(635)	君臣宴集,太宗賜蕭瑀詩。	賜蕭瑀	李世民	全唐詩 1.19;貞觀政要 5.10①
	是年前,君臣曾宴桂林殿賦詩。	早春桂林殿應詔/2	陳叔達(?—635)、上官儀	全唐詩 30.430,40.505②
貞觀十年(636)	二月太宗敕魏王李泰置文學館,招引學士。			通鑑 194.6119③
	七月長孫皇后卒;十月葬。朝臣爲挽歌。	文德皇后輓歌/2	李百藥(565—648)、朱子奢	全唐詩 43.538,38.495;舊唐書 3.46
	是年前,太宗曾宴近臣,令嘲謔以爲樂。	與歐陽詢互嘲/2;嘲蕭瑀射	長孫無忌、歐陽詢	全唐詩 869.9841—9842;隋唐嘉話中 14④
	上年或是年七夕,太宗與朝臣宴會賦詩。	七夕侍宴賦得歸衣飛機	許敬宗	翰林學士集 25⑤
貞觀十一年(637)	三月,太宗宴群臣於洛陽宮積翠池,詔各賦一事。	賦尚書;賦西漢;賦禮記	李世民、魏徵(580—643)、李百藥	全唐詩 1.10,31.441,43.536;大唐新語 8.123;⑥通鑑 637.6127

① 吴兢《貞觀政要》(《四部叢刊》本)載:"貞觀九年,蕭瑀爲尚書左僕射。嘗因宴集,太宗……賜詩曰:……"

② 《舊唐書·陳叔達傳》(卷 61,頁 2363)稱其貞觀九年卒,故二詩當做於是年前。

③ 《通鑑》載:貞觀十年二月,"上以泰好文學,禮接士大夫,特命於其府别置文學館,聽自引召學士"。

④ 劉餗《隋唐嘉話》(上海:古典文学出版社,1956)載:"太宗宴近臣,戲以嘲謔。趙公無忌嘲歐陽率更曰:……詢應聲云:……太宗改容曰:'歐陽詢豈不畏皇后聞?'趙公,后之弟也。"據此,諸詩當作於是年七月長孫皇后卒前。

⑤ 《翰林學士集》署"中書舍人臣許敬宗"。《舊唐書·許敬宗傳》(卷 82,頁 2761)載:"貞觀八年,累除著作郎,兼修國史,遷中書舍人。十年,文德皇后崩,百官縗絰。率更令歐陽詢狀貌醜異,衆或指之,敬宗見而大笑,爲御史所劾,左授洪州都督府司馬。"《唐會要》(卷 63,頁 1091)有貞觀十年一月中書舍人許敬宗。則許任中書舍人當在九至十年間。

⑥ 《大唐新語》載:"太宗在洛陽,宴群臣於積翠池。酒酣,各賦一事。太宗賦《尚書》曰:……魏徵賦《西漢》曰:……太宗曰:'魏徵每言,必約我以禮。'《通鑑》載:貞觀十一年三月,"上幸洛陽宮西苑,泛積翠池。"

續 表

時 間	事 件	詩題/篇數	作 者	出 處
貞觀十一年（637）	約自貞觀六年至是年前，褚亮曾與韋挺唱和。	和御史韋大夫喜霽之作	褚亮	《全唐詩》32.447①
貞觀十二年(638)	十二月，太宗幸蒲州，賦詩。	題河中府逍遥樓	李世民	全唐詩 1.20；唐會要 27.514②
	貞觀十年至是年五月前，魏王李泰曾與虞世南、褚亮唱和。	望月應魏王教；詠風應魏王教	褚亮、虞世南	全唐詩 32.446，36.474；舊唐書 3.48 ③
	五月，虞世南卒。武德九年八月至是年五月前，太宗多有與虞世南唱和詩。世南曾諫太宗作艷詩。太宗稱世南有博聞、德行、書翰、詞藻、忠直五善。	賦得臨池竹／2；侍宴應詔賦韻得前字；侍宴歸雁堂；發營逢雨應詔	李世民、虞世南	全唐詩 1.19,36.473,36.473—474,36.474,36.472；大唐新語 3.41—42④；貞觀政要 2.17
	是年五月前，虞世南多有與李百藥、褚亮、蕭德言、楊師道等弘文館學士及朝臣唱和詩。	詠日午／2；蟬／2；詠舞／3；賦得吴都；賦得魏都；賦得蜀都	虞世南、李百藥、褚亮、蕭德言、楊師道	全唐詩 36.473，32.446，36.475，43.538，36.474，34.461，38.488，36.472—473，43.536，32.446

① “御史韋大夫”當爲韋挺。《舊唐書·韋挺傳》(卷 77，頁 2669)載：“貞觀初，王珪數舉之，由是遷尚書右丞。俄授吏部侍郎，轉黄門侍郎，進拜御史大夫，封扶陽縣男。”按舊傳此處有誤。同書《杜正倫傳》(卷 70，頁 2542)載貞觀六年御史大夫韋挺，《太宗紀》(卷 3，頁 43)載貞觀八年正月御史大夫韋挺，《王珪傳》(卷 70，頁 2529)載貞觀十一年黄門侍郎韋挺，則韋挺任御史大夫在黄門侍郎前，約在六年至十一年間。

② 《唐會要》載：“[貞觀十二年二月]，十日，幸蒲州。”《新唐書·地理志》(卷 39，頁 999)：“河中府河東郡，本蒲州。”

③ 《舊唐書》載：貞觀十二年，“夏五月壬申，銀青光禄大夫、永興縣公虞世南卒。”李泰於十年一月自越王改魏王，已見前考。

④ 《大唐新語》載：“太宗謂侍臣曰：‘朕戲作艷詩。’虞世南便諫曰：‘聖作雖工，體制非雅。上之所好，下必隨之。此文一行，恐致風靡。而今而後，請不奉詔。’太宗曰：‘卿懇誠如此，朕用嘉之。群臣皆若世南，天下何憂不理。’乃賜絹五十疋。”

續 表

時 間	事 件	詩題/篇數	作 者	出 處
貞觀十二年(638)	是年五月前,太宗曾因内宴詔長孫無忌、虞世南、魏徵製新曲。	新曲二首 / 2	長孫無忌	全唐詩 30.433—434;新唐書 21.471①
貞觀十三年(639)	是年前,太宗曾與王珪唱和詠漢代史事。貞觀八年至是年間曾徵《文選》專家曹憲爲弘文館學士。憲以年老未起,但《文選》學自此盛行。	詠司馬彪續漢志;詠漢高祖;詠淮陰侯	李世民、王珪(571—639)	全唐詩 1.10,30.429② 大唐新語 9.133③
貞觀十四年(640)	二月,張文收作《景雲河清歌》,名曰《燕樂》,爲諸樂之首。 四月,太宗爲真草書屏風示群臣,筆力遒勁,爲一時之絶。並約於是年或稍後論書法,强調骨力。			隋唐嘉話中 12;唐會要 35.614,28.532 唐會要 35.646—647 ④

① 《新唐書》載:"其後因内宴,詔長孫無忌製《傾盃曲》、魏徵製《樂社樂曲》、虞世南製《英雄樂曲》。"其時不可考,當在虞世南卒前。長孫無忌《新曲二首》失調名,或即此次奉詔所作之《傾盃曲》歌詞。按《隋書·音樂志》(卷 15,頁 359)、許敬宗《上恩光曲歌詞啓》(《全唐文》,卷 152,頁 9a)皆謂《傾盃曲》詞爲六言,但敦煌《雲謡集雜曲子》載《傾杯樂》歌辭二首,皆爲雜言(見任半塘、王昆吾《隋唐五代燕樂雜言歌辭集》,成都:巴蜀书社,1990;頁 242、479),且體式各不相同;另伯 3808 收《傾杯樂》譜,有急、慢曲子之分,知此調本有多體。則長孫所作,容與舊體不同,故名之曰"新曲"。

② 《通鑑》(卷 195,頁 6144)載,貞觀十三年正月,"禮部尚書永寧懿公王珪卒"。

③ 《大唐新語》載:"江淮間爲《文選》學者,起自江都曹憲。貞觀初,揚州長史李襲譽薦之,徵爲弘文館學士。憲以年老不起,遣使就拜朝散大夫,賜帛三百疋。憲以仕隋爲秘書,學徒數百人,公卿多從之學,撰《文選音義》十卷,年百餘歲乃卒。其後句容許淹、江夏李善、公孫羅相繼以《文選》教授。開元中,中書令蕭嵩以《文選》是先代舊業,欲注釋之,奏請左補闕王智明、金吾衛佐李玄成、進士陳居等注《文選》。"據郁賢皓《唐刺史考》(南京:江苏古籍出版社,1987;頁 1445),李襲譽任揚州長史在貞觀八年至十三年間。

④ 《唐會要》載:"十四年四月二十二日,太宗自爲真草書屏風,以示群臣。筆力遒勁,爲一時之絶。嘗謂朝臣曰:'……我今臨古人之書,殊不學形勢,惟在求其骨力。及得骨力,而形勢自生耳。'"

續 表

時 間	事 件	詩題/篇數	作 者	出 處
貞觀十五年(641)	十月,高士廉、魏徵、楊師道、岑文本、顔相時、朱子奢、許敬宗、劉伯莊、吕才等撰類書《文思博要》成,凡1200卷。			唐會要36.656
	十二月,太宗自洛還京,途經潼關,賦詩唱和。	入潼關/2	李世民、許敬宗	全唐詩1.5,35.463;舊唐書3.53②
	貞觀十年至是年間,楊師道有詩贈褚遂良、上官儀。	中書寓直詠雨簡褚起居上官學士	楊師道	全唐詩34.458③
	上年或是年七月,太宗宴儀鸞殿,賦詩唱和。	儀鸞殿早秋/5	李世民、許敬宗、長孫無忌、楊師道、朱子奢	翰林學士集11—13④
	貞觀六年至是年前,劉孝孫爲吴王撰《古今類序詩苑》40卷。			舊唐書72.2583⑤
	是年前,于志寧、劉孝孫、許敬宗、凌敬、令狐德棻、岑文本等過從唱酬。	冬日宴于庶子宅各賦一字/7;遊仙都觀	于志寧、劉孝孫(?—641?)、許敬宗、凌敬、①	全唐詩33.449,33.454,35.466,33.451—452,33.449

---

① 《全唐詩》(卷33,頁455—456)收陸敬詩4首,名下注云一作凌敬。當以凌敬爲是,參陳尚君撰"凌敬"條,周祖譔主編《中國文學家大辭典・唐五代卷》(北京:中華書局,1992),頁672。

② 許敬宗《奉和入潼關》詩云:"是節歲窮紀,關樹蕩凉飔。仙露含靈掌,瑞鼎照川湄。沖襟賞臨睨,高詠入京畿。"《舊唐書》載:貞觀十四年十一月,"壬申,還京師。……十二月戊子朔,至自洛陽宫"。按貞觀中太宗雖曾數次幸洛陽宫,但唯此次於年底還京。

③ 《舊唐書・褚遂良傳》(卷80,頁2729)載:"貞觀十年,自秘書郎遷起居郎。"《唐會要》(卷36,頁656)貞觀十五年十月有"起居舍人褚遂良"。《通鑑》(卷196,頁6174)貞觀十六年一月有"諫議大夫褚遂良"。則褚任起居郎在十年至十五年間。

④ 按《翰林學士集》此詩楊師道署"中書令",考《舊唐書》(卷3,頁50)載:貞觀十三年十一月,"侍中、安德郡公楊師道爲中書令"。又《舊唐書・朱子奢傳》(卷189上,頁4948)載:"[貞觀]十五年卒。"此組詩稱早秋,當作於上年或是年七月。

⑤ 《舊唐書・劉孝孫傳》載:"貞觀六年,遷著作佐郎、吴王友。嘗採歷代文集,爲王撰《古今類序詩苑》四十卷。十五年,遷本府諮議參軍,尋遷太子洗馬,未拜卒。"知劉約卒於十五年,書約編於六年至是年間。

續 表

時 間	事 件	詩題/篇數	作 者	出 處
貞觀十五年(641)		尋沈道士/4;送劉散員同賦陳思王詩/3	令狐德棻(583—666)、岑文本、封行高、杜正倫、趙中虚、楊濬	33.450,33.450,35.464—465,33.453,33.455—456,33.454,33.466,33.457,33.457①
	李百藥約於是年前後致仕,造園林,以詩酒自適其中。			大唐新語8.123;舊唐書72.2577②
貞觀十六年(642)	十一月,太宗重幸武功,與父老歡宴,賦詩。	重幸武功	李世民	全唐詩1.4;舊唐書3.54③
	是年前,許敬宗、凌敬等曾聚會賦詩。	七夕賦詠成篇/4	許敬宗、凌敬、沈叔安、何仲宣	全唐詩35.467,33.456—457④
貞觀十七年(643)	一月,魏徵卒,太宗爲撰碑文及挽歌詞,並賦詩悼之。	望送魏徵葬;魏徵葬日登凌煙閣賦七言詩	李世民	全唐詩1.1;全唐詩續拾2.662⑤
	是年前,太宗有賜魏徵詩。	賜魏徵詩	李世民	全唐詩1.20
	是年前,太宗君臣有元日唱和詩。	正日臨朝/6	李世民、魏徵、楊師道、岑文本、李百藥、顔師古(581—645)	全唐詩1.3—4,31.441,34.661,33.451,43.536,30.434⑥

① 按三組詩皆有劉孝孫參與,約在是年前。

② 《大唐新語》載:“李百藥,德林之子,才行相繼,海内名流莫不宗仰。藻思沉蔚,尤工五言。……及懸車告老,怡然自得,穿地築山,以詩酒自適,盡平生之意。”《舊唐書》本傳載:“[貞觀]十一年,以撰《五禮》及律令成,進爵爲子。後數歲,以年老固請致仕,許之。”從十一年下推數年,其致仕約在是年前後。

③ 《舊唐書》載:貞觀十六年,“冬十一月丙辰,狩於岐山。…… 丁卯,宴武功士女於慶善宫南門。酒酣,上與父老等涕泣論舊事,老人等遞起爲舞,争上萬歲壽,上各盡一杯。庚午,至自岐州”。《重幸武功》詩云:“白水巡前跡,丹陵幸故宫。列筵歡故老,高宴聚新豐。”與舊紀所載合。

④ 按林寶《元和姓纂》(北京:中華書局,1994;卷5,頁635)稱凌敬爲魏王文學,似當爲其終官。《通鑑》(卷197,頁6198)載:貞觀十七年四月,魏王李泰獲罪,“泰府僚屬爲泰所親狎者,皆遷嶺表”。此組詩賦七夕,約當作於是年前。

⑤ 《舊唐書》(卷3,頁55)載,貞觀十七年正月,“太子太師魏徵卒”。褚亮《聖製故司空魏徵輓歌詞表》(《全唐文》,卷147,頁1a)云:“伏見聖製故司空鄭國公輓歌詞十首……”

⑥ 按此組詩有魏徵參與,當作於是年前。

續　表

時　間	事　件	詩題/篇數	作　者	出　處
貞觀十七年(643)	貞觀十一年至是年四月前,謝偃應魏王李泰教撰《塵賦》,又作《影賦》,太宗賞之,親作賦序,偃撰《述聖賦》等;偃又曾與魏王唱和。	述聖賦序;述聖賦;惟皇誡德賦;影賦;塵賦;樂府新歌應教;踏歌詞三首/3	李世民、謝偃(? —643)	全唐文 156.1a—4a,4a—6a,10b—12a,12a—13a;全唐詩 38.492;舊唐書 190 上.4989—4990①
	十一年至是年間,太宗曾宴莎栅宮,賦詩唱和。	侍宴莎栅宮應制得情字	許敬宗	翰林學士集 27②
貞觀十八年(644)	二月,太宗宴群臣於玄武門,作飛白書,賦詩。	奉述飛白書勢	岑文本	全唐詩 33.451;唐會要 35.647③
	是年春前,岑文本等朝臣曾會聚楊師道園林賦詩。	安德山池宴集/7	岑文本、李百藥、許敬宗、劉洎、褚遂良、上官儀、楊續	全唐詩 33.452,43.535,35.467,33.452,33.452—453,40.505,33.453④
	是年前,太宗曾與褚亮唱和。	詠燭(詠花燭)/3	李世民、褚亮	全唐詩 1.18,32.446⑤

① 《舊唐書·謝偃傳》載:"貞觀初,應詔對策及第,歷高陵主簿。十一年,駕幸東都,穀洛泛溢洛陽宫,詔求直諫之士。偃上封事,極言得失。太宗稱善,引爲弘文館直學士,拜魏王府功曹。偃嘗爲《塵》《影》二賦,甚工。太宗聞而召見,自制賦序,言'區宇乂安,功德茂盛'。令其爲賦,偃奉詔撰成,名曰《述聖賦》,賜綵數十匹。偃又獻《惟皇誡德賦》以申諷。……時李百藥工爲五言詩,而偃善作賦,時人稱爲李詩謝賦焉。十七年,府廢,出爲湘潭令,卒。"《塵賦》題下原注云:"應魏王教。"其《樂府新歌應教》,當與魏王唱和之作。另《踏歌詞三首》,風調相近,似當亦王府中作。

② 按《翰林學士集》許敬宗署"給事中",考《唐會要》(卷 63,頁 1092)載:"貞觀十七年七月十六日,司空房玄齡、給事中許敬宗、著作郎敬播等,上所撰高祖、太宗實録各二十卷。"《舊唐書·許敬宗傳》(卷 82,頁 2761)載:"十年……左授洪州都督府司馬。累遷給事中,兼修國史。十七年,以修武德、貞觀實録成,封高陽縣男,賜物八百段,權檢校黄門侍郎。高宗在春宫,遷太子右庶子。"則其任給事中在十一年至十七年間。

③ 《唐會要》載:"[貞觀]十八年二月十七日,召三品以上,賜宴於玄武門。太宗操筆作飛白書,群臣乘酒,就太宗手中相競。"岑詩或於此時奉詔作。

④ 按新、舊《唐書·楊師道傳》(卷 100,頁 3927,卷 62,頁 2383),師道封安德郡公;《通鑑》(卷 197,頁 6213、6216、6219)載:貞觀十八年十月,太宗幸洛陽;十九年二月,發洛陽征遼;四月,岑文本卒。此組詩寫春景,且有岑文本參與,當作於是年春前。

⑤ 按三詩皆詠燭花,當爲同時唱和之作。《舊唐書·褚亮傳》(卷 72,頁 2582)載:"[貞觀]十六年,進爵爲侯,食邑七百户。後致仕歸於家。太宗幸遼東,亮子遂良爲黄門侍郎,詔遂良謂亮曰:'昔年師旅,卿常入幕;今兹遐伐,君已懸車。'"則太宗伐遼前褚亮已致仕。其與太宗唱和,應在致仕前。

續　表

時　間	事　件	詩題/篇數	作　者	出　處
貞觀十九年(645)	二月,太宗率師發洛陽伐遼。三月,抵定州,宴會賦詩。	春日望海 / 10	李世民、長孫無忌、高士廉、楊師道、劉洎、岑文本、褚遂良、許敬宗、上官儀、鄭仁軌	翰林學士集 16—21①
	四月,車駕至平州,賦詩。	於北平作	李世民	全唐詩 1.5②
	六月,唐師破高麗於安市城東,許敬宗爲文刻石紀功。			大唐新語 7.112;舊唐書 3.58③
	七月,車駕在遼東,君臣賦詩。	塞外同賦山月臨秋 / 4	李世民、褚遂良、許敬宗、上官儀	翰林學士集 14—16④
	八月,太宗乃在遼東,賦詩。	遼城望月	李世民	全唐詩 1.5—6⑤
	三月至九月間,太子在定州監守,與韓王李元嘉、薛元超等賦詩。	奉和同太子監守違戀 / 2	李元嘉(618—688)、薛元超(622—683)	全唐詩 39.501—502,6.65;唐詩紀事 5.66⑥

① 楊師道詩云:"龍擊驅遼水,鵬飛出帶方。"高士廉詩云:"觀兵遼碣上,停驂渤澥傍。"則此組詩當作於是年征遼時。但據《通鑑》(卷197,頁6217—6219),唐師於三月九日丁丑抵定州,留高士廉、劉洎等輔太子鎮定州;二十四日壬辰發定州;四月,車駕抵幽州,岑文本卒。此組詩有高士廉、劉洎、岑文本參與,且寫春景,當作於離定州前。定州未濱海,但太宗駐蹕於此十五日,其間或曾行幸滄洲一帶觀海。

② 《通鑑》(卷197,頁6219—6220)載:貞觀十九年四月,"丁巳,車駕至北平"。《考異》云:"此古北平也。《舊志》:平州,隋爲北平郡。"

③ 《大唐新語》載:"太宗破高麗於安市城東南。……因名所幸山爲'駐蹕山'。許敬宗爲文刻石紀功焉。"《舊唐書》載:貞觀十九年,"六月丙辰,師至安市城。……李勣率兵奮擊,上自高峰引軍臨之,高麗大潰,殺獲不可勝紀。延壽等以衆降,因名所幸山爲駐蹕山,刻石紀功焉"。又見《唐會要》,卷27,頁514。

④ 此組詩題云"山夜臨秋",詩中又多寫初秋之景,如太宗詩云:"早花初密菊,晚葉未疏林。"當作於初秋七月。

⑤ 《遼城望月》詩云:"隔樹花如綴,魄滿桂枝圓。"當做於本年中秋。

⑥ 計有功,《唐詩紀事》(上海:上海古籍出版社,1987)"薛元超"條載:"高宗爲太子也,元超爲舍人。太宗親征時,元超、韓王元嘉同太子監守,賦《違戀》詩。"《舊唐書》載,三月,太子留守定州;"冬十月丙辰,入臨渝關,皇太子自定州迎謁。"則唱和詩當作於三月至九月間。

續 表

時 間	事 件	詩題/篇數	作 者	出 處
貞觀十九年(645)	十月,唐軍班師至營州,葬陣亡之士,太宗爲詩文悼之。 十一月,車駕至定州,宴會賦詩。 十二月,至并州。除夕,宴會賦詩。	傷遼東戰亡 中山宴詩 / 2;侍宴中山詩序 於太原召侍臣賜宴守歲	李世民 李世民、許敬宗 李世民	全唐詩 1. 13;①通鑑 198.6231② 翰林學士集 13;全唐詩 35.466③ 全唐詩 1.18④
貞觀二十年(646)	一月,太宗仍在并州,遊大興國寺,賦詩。 春,王師旦知貢舉,黜張昌齡、王公瑾,謂其文章浮艷,太宗然之。 閏三月,詔修《晋書》,太宗親撰王羲之、陸機等論,表述其文藝觀念。	謁并州大興國寺詩	李世民	全唐詩 1.13⑤ 封氏聞見記 3.19—20⑥ 唐會要 63.1091

---

① 《全唐詩續拾》(卷 2,頁 662)録《五言悼姜確》,前八句與《傷遼東戰亡》同。

② 《通鑑》載:貞觀十九年九月,詔班師,十月,“丙午,至營州。詔遼東戰亡士卒骸骨並集柳城東南,命有師設太牢,上自作文以祭之,臨哭盡哀”。詩亦當同時作。

③ 許敬宗《序》云:“皇帝廓清遼海,息駕中山。”太宗詩云:“驅馬出遼陽,萬里轉旗常。”知作於返師時。《通鑑》(卷 198,頁 6231)載:貞觀十九年十一月,“丙戌,車駕至定州”。定州戰國時爲中山國,漢時爲中山郡。

④ 《通鑑》(卷 198,頁 6232)載:貞觀十九年十二月,“戊申,至并州”。

⑤ 太宗此詩云:“未佩蘭猶小,無絲柳尚新。”此寫初春景象。《通鑑》(卷 198,頁 6234)載:貞觀二十年二月,“乙未,上發并州”。

⑥ 封演《封氏聞見記》(《叢書集成初編》本)載:“貞觀二十年,王師旦爲員外郎,冀州進士張昌齡、王公瑾並文詞俊楚,聲振京邑。師旦考其文策爲下等,舉朝不知所以。及奏等第,太宗怪無昌齡等名,問師旦。師旦曰:‘此輩誠有詞華,然其體輕薄,文章浮艷,必不成令器。臣擢之,恐後生倣傚,有變陛下風俗。’上深然之。”按徐松《登科記考》(北京:中華書局,1984;卷 1,頁 29)據《舊唐書·張昌齡傳》載其登第,列其於是年第,而以王師旦黜落之事爲非。岑仲勉則謂張昌齡登第事無確證(《登科記考訂補》,《登科記考》附録,頁 1)。

續 表

時 間	事 件	詩題/篇數	作 者	出 處
貞觀二十年(646)	九月,太宗幸靈州安邊,賦詩紀石。還京,途經扶風,君臣賦詩唱和。	斷句2;行經破薛舉戰地/6	李世民、長孫無忌、楊師道、褚遂良、許敬宗、上官儀	全唐詩1.20;通鑑198.6239—6240;①翰林學士集21—24②
	征遼或幸靈州期間太宗君臣其他詩作。	執契静三邊/2	李世民、許敬宗	全唐詩1.3,35.462③
貞觀二十一年(647)	一月,太宗君臣唱和。	延慶殿同賦別題/4;詠棋/8	李世民、長孫無忌、許敬宗、劉子翼、上官儀、許敬宗	翰林學士集24—25,27—29④
	二月,太子釋奠,與許敬宗唱和。	奉陪皇太子釋奠詩一首應令		翰林學士集9;唐會要35.640⑤

① 《通鑑》載:貞觀二十年,“九月,上至靈州,敕勒諸部俟斤遣使相繼詣靈州者數千人……上爲詩序其事曰:‘雪恥酬百王,除凶報千古。’公卿請勒石於靈州,從之”。

② 《全唐詩》收太宗此詩,題下注云:“義寧元年[617],擊舉於扶風,敗之。”《新唐書·太宗紀》(卷2,頁24—25)載:“義寧元年……薛舉攻扶風,太宗擊敗之,斬首萬餘級,遂略地至隴右。”此組詩有楊師道參與,其官職署爲“太常卿”,考《通鑑》(卷198,頁6231)載:貞觀十九年十一月,“吏部尚書楊師道坐所署用多非其才,左遷工部尚書。”《舊唐書》本傳載:“稍貶爲工部尚書,尋轉太常卿。二十一年卒。”則其任太常卿當在二十至二十一年間。又其詩有云:“六轡乘秋景,三驅被廣壖。凝笳入曉囀,析羽雜風懸。塞雲銜落日,關城帶斷烟。”此狀秋日及塞外之景,似當做於是年秋太宗幸靈州途中。又據《通鑑》(卷198,頁6238—6239)載,唐師去時沿涇陽、雲陽一線,未經扶風;經扶風賦詩事或在歸途。

③ 按《執契静三邊》雖爲樂府題,但二詩多有實寫之處,如太宗詩云:“循躬思勵己,撫俗愧時康。”似當作於征遼或幸靈州實際赴邊時。

④ 按《翰林學士集》二組詩於許敬宗名下皆署“銀青光禄大夫行太子右庶子高陽縣開國男弘文館學士”,《舊唐書》(卷82,頁2762)本傳載:“[貞觀]二十一年,加銀青光禄大夫。”又《翰林學士集》收其《奉陪皇太子釋奠詩一首應令》,其官銜署爲“銀青光禄大夫中書侍郎行太子右庶子弘文館學士高陽縣開國男”,其事在貞觀二十一年二月(參下條考),則其年二月敬宗已加中書侍郎。賦《延慶殿》及《詠棋》詩時,已加銀青光禄大夫而未加中書侍郎,則其時當在是年正月。

⑤ 《唐會要》載:“(貞觀)二十年二月,詔皇太子於國學釋奠於先聖先師。……右庶子許敬宗上四言詩以美其事。”按太宗及太子二十年三月始還京,據《舊唐書》(卷3,頁59),太子釋奠事在二十一年二月。

續 表

時 間	事 件	詩題/篇數	作 者	出 處
貞觀二十一年(647)	五月,太宗幸翠微宮。張昌齡獻《翠微宮頌》,撰《息兵詔》,爲太宗所賞。 七月,太宗賦詩。	秋日翠微宮	李世民	全唐詩 1. 14;通鑑 198. 6246;舊唐書 190. 4995①
	是年前,太宗多有與楊師道唱和詩。楊師道又常於家中盛集文會,李百藥有詩贈之。	詠弓 / 2;詠飲馬/ 2;初秋夜坐 / 2;望終南山(賦終南山) / 2;侍宴賦得起坐彈鳴琴;奉和夏日晚景應詔;寄楊公	李世民、楊師道、李百藥	全唐詩 1. 18—19;34. 461;1. 17;34. 459;1. 14;34. 459;1. 7;34. 459;34. 459—460;34. 460;43. 537;舊唐書 62. 2383—2384②
貞觀二十二年(648)	二月,太子李治作《玉華山宮銘》並《賦》賜許敬宗等。	玉華山宮銘	李治	全唐文 15. 6b—7a③
	是年七月前,太宗有詩贈房玄齡;許敬宗曾奉詔撰《恩光曲歌詞》。	賜房玄齡;賦秋日懸清光賜房玄齡	李世民	全唐詩 1. 19—20,1. 17—18④

① 《通鑑》載:貞觀二十一年,"四月,乙丑,命修終南山太和廢宮爲翠微宮";"五月,戊子,上幸翠微宮。冀州進士張昌齡獻《翠微宮頌》,上愛其文,命於通事舍人裏供奉";"七月……庚戌,車駕還宮"。太宗於二十三年四月曾再幸翠微宮,但卒於其年五月(《通鑑》,卷 199,頁 9266—9267)。其翠微宮詩寫秋日,當作於二十一年七月。《舊唐書·張昌齡傳》載:"貞觀二十一年,翠微宮成,詣闕獻頌。太宗召見,試作《息兵詔》草,俄頃而就。太宗甚悦,因謂之曰:'昔禰衡、潘岳,皆恃才傲物,以至非命。汝才不減二賢,宜追鑑前軌,以副吾所取也。'乃敕於通事舍人裏供奉。"

② 《舊唐書·楊師道傳》載:"師道退朝後,必引當時英俊,宴集園池,而文會之盛,當時莫比。雅善篇什,又工草隸,酣賞之際,援筆直書,有如宿構。太宗每見師道所製,必吟諷嗟賞之。……二十一年卒。"李百藥《寄楊公》曰:"公子盛西京,光華早著名。分庭接遊士,虛館待時英。"所寫情況與楊師道合,楊公當爲楊師道。

③ 許敬宗《謝皇太子玉華山宮銘賦啓》(《全唐文》,卷 152,頁 8a—8b)云:"臣敬宗、[張]行成、[高]季甫等啓:昨晚内坊丞王君德奉宣令,賚臣等玉華山宮銘賦二本。"今僅存《銘》。《通鑑》(卷 198,頁 6253)載:貞觀二十二年二月,"上營玉華宮,務令儉約。……乙亥,上行幸玉華宮。"

④ 《舊唐書》(卷 3,頁 61)載,貞觀二十二年,"秋七月癸朔,司空、梁國公房玄齡薨。"太宗二詩當作於此前,具體時間無考。許敬宗《上恩光曲歌詞啓》(《全唐文》,卷 152,頁 8a—9a)云:"少傅玄齡奉宣令旨,垂使撰《恩光曲詞》,六言四章,章八韻。"亦應作於本年七月前,詞今佚。

續　表

時　間	事　件	詩題/篇數	作　者	出　處
貞觀二十二年(648)	上年或是年,李百藥與許敬宗曾遊昆明池唱和。	和許侍郎遊昆明池	李百藥	全唐詩 43.535①
	是年前,太宗曾與李百藥唱和詠帝京。	帝京篇/10	李世民	全唐詩 1.1—3;大唐新語 8.123②
	是年前,太宗多有與許敬宗、上官儀唱和詩。	秋暮言志/2;秋日即目/3;喜雪/2;詠雪/2	李世民、許敬宗、上官儀	全唐詩 1.9,35.464,1.9,35.464,40.508,1.10,35.464,1.10,40.507③
貞觀二十三年(649)	貞觀二十一年至是年五月間,太宗曾與許敬宗等宴集唱和。	延慶殿集同賦花間鳥/2;後池侍宴迴文詩	李世民、許敬宗	翰林學士集 26,27④
	貞觀十七年四月至是年五月間,太子李治曾撰詩贈長孫無忌。許敬宗代長孫撰文致謝。	爲司徒趙國公謝皇太子寄詩牋	許敬宗	全唐文 152.7a—8a⑤
	貞觀十年至是年五月間,蔣王李惲令杜嗣先撰《兔園册府》30卷。			困學紀聞 10.14b⑥

① 許敬宗於上年二月加侍郎,見上年考。李百藥卒是年,見下條考。

② 《大唐新語》載:"太宗常製《帝京篇》,命其[李百藥]和作,嘆其精妙,手詔曰:'卿何身之老而才之壯?何齒之宿而意之新?'"按《舊唐書·李百藥傳》(卷72,頁2577)載:"(貞觀)二十二年卒,年八十四。"則詠帝京事在是年前,具體時間無考。

③ 《舊唐書》(卷3,頁62)載:貞觀二十三年五月,"己巳,上崩於含風殿,年五十二"。諸詩寫秋冬之景,當作於是年前,具體時間無考。

④ 按《翰林學士集》許敬宗署"中書侍郎",許於貞觀二十一年始任中書侍郎,見其年考;太宗於是年五月崩,故此二組詩當作於此期間。

⑤ 許敬宗《爲司徒趙國公謝皇太子寄詩箋》云:"無忌惶恐白:内使滎陽夫人至,蒙寄《嘆别》五韻,並垂示《擬古》一首。"

⑥ 王應麟(1223—1296)《困學紀聞》(《四部叢刊》本)載:"《兔園册府》三十卷,唐蔣王惲令僚佐杜嗣先仿應科目策,自設問對,引經史爲訓注。惲,太宗子,故用梁王兔園名其書。"李惲於貞觀十年封蔣王。是書久佚,敦煌遺書存殘卷數種,見伯2573、斯614、伯1086、斯1722;其中"治"字不諱,知寫於太宗時。詳參胡道静《中國古代的類書》(北京:中華書局,1982),頁87—90。

續　表

時　間	事　件	詩題/篇數	作　者	出　處
	貞觀中,太宗另多有與許敬宗唱和詩賦。	詠雨/3;元日/2;初春登樓即目觀作述懷/2;登三臺言志/2;春日登陜州城樓……/2;小池賦/2;小山賦(掖庭山賦)/2;詠小山	李世民、許敬宗	全唐詩1.15,1.10,35.465,1.8,35.463,1.8,35.464,1.6,35.467。1.6,35.464,1.19;全唐文4.4a—5a,5a—b,151.6a—b,7b—8b①
貞觀二十三年(649)	貞觀中,太宗另多有與朝臣唱和詩篇,具體對象、時間無考。	賦得夏首啓節;賦得白日半西山;賦得李;賦得櫻桃;賦得浮橋;冬宵各爲四韻;賦得含峰雲;賦得花庭霧;探得李;賦得臨池柳;賦得弱柳鳴秋蟬;賦得早雁出雲鳴		全唐詩1.10—19②

綜合表一所考,共得太宗君臣唱和詩二百一十四首又二斷句,文賦十三首。預唱詩人四十五人,依次爲:杜淹、李世民、袁朗、李神通、長孫無忌、房玄齡、蕭瑀、許敬宗、上官儀、杜正倫、楊師道、李義府、鄭元璹、于志寧、沈叔安、張後胤、張文琮、陸搢、陳叔達、李百藥、朱子奢、歐陽詢、魏徵、褚亮、虞世南、蕭德言、王珪、劉孝孫、凌敬、令狐德棻、封行高、趙中虛、楊

① 諸詩賦未能編年,僅知作於貞觀中。太宗詠雨詩有二首,未知何首與敬宗唱和,故皆繫於此。

② 從諸詩題之"賦得""探得"等,知爲唱和之作。

濬、謝偃、何仲宣、岑文本、顔師古、劉洎、楊續、高士廉、褚遂良、鄭仁軌、李元嘉、薛元超、劉子翼。

從表一中,我們還可總結出幾個事實。其一,貞觀中宫廷詩人極少有外貶之事,僅許敬宗於贞观十年短暫貶洪州,及十七年魏王府僚屬被斥。故相對來説,貞觀宫廷詩人群的構成相當穩定,此與貞觀朝政清平、太宗愛護文學之士相關。

其二,太宗朝宫廷詩人聚會有三種場合:宫廷,太子和諸王府,以及朝臣之間。其中尤以宫廷唱和最爲重要,核心人物爲李世民。諸王府以魏王李泰文學府爲興盛一時,不但府中僚屬唱和,虞世南、褚亮等宫廷詩人亦參與。朝臣之間唱和詩篇則遠未如初唐後期至盛唐以後繁盛,主要集中於楊師道、于志寧二位公卿大臣家中園林。

其三,貞觀中,不論前期或後期,太宗君臣皆撰有詠物宴遊、憶舊言志詩,而其征邊詩則皆作於貞觀末伐高麗及幸靈州時(樂府邊塞詩撰寫時間及是否唱和之作,尚難考定,故未編年)。有的學者謂太宗君臣於貞觀前期多作述懷言志、軍旅邊塞詩,後期多作詠物宴遊詩,①其説未確。

其四,太宗朝宫廷詩人群中,今存預唱二首詩以上者共有二十二人。其中若不計李世民,北人爲十人,南人爲十一人,人數大致相當。北人十人情況略如表二:

表二　太宗朝北方籍宫廷詩人表

姓　名	籍　貫	入唐前仕歷	弘文館任職	預唱詩篇
楊師道	弘農華陰(陝西華陰)②			15
上官儀	陝州陝(河南陝)③		直學士	11
李百藥	定州安平(河北安平)④	隋		8

① 尚定,《走向盛唐》(北京:中國社會科學出版社,1994),頁31、73。

② 《舊唐書》,卷62,頁2381。

③ 《舊唐書》,卷80,頁2743;《新唐書》,卷105,頁4035。按上官儀家自其父時移居江都(今江蘇揚州),故從家族傳習看,其受北方影響,但從童年生長環境看,其又受南方影響。

④ 《舊唐書》,卷72,頁2571;《新唐書》,卷102,頁3973。

續 表

姓 名	籍 貫	入唐前仕歷	弘文館任職	預唱詩篇
長孫無忌	河南洛陽(河南洛陽)①			7
謝 偃	衛州衛(河南浚)②	隋	直學士	4
王 珪	太原祁(山西祁縣)③	隋		2
杜正倫	相州涇水(河北魏)④	隋		2
凌 敬	鄭州(河南鄭州)⑤	竇建德		2
于志寧	京兆高陵(陝西高陵)⑥	隋		2
魏 徵	魏州館陶(河北館陶)⑦	李密		2
總 計			2	55

南人十一人情况略如表三:

表三 太宗朝南方籍宫廷詩人表

姓 名	籍 貫	入唐前仕歷	弘文館任職	預唱詩篇
許敬宗	杭州新城(浙江富陽)⑧	隋	學士	30
虞世南	越州餘姚(浙江餘姚)⑨	陳、隋	學士	10
褚 亮	杭州錢塘(浙江杭州)⑩	陳、隋	學士	5
岑文本	荆州江陵(湖北江陵)⑪	蕭銑、王孝恭	學士	5
褚遂良	杭州錢塘(浙江杭州)⑫	薛舉	學士	4

① 《舊唐書》,卷65,頁2446。

② 《舊唐書》,卷190上,頁4989;《新唐書》,卷201,頁5730。

③ 《舊唐書》,卷70,頁2527。按王珪曾祖奔梁,祖亦仕梁,至其父又仕北齊。

④ 《舊唐書》,卷70,頁2541;《新唐書》,卷106,頁4037。

⑤ 《元和姓纂》,卷5,頁635。

⑥ 《舊唐書》,卷78,頁2693;《新唐書》,卷104,頁4003。

⑦ 《新唐書》,卷72中,頁2658。按魏徵屬籍各書所載不同,此採《新唐書》宰相世系表説。

⑧ 《舊唐書》,卷82,頁2761;《新唐書》,卷223上,頁6335。

⑨ 《舊唐書》,卷72,頁2565;《新唐書》,卷102,頁3969。

⑩ 《舊唐書》,卷72,頁2578;《新唐書》,卷102,頁3975。

⑪ 《舊唐書》,卷70,頁2535;《新唐書》,卷102,頁3965。按岑文本原爲鄧州棘陽(河南南陽)人,其祖仕後梁,遂徙家江陵。

⑫ 《舊唐書》,卷80,頁2729;《新唐書》,卷105,頁4024。

續　表

姓　名	籍　貫	入唐前仕歷	弘文館任職	預唱詩篇
劉孝孫	荆州(湖北江陵)①	王世充		3
劉　洎	荆州江陵(湖北江陵)②	蕭銑		2
劉子翼	常州晋陵(江蘇常州)③	隋	直學士	2
歐陽詢	潭州臨湘(湖南長沙)④	隋	學士	2
沈叔安	吴興武康(浙江德清)⑤			2
朱子奢	蘇州吴(江蘇蘇州)⑥	隋		2
總　計			7	67

有的學者認爲太宗朝關隴文化佔主導地位,稱貞觀宫廷詩人中相當一部分來自關隴地區,總體詩風趨向北方化。⑦ 有的學者則提出相反意見,謂貞觀時影響宫廷士風、詩風的皆爲江南士族子弟,故其時齊梁詩風佔上風。⑧ 此二説皆不符合貞觀宫廷詩人群的實際情況,失之於未作具體可靠的統計。從表二、表三可知,北人中關隴人僅佔二名,南人人數、詩篇亦僅比北人略多一些,故太宗對南北文人實際上應是共同看重的。再如下引諸例:

太宗嘗稱世南有五絶,一曰德行,二曰忠直,三曰博學,四曰詞藻,五曰書翰。及卒,太宗舉哀於别次,哭之甚慟。……太宗手敕魏王泰曰:"世南於我,猶一體也。……今其云亡,石渠、東觀之中,無復人矣。"⑨

[楊師道]雅善篇什,又工草隸,酣賞之際,援筆直書,有如宿構。

① 《舊唐書》,卷72,頁2583;《新唐書》,卷102,頁3977。
② 《舊唐書》,卷74,頁2607;《新唐書》,卷99,頁3917。
③ 《舊唐書》,卷87,頁2846;《新唐書》,卷117,頁4250。
④ 《舊唐書》,卷189上,頁4947;《新唐書》,卷198,頁5645。
⑤ 《元和姓纂》,卷7,頁1133。
⑥ 《舊唐書》,卷189上,頁4948;《新唐書》,卷198,頁5647。
⑦ 尚定,《走向盛唐》,頁27—28。
⑧ 杜曉勤,《齊梁詩歌向盛唐詩歌的嬗變》(臺北:商鼎文化出版社,1996),頁132—134。
⑨ 《貞觀政要》,卷2,頁17。

太宗每見師道所制,必吟諷嗟賞之。[①]

太宗常制《帝京篇》,令其[李百藥]和作,嘆其精妙,手詔曰:"卿何身之老而才之壯,何齒之宿而意之新。"[②]

太宗聞其[上官儀]名,召授弘文館直學士,累遷秘書郎。時太宗雅好屬文,每遣儀視草,又多令繼和,凡有宴集,儀嘗預焉。[③]

另許敬宗應制詩篇居貞觀宮廷詩人之首,可見太宗對其之賞重。以上李、楊爲北人,虞、許爲南人,上官可謂介於南北之間。五人爲貞觀朝最重要之宮廷詩人,所存宮廷唱和詩亦最多。由此可見太宗於南北初無軒輊,只是由於南朝遺習,唐初南人文學根基仍較厚,故貞觀中召入弘文館供職者,南人終較北人爲多。至於貞觀宮廷詩歌趨於北風抑或南風,詳見下節所析。

(二)貞觀宮廷詩風分析

前考貞觀君臣唱和詩二百一十二首,可依題材和風格大致分爲四大類:(1)懷舊,征邊;(2)述志,詠史,贈答;(3)朝會,宴遊,詠物;(4)歌辭。懷舊詩皆以太宗回憶開國前往事爲首唱,[④]群臣和之,頗具剛健氣骨。征邊詩主要作於貞觀末伐遼及幸邊時,多寫邊塞實際風物,境界較開闊。述志、詠史、贈答詩多述及政治及人物品德,風格典雅。朝會、宴遊、詠物詩善於寫景狀物,講究藻飾。歌辭則寫得流麗輕艷。本節即擬逐一分析此四類詩之特色及風格。

懷舊類詩主要可分爲三組(題)。其一爲貞觀六年及十六年太宗幸武功訪其舊宅時分別撰寫,有許敬宗、上官儀和作。其二爲《題河中府逍遥樓》,乃貞觀十二年太宗幸蒲州時所作,當時可能有朝臣和作,今僅存太宗"昔乘匹馬去,今驅萬乘來"二句。其三爲貞觀二十年太宗幸靈州經扶

① 《舊唐書》,卷62,頁2383。
② 《大唐新語》,卷8,頁123。
③ 《舊唐書》,卷80,頁2742。
④ 傳世唐太宗的詩篇,有可能經過其文臣的潤色。

風破薛舉戰地時君臣六人唱和組詩。[1] 諸組詩中以太宗《過舊宅二首》之一最值得注意(以“－”代表平聲,“＋”代表仄聲):

新 豐 停 翠 輦,譙 邑 駐 鳴 笳。

－ － － ＋ ＋ － ＋ ＋ － －

園 荒 一 徑 斷,苔 古 半 階 斜。

－ － ＋ ＋ ＋ － ＋ ＋ － －

前 池 消 舊 水,昔 樹 發 今 花。

－ － － ＋ ＋ ＋ ＋ ＋ － －

一 朝 辭 此 地,四 海 遂 爲 家。

＋ － － ＋ ＋ ＋ ＋ ＋ － －

起聯敘事,點“過”—— 巡幸之意,“翠輦”“鳴笳”不無自豪地表明詩人此時之帝王身份。中二聯寫“舊宅”之景,“園荒”“苔古”“前池”“昔樹”四組意象渲染時過境遷、物象常新之景象,而濃厚的懷舊之情自然寄寓其中。尾聯抒情,“四海爲家”四字,藴含南北征戰、一統天下的艱辛與壯烈,而“一朝”“此地”與“四海”相連,正如同杜甫之“一去紫臺連朔漠”,[2] 將漫長的時間與廣袤的空間貫通,給人以混茫的歷史感。此篇雖歷來爲評論家所賞重,但一般僅拈出結尾二句稱其“帝王氣象”。[3] 實際上此詩除尾聯情感真率、氣骨端翔外,全篇結構渾成,敘事、寫景、抒情一氣而下,緊湊明晰。中二聯對偶工致自然,寫景省潔渾整,且景中含情,耐人尋味。又此詩聲調,當句及當聯之内平仄對偶皆和諧,唯聯間全用對式律,未用粘合律,爲律詩定格前新體詩之一格。則此詩風骨已備,聲律亦近,實爲唐初詩中上乘之作。

《經破薛舉戰地》組詩,亦以太宗所作爲冠:

---

① 另太宗《還陝述懷》(《全唐詩》,卷 1,頁 5)亦爲懷舊之作,但作年及是否唱和之作無考,故上表未列。

② 杜甫《詠懷古跡五首》之三,仇兆鰲編,《杜詩詳注》(北京:中華書局,1979),卷 17,頁 1502—1503。

③ 胡震亨,《唐音癸籤》(上海:古典文学出版社,1957),卷 5,頁 36。

昔年懷壯氣,提戈初仗節。心隨朗日高,志與秋霜潔。移鋒驚電起,轉戰長河決。營碎落星沈,陣卷横雲裂。一揮氛沴静,再舉鯨鯢滅。於兹俯舊原,屬目駐華軒。沈沙無故跡,滅竈有殘痕。浪霞穿水净,峰霧抱蓮昏。世途極流易,人事殊今昔。長想眺前蹤,撫躬聊自適。

此詩爲古體,全篇凡三换韻。首十句憶昔,用短促的入聲"屑"韻,加上豪快的語勢節奏,急促明捷,勢如破竹;"移鋒"以下六句,尤爲痛快淋漓,詩人當年指揮千軍萬馬之雄姿,歷歷如現眼前。又薛舉之"薛",亦屬"屑"韻,此十句讀之如聞"破薛"二字,貫串行間。中六句撫今,改爲悠揚的平聲"元"韻,歷史戰争的烟雲已逝,沙沉水净,舒緩平展,而又殘跡難滅,一波三折。結四句感懷,再改爲急促的入聲"昔"韻,人事滄桑、流變迅急之感溢於言表。與前詩相比,此篇雄渾勁健之氣有過之而無不及。唯詩中律句過多,有妨古樸之格,結句亦嫌稍弱。諸朝臣和作,不但内容上模仿太宗原唱,風格上亦極力追摹,但所寫畢竟非其親歷之事,故顯然缺乏太宗詩之豪邁氣概及懷舊真情。

貞觀十九年至二十年太宗親率大軍伐遼及幸靈州定邊,其文臣大多侍從,君唱臣和,寫了不少征邊詩,如《春日望海》《塞外同賦山月臨秋》《執契定三邊》等組詩。諸詩表現征旅豪情,頌揚唐軍聲威,並描寫邊塞風物,境界較爲宏闊。且由於詩人們親至邊塞,故所寫多爲實景,所用多爲新辭,與魏晋六朝以來文人樂府邊塞詩多堆砌陳陳相因之傳統意象和現成詞語不同。如《春日望海》組詩,褚遂良和作曰:

從軍渡蓬海,萬里正蒼蒼。縈波迴地軸,激浪上天潢。夕雲類鵬徙,春濤疑蓋張。天吴静無際,金駕儼成行。

楊師道和作曰:

春山臨渤澥,征旅輟晨裝。迴瞰盧龍塞,斜瞻肅慎鄉。連圻迴地軸,孤嶼映雲光。浴日驚濤上,浮天駭浪長。

太宗君臣言志唱和詩有三題,即太宗與李百藥唱和之《帝京篇》,及與許敬宗唱和之《登三臺言志》和《秋暮言志》。太宗《帝京篇》十首的結構形式别具一格(李百藥和作已佚)。此組詩以詠帝京起興,吟詠帝王日常生活、情志、品德。各章之間亦分亦合,似斷實聯,隨手續續寫來,卻又結構嚴整,渾然一體。此種組詩形式上承陶潛《歸園田居五首》,下開杜甫《秋興八首》等,自成一發展綫索,而與《詠懷》《擬古》《感遇》《古風》等古風型組詩之實際上無標題、不與特定時空相聯繫、不敘寫實際經歷和景物等特點明確區别開來。

太宗君臣唱和詠史之作,可考者主要有三組。其一爲貞觀十一年太宗、魏徵、李百藥分詠《尚書》《漢書》《禮記》。其二爲貞觀十二年前虞世南、李百藥、褚亮三人分詠魏、吴、蜀三都。其三爲貞觀十三年前太宗與王珪分詠漢代史事。這些詩中資歷史爲當朝政治之鑑的説教主題頗爲明顯,風格則以典正板重爲特徵。如太宗《賦尚書》云:"寒心睹肉林,飛魄看沈湎。縱情昏主多,克己明君鮮。滅身資累惡,成名由積善。既承百王末,戰兢隨歲轉。"李百藥《賦禮記》云:"玉帛資王會,郊丘叶聖情。重典開環堵,至道軼金籯。"魏徵《賦西漢》云:"終藉叔孫禮,方知皇帝尊。"

太宗寫有數首贈大臣詩,多述愛賢重德之意,情真意切,洗盡詞華。如《賜蕭瑀》:

疾風知勁草,板蕩識誠臣。勇夫安識義,智者必懷仁。

朝臣之間贈答之作可確考者僅存三首。此與初唐後期至盛唐以後相比,數量遠遠不及,可見貞觀詩壇實際上以帝王爲中心。

朝會、宴遊、詠物在太宗君臣唱和詩中佔絶對多數。貞觀君臣此類詩大多數以五言新體的形式寫成,刻意調節宫商,雕飾辭藻,寫景狀物,巧構儷偶。其中有不少仍沿襲南朝宫廷詩風習,堆砌繁密的細碎景物,構造精緻巧妙的對偶。[1] 但也有一些詩作已開始融碎爲整,化密爲疏,去巧返樸。如虞世南《侍宴應詔賦韻得前字》之中二聯:

---

① 關於南朝至初唐宫廷詩之多堆砌細碎景物,以及貞觀詩人較具宫廷風格的精巧對句,參宇文所安(Stephen Owen)著,賈晉華譯,《初唐詩》(北京:三聯書店,2004),頁30、32、41、59。

横 空 一 鳥 度,照 水 百 花 然。

− − + + + + + + − −

緑 野 明 斜 日,青 山 澹 晚 煙。

+ + − − + − − + + −

聲調方面,此二聯粘對完全符合後來的律詩格式。修辭方面,除第二句寫花叢因清水的映照而增加了色彩的濃度外,此四句構思並非特别新巧,而是以充分調動各種對屬因素、構造完整渾成的景物畫面而取勝。對句之間,細緻捕捉各種對立相關的視覺物象:上與下(“空”“水”),少與多(“一鳥”“百花”),動與静(“度”“然”),低與高(“緑野”“青山”),濃淡與明暗(“明斜日”“澹晚煙”)等等;對聯之間,則以水與陸、近與遠大體分判銜接,從而構成一幅層次分明、自然渾成的山水寫意畫。此類對聯,已漸向講究渾樸無跡、立體豐滿的盛唐山水寫景詩靠近,其缺點在於尚未能在景物畫面中融入真摯動人的情思,構成情景合一的境界。

另外,此類作品中的朝會詩描寫帝國都城宫殿,場景較爲宏大,頗具開國君臣氣概。如太宗君臣六人同賦《正日臨朝》詩,寫“百蠻奉遐盡,萬國朝未央”“九重麗天邑,千門臨上春”之壯麗氣象,實開後來肅宗時王維等人唱和《早朝大明宫》詩之先河。他們的五言詠物小詩則多有清新精緻之作,如虞世南久已膾炙人口的《蟬》詩:

垂緌飲清露,流響出疏桐。居高聲自遠,非是藉秋風。

詩中將蟬人格化,借蟬的居高飲露寓人的高潔品格,既可視爲詩人夫子自道,亦可解爲對理想人格的贊美,格調清新自然,風度雍容高華,與盛唐詩已無差别。再如虞世南、楊師道及蕭德言同賦《詠舞》詩,亦頗見風致。虞詩爲:

繁弦奏渌水,長袖轉回鸞。一雙俱應節,還似鏡中看。

楊詩爲:

二八如迴雪,三春類早花。分行向燭轉,一種逐風斜。

蕭詩爲:

低身鏘玉佩，舉袖拂羅衣。對簷疑燕起，映雪似花飛。

三詩描繪舞姿，極爲細緻逼真，用詞亦省净流麗，無堆砌艷冶毛病。楊詩尤爲出色，前二句巧用數字和比喻，寫舞隊迴旋變化、花團錦簇之姿；後二句細摹形態，傳舞隊翩翩流轉、嬌如弱柳之神。

最後，貞觀宫廷詩人的歌辭作品亦值得注意。不計郊廟曲辭，其傳世歌辭主要有長孫無忌於貞觀十二年前奉詔所作之《新曲二首》，謝偃於貞觀十七年前應魏王教所作之《樂府新歌應教》及《踏歌詞三首》。李百藥有《火鳳詞二首》，[①]顯然亦是歌辭，惟非應詔（應令）或唱和之作，故上表未考及。謝作皆爲齊言，仍爲樂府風調。長孫二作已爲結構整齊之雜言歌辭，爲唐代最早的文人詞之一，[②]且一寫歌女，一寫艷情，風格柔婉流美，開後世"詞爲艷科"之先河。兹詳引如下：

其一

儂阿家住朝歌下，早傳名。結伴來游淇水上，舊長情。

玉佩金鈿隨步遠，雲羅霧縠逐風輕。轉目機心懸自許，何須更待聽琴聲。

其二

迴雪凌波游洛浦，遇陳王。婉約娉婷工語笑，侍蘭房。

芙蓉綺帳還開掩，翡翠珠被爛齊光。長願今宵奉顔色，不愛吹簫逐鳳皇。

綜上所述，貞觀宫廷詩人群的唱和作品，既有氣骨剛健、境界宏闊之懷舊征邊詩和典雅嚴正之述志詠史詩，也有寫景狀物、巧構形似、講究修飾之宴遊詠物詩和流麗輕艷的歌詞，其詩歌風格呈現出一種複雜的兩分現象。自宋代以降，評太宗及貞觀宫廷詩人創作者大多各執一端。以前一部分詩作爲評價根據的学者，往往譽之爲唐詩風化之端。如徐獻忠

---

① 《全唐詩》，卷43，頁536—537。

② 任半塘、王昆吾編《隋唐五代燕樂雜言歌辭集》（頁14—15）收此2首，並確認爲雜言歌辭，即早期詞。

(1483—1559)評太宗詩曰:"宫徵鏗然,六朝浮靡之習,一變而唐,雖綺麗鮮錯,而雅道立矣,其爲一代之祖,又何疑焉?"又評虞世南曰:"其詩在隋則洗濯浮誇,興寄已遠;在唐則藻思縈紆,不乏雅道。殆所謂圓融整麗,四德俱存,治世之音,先人而興者也。"[①]毛先舒(1620—1688)曰:"唐太宗詩雖偶儷,乃鴻碩壯闊,振六朝靡靡。"[②]以後一部分詩爲評價根據的学者,則稱太宗及其宫廷詩人作品爲纖靡浮麗、梁陳舊習。如王應麟(1223—1296)記:"鄭毅夫謂唐太宗功業卓然,所爲文章纖靡浮麗,嫣然婦人小兒嘻笑之聲,不與其功業稱,甚矣淫辭之溺人也。神宗神訓亦云唐太宗英主,乃學庾信爲文。"[③]鍾惺(1572—1624)曰:"太宗詩終帶陳、隋滯響,讀之不能暢人。"[④]許學夷(1563—1633)稱:"武德、貞觀間,太宗及虞世南、魏徵諸公五言,聲盡入律,語多綺靡,即梁、陳舊習也。"[⑤]一些现代学者亦沿袭古人而各持一端。如尚定謂貞觀宫廷詩風傾向於北方化,即沿前説;杜曉勤提出貞觀宫廷詩壇以齊梁詩風佔主導地位的相反結論,則沿後説。二説皆不無偏頗,其失在未能完整全面地品評太宗朝宫廷詩。

詩歌形式方面,貞觀宫廷詩人主要採用新體詩,在這一形式上下了很大功夫。杜曉勤論永明體至近體之演變,强調聯間組合形式的發展,頗爲有見。[⑥]貞觀宫廷詩人已較熟練掌握當句及當聯的平仄對偶,惟聯間粘

① 徐獻忠,《唐詩品》(明嘉靖刻本《唐百家詩》附),頁1a、2a—2b。

② 毛先舒,《詩辨坻》,收郭紹虞編,富壽蓀校點,《清詩話續編》(上海:上海古籍出版社,1983),卷4,頁87。

③ 王應麟,《困學紀聞》,卷14,頁2b。按宋人眼中先有唐詩在那裏,遂看不起庾信(613—681)體。實則庾信亦一代之英,爲南北朝後期最傑出之作家,初唐詩不可避免地要承之而發展演變。如劉熙載(1813—1881)《藝概》(上海:上海古籍出版社,1978;卷2,頁57)云:"庾子山《燕歌行》開唐初七古,《烏夜啼》開唐七律。其他體爲唐五絶、五律、五排所本者,尤不可勝舉。"除過激詩論外,唐五代人一般皆賞重庾信。衆所周知者,如杜甫(712—770)稱李白(701—762)詩爲"清新庾開府",又謂"庾信文章老更成,凌雲健筆意縱横"(《杜詩詳注》,卷1,頁52,卷11,頁898)。元稹(779—831)評杜甫詩爲"雜徐、庾之流麗"(《唐檢校工部員外郎杜君墓係銘并序》,《杜詩詳注》附編頁2236)。直至五代,孫光憲(?—968)仍稱《兔園册府》"仍徐、庾文體,非鄙朴之談"(《北夢瑣言》,上海:上海古籍出版社,1981;卷19,頁134)。

④ 鍾惺、譚元春(1586—1637)編,《唐詩歸》(南京圖書館藏明萬曆丁巳[1605]刻本),卷1,頁1a。

⑤ 許學夷,《詩源辨體》(北京:人民文學出版社,1987),卷12,頁138。

⑥ 《齊梁詩歌向盛唐詩歌的嬗變》,頁1—3。

合尚未自覺運用,但有部分作品已全篇暗合後來的格律要求,故貞觀宫廷詩歌爲初唐新體詩律化過程中之重要一環。中外學者多有對初唐新體詩律化程度作量化分析者,如高島俊男、鄺健行、杜曉勤等。[①]雖然諸家研究皆未對唐初詩歌作細緻編年,其資料在可靠程度上有一定問題,[②]且其結論各有出入,但還是反映了唐初新體詩發展的一般情況,即律化程度較前代爲高,但離定格律詩尚有一段距離。由於本人考證律詩定格和進士試詩於中宗神龍(705—707)前後同步成立,[③]故此處不擬對貞觀宫廷詩人已編年作品逐一做量化分析。

另一個有争議的問題是貞觀君臣的詩歌觀念與詩歌創作的關係。太宗君臣的文學觀念主要體現在貞觀中所修幾部正史中,而宫廷詩人爲主修或參與修撰者甚多,包括房玄齡、魏徵、李百藥、令狐德棻、岑文本、許敬宗、褚遂良、劉子翼、李義府、上官儀等。諸史臣對南北文學的評價容有出入,如對於梁陳文學的評價,姚思廉撰《梁書》《陳書》諸本紀及文學傳論褒多貶少,魏徵等撰《隋書·文學傳序》、令狐德棻撰《周書·王褒庾信傳論》卻指斥激烈。[④] 但魏徵等人此類批評往往與政治相關聯,目的在於總結梁陳諸朝亡國教訓,以爲唐朝之鑑。牟潤孫指出:"姚思廉於江總詩之浮艷未嘗諱言,於後主遊後庭,朝政頹廢,亦未嘗諱言。夫人主日事酒色而不問國政,縱不好文學亦必致滅亡。姚思廉未嘗牽合爲一,非徒以其爲

---

① 高島俊男,《初唐期における五言律詩の形成》[五言律詩在初唐時期的形成],《日本中國學會報》,頁87—107;鄺健行《初唐五言律體律調完成過程之觀察及其相關問題之討論》,《唐代文学研究》3期(1992),頁507—521;杜曉勤,《齊梁詩歌向盛唐詩歌的嬗變》,頁82—84。

② 如杜曉勤將陳叔達的七首新體詩全部列入"武德、貞觀初年618—約638"時期,但實際上此七首詩中,僅《早春桂林殿應制》可確定作於貞觀初至九年間,其餘六首詩中,《後渚置酒》《州城西園入齋祠社》二詩作於隋末(參拙文《河汾作家群與隋唐之際文學》,《學術論叢》1991年2期,頁47—52;以及本書第八章);餘詩作年尚難考明。又如其將長孫無忌、岑文本、李百藥等人作品全部劃歸此期,而將楊師道、許敬宗、上官儀等人作品皆劃歸"貞觀中後期約639—649",據本文前考,此亦未確。

③ 參看拙文《進士試詩與律詩定型》,《文學研究》2期(1992),頁114—120;"The 'Pearl Scholars' and the Final Establishment of Regulated Verse"[珠英學士與律詩定格], *T'ang Studies* 14 (1996), 1-20;及本書第九章。

④ 參牟潤孫《唐初南北學人論學之異趣及其影響》,《注史齋叢稿》(北京:中華書局,1987),頁365—372;周祖譔,《隋唐五代文論選》(北京:人民文學出版社,1990),頁16。

陳故臣,亦衡情準理應有之筆。魏徵則必歸咎於其好文學。"[1]而當涉及純文學評價時,倒是魏徵、令狐德棻二氏之意見最爲符合文學發展大勢。《周書·王褒庾信傳論》云:

> 雖詩賦與奏議異軫,銘誄與書論殊途,而撮其旨要,舉其大抵,莫若以氣爲主,以文傳意。考其殿最,定其區域,摭六經百氏之英華,探屈宋卿雲之秘奥。其調也尚遠,其旨也尚深,其理也貴當,其辭也欲巧。然後瑩金璧,播芝蘭,文質因其宜,繁約適其變,權衡輕重,斟酌古今,和而能壯,麗而能典,焕乎若五色之成章,紛乎猶八音之繁會。[2]

《隋書·文學傳序》云:

> 江左宫商發越,貴於清綺;河朔詞義貞剛,重乎氣質。氣質則理勝其詞,清綺則文過其意。理深者便於時用,文華者宜於詠歌。此其南北詞人得失之大較也。若能掇彼清音,簡兹累句,各去所短,合其兩長,則文質斌斌,盡善盡美矣。[3]

正如許多學者已指出,此二文一則强調文質相宜,斟酌古今,一則提倡融合南北,宫商氣質並重,皆立論適中,目光遠大,爲有唐三百年詩歌發展指明了正確方向。[4] 其後被殷璠稱賞爲"聲律風骨兼備"之盛唐詩,[5]即沿貞觀史臣兼宫廷詩人所指出的這一方向發展而來。至於太宗的意見,有的學者認爲其無論在理論上還是在實踐上都偏向齊梁文風,不同意魏徵等史臣融合南北的文學主張。[6] 此説恐未確。太宗論書法,十分强調骨力,曾曰:"我今臨古人之書,殊不學其形勢,惟要求其骨力。及得骨力,而形

---

① 牟潤孫,《唐初南北學人論學之異趣及其影響》,頁369—370。

② 令狐德棻等,《周書》(北京:中華書局,1971),卷41,頁744—745。

③ 魏徵等,《隋書》(北京:中華書局,1973),卷76,頁1730。

④ 如羅宗强《隋唐五代文學思想史》(上海:上海古籍出版社,1986),頁44—49;王運熙、楊明《隋唐五代文學批評史》(上海:上海古籍出版社,1994),頁53—56。

⑤ 殷璠,《河岳英靈集叙》,《唐人選唐詩新編》,頁107。

⑥ 杜曉勤,《齊梁詩歌向盛唐詩歌的嬗變》,頁132—152。

勢自生耳。”[①]藝術與文學相通，此説亦可用於詩歌創作上。另太宗《帝京篇序》稱“節之於中和，不係之於淫放”，[②]强調中和之美，亦近於魏徵等人之説。

在創作實踐上，貞觀君臣努力於實現其文藝主張，採南北之長，宫商氣質並重。問題在於他們還未能像後來的盛唐詩人那樣，將聲律和風骨、物象和興寄水乳無跡地融會貫通於各種作品，而是因題材、詩體而異地分别運用。當寫作憶舊、征邊、述志、詠史等詩歌時，他們適當採用古體，選取勁健直率的語詞，保持渾樸雅正的風格。當寫作宴遊、詠物等詩歌時，他們就全用新體，斟酌聲律，雕飾辭藻，摹物寫景，巧構儷偶。而當寫作歌詞時，他們就無所顧忌地採用流麗輕艷的風格。他們固然創作出了少數“文質斌斌”的好詩，但大多數詩篇呈現這種兩分的現象，故易導致研究者對貞觀宫廷詩風作出截然相反的評價。如果客觀全面地看，貞觀宫廷詩人群目標明確地邁出了融合南北文風的第一步，獲得了一定的創作業績，並且由於太宗的愛好、提倡和實踐，貞觀宫廷詩人群的長期穩定延續，詩歌創作承南朝、隋之餘緒，進一步在士大夫中普及流行，從而爲唐代詩歌的健康發展及普及繁榮奠定了良好的開端。

---

① 《唐會要》，卷35，頁647。

② 原文主要講爲政及君德，但既爲詩序，且君德包括文德，故也可看成爲論詩。參羅宗强《隋唐五代文學思想史》，頁39—44。

二 《景龍文館記》與中宗朝文館學士詩人群*

武平一(？—741)編撰的《景龍文館記》(以下簡稱《文館記》),既是唐中宗(705—710 在位)景龍(707—710)期間宫廷文學活動的記録,也是一部集會總集。中宗將當時重要的詩人皆召集進修文館,並舉行了許多文學集會活動,從而將這一政府機構轉變爲文學機構。這些詩人被任命爲修文館學士;他們與其他詩人一道形成一個重要的宫廷詩人群,在唐詩發展過程中起了一定的承前啓後的作用。他們的文學活動和作品被記録和保存在《文館記》中。然而,由於這一著作久已散佚,至今爲止僅有少數學者注意到它。本文即擬對這一著作進行全面深入的研究。首先,根據原始資料考輯此書,並加以排比編年。其次,描繪和研究景龍宫廷的文學活動及帝王扶持與文學發展的關係。其三,討論景龍宫廷詩人所用的詩體。最後,分析評價收入這一著作中的作品。

(一)《景龍文館記》考輯及編年

景龍中修文館學士位置的設立見於多種早期記載。《文館記》逸文稱:

---

* 本章曾以 "A Study of *the Jinglong wenguan ji*" [《景龍文館記》研究]爲題,發表於 *Monumenta Serica* 47 (1999), 209—236,與陶敏《〈景龍文館記〉考》(《文史》48 期[1999],頁 221—236)同時發表。陶文側重於考述文館活動及其意義,拙文則除考述唱和活動外,還全面考輯分析原書所收詩文。

唐中宗景龍二年置修文館學士,大學士四人象四時,學士八人象八節,直學士十二人象十二月。[①]

《新唐書·李適傳》載:

初,中宗景龍二年,始於修文館置大學士四員、學士八員、直學士十二員,象四時、八節、十二月。於是李嶠[645?—714]、宗楚客[?—710]、趙彦昭、韋嗣立[654—719]爲大學士,[李]適[657—716]、劉憲[?—711]、崔湜[671—713]、鄭愔[?—710]、盧藏用[?—713?]、李乂[657—716]、岑羲[?—712?]、劉子玄[661—721]爲學士,薛稷[649—713]、馬懷素[658—718]、宋之問[656?—712]、武平一、杜審言[645?—708]、沈佺期[?—713]、閻朝隱[?—712]爲直學士,又召徐堅[?—729]、韋元旦、徐彦伯[?—714]、劉允濟[?—708]滿員。其後被選者不一。[②]

這裏列舉了四位大學士、八位學士及十一位直學士。加上《唐會要》所提及的蘇頲(670—727),[③]我們就有了二十四位學士的完整名單。此外,據《新唐書》所載,其後續有被選爲學士者;《玉海》亦明確記載,《文館記》中包括有"學士二十九人傳爲三卷"。[④] 此蓋因某些學士逝世或外貶,如杜審言和劉允濟即卒於任命後不久,從而需要補員。[⑤] 這些續任的學士可考者有崔日用(673—722)、[⑥]褚無量(646—720)、[⑦]李迥秀(?—712)、[⑧]

---

① 佚名,《紺珠集》(《四庫全書》本)引,卷7,頁17b。又見曾慥(?—1155)著,王汝涛等校注,《類説校注》(福州:福建人民出版社,1996),卷6,頁185—186。

② 《新唐書》,卷202,頁5748。按《唐詩紀事》李適條(卷9,頁113、127)所記同;但上海古籍出版社的編者據《唐音癸籤》增加了韋安石的名字爲學士。王仲鏞考韋安石未爲學士,見其《唐詩紀事校箋》(成都:巴蜀書社,1989),卷9,頁211。王説是。

③ 《唐會要》,卷64,頁1114—1115。但《唐會要》誤以蘇頲和沈佺期爲學士。

④ 王應麟(1223—1296)輯,《玉海》(南京:江蘇古籍出版社;上海:上海書店,1990),卷57,頁36a。

⑤ 杜審言卒於景龍二年十月,見宋之問《祭杜學士審言文》,《全唐文》,卷241,頁16a—18a。《新唐書·劉允濟傳》(卷202,頁5749)載:"召爲修文館學士,既久斥,喜甚,與家人樂飲數日,卒。"

⑥ 《新唐書》,卷121,頁4330。

⑦ 《舊唐書》,卷102,頁3165;《新唐書》,卷200,頁5687。

⑧ 《新唐書》,卷99,頁3914。

張説(667—731)四人。[①] 這樣前後所任學士可知者已有二十八位,僅一人失名。此人頗疑爲上官婉兒(664—710)。《太平廣記》録有上官婉兒傳記,注云出《景龍文館記》。[②] 此傳記可能即爲後三卷學士傳記之一。自然,婉兒作爲"女學士",只能是一種美稱或戲稱。若此推測能成立,則二十九學士的姓名已考齊。

《新唐書·李適傳》緊接著又記載:

> 凡天子餉會游豫,唯宰相及學士得從。春幸梨園,並渭水祓除,則賜細柳圈辟癘。夏宴蒲萄園,賜朱櫻。秋登慈恩浮圖,獻菊花酒稱壽。冬幸新豐,歷白鹿觀,上驪山,賜浴湯池,給香粉蘭澤,從行給翔麟馬,品官黄衣各一。帝有所感即賦詩,學士皆屬和。當時人所歆慕。然皆狎猥佻佞,忘君臣禮法,惟以文華取幸。[③]

可知唐中宗與諸學士頻繁舉行遊宴賦詩活動,而諸學士實際上被視爲宫廷文學侍從,修文館在實質上成爲一種文學機構。

據《唐會要》,修文館學士建置於景龍二年四月二十二日(708 年 5 月 14 日)。[④] 景龍學士的最後一次活動是在景龍四年(710)五月,[⑤]中宗下月即暴卒。作爲學士之一的武平一卒於開元末(741?),[⑥]其編集《文館記》應在 710 年至 741 年間,具體時間難以詳考。[⑦]

《新唐書·藝文志》録:"武平一《景龍文館記》十卷。"[⑧]《直齋書録解題》載:

> 《景龍文館記》八卷,唐修文館學士武甄平一撰。中宗初置學士以

---

① 《舊唐書·張説傳》(卷 97,頁 3051)載其於景龍中爲弘文館學士,但弘文館其時已改稱修文館,故當爲修文館學士。

② 《太平廣記》,卷 271,頁 2132。

③ 《新唐書》,卷 202,頁 5748。

④ 《唐會要》,卷 64,頁 1114—1115。

⑤ 見《通鑑》,卷 209,頁 641。

⑥ 《新唐書·武平一傳》,卷 119,頁 4295。

⑦ 陶敏謂開元中所修《群書四部録》《古今書録》及《舊唐書·經籍志》皆未提及此書,推測此書成於開元中後期,此可備一説。見其《〈景龍文館記〉考》,頁 233。

⑧ 《新唐書》,卷 58,頁 1485。

後館中雜事,及諸學士應制、倡和篇什雜文之屬,亦頗記中宗君臣宴褻無度以及暴崩。其後三卷,爲諸學士傳,今闕二卷。平一,以字行。①

《玉海》載:

中宗景龍二年,詔修文館置大學士、學士、直學士,凡二十四員,賦詩賡唱,是書咸記録爲七卷,又學士二十九人傳爲三卷。②

綜上所引,可知《文館記》主要包括三方面内容:其一爲修文館文學活動及相關政治背景的記載;其二爲諸學士的應制唱和詩文;其三爲二十九位學士的傳記。是書原有十卷,前七卷記載活動事件並附録有關唱和詩文,後三卷收學士傳記;至南宋時僅存八卷,宋以後則逐漸散佚不存。③

日本學者很早就注意到《文館記》。高木正一利用《全唐詩話》的材料,列舉四十一則有關景龍宫廷文學活動及事件的記載,二十三位修文館學士的名字,及四十三則唱和詩題。④ 西村富美子綜合分析《文苑英華》、《舊唐書》和《新唐書》之中宗紀、《資治通鑑》《唐詩紀事》《全唐詩》,列舉了五十四則事件。⑤ 但其中有三則重出,⑥二則不能證明與修文館相關,⑦故其所考可確認者共爲四十九則。安東俊六亦研究了景龍宫廷的文學活動及有關背景。⑧

在日本學者的研究基礎上,我進一步从唐、宋、元資料中考輯《文館

---

① 陳振孫,《直齋書録解題》(上海:上海古籍出版社,1987),卷7,頁196—197。

② 《玉海》,卷57,頁36a。

③ 陶敏據明楊慎《唐絶增奇》卷4引《景龍文館記》詩,推測此書或明末猶存(《景龍文館記》考,頁235),可參。

④ 高木正一,《景龍の宫廷詩壇と七言律詩の形成》[景龍宫廷詩壇及七言律詩的形成],《立命館文學》224期(1964),頁45—81。

⑤ 西村富美子,《初唐期の應制詩人》[初唐時期的應制詩人],《四天王寺女子大學紀要》9期(1976),頁119—139。

⑥ 此三則爲薦福寺、臨渭亭及新豐温泉宫。

⑦ 此二則爲訪長寧公主宅及蕭至忠宅。

⑧ 安東俊六,《景龍宫廷文學の創作基盤》[景龍宫廷文學的創作基礎],《中國文學論集》3期(1972),頁13—24。

記》所記事件佚文,計從《隋唐嘉話》得三則,[1]《大唐新語》得一則,[2]《本事詩》得二則,[3]《舊唐書》得四則,[4]《太平廣記》得一則,[5]《太平御覽》得四則,[6]《事類賦注》得二則,[7]《文房四譜》得一則,[8]《紺珠集》得二十四則,[9]《長安志》得二則,[10]《資治通鑑》得四則、[11]《資治通鑑考異》得四則,[12]《類説》得十五則,[13]《西溪叢語》得一則,[14]《能改齋漫録》得一則,[15]《白孔六帖》得四則,[16]《山谷内集詩注》得一則,[17]《考古篇》得一則,[18]《演繁露》得一則,[19]《錦綉萬花谷》得四則,[20]《古今事文類聚》得一則,[21]《補注杜詩》得一則,[22]《王荆公詩注》得一則,[23]《記纂淵海》得四則,[24]《全芳備祖

① 劉餗,《隋唐嘉話》(上海:古典文學出版社,1956),卷下,頁41—42。

② 劉肅,《大唐新語》(北京:中華書局,1984),卷3,頁45。

③ 孟棨,《本事詩》(上海:上海古籍出版社,1991),頁25。

④ 《舊唐書》,卷7,頁147、149。

⑤ 《太平廣記》,卷271,頁2132。

⑥ 李昉(925—996)等撰,《太平御覽》(上海:上海古籍出版社,1994),卷934,頁8b,卷947,頁6b,卷957,頁10b,卷967,頁11b。

⑦ 吴淑(947—1002),《事類賦注》(北京:中華書局,1989),卷4,頁67,卷15,頁307。

⑧ 蘇易簡,《文房四譜》(《叢書集成初編》本),卷1,頁3。

⑨ 《紺珠集》,卷7,頁17a—21b。

⑩ 宋敏求(1019—1079),《長安志》,收《宋元方志叢刊》(北京:中華書局,1990),卷12,頁142,卷10,頁130。

⑪ 《通鑑》,卷209,頁6624、6631、6632—6633、6641。

⑫ 司馬光,《資治通鑑考異》,《通鑑》注引,卷209,頁6629、6638、6641,卷209,頁6642。

⑬ 《類説》,卷6,頁185—188。

⑭ 姚寬(1105—1162),《西溪叢語》(北京:中華書局,1993),卷上,頁33—34。

⑮ 吴曾,《能改齋漫録》(上海:上海古籍出版社,1984),卷6,頁141。

⑯ 《白孔六帖》(《四庫全書》本),卷11,頁8a—9a,卷36,頁31a,卷38,頁6b,卷99,頁9a。

⑰ 任淵(1131進士),《山谷内集詩注》(《四庫全書》本),卷13,頁18b。

⑱ 程大昌(1123—1195),《考古篇》(《叢書集成初編》本),卷9,頁68。

⑲ 程大昌,《演繁露》(《四庫全書》本),卷3,頁13b。

⑳ 佚名,《錦綉萬花谷》(《四庫全書》本),前集卷4,頁70—71、80,後集卷29,頁708,後集卷37,頁755。

㉑ 祝穆,《古今事文類聚》(《四庫全書》本),別集卷3,頁16a。

㉒ 黄希、黄鶴,《補注杜詩》(《四庫全書》本),卷4,頁26a。

㉓ 李壁(1159—1222),《王荆公詩注》(《四庫全書》本),卷39,頁8b。

㉔ 潘自牧,《記纂淵海》(上海:上海古籍出版社,1992),卷78,頁16b,卷89,頁11b,卷92,頁23b,卷93,頁23b。

集》得一則,[1]《緯略》得一則,[2]《古今合璧事類備要》得一則,[3]《玉海》得五則,[4]《類編長安志》得二則,[5]一百卷《説郛》得三則,[6]一百二十卷《説郛》(以下稱爲《重輯説郛》)得十則,[7]去掉重複者,共得六十七則文館活動事件。[8] 參照這些事件,我從《文苑英華》(以下簡稱《英華》)、《唐詩紀事》(以下簡稱《紀事》)、《古今歲時雜詠》(以下簡稱《雜詠》)、[9]《全唐詩》《全唐文》等共輯得《文館記》所佚詩三百六十六首,斷句四,詞五首,賦一首,序四首;另從《太平廣記》《資治通鑑》《資治通鑑考異》《紺珠集》《紀事》等輯得文館學士傳記八則。[10] 根據這些詩文,在已考知的二十九位修文館學士之外,又可增加景龍唱和君臣三十六名:唐中宗、蕭至忠(?—713)、楊廉、辛替否(?—742)、王景、畢乾泰、麴瞻、樊忱、孫佺、李從遠(?—711?)、周利用、李恒、張景源、張錫(?—711?)、解琬(?—

① 陳景沂,《全芳備祖集》(《四庫全書》本),前集卷15,頁1b,後集卷9,頁2a。

② 高似孫(?—1231),《緯略》(《叢書集成初編》本),卷11,頁179。

③ 謝維新,《古今合璧事類備要》(《四庫全書》本),別集卷31,頁1b。

④ 《玉海》,卷57,頁43a—43b,卷105,頁17a—18a,卷108,頁8b—9a,卷159,頁46a—46b,卷165,頁20a—20b。《玉海》另記1則文館活動,但注明所引爲《新唐書·武平一傳》,非《文館記》,見卷159,頁33b—34a。

⑤ 駱天驤(1223?—1300?),《類編長安志》(北京:中華書局,1990),卷3,頁84—85、96。

⑥ 陶宗儀(1316—1403)編,張宗祥校,《説郛》100卷,收《説郛三種》(上海:上海古籍出版社,1988),卷77,頁12a。

⑦ 陶宗儀編,陶珽(1610進士)重編,《説郛》120卷,收《説郛三種》(以下簡稱《重輯説郛》),頁46.1a—3b。

⑧ 明清時著作亦多有援引《文館記》者,但未見新增事件,故不一一枚舉。

⑨ 蒲積中编,徐敏霞校点,《古今歲時雜詠》(瀋陽:遼寧教育出版社,1998)。

⑩ 詳見本書下編《景龍文館記》輯校。《唐詩紀事》"杜審言"條(卷6,頁79)載:"審言卒,李嶠以下請加命,時武平一爲表云:'審言譽鬱中朝,文高前列,是以升榮粉署,擢秀蘭臺。往以微瑕,久從遠謫。陛下膺圖玉扆,下制金門,收賈誼於長沙,返蔡邕於左校。審言獲登文館,預奉屬車,未獻長卿之辭,遽啓元瑜之悼。臣等積薪增愧,焚芝盈感,伏乞恩加朱紱,寵及幽泉,假飾終之儀,興哀榮之典,庶弊帷莫棄,墜履無遺。'乃贈著作郎。制曰:'漢覃恩祐,方慶於同時;漳溥疢屙,忽歸於厚夜。蒿里修文之地,永閟音徽;蓬山著作之曹,宜加寵數。'"另同書"崔日用"條(卷10,頁133)、"閻朝隱"條(卷11,頁156—157)在敘述其生平事蹟時,亦引及授官制書。陶敏由此推論《文館記》應收有學士授官、贈官制詞及他人爲學士請求褒贈的表章(《〈景龍文館記〉考》,頁228)。但據《紀事》引文,應該是在學士傳記中敘述生平事蹟時隨處引及有關制詞表章,陶説恐未確。另陶敏謂《紀事》所記諸學士生平佚事亦應皆出《文館記》,但據王仲鏞《唐詩紀事校箋》所考,諸學士生平佚聞實雜抄諸史傳筆記。雖然這些史傳筆記的記載可能採自《景龍文館記》,但如無確切證據,亦難以落實。

718)、陸景初(665—736)、李景伯、邵昇、韋安石(651—714)、竇希玠、李咸、鄭南金、于經野、盧懷慎、李日知、韋承慶、韋后(?—710)、長寧公主(?—710)、安樂公主(?—710)、太平公主(?—713)、李重茂(698—714)、竇從一(?—713)、宗晉卿(?—710)、明希獵、唐遠悊,以及一位佚名宫廷優人。

《文館記》前七卷記事原本採用編年形式,①下表亦將重輯後的文館活動事件編年。爲節省篇幅,應制唱和詩題中的贅語,諸如"奉和""應制""分韻"等,以及書號、題號皆去掉。

表四 唐中宗景龍中修文館活動及作品編年表

景龍年月日(西曆月日年)	事件	作品題目/篇數	作者	出處
二年四月二十二日(5/14/708)	修文館增置大學士4員,學士8員,直學士12員			唐會要64.1114—1115;新唐書202.5748;通鑑209.6622;紺珠集7.17b;類説6.185—186;玉海57.36a
二年四月二十三日(5/15/708)	李嶠、宗楚客爲大學士			唐會要64.1114
二年四月二十五日(5/17/708)	劉憲、崔湜、岑羲、鄭愔、李適、盧藏用、李乂、劉知幾爲學士			唐會要64.1114—1115
二年五月五日(5/27/708)	薛稷、馬懷素、宋之問、武平一、杜審言爲直學士			唐會要64.1115
二年七月七日(7/28/708)	宴兩儀殿;李行言唱《步虛歌》	七夕兩儀殿會宴/6	李嶠,趙彦昭,劉憲,李乂,蘇頲,杜審言	英華173.837;紀事9.114,11.169—170;古今歲時雜詠26.279—280;全唐詩58.692,103.1087,71.779,92.994,73.799,62.732

① 參陶敏《〈景龍文館記〉考》,頁225。

續 表

景龍年月日(西曆月日年)	事 件	作品題目/篇數	作 者	出 處
二年九月九日(9/27/708)	遊慈恩寺;上官婉兒獻詩,朝臣皆和	九月九日登慈恩寺浮圖/28	上官婉兒,①李嶠,②趙彦昭,③劉憲,鄭愔,李乂,宋之問,蕭至忠,李迥秀,楊廉,辛替否,王景,畢乾泰,麴瞻,樊忱,孫佺,李從遠,周利用,李恒,張景源,張錫,解琬,薛稷,馬懷素,崔日用,岑羲,盧藏用,李適	英華 178.867—868;紀事 9.114;全唐詩 5.60—61, 58.693, 103.1088, 71.780, 106.1106, 92.995, 52.631, 104.1091, 104.1093, 104.1094, 105.1099, 105.1099, 105.1100, 105.1100, 105.1100, 105.1101, 105.1101, 105.1102, 105.1102, 105.1102, 105.1102—1103, 105.1103, 93.1006, 93.1008, 93.558, 93.1004, 93.1002, 20.776
二年閏九月九日(10/27/708)	遊總持寺	閏九月九日幸總持寺登浮圖/4	李嶠,宋之問,劉憲,李乂	紺珠集 7.18a;類説 6.186;英華 178.868;紀事 9.114;全唐詩 58.693, 52.632, 71.780, 92.995
二年秋(708)	諸學士送宋之遜赴許州司馬任④	送許州宋司馬赴任/7	宋之問,李適,李乂,盧藏用,薛稷,馬懷素,徐堅	英華 267.1348—1349;全唐詩 52.637;70.775;92.996;93.1003;93.1007;93.1009, 107.1112

① 上官婉兒詩,《全唐詩》(卷 54,頁 663)又收崔湜名下,但據《文苑英華》(北京:中華書局,1982)(卷 178,頁 868),當屬上官。

② 李嶠詩,《全唐詩》(卷 52,頁 643)又收崔湜名下,但據《英華》(卷 178,頁 867),當屬李嶠。

③ 趙彦昭詩,《全唐詩》(卷 882,頁 9969)又收趙彦伯的名下,但趙彦伯實爲趙彦昭之訛,參《中國文學家大辭典:唐五代卷》,頁 559。

④ 按此條據陶敏文補,見其《〈景龍文館記〉考》,頁 227;以及陶敏、傅璇琮,《唐五代文學編年史:初盛唐卷》(瀋陽:遼寧出版社,1998),頁 439。

續 表

景龍年月日(西曆月日年)	事 件	作品題目/篇數	作 者	出 處
二年十月三日(11/19/708)	遊三會寺	幸三會寺/6	上官婉兒,李嶠,鄭愔,劉憲,①李乂,宋之問	英華 178.868—869;紀事 9.114;全唐詩 5.61,61.724,106.1107,71.782,92.999,53.647
二年十月四日	趙彦昭爲大學士,蘇頲、沈佺期爲直學士			唐會要 64.1115;新唐書 202.5748
二年十月	武平一上表請抑損外戚權力			通鑑 209.6624
二年十一月十五日(12/31/708)	宴内殿賀中宗誕辰	帝誕辰内殿宴羣臣/1	中宗,李嶠,宗楚客,劉憲,崔湜,鄭愔,趙彦昭,李適,蘇頲,盧藏用,李乂,馬懷素,薛稷,宋之問,陸景初,上官婉兒	紺珠集 7.19b;紀事 9.114;白孔六帖 36.31a;重輯説郛 46.2b;全唐詩 2.24
二年十一月二十一日(1/16/709)	安樂公主降武延秀	宴安樂公主宅/1	宋之問	舊唐書 7.146;通鑑 209.6630;英華 176.860;紀事 9.114;全唐詩 53.649
二年十一月	以婕妤上官婉兒爲昭容			通鑑 209.6630;紀事 9.114②
二年十二月六日(1/21/709)③	遊薦福寺,寺爲中宗舊宅;鄭愔詩先成,宋之問次之	幸薦福寺/6	李嶠,趙彦昭,宋之問,鄭愔,劉憲,④李乂	英華 178.869;紀事 9.114;全唐詩 61.724,103.1089,53.647,53.648,106.1107,71.782,92.1000

① 劉憲詩,《全唐詩》(卷 104,頁 1092)又收蕭至忠名下,但據《英華》(卷 178,頁 868),當屬劉。

②. 據新出《大唐故婕妤上官氏墓誌銘并序》《唐會要》、《新唐書》本傳、《唐大詔令集》等,上官婉兒于唐中宗神龍元年(705)封婕妤,尋晉升昭容;其後因母喪而解職(《墓誌》記爲政治原因),中宗下詔起復爲婕妤,尋復爲昭容。參看李明、耿慶剛,《〈唐昭容上官氏墓誌〉箋釋》,《考古與文物》2013 年第 6 期,頁 86—93;鄭雅如,《重探上官婉兒的死亡、平反及當代評價》,《早期中國史研究》4 卷 1 期(2012),頁 111—144。

③ 《舊唐書》(卷 7,頁 147)記此事於景龍三年正月十五日。

④ 劉憲詩,《全唐詩》(卷 104,頁 1092)又收蕭至忠名下,但據《英華》(卷 178,頁 869),當屬劉憲。

續 表

景龍年月日(西曆月日年)	事 件	作品題目/篇數	作 者	出 處
二年十二月十九日(2/3/709)	遊禁苑	立春遊苑迎春/8	中宗,李適,韋元旦,閻朝隱,沈佺期,盧藏用,馬懷素,崔日用	紀事 9.114;雜詠 3.32—33;全唐詩 2.24, 70.777, 69.773, 69.771, 96.1041, 93.1003, 93.1009, 93.559
	宴集,内殿出綵花樹	立春日侍宴内出剪綵花①/7	李嶠,趙彦昭,沈佺期,宋之問,劉憲,上官婉兒,蘇頲	紺珠集 7.18a;類説 6.187;英華 169.815—816;雜詠 3.33—34;全唐詩 58.691—692, 103.1087, 96.1029, 52.631, 71.779, 5.60, 73.798—799
二年十二月二十一日(2/5/709)	遊臨渭亭	遊禁苑陪幸臨渭亭遇雪/5	李嶠,李適,李乂,徐彦伯,蘇頲	英華 173.841;紀事 9.114;全唐詩 58.693, 70.776, 92.994, 76.823, 73.799
二年十二月三十日(2/14/709)	遊長安故城	幸長安故城未央宫/5	李嶠,趙彦昭,劉憲,宋之問,李乂	英華 174.844—845; 169.11b—12a;紀事 9.114;全唐詩 61.724, 103.1089, 71.782, 53.648, 92.999
	守歲;以皇后乳娘戲適竇從一			通鑑 209.6630;紺珠集 7.18;類説 6.186

① 按《事類賦注》引《文館記》載景龍四年立春遊望春宫賜剪綵花事;《重輯説郛》(卷 46,頁 1a—1b)亦引《文館記》載:"正月八日立春,内出綵花賜近臣。武平一應制云……"但武平一詩爲七律(見下),與此組詩不同。此組詩有宋之問參加,之問於三年秋後貶越州長史,未再返京(《新唐書》,卷 202,頁 5750—5751 本傳),無緣再預宫中唱和。賜綵花事,應爲宫中每年立春慣例。故繫此組詩於此日。

續 表

景龍年月日(西曆月日年)	事 件	作品題目/篇數	作 者	出 處
三年一月七日(2/21/709)	宴清暉閣,遇雪,甚歡,中宗令學士起舞	人日清暉閣宴羣臣遇雪/6	李嶠,宗楚客,劉憲,李乂,趙彦昭,蘇頲	隋唐嘉話 2.25;①大唐新語 3.70;本事詩 24b—25b;通鑑 209.6633;紺珠集 7.18b;紀事 9.114;錦綉萬花谷前集 4.70—71;重辑説郛 46.1a;英華 173.840—841;雜詠 5.62;全唐詩 58.692,46.560,71.779,92.994,103.1087,73.799
		人日玩雪②/7	劉憲,宋之問,沈佺期,李嶠,蕭至忠,徐彦伯,趙彦昭	雜詠 5.63;全唐詩 71.783,53.656,97.1054,61.729,104.1092—1093,76.826,103.1090
三年一月七日(2/21/709)	宴清暉閣,遇雪,甚歡,中宗令學士起舞	回波詞/3;乞金魚詞/1	沈佺期,李景伯,宫廷優人,崔日用	全唐詩 97.1054, 101.1078—1079, 890.10049,869.9849
	前此又曾宴内殿;中宗命學士撰詞	賜宴自歌/1	崔日用	本事詩 25;紀事 10.132—133;全唐詩 869.9849

① 劉餗,《隋唐嘉話》(上海:古典文學出版社,1956)。

② 按此組詩有數題。《紀事》(卷 9,頁 114)載:"三年人日,清暉閣登高遇雪……李嶠等七言詩。([原注]'千鍾聖酒御筵披'是也。')"同書(卷 10,頁 145)載:"正月中宗上清暉閣遇雪,嶠賦詩云:'千鍾聖酒御筵披,六出祥英亂繞枝。即此神仙對瓊圃,何須轍跡向瑶池。'"《雜録》(卷 5,頁 63)收李嶠同詩,題爲《人日清暉閣遇雪應制》。《全唐詩》收此詩於李嶠名下,題爲《上清暉閣遇雪》(卷 61,頁 729—730),但又收同詩於徐彦伯和趙彦伯名下,題爲《苑中遇雪應制》(卷 76,頁 826,卷 104,頁 1097)。如前所述,趙彦伯爲趙彦昭之訛;《唐诗紀事》(卷 10,頁 131)和《雜詠》(卷 5,頁 63)皆於趙彦昭名下收七絶《人日玩雪應制》,《全唐詩》收同詩,題爲《苑中人日遇雪應制》(卷 103,頁 1090)。後書還於李嶠、宋之問、沈佺期、蕭至忠、劉憲名下各收七絶《遊苑遇雪應制》一首(卷 61,頁 729,卷 53,頁 656,卷 97,頁 1054,卷 104,頁 1092—1093,卷 71,頁 783),蕭詩與劉詩重出;另於劉憲名下收七絶《人日玩雪應制》(卷 71,頁 783;亦見《唐詩紀事》,卷 9,頁 123)。由於中宗及諸學士僅經歷兩個人日(景龍三年及四年),而四年人日爲晴天,故這些詩應皆作於三年,且皆爲七絶,應即同一組唱和詩,即《紀事》所謂"李嶠等七言詩",題目的混亂應産生自長期的流傳。兹據《唐詩紀事》和《雜詠》定題爲《人日玩雪應制》。重出的詩篇中,蕭至忠與劉憲重出的《遊苑遇雪應制》應屬蕭,因劉另有《人日玩雪應制》;李嶠、徐彦伯重出之《苑中遇雪應制》(《人日清暉閣遇雪應制》)據《紀事》《雜詠》而劃歸李;李嶠多出之《遊苑遇雪應制》暫劃歸徐。

續　表

景龍年月日(西曆月日年)	事　件	作品題目/篇數	作　者	出　處
三年一月十七日(3/2/709)	宴梨園亭			舊唐書 7.147
三年一月二十九日(3/15/709)	遊昆明池,朝臣應制賦詩百餘篇;中宗命上官婉兒評選一首爲新翻御製曲,婉兒以宋之問詩爲第一	晦日駕幸昆明池/4	沈佺期,宋之問,李乂,蘇頲	英華 176.855;紀事 9.114;雜詠 9.113—114;全唐詩 97.1045, 53.647, 92.999, 74.807
三年二月二日(3/17/709)	登玄武門,觀宮女拔河;中宗命宮女爲市肆,公卿與學士爲商旅,進行交易;中宗與韋后臨觀爲樂			舊唐書 7.147;通鑑 209.6631
三年二月八日(3/23/709)	送玄奘等還荆州	送沙門弘景、道俊、玄奘還荆州/2	李嶠,①李乂	英華 177.862—863;紀事 9.114;全唐詩 58.694, 92.995
三年二月十一日(3/26/709)	訪太平公主山莊	初春幸太平公主南莊/8	李嶠,沈佺期,②宋之問,蘇頲,③李乂,韋嗣立,④邵昇,趙彦昭⑤	英華 176.859—860;紀事 9.114;全唐詩 61.723, 96.643, 52.645, 96.1041, 92.997, 91.987, 69.774, 115.1169

① 李嶠詩,《全唐詩》(卷 52,頁 643)又收宋之問名下,但據《英華》(卷 177,頁 862),當屬李。

② 沈佺期詩,《全唐詩》(卷 73,頁 804)又收蘇頲名下,但據《英華》(卷 176,頁 859),當屬沈。

③ 蘇頲詩,《全唐詩》(卷 96,頁 1041)又收沈佺期名下,但據《英華》(卷 176,頁 859),當屬蘇。

④ 韋嗣立詩,《全唐詩》(卷 103,頁 1089)又收趙彦昭名下,但據《英華》(卷 176,頁 860),當屬韋。

⑤ 趙彦昭詩,《英華》(卷 176,頁 860)收宋雍名下,但宋爲代宗、德宗時人,參《中國文學家大辭典:唐五代卷》,頁 401。《全唐詩》則收於李邕名下(卷 115,頁 1169),但據《舊唐書》李邕本傳(卷 190,頁 5040—5041),李於景龍中貶逐在外。參以上條韋嗣立同題詩亦收趙彦昭名下,此詩或即屬趙。

續 表

景龍年月日(西曆月日年)	事 件	作品題目/篇數	作 者	出 處
三年二月(3/16—4/11/709)	宴集,中宗命近臣學士各獻藝以爲樂,張錫舞"談容娘",宗晉卿舞"渾脱",張洽舞"黄獐",杜元談誦"婆羅門咒",郭山惲歌《鹿鳴》《蟋蟀》			通鑑 209.6632—6633
三年三月三日(4/15/709)	宴梨園	三日梨園侍宴)①/1	沈佺期	雜詠 16.207;全唐詩 96.1029
三年三月(4/13—5/12/709)	宴芙蓉園②	春日侍宴幸芙蓉園/4	李乂,蘇頲,宋之問,李嶠③	通鑑 194.6103;白孔六帖 11.9a;英華 169.816;全唐詩 92.993,73.799,52.631,58.692
三年夏或稍前(709)	諸學士分題賦詩④	浣紗篇贈陸上人/1	宋之問	西溪叢語 1.33—34;全唐詩 51.619—620
三年七月七日(8/16/709)	宴梨園亭			舊唐書 7.147
三年八月十一日(9/19/709)⑤	遊望春宫,送朔方節度使張仁亶	幸望春宫送朔方軍大總管張仁亶/6	李嶠,劉憲,⑥李乂,蘇頲,鄭愔,李適	舊唐書 7.148;英華 177.862;紀事 9.114;全唐詩 61.724,71.782,92.999,74.809,106.1106,70.777

① 按此詩云:"上巳褉堂開。"由於中宗及諸學士下年上巳遊渭濱,此詩應作於本年。

② 按此事有宋之問參加,宋於三年秋後貶越州長史,未再返京,已見前考;故此事應在本年春。

③ 李嶠詩,《全唐詩》(卷 52,頁 643)又收宋之問名下,但據《英華》(卷 169,頁 816),當屬李。

④ 此條據陶敏所考補,見其《〈景龍文館記〉考》,頁 227;以及陶敏、傅璇琮,《唐五代文學編年:初盛唐卷》,頁 451。

⑤ 此採《舊唐書》説,《紀事》繫此事於七月。

⑥ 劉憲詩,《全唐詩》(卷 104,頁 1092)又收蕭至忠名下,但據《英華》(卷 177,頁 862),當屬劉。

續　表

景龍年月日 (西曆月日年)	事　件	作品題目/篇數	作　者	出　處
三年八月二十一日(9/29/709)①	遊安樂公主山莊	幸安樂公主山莊/15,斷句2	李嶠,②趙彦昭,宗楚客,盧藏用,蘇頲,蕭至忠,岑羲,李乂,馬懷素,韋元旦,李迥秀,李適,薛稷,劉憲,沈佺期,李日知	舊唐書7.148;通鑑209.6637;重輯説郛46.2b;英華176.857—858;紀事9.114;全唐詩61.723,103.1089,46.561,93.1004,73.804,104.1091,93.1005,92/998,93.1010,69.773,104.1093,70.778,93.1007,71.781,96.1041
三年九月九日(10/16/709)	遊臨渭亭,分韻賦詩,韋安石先成	九月九日幸臨渭亭登高/25,序1	中宗(詩及序),韋安石,蘇瓌,李嶠,③蕭至忠,竇希玠,韋嗣立,李迥秀,趙彦昭,楊廉,岑羲,盧藏用,李咸,閻朝隱,沈佺期,薛稷,蘇頲,李乂,馬懷素,陸景初,韋元旦,李適,鄭南金,于經野,盧懷慎	舊唐書7.148;英華169.816;紀事9.114;全唐文17.1a—1b;全唐詩61.723,103.1089,46.561,93.1004,73.804,104.1091,93.1005,92.998,93.1010,69.773,104.1093,70.778,93.1007,71.781,96.1041
三年秋(709)	諸學士送唐貞休任永昌令④	餞唐永昌/11	沈佺期,崔日用,閻朝隱,李適,劉憲,徐彦伯,李乂,薛稷,馬懷素,徐堅,武平一	全唐詩97.1054—1055,46.560,69.771,70.778,71.783,76.826—827,92.1001,93.1008,93.1010,107.1112,102.1086

① 此採《舊唐書》及《通鑑》説,《紀事》繫此事於八月三日。

② 李嶠詩,《全唐詩》題爲《太平公主山亭侍宴應制》(卷61,頁723),此據《英華》(卷176,頁857)改。

③ 李嶠詩,《全唐詩》(卷52,頁632)又收宋之問名下,但據《紀事》(卷1,頁8),當屬李。

④ 此條據陶敏所考補加,見其《〈景龍文館記〉考》,頁227;以及陶敏、傅璇琮,《唐五代文學編年史:初盛唐卷》,頁455。

續　表

景龍年月日(西曆月日年)	事　件	作品題目/篇數	作　者	出　處
三年十月八日(11/13/709)①	宴安樂公主新宅	安樂公主移入新宅侍宴/4	宗楚客,②趙彦昭,武平一,沈佺期	舊唐書 7.148;通鑑 209.6637;长安志 12.10a;紀事 9.114,119;重辑说郛 46.2b;天中記 10.65b—66a;英華 176.857;全唐詩 46.561,103.1088,102.1084,96.1030
		夜宴安樂公主新宅/15,序 1	閻朝隱,李乂,徐彦伯(詩及序),蘇頲,劉憲,李適,韋元旦,武平一,李迥秀,沈佺期,薛稷,馬懷素,崔日用,岑羲,盧藏用	全唐詩 92.1001,76.826,74.845,70.778,69.774,102.1085,104.1093,97.1054,93.1008,93.1010,46.560,93.1005,93.1004
三年十一月十三日(12/18/709)③	中宗南郊;徐彦伯獻賦	南郊賦/1	徐彦伯	舊唐書 7.148;通鑑 209.6637;紀事 9.114;全唐文 267.17—20b
三年十一月十五日(12/20/709)	宴集賀中宗誕辰及長寧公主之女滿月	中宗降誕日長寧公主滿月侍宴/2	李嶠,鄭愔	英華 169.816;紀事 9.114,1.9;全唐詩 58.691,106.1105
三年十一月	武平一諫斥逐姦險			通鑑 209.6637
三年十二月八日(1/12/710)	於苑中召近臣賜臘,晚自北門入内殿,賜食及加口脂			能改齋漫録 6.11b

① 此採《舊唐書》説,《紀事》記於十一月一日。

② 宗楚客詩,《全唐詩》(卷 70,頁 777)又收李適名下,但據《英華》(卷 176,頁 857),當屬宗楚客。

③ 此採《舊唐書》《通鑑》説,《紀事》繫於十一月二十三日。

續　表

景龍年月日（西曆月日年）	事　件	作品題目／篇數	作　者	出　處
三年十二月十二日（1/16/710）	遊新豐温泉宫，中宗命蒲州刺史徐彦伯入侍；徐與武平一等五人獻詩，上官婉兒亦獻詩	幸新豐温泉宫／5	徐彦伯，武平一，上官婉兒	通鑑 209.6638；英華 170.823；紀事 9.114.115；全唐詩 76.825，102.1084，5.61
三年十二月十四日（1/18/710）①	遊宴韋嗣立山莊	幸韋嗣立山莊侍宴／10；東山記	李嶠，李乂，②沈佺期，武平一，趙彦昭，徐彦伯，劉憲，崔湜，張説，蘇頲	舊唐書 7.148；紺珠集 7.19b；類説 6.187；英華 175.852—853；紀事 11.154；全唐詩 61.725，92.999，97.1044，102.1085，103.1090，76.825，71.783，54.665，88.963，74.807；全唐文 226.1—2a
		幸韋嗣立山莊／9	李嶠，李乂，沈佺期，武平一，趙彦昭，劉憲，崔湜，張説，蘇頲	英華 175.853—884；全唐詩 61.729，92.1000，97.1054，102.1086，103.1090，71.783，54.667，89.982，74.815
三年十二月十五日（1/19/710）③	遊白鹿觀	幸白鹿觀／10	李嶠，李乂，沈佺期，武平一，趙彦昭，劉憲，崔湜，張説，蘇頲，徐彦伯	舊唐書 7.148；英華 178.871—872；紺珠集 7.19b；類説 6.187；紀事 9.115；全唐詩 58.693，92.995，96.1031，102.1084，103.1088，71.780—781，54.662—663，87.942，73.800，76.823—824

① 此採《紀事》説，《舊唐書》記此事於十二月十八日。
② 李乂詩，《全唐詩》（卷 53，頁 648）又收宋之問名下，但據《英華》（卷 175，頁 852），當屬李。
③ 此採《紀事》説，《舊唐書》繫於十二月十八日。

續 表

景龍年月日(西曆月日年)	事 件	作品題目/篇數	作 者	出 處
三年十二月十八日(1/22/710)	遊秦始皇陵	幸秦始皇陵/1	中宗	紀事1.9;全唐詩2.24
三年十二月二十二日(1/26/710)	登驪山高頂	登驪山高頂寓目/10	中宗,李嶠,李乂,武平一,趙彦昭,劉憲,崔湜,張説,蘇頲,閻朝隱	英華170.822—832;紀事9.115,1.10;全唐詩2.24,58.693,92.993,102.1083,103.1088,71.780,54.662,87.942,73.800,69.772
四年一月一日(2/4/710)	中宗賜朝臣柏葉	元日賜羣臣柏葉/3	趙彦昭,李乂,武平一	英華172.831;紀事9.115;雜詠1.5;全唐詩103.1090,92.1000,102.1085
四年一月五日(2/8/710)	宴集蓬萊宫大明殿,會吐蕃使,觀騎馬之戲	移仗蓬萊宫御大明殿會吐蕃騎馬之戲因重爲柏梁體/1	中宗,韋后,長寧公主,安樂公主,李重茂,上官婉兒,崔湜,鄭愔,武平一,閻朝隱,竇從一,宗晉卿,明希獵	紺珠集18b—19a;類説6.186;考古編9.68;演繁露3.13b;記纂淵海89.11b;玉海108.9a,105.18a;重輯説郛46.3b;紀事1.10;全唐詩2.24—25
四年一月七日(2/10/710)	宴集大明宫賀人日,中宗賜侍臣綵縷人勝	人日重宴大明宫恩賜綵縷人勝/12	李嶠,趙彦昭,崔日用,韋元旦,馬懷素,蘇頲,李乂,鄭愔,李適;沈佺期,劉憲,閻朝隱①	紀事9.115;英華172.831—832;雜詠5.63—65;全唐詩61.723,103.1089,46.559,69.773,93.1009,73.804,92.998,106.1107,70.777,96.1041,71.781,69.771
	遊梨園,觀打毬	幸梨園亭觀打毬/3	武平一,沈佺期,崔湜	英華175.851;雜詠5.66;全唐詩102.1083,96.1030,54.663

① 閻朝隱詩原題爲《奉和聖制春日幸望春宫應制》,據《英華》改(卷172,頁832)。

續 表

景龍年月日（西曆月日年）	事 件	作品題目/篇數	作 者	出 處
四年一月八日（2/11/710）	遊苑至望春宫迎春，内殿出綵花樹，人賜一枝	立春内出綵花樹/1	武平一	重輯説郛46.1；事類賦注4.67；紀事9.115；雜詠3.33—34；全唐詩102.1085
四年一月二十九日（3/4/710）①	遊宴滻水	正月晦日侍宴滻水/3	宗楚客，張説，沈佺期	紀事9.115；雜詠9.114—115；全唐詩46.561，87.944，96.1029
四年二月一日（3/5/710）②	送金城公主和蕃	送金城公主適西蕃/17	李嶠，崔湜，劉憲，張説，薛稷，閻朝隱，蘇頲，韋元旦，徐堅，崔日用，③鄭愔，李適，馬懷素，武平一，徐彦伯，唐遠悊，沈佺期	舊唐書7.149；通鑑209.6639；英華176.860—861；紀事11.115，12.180；全唐詩58.691，54.662，71.780，87.942，93.1006—1007，69.771，73.800，69.773，107.1112，46.560，106.1105，70.776
四年二月三日（3/7/710）④	訪王光輔莊；岑羲設茗宴，討論經史，武平一論《春秋》，崔日用請爲師，贈之詩	贈武平一/斷句2	崔日用	重輯説郛46.3b；舊唐書7.149；紀事9.115；全唐詩93.560
四年二月二十一日（3/25/710）	宴桃花園，賀張仁亶自朔方至，賦詩	侍宴桃花園詠桃花/6	李嶠，蘇頲，張説，李乂，趙彦昭，徐彦伯	太平御覽967.11b；紺珠集7.20a；類説6.186；紀事9.115，10.146；白孔六帖99.9a；记纂渊海93.23b；重輯説郛46.2b—3a；英華169.816—817；全唐詩61.729，74.815，89.981，92.1000，103.1090，76.827

① 謝肇淛（1567—1624）《五雜俎》記："《景龍文館記》云：'景龍四年正月二十八日晦。'夫二十八日，亦可爲晦耶。"（上海：上海書店出版社，2001；卷2，頁21）謝氏所見"二十八日"可能爲傳寫刻印之訛。

② 此採《紀事》説，《舊唐書》及《通鑑》記爲正月二十日至二月二日。

③ 崔日用詩，《全唐詩》（卷103，頁1088）又收趙彦昭名下，但據《英華》（卷176，頁861），當屬崔。

④ 此採《紀事》説，《舊唐書》記爲二月一日事。

續 表

景龍年月日(西曆月日年)	事 件	作品題目/篇數	作 者	出 處
四年二月二十二日(3/26/710)	宴承慶殿,宫女歌李嶠等桃花園詩;中宗命太常選20首入樂府,號《桃花行》			紺珠集7.20a;類説6.186;紀事9.115;重輯説郛46.2155
四年二月(3/5—4/3/710)①	遊禁苑	春日遊苑喜雨/2	李嶠,李乂②	英華173.839;全唐詩58.696,92.994
四年二月三十日(4/3/710)	中宗賜餳粥、帖綵球、鏤鷄子	寒食應制	韋承慶	紺珠集7.20a;類説6.187;重輯説郛462b
四年三月一日(4/4/710)③	遊梨園,命侍臣爲拔河之戲			舊唐書7.149;通鑑209.6640;紺珠集7.20b;類説6.187;重輯説郛46.2b
四年三月二日(4/5/710)④	遊望春宫	春日幸望春宫/13	岑羲,崔湜,張説,⑤劉憲,蘇頲,鄭愔,薛稷,韋元旦,崔日用,馬懷素,李適,李乂,沈佺期	英華174.843—844;全唐詩93.1005,54.665,87.960,71.781,73.804,106.1107,93.1107,69.773,93.559,93.1009,70.777,92.998,96.1041

① 李乂詩云:"二月早聞雷。"當作於本年或下年二月。

② 李乂詩,《全唐詩》(卷58,頁692)又收趙彦昭名下,但據《英華》(卷173,頁839),當屬李。

③ 此採《紺珠集》等引《文館記》説,《舊唐書》及《通鑑》記於二月二十九日。

④ 崔日用詩云:"渭浦明晨修禊事。"此指三月三日祓禊渭濱之事,故此組詩應作於二日。

⑤ 岑羲和崔湜詩,《紀事》(卷9,頁125—127)皆作《立春日内出綵花應制》;張説詩,《紀事》作《八日迎春賜綵花》(卷14,頁196)。但諸詩述遊春之意,未及綵花,當從《英華》作遊望春宫詩。

續　表

景龍年月日(西曆月日年)	事　件	作品題目/篇數	作　者	出　處
四年三月三日(4/6/710)	祓禊渭濱;中宗賜朝臣細柳圈。	上巳日祓禊渭濱/6	韋嗣立,徐彦伯,劉憲,沈佺期,李乂,張説	舊唐書7.149;太平御覽947.6b;紺珠集7.20b;類説6.187;紀事9.115;錦綉萬花谷前集4.80;説郛77.12a;重輯説郛46.2;英華172.834;雜詠16.206;全唐詩91.988,76.826,71.783,97.1054,92.1000,89.981
四年三月五日(4/8/710)	宴桃花園			舊唐書7.149
四年三月八日(4/11/710)	中宗命學士尋勝,宴竇希玠山亭	南省就竇尚書山亭尋花柳宴序/1	張説	紀事9.115;全唐文225.12
四年三月十一日(4/14/710)	訪上官婉兒院	幸上官昭容院獻詩/4	鄭愔	英華175.854;紀事9.115;全唐詩106.1105
四年三月二十七日(4/30/710)	諸學士送李嶠赴東都祔廟	送特進李嶠入都祔廟/1	徐彦伯	紀事9.115;全唐詩76.825
四年春(710)	諸學士送高詢赴唐州刺史任①	餞唐州高使君赴任/10	崔湜,韋元旦,蘇頲,徐彦伯,張説,李乂,盧藏用,岑羲,馬懷素,沈佺期	英華267.1348;全唐詩54.660,69.772,73.796—797,76.825,87.948,92.996,93.1003,93.1004—1005,93.1009,96.1037

① 此條據陶敏所考補,見其《〈景龍文館記〉考》,頁227;以及陶敏、傅璇琮,《唐五代文學編年史:初盛唐卷》,頁468。

續 表

景龍年月日(西曆月日年)	事 件	作品題目/篇數	作 者	出 處
四年四月一日(5/4/710)	遊長寧公主東莊	侍宴長寧公主東莊/6	李嶠,崔湜,李適,劉憲,①李乂,鄭愔	英華 176.858—859;紀事 9.115,1.9;②全唐詩 58.691,54.662,70.776,71.780,92.995,106.1104
		遊長寧公主流杯亭/25	上官婉兒	全唐詩 5.61—62
四年四月五日(5/8/710)③	遊芳林園,中宗命公卿馬上摘櫻桃而食;宴蒲萄園,奏宮樂至暝,中宗賜每人櫻桃兩籠			舊唐書 7.149;通鑑 209.6640;緯略 11.179;記纂淵海 92.12a;錦綉萬花谷後集 37.755;全芳備祖集前集 15.1b;后集 9.2a;古今合璧事类备要 31.1b;重輯説郛 46.3a
四年四月十四日(5/17/710)④	遊宴隆慶池,結綵樓,觀競渡;訪竇希玠宅。	隆慶池侍宴/11	徐彦伯,李適,武平一,劉憲,蘇頲,沈佺期,韋元旦,張説,蘇瓌,李乂,馬懷素	舊唐書 7.149;太平御覽 934.8b;通鑑 710.6640—6641 紀事 12.177;英華 176.856,175.12;全唐詩 76.826,70.777—778,102.1085,71.781,73.805,96.1042,69.773,87.960—961,46.562,92.998,93.1010
		幸禮部尚書竇希玠宅/4	李乂,沈佺期,蘇頲,劉憲⑤	紀事 9.115;英華 175.854;12.177;全唐詩 92.998—999,97.1045,74.807,71.782

① 劉憲詩,《全唐詩》(卷 104,頁 1092)又收蕭至忠名下,但據《英華》(卷 176,頁 859),當屬劉。

② 《紀事》(卷 1,頁 9)載:"故李嶠《長寧公主東莊侍宴》詩,其末云:承恩咸已醉,戀賞未還鑣。崔湜云:席臨天女貴,杯接近臣歡。李適云:願奉瑶池駕,千春侍德音。李乂云:地出東郊迴日馭,城臨南斗度雲車。徐彦伯云:鳳扆憐簫曲,鸞閨念掌珍。"按所引李乂斷句實出《奉和初春幸太平公主南莊應制》(《全唐詩》,卷 92,頁 997),徐彦伯斷句出《奉和送金城公主適西蕃應制》(《全唐詩》,卷 76,頁 823)。

③ 此採《通鑑》説,《舊唐書》記此事於四月六日。

④ 此採《舊唐書》《通鑑》説,《紀事》記此事於四月六日。

⑤ 劉憲詩,《全唐詩》(卷 104,頁 1092)又收蕭至忠名下,但據《英華》(卷 175,頁 854),當屬劉。

續　表

景龍年月日（西曆月日年）	事　件	作品題目／篇數	作　者	出　處
四年五月二十九日（6/30/710）①	御宴，祝欽明爲“八風舞”；盧藏用謂“五經掃地矣”。			紺珠集 7.21a；通鑑 209.6641；紀事 9.115
二至四年（708—710）	薛稷知集庫，馬懷素知經庫，沈佺期知史庫，武平一知子庫，通稱四部書			紺珠集 7.19a；類説 6.186；錦綉萬花谷後集 29.708；古今事文類聚别集 3.16a
二至四年（708—710）	曾奏“合生”於内殿，武平一進諫，謂不宜施於宫禁			紺珠集 7.21a；類説 6.187；説郛 77.12a
	中宗曾命諸學士入甘露殿，觀其書籍文具。			事類賦 15.307；文房四譜 1.3；玉海 159.46a—46b

（二）皇帝扶持與詩歌發展

胡震亨（1569—1645）在其所著《唐音癸籤》中，强調皇帝扶持對唐詩發展的重要性，並特别稱賞中宗對詩歌創作的愛好和推獎，甚至譽之爲“有唐吟業”之“功首”：

> 有唐吟業之盛，導源有自。文皇英姿間出，表麗縟於先程；玄宗材藝兼該，通風婉於時格。是用古體再變，律調一新；朝野景從，謡習寖廣。重以德、宣諸主，天藻並工，賡歌時繼。上好下甚，風偃化移，固宜于喁徧於群倫，爽籟襲於異代矣。中間機紐，更在孝和一朝。于時文館既集多材，内庭又依奥主，游讌以興其篇，獎賞以激其價；誰毭

① 此採《通鑑》説，《紀事》記此事於四月二十九日。

律宗,可遺功首? 雖猥狎見譏,尤作興有屬者焉。[①]

胡震亨對中宗的作用容有過譽之處,但其評述仍有一定見地。繼太宗之後,中宗對詩歌産生濃厚興趣並予以大力推進奬勵,雖然他的本意或許主要在於遊樂;加上進士試詩和律詩定格可能即在神龍前後正式建立,以及景龍年中文學館的設立和頻繁活動,這些對促進唐詩發展應該説是産生了十分重要的影響的。

唐高祖於武德四年(621)正月建修文館,秦王李世民於同年十月開文學館。武德九年(626)李世民登基後,關閉文學館,改修文館爲弘文館。中宗神龍元年(705)改稱昭文館,二年始改爲修文館。[②] 這一機構本屬門下省,所任學士"掌詳正圖籍,教授生徒;朝廷制度沿革、禮儀輕重,皆參議焉",[③]兼有整理書籍文獻、教育、制度及禮儀顧問等綜合性職能,與純文學並無直接關聯。但是景龍中置二十四學士後,中宗召集任命了當代幾乎所有的著名詩人爲學士;這些學士詩人成爲中宗及皇室的御用文人,頻繁舉行詩歌唱和活動,修文館也在實質上變成一種文學機構。

從表四可以看出,從景龍二年四月設置二十四學士後至四年六月中宗暴卒前,每逢佳節令時,中宗皆在宫殿苑囿中舉行遊宴集會,或外出遊覽長安一帶的名勝古迹、佛道寺觀及皇室公卿園林。文館學士們則侍從參與了所有的遊宴,並在其中絶大多數場合應制唱和。《新唐書・李適傳》概括説:

> 凡天子饗會游豫,唯宰相及學士得從。春幸梨園,並渭水祓除,則賜細柳圈辟癘;夏宴蒲萄園,賜朱櫻;秋登慈恩浮圖,獻菊花酒稱壽;冬幸新豐,歷白鹿觀,上驪山,賜浴湯池,給香粉蘭澤;從行給翔麟馬、品官黄衣各一。帝有所感即賦詩,學士皆屬和。當時人所歆慕,

---

① 胡震亨,《唐音癸籤》(上海:上海古籍出版社,1981),卷27,頁281。

② 《新唐書》,卷47,頁1209。

③ 同上。

然皆狎猥佻佞,忘君臣禮法,惟以文華取幸。①

作爲景龍學士之一的張説後來回憶説:

中宗景龍之際,十數年間,六合清謐,内峻圖書之府,外闢修文之館。搜英獵俊,野無遺才。右職以精學爲先,大臣以無文爲耻。每豫遊宫觀,行幸河山,白雲起而帝歌,翠華飛而臣賦。雅頌之盛,與三代同風。②

詩人們被拔擢至清職高位,文學成爲政治體制中的一個獨立部門和重要分支,其重要性甚至被認爲超過了儒學。如《資治通鑑》所載:"於是天下靡然争以文華相尚,儒學忠讜之士莫得進矣。"③

此外,詩歌在知識階層的普及化也在此期間進一步實現。自六朝以來,詩歌已日益在文人士大夫中普及。神龍、景龍之際,由於皇帝的喜好及詩人地位的提高,使得"天下靡然争以文華相尚",詩歌更加迅速地得到推廣。在一篇討論進士試詩和律詩定格的舊文中,我提出一個假設:當沈佺期和宋之問分别於武后長安二年(702)及景龍二年(即二十四學士建立之年)知貢舉時,他們將詩歌設爲考試科目之一,規定了試詩的聲律及字數,並將之命名爲律詩,從而使得進士試詩和律詩定格同步實現。④這一事件在唐詩發展過程中具有十分重要的意義。自此之後,所有想要通過進士考試而進入仕途的文士,都必須首先將自己訓練成爲詩人,其結果促使詩歌在知識階層迅速普及化。中宗及諸文館學士對這一發展的貢獻是不可忽視的。進士試詩當得到中宗的准許,而兩位試官均爲景龍學士的重要代表。文學地位的提升及詩歌在景龍時期的進一步普及也爲進士試詩提供了牢固的基礎,没有這一基礎,顯然是不可能要求所有應舉士

---

① 《新唐書》,卷202,頁5748。《紀事》(卷9,頁114)全文轉録此段。陶敏謂《新唐書》此段本於《文館記》,見其《〈景龍文館記〉考》,頁223。但作爲文館學士之一的武平一不可能自述"皆狎猥佻佞"云云,故此段當係《新唐書》編者在《文館記》的基礎上加以概括評價。

② 張説,《唐昭容上官氏文集序》,《全唐文》,卷225,頁18。

③ 《通鑑》,卷209,頁6622。

④ 參拙文《進士試詩與律詩定格》,《文學研究》2輯(1992),頁114—120;及本書第九章。

人參加詩歌考試的。而且,由於景龍宫廷詩的創作往往展開競争,勝者獲得獎賞和榮譽,輸者則受罰並感到羞耻,[①]建立一套規範形式及总结作詩技法成爲緊迫之事。此亦可能是導致律詩最後定格的一個重要原因。

（三）景龍宫廷詩體分析

《文館記》今存三百六十九首詩中,律詩共有二百八十三首,佔百分之七十七。這一情況説明律詩在此時已成爲佔上風的詩體。我對這些律詩進行了聲律分析,統計結果如下表:

表五 景龍宫廷詩聲律分析表

詩 體	五言四韻律詩	五言長律	七言四韻律詩	合 計
詩篇總數	171	43	68	282
合律篇數	120	30	57	207
合律百分比	70	65	76	73

從表五中可得出幾個結論。首先,百分之七十三的律詩聲調合律。我曾經統計《珠英學士集》殘卷中的律詩,發現只有百分之二十三的詩篇合律,可見在701年《珠英學士集》編集時,詩人們還未普遍接受一個共同的聲調模式。[②] 然而,僅僅過了數年,景龍學士的合律程度令人吃驚地增加了百分之五十。而且值得注意的是,那些不合格的詩篇大部分出自非學士的公卿大臣之手,這些事實進一步證明我關於律詩定格在702至708年之間實現的假設。

其次,與前此的武后時期相比,五言長律的篇數急劇增加,共有四十四首,尤爲引人注目的是其中有三十二首六韻律詩。五言六韻律詩正是應用於進士考試的詩體,景龍學士對這一詩體的新興趣及成熟運用,同樣佐證了我關於進士試詩在此數年間和律詩定格同步實現的假設。

---

① 見唐中宗《九日登高詩序》(《全唐文》,卷17,頁21a—21b);《唐詩紀事》,卷9,頁114。參安東俊六,《景龍宫廷文學の創作基礎》,頁23—24。

② 參本書第九章。

其三,景龍學士對七言律詩也十分感興趣,共作有六十八首,佔其現存三百六十九首詩之百分之十八,而且這一詩體的合律程度高達百分之七十六,甚至超過了五律。高木正一指出景龍七言律詩發展的四個特點:一是數量急劇增加;二是合格率迅速提高,表明此時爲這一詩體定型化的時期;三是七言詩原有的歌謡色彩消失,已經與誦讀性的五言詩相近;四是此時的七言律詩皆爲應制詩,幾乎未見於宫廷之外的創作。[①] 其説甚是。這就有力地打破了七律至盛唐始成熟的傳統説法,而景龍詩人對這一詩體的貢獻是不容忽視的。

景龍學士還存有五首詞。這些作品屬於現存最早的文人詞之列,十分值得注意。五首詞皆在宫廷場合應制而作。《資治通鑑》載:"上又嘗宴侍臣,使各爲《迴波辭》,衆皆爲諂語,或自求榮禄。"[②]《本事詩》亦載:"沈佺期會以罪謫,遇恩還秩,朱紱未復。嘗因内宴,群臣皆歌《迴波樂》,撰詞起舞,因是多求遷擢。佺期詞曰……中宗即以緋魚賜之。崔日用爲御史中丞,賜紫。是時佩魚須有特恩。内宴,中宗命群臣撰詞,曰……中宗亦以緋魚賜之。"[③]

景龍宫廷場合多作詞的主要原因,是當時民間歌詞和説唱文學的流行,以及皇室貴族對此類下層文藝的愛好。《新唐书·武平一傳》載:

> 後宴兩儀殿……胡人襪子、何懿等唱"合生"。歌言淺穢,因倨肆,欲奪司農少卿宋廷瑜賜魚。平一上書諫曰:"……妖伎胡人,街童市子,或言妃主情貌,或列王公名質,詠歌蹈舞,號曰'合生'。……兩儀、承慶殿者,陛下受朝聽訟之所,比大饗群臣,不容以倡優媟狎虧污邦典。若聽政之暇,苟玩耳目,自當奏之後廷可也。"[④]

"合生"一作"合笙"。[⑤] 從"言妃主情貌,列王公名質,詠歌蹈舞"看,合生

---

① 見高木正一《景龍の宫廷詩壇と七言律詩の形成》,頁80。高木氏對景龍詩人的七言律詩做了一個聲律分析,其結論是大約百分之七十的詩篇完全合律。我的統計結果略高一些。

② 《通鑑》,卷209,頁6633。

③ 《本事詩》,頁25b—26a。

④ 《新唐書》,卷119,頁4295。

⑤ 見《紺珠集》,卷7,頁21;《類説》,卷6,頁187;《説郛》,卷77,頁12a。

似乎是一種綜合説、唱、舞的市民藝術。後來宋代説話藝術四大類之一的合生,可能即由唐人此種説唱藝術發展而來。此種藝術被表演於内殿,可見中宗和妃主們的喜好。中宗在宮廷宴會上屢屢命群臣撰寫歌詞,表現了同樣的興趣。景龍詩人的歌詞創作,雖然是出於戲樂逢迎的需要,却在將詞從下層文藝移植至上層文學的早期發展中,起了積極的促進作用。

(四)景龍宮廷詩風

景龍宮廷詩人的作品大部分是應制詩,故成就不高,很少引起研究者注意。但如對其現存三百七十四首詩詞細加分析,仍可發現一些特殊的文學觀念及獨到的風格特徵。

首先,隨著詩歌和詩人的地位在此時期的陡然上升,景龍宮廷詩人的文學觀念也發生了變化。他們將詩歌看成是博取帝王妃主恩寵和權位榮華的政治工具。《大唐新語》載:"景龍中,中宗嘗遊興慶池,侍宴者遞起歌舞,並唱《迴波詞》,方便以求官爵。"①《新唐書・崔日用傳》載:"宴内殿,酒酣,起爲《回波舞》,求學士,即詔兼修文館學士。"②因此,他們自得其樂地扮演東方朔一類文學侍臣的形象,雖然他們在朝廷中的實際地位遠較東方朔輩爲清高。崔湜稱:

> 臣朔真何幸,常陪漢武遊。③

趙彦昭稱:

> 常年願奉西王母,近侍慚無東朔才。④

這種文學侍從的地位使得他們的許多作品不可避免地成爲浮淺的宮廷頌美詩。

其次,景龍宮廷詩人還以娛樂爲詩歌的主要目標。他們的大部分詩

---

① 《大唐新語》,卷 3,頁 45。
② 《新唐書》,卷 121,頁 4330。
③ 崔湜,《幸白鹿觀應制》,《全唐詩》,卷 54,頁 662—663。
④ 趙彦昭,《侍宴桃花園詠桃花》,《全唐詩》,卷 103,頁 1090。

歌都作於遊宴及節日的場合,目的是取樂皇室貴族及他們本身。《文館記》中有許多這方面的記載:

> 中宗景龍三年正月七日,上御清暉閣。登高遇雪,因賜金綵人勝,令學士賦詩。是日甚歡。[①]
>
> 中宗誕辰,與侍臣賦詩宴樂。上曰:"可識朕意,不須惜醉。"李嶠等奏曰:"既陪天歡,不敢不醉。"[②]
>
> 沈佺期作《回波詞》云……帝大笑,遂賜之。[③]

爲娱樂而作詩的目標使得他們的一些作品具有諧謔幽默的色彩,尤其是他們的詞作。如佚名宫廷優人所作《回波樂》:

> 回波爾時栲栳,怕婦也是大好。外邊只有裴談,内裏無過李老。[④]

中宗和裴談皆以懼内著稱。這首詞取樂於中宗之懼怕韋后,曾使得韋后"意色自得"。[⑤] 詞的語言風格俚俗而風趣。又如崔日用的失調詞:

> 臺中鼠子直須諳,信足跳梁上壁龕。倚翻燈脂污張五,還來囓帶報韓三。　莫浪語,直王相,大家必若賜金龜,賣却猫兒相報賞。[⑥]

據《本事詩》,崔日用當時爲御史中丞,作此詞以求緋魚。[⑦] 故"臺"應指御史臺。詞中運用了隱喻、俚語,以鼠自喻,充滿滑稽意味。大概因爲剛剛從民間移植而來,景龍詩人的詞作多帶有這種近於民間歌謡的俚俗諧謔的風格特徵。這在有唐三百年間的詩詞作品中可謂獨標一格。

景龍宫廷詩的另一特徵是細巧精美的"女性"風格。中宗軟弱無能,受到其妻韋后、其妹太平公主及其女長寧公主和安樂公主的挾制。許多

---

① 《重輯説郛》,卷46,頁1a。
② 同上書,頁2b。
③ 《紺珠集》,卷7,頁18b。
④ 《全唐詩》,卷890,頁10049。
⑤ 《本事詩》,頁26。
⑥ 《全唐詩》,卷869,頁9849。
⑦ 《本事詩》,頁25b—26a。

宴會都在内殿或公主園林舉行,而這幾位權勢熏天的女性則出席了大部分的宴遊活動。[①] 此外,景龍宫廷創作又由另一位頗具權勢的宫廷女性上官婉兒擔任裁判。《新唐書·上官婉兒傳》載:

> 婉兒勸帝侈大書館,增學士員,引大臣名儒充選。數賜宴賦詩,君臣賡和,婉兒常代帝及后、長寧、安樂二主,衆篇並作,而采麗益新。又差第群臣所賦,賜金爵,故朝廷靡然成風。當時屬辭者,大抵雖浮靡,然所得皆有可觀,婉兒力也。[②]

則景龍文館學士的設置本出自上官婉兒的建議。根據此條記載,中宗及其他皇室成員的詩作都由她捉刀代筆,那麽宫廷詩人們的所謂"應制"詩,實際上都是對她的詩作的酬和應答。再加上這些宫廷製作都由她評判優劣,宫廷詩人們不可避免地要追隨她的趣味。如《唐詩紀事》中一段著名的記載:

> 中宗正月晦日幸昆明池,群臣應制百餘篇。帳殿前結綵樓,命昭容選一首爲新翻御製曲。從臣悉集其下。須臾,紙落如飛,各認其名而懷之。既進,唯沈、宋二詩不下。又移時,一紙飛墜,乃沈詩也。及聞其評曰:"二詩工力悉敵。沈詩落句云:'微臣雕朽質,羞睹豫章材。'蓋詞氣已竭。宋詩云:'不愁明月盡,自有夜珠來。'猶陟健舉。"沈乃伏,不敢復争。[③]

沈佺期、宋之問二詩均爲五言長律,"工力"應包括聲調之和諧,對偶之工整,及結構之精緻等。宋詩結尾二句"不愁明月盡,自有夜珠來",一方面巧妙地總結題目——"明月盡"結"晦日","夜珠"結"昆明池",另一方面又以池中夜明珠的景象另開新面,引人回味。故"健舉"的評語似不當如有些學者解爲剛健挺拔,而是指立意之巧妙曲折,饒有餘味。

---

① 如邵昇《初春幸太平公主南莊》(《全唐詩》,卷69,頁774)云:"二聖忽從鸞殿幸,雙仙正下鳳樓迎。""二聖"謂中宗和韋后,"雙仙"謂太平公主及駙馬。再如張説《東山記》(《全唐文》,卷226,頁1a)云:"天子賦詩,王后帝女、宫嬪邦媛,歌焉和焉。"

② 《新唐書》,卷76,頁3488。

③ 《唐詩紀事》,卷3,頁28。

每逢佳節,學士們常被賜與一些小禮物,如元日的柏葉、人日的綵縷人勝、立春的剪綵花、寒食的帖綵球和鏤鷄子、上巳的細柳圈。這些小玩意和女性飾品很可能即由那幾位女性統治者頒賜,而宫廷詩人們則必須賦詩描繪這些禮物以表示他們的謝意。這一類詩往往寫得格外精巧尖新,如宋之問《立春日侍宴内出剪綵花》:

> 金閣妝新杏,瓊筵弄綺梅。人間都未識,天上忽先開。蝶繞香絲住,蜂憐艷粉迴。今年春色早,應爲剪刀催。①

此詩作於景龍二年,其年十二月十九日即立春,是爲早春。詩中描繪剪綵花,並處處傳達早春之意。首聯以精緻的對偶點題,"金閣""瓊筵"表明"侍宴","新杏""綺梅"暗示"剪綵花"。頷聯運用皇宫即天堂的傳統隱喻,寫剪綵花給宫中提早帶來的春意。頸聯借蜂蝶爲媒介,細緻描繪出剪綵花的香味、色彩及形狀,在人工藝術品的非真與逼真上做文章,描刻極爲尖新。尾聯再以一個巧妙的構思述早春之意:春天並非自然來臨,而是宫女們的剪刀將其催來。詩人既嫻於運用傳統隱喻,又靈活地自創新意,筆觸細膩尖巧,結構精密無隙,全詩亦宛如一枝小巧玲瓏的剪綵花。

即使是描寫御駕出遊的盛大場面,景龍宫廷詩人同樣刻意在構思之新巧和描繪之精細上下功夫。如沈佺期《興慶池侍宴應制》:

> 碧水澄潭映遠空,紫雲香駕御微風。漢家城闕疑天上,秦地山川似鏡中。向浦回舟萍已緑,分林蔽殿槿初紅。古來徒羨河汾賞,今日宸遊聖藻雄。②

全詩扣緊隆慶池,在"映"字上巧做文章,將所有景物從池中倒影一一描繪出來:皇帝的車駕如同乘雲御風而至;城中宫殿與青天一起映入水中,宛如天宫般虚無縹緲;秦地山川盡納入池中,猶如鏡中明麗動人的影像;水面上實際的緑萍依附於虚幻的紅槿,舟船迴轉行駛於倒映的林殿之間。遠景大景、近景小景皆融會於一池之中,不再有差别,只令人處處感到詩

① 《全唐詩》,卷52,頁631。
② 《全唐詩》,卷96,頁1042。

人構思的精巧、刻畫的細微。如毛張健評此詩云:"非徒寫景韶麗,當玩其細膩入微處。"①再如蘇頲《奉和春日幸望春宫應制》:

東望望春春可憐,更逢晴日柳含煙。宫中下見南山盡,城上平臨北斗懸。細草偏承回輦處,飛花故落舞筵前。宸遊對此歡無極,鳥哢聲聲入管弦。②

起句即在望春宫和望春尋春的遊覽活動之間巧做文章,"東望望春"四字似嫌拙直,但接以"春可憐"三字,便引出無限惜春情意;"更逢晴日"一接又展現出春日的嫵媚和生機,表明遊幸之由,二句繳足題面。中二聯分别渲染望春宫和春日。三、四句寫宫之高峻,"盡"字、"懸"字用得工切,極寫所見之廣及所臨之高。五、六句點綴春景,"偏"字、"故"字移情花草,立意尖新。七句頌美,爲應制詩中必有之義,而難得尾句以景收情,如同宋之問的"自有夜珠來"一樣結得巧妙曲折,不落窠臼。全詩結構之細密,立意用字之新巧,同樣令人贊嘆,正如徐增所評:"七言律,初唐最稱工麗。余於許公此作,贊嘆不絶,不以其詞之工麗,而以其用意之細也。"③

不過,總的看來,景龍宫廷詩人的作品巧聯多而完篇少。在他們衆多的律詩中,首聯和尾聯由於需要叙述遊宴場合、應制緣由及感恩之情,時常顯得平板乏味,重複雷同,但中間二聯却往往音調諧美、意象新巧、對偶精工、句法複雜、耐人尋味。如趙彦昭《立春日侍宴内出剪綵花》詩的頷聯:

花隨紅意發,葉就緑情新。④

二句間聲調和修辭的對仗皆工整完美。由於詩人别出心裁地用了"紅意"和"緑情"的新巧詞語和擬人化手法,紅花緑葉的簡單意思被加以複雜化。兩句詩通過對偶的張力,不僅描繪出一個富於色彩和活力的春天境界,而且還傳達出了詩人的歡快情緒。再如崔日用《奉和人日重宴大明

① 毛張健,《唐體餘編》(清康熙刻本),卷1,頁2a。
② 《全唐詩》,卷73,頁804。
③ 徐增,《而庵説唐詩》(崇德堂書坊刻本),卷16,頁4a。
④ 《全唐詩》,卷103,頁1087。

宫恩賜綵縷人勝應制》詩的頸聯：

曲池苔色冰前液，上苑梅香雪裏嬌。[①]

這一聯描繪了一幅春天與冬天交織的景象。初春淺色的青苔如同液體的隱喻十分新穎細巧：冬天的力量使得流水凝固成冰，春天的力量却使得固體的青苔流動，從而暗示了生命力在早春的萌發。

以上對於《文館記》的研究表明，景龍前後是唐詩發展過程中的一個特殊過渡時期。帝王的扶持提升了詩歌和詩人的地位，詩歌的普及化在此時進一步實現，律詩的定格和進士試詩的建立也可能發生於這一期間。在短短兩年多時間中，中宗和宫廷詩人們舉行了繁多的宫廷文學活動，創作了數百首詩篇。這些詩篇雖然缺乏真正的杰作，却仍然展示了一些獨特的風格和表現特徵，對於唐代文學發展具有一定的貢獻。

景龍學士中的年輕詩人張説後來給予他的同事們高度的評價：

李嶠、崔融、薛稷、宋之問，皆如良金美玉，無施不可。……閻朝隱之文，則如麗色靚妝，衣之綺綉，燕歌趙舞，觀者忘憂。然類之風雅，則爲俳矣。[②]

沈三[佺期]兄詩，直須還他第一。[③]

張説及其他一些年輕的景龍文館學士如蘇頲和徐堅，至盛唐初期尚活躍於詩壇。與他們景龍中的較年長同事一樣，他們佔據了朝廷高位，並熱心於扶持獎拔年輕詩人。研究者已經指出，許多著名的盛唐詩人，如張九齡（678—740）、賀知章（659—744）、王翰及王灣，皆得到張説的推獎。[④] 可以毫不誇張地説，對於中國傳統詩歌的高潮——盛唐時期的到來，景龍宫廷詩人做了十分有益的鋪墊，並産生了重要的影響。

---

① 《全唐詩》，卷 46，頁 559。

② 《大唐新語》，卷 8，頁 130。

③ 《隋唐嘉話》，卷 2，頁 24。

④ 參陳祖言《張説年譜》（香港：中文大學出版社，1984），“前言”，頁 5。

三　《大曆年浙東聯唱集》與浙東詩人群

《新唐書·藝文志》集部總集類著録"《大曆年浙東聯唱集》二卷",未標明作者。[1]《通志·藝文略》集部詩總集略所録同。[2]《宋史·藝文志》集部總集類録有"《大曆浙東酬唱集》一卷",[3]知此集至元末尚存,但已亡佚過半。本文擬對有關資料進行考察,鈎稽出《大曆年浙東聯唱集》的大致面目,並對其現存詩篇加以評價研究。

(一)《大曆年浙東聯唱集》鈎沉

唐穆員《鮑防碑》載:

> 天寶中,……[鮑防]舉進士高第,調太子正字。中州兵興,全德違難,辭永王,去來瑱,爲李光弼所致。光弼上將薛兼訓授專征之命於越,輟公介之。……東越仍師旅饑饉之後,三分其人,兵盜半之。公之佐兼訓也,令必公口,事必公手。兵兼於農,盜復於人。自中原多故,賢士大夫以三江五湖爲家,登會稽者如鱗介之集淵藪,以公故也。[4]

---

① 《新唐書》,卷 60,頁 1624。
② 鄭樵(1104—1162),《通志》(杭州:浙江古籍出版社,1988),卷 70,頁 825C。
③ 脱脱(1314—1355)等,《宋史》(北京:中華書局,1985),卷 209,頁 5398。
④ 《全唐文》,卷 783,頁 17a—17b。

以上引文説明:1)鮑防(723—790)曾任浙東觀察使薛兼訓從事;[①]2)鮑防雖名爲從事,但"令必公口,事必公手",實爲浙東幕府主事之人;3)鮑防在浙東時,江南地區之士大夫紛紛投奔,其中很大一部分係避亂南渡。案薛兼訓鎮越時間爲寶應元年至大曆五年(762—770)。[②] 寶應元年浙東發生袁晁起兵,李光弼派部將薛兼訓等前往平息,薛當在此時被授以浙東觀察之任。但據《資治通鑑》載,廣德元年(763)"四月,庚辰,李光弼奏擒袁晁,浙東皆平"。[③] 則薛兼訓正式開幕府招文士,應遲至廣德元年四月之後。

孔延之《會稽掇英總集》録有一首《經蘭亭故池聯句》,共十八韻三十六句,題下注云:"原本不注名姓於聯句下。"[④]桑世昌《蘭亭考》亦録《經蘭亭故池聯句》全詩,注云:"鮑防、嚴維、劉全白、朱迪共二十五人,具姓名。大曆中唱[和]五十七人。見本不注姓名於聯句下。"[⑤]蘭亭在浙東越州,時間又當大曆,且從"大曆中唱[和]五十七人"句可知,鮑防諸人之聯唱當不止一次。另姚寬(1105—1162)《西溪叢語》稱:"考蘭亭之會,自右軍、謝安凡四十二人。後大曆中朱迪、吕渭、吴筠等三十七人《經蘭亭故池聯句》'賞有文辭會,歡同癸丑年'之句,必用是事。"[⑥]《嘉泰會稽志》亦云:"蘭亭古池在[會稽]縣西南二十五里,王右軍修禊處。唐大曆中鮑防、嚴維、吕渭列次三十七人聯句於此,云:'曲水追歡處,遺芳尚宛然。名從右軍出,山在古人前。賞是文辭會,歡同癸丑年。'"[⑦]此數聯詩均見於《會稽掇英總集》及《蘭亭考》所録《經蘭亭故池聯句》,知爲同一首詩。但二書所録全詩僅三十六句,不應有三十七人參加聯唱,應以三十六人爲是。童養年《全唐詩續補遺》於嚴維(?—780)名下録此詩,注云出桑世

---

① 《舊唐書》,卷148,頁3956;《新唐書》,卷159,頁4949。
② 參郁賢皓《唐刺史考全編》,卷142,頁2004。
③ 《資治通鑑》,卷222,頁7142。
④ 孔延之,《會稽掇英總集》(《續修四庫全書》本),卷14,頁1a—1b。
⑤ 桑世昌,《蘭亭考》(《知不足齋叢書》本),卷12,頁6b。
⑥ 《西溪叢語》,卷上,頁33。
⑦ 施宿等,《嘉泰會稽志》(《宋元方志叢刊》本),卷10,頁44b。

昌《蘭亭考》,但改“二十五人”爲“三十五人”,未知何據。[1]

將上引諸作與《新唐書・藝文志》等所録相證,我們可推論:鮑防等人《經蘭亭故池聯句》及其他多至五十七人之聯唱,應作於廣德元年至大曆五年鮑防任浙東從事時,這種大規模聯唱的盛況,正與當時江南文士“登會稽者如鱗介之集淵藪”的情況相合。《大曆年浙東聯唱集》二卷,當即鮑防聯唱詩人群的作品總集。

這一總集的作品可考者尚有以下諸種。

《會稽掇英總集》另録以下十一首詩:[2]

《松花壇茶宴聯句》,未署姓名於聯句下,但《會稽志》載:“松花壇,在雲門,唐大曆中嚴維、吕渭茶宴於此,聯句云‘幾歲松花下,今來草色平。繞壇烟樹老,入殿雨花輕。’”[3]則此詩亦屬浙東聯唱,作者名可知有嚴維(? —780)、吕渭(735—800)。

《尋法華寺西溪聯句》,預唱者爲賈弇、陳允初、吕渭、張叔政、鮑防、周頌、□成用、鄭槩、嚴維。

《雲門寺小溪茶宴院中諸公》,與唱者爲嚴維、謝良弼、裴晃、吕渭、鄭槩、陳允初、庾騤、賈肅。

《徵鏡湖故事》,與唱者同上。葛立方《韻語陽秋》記:“唐裴勉與□渭等《鑑湖聯句》,有‘興裏還尋戴,東山更問東’。”[4]二句即出《徵鏡湖故事》最後一聯,“裴勉”當爲“裴晃”之訛,“□渭”爲吕渭之失姓。

《自雲門還泛若耶入鏡湖寄院中諸公》,與唱者爲謝良弼、吕渭、鄭槩、嚴維、裴晃、陳允初、蕭幼和。

《秋日宴嚴長史宅》,與唱者爲鄭槩、裴晃、嚴維、徐嶷、張著、范絳、劉全白、沈仲昌、闕名。

《嚴氏園林》,與唱者爲嚴維、鄭槩、王綱、沈仲昌、賈全、段格、劉題。

---

① 童養年,《全唐詩續補遺》,收《全唐詩補編》,卷 3,頁 368。

② 《會稽掇英總集》,卷 14,頁 1a—7a。按此 11 首詩中,除《入五雲溪寄諸公聯句》1 首《全唐詩》(卷 789,頁 8888—8889)録爲《一字至九字詩聯句》外,皆爲《全唐詩》及《全唐詩外編》所失收。

③ 《嘉泰會稽志》,卷 18,頁 10a。

④ 葛立方,《韻語陽秋》,收何文焕編,《歷代詩話》(北京:中華書局,1981),卷 5,頁 523。

按《會稽志》"園林"條載,"嚴長史園林,頗名於唐大曆中,有聯句者六人。其《宅詩》云,'落木秦山近,衡門鏡水通';《園詩》云:'杖策山横緑野,乘舟水入衡門。'皆維自句";"人物"條載,"嚴維字正文,越州人,爲秘書郎,大曆中與鄭槩、裴冕、徐嶷、王綱等宴其園宅,聯句賦詩,世傳《浙東唱和》"。[1] 此可與《會稽掇英總集》所録相印證,裴冕當爲裴晃之訛。

《柏梁體狀雲門山物》並序,秦瑀作序,與唱者爲秦瑀、鮑防、李聿、李清、杜奕、袁邕、吕渭、崔泌、陳允初、鄭槩、杜倚。[2]

《花嚴寺松潭》,與唱者爲張叔政、嚴維、吕渭、賈弇、周頌、鄭槩、陳允初、□成用。

《入五雲溪寄諸公聯句》,題下注云:"從一字至九字。"與唱者爲鮑防、嚴維、鄭槩、□成用、吕渭、陳允初、張叔政、賈弇、周頌。按《全唐詩》收此詩,題爲《一至九字詩聯句》,[3]此當係後人擬題。

《登法華寺最高頂憶院中諸公》,題下亦注云:"從一字至九字。"預唱者同上詩。

《會稽掇英總集》另收有《雲門寺濟公上方偈》十一首並序,鮑防作序,稱作於大曆四年(769);鮑防、李聿、杜奕、闕名、闕名、鄭槩、杜倚、崔泌、闕名、任逵作偈。[4] 其中李聿、杜倚、崔泌、杜奕四偈收《全唐文》,[5]其餘七首則失收。

《唐詩紀事》録有兩組詩,一組題爲《憶長安十二詠》,參加者爲鮑防、嚴維、吕渭、謝良輔、丘丹、陳允初、鄭槩、杜奕、范憕、樊珣、劉蕃,共十一人,除謝良輔二詠外,其餘人各一詠;另一組題爲《狀江南十二詠》,參加者與前一組略同,唯無陳允初,多賈弇、沈仲昌,共十二人,人各一詠。[6] 蒲積中《古今歲時雜詠》亦録此二組詩,但缺正月二詠,後一組題爲《狀江

---

① 《嘉泰會稽志》,卷 13,頁 24a,卷 14,頁 36a。
② 秦瑀序又見《全唐文》,卷 947,頁 20b。
③ 《全唐詩》,卷 789,頁 8888—8889。
④ 《會稽掇英總集》,卷 15,頁 9b—11a。
⑤ 《全唐文》,卷 435,頁 10a—10b,卷 615,頁 17a。
⑥ 《唐詩紀事》,卷 47,頁 712—720。

南十二月，每句須一物形狀》。[①]《全唐詩》所録與紀事同。[②]

《唐詩紀事》又録有一首《中元日鮑端公宅遇吴天師聯句》，參加者爲嚴維、鮑防、謝良輔、杜奕、李清、劉蕃、鄭槩、陳允初、樊珣、丘丹、吕渭、范淹、吴筠（？—778）。[③] 鮑端公爲鮑防，吴天師爲著名道士吴筠。《古今歲時雜詠》、[④]《全唐詩》[⑤]亦收此詩。

《全唐詩》於嚴維名下録《酒語聯句各分一字》，參加者爲鮑防、嚴維、吕渭、謝良輔、丘丹、鄭槩、陳允初、沈仲昌、劉蕃、□迥。[⑥]

此外，在這一段時間裏，著名隱逸詩人秦系（720？—800？）、[⑦]朱放（？—788？）、[⑧]張志和、[⑨]詩僧靈澈（746—816）、[⑩]清江都在越州，[⑪]他們都有可能參加鮑防詩人群的聯唱。而名士陸羽（733—？）曾特意趕來投靠鮑防，"講德遊藝"；[⑫]散文家李華之舅亦不遠千里而來，"求琢於鮑"，[⑬]恐皆不免參與詩會。

綜上所考，共得《大曆年浙東聯唱集》存詩三十八首，偈十一首，序二首。其中有十首詩未見《全唐詩》及《全唐詩外編》，七首四言偈及一首序

---

① 《古今歲時雜詠》，卷43，頁491、497，卷44，頁503、507、510，卷45，頁515、519、523，卷46，頁529、532、534。

② 《全唐詩》，卷307，頁3480—3490，卷263，頁2925。

③ 《唐詩紀事》，卷47，頁715。

④ 《古今歲時雜詠》，卷28，頁295。

⑤ 《全唐詩》，卷789，頁8888。

⑥ 同上。

⑦ 見秦系《獻薛僕射》，《全唐詩》，卷260，頁2898。

⑧ 《唐詩紀事》，卷26，頁402。

⑨ 見顔真卿（709—784）《浪迹先生玄真子張志和碑銘》，《顔魯公文集》（《四部備要》本），卷7，頁9a—10b。

⑩ 見劉禹錫《澈上人文集紀》，《劉禹錫集箋證》，瞿蜕園編（上海：上海古籍出版社，1989），卷19，頁519。

⑪ 見贊寧（919—1001）《宋高僧傳》（北京：中華書局，1987），卷15，頁368。

⑫ 見皇甫冉《送陸鴻漸赴越并序》，《全唐詩》，卷250，頁2820。

⑬ 見李華《送十三舅適越序》，《全唐文》，卷315，頁12a—12b。

未見《全唐文》《唐文拾遺》《唐文續拾》,可補。[1] 此集原本僅二卷,故本文所考,應已經鈎稽出其大致面目。其作者原有五十七人,姓名可考知者有鮑防、嚴維、劉全白、朱迪、吕渭、謝良輔、丘丹、陳允初、鄭槩、杜奕、范熔、樊珣、劉蕃、賈弇、沈仲昌、李清、范淹、吴筠、□迥、□成用、張叔政、周頌、裴晃、徐嶷、王綱、庾騤、賈肅、蕭幼和、李聿、杜倚、崔泌、杜奕、任逵、秦瑀、范縡、張著、段格、劉題,共三十八人;可能參加者有秦系、朱放、張志和、靈澈、清江、陸羽、李某,共七人。

(二)大曆浙東詩人群存作評述

《大曆年浙東聯唱集》現存四十九首詩偈,雖然皆非杰作,却體現了一些獨有的特色,具有一定的文體史、文學史和文學社會學意義。

首先,這些詩清晰地呈現了安史之亂中士大夫的心理變化軌迹。我們先看《入五雲溪寄諸公聯句》:

> 東,西(鮑防)。
> 步月,尋溪(嚴維)。
> 鳥已宿,猿又啼(鄭槩)。
> 狂流礙石,迸笋穿溪(□成用)。
> 望望人烟遠,行行蘿徑迷(吕渭)。
> 探題只應盡墨,持贈更欲封泥(陳允初)。
> 松下流時何歲月,雲中幽處屢攀躋(張叔政)。
> 乘興不知山路遠近,緣情莫問日過高低(賈弇)。
> 静聽林下潺潺足湍瀨,厭問城中喧喧多鼓鼙(周頌)。

---

① 此爲我於1989年發表《〈大曆年浙東聯唱集〉考述》(《文學遺産增刊》18輯,頁99—107)及1991年發表《〈大曆年浙東聯唱集〉補考》(《江海學刊》153期,頁190)時的情況。陳尚君於1992年出版的《全唐詩續拾》(卷17,頁904—911),已將這些詩文補上(陳編從完成至出版經歷多年時間)。其後續有學者補充我對《大曆年浙東聯唱集》的輯考(如蔣寅《大曆詩人研究》[北京:中華書局,1995],1册,頁152—153),但所補並未超出拙考的範圍,蓋因未見到我發表於《江海學刊》的補考及陳編而導致重複。

詩人們興致勃勃地步月尋溪,遊山玩水,吟詩探題,沉迷於"狂流礙石,迸笋穿溪"的幽美景象中,直到最後一句,才點明這一切的動機:原來是爲了逃避戰亂,解除城中"鼓鼙"所帶來的心理陰影。這是從江南的自然美景中獲得安慰,而《醉語聯句》《中元日鮑端公宅遇吴天師聯句》《松花壇茶宴聯句》《尋法華寺西溪聯句》及《雲門寺濟公上方偈》等,則是從醉酒和佛道中尋求解脱。如《松花壇茶宴聯句》云"衣冠遊佛刹,鼓角望軍城";《尋法華寺西溪聯句》云"雲林會獨往,世道從交戰"。安史之亂給唐王朝帶來了極大的破壞,整個帝國由盛轉衰、一蹶不振。這些倉惶南渡避亂的文士們從盛世之夢中驚醒過來,對這一巨大的歷史變化既不可理解,又無可奈何,只能採取避世的態度。這是一種真正意義上的避世,與盛唐文士以隱居爲仕進快捷方式或尋求個體價值不同。它不僅是鮑防諸人的心理特徵,也是這一時代很大一部分士大夫的共同傾向。

值得注意的是,同是這一批詩人,在安史之亂前却表現出很不相同的思想和創作傾向。嚴維在《餘姚祗役奉簡鮑參軍[防]》詩中自稱:"童年獻賦在皇州,方寸思量君與侯。"[①]可知其年少時應試長安,與其他盛唐文士一樣滿懷"舉頭望君門,屈指取公卿"的政治抱負和浪漫理想。[②] 穆員《鮑防碑》稱:"天寶中……公賦《感遇》十七章,以古之名法,刺譏時病,麗而有則,屬詩者宗而誦之。"[③]這一組詩後來獲得白居易的高度贊揚,被與陳子昂的《感遇》相提並論:"唐興二百年,其間詩人不可勝數,所可舉者,陳子昂有《感遇》二十首,鮑防有《感興詩》十五首。"[④]《感興》與《感遇》義近。《唐詩紀事》於鮑防名下録有一首《雜感》,爲時事諷諭詩,當即《感遇》十七章存篇。玆引録如下:

漢家海内承平久,萬國戎王皆稽首。天馬常銜苜蓿花,胡人歲獻葡萄酒。五月荔枝初破顔,朝離象郡夕函關。雁飛不到桂陽嶺,走馬

① 《全唐詩》,卷263,頁2918。

② 高適,《别韋參軍》,《全唐詩》,卷213,頁2221。

③ 《全唐文》,卷783,頁17a。

④ 白居易,《與元九書》,朱金城編,《白居易集箋校》(上海:上海古籍出版社,1988),卷45,頁2791。

皆從林邑山。甘泉御果垂仙閣,日暮無人香自落。遠物皆重近皆輕,鷄雖有德不如鶴。[1]

詩中諷刺了唐玄宗在"承平久"的天寶年間寵幸貴妃,窮奢極欲,勞民傷財的事實。"五月荔枝初破顔,朝離象郡夕函關"是"一騎紅塵妃子笑,無人知是荔枝來"的先聲,[2]但與生活於晚唐的杜牧(803—853)不同,此詩作於楊氏兄妹氣焰囂上的天寶年中,詩人"刺譏時病"的膽略委實令人欽敬。詩歌寫得氣勢遒勁,既有盛唐七古的活力,又有後來中唐新樂府的鋭氣。李肇説:"大曆之風尚浮。"[3]鮑防諸人在安史亂後創作傾向的轉變,不也從一個側面透露了盛、中唐之際詩風轉變的消息?

《憶長安十二詠》的主題很值得注意。這組詩深情地回顧了安史亂前的長安從一月到十二月的不同景致和遊樂情事:曲江勝遊,上苑花枝,昆明池水,華清池臺,五陵冬獵,温泉彩仗,終南殘雪……兹舉二首爲例:

憶長安,正月時,和風喜氣相隨。獻壽彤庭萬國,燒燈青玉五枝。終南往往殘雪,渭水處處流澌。

憶長安,十月時,華清士馬相馳。萬國來朝漢闕,五陵共獵秦祠。晝夜歌鐘不歇,山河四塞京師。

長安代表大唐帝國,詩人們所依依懷念的實際上是那剛剛成爲舊夢的開元天寶盛世,那"獻壽彤庭萬國""萬國來朝漢闕"的大唐帝國聲威。這一主題在當時十分流行,如陳蜕曾"賦《長安十五詠》……其《華清宫》詩有'夢裏换春秋'之句"。[4] 杜甫也寫了不少這方面的詩,最突出的代表是《秋興八首》,這組詩以同樣的眷戀語氣回憶了亂前的長安:曲江、昆明池、渼陂、昆吾御宿……杜甫這組詩與鮑防等人的組詩大致作於同時。固然,《憶長安十二詠》在成就上遠遠無法與《秋興八首》相比,但兩組詩都

---

① 《唐詩紀事》,卷47,頁713;《全唐詩》,卷307,頁3485。

② 杜牧,《過華清宫絶句》其一,《全唐詩》,卷521,頁5954。

③ 李肇,《唐國史補》(上海:上海古籍出版社,1979),卷下,頁57。

④ 《唐詩紀事》,卷33,頁517。

體現了這一時期文士所共有的懷念盛世的心理。

比較而言,《狀江南十二詠》在浙東聯唱詩中最富於藝術魅力。兹選録四首:

江南孟春天,荇葉大如錢。白雪裝梅樹,青袍似葑田。(鮑防)
江南孟夏天,慈竹笋如編。蜃氣爲樓閣,蛙聲作管絃。(賈弇)
江南孟秋天,稻花白如氈。素腕慚新藕,殘妝妒晚蓮。(鄭槩)
江南孟冬天,荻穗軟如綿。緑絹芭蕉裂,黄金桔柚懸。(謝良輔)

孟春正月,水荇萌發出大如銅錢的新葉,梅花繁開如同裝點著滿樹白雪,一方方葑田仿佛披上了一件件青光閃閃的緞袍。孟夏四月,慈竹笋長,節節如編,雨霧迷濛之中,樓閣亭臺恍如蜃氣化成的幻境,水田中群蛙鳴叫,奏響了歡快的管弦樂曲。孟秋七月,開滿稻花的水田猶如毛茸茸的白氈,新藕紅蓮令素白嬌艷的美女自慚不如。孟冬十月,荻穗柔軟如絲綿,芭蕉成熟裂開似緑絹,金黄色的橘柚挂滿樹上。整組詩按照四時十二月的次序,分詠江南的美景佳産風土人情,描寫細微如畫,比喻新鮮貼切,用詞自然流麗,充滿清新秀美的江南水鄉風味。這組詩與前一組詩是相互關聯的,憶長安而狀江南,這正是當時南渡文士的典型心理:盛世回憶使他們産生了綿綿不盡的感傷情緒,北方中原的動亂和破壞令他們厭倦失望,唯有眼前寧静富饒的江南美景使他們獲得一定的安慰和怡悦。而《憶長安》和《狀江南》二組詩的並置,則形成一種潛在的主題張力:通過描繪贊美江南風物,含蓄地感傷嘆惜北方中原的衰微動亂,大唐盛世一去不復返。

這一組詩實際上爲歌辭(見下),其在文學史上的另一個重要意義是引出了一大批專詠南方風物的詩詞。其後幾年,有張志和等人的《漁父》(参本书下章所述),接著是劉禹錫(772—842)的《竹枝詞》、白居易(772—846)的《憶江南》,再後是皇甫松的《夢江南》、韋莊(836?—910)的《菩薩蠻》、歐陽炯和李珣的《南鄉子》,等等。這些衆多的詩詞都以描寫南方美景佳産風土人情爲中心,而且它們雖然各有其特定的寫作背景和旨意,從總體上把握,却具有一個總的大背景——唐中央集權的日益削弱,南方政治、經濟、文化的日益强盛;一個總的潛主題——通過描繪贊美江南風物,感傷嘆惜北方中原的衰微動亂。[①] 在這些方面,《狀江南十二詠》都可以説是開風氣之先。

大曆浙東聯唱在文體發展史上的意義或許更爲重要。首先是對文人詞發展的促進。《憶長安十二詠》和《狀江南十二詠》實際上皆爲歌辭。敦煌曲有《長安詞》,[②]岑參(715? —770)有《憶長安曲二章寄龐潅》,[③]説明《憶長安》本爲曲子名。《憶長安十二詠》以十二月分詠長安風物,句法一致,皆是“三三、六、六六、六六”,又皆押四平韻,顯然依音樂曲拍成句,故任半塘斷言:“雖言《憶長安》之爲填詞,完全肯定無疑。”[④]《狀江南十二詠》爲五言四句齊言體,但這一組作品的作者與《憶長安十二詠》的作者基本上全同,又同樣模仿民間歌謡及佛教講唱中的時序歌辭如《十二時》《五更轉》《十二月辭》等,採用時序辭起調的方式及重字的形式,[⑤]以四時十二月分詠江南風物,整組作品同樣只叶一韻,且《古今歲時雜詠》録此組詩題爲《狀江南十二月,每句須一物形狀》,頗近於宴會酒令遊戲格式。故此組作品應與前一組作於同時,並同爲幕府酒宴上倚聲創制的酒令歌辭。[⑥]

大曆浙東宴遊聯唱確實有其音樂背景。唐時方鎮皆蓄伎樂,薛兼訓浙東幕也不例外。嚴維有《餘姚祇役奉簡鮑參軍》,鮑參軍爲鮑防,詩云:“歌詩盛賦文星動,簫鼓新亭晦日遊。”[⑦]曰“歌詩”,曰“簫鼓”,正表明其時有歌舞音樂爲詩會助興。而其時私宅聚會,亦往往有琴樂助興。嚴維、劉全白等七人《秋日宴嚴長史宅》聯句云:“卷簾看彩翠,對酒命絲桐。”嚴維、吕渭等八人《雲門寺小溪茶宴懷院中諸公》聯句云:“猿飲無人處,琴

---

① 詳細的討論參看拙文《唐五代江南風物詞探微》,《詞學》13 輯(2001),頁 17—30。

② 張璋、黄畬編,《全唐五代詞》(上海:上海古籍出版社,1986),卷 7,頁 913—914。

③ 陳鐵民、侯忠義編,《岑參集校注》(上海:上海古籍出版社,1981),卷 2,頁 84。

④ 任半塘,《唐聲詩》(上海:上海古籍出版社,1982),上編,頁 502。

⑤ 參王昆吾《唐代酒令藝術》(上海:東方出版中心,1995),頁 110—111。

⑥ 任半塘謂此組作品有主文與應歌兩種可能性,持疑似態度。見其《唐聲詩》,上編,頁 507。

⑦ 《全唐詩》,卷 263,頁 2918。

聽淺溜邊。”參與聯唱之詩人中,吕渭即精通音律及琴曲,撰有《廣陵止息譜》一卷。①

大曆之前,民間雖已出現不少曲子詞,文人詞却寥寥無幾。大曆浙東詩人以十數人之衆,大張旗鼓地聯章叠唱,結集流行,其對中唐文人填詞之風興起的影響,當不可低估。事實上此後較早填詞的文人如張志和、戴叔倫(732—789)、韋應物(737? —791?)、劉禹錫、白居易等,都與浙東聯唱詩人有一定聯繫。②

其次,大曆浙東聯唱對聯句體的發展也起了承前啓後的重要作用。中國詩歌史上最早的聯句,可以追溯至傳説中的漢武帝及其群臣的《柏梁詩》。其後經魏晋南北朝至盛唐,雖時有繼作,但數量不多,規模不大。③浙東詩人群以多達數十人的大規模進行往復聯句,並嘗試了五言、④六言、⑤七言、⑥一字至九字等多種句式,⑦以及人各一句、句句押韻的柏梁體、⑧人各四句二韻的六朝體、⑨人各二句一韻的正規體等聯句形式,⑩不僅盛况空前,而且顯然有意識地對唐詩的體式格調進行開拓。浙東集會的總集以“聯唱”爲標題,在詩史上屬第一次,也可見出這些詩人創新文體的自覺意識。在此之後,聯句詩就大量出現,此起彼興,連綿不絶。稍

① 《新唐書》,卷57,頁1436。

② 張志和可能也是浙東聯唱詩人群的成員,已見前考。戴叔倫是潤州金壇人,多有遊浙東詩,與浙東詩人朱放、秦系等有詩唱酬。韋應物任蘇州刺史時,與鮑防詩人群的成員丘丹唱酬甚密。劉禹錫青少年時生活於江南地區。白居易少年時亦曾避亂越中。

③ 從柏梁臺聯句至盛唐,聯句體經歷了從人各一句、句句押韻到人各四句、聯章唱和,再到人各二句的正規聯句形式。詳參向島成美《六朝聯句詩考》,《漢文教室》141期,頁74—87;埋田重夫,《白居易と韓愈の聯句詩について——聯句形成史におけるその位置をめぐって》[關於白居易和韓愈的聯句詩:以其在聯句形成史上的地位爲中心],《中國詩文論叢》2(1983)6,頁36—37;赤井益久,《大曆期の聯句と詩會》[大曆時期的聯句和詩會],《漢文學學會報》29辑(1984),頁74—78;蔣寅,《大曆詩人研究》,1册,頁147—150。

④ 例如,《經蘭亭故池聯句》等9首。

⑤ 例如,《嚴氏園林》1首。

⑥ 例如,《柏梁體狀雲門山物》《酒語聯句各分一字》2首。

⑦ 例如,《人五雲溪寄諸公聯句》《登法華寺最高頂憶院中諸公》2首。

⑧ 例如,《柏梁體狀雲門山物》。

⑨ 赤井益久認爲《憶長安十二詠》及《狀江南十二詠》是一種各探一月、相互關聯的聯句形式,其説甚有理。見其《大曆期の聯句と詩會》,頁83。

⑩ 例如,《徵鏡湖故事》等。

遲幾年,有更大規模的浙西聯唱。[①] 再後有孟郊(751—814)、韓愈(768—825)、張籍(766? —830?)、[②]裴度(765—839)、白居易、劉禹錫等中唐後期詩人的大量聯句。[③] 至晚唐時,尚有陸龜蒙(? —881)、皮日休(834? —883?)等人的聯句餘波。[④] 可以説,聯句體始盛於大曆浙東聯唱,由此而成爲中晚唐的流行詩體。

此外,浙東詩人的一字至九字詩二首雖近於文字遊戲,却也是詩體百花園中的一枝,同樣具有不容忽略的藝術特徵。如前引《入五雲溪寄諸公聯句》,始二聯"東,西。步月,尋溪",短促的語句與尋覓幽境的勃勃興致及漫無目標的茫然意緒極爲吻合;次二聯"鳥已宿,猿又啼。狂流礙石,迸笋穿溪",遞增的字句與逐漸發現美景的欣喜心情相互表裏;其後諸聯隨著語句的增長,詩人們也漸入體察山水、忘懷人世的佳境;最後一聯"静聽林下潺潺足湍瀨,厭問城中喧喧多鼓鼙",以摇曳多姿的九字長句將"林下"與"城中"的情景並置,從而留給了讀者悠長的回味餘地。赤井益久謂此詩體現了預唱諸人前後相承、共同促成一首"完結性"詩篇的努力,[⑤] 其説甚確。全詩除陳允初所聯二句"探題只應盡墨,持贈更欲封泥"略爲歧出外,其餘各聯可謂珠聯璧合。此外,這一體式聯句詩的格律特點也十分豐富,全詩一韻到底,同字數各聯嚴格對仗,平仄亦大致符合格律詩規則。大曆浙東詩人新創的這一特殊體式的聯句詩及其成功運用,引起了其後唐代詩人的極大興趣。與鮑防諸人大致同時的張南史有《一至七字詩》數首,尚難確定是否受其影響。[⑥] 但後來白居易、劉禹錫、元稹(779—831)、李紳(772—846)、張籍、令狐楚、韋式、王起(760—847)、范堯佐、魏扶等於大和三年(829),王起與劉禹錫於會昌元年(841),皆曾賦一字至

---

① 參拙文《大曆年浙西聯唱:〈吴興集〉考論》,《寧波大學學報》4 卷 1 期(1991),頁 79—86;以及本書第四章。

② 參本書第十章。

③ 參本書第五章。

④ 參本書第七章。

⑤ 赤井益久,《大曆期の聯句と詩會》,頁 84。

⑥ 《全唐詩》,卷 296,頁 3360—3361。

七字聯句詩,顯然受到浙東聯唱的直接影響。[1]

從以上考述可知,雖然《大曆年浙東聯唱集》久已湮没無聞,參與聯唱的詩人也大都是一些中小詩人,但他們在當時却曾經形成一個聲勢浩大的聯唱詩人群。他們的作品真實地反映了安史之亂後至大曆中士大夫的心理變化,並在詩歌形式上進行了可貴的探索,對於盛、中唐詩風的轉變和發展起了一定的促進作用。因此,將這一湮淪的詩歌總集重新鈎稽研究,對於復原唐詩的歷史真相,細緻深入地理清唐詩發展的實際脉絡,應該説是具有重要意義的。

① 《唐詩紀事》,卷 39,頁 590—591;《劉禹錫集箋證》,外集卷 1,頁 1092,外集卷 4,頁 1254。朱金城考謂大和三年春王起、李紳、令狐楚、元稹均不在長安,疑諸人詩皆僞,白詩亦可疑(《白居易集箋校》,外集卷上,頁 3862—3863);王仲鏞亦謂李紳、王起、元稹、張籍、白居易諸詩皆不見本集,王起、令狐楚、元稹時外任,不在長安,故疑諸詩皆爲僞作;又兼疑劉、王二詩亦僞,見其《唐詩紀事校箋》(成都:巴蜀書社,1989),卷 39 頁,1049—1050。但元稹等人雖當時不在長安,却可能事後補和,此在唐人唱和詩中多有其例。劉禹錫有《嘆別白二十二》,亦爲一字至七字詩,收外集卷 1,亦大和三年送白歸洛時作。此詩係宋敏求自《劉白唱和集》中輯出;劉、王二詩亦係宋敏求自劉、白唱和集之五《洛中集》中輯出(宋敏求,《劉賓客文集後序》,臺灣故宫博物院藏宋紹兴末杭州刊本《劉賓客文集》,卷末附),來源可靠,故諸詩應非僞作。

四 《吴興集》與大曆浙西詩人群

令狐峘(？—805)《太子太師魯郡開國公顔真卿墓誌銘》稱其"著《吴興集》十卷。"[①]《新唐書·藝文志》集部别集類於顔真卿(709—784)名下著録《吴興集》十卷,[②]《通志·藝文略》别集類所録同。[③] 這一集子從未引起研究者注意,蓋皆以爲此係魯公一人之集,又久亡佚,無研究價值。但實際上《吴興集》屬於唐人别集中一種特殊的類别,即主要收録作者在特定時期和地點與他人唱和贈答的作品,其實質相當於一種特殊形態的集會總集。《吴興集》的誕生背景是顔真卿於大曆八年至十二年(773—777)任湖州刺史時聚集的盛大詩會——大曆年浙西聯唱。殷亮《顔魯公行狀》記其刺湖時,聚集數十名文士編纂大型類書《韻海鏡源》三百六十卷,而"此外餞别之文,及詞客唱和之作,又爲《吴興集》十卷"。[④] 這就清楚説明,《吴興集》是顔真卿將其任湖州刺史時與文人詞客餞别唱和之作編集而成。此外,《嘉泰吴興志》"古迹·石樽"條亦載:"顔真卿及門生弟姪多攜壺罇楫以遊,作《李相石樽宴集聯句》,叙云:'因積溜滀石,嵌爲樽形,公注酒其中,結宇環飲之處。'……《吴興詩集》。"[⑤]《吴興詩集》應即《吴興集》,可知顔真卿等人的聯句詩收於此集中。尤其

① 《全唐文》,卷394,頁16a。
② 《新唐書》,卷60,頁1604。
③ 《通志》,卷70,頁822b。
④ 《全唐文》,卷514,頁22a。
⑤ 談鑰,《嘉泰吴興志》(《叢書集成續編》本),卷12,頁355b。

值得注意的是,《直齋書録解題》詩集類著録《吴興集》一卷(盧文弨校爲十卷),並云:"唐僧吴興謝皎然清晝撰。……顔魯公爲刺史,與之唱酬。"[①]皎然(720? —?)與魯公同爲大曆年浙西聯唱的核心人物,故南宋時竟有誤將《吴興集》題爲其著作者,此亦證《吴興集》實質上並非魯公一人之集。

如同本書第三章所考述,唐代宗廣德至大曆五年(763—770)間,在浙東越州,已經出現了一場規模盛大的詩會,結集爲《大曆年浙東聯唱集》二卷。大曆後期,在浙西湖州,再次出現這樣一場大詩會,這種特殊現象应该不是巧合,十分值得研究者注意。[②] 本文即擬對《吴興集》的産生過程及其傳世詩文進行稽考,並對湖州詩會的成就及意義加以評述,以期將這一久爲人們所遺忘的集子重新鈎沉,爲唐詩發展史填上一個不算太小的空白。

(一)《吴興集》鈎沉

顔真卿於大曆七年(772)九月授湖州刺史,八年正月到任。[③] 他到任後所做的第一件大事,就是聚集三十餘位江東文士續編《韻海鏡源》。魯公在《湖州烏程縣杼山妙喜寺碑銘並序》[④](以下簡稱《妙喜寺碑》)一文中述,他於開元二十四年(736)任秘書省校書郎時,已開始編撰《韻海鏡源》;天寶十二載(753)出守平原,與封紹、高筫、顔渾等修成二百卷;大曆三年(768)刺湖州,又與左輔元、姜如璧等修成五百卷;而八年刺湖州,"乃與金陵沙門法海、前殿中侍御史李崿[按"崿"爲"萼"之訛]、陸羽、國子助教州人褚沖、縣尉裴循、常熟主簿蕭存、嘉興尉陸士修、後進楊遂初、

---

① 《直齋書録解題》,卷19,頁583。

② 日本學者花房英樹較早注意到這一現象,曾簡要描述顔真卿和皎然等人的唱和活動,並稱之爲"浙西聯唱集團"。參其《白居易研究》(京都:世界思想社,1971),頁168—171。

③ 參黄本驥《顔魯公年譜》,收《顔魯公文集》(《四部備要》本),卷首。下文述及魯公生平,多有參考黄譜之處,茲不一一注明。另參拙著,《皎然年譜》(廈門:廈門大學出版社,1992),頁56。下文所考湖州詩會始末,多有與拙譜相參照之處,亦不再一一注明。

④ 《顔魯公文集》,卷7,頁7b—9a;《全唐文》,卷339,頁5a—8a。

崔宏、楊德元、胡仲、南陽湯涉、顔察、韋介、左興宗、顔策,以季夏於州學及放生池日相討論,至冬徙於此山東偏,來年春遂終其事。前是顔渾、正字殷佐明、魏縣尉劉茂、括州録事參軍盧鍔、江寧丞韋寧、壽州倉曹朱弁、後進周願、顔暄、沈殷、李蕭,亦嘗同修,未畢,各以事去。"知大曆八年六月於湖州州學集江東文士討論修改,至冬徙於杼山,大曆九年春修畢。預撰文士,碑文所列爲二十九人;另據魯公與諸文士聯唱詩(見下),撫州文士左輔元此時亦赴湖再預編撰;殷亮《魯公行狀》所記多一裴澄;又據《新唐書》及《宋高僧傳》,[①]湖州詩僧皎然亦參贊其事,則共有三十二人。

《韻海鏡源》的編纂並不是單純的學術活動,編書的過程同時成爲詩歌創作和討論的盛會。《妙喜寺碑》又云:

> 時浙江西觀察判官殿中侍御史袁君高巡部至州,會於此土,真卿遂立亭於東南。陸處士[羽]以癸丑歲冬十月癸卯朔二十一日癸亥建,因名之曰三癸亭。……起居郎裴郁、秘書郎蔣志、評事吕渭、魏理、沈益、劉全白、沈仲昌、攝御史陸向、沈祖山、周闐、司議丘悌、臨川令沈咸、右衛兵曹張著、兄謨、弟薦、蔿、校書郎權器、興平丞韋桓尼、後進房夔、崔密、崔萬、竇叔蒙、裴繼、侄男超、峴、愚子桓、碩,往來登歷。時杼山大德僧皎然工於文什,惠達靈煜,味於禪誦,相與言曰:"昔廬山東林,謝客有遺民之會;襄陽南峴,羊公流潤甫之詞。況乎兹山深邃,群士響集,若無記述,何以示將來?"乃左顧以求蒙,俾記詞而蔵事。

由此可知,大曆八年冬至九年春之際,除預撰《韻海鏡源》諸文士外,尚有浙西觀察判官袁高等二十八人來往登歷杼山,與魯公、皎然等一起遊賞賦詩。其聯唱詩可考者如下:

皎然有《奉和顔使君真卿與陸處士羽登妙喜寺三癸亭,亭即陸生所建》,魯公有《題杼山癸亭得暮字》。[②]《吴興志》載:"真卿與李萼、陸羽、

---

① 《新唐書》,卷60,頁1615;《宋高僧傳》,卷29,頁728。

② 《皎然集》(《四部叢刊》本,封面及版口題《皎然集》,各卷卷首作《晝上人集》),卷3,頁1a;《全唐詩》,卷817,頁9198。《顔魯公文集》,卷12,頁4a;《全唐詩》,卷152,頁1582。

僧皎然皆有賦杼山三癸亭詩。"[①]李萼、陸羽(733—?)二作佚。

皎然有《杼山上峰和顔使君真卿、袁侍御高五韻,賦得印字,仍期明日登開元寺樓之會》及《奉同顔使君真卿、袁侍御高駱駝橋翫月》,[②]魯公、袁高原作佚。

魯公有《謝陸處士杼山折青桂花見寄之作》,[③]陸羽原作佚。

《皎然集》及《顔魯公文集》皆收有以下聯句詩:《擬五雜組聯句》八首、《重擬五雜組聯句》四首、《夜宴詠燈聯句》《月夜啜茶聯句》《大言聯句》《小言聯句》《樂語聯句》《讒語聯句》《滑語聯句》《醉語聯句》《翫初月重遊聯句》《送李侍御聯句》《重送横飛聯句》。[④] 預唱者爲:魯公、皎然、李萼、殷佐明、袁高、陸士修、蔣志、張薦(744—804)、崔萬、劉全白、沈益。其中袁高、張薦及劉全白爲《杼山妙喜寺碑》所列大曆八九年之際往來登歷者,故諸詩當作於此時。

《顔魯公文集》有《登峴山觀李左相石尊聯句》,[⑤]預唱者爲顔真卿、劉全白、裴循、張薦、吴筠(?—778)、强蒙、范縉、王純(743—814)、魏理、王修甫、顔峴、左輔元、劉茂、顔渾、楊德元、韋介、皎然、崔宏、史仲宣、陸羽、權器、陸士修、裴幼清、柳淡、塵外(即韋渠牟,749—801)、顔顓、顔須、顔頊及李萼。其中有劉全白、張薦等,又劉茂、顔渾屬《妙喜寺碑》所列預修《韻海鏡源》而未畢離去者,此詩中又有"花氣酒中馥"句,故可確定作於大曆九年春。據前引《吴興志》,此詩原有魯公所作序,今佚。

皎然有《奉同顔真卿使君清風樓賦得洞庭山歌送吴煉師歸林屋洞》,[⑥]吴煉師爲吴筠,僅參與《石尊聯句》而未見它詩,當旋即離開湖州。魯公原作佚。

---

① 《吴興志》,卷18,頁468b。

② 《皎然集》,卷1,頁9a;《全唐詩》,卷815,頁9179。《皎然集》,卷3,頁5b;《全唐詩》,卷817,頁9202。

③ 《顔魯公文集》,卷12,頁4a;《全唐詩》,卷152,頁1582。

④ 《皎然集》,卷10,頁6a—9a;《全唐詩》,卷788,頁8880—8886。《顔魯公文集》,卷12,頁5a—10b;《全唐詩》,卷785,頁8880—8886。

⑤ 《顔魯公文集》,卷12,頁6a;《全唐詩》,卷788,頁8880。

⑥ 《皎然集》,卷7,頁6a—6b;《全唐詩》,卷821,頁9259。

大曆九年三月,《韻海鏡源》修畢,魯公率諸文士自杼山返州府,大開宴會慶賀,皎然也自杼山妙喜寺移居府中郭中寺,而名詩人皇甫曾(?—785)又恰在此時遊吴興,爲詩會推波助瀾。其時聯唱詩可考者有:

皎然有《奉和顔使君真卿修〈韻海〉畢東溪泛舟餞諸文士》《奉和顔使君真卿修〈韻海〉畢會諸文生東堂重校》及《奉和顔使君修〈韻海〉畢州中重宴》。[1] 魯公原作皆佚,《韻海》諸生亦當有和作(扣除未畢離去的十人,尚有二十一人),今並佚。

皎然有《奉酬顔使君真卿見過郭中寺,寺無山水之賞,故予述其意以答焉》,[2]魯公原作佚。

皎然有《春日陪顔使君真卿、皇甫侍御曾西亭重會〈韻海〉諸生》,[3]可知皇甫曾正值修《韻海》畢時訪湖。此詩魯公、皇甫曾及諸生亦當有同題作,今並佚。

《皎然集》《顔魯公文集》皆收有《喜皇甫侍御見過南樓翫月聯句》《重聯句》,[4]預唱者爲魯公、陸羽、皇甫曾、李萼、皎然及陸士修。

皎然有《同顔魯公泛舟送皇甫侍御曾》,[5]皇甫曾有《烏程水樓留别》,[6]魯公所作佚。

皎然有《同顔使君清明日遊因送蕭主簿》,[7]蕭存曾任常熟主簿,預撰《韻海鏡源》,見《妙喜寺碑》,其離湖約在九年清明。魯公原作佚。

《顔魯公文集》有《竹山連句題潘氏草堂》,[8]預唱者爲顔真卿、陸羽、李萼、裴修、康造、湯清河、皎然、陸士修、房夔、顔粲、顔顓、顔須、韋介、李

① 《皎然集》,卷5,頁2a;《全唐詩》,卷819,頁9228。《皎然集》,卷3,頁4a;《全唐詩》,卷817,頁9201。《皎然集》,卷3頁7b;《全唐詩》,卷817,頁9205。

② 《皎然集》,卷1,頁8a;《全唐詩》,卷815,頁9175。

③ 《皎然集》,卷3,頁10a;《全唐詩》,卷817,頁9208。

④ 《皎然集》,卷10,頁7b;《全唐詩》,卷788,頁8883。《顔魯公文集》,卷12,頁8b;《全唐詩》,卷788同,頁8883。

⑤ 《皎然集》,卷5,頁7a;《全唐詩》,卷819,頁9234。

⑥ 《全唐詩》,卷210,頁2181。

⑦ 《皎然集》,卷4,頁9b;《全唐詩》,卷818,頁9222。

⑧ 《顔魯公文集》,卷12,頁9b,黄本驥注云出石刻本;孫望編,《全唐詩補逸》,收《全唐詩補編》,卷17,頁283—284。

觀、房益、柳淡、顔峴及潘述。潘氏草堂應爲潘述所有。此詩曾刻石，拓本末有“大曆九年春三月”句。[1] 又有《水堂送諸文士戲題潘丞聯句》，[2]預唱者爲魯公、潘述、陸羽、權器、皎然及李萼，亦約作於同時。潘丞應爲潘述。

大曆九年八月，浙東隱逸詩人張志和扁舟來湖，置酒奏樂張舞，作畫賦詩填詞，吴興郡中又是一番熱鬧。魯公有《浪迹先生玄真子碑銘》云：“大曆九年秋八月，訊真卿於湖州。”又云：“性好畫山水，皆因酒酣，乘興擊鼓吹笛，或閉目，或背面，舞筆飛墨，應節而成。……在坐六十餘人，玄真命各言爵里、紀年、名字、第行於其下，作兩句題目，命酒，以蕉葉書之，援翰立成，潛皆屬對，舉席駭嘆。竟陵子因命畫工圖而次焉。”從“在坐六十餘人”句看，其時湖州幕中尚有衆多文士爲客。所作聯唱詩有：

皎然有《奉應顔尚書觀玄真子置酒張樂舞破陳畫洞庭三山歌》及《奉和顔魯公真卿落玄真子舴艋舟歌》，[3]魯公二作皆佚。

《太平廣記》引南唐沈汾《續仙傳》載：“真卿爲湖州刺史，與門客會飲，乃唱和爲《漁父詞》。其首唱即志和之詞……。真卿與陸鴻漸、徐士衡、李成矩共和二十五首，遞相誇賞。”[4]宋陳振孫曾編集《玄真子漁歌碑傳集録》一卷，並云：“嘗得其一時倡和諸賢之詞各五章，及南卓、柳宗元之所賦，通爲若干章，集爲一編，以備吴興故事。”此可證《續仙傳》所言不虚。張志和詞五首今存。[5] 另《全唐詩續補遺》據《金奩集》録《和漁父詞十五首》，謂當“係張志和同時諸人倡和詞”。[6] 此結論缺乏有力證據，十五首中，可能有顔真卿、陸羽、徐士衡、李成矩等浙西詩人的和作，但也尚難排斥雜有南卓、柳宗元之作的可能性，姑存疑。

---

① 江蘇廣陵古籍刻印社發行，1990。按岑仲勉《金石論叢·續貞石證史》（上海：上海古籍出版社，1981）謂傳世《竹山連句》絹本出後人僞造，我則在《皎然年譜》中力辨其非僞，見頁73—75。

② 《顔魯公文集》，卷12，頁7a—7b；《全唐詩》，卷788，頁8881。

③ 《皎然集》，卷7，頁1b—2a；《全唐詩》，卷821，頁9258。《皎然集》，卷7，頁5a；《全唐詩》，卷821，頁9255。

④ 《太平廣記》，卷27，頁180。

⑤ 《全唐詩》，卷890，頁10053。

⑥ 《全唐詩續補遺》，卷16，頁538—539。

大曆十年後，文士們逐漸離去，詩會冷清了許多，主要由魯公、皎然、客居吴興的陸羽、[1]在湖州幕中任防御副使的李萼等維持。[2] 至十一年秋七月，大曆十才子之一的耿湋充括圖書使來湖，又恰逢詩人楊憑兄弟等亦來此，詩會遂又興盛一時。此時所作唱和詩可考者如下：

《顔魯公文集》有《水亭詠風聯句》《溪館聽蟬聯句》《送耿湋拾遺聯句》，[3]預唱者爲顔真卿、耿湋、皎然、裴幼清、楊憑、楊凝（？—803）、左輔元、陸士修、權器、陸羽、喬（失名）及伯成（失姓）。耿湋有《陪讌湖州公堂》，[4]魯公等原作佚。據魯公《梁吴興太守柳惲西亭記》，[5]湖州水亭由烏程令李清建於大曆十年四月至十二月間；《水亭詠風聯句》有"臨水已迎秋"句，《溪館聽蟬聯句》亦寫新秋景色，只能作於十年或十一年初秋；而李清十年四月始上任，似不可能於短短三月間，即大興土木，建成水亭，故諸詩當作於十一年七月。

皎然有《奉同顔使君真卿、李侍御萼遊法華寺登鳳翅山望太湖》及《奉同顔使君真卿送李侍御萼賦得荻塘路》，[6]魯公、李萼所作佚。後詩寫春景，而李萼未參與十一年秋耿湋來湖時諸聯句詩，則其離湖約在是年春。

皎然有《晦日陪顔使君白蘋洲集》，[7]魯公所作佚。按白居易《白蘋洲五亭記》云："至大曆十一年，顔魯公真卿爲刺史，始剪榛尋流，作八角亭以游息焉。"[8]此詩當作於十一、十二年間。

皎然有《奉酬顔使君、王員外圓宿寺兼送員外使迴》《奉賀顔使君真卿二十八郎隔絶自河北遠歸》《九日陪顔使君真卿登水樓》《奉同顔使君真卿峴山送李法曹陽冰西上獻書，時會詔徵赴京》《奉陪顔使君真卿登峴

① 見陸羽《陸文學自傳》，《全唐文》，卷433，頁4221a。

② 據殷亮《顔魯公行狀》，《全唐文》，卷514，頁25b。

③ 《顔魯公文集》，卷12，頁7b—8a；《全唐詩》，卷788，頁8881—8882。

④ 《全唐詩》，卷268，頁2991。

⑤ 《顔魯公文集》，卷5，頁18b；《全唐文》，卷338，頁17a—17b。

⑥ 《皎然集》，卷3，頁2a；《全唐詩》，卷817，頁9199。《皎然集》，卷6，頁3b；《全唐詩》，卷820，頁9243。

⑦ 《皎然集》，卷3，頁7b；《全唐詩》，卷817，頁9205。

⑧ 朱金城編，《白居易集箋校》（上海：上海古籍出版社，1988），卷71，頁3798。

山送張侍御嚴歸堂》《陪顔使君餞宣諭蕭常侍》,[①]魯公所作皆佚。《皎然集》及《顔魯公文集》皆有《夜集聯句》,[②]參與者即皎、顔二人。以上諸詩作於大曆八年至十二年五月魯公刺湖間,具體時間難於確考。

綜上所考,在魯公刺湖近四年半時間裏,以魯公、皎然爲核心,大開詩會,前後共聚集了九十五位文士,[③]遊賞賦詩,聯句唱和,形成一個規模宏大的聯唱詩人群,其中包括了陸羽、袁高、吕渭、劉全白、張薦、吴筠、柳淡(中庸)、皇甫曾、張志和、耿湋、楊憑、楊凝及塵外(即韋渠牟)等著名詩人。這一聯唱詩人群的作品由顔真卿結集爲《吴興集》十卷,此集雖已散佚,可考者尚有存詩五十八首,詞約二十首。

另外,此集還應包括魯公於此段時間中所作文十篇,依次爲:《有唐茅山元靖先生廣陵李君碑銘並序》,作於大曆八年;[④]《吴興沈氏述祖德記》,作於大曆八年十二月;[⑤]《湖州烏程縣杼山妙喜寺碑銘》,大曆九年春;[⑥]《乞御書題額恩敕批答碑陰記》,作於大曆九年七月;[⑦]《浪迹先生玄真子張志和碑銘》,大曆九年;[⑧]《湖州石柱記》;[⑨]《通議大夫守太子賓客東都副留守雲騎尉贈尚書左僕射博陵崔孝公宅陋室銘記》,作於大曆十一年四月;[⑩]《銀青光禄大夫海、濮、饒、房、睦、台六州刺史上柱國汲郡開國公康使君神道碑銘》,作於大曆十一年;[⑪]《梁吴興太守柳惲西亭記》,作於大曆

---

① 《皎然集》,卷 1,頁 9a;《全唐詩》,卷 815,頁 9179。《皎然集》,卷 2,頁 7b;《全唐詩》,卷 816,頁 9191。《皎然集》,卷 3,頁 7a;《全唐詩》,卷 817,頁 9204。《皎然集》,卷 4,頁 6a,《全唐詩》,卷 818,頁 9218。《皎然集》,卷 4,頁 1b;《全唐詩》,卷 818,頁 9213—9214。《皎然集》,卷 5,頁 2a;《全唐詩》,卷 819,頁 9228。

② 《皎然集》,卷 10,頁 13b;《全唐詩》,卷 788,頁 8884。《顔魯公文集》,卷 12,頁 10a。

③ 此 95 位文士的生平事蹟,參拙著《皎然年譜》,頁 58—89。

④ 《顔魯公文集》,卷 7,頁 5b—7b;《全唐文》,卷 340,頁 3b—7b。參黄本驥《顔魯公年譜》;下同。

⑤ 《顔魯公文集》,卷 5,頁 12b—13a;《全唐文》,卷 338,頁 10b—11b。

⑥ 《顔魯公文集》,卷 7,頁 7b—9a;《全唐文》,卷 339,頁 5a—8a。

⑦ 《顔魯公文集》,卷 5,頁 13a—13b;《全唐文》,卷 338,頁 21a—22b。

⑧ 《顔魯公文集》,卷 7,頁 9a—10b;《全唐文》,卷 340,頁 7b—10a。

⑨ 《顔魯公文集》,卷 5,頁 14a—15b。

⑩ 《顔魯公文集》,卷 5,頁 15b—18a;《全唐文》,卷 338,頁 11b—17a。

⑪ 《顔魯公文集》,卷 10,頁 8b—10b;《全唐文》,卷 344,頁 1a—4b。

十二年四月；[1]《項王碑陰述》，作於大曆十二年五月。[2]

在魯公刺湖期間，皎然與魯公幕僚李萼、康造等及遊湖的文士多有唱酬，現存者共有詩十九首，皆見《皎然集》。[3] 這些作品因無魯公參加，不能確定是否收於魯公所編之《吴興集》中，但却可以肯定是此次湖州詩會的産品，故下文亦將它們放在一起討論。

（二）浙西聯唱評述

"會異永和年，才同建安作"（《水堂送諸文士戲贈潘丞聯句》）。與廣德至大曆初的浙東聯唱相比，大曆後期的浙西聯唱規模更宏大，成果更豐碩。這一次湖州詩會不但獲得了較爲出色的創作業績，而且體現了相當重要的文學史、文學理論建設和文學文化學等多方面的意義。

從現存的詩篇看，浙西聯唱的内容相當豐富多彩，有宴集、登遊、送别、隱逸、贈答、佛理、遊戲、觀畫、詠物等。各類題材，都或多或少呈現出獨特的色彩，有的還獲得較高成就。

"歡宴處，江湖闊"（《喜皇甫侍御曾見過南樓翫月聯句》）。宴集詩在浙西聯唱中佔了較大比重。此類詩既描繪了刺史顔真卿所召集的盛大公宴，也記叙了詩朋詞客會聚茗舍的小型集會。它們不同於一般宴集詩的特色有二：一是突現了"以詩會友"的自覺意識和文人情趣。如《重聯句》中皇甫曾所聯云："詩書宛似陪康樂，少長還同宴永和。"皎然《同李侍御萼、李判官□集陸處士羽新宅》云："詩流得友朋。"[4]詩會成爲主要目的，而宴遊本身則退居次要地位。二是風格清雅恬淡，充滿文人情趣。請看皎然《晦夜李侍御萼宅集招潘述、湯衡、海上人飲茶賦》：

> 晦夜不生月，琴軒猶爲開。墻東隱者在，淇上逸僧來。茗愛傳花

---

① 《顔魯公文集》，卷 5 頁，18b—19a；《全唐文》，卷 338，頁 17a—18b。

② 《顔魯公文集》，卷 5，頁 20b—21a；《全唐文》，卷 338，頁 24a—24b。

③ 詳參《皎然年譜》，頁 58—89。

④ 《皎然集》，卷 3，頁 10b；《全唐詩》，卷 817，頁 9209。

飲,詩看卷素裁。風流高此會,曉景屢徘徊。[1]

琴、詩、茗、花、隱、僧俱備,富清趣,尚雅興,文會之情風流怡暢而閑適淡泊,既没有一般宴集的酣飲極樂,也没有傳統的"興盡悲來"的感傷。後來韋應物《郡齋雨中與諸文士宴集》一類詩的風流清雅風格,正肇源於此。"傳花飲酒"本爲唐人酒宴遊戲之一種,在浙西詩人這裏却成了傳花飲茗,此可見出文人習俗之新變。

"江南春色共君有,何事君心獨自傷"(皎然《釋裴循春愁》)。[2] 浙西聯唱的登遊詩、贈别詩和隱逸詩,都體現了一個共同特色:描繪江南清麗山水,尤其多寫水景,情思淡逸,風格柔秀。皇甫曾《烏程水樓留别》是代表這一特色的佳作:

悠悠千里去,惜此一尊同。客散高樓上,帆飛細雨中。山程隨遠水,楚思在青楓。共説前期易,滄波處處同。

首聯叙别宴,"惜"字點出依依别情。次聯描寫水樓雨中離散之景如畫。三聯設想别後思念,綿綿情意融入遠水青楓。尾聯共祈在江南的漫漫滄波中重聚。這裏惜别之情並不深厚淋漓、感人肺腑,而是如同江南的細雨遠水,綿長微婉,沁人心脾。張志和《漁父》詞五首尤其值得注意,兹引述如下:

西塞山前白鷺飛,桃花流水鱖魚肥。青箬笠,緑蓑衣,斜風細雨不須歸。

釣臺漁父褐爲裘,兩兩三三舴艋舟。能縱棹,慣乘流,長江白浪不曾憂。

霅溪灣裏釣魚翁,舴艋爲家西復東。江上雪,浦邊風,笑著荷衣不嘆窮。

松江蟹舍主人歡,菰飯蒓羹亦共餐。楓葉落,荻花乾,醉宿漁舟不覺寒。

---

① 《皎然集》,卷3,頁9a;《全唐詩》,卷817,頁9206。

② 《皎然集》,卷1,頁13b;《全唐詩》,卷815,頁9183。

青草湖中月正圓，巴陵漁父棹歌連。釣車子，橛頭船，樂在風波不用仙。[①]

第一首之西塞山在鄂州；第二首之釣臺指嚴陵釣臺，在睦州；第三首之霅溪在湖州；第四首之松江在蘇州；第五首之青草湖、巴陵在岳州，則五首泛詠江南東西兩道水鄉風光。桃花流水、斜風細雨、楓葉荻花見風景之秀美，鱖魚、菰飯、蒓羹見物産之豐饒，舴艋爲家、主人款歡、棹歌連謳見民俗之和怡。而每首末尾三字以"不"字領頭重複的辭格——"不須歸""不曾憂""不嘆窮""不覺寒""不用仙"，尤傳達出一種無憂無慮、自由自在的心情意緒。這組詞直接沿承了大曆浙東聯唱的《狀江南》十二詠，以清新柔美之筆描繪江南水鄉的風土物産人情，不但以更爲成熟的詞體形式開啓了其後的一大批江南詞，而且還奠定了詞的南方文學特性。此外，這組詞又是百代隱逸詞之祖，詞中所表現的"真隱"觀念，爲其後的隱逸詞所沿承。

"寧妨花木亂，轉學心耳寂"（皎然《與崔子向泛舟，自招橘經箬里，宿天居寺，憶李侍御萼渚山春遊，後期不及，聯一十六韻以寄之》）。[②] 浙西聯唱的宴集詩、登遊詩、隱逸詩、贈別詩中，時時流露佛意。這是因爲詩會中不但有數位詩僧——皎然、塵外及法海，而且詩人中亦多好佛者，如潘述和湯衡是"潘生入空門，祖師傳秘賾（原注：潘子曾受曹溪法門）。湯子自天德，精詣功不僻"；[③] 崔子向是"新詩踪謝守，内學似支郎"。[④] 此外，在皎然與顔真卿、李萼唱和的詩篇中，有數首佛理詩。這些詩值得注意之處在於其中表現了明顯的禪意。如《奉酬顔使君真卿見過郭中寺》云："州西柳家寺，禪舍隱人間。證性輕觀水，栖心不買山。"《酬李侍御萼題看心道場賦以眉、毛、腸、心、牙五字》云："我法從誰悟，心師是貫花。"[⑤]

① 《全唐詩》，卷 890，頁 10053。

② 《皎然集》，卷 10，頁 5a—5b；《全唐詩》，卷 794，頁 8935。

③ 皎然，《苕溪草堂自大曆三年夏新營，洎秋及春，彌覺境勝，因紀其事，簡潘丞述、湯評事衡四十三韻》，《皎然集》，卷 2，頁 2b；《全唐詩》，卷 816，頁 9186—9187。

④ 嚴維，《贈崔子向》，《全唐詩》，卷 263，頁 2923。

⑤ 《皎然集》，卷 2，頁 8a—8b；《全唐詩》，卷 816，頁 9192。

這些體現了禪宗"即心是佛"之意,爲唐代較早的以禪入詩之作。

從宴集詩的清雅,到登遊、贈别、隱逸詩的淡逸,再到佛理詩的禪悟,浙西聯唱體現了大曆詩風的最重要特徵之一:平淡。八年安史之亂帶給詩歌的濃重感傷情緒,至此時已完全淡退。廣德至大曆初的浙東聯唱,尚留有"厭聽城中喧喧多鼓鼙"的陰影,至此時亦消散殆盡。詩人們,包括曾在安史之亂中砥柱中流的顔魯公,似乎都忘却了親身經歷的那一場巨大灾禍,但同時一種新的社會心理正在悄悄滋長,這就是由於"盛唐之夢"的破滅而帶來的恬退獨善意識,而寧静秀麗的江南山水,正是恬退獨善的最好場所。詩人們聚集於此,散懷於烟霞風景,陶情於文詠唱和,國事民生,不再縈懷,自然不再有濃烈深厚的情感,而是一片清機,恬淡無礙了。這裏體現了由心理變化導致的文學觀念的變化:詩歌不再被看成是抒情寫志的手段,而成了消遣娱樂的工具。

這一觀念在浙西聯唱的遊戲詩中表現得最充分。湖州詩會産生了一批很有趣的遊戲詩,有《大言》《小言》《樂語》《讒語》《滑語》《醉語》《五雜組》等聯句。兹引述其中二首,《大言聯句》云:

> 高歌閶風步瀛洲,燂鵬燴鯤餐未休。四方上下無外頭,一啜頓涸滄溟流。

《樂語聯句》云:

> 苦河既濟真僧喜,新知滿座笑相視。戍客歸來見妻子,學生放假偷向市。

滑稽詼諧,讀之令人忍俊不禁,可以設想當初詩會聯唱之時,該是何等歡快愜意。洪邁《容齋三筆》云:"以公[按指顔真卿]之剛介守正,而作是詩,豈非以文滑稽乎?然語意平常,無可咀嚼,予疑非公詩也。"[1]殊不知"以文滑稽"正是當時的詩歌觀念。魯公固然是一代名臣,但當其時也,藩鎮强勢已成,代宗軟弱無能,時政爲權臣元載把持,魯公本人則被元載排斥在江湖多年,國事身世如此,難免産生恬退娱情之念。至於詩會的另

① 洪邁,《容齋隨筆》(上海:上海古籍出版社,1978),卷16,頁600。

一核心人物皎然,本爲詩僧,作詩和論詩是他生活中的重要内容和精神上的主要依托,故"以文滑稽"在他的創作中出現得更早,還在代宗廣德(763—764)中,他就和閻伯均、朱巨川等人作有《遠意聯句》《樂意聯句》二首遊戲詩。[1] 經過此次詩會的進一步實踐,這一觀念就更爲明晰了,他在稍後幾年(德宗貞元五年,789)撰成的《詩式》中,正式提出了"調笑格",云:"此一品非雅作,足以爲談笑之資矣。"[2]"談笑之資"正是借詩歌以娛樂、消遣。這一觀念在貞元以後影響深遠。貞元中權德輿與張薦等臺閣詩人大量寫作《五雜組》《數名詩》《離合詩》等遊戲詩,[3]正是直承浙西聯唱而來。張薦本人即參預了浙西聯唱的遊戲詩創作,而少年權德輿大曆中則生長於江東一帶,並在貞元初與皎然交遊。

遊戲詩起於齊梁,但僅曇花一現,隋及初盛唐基本上摒棄不爲。浙西聯唱對於這一題材的新興趣,還體現了詩會的另一重要傾向:重新評價和復興齊梁詩風。湖州詩會不但是詩歌創作的盛會,而且又是文學討論的盛會。"獨賞謝吟山照耀,共知殷嘆樹婆娑"(《重聯句》),詩會的中心議題之一,就是重新評價南朝詩歌。由於地域的、家世的、人文的諸種因素,浙西聯唱詩人與南朝詩有著密切的聯繫。皎然自稱爲謝靈運十世孫;[4]殷亮稱與會諸人爲"江東文士";顔真卿雖北人,但以少孤,寄養外家,曾生活於江南多年。而安史之亂引起的社會心理、文學思潮的變遷,也有助於齊梁詩風的復興。魯公在作於代宗永泰元年(765)的《孫逖文集序》中,已經提出一個與初盛唐復古思潮很不相同的觀點:

> 盧黄門之序陳拾遺也,而云道喪五百歲而得陳君。若激昂頹波,雖無害於過正,榷其中論,不亦傷於厚誣。[5]

此公開指責盧藏用矯枉過正,並提出了重新評價南朝詩的問題。後來皎

① 《皎然集》,卷 10,頁 9a—9b;《全唐詩》,卷 794,頁 8936。

② 皎然,《詩式》(《十萬卷樓叢書》本),卷 1,頁 8a。

③ 我在發表於 1991 年的《大曆年浙西聯唱:吴興集考論》(《寧波大學學報》4.1[1991.6)],頁 79—86)中,已經指出此點,並已經稱權德輿、張薦等爲"臺閣詩人"。

④ 皎然實爲謝安後裔,詳參《皎然年譜》,頁 3—8。

⑤ 《顔魯公文集》,卷 5,頁 1a。

然在《詩式》中,十分相似地沿襲了這一觀點,對南朝詩人做出肯定的評述。卷三"論盧藏用《陳子昂集序》"條云:

> 盧黄門《序》……云道喪五百年而有陳君乎。……若但論詩,則魏有曹劉、三傅,晋有潘岳、陸機、阮籍、盧諶,宋有謝康樂、陶淵明、鮑明遠,齊有謝吏部,梁有柳文暢、吴叔庠,作者紛紜,繼在青史,如何五百之數獨歸於陳君乎?藏用欲爲子昂張一尺之羅,蓋彌天之宇,上掩曹劉,下遺康樂,安可得耶?①

皭卷四"齊梁詩"條云:

> 夫五言之道,惟工惟精。論者雖欲降殺齊梁,未知其旨。……格雖弱,氣猶正,遠比建安,可言體變,不可言道喪。②

皎然同樣批評了盧藏用及其他初盛唐人對魏晋六朝詩,特别是齊梁詩的貶斥,肯定這一長時期中衆多有成就的詩人。從魯公和皎然二説的相似情况看,我們有理由作出如下推斷:顔真卿可能在湖州詩會上重新提出他的觀點,從而引起一場關於陳子昂的詩論和盧藏用的序文以及由此而來的評價魏晋六朝詩問題的討論,討論的結果後來被皎然採入《詩式》中。

湖州詩會還涉及另一個重要的詩歌理論問題:意境。皎然在作於大曆初的《秋日遥和盧使君[幼平]遊何山寺宿揚上人房論〈涅槃經〉義》一詩中,③已認識到"詩情緣境發"。此次詩會上,他在《奉應顔尚書真卿觀玄真子置酒張樂舞破陣畫洞庭三山歌》中,又進一步提出"造境"的觀念:"如何萬象自心出,而心淡然無所營。……盼睞方知造境難,象忘神遇非筆端。"此外,皎然在此次詩會的其他作品中也反覆提到"境"字:"境新耳目换"(《奉和顔使君真卿與陸處士羽登妙喜寺三癸亭》)、"披雲得靈境"(《同顔使君真卿李侍御萼遊法華寺登鳳翅山望太湖》)等。《竹山連句》中房益所聯亦有"境幽神自王"句。可以説,皎然與其詩友此時已有比較

---

① 皎然,《詩式》,卷3,頁1a—1b。

② 皎然,《詩式》,卷4,頁1a—1b。

③ 《皎然集》,卷1,頁7b;《全唐詩》,卷815,頁9175。盧幼平大曆初刺湖,參郁賢皓《唐刺史考全编》,卷140,頁1945。

明確的詩境觀念。他於數年後正式在《詩式》中提出意境理論,正是逐步發展、成熟的結果。

在詩體方面,湖州詩會繼浙東聯唱之後,進一步大力發展了聯句體,除浙東已有的五言、六言、七言外,還增加了三言聯句體,[①]與浙東聯唱同爲中唐聯句興起的先聲。一般唱和篇章中,浙西詩人所擅長的是五古和五律,但也寫有數篇出色的天寶風格的歌行,如皎然《奉應顏尚書真卿觀玄真子置酒張樂舞破陣畫洞庭三山歌》及《奉同顏使君真卿清風樓賦得洞庭山歌送吳煉師歸林屋洞》,體現了大曆過渡時期尚留有盛唐遺響的特徵。

關於湖州詩會還應再寫上一筆的是,導致此次盛會的起因——《韻海鏡源》的編撰,與詩歌創作也有密切關係。《韻海鏡源》並非一般韻書,而是一部大型韻編類書。《妙喜寺碑》述是書體例云:“考校五代祖隋外史府君與法言所定《切韻》,引《説文》《蒼雅》諸字書窮其訓解。次以經、史、子、集中兩字以上成句者,廣而編之。”即以韻爲綱,加以訓解,並採掇諸書詞藻,依尾字類從。《四庫全書總目提要》云:“昔顏真卿編《韻海鏡源》,爲以韻隸事之祖。”[②]其編纂目的,顯然與唐代各色類書一樣,爲便於學習和創作詩文。正因爲如此,編書的過程才會同時又成爲詩歌創作和討論的盛會。

最後,從人事承傳關係上看,大曆浙西聯唱詩人與貞元、元和詩人有著千絲萬縷的聯繫。首先,湖州詩會自此打響,魯公離湖後,仍時有詩人詞客慕名而來,與皎然等聯唱,甚至有些青年士子還特意來此拜師求藝。如少年劉禹錫(772—842)於德宗建中中來湖從皎然、靈澈學詩,[③]青年孟郊(751—814)、陸暢於貞元初來湖與皎然、陸羽等重開詩會。[④] 其次,浙西聯唱詩人群的部分詩人,至貞元時仍活躍於詩壇上,如皎然、陸羽、韋渠

① 有《喜皇甫侍御見過南樓翫月》《擬五雜組聯句》《重擬五雜組聯句》三首。

② 紀昀(1724—1805)等,《四庫全書總目提要》(北京:中華書局,1965),卷135,頁1152b。

③ 劉禹錫,《澈上人文集紀》,瞿蜕園編,《劉禹錫集箋證》(上海:上海古籍出版社,1989)卷19,頁519;參《皎然年譜》,頁104—107。

④ 孟郊,《送陸暢歸湖州憑弔故人皎然塔、陸羽墳》,華忱之編,《孟東野詩集》(北京:人民文學出版社,1957),卷8,頁146;參《皎然年譜》,頁124—127。

牟、吕渭、張薦、楊憑、楊凝等。此外尚有一些間接的承傳關係,如袁高、王純(後改名紹)、柳淡及楊憑兄弟皆爲柳宗元(773—819)父友,[①]楊凝甚至以女妻宗元;[②]吕渭及其子吕温(772—811)與劉禹錫、柳宗元關係密切;蕭存(即蕭穎士子)曾賞知韓愈,愈甚感恩;[③]等等。

安史之亂中,北方士大夫紛紛避難南渡,形成文人詞客薈集江左的局面。由於戰亂引起的南北政治、經濟形勢的變動,這種"詞人多在江外"的現象一直延續到大曆中。[④] 大曆浙東和浙西兩個聯唱詩人群的相繼出現,正是這一社會背景的產物。這兩次詩會都呈現出鮮明的創作特色,並獲得一定的創作業績,具有不容忽視的文學史和文學社會學意義。這些詩會的興起,加上這一時期雖未參加這兩個詩人群,却基本上活動於江南地區的劉長卿、李嘉祐、張繼、戴叔倫、顧況、皇甫冉、秦系、朱放、靈一、靈澈等詩人,[⑤]從而使得江南地區呈現出文學創作的繁盛局面,標志著南方文學的重新崛起。從此之後,文學中心又開始逐漸南移了。

---

① 見柳宗元《先君石表陰先友記》,《柳宗元集》(北京:中華書局,1979),卷12,頁298。

② 見柳宗元《唐故兵部郎中楊君墓碣》,《柳完元集》,卷9,頁213。

③ 見《新唐書》,卷202,頁5770。

④ 詳參拙作《皎然論大曆江南詩人辨析》,收《文學評論叢刊》22輯(1984),頁136—138。

⑤ 參《皎然論大曆江南詩人辨析》,頁135—158。

五　《汝洛集》《洛中集》及《洛下遊賞宴集》與大和至會昌東都閑適詩人群

唐文宗大和三年(829),白居易(772—846)提出“中隱”説,强調一種身心自然合一的新吏隱觀,與傳統吏隱觀之强調身心分離不同。從大和三年至唐武宗會昌六年(846),白居易基本上以分司或致仕官的身份定居東都洛陽,在其履道園中過著適意任心的生活,寫著怡樂閑適的詩歌,同時還獲得精神上的超脱體驗。這種新的價值觀念和生活方式,深受洪州禪“平常心是道”説的影響。而在白居易中隱東都的十七年中,許多士大夫追隨他,從而形成了一個以老人和閑官爲主體的閑適詩人群,包括劉禹錫(772—842)、李紳(772—846)、裴度(765—839)、牛僧孺(780—848)、王起(760—847)等重要人物。這一詩人群的生活情趣和創作傾向皆與白居易接近。他們的遊宴唱和作品被編入三個集會總集中——《汝洛集》《洛中集》及《洛下遊賞宴集》。其中《汝洛集》的情況比較特殊,收有幾首蘇州——洛陽、汝州——洛陽及同州——洛陽兩地遥相唱和的作品,但大部分爲洛陽同地集會作品,故本章將此集視爲集會總集。

本章旨在探索這一詩人群的思想及創作特徵。首先考輯上述三個久已散佚的總集。其次論述白居易“中隱”説的内涵及其與洪州禪的關聯。最後論述在“中隱”説的影響下,東都閑適詩人群的生活情趣和創作傾向。

(一)《汝洛集》《洛中集》及《洛下遊賞宴集》考述

《汝洛集》和《洛中集》爲劉禹錫、白居易《劉白唱和集》之第四卷和第五卷,《洛下遊賞宴集》則爲白居易編集其居洛時與文士官吏在各種遊賞宴集場合的唱和作品。以下分别考述之。

1.《汝洛集》

《新唐書・藝文志》總集類著録《汝洛集》一卷,注云:"裴度、劉禹錫唱和。"[①]《宋史・藝文志》總集類於劉禹錫名下録《汝洛唱和集》三卷。[②]但此集並非如《新唐書》所云爲裴度和劉禹錫二人的唱和集,而是劉禹錫和白居易的唱和集。劉禹錫有《汝洛集引》,玆詳引如下:

> 大和八年,予自姑蘇轉臨汝,樂天罷三川守,復以賓客分司東都。未幾,有詔領馮翊,辭不拜職。授太子少傅分務,以遂其高。時予代居左馮。明年,予罷郡,以賓客入洛,日以章句交歡。因而編之,命爲《汝洛集》。[③]

大和八年(834)七月,劉禹錫自蘇州刺史轉汝州,白居易以太子賓客分司東都。二人於汝、洛二地遥相唱和,《汝洛集》收詩即始於此。但據劉序,此集所收詩實不僅汝、洛二地唱和之作。大和九年(835)十月,劉禹錫移同州(馮翊郡)刺史,繼續與白居易遥相唱和。開成元年(836)秋,劉禹錫改太子賓客分司,[④]從此入洛與白聚會,日以章句交歡。瞿蜕園注云:"此文蓋謂自汝州以後至以賓客居洛,皆編在此集,然未知終於何年。今白集

---

① 《新唐書》,卷60,頁1624。

② 《宋史》,卷209,頁5399。

③ 瞿蜕園編,《劉禹錫集箋證》(上海:上海古籍出版社,1989;以下簡稱《劉集》),外集卷9,頁1500。

④ 上述劉禹錫事蹟,參卞孝萱《劉禹錫年譜》(北京:中華書局,1963),頁185—189;羅聯添《劉禹錫年譜》,收《唐代詩文六家年譜》(臺北:學海出版社,1986),頁376—383。

中有詩而劉集中無者尚不乏,蓋散佚者亦多矣。"[1]其説甚是。

瞿蜕園對於《汝洛集》"未知終於何年"的疑問,則可從宋敏求的《劉賓客外集後序》中覓得答案。兹引全文如下:

> 世有夢得集四十卷,中逸其十,凡詩三百九十二篇,所遺蓋稱是。然未嘗纂著。今裒之,得《劉白唱和集》一百七,聯句八,《杭越寄和集》二,《彭陽唱和集》五十二,《汝洛集》二十七,聯句三,《洛中集》三十,聯句五,《名公唱和集》八十六,《吴蜀集》十七,《柳柳州集》六,《道塗雜詠》一,《南楚新聞》一。自《寄楊毗陵》而下五十五,皆沿舊會粹,莫詳其出,或見自石本者。無慮四百七篇。又得雜文二十二,合爲十卷,曰《劉賓客外集》,庶永其傳云。常山宋敏求題。[2]

柴格朗指出,宋敏求從《汝洛集》中所録劉禹錫詩二十七首及聯句三首,編入《劉賓客外集》卷四,即自該卷卷首至《予自到洛中與樂天爲文酒之會……》止。[3] 其説甚是。除劉、白外,與唱者尚有裴度、吴士矩等,《新唐書》當即因此誤以《汝洛集》爲裴、劉唱和集。[4] 此三十首詩中,除闌入二首蘇州詩外,皆爲大和九年(835)春至開成二年(837)冬於汝州、同州、洛陽三地與白居易等人唱和之作。

花房英樹在其《白氏文集的批評性研究》中,推測《汝洛集》爲《劉白唱和集》之第四卷,編成於開成元年(836)。[5] 按《汝洛集》所收詩,終於開成二年冬,其編集當在其時或下年春,非爲開成元年;但花房英樹以此集爲《劉白唱和集》之第四卷,雖未提出證據,其推測却頗爲有理。《新唐書·藝文志》録:"《劉白唱和集》三卷,劉禹錫、白居易。"[6]白居易有《劉白唱和集解》,作於大和三年(829)三月,文中稱此集收其年春之前與劉

---

① 見《劉集》,外集卷9,頁1500,瞿注。

② 劉禹錫,《劉賓客文集》(臺灣故宫博物館藏宋本),卷末附。

③ 柴格朗,《劉白唱和考》,《中國語文誌》1986年3期,頁3—4。

④ 參陳尚君《唐人編選詩歌總集叙録》,收其《唐代文學叢考》(北京:中國社會科學出版社,1997),頁212。

⑤ 花房英樹,《白氏文集の批判的研究》[白氏文集的批評性研究](京都:彙文堂書店,1960),頁341。

⑥ 《新唐書》,卷60,頁1624。

唱和篇章一百三十八首,勒成二卷。[①] 其後,白在大和六年(832)冬作《與劉蘇州書》,書中稱編集自大和五年(831)冬劉禹錫任蘇州刺史以來與之唱和詩作爲一卷,稱《劉白吴洛寄和卷》,與前編《劉白唱和集》合爲三卷。[②] 此即《新唐書》所著録者。但值得注意的是,白居易在作於會昌五年(845)五月的《白氏長慶集後序》中,却稱其編有《劉白唱和集》五卷。[③] 後二卷顯然係大和六年後續編者,所收應爲大和六年後至會昌二年(842)劉禹錫去世前二人唱和之作。《汝洛集》收二人大和九年(含有二首大和八年作品)至開成二年(837)作品,正好接續《劉白吴洛寄和卷》,其爲《劉白唱和集》之第四卷,應可肯定。其第五卷則爲《洛中集》,收開成三年(838)至會昌二年作品,詳見下節所考。

據上考述,《劉禹錫外集》第四卷從卷首至《予自到洛中與樂天爲文酒之會……》爲止,共三十首詩,係宋敏求從《汝洛集》中輯出,而原集還應包括白居易的所有同題唱酬之作,以及劉、白二人或加上其他人在同一時間段中的其他唱和之作,這些唱和之作或因已收於《劉賓客集》,宋敏求無須再輯入《外集》,或因宋所見《汝洛集》已有所遺佚而未及。

花房英樹輯有《劉白唱和集》,收入二人唱和詩,將五卷作品打成一片,未區分不同卷、集,亦未收二人以外第三者或更多人參與唱和的作品。[④] 其後橘英範進一步分卷輯集,得《汝洛集》詩五十二首,亦只收劉、白詩。[⑤] 按《劉禹錫外集》卷四前半部分所收《汝洛集》三十首中,收有劉、白與裴度、李紳等人的聯句詩,可知集中原本應收有劉、白以外其他詩人同題唱和的作品。

兹以此三十首詩爲基礎,參照花房英樹和橘英範所輯考,花房氏

---

① 朱金城編,《白居易集箋校》(上海:上海古籍出版社,1988;以下簡稱《白集》),卷69,頁3711。

② 《白集》,卷68,頁3696。

③ 《白集》,外集卷下,頁3916。

④ 花房英樹,《白氏文集の批判的研究》,頁342—355。

⑤ 橘英範,《劉白唱和詩研究序説》,《廣島大學文學部紀要》55卷特輯3號(1995),頁51—65。

《白居易年譜》,[1]朱金城《白居易年譜》,[2]卞孝萱《劉禹錫年譜》,張達人《劉禹錫年譜》,[3]羅聯添《劉禹錫年譜》、《白香山年譜考辨》、[4]《白居易作品繫年》,[5]高志忠《劉禹錫詩文繫年》,[6]《白集》朱金城注及《劉集》瞿蛻園注,從《劉集》《白集》《全唐詩》《全唐詩補編》中進一步復原《汝洛集》並予以編年,[7]共得詩六十六首,斷句一,[8]詳見本書下編《汝洛集》輯校。

2.《洛中集》

《新唐書·藝文志》總集類又録有《洛中集》七卷,未署著者;[9]《宋史·藝文志》總集類録爲一卷。[10] 按白居易有《香山寺〈白氏洛中集〉記》,云:"《白氏洛中集》者,樂天在洛所著書也。大和三年春,樂天始以太子賓客分司東都,及兹十有二年矣。其間賦格律詩凡八百首,合爲十卷。今納於龍門香山寺經藏堂。"末署開成五年(840)十二月。[11] 此《白氏洛中集》爲白居易個人之集,收大和三年至開成五年詩,與《新唐書》及《宋史》所録之總集《洛中集》題目、卷數、性質皆不合,當非一書。而前引宋敏求《劉賓客集後序》,稱其從《洛中集》中録劉詩三十首,聯句五首。

---

① 花房英樹,《白居易研究》(京都:世界思想社,1971),頁86—162。

② 臺北:文史哲出版社,1991。

③ 臺北:臺灣商務印書館,1977。

④ 收《唐代四家詩文論集》(臺北:學海出版社,1996),頁341—358。

⑤ 收《唐代四家詩文論集》,頁359—394。

⑥ 南寧:廣西人民出版社,1988。

⑦ 橘英範所輯《汝洛集》亦加以編年,見其《劉白唱和詩研究序説》,頁55—64;本章編年與其不盡相同。

⑧ 阮閲《詩話總龜》(北京:人民文學出版社,1987;前集卷6,頁63)引蔡寬夫《詩史》云:"蘇子容愛元、白、劉賓客輩詩,如汝洛唱和,皆往往成誦,苦不愛太白輩詩。曾誦《汝洛集》《九日送人》云:'清秋方落帽,子夏正離群。'以爲假對工夫無及此聯。又舉劉夢得《送李文饒再鎮浙西》詩,以爲最著題。"今存劉禹錫詩無《九日送人》題,亦未見此聯詩。檢《松陵集》(《四庫全書》本,卷9,頁4a)有張賁《賁中間有吴門旅泊之什多垂見和更作一章以伸酬謝》,詩中云:"清秋將落帽,子夏正離群。"疑蘇頌(子容,1020—1101)誤記。

⑨ 《新唐書》,卷60,頁1624。

⑩ 《宋史》,卷209,頁5398。

⑪ 《白集》,卷71,頁3806。

柴格朗謂即《劉禹錫外集》卷四自《洛中早春寄樂天》至卷末所收三十五首詩，其説甚是。[①]《洛中集》寫作時間始於開成三年春，上接《汝洛集》，迄於會昌初元，與唱者有白居易、牛僧孺、王起、裴度等。宋敏求所見之《洛中集》爲總集，應即《新唐書》及《宋史》所録者。

值得注意的是，宋敏求從《洛中集》所輯三十五首詩，皆劉禹錫與白居易唱和之作，或包括白居易在内的更多人的唱和，其情况與《汝洛集》相合，時間又相銜接，由此可推知這一總集應即《劉白唱和集》之第五卷。[②] 唯一成問題的是，《洛中集》僅一卷，不當有如《新唐書》所録七卷之多，此或係傳抄之訛，而以《宋史》所録一卷爲是。

橘英範輯有《洛中集》，得詩一百一十三首。[③] 兹以宋敏求所輯《洛中集》劉詩三十五首及橘英範所輯《洛中集》爲基礎，參照諸家年譜，據《劉集》《白集》《全唐詩》《全唐詩補編》進一步復原此集並予以編年，共得《洛中集》詩一百四十七首，斷句六，詳見本書下編《洛中集》輯校。

3.《洛下遊賞宴集》

白居易作於會昌五年的《白氏長慶集後序》中還提道："又有……《洛下遊賞宴集》十卷，其文俱在大集内録出，别行於時。"[④]陳尚君謂，"應爲居易退居香山後，與諸友遊賞宴會之集"。[⑤] 其説是。此集有十卷之多，應包括大和三年(827)至會昌五年(845)白氏中隱洛陽時與諸多文士官吏在各種遊賞宴集場合的唱和作品。詩題標明遊賞宴集的作品固應收入，一些未標明者，如送别詩和同時同地酬贈詩亦應收入。蓋唐人送别多置别宴，而同時同地酬贈詩顯然亦爲社交集會的産品。另描述或邀請遊宴的詩亦允收入。《汝洛集》及《洛中集》中的洛中遊宴之作，既經另外結集，可能未必收入此集。

---

① 柴格朗，《劉白唱和考》，頁 3—4。

② 參花房英樹《白氏文集の批判的研究》，頁 341；柴格朗《劉白唱和考》，頁 3—5；橘英範《劉白唱和詩研究序説》，頁 7。

③ 橘英範，《劉白唱和詩研究序説》，頁 66—85。

④ 《白集》，外集卷下，頁 3916。

⑤ 陳尚君，《唐人編選詩歌總集叙録》，頁 210—211。

茲據《白集》《全唐詩》《全唐詩補編》復原此集,並據諸家年譜,將所復原的作品編年,共得《洛下遊賞宴集》二百二十三首,斷句九,詳見下編《洛下遊賞宴集》輯目。

(二)白居易"中隱"説的提出及其與洪州禪的關係

許多研究者已經注意到,白居易與佛教僧徒過往密切,其生活和思想受到佛教思想,特别是禪宗和浄土宗思想的重要影響。在禪宗各系中,白居易又受到洪州禪的直接影響,其"中隱"説的提出,與馬祖道一(709—788)的"平常心是道"説有著密切關聯。本節即擬從這方面展開深入探討。

1. 白居易與馬祖道一諸弟子的交往

白居易與佛教各宗僧人有廣泛的交往,其中有五位是馬祖道一的弟子:章敬懷暉(756—815)、興善惟寬(755—817)、歸宗智常、興果神湊(744—817)及佛光如滿(752—846)。

白居易開始浸染洪州禪學,在唐憲宗元和三年至六年(808—811)間。白有《答户部崔侍郎書》,云:"頃與閣下在禁中日,每視草之暇,匡床接枕,言不及他,常以南宗心要互相誘導。"[①]崔侍郎爲崔群,二人同任翰林學士時間爲元和二年十一月至六年。[②] 值得注意的是,馬祖高足懷暉於元和三年(808)應詔入京,居章敬寺,每年召入麟德殿講論;[③]另一高足惟寬於元和四年應詔入京,居興善寺。[④] 是時洪州禪學"大化京都","玄學者奔湊",[⑤]故白居易與崔群在翰院所討論南宗心要,應即洪州禪學。

---

① 《白集》,卷45,頁2806。

② 參朱金城《白居易年譜》,頁63、77。孫昌武已注意到此信,見其《佛教與中國文學》(上海:上海人民出版社,1988),頁130—131。

③ 權德輿,《唐故章敬寺百岩大師碑銘并序》,《全唐文》,卷501,頁10a—10b。

④ 白居易,《傳法堂碑》,《白集》,卷41,頁2690—2691。

⑤ 釋静、釋筠編,《祖堂集》(長沙:岳麓書社,1996),懷暉條,卷14,頁326;《景德傳燈録》,懷暉條,卷7,頁4b。

二人元和二年十一月始入閣,其對洪州禪學感興趣,正始於三年懷暉入京後。白居易應於其時開始與懷暉及惟寬交往。

其後,在元和九年(814)冬至十年(815)八月,白居易任太子左贊善大夫時,[①]曾四次向惟寬問法。

> 然居易爲贊善大夫時,常四詣師,四問道。第一問云:"既曰禪師,何故説法?"師曰:"無上菩提者,被於身爲律,説於口爲法,行於心爲禪;應用有三,其實一也。如江湖河漢,在處立名;名雖不一,水性無二。律即是法,法不離禪。云何於中,妄起分别?"第二問云:"既無分别,何以修心?"師曰:"心本無損傷,云何要修理?無論垢與浄,一切勿起念。"第三問云:"垢即不可念,浄無念可乎?"師曰:"如人眼睛上,一物不可住;金屑雖珍貴,在眼亦爲病。"第四問云:"無修無念,亦何異於凡夫耶?"師曰:"凡夫無明,二乘執著;離此二病,是名真修。真修者不得動,不得忘,動即近執著,忘即落無明。"其心要云爾。[②]

孫昌武曰:"胡適評這篇文章'是九世紀的一種禪宗史料','不是潦草應酬之作'。文章有兩個主要内容:一是記載禪宗世系;二是記述與惟寬討論'心要'。其内容如胡適説'正合道一的學説'。這表明白居易當時對洪州禪已有相當深入的了解。"[③]二位學者所説甚是。惟寬運用了洪州禪關於"作用即[佛]性"的觀念來闡釋禪、法、律三者之間的關係。無論垢浄、不須修證、不起念等回答,也是對馬祖禪思想的闡釋。馬祖提出"平常心是道"説,强調本覺無修,"本有今有,不假修道坐禪,不修不坐,即是如來清浄禪"。[④] 白居易作於同時(元和十年)的《贈杓直》説:"早年以身

---

① 朱金城,《白居易年譜》,頁 5963。

② 白居易,《傳法堂碑》,《白集》,卷 41,頁 2691—2692。

③ 孫昌武,《白居易與洪州禪》,《文學研究》3 輯(南京:南京大學出版社,1993),頁 54。

④ 《景德傳燈録》(《四部叢刊》本),"馬祖道一禪師廣語",卷 28,頁 7b。傳世馬祖語録有不少後代的創作增添,但其中的上堂語較爲可靠。有關馬祖語録的考證及洪州禪思想的分析,參看拙著《古典禪研究》(香港:牛津大學出版社,2010),頁 111—142、154—176。

代,直赴逍遥篇。近歲將心地,迴向南宗禪。"[①]此處南宗禪顯然指洪州宗。

元和十年十月至十三年(818)十二月白居易在江州司馬任時,與洪州禪僧智常、神湊過往極爲密切。[②] 智常爲馬祖著名法嗣,白對其十分欽重。《宋高僧傳·智常傳》載:"遊大寂之門,乃見江西之道。元和中,駐錫廬山歸宗浄院。其徒響應,其法風行。無何,白樂天貶江州司馬,最加欽重。"[③]神湊爲律師,但又曾參馬祖。白居易至江州後,與其一見如故。元和十二年神湊卒,白爲作塔銘,云:

> 如來滅後後五百歲,有持戒見性者曰興果大師。師姓成,號神湊,京兆藍田人。既出家,具戒於南岳希操大師,參禪於鍾陵大寂大師……大曆八年……詔配江州興果寺。後從僧望移隸東林寺。……師心行禪,身持律,起居動息,皆有常節。雖沍寒隆暑,風雨黑夜,捧一爐,秉一燭,行道禮佛者,四十五年。……初予與師相遇,如他生舊識,一見訢合,不知其然。及遷化時,予又題一四句詩爲别,蓋欲會前心,集後緣也。不能改作,因取爲銘。銘曰:本結菩提香火社,共嫌煩惱電泡身。不須戀戀從師去,先請西方作主人。[④]

可知神湊持律、行禪、禮佛及修彌陀(西方)浄土並行。

分司退居東都後,白居易與馬祖弟子如滿過往甚密。[⑤] 開成三年(838),白作《醉吟先生傳》,曰:"與嵩山僧如滿爲空門友。"[⑥]會昌元年(841),作《山下留别佛光和尚》,佛光爲如滿號。[⑦] 會昌二年,作《佛光和尚真贊》,曰:"會昌二年春,香山寺居士白樂天命繢以寫和尚真而贊之。

---

① 《白集》,卷 6 頁 353。

② 參撫尾正信《白居易の佛教信仰について》[關於白居易的佛教信仰],《西日本史學》5(1950),頁 24;孫昌武《白居易與洪州禪》,頁 55。

③ 《宋高僧傳》,卷 17,頁 427。

④ 《唐江州興果寺律大德湊公塔碣銘并序》,《白集》,卷 41,頁 2701—2702。

⑤ 參撫尾正信《白居易の佛教信仰について》,頁 26;孫昌武《白居易與洪州禪》,頁 55。

⑥ 《白集》,卷 71,頁 3782。

⑦ 《白集》, 卷 35,頁 2433。

和尚姓陸氏,號如滿,居佛光寺東芙蓉山蘭若,因號焉。"[①]會昌五年,白居易和如滿等九人合寫爲《九老圖》。[②]《景德傳燈録》甚至以白居易爲如滿法嗣。[③]

2. 白居易"中隱"説的提出及其與洪州禪"平常心是道"説之關係

白居易與馬祖道一弟子的交往及其對洪州禪的認識,直接影響了他的思想及價值觀,這一影響首先體現在他對於"吏隱"的新的理解。他在《贈杓直》詩中明顯體現了這一新觀念:

> 世路重禄位,栖栖者孔丘。人情愛年壽,夭死者顔淵。二人如何人,不奈命與天。我今信多幸,撫己愧前賢。已年四十四,又爲五品官。況此知足外,别有所安焉。早年以身代,直赴逍遥篇。近歲將心地,迴向南宗禪。外順世間法,内脱區中緣。進不厭朝市,退不戀人寰。自吾得此心,投足無不安。體非道引適,意無江湖閑。有興或飲酒,無事多掩關。寂静夜深坐,安穩日高眠。秋不苦長夜,春不惜流年。委形老小外,忘懷生死間。昨日共君語,與余心膂然。此道不可道,因君聊强言。[④]

此詩開頭十二句以《老子》的"知足"觀爲基礎,將自己的生活現狀與孔子、顔回作了比較,字裏行間隱含著對於儒家價值觀的懷疑。從第十三句開始,詩人從老莊觀念轉向他的新信仰。由於詩中只提到"南宗禪",讀此詩者大多解爲指惠能思想。但如前所考,此詩作於元和十年與惟寬過往問法時,"南宗禪"當指洪州禪。白居易此詩的主旨,正是運用剛剛學來的洪州禪法,對傳統"吏隱"觀作出新的闡釋。

傳統的"吏隱"觀强調身與心的分離。這種身心分離説源於魏晋玄學思想,如郭象云:

---

① 《白集》,卷71,頁3814。

② 朱金城,《白居易年譜》,頁329。

③ 《景德傳燈録》,卷10,頁26a—26b。

④ 《白集》,卷6,頁353。

> 夫聖人雖在廟堂之上,然其心無異於山林之中。
>
> 天下雖宗堯,而堯未嘗有天下也。故窅然喪之,而常遊心於絶冥之境。雖寄坐萬物之上,而未始不逍遥也。
>
> 故聖人常遊外以弘内,無心以順有。故雖終日揮形而神氣無變,俯仰萬機而淡然自若。[①]

郭象以堯及其他聖人爲喻,闡釋了他的"吏隱"理論:人們可以高坐在朝廷廟堂上,只要他們的心神逍遥自由地遊翔於山林絶冥之境。作爲一位玄學大師,郭象試圖齊一儒和道、名教和自然,以身和心的分離涵容中國士人作爲終極追求的入世仕宦事業與作爲心性超脱的出世自然生活,平衡政治體制與個體人格的矛盾。其後在唐代,王維進一步援引早期禪思想證成這種身心分離的"吏隱"觀念:

> 長林豐草,豈與官署門闌有異乎?異見起而正性隱,色事礙而慧用微。豈等同虚空,無所不遍,光明遍照,知見獨存之旨邪!……苟身心相離,理事俱如,則何往而不適。[②]

從六朝至盛唐,這種身心分離的"吏隱"説爲士人所廣泛接受。晉代詩人王康琚云:"小隱隱林藪,大隱隱朝市。……放神青雲外,絶迹窮山裏。"[③]南齊王子蕭鈞云:"身處朱門,情遊江海;形入紫闥,而意在青雲。"[④]唐代詩人錢起(710?—782?)云:"大隱心何遠,高風物自疏。"[⑤]這些大隱之士都依賴於身和心的分離來同時維持仕宦地位和超越心態。

然而,在《贈杓直》中,白居易却十分明確地泯滅這種分離,將身和心重新合一:"意無江湖閑"(第二十四句)。不必執著於厭棄或留戀哪一

---

① 郭象注,《莊子》(《四部備要》本),卷1,頁6b,8a;卷3,頁10b。

② 王維,《與魏居士書》,收趙殿成編,《王右丞集箋注》(上海:上海古籍出版社,1984),卷18,頁334。

③ 王康琚,《反招隱詩》,逯欽立編,《先秦漢魏晋南北朝詩》(北京:中華書局,1983),頁953。

④ 李延壽,《南史》(北京:中華書局,1975),卷41,頁1038。

⑤ 錢起,《過王舍人宅》,《全唐詩》,卷238,頁2660。

方,身心俱在朝市,情意無須遠馳江湖,也能得閑適之意。世間的行住坐眠、秋去春來、老小生死,皆是道的體現,在在可以安心。這正是馬祖禪學思想的核心:“若欲直會其道,平常心是道。謂平常心,無造作,無是非,無取捨……只如今行住坐卧,應機接物,皆是道。”[①]就在同一年(元和十年),白居易還作有《自誨》,文中敦促自己:

> 而今而後,汝宜飢而食,渴而飲,晝而興,夜而寢。無浪喜,無妄憂。病則卧,死則休。[②]

這裏更加明顯地沿襲了洪州禪僧的口頭禪:“饑來喫飯,困來即眠。”[③]

在洪州禪的影響下,白居易對傳統“吏隱”觀作了改造。他對洪州禪的理解不是引向宗教體驗,而是以中國文人士大夫對待宗教的典型態度,直接引向對人生終極意義的思考和對個性心靈的超脱體驗。他對“吏隱”的新闡釋,試圖將社會政治事業與自由適性生活等同起來;但他很快就發現,這種等同在實踐上是行不通的。

《贈杓直》作於白居易政治生涯中的早期階段。十四年後,在經歷了朝廷中的諸多重要事件及個人仕宦生涯中的沉浮之後,白居易對自己的新“吏隱”觀作了一些調整,提出了“中隱”説,雖然調整後的新説仍然基於洪州禪法。這一新説最清楚地體現在他作於大和三年(829)的長詩《中隱》中。

> 大隱住朝市,小隱入丘樊。丘樊太冷落,朝市太囂喧。不如作中隱,隱在留司官。似出復似處,非忙亦非閑。不勞心與力,又免飢與寒。終歲無公事,隨月有俸錢。君若好登臨,城南有秋山。君若愛遊蕩,城東有春園。君若欲一醉,時出赴賓筵。洛中多君子,可以恣歡言。君若欲高卧,但自深掩關。亦無車馬客,造次到門前。人生處一世,其道難兩全。賤即苦凍餒,貴則多憂患。唯此中隱士,致身吉且

---

① 《景德傳燈録》,卷 28,頁 9a。此段亦出自較爲可靠的馬祖上堂語。

② 《白集》,卷 39 頁 2640。

③ 《景德傳燈録》,卷 6,頁 6a。

安。窮通與豐約,正在四者間。[①]

禪宗一悟到底的奇跡,對於纓罹世網的俗人來説畢竟是難於實際奉行的。《贈杓直》寫於貶江州前夕,那時白居易不難於將朝市、山林等同。貶謫江州的遭遇使他深刻認識到了官場的險惡。此外,元和長慶以來,内廷外朝黨争愈演愈烈。白居易以家世姻戚科舉等關係,如久立朝中,不免卷入旋渦。[②] 因此,他深感大隱的角色是不容易扮演的:"朝市太囂喧"(《中隱》第四句)、"貴則多憂患"(第二十八句)、"要路多險艱"。[③] 另一方面,在江州時,他曾在廬山上建草堂,嘗試一種準小隱的生活。但他發現小隱的道路同樣不現實:"丘樊太冷落"(第三句)、"賤即苦凍餒"(第二十七句)、"深山太濩落"。[④]

於是,否定了小隱和大隱之後,白居易提出一種新的隱士類型——"中隱":"不如作中隱,隱在留司官。似出復似處,非忙亦非閑"(《中隱》第五—八句)。中隱説與白居易貶江州前的吏隱觀相比,有了重要的變化。中隱之士雖然仍保持朝隱的外表,未與朝廷仕途、社會政治握手言别,但實際上在其價值觀的天平上,個人價值已超過了社會價值。白居易另有《吾土》詩云:"身心安處是吾土,豈限長安與洛陽。"[⑤]又有《再授賓客分司》詩云:"但問適意無,豈問官冷熱。"[⑥]個體身心的自由適意是"中隱"的中心目標;社會義務和責任雖然未被徹底抛棄,但已處於服從前者的地位:如果身心能得安適,無妨去長安做熱官,否則就只能在洛陽守冷職。於是人生的終極目標由出仕轉變爲自適。

這一轉變的理念基礎是莊子思想與洪州禪法的融合。自適的觀念最早見於《莊子·内篇》。莊子反對"適人之適",提倡"自適其適"。[⑦] 適人之適是適應社會標準及政治體制,自適其適則基本上是一種個性精神上

---

① 《白集》,卷22,頁1493。
② 參陳寅恪《元白詩箋證稿》(上海:中華書局,1959),頁330。
③ 《閑題家池寄王屋張道士》,《白集》,卷36,頁2483。
④ 同上。
⑤ 《白集》,卷28,頁1967。
⑥ 《白集》,卷29,頁2005。
⑦ 郭慶藩(1844—1897)編,《莊子集釋》(北京:中華書局,1961),卷3,頁232。

的自由和超脱。莊子以來,自適一直被士人用爲平衡社會與自我關係的精神工具。然而,在白居易的中隱觀念中,一種對於生理的、物質的舒適的新强調被添加到了心理的、精神的舒適之上。松浦友久檢查了"適"字在白詩中的大量出現,發現它被同等頻繁地用來指身和心的舒適。[①] 這種對於"身適"的新强調同樣與洪州禪之肯定日常人生相關。如白居易在《三適贈道友》中明確地表白:

> 足適已忘屨,身適已忘衣。況我心又適,兼忘是與非。三適合爲一,怡怡復熙熙。禪那不動處,混沌未鑿時。[②]

最後兩句指示了"三適"的理念來源——禪與《莊子》。[③] 由於身適需要豐饒的物質基礎,中隱之士不能不保持閑官位置和俸禄收入:"終歲無公事,隨月有俸錢"(《中隱》第十一至十二句)、"唯此中隱士,致身吉且安"(第二十九至三十句)。[④] 大和三年(829),白居易授太子賓客分司東都,次年十二月改河南尹。七年(833)四月復爲太子賓客分司,九年(835)改太子少傅分司。會昌元年(841)春罷少傅,二年(842)以刑部尚書致仕。六年(846)八月卒。[⑤] 則自大和三年至會昌六年,長達十七年間,白居易基本上以分司和致仕官的身份定居東都洛陽,此即所謂"中隱"(致仕亦得半俸)。

回到《中隱》詩中對於"中隱生活"的描寫,我們可以發現"中隱"觀與洪州禪的更多聯繫。"中隱生活"雖然包括了"君若好登臨,城南有秋山"(第十三至十四句)的遊覽自然山水,但其基本環境是私家園林:"君若愛

① 松浦友久,《白居易における"適"の意味:詩語史における獨自性を基礎として》[白居易的"適"的意味:以其在詩語史的獨立性爲基礎],《中國詩文論叢》11集(1992),頁96—99。

② 《白集》,卷29,頁2048。

③ 混沌無七竅,當七竅被鑿開時,混沌即死亡。見《莊子集釋》,卷3,頁309。

④ 很多學者注意到了白詩喜説俸禄的問題,譽之者稱其清廉,貶之者譏其庸俗(見洪邁《容齋隨筆》,五筆,卷8,頁896—897。實則俸禄爲中隱的必要基礎,没有這一基礎,也就没有中隱之士身心的安適(Xiaoshan Yang 已指出這一點,見其"Having it both ways: Manors and Manner in Bai Juyi's Poetry"[兩全其美:白居易詩中的莊園和風度], *Harvard Journal of Asiatic Studies* 56 (1996), 141-142。白居易之關注俸禄,正是其"平常心"的自然流露。

⑤ 朱金城,《白居易年譜》, 頁307—335。

遊蕩,城東有春園"(第十五至十六句)。"城東春園"包括了白氏洛陽履道里園林,如其《池上篇并序》云:

> 都城風土水木之勝,在東南偏。東南之勝,在履道里。里之勝,在西北隅。西北垣第一第,即白氏叟樂天退老之地。地方十七畝,屋室三之一,水五之一,竹九之一,而島樹橋道間之。[①]

在園林的壺中天地裏,"中隱之士"過著藝術化、審美化的自然適意生活,獲得心靈的瀟灑與超脱。首先,"中隱之士"園林生活的基本要素是欣賞模仿自然的小型山水。與王維(701?—761)依山臨水的大型自然莊園不同,白居易的履道園林純是人工的産物:

> 樂天罷杭州刺史時,得天竺石一,華亭鶴二以歸,始作西平橋,開環池路。罷蘇州刺史時,得太湖石、白蓮、折腰菱、青板舫以歸,又作中高橋,通三島徑。[②]

甚至連自然界動物,如華亭鶴,也被馴化爲林中寵物。[③] 其風景特色則爲以小勝大,以假亂真。《池上作》詩云:

> 西溪風生竹森森,南潭萍開水沉沉。叢翠萬竿湘岸色,空碧一泊松江心。浦派縈迴誤遠近,橋島向背迷窺臨。澄瀾方丈若萬頃,倒影咫尺如千尋。[④]

人工化的竹叢、浮萍及小池與自然景觀相融,小小的水池被比擬成空闊的江流,縈迴曲折的水流和橋島使人忘記了園林的真正大小。這種齊一大小真僞的觀念,與洪州禪的影響也有一定關聯。《宋高僧傳·智常傳》載:

> 李渤員外……遷江州刺史……到郡,喜與白樂天相遇,因言潯陽

---

① 《白集》,卷69,頁3705。

② 《池上篇并序》,《白集》,卷69,頁3705。

③ 參 Madeline Spring, *Animal Allegories in T'ang China* [中國唐代的動物寓言] (New Haven: American Oriental Society, 1993), 11—25。

④ 《白集》,卷30,頁2075。

廬阜山水之最,人物賢哲隱淪。論惠遠遺迹,遂述歸宗禪師善談禪要。李曰:"朝廷金榜早晚有嗜菜阿師名目。"白曰:"若然,則未識食菜阿師歟?"白强勸遊二林,意同見常耳。及到歸宗,李問曰:"教中有言,須彌納芥子,芥子納須彌。如何芥子納得須彌?"常曰:"人言博士學覽萬卷書籍,還是否耶?"李曰:"忝此虚名。"常曰:"摩踵至頂只若干尺身,萬卷書向何處著?"李俯首無言,再思稱嘆。[①]

白居易於長慶二年(822)七月除杭州刺史,經江州,會刺史李渤,訪廬山草堂;[②]二人同訪歸宗寺當在其時。芥子納須彌的典故出自《維摩詰所説經》。[③] 智常的禪機以般若空觀爲基礎,芥子和須彌,人心和萬物,本質皆空,故可等同互納。智常的敏鋭機鋒給白居易留下了深刻的印象。四年後,白任秘書監,奉詔參與三教論衡,即模仿李渤提出類似問題:

問:《維摩經不可思議品》中云:"芥子納須彌。"須彌至大至高,芥子至微至小。豈可芥子之内,入得須彌山乎?假如入得,云何得見?假如出得,云何得知?其義難明,請言要旨。

難:法師所云:芥子納須彌,是諸佛菩薩解脱神通之力所致也。敢問諸佛菩薩,以何因緣,證此解脱?修何智力,得此神通?必有所因,願聞其説。[④]

此法師爲義林,其回答拘泥於諸佛菩薩神通之力的傳統經説,與智常的禪機相比,高下深淺自然分明。"芥子納須彌"的觀念在後代成爲園林建設的美學原則之一。如清代著名的作家及園林藝術家李漁,即以"芥子園"命名其私家園林。[⑤]

其次,"中隱之士"的園林生活中,不但欣賞對象改變了,其主觀欣

① 《宋高僧傳》,卷17,頁427—428。按禪宗機緣問答在中唐時以智語的形式出現,至晚唐五代才達到機鋒猛烈的成熟地步,故許多歸屬於馬祖師徒的機緣故事並不可靠。此則問答爲智語,未呈現後來的猛烈機鋒,應較可靠。參拙著《古典禪研究》,頁89—110。

② 朱金城,《白居易年譜》,頁129。

③ 《大正新修大藏經》(臺北:新文豐出版公司,1983—1985),第14册,卷475,頁546b。

④ 《三教論衡》,《白集》,卷68,頁3678。

⑤ 參王毅《園林與中國文化》(上海:上海人民出版社,1990),頁175—176。

賞態度也發生了重要變化。六朝以來的隱逸觀念,主要是在玄學的基礎上,以一種委運任化的人生態度,達到物我一體、心與道冥的境界。到了受禪宗南能北秀共同影響的王維那裏,則又增加了如來禪的清浄之心和頓悟之境。其輞川絶句往往於清静恬淡、物我合一的刹那,頓悟大自然的永恒静謐。[①] 在王維那裏,物是主,我是賓;但在白居易這裏,物我關係被顛倒了,中隱之士儼然以主人的身份佔有和欣賞園林。白居易《泛春池》云:

> 白蘋湘渚曲,緑篠剡溪口。各在天一涯,信美非吾有。如何此庭内,水竹交左右。霜竹百千竿,烟波六七畝。泓澄動堦砌,淡泞映户牖。蛇皮細有紋,鏡面清無垢。主人過橋來,雙童扶一叟。恐污清泠波,塵纓先抖擻。波上一葉舟,舟中一樽酒。酒開舟不繫,去去隨所偶。或遶蒲浦前,或泊桃島後。未撥落杯花,低衝拂面柳。半酣迷所在,倚榜兀回首。不知此何處,復是人寰否。誰知始疏鑿,幾主相傳受。楊家去云遠,田氏將非久。天與愛水人,終焉落吾手。[②]

詩人首先以欲揚先抑的手法,排除了兩處著名的自然水景:雖然它們很美,却不爲他所佔有。這裏美的價值與所有權聯繫在一起,人與景物之間出現了新的審美關係。然後,詩人深情地描繪了自己園中小池的美景,第九句的“階砌”和第十句的“户牖”暗示了小池美景與主人生活的緊密關係。接下來的詩句中,主人自己的形象出現在景觀中。小池中的每一景物都適合他的活動,都使他獲得超越的感覺,甚至連花柳都設法迎合他。最後,詩人回顧了園林擁有者的歷史,再次爲自己的主人身份而驕傲。[③] 如果説王維山水田園詩中所表現的是“無我之境”,那麽白居易園林詩中

---

① 詳細討論參看李澤厚《中國古代思想史論》(北京:人民出版社,1986),頁210—222;蕭馳《中國詩歌美學》(北京:北京大學出版社,1986),頁151—158;陳允吉《唐音佛教辨思録》(上海:上海古籍出版社,1988),頁12—56;孫昌武《佛教與中國文學》,頁92—109。

② 《白集》,卷8,頁461。

③ 關於白居易的物主觀念,參 Stephen Owen, *The End of the Chinese "Middle Ages": Essays in Mid-Tang Literary Culture* (Stanford: Stanford University Press, 1996), pp. 24-29, pp. 86-89; Xiaoshan Yang, "*Having It Both Ways: Manors and Manner in Bai Juyi's Poetry*," pp. 123-149。

所表現的就是“有我之境”。這種從無我到有我的轉變,與洪州禪之突出强調主體的心性應該是有一定關聯的。

更爲重要的變化還在於,這位主人所擁有的不是王維的清浄之心,而是平常之心。除了欣賞園林風景外,他還在這壺中天地裏盡情享受聲色杯酒之樂。下引白居易《小庭亦有月》詩,描繪了一幅典型的畫面:

> 小庭亦有月,小院亦有花。可憐好風景,不解嫌貧家。菱角執笙簧,谷兒抹琵琶。紅綃信手舞,紫綃隨意歌。村歌與社舞,客哂主人誇。但問樂不樂,豈在鐘鼓多。客告暮將歸,主稱日未斜。請客稍深酌,願見朱顔酡。客知主意厚,分數隨後加。堂上燭未秉,座中冠已峨。左顧短紅袖,右命小青娥。長跪謝貴客,蓬門勞見過。客散有餘興,醉卧獨吟哦。幕天而席地,誰奈劉伶何。①

“貧家”在這裏只是一種相對的、謙虛的説法。詩人和其客人盡情享受聲色感官之樂:明月,鮮花,美酒,音樂,舞蹈,艷女。這種聲色享樂的隱逸生活,其理念依據仍爲洪州禪“平常心是道”之將般若生活化、世俗化:“若欲直會其道,平常心是道。何謂平常心?無造作,無是非,無取捨,無斷常,無凡無聖。經云:‘非凡夫行,非賢聖行,是菩薩行。’只如今行住坐卧,應機接物,盡是道。”②這一理念背景清楚地表現在白氏的其他作品中。如《酒筵上答張居士》詩云:

> 但要前塵滅,無妨外相同。雖過酒肆上,不離道場中。弦管聲非實,花鈿色還空。何人知此義,唯有浄名翁。③

《拜表迴閑遊》詩云:

> 八關浄戒齋銷日,一曲狂歌醉送春。酒肆法堂方丈内,其間豈是兩般身。④

---

① 《白集》,卷 29,頁 2002。

② 《景德傳燈録》,卷 28,頁 9a。此段亦出自較爲可靠的馬祖上堂語。

③ 《白集》,卷 24,頁 1692。

④ 《白集》,卷 31,頁 2158。

雖然詩人在般若學"一切皆空"的觀念上做文章,但透過這"空"之遊戲,讀者仍可强烈感受到詩人對於活潑的世俗生活的熱愛之情。白居易總是將自己與維摩詰(净名)相比擬;在他的筆下,維摩詰成了一位盡情享受舒適世俗生活而同時又獲得精神超脱體驗的士大夫。[①]

隨著傳統隱逸觀念之世俗化和生活化,隱逸詩中的孤獨寧静主題,也被歡樂閑適的情感所取代。《履道居三首》之三曰:"嗟余耽酒狂歌客,只有樂時無苦時。"[②]《序洛詩》曰:"閑適有餘,酣樂不暇;苦詞無一字,憂嘆無一聲,豈牵强所能致耶? 蓋亦發中而形外耳。"[③]阿瑟·威利(Arthur Waley)懷疑白居易的歡樂表白是虛假的,[④]這是因爲他未了解白氏此時的思想基礎。宇文所安指出王維詩中經常以關門象徵脱離人類社會,結束社交生活。[⑤] 白居易雖然也提及關門,但已經無可無不可,不再執著於關或開、入或出、自然或社會了:

> 君若欲一醉,時出赴賓筵。洛中多君子,可以恣歡言。君若欲高卧,但自深掩關。亦無車馬客,造次到門前。(《中隱》第十七至二十二句)

中隱之士的社交生活同樣充滿了聲色杯酒之樂,詳見下節所述。

最後還應提及的是,白居易的詩作特别是晚年作於洛陽的閑適詩以淺俗明白而著稱。他以淺切的語言叙述了日常生活中的每一件瑣事,描繪了園林中的每一個小物件,表達了心情意緒的每一種細微變化。這一詩歌風格與中隱的生活方式直接相關聯,並也可能同樣受到洪州禪學關於行住坐卧、揚眉瞬目等日常活動皆是佛性妙用的啓發。

---

① 參孫昌武《中國文學中的維摩與觀音》(北京:高等教育出版社,1996),頁179—185。

② 《白集》,卷28,頁1993。

③ 《白集》,卷70,頁3757。

④ Arthur Waley, *The Life and Works of Po Chu-i* [白居易的生活與作品](London: George Allen & Unwin, 1949), p.181.

⑤ 宇文所安,《盛唐詩》,賈晋華譯(哈爾濱:黑龍江人民出版社,1992),頁44。

3. “中隱”與持齋坐禪及浄土信仰

“中隱”説可能以洪州禪學爲理論基礎,但白居易同時還受到其他佛禪派系的思想和實踐的影響。自長慶三年(824)至大和八年(834),白居易從北宗禪僧智如受八關齋戒十年,年九度。[①] 智如卒後,白仍堅持齋戒坐禪。[②] 又與智如弟子法振結香火社修彌陀西方浄土。[③] 另還自稱爲彌勒弟子,結上生之業。[④] 很多學者已經注意到了白居易這種對佛教各宗的通容態度;[⑤]但有的學者由此而推論白氏對佛教義理不求甚解,只是任意服膺,恐未必確當。白氏“中隱東都”時之坐禪齋戒、信奉浄土,細加推究,與作爲其佛學中心之洪州禪學仍有三方面關聯。

首先,一方面洪州禪學從理論上論證平常心是道,與坐禪念經無預;另一方面馬祖與其弟子輩實際上皆精諳佛典,並堅持坐禪守戒禮佛。[⑥]

---

① 白居易《東都十律大德長聖善寺鉢塔院主智如和尚茶毗幢記》云:“大和八年十二月二十二日,終於本院。……十年以還,蒙師授八關齋戒。”(《白集》,卷69,頁3731—3732)又白《贈僧五首》其一《鉢塔院如大師》云:“每歲於師處授八關戒者九度”(《白集》,卷27,頁1922)。智如律禪雙修,禪學方面出神秀一系,見下考。

② 白居易大和九年(835)後詠齋戒坐禪詩甚多,如開成元年(836)六十五歲時作《齋戒滿夜戲招夢得》“紗籠燈下道場前,白日持齋夜坐禪”(《白集》,卷33,頁2273);會昌五年(845)七十四歲時作《齋居春久感事遣懷》“齋戒坐三旬,笙歌發四鄰。……風光抛得也,七十四年春”(《白集》,卷37,頁2561)。

③ 白居易《聖善寺白氏文集記》云:“與今長老振大士爲香火之社。……開成元年,閏五月十二日,樂天記”(《白集》,卷70,頁3770)。又《智如和尚茶毗幢記》云:“今院主上首弟子振公”(《白集》,卷69,頁3732)。香火社指西方社;白《重修香山寺畢,題二十二韻以紀之》:“南祖心應學,西方社可投”(《白集》,卷31,頁2123)。此沿慧遠與十八高賢立白蓮社事,修阿彌陀西方浄土。參撫尾正信《白居易の佛教信仰について》,頁33—37。

④ 白居易《畫彌勒上生幀讚》云:“大和八年夏,……有彌勒弟子樂天同是願”(《白集》,卷70,頁3759)。又《答客説》云:“予晚年結彌勒上生業”(《白集》,卷36,頁2541)。參撫尾正信《白居易の佛教信仰について》,頁28—29。

⑤ 如堤留吉《白樂天研究》(東京:春秋社,1969),頁75—89;Kenneth S. Ch'en, *The Chinese Transformation of Buddhism* (Princeton: Princeton University Press, 1973), 184-239; 平野顯照《唐代文學と佛教の研究》[唐代文學與佛教研究](東京:朋友書店,1978),頁27—99; Burton Watson, “Buddhism in the Poetry of Po Chü-I,” *Eastern Buddhist* 21 (1988), 1-22;孫昌武《佛教與中國文學》,頁128—143;謝思煒《白居易集綜論》(北京:中國社會科學出版社,1997),頁240—293。

⑥ 參拙作《古典禪研究》,頁184—194。

其次，白居易非佛教中人，自不必有門户之見；但其所服膺之主要宗門，在其一生中實有連貫性。白居易與洪州禪僧一生因緣，已見前考。智如和法振出法凝之門；法凝爲神秀三傳弟子，曾於貞元十六、十七年間(800—801)授白氏以漸修之道。[①] 則白居易與北宗禪僧過往，尚在接觸洪州禪僧之前。智如兼修律禪，而法振更益之以浄土。白氏的浄土信仰亦由來已久，早在任江州司馬時，即與神湊及其他僧人結社修彌陀浄土。[②] 神湊爲律師，持律、禮佛甚勤謹，但又曾參馬祖得心要。[③] 則白之浄土信仰和禮佛持戒與洪州禪觀念聯繫在一起。

其三，最重要的是，白居易之接受洪州禪學，主要是作爲一種解脱論，借以達到一種超脱輕松的心境，並以之論證其追求適意任心的人生態度及生活方式之合理性。洪州禪緩解了現實生活帶給他的心理重負，却不能解決始終縈繞其懷的生死問題。持齋戒與修浄土，即爲解決這一問題。樂天雖號稱達者，實際上對生死問題一直耿耿於懷，未能了達。洪邁注意

① 白居易《東都十律大德長聖善寺鉢塔院智如和尚茶毗幢記》云："大師姓吉，號智如。……二十二，受具戒於僧晤，學《四分律》於曇濬律師，通《楞伽》《思益》心要於法凝大師。……大和八年十二月二十三日，終於本院。報年八十八，僧夏六十五。明年正月十五日，合都城道俗萬數，具涅槃儀，移窆於龍門祖師塔院。又明年，某月某日，用闍維法，遷祔於奉先寺祖師塔西而建幢焉。"(《白集》，卷69，頁3731—3732)白另有《如信大師功德幢記》："有唐東都臨壇開法大師，長慶四年，二月十三日，終於聖善寺華嚴院，春秋七十有五，夏臘五十二。是月二十二日，移窆於龍門山之南岡。寶曆元年，某月某日，遷葬於奉先寺，祔其先師塔廟穴之上。……既具戒，學《四分律》於釋晤，後傳六祖心要於本院先師。……同學大德，繼居本院者曰智如。"(《白集》，卷68，頁3658—3659)則智如與如信同師於法凝，而法凝出禪宗六祖之門。白《八漸偈并序》曰："貞元十九年秋八月，有大師曰凝公，遷化於東都聖善寺塔院。越明年二月，有東來客白居易，作《八漸偈》，偈六句四言以讚之。初，居易常求心要於師，師賜我八言焉：曰觀、曰覺、曰定、曰慧、曰明、曰通、曰濟、曰舍。由是入於耳，貫於心，達於性，於兹三四年矣。……至哉八言！實無生忍觀之漸門也"(《白集》，卷39，頁2641)。從貞元二十年(804)上推四年爲貞元十六年(800)，三年爲十七年(801)。此凝公居聖善寺，傳禪宗心要，當即如信、智如之師法凝。所謂六祖，當指神秀(約606—706)。神秀弟子普寂(651—739)號稱七祖；寂有付法門人宏正，居東京聖善寺(見李華《故中岳越禪師塔記》《故左溪大師碑》，《全唐文》，卷316，頁17，卷320，頁2a)，疑法凝出其門。

② 白居易《唐江州興果寺律大德湊公塔銘》云："本結菩提香火社，共嫌煩惱電泡身。不須戀戀從師去，先請西方作主人。"(《白集》，卷41，頁2702)又白《春憶二林寺舊遊因寄朗、滿、晦三上人》詩云："最慚僧社題橋處，十八人名空一人。"(《白集》，卷19，頁1233)參撫尾正信《白居易の佛教信仰について》，頁31—33。

③ 參本章第一節所考。

到白詩好紀年歲,並録此類詩句數十例;但其謂此爲白氏"爲人誠實洞達"之表現,[1]則未免淺哉言之。對年歲增加的關切就是對生命的關切,這種關切越到老年時越爲强烈:"更過今年年七十,假如無病亦宜休",[2]"我已七旬師九十,當知後會在他生"。[3] 居洛時,白居易先後將文集收藏於廬山東林寺、洛陽興善寺、蘇州南禪院、洛陽香山寺,並一再表白:"願以今生世俗文字、放言綺語之因,轉爲將來世世讚佛乘、轉法輪之緣。"[4]藏文集爲垂文字聲名於後世,以獲得精神之永恒;結因緣爲祈來生,以獲得肉體之再生。

4. 中隱與道家道教

陳寅恪在《白樂天之思想行爲與佛道關係》一文中,比較白居易對於佛道二家關係之淺深輕重,認爲白氏的思想以老子的"知足"爲中心,其禪學只是表面現象:

> 韓公排斥佛道,而白公則外雖信佛,内實奉道是。韓於排佛老之思想始終一致,白於信奉老學,在其煉服丹藥最後絶望之前,亦始終一致。
>
> 樂天之思想,一言以蔽之曰"知足"。"知足之旨",由老子"知足不辱"而來。蓋求"不辱",必知足而始可也。此純屬消極,與佛家之"忍辱"主旨富有積極之意,如六度之忍辱波羅蜜者,大不相侔。故釋迦以忍辱爲進修,而苦縣則以知足爲懷,藉免受辱也。斯不獨爲老與佛不同之點,亦樂天安身立命之所在。由是言之,樂天之思想乃純粹苦縣之學,所謂禪學者,不過裝飾門面之語。故不可以據佛家之説,以論樂天一生之思想行爲也。[5]

---

① 洪邁,《容齋隨筆》,五筆,卷 8,頁 893—895。

② 《五年秋病後獨宿香山寺三絶句》其三,《白集》,卷 35,頁 2428。

③ 《山下留别佛光和尚》,《白集》,卷 35,頁 2433。

④ 見《東林寺白氏文集記》(《白集》,卷 70,頁 3769),《聖善寺白氏文集記》(《白集》,卷 70,頁 3770),《蘇州南禪院白氏文集記》(《白集》,卷 70,頁 3788),《香山寺白氏洛中集記》(《白集》,卷 71,頁 3806)。

⑤ 《元白詩箋證稿》,頁 321—331。

陳氏博學精思,其説不易反駁,玆試從三方面論辨之。其一,燒丹服藥與持齋修浄土目的相同,皆爲解決生死問題。陳文考白居易任江州司馬時曾燒丹,但如本文前考,白氏當時亦修彌陀浄土。中隱洛京後,陳文所舉開成二年(837)作《燒藥不成命酒獨醉》詩幾乎爲僅見,常見的倒是《戒藥》《思舊》之類懷疑或批評服藥煉丹之詩。[①] 而白居易從智如受八關齋戒十年、年九度,常持齋坐禪至三旬,又兼修彌陀、彌勒浄土,這些説明其"吾學空門非學仙"至少爲居洛期間之實際情況。[②] 此可見在求長生方面,白居易對於佛道二家關係之輕重深淺。

其二,知足無疑爲白居易思想的一個重要方面,但其思想並不局限於此。知足之外,白氏還追求遂性適意、富貴享樂。白返居洛京時,有"地方十七畝"之履道宅,"臧獲之習管、磬、弦歌者指百",還有中大夫、守太子賓客、分司東都、上柱國、晉陽開國男、食邑三百户、賜紫金魚袋之官爵。[③] 如此而隱,隱又何難? 如此而知足,乃榮達後之知足,去老子以寡欲爲基礎之知足不辱,似亦稍稍遠矣。白之"中隱"思想起步於玄學之"吏隱",而終止於洪州禪之"平常心是道",其間經歷了多少保官守禄的現實算計,包涵了多少放任自然人性的心理補償,其豐富内涵恐非"知足不辱"一言可蔽之。其《自詠五首》之四曰:

> 一日復一日,自問何留滯。爲貪逐日俸,擬作歸田計。亦須隨豐約,可得無限劑。若待足始休,休官在何歲。[④]

此白氏自嘲不能知足也。《贈杓直》曰:

> 況茲知足外,别有所安焉。早年以身代,直赴逍遥篇。近歲將心地,迴向南宗禪。外順世間法,内脱區中緣。[⑤]

則已明言於知足逍遥之老莊遺訓外,尤以南宗禪爲安身立命之思想基礎。

---

① 二詩皆爲陳文所引。

② 《答客説》,亦見陳文所引。

③ 《池上篇并序》《祭中書韋相公文》,《白集》,卷69,頁3705、3713。

④ 《白集》,卷21,頁1428。

⑤ 《白集》,卷6,頁353。

此可見在求解脱方面,白居易對於佛道二家關係之輕重深淺。

其三,白居易詩文中,常以老莊與禪相提並論,而當他在二者之間作出輕重判斷時,則始終置禪於老莊之上。相提並論的例子如:

> 余早棲心釋梵,浪迹老莊。因疾觀身,果有所得。何則,外形骸而内忘憂患,先禪觀而後順醫治。[①]

> 大底宗莊叟,私心事竺乾。浮榮水劃字,真諦火生蓮。梵部經十二,玄書字五千。是非都付夢,語默不妨禪。[②]

分别輕重的例子如《和微之詩二十三首》之十三《和知非》曰:

> 因君知非問,詮較天下事。第一莫若禪,第二無如醉。禪能泯人我,醉可忘榮悴。與君次第言,爲我少留意。儒教重禮法,道家養神氣。重禮足滋彰,養神多避忌。不如學禪定,中有甚深味。曠廓了如空,澄凝勝於睡。屏除默默念,銷盡悠悠思。春無傷春心,秋無感秋淚。坐成真諦樂,如受空王賜。既得脱塵勞,兼應離慚愧。[③]

再如大和八年(834)同時作《讀〈老子〉》《讀〈莊子〉》《讀禪經》三詩:

讀《老子》

> 言者不知知者默,此言吾聞於老君。若道老君是知者,緣何自著五千文。

讀《莊子》

> 莊生齊物同歸一,我道同中有不同。遂性逍遥雖一致,鸞鳳終校勝蛇蟲。

讀《禪經》

> 須知諸相皆非相,若住無餘却有餘。言下忘言一時了,夢中説夢

---

① 《病中詩序》,《白集》,卷35,頁2386。

② 《新昌新居書事四十韻因寄元郎中、張博士》,《白集》,卷19,頁1270。

③ 《白集》,卷22,頁1479。

> 兩重虛。空花豈得兼求果,陽焰如何更覓魚。攝動是禪禪是動,不禪不動即如如。[①]

此於老、莊皆有微詞,對禪却推崇備至。[②] 司空圖《修史亭三首》其二云:"不似香山白居士,晚將心地著禪魔。"[③]所見甚是。

5. 中隱與儒學

很多學者都注意到了白居易一生思想行事與儒家"達則兼濟天下,窮則獨善其身"的思想密切相關。其"中隱"觀無疑亦包含了獨善其身的思想因素,但同樣應加以區分的是,獨善之外,"中隱之士"的人格思想有不少地方是與孔孟遺則相違背的。首先是對君子固窮及修身養性觀念的放棄。孔子曰:"士志於道,而耻惡衣惡食者,未足與議也",[④]"君子憂道不憂貧"。[⑤] 孟子曰:"養心莫善於寡欲。其爲人也寡欲,雖有不存焉者,寡矣;其爲人也多欲,雖有存焉者,寡矣。"[⑥]中隱之士以豐厚舒適的物質生活爲基礎,以任心縱欲、自然不拘的思想行爲爲特徵,去儒家傳統人格理想亦稍稍遠矣。其次,孔子曰:"事君,敬其事而後其食。"[⑦]而中隱之士却可以稱得上是尸位素餐,無其志而仍居其位,放棄社會責任而仍從社會國家獲取豐厚報酬。對於這一點,白居易是有所内疚的:"默然心自問,於國有何勞?"[⑧]"鴻雖脱羅弋,鶴尚居禄位。唯此未忘懷,有時猶内愧。"[⑨]而這種慚愧之感的去除,仍然依靠禪的力量:"禪能泯人我,醉可忘榮

---

① 《白集》,卷 32,頁 2172—2173。

② 關於白居易晚年對待老莊和佛教的態度,還可參下定雅弘《白居易の詩における老莊と佛教:その〈長慶集〉から〈後集〉以後への變化について》,《禪文化研究所紀要》16 期(1992),頁 167—93;《白居易の文における老莊と佛教:その〈長慶集〉から〈後 集〉以 後への變化について》,《禪文化研究所紀要》18 期(1992),頁 83—110。

③ 《全唐詩》,卷 634,頁 7276。

④ 《論語・里仁》。

⑤ 《論語・衛靈公》。

⑥ 《孟子・盡心下》。

⑦ 《論語・衛靈公》。

⑧ 《自賓客遷太子少傅分司》,《白集》,卷 30,頁 2080。

⑨ 《詠懷》,《白集》,卷 29,頁 2029。

悴。……既得脱塵勞,兼應離慚愧。"[①]

總而言之,白居易調和三教,其"中隱"觀吸收了儒、道思想,但其安頓身心的主要精神依據,却是洪州禪之"平常心是道"。其結果則形成一種新的居士精神和隱逸觀念,在當時及後世都産生了重要影響。

(三)東都閑適詩人群的生活情趣和創作傾向

"洛中多君子,可以恣歡言。"阿瑟・威利曾將長安、洛陽和西班牙的都市做過一個有趣的比擬。他説在九世紀,長安作爲政治都城及近於西北邊境的地理位置,很像馬德里;而洛陽以其較温和的氣候和容易接近的地理位置而成爲一座社交都城,很像塞維利亞。[②] 威利的比擬頗爲確切。惟洛陽不僅自然氣候温和,且政治氣候亦温和,故爲白居易及其同志選爲中隱勝地。白居易居洛京十七年中,與諸留守、分司、致仕官員及文士僧道頻繁過往唱酬,實際上形成了一個以老人和閑官爲主體的閑適詩人群,主要有劉禹錫、牛僧孺、崔玄亮(768—833)、裴度、皇甫曙、李紳、王起(760—847)等。雖然除了白居易之外,這一詩人群的成員處於變動之中,但大多數人居洛時的生活情趣和創作傾向在一定程度上都受到"中隱"思想的影響。

1. 東都閑適詩人群之聚合

玆據諸家年譜、[③]文集、[④]新舊《唐書》諸紀傳及其他相關資料,列這一詩人群的聚散離合如下(僅列曾寓居洛陽並與白居易有唱酬關係者,短暫路過者不計)。

---

① 《和微之詩二十三首》之十三《和知非》,《白集》,卷22,頁1479。

② Arthur Waley, *Translations from the Chinese* [中文作品翻譯] (New York: Alfred A. Knopf, 1941), p.127.

③ 花房英樹,《白居易年譜》;朱金城,《白居易年譜》;羅聯添,《白香山年譜考辨》《白居易作品繫年》《劉禹錫年譜》;卞孝萱,《劉禹錫年譜》;張達人,《劉禹錫年譜》;高志忠,《劉禹錫詩文繫年》。

④ 朱金城,《白居易集箋校》;瞿蜕園,《劉禹錫集箋證》。

表六　大和至會昌東都閑適詩人群聚會表

時　間	姓　名	年　齡	居洛及離洛事由
唐文宗大和三年(829)	白居易	58	三月以太子賓客分司東都,四月至洛陽,居履道里第
	令狐楚	64	三月爲東都留守,十二月改天平軍節度使
	崔玄亮	62	辭病歸洛,年終爲太常少卿
	馮　宿	63	爲河南尹
	皇甫鏞	70	爲太子賓客分司東都
	尉遲汾	?	爲河南少尹
大和四年(830)	白居易	59	仍爲太子賓客分司;冬授河南尹
	皇甫鏞	71	仍爲太子賓客分司
	馮　宿	64	自東都留守入爲工部侍郎
	鄭　俞	?	爲河南府司録參軍
	徐　凝	?	客寓洛陽
大和五年(831)	白居易	60	仍爲河南尹
	皇甫鏞	72	仍爲太子賓客分司
	舒元輿	43	八月爲著作郎分司
	鄭　俞	?	仍爲河南府司録參軍
大和六年(832)	白居易	61	仍爲河南尹
	皇甫鏞	73	改秘書監分司
	舒元輿	44	仍爲著作郎分司
	崔玄亮	65	爲太子賓客分司
	鄭　俞	?	仍爲河南府司録參軍
大和七年(833)	白居易	62	仍爲河南尹;四月改太子賓客分司
	皇甫鏞	74	仍爲秘書監分司
	舒元輿	45	仍爲著作郎分司;九月入爲右司郎中
	李　紳	62	三月爲太子賓客分司;閏七月改浙東觀察使
	裴　潾	?	爲左庶子分司;尋入爲散騎常侍
	崔玄亮	66	仍爲太子賓客分司;改授虢州刺史,七月卒
	鄭　俞	?	仍爲河南府司録參軍
	皇甫曙	?	約以郎中分司

續　表

時　間	姓　名	年　齡	居洛及離洛事由
大和八年（834）	白居易	63	仍爲太子賓客分司
	皇甫鏞	75	仍爲秘書監分司
	裴　度	70	三月爲東都留守
	皇甫曙	?	仍爲郎中分司
	鄭　俞	?	仍爲河南府司録參軍
	沈述師	?	居洛
大和九年（835）	白居易	64	仍爲太子賓客分司；十月改太子少傅分司
	皇甫鏞	76	仍爲秘書監分司
	裴　度	71	仍爲東都留守
	李　紳	64	五月爲太子賓客分司
	皇甫曙	?	仍爲郎中分司；授澤州刺史
	鄭　俞	?	仍爲河南府司録參軍
	李仍叔	?	爲太子賓客分司
唐文宗開成元年（836）	白居易	65	仍爲太子少傅分司
	皇甫鏞	77	仍爲秘書監分司；七月卒
	裴　度	72	仍爲東都留守
	李　紳	65	仍爲太子賓客分司；四月爲河南尹，六月除宣武節度使
	李　玨	51	六月爲河南尹
	劉禹錫	65	秋以太子賓客分司
	鄭　俞	?	仍爲河南府司録參軍
	李仍叔	?	仍爲太子賓客分司
	吴士矩	?	爲秘書監分司東都
開成二年（837）	白居易	66	仍爲太子少傅分司
	劉禹錫	66	仍爲太子賓客分司
	裴　度	73	仍爲東都留守；五月移太原尹
	李　玨	52	仍爲河南尹；三月入爲户部侍郎
	裴　潾	?	三月爲河南尹
	皇甫曙	?	春罷澤州歸居洛陽
	牛僧孺	58	五月授東都留守
	李仍叔	?	仍爲太子賓客分司
	吴士矩	?	仍爲秘書監分司；貶蔡州别駕

續 表

時 間	姓 名	年 齡	居洛及離洛事由
開成三年（838）	白居易	67	仍爲太子少傅分司
	劉禹錫	67	仍爲太子賓客分司
	皇甫曙	?	仍閑居洛陽
	牛僧孺	59	仍爲東都留守;九月入爲左僕射
	裴 度	74	冬乞歸洛陽
	白敏中	47	爲殿中侍御史分司東都
	李仍叔	?	仍爲太子賓客分司
開成四年（839）	白居易	68	仍爲太子少傅分司
	劉禹錫	68	仍爲太子賓客分司;十二月改秘書監分司
	皇甫曙	?	仍閑居洛陽
	裴 度	75	仍閑居洛陽;三月卒
	白敏中	48	仍爲殿中侍御史分司;八月出爲豳寧節度副使
	吉 皎	80	爲太子少傅分司
開成五年（840）	白居易	69	仍爲太子少傅分司
	劉禹錫	69	仍爲秘書監分司
	皇甫曙	?	仍閑居洛陽;春出爲絳州刺史
	王 起	81	秋爲東都留守
	吉 皎	81	約致仕居洛
唐武宗會昌元年（841）	白居易	70	春停少傅官
	劉禹錫	70	仍爲秘書監分司
	王 起	82	仍爲東都留守;六月徵爲吏部尚書
	盧 貞	?	春爲河南尹
	李 程	?	六月爲東都留守
	白敏中	50	爲侍御史分司;夏除户部員外郎
	吉 皎	82	仍致仕居洛
	李仍叔	?	居洛,或已致仕
會昌二年（842）	白居易	71	以刑部尚書致仕
	劉禹錫	71	仍爲秘書監分司;七月卒
	盧 貞	?	仍爲河南尹
	李 程	?	仍爲東都留守;春卒

續 表

時 間	姓 名	年 齡	居洛及離洛事由
會昌二年(842)	牛僧孺	63	春爲東都留守
	皇甫曙	?	春自絳州刺史罷歸洛陽
	南 卓	?	爲洛陽令
	吉 皎	83	仍致仕居洛
會昌三年(843)	白居易	72	仍致仕居洛陽
	盧 貞	81	仍爲河南尹
	牛僧孺	64	仍爲東都留守
	吉 皎	84	仍致仕居洛
會昌四年(844)	白居易	73	仍致仕居洛陽
	盧 貞	?	仍爲河南尹
	牛僧孺	65	仍爲東都留守;九月改太子少保分司,尋貶汀州刺史
	吉 皎	85	仍致仕居洛
會昌五年(845)	白居易	74	仍致仕居洛陽
	盧 貞	?	仍爲河南尹
	吉 皎	86	仍致仕居洛
	胡 杲	89	前懷州司馬,閑居洛
	鄭 據	84	前右武軍長史,閑居洛
	劉 真	82	前慈州刺史,閑居洛
	盧 貞	82	前侍御史,閑居洛
	張 渾	74	前永州刺史,閑居洛
會昌六年(846)	白居易	75	仍致仕居洛陽;八月卒

2. 東都閑適詩人的生活情趣和創作傾向

從表六可看出,大和至會昌白居易"中隱"東都期間,其周圍始終環繞著一批詩人。其中尤以開成年中唱酬最爲頻繁。其時劉禹錫亦以分司官歸洛,裴度、牛僧孺、李紳、皇甫曙、王起等先後任職或退居於此,東都詩壇呈現出一派繁榮景象。白居易無疑爲東都詩人群的中心人物。無論是在生活情趣還是在詩歌創作上,這一詩人群都體現了與白氏"中隱"觀念相近的傾向。

(1) 好佛親禪。重要的東都詩人,如劉禹錫、牛僧孺、裴度、李紳、崔玄亮,都體現了好佛親禪的傾向,且與禪宗洪州系或牛頭系有一定關聯。

劉禹錫生長於洪州系和牛頭系活躍的江南地區,自稱"予事佛而佞"。[①] 建中元年(780),他年僅九歲,即往湖州跟從律禪雙修的皎然和靈澈學詩,而那兩位詩僧彼時正津津有味地討論著剛剛建立的洪州禪宗旨。少年劉禹錫耳聞目染,難免受其影響。[②] 後來,劉氏應惠能後裔道琳之請撰《大唐曹溪第六祖大鑑禪師第二碑》,[③]又主動撰《佛衣銘》,辨惠能置衣不傳之事;[④]另還爲神會弟子乘廣撰碑。[⑤] 在爲惠能所作的碑銘中,劉禹錫稱惠能宗旨爲"無修而修,無得而得。能使學者,還其天職"。[⑥] 但本覺和無修是洪州禪的重要觀念,[⑦]劉禹錫似乎是在洪州教義的基礎上認識南宗禪的。此外,劉還與神會四傳弟子宗密過往,並介紹其結識白居易;[⑧]又爲牛頭始祖法融撰塔記。[⑨]

牛僧孺於寶曆元年至大和四年(825—830)鎮武昌時,仰重馬祖弟子無等,親往問法,並特爲奏題其院曰"大寂"。[⑩] 裴度執弟子禮於徑山法欽,[⑪]李紳曾得法於徑山,[⑫]崔玄亮則爲徑山撰碑。[⑬] 可見三人深探牛頭宗旨。白居易在爲崔玄亮所作的墓誌銘中云:

---

① 《送僧元皓南遊》,《劉集》,卷 29,頁 949。

② 參拙著《皎然年譜》,頁 104。

③ 《劉集》,卷 4,頁 105。

④ 《劉集》,卷 4,頁 109。

⑤ 《袁州萍鄉縣楊岐山故廣禪師碑》,《劉集》,卷 4,頁 118。

⑥ 《劉集》,卷 4,頁 106。

⑦ 參看拙著《古典禪研究》,頁 166—170。

⑧ 《送宗密上人歸南山草堂寺詣河南尹白侍郎》,《劉集》,卷 29,頁 981。

⑨ 《牛頭山第一祖融大師新塔記》,《劉集》,卷 4,頁 113。有關劉禹錫與佛教關係的詳細討論,還可參考河内昭圓《劉禹錫の佛教受容》,《大谷學報》50 期 3 號(1971),頁 25—45;孫昌武《禪思與詩情》(北京:中華書局,1997),頁 151—153。

⑩ 《宋高僧傳》,頁 253;《唐刺史考》,頁 2104。

⑪ 《宋高僧傳》,卷 9,頁 211。

⑫ 《宋高僧傳》,卷 24,頁 624。

⑬ 《宋高僧傳》,卷 9,頁 212。

師六祖,以無相爲心地,以不二爲法門。每遇僧徒,輒論真諦,雖耆年宿德,皆心伏之。及易簀之夕,大怖將至,如入三昧,恬然自安。乃於遺疏之末,手筆題云:"暫榮暫悴敲石火,即空即色眼生花。許時爲客今歸去,大曆元年是我家。"其解空得證也又如此。[①]

(2) 追步中隱。白居易關於"中隱"的新觀念,在同時代士大夫中可謂衆所周知。未屬於東都閑適詩人群的姚合撰有《寄東都分司白賓客》,詩中云:

賓客分司真是隱,山泉繞宅豈是貧。竹齋晚起多無事,唯到龍門寺裏頻。[②]

這些詩句生動描述了白居易在洛陽的閑適生活,並明確地稱賞這種"中隱"生活爲"真隱"。在《迂叟》詩中,白氏也描繪了自己在時人眼中的形象:

一辭魏闕就商賓,散地閑居八九春。初時被目爲迂叟,近日蒙呼作隱人。[③]

開始時,人們對他離開朝廷而往洛陽任閑職的行動並不理解;數年之後,他的隱士身份終於獲得了普遍的承認,而對於其隱士身份的承認也就是對於"中隱"的認可。

東都閑適詩人則不但從一開始即服膺於白居易這種平衡進退出處的新居士精神,而且還有意識地追隨其走上中隱之路。自從大和三年白氏中隱洛都後,劉禹錫就不停地表白自己一旦籌足三徑之資,也將追隨歸洛:

同年未同隱,緣欠買山錢。[④] 還思謝病今歸去,同醉城東桃李

① 《唐故虢州刺史贈禮部尚書崔公墓誌銘并序》,《白集》,卷70,頁3750—3751。

② 《全唐詩》,卷497,頁5638。

③ 《白集》,卷33,頁2285。

④ 《酬樂天閑卧見寄》,《劉集》,外集卷4,頁1215。

花。① 秋來念歸去,同聽嵩陽笙。②

開成元年,劉氏終於謝病以太子賓客分司回到東都。他興致勃勃地撰寫了一首《自左馮歸洛下酬樂天兼呈裴相公》詩:

新恩通籍在龍樓,分務神都近舊丘。自有園公紫芝侶,仍追少傅赤松遊。華林霜葉紅霞晚,伊水晴光碧玉秋。更接東山文酒會,始知江左未風流。③

詩中明確表白了自己"追少傅"的選擇,並預期洛陽文酒之會的無窮樂趣。已在洛陽的朋友們則熱烈地歡迎他。裴度和白居易置宴爲劉洗塵,三人席上聯句,由裴度擬題爲《予自到洛中,與樂天爲文酒之會,時時構詠,樂不可支,則慨然共憶夢得,而夢得亦分司至此,歡愜可知,因爲聯句》。④ 歡快之情,溢於言表。《新唐書·裴度傳》真實地記載了這一情況:

時閹豎擅威,天子擁虛器,搢紳道喪,度不復有經濟意,乃治第東都集賢里……。度野服蕭散,與白居易、劉禹錫爲文章,把酒窮晝夜之歡,不問人間事。⑤

牛僧孺大和末鎮淮南時,曾寄詩向白居易表示:"唯羨東都白居士,月明香積問禪師。"並三表乞退。⑥《舊唐書·牛僧孺傳》載:"開成初,搢紳道喪,閽寺弄權,僧孺嫌處重藩,求歸散地,累拜章不允。"⑦兩年以後,牛僧孺終於如願以償,獲拜東都留守。

在分别爲崔玄亮和皇甫鏞所作的墓誌銘中,白居易稱贊他們:

公以爲名不可多取,退不必待年。決就長告,徑遵歸路。朝廷不

---

① 《郡齋書懷寄河南白尹兼簡分司崔賓客》,《劉集》,外集卷2,頁1139。
② 《酬樂天七月一日夜即事見寄》,《劉集》,外集卷2,頁1140。
③ 《劉集》,外集卷4,頁1223。
④ 《劉集》,外集卷4,頁1242。
⑤ 《新唐書》,卷173,頁5218。
⑥ 見白居易《宿香山寺酬廣陵牛相公見寄》,《白集》,卷33,頁2264;參朱注。
⑦ 《舊唐書》,卷172,頁4472。

> 得已，在途拜太子賓客分司東都。公濟源有田，洛下有宅。勸誨子弟，招邀賓朋。以山水琴酒自娱，有終焉之志。[①]
>
> 優遊洛中，無西笑意，忘得喪窮達，與道始終，澹然不動其心，以至於考終命。聞者慕之，謂爲達人。[②]

二人居洛的生活，亦與白氏的"中隱"理想相符。

(3) 耽玩園林。與白居易一樣，東都閑適詩人都在東都建築了私家園林，以之作爲中隱的物質環境。其耽溺之情和白居易相比，可謂有過之而無不及。

裴度於"東都立第於集賢里，築山穿池，竹木叢萃，有風亭水榭，梯橋架閣，島嶼迴環，極都城之勝概。又於午橋創別墅，花木萬株，中起凉臺暑館，名曰緑野堂。引甘水貫其中，釃引脉分，映帶左右"。[③] 臨終時，"告門人曰：'吾死無所繫，但午橋莊松雲嶺未成，軟碧池繡尾魚未長，《漢書》未終篇，爲可恨爾"。[④] 一生出將入相、功名赫赫的裴度，臨終時却將園林及園中之尤物與作爲儒家三不朽之一的立言相提並論，作爲人生的終極目標。這正是基於"中隱"思想而産生的新價值觀念。

牛僧孺則"東都築第於歸仁里，任淮南時佳木怪石置之階庭，館宇清華，竹木幽邃，常與詩人白居易吟詠其間"。[⑤] 牛之嗜石尤爲著名。白居易《太湖石記》曰："今宰相奇章公嗜石。石無文無聲，無臭無味，與三物不同，而公嗜之何也？衆皆怪之，我獨知之。昔故友李生名約有云：'苟適其意，其用則多。'誠哉是言，適意而已，公之所嗜可知矣。"[⑥]小至石頭，大至園林，一切皆以適意爲目的，此乃"中隱"觀之核心。

---

① 《白集》，卷70，頁3749。

② 《白集》，卷70，頁3773。

③ 《舊唐書》，卷170，頁4432。

④ 《雲仙雜記》卷1引《晋公遺語》，引自周勛初主編《唐人軼事彙編》(上海：上海古籍出版社，1995)，頁1019。

⑤ 《舊唐書·牛僧孺傳》，卷17，頁4472。

⑥ 《白集》，外集卷下，頁3936。

劉禹錫居洛時自稱“園公”,[①]可見他也擁有園林。其他如崔玄亮、皇甫曙、盧貞、李仍叔等亦皆各有莊園在洛。[②]

於是遊賞園林不可避免地成爲東都閑適詩人生活和詩歌的重要内容。裴度有《新成午橋莊、緑野堂即事》,白居易、劉禹錫皆有詩和之。[③]裴又有《緑野堂種花》《南莊》《南園静興》《夏中雨後遊城南莊》等,白皆和之。[④] 牛僧孺有《李蘇州遺太湖石,奇狀絶倫,因題二十韻奉呈夢得樂天》《南莊》《雨後林園》等詩,白居易、劉禹錫皆和之。[⑤] 此類詩生動描寫了園林中山水花石之景,表達作爲園主的自得之情,或作爲訪客的稱賞之意。以牛僧孺詠太湖石詩爲例:

> 胚渾何時結,嵌空此日成。掀蹲龍虎鬬,挾怪鬼神驚。帶雨新水静,輕敲碎玉鳴。攙叉鋒刃簇,縷絡釣絲縈。近水摇奇冷,依松助澹清。通身鱗甲隱,透穴洞天明。醜凸隆胡準,深凹刻兕觥。雷風疑欲變,陰黑訝將行。噤痒微寒早,輪囷數片横。地祇愁墊壓,鰲足困支撑。珍重姑蘇守,相憐懶慢情。爲探湖裏物,不怕浪中鯨。利涉餘千里,山河僅百程。池塘初展見,金玉自凡輕。側眩魂猶悚,周觀意漸平。似逢三益友,如對十年兄。旺興添魔力,消煩破宿酲。媲人當綺皓,視秩即公卿。念此園林寶,還須别識精。詩仙有劉白,爲汝數逢迎。

---

① 劉禹錫《自左馮歸洛下酬樂天兼呈裴相公》曰:“自有園公紫芝侶,仍追少傅赤松遊。”《劉集》,外集卷4,頁1223。白居易《奉和思黯相公以李蘇州所寄太湖石奇狀絶倫因題二十韻見示兼呈夢得》:“疏傅心偏愛,園公眼屢迴。共嗟無此分,虚管太湖來。”原注:“居易與夢得俱典姑蘇,而不獲此石。”《白集》,卷34,頁2349。

② 白居易《唐故虢州刺史贈禮部尚書崔公墓誌銘并序》云:“濟源有田,洛下有宅。”(《白集》,卷70,頁3749)白又有《携酒往朗之莊居同飲》(《白集》,卷36,頁2523)、《會昌元年春五絶句》其四《過朗之槐亭》(《白集》,卷35,頁2441),朗之爲皇甫曙字。又有《李、盧二中丞各創山居,俱詩勝絶,然去城稍遠,來往頗勞,弊居新泉實在宇下,偶題十五韻聊戲二君》(《白集》,卷36,頁2484),李中丞爲李仍叔,盧中丞爲盧貞。

③ 見《白集》,卷33,頁2238;《劉集》,外集卷4,頁1222。

④ 見《白集》,卷33,頁2253、2307,卷30,頁2062,卷32,頁2185。

⑤ 見《全唐詩》,卷466,頁5291—5292;《白集》,卷34,頁2349、2340、2351;《劉集》,外集卷6,頁1376,外集卷4,頁1253,外集卷6,頁1375。

起二十句極力鋪寫太湖石之渾成奇崛,壓倒鬼神一類超自然之物。所用意象語詞險怪澀硬,近於韓孟一派風格。次十六句叙述此自然之石被發現及移植入人工園林,被詩人所擁有和利用,並進而被賦予人格。"側眩魂猶悚,周觀意漸平。似逢三益友,如對十年兄",二聯爲畫龍點睛之筆,精細入微地描寫出從石之自然力量驚懾人到人的意識移罩石之心理轉换過程。此處語言風格開始轉變爲淺切,回到閑適詩本色。結四句述唱酬之意。牛僧孺不愧爲嗜石相公,此詩描寫了太湖石從自然野生到人工馴化之過程,抒寫了園林主人與林中尤物之物主關係,從而典型體現了士大夫文人從我適自然到自然適我之心理變更,及山水園林詩從無我到有我之境界轉换。白、劉和詩結構風格略同於牛詩。二詩詠太湖石之怪崛神靈,亦極鋪張誇飾怪奇之能,不下牛詩。但寓意方面則限於應酬,主要著眼於石之爲主人所用或將隨主人而得用, 不似牛詩抒寫真實感受,顯得含蘊深切。

(4)詩酒放狂。東都詩人在閑適生活中,除觀賞園林山水外,還以詩酒放狂作爲適意快樂的主要方式。白居易自號"醉吟先生",並謂與"彭城劉夢得爲詩友,安定皇甫朗之爲酒友",[①]但實際上白氏在洛之醉吟朋友豈止劉、皇甫二人。《舊唐書》裴度傳載:"[度]與詩人白居易、劉禹錫酣宴終日,高歌放言,以詩酒琴書自樂。當時名士,皆從之遊。"[②]開成二年牛僧孺一到洛中,立即"追呼故舊連宵飲,直到天明興未闌"。[③] 白居易則"警告"牛僧孺云:"詩酒放狂猶得在,莫欺白叟與劉君。"[④]崔玄亮《和白樂天》詩云:"病餘歸到洛陽頭,拭眉開目見白侯。幾人燈下同歌詠,數盞燈前共獻酬。"[⑤]劉禹錫《酬樂天請裴令公開春嘉宴》詩云:"弦管常調客常滿,但逢花處即開樽。"[⑥]李紳《七年初到洛陽,寓居宣教里,時已春暮,

---

① 《醉吟先生傳》,《白集》, 卷 70,頁 3782。
② 《舊唐書》,卷 170,頁 4432。
③ 劉禹錫,《酬思黯見示小飲四韻》,《劉集》,外集卷 4,頁 1266。
④ 《同夢得酬牛相公初到洛中小吟見贈》,《白集》,卷 33,頁 2310。
⑤ 《全唐詩》,卷 466,頁 5301。
⑥ 《劉集》,外集卷 4,頁 1230。

而四老俱在洛中分司》詩云："唯有門人憐鈍拙，勸教沈醉洛陽春。"[①]連七老會中，年過八旬的盧真、吉皎等人尚興致勃勃地説："對酒歌聲猶覺妙，玩花詩思豈能窮"；"對酒最宜花藻發，邀歡不厭柳條初。"[②]

東都閑適詩人醉吟的首要特徵爲狂放不羈、盡歡縱情。白居易《贈夢得》詩云："聞道洛城人盡怪，呼爲劉白二狂翁。"[③]劉禹錫亦有《酬樂天醉後狂吟十韻》。[④]牛僧孺在《戲贈》詩中抱怨白居易："不是道公狂不得，恨公逢我不教狂。"白居易答云："狂夫與我世相忘，故態些些亦不妨。縱酒放歌聊自若，接輿争解教人狂 。"[⑤]在一首與李紳、白、劉的聯句詩中，裴度聯云："頻年多謔浪，此夕任喧紛。故態應猶在，行期未要聞。"[⑥]

東都閑適詩人醉吟的另一特徵是諧謔機智、妙趣横生。這些老人們之間贈答，常好用"戲"字和"嘲"字以表達互相調侃的幽默情懷。裴度有《贈馬相戲》詩酬白居易云："君若有心求逸足，我還留意在名姝。"[⑦]白《戲贈夢得兼呈思黯》詩云："月終齋滿誰開素，須詑奇章置一筵。"[⑧]劉禹錫《樂天少傅五月長齋，廣延緇徒，謝絶文友，坐成睽間，因以戲之》詩云："不知何次道，作佛幾時成?"[⑨]劉另有《吴方之見示獨酌小醉首篇，樂天續有酬答，皆含戲謔，極至風流，兩篇之中並蒙見屬，輒呈濫吹，益美來章》《酬樂天齋滿日裴令公置宴席上戲贈》《和牛相公遊南莊醉後寓言戲贈樂天兼見示》等詩，[⑩]皆寫得風趣諧謔。

（5）沉迷聲色。聲色歌舞爲東都詩人適意生活中的另一主要内容。

---

① 《全唐詩》，卷 483，頁 5470。

② 《全唐詩》，卷 463，頁 5263、5265。

③ 《白集》，卷 33，頁 2297。

④ 《劉集》，卷 4，頁 1266。

⑤ 白居易，《贈思黯戲贈》引，《又戲答絶句》，《白集》，卷 34，頁 2327、2329。

⑥ 《劉集》，外集卷 4，頁 1241。關於白居易居洛時的狂放風度和自覺意識，還可參二宫俊博《洛陽時代の白居易："狂"という自己意識について》，《中國文學論集》10 集（1981），頁 40—72。

⑦ 白居易《酬裴令公贈馬相戲》引，《白集》，卷 34，頁 2334。

⑧ 《白集》，卷 34，頁 2337。

⑨ 《劉集》，外集卷 4，頁 1248。

⑩ 《劉集》，外集卷 4，頁 1227、1228、1246。

白居易履道宅中,蓄有"臧獲之習管、磬、弦歌者指百"之伎樂;①其他東都閑適詩人家中亦多有伎樂。白居易在《與牛家妓樂雨夜合宴》詩中有聲有色地描繪了當時的生活場景:

玉管清弦聲旖旎,翠釵紅袖坐參差。兩家合奏洞房夜,八月連陰秋雨時。歌臉有情凝睇久,舞腰無力轉裙遲。人間歡樂無過此,上界西方即不知。②

"牛家"指牛僧孺家。在歡樂的宴會上,白、牛兩家妓樂合奏,管弦旖旎,佳人薈集,歌聲有情,舞腰無力,充滿了感官的刺激。"上界"爲彌勒樂土,"西方"爲彌陀樂園,二者皆爲白氏所信奉修行;但一旦與妓樂相比較,這些信仰都可以抛至腦後。劉禹錫亦描繪牛僧孺家中歌宴爲:

華堂列紅燭,絲管静中發。歌眉低有思,舞體輕無骨。③

白居易還曾以詩代信,求見沈述師之妾名妓張好好,以一睹其歌聲舞容:

敢辭携緑蟻,只願見青娥。最憶陽關唱,真珠一串歌。④

白居易另有《舒員外遊香山寺數日不歸,兼辱尺書,大誇勝事,時正值坐衙慮囚之際,走筆題長句以贈之》詩,云:

黄菊繁時好客到,碧雲合處佳人來。酡顔一笑夭桃綻,清吟數聲寒玉哀。

原注:"謂遣英、蒨二妓與舒君同遊。"⑤又《九日代羅、樊二妓招舒著作》詩云:

羅敷斂雙袂,樊姬獻一杯。不見舒員外,秋菊爲誰開?⑥

舒員外或舒著作爲舒元輿。裴度有《雪中訝諸公不相訪》詩云:"憶昨雨

---

① 《白集》,卷 69,頁 3705。
② 《白集》,卷 34,頁 2361。
③ 劉禹錫,《酬牛相公獨飲偶醉寓言見示》,《劉集》,外集卷 4,頁 1268。
④ 白居易,《晚春欲携酒尋沈四著作,先以六韻寄之》,《白集》,卷 33,頁 2297;參朱注。
⑤ 《白集》,卷 22,頁 1519。
⑥ 《白集》,卷 21,頁 1457。

多泥又深,猶能攜妓遠過尋。"[①]劉禹錫《三月三日與樂天及河南李尹奉陪裴令公泛洛禊飲各賦十二韻》詩云:"盛筵陪玉鉉, 通籍盡金閨。波上神仙妓,岸傍桃李蹊。"[②]

值得注意的是,東都閑適詩人沉迷聲色的生活方式直接促進了詞的創作。白居易有《楊柳枝詞八首》,[③]劉禹錫也有《楊柳枝詞九首》《楊柳枝詞二首》,[④]皆作於東都。《樂府雜録》謂:"《楊柳枝》,白傅閑居洛邑時作。"[⑤]此説未確,此曲非創自白氏。白居易另有《楊柳枝二十韻》,題下注云:"《楊柳枝》,洛下新聲也。洛之小妓有善歌之者。詞章音韻,聽可動人,故賦之。"詩云:"樂童翻怨調,才子與妍詞。"[⑥]知《楊柳枝》爲當時流行於洛陽的新曲,白居易和劉禹錫只是爲此曲填寫妍詞的才子。白氏又有《不能忘情吟序》云:"妓有樊素者,年二十餘,綽綽有歌舞態,善唱《楊枝》,人多以曲名名之,由是名聞洛下。"[⑦]又有《過裴令公宅二絶句》,題下注云:"裴令公在日,常同聽《楊柳枝》歌。"[⑧]又《秋霖中奉令公見招,早出赴會,馬上先寄六韻》:"續借桃花馬,催迎楊柳姬。"[⑨]又《别柳枝》,爲病中遣别樊素而作。[⑩] 又《前有别柳枝絶句,夢得繼和云春盡絮飛留不得,隨風好去落誰家,又復戲答》,[⑪]而劉之詩句即見於其《楊柳枝詞九首》中。可知三組詞,或爲樊素而填寫,或爲思念其而作。

白居易另有《憶江南詞三首》,題下注云:"此曲亦名《謝秋娘》,每首五句。"[⑫]劉禹錫有《和樂天春詞依〈憶江南〉曲拍爲句》,詞中云:"春去

---

① 《全唐詩》,卷 335,頁 3757。
② 《劉集》,外集卷 4,頁 1236。
③ 《白集》,卷 31,頁 2197。
④ 《劉集》,卷 27,頁 858,卷 27,頁 867。
⑤ 郭茂倩編,《樂府詩集》(北京:中華書局,1979),卷 81,頁 1142。
⑥ 《白集》,卷 32,頁 2200。
⑦ 《白集》,卷 71,頁 3810。
⑧ 《白集》,卷 35,頁 2442。
⑨ 《白集》,卷 33,頁 2268。
⑩ 《白集》,卷 35,頁 2392。
⑪ 《白集》,卷 35,頁 2416。
⑫ 《白集》,卷 34,頁 2353。

也,多謝洛城人。"[①]白居易又有《浪淘沙詞六首》,[②]劉禹錫亦有《浪淘沙詞九首》,其二云:"洛水橋邊春日斜,碧流輕淺見瓊砂。"[③]可知這些詞同樣爲"中隱洛都"時酒宴歌舞之際的填詞之作。

白、劉二公的洛中詞作格律成熟穩定,風格清新流麗,在文人詞的發展過程中佔有重要的地位。先看白之《憶江南三首》:

> 江南好,風景舊曾諳。日出江花紅勝火,春來江水緑如藍。能不憶江南。
>
> 江南憶,最憶是杭州。山寺月中尋桂子,郡亭枕上看潮頭。何日更重遊。
>
> 江南憶,其次憶吴宫。吴酒一杯春竹葉,吴娃雙舞醉芙蓉。早晚復相逢。

三詞緣題而賦,回憶任杭、蘇二州刺史時所諳熟之江南景物、逸趣及風情。第一首設色濃麗,描繪出江南水鄉的秀美風光,勾引起無限神往之情。第二首寫州郡生活,所憶的不是公門之事,而是山寺尋桂、郡亭看潮的閑情逸致。隱含於這一閑情逸致中的,是一種"吏隱州郡"的觀念,這是"中隱洛都"觀念的先導。如白於長慶二年(822)作於杭州之《郡亭》詩云:

> 平旦起視事,亭午卧掩關。除親簿領外,多在琴書前。況有虚白亭,坐見海門山。潮來一憑檻,賓至一開筵。終朝對雲水,有時聽管弦。持此聊過日,非忙亦非閑。山林太寂寞,朝闕空喧煩。唯兹郡亭内,囂静得中間。[④]

前十句詠刺杭時生活情境,與《憶江南詞三首》之二所詠相合。後六句表達吏隱州郡的觀念,後來略作變動即被引入其《中隱》詩中:"丘樊太冷落,朝市太囂喧","似出復似處,非忙亦非閑"。第三首念念難忘江南酒宴歌舞的旖旎風情。雖然白氏始終未能重返江南品賞吴酒吴娃,但這種

---

① 《劉集》,外集卷4,頁1255。
② 《白集》,卷31,頁2169。
③ 《劉集》,卷27,頁863。
④ 《白集》,卷8,頁433。

歌舞歡宴的風情却無數次在其東都的生活中重現,其江南情結最終化解於"中隱生活"之中。白氏"中隱東都"的觀念,是其吏隱江南觀念的發展;"中隱東都"的生活,是其吏隱江南生活的延續。而作爲其"吏隱"/"中隱"背景的,仍是中央朝廷及北方藩鎮的政治紛亂。故從大曆浙東、浙西詩人肇始的江南風物詞的潛主題,在這組詞中依然若隱若現。[①]

再看劉禹錫的同調詞:

> 春去也,多謝洛城人。弱柳從風疑舉袂,叢蘭裛露似沾巾。獨坐亦含嚬。

詞中對洛城女郎纖弱外貌和憂愁心理之描繪,極爲細膩婉美。此開詞之正宗婉約一派風格之先河。

白、劉二人以詩壇盟主的地位填寫小詞,對於晚唐文人填詞之風的興起,無疑有不可忽視的重要影響。而明瞭作爲二人填詞背景的"中隱生活",又可窺見都市生活及文人士大夫人生觀和生活方式的變化對填詞之風興起的影響。

白居易的"新吏隱觀念"標志著中國士大夫價值觀念的一次重大轉折。它不但影響了同時代的士人,而且還成爲一個新的思想傳統,對後世産生了深遠的影響。隱逸文化從此生活化和世俗化,士大夫們上朝是官,回到模仿自然山水的私家園林中就是隱士,在那裏他們可以放任心性,矜持人格,遊賞景物,吟詩作畫,歌舞作樂,飲酒狎妓,仕與隱、出與處也就大致獲得了平衡。

在宋代,"中隱精神"爲士大夫所普遍接受。宋人園林中,題額爲"中隱亭""中隱堂"者甚多。[②] 同樣對禪學三昧深有所悟的蘇軾(1037—1101),曾反復稱賞"中隱",並一再表示要追隨白居易,成爲"中隱之士":

> 不作太白夢日邊,還同樂天賦池上。[③] 未成小隱聊中隱,可得長

---

① 詳細討論參看本書第四、第五章。

② 詳見王毅《園林與中國文化》,頁238—251。

③ 蘇軾,《蘇軾詩集》(北京:中華書局,1987),卷49,頁2716。

閑勝暫閑。[1] 出處依稀似樂天,敢將衰朽較前賢。便從洛社休官去,猶有閑居二十年。[2]

晚明時期,隨著社會背景的重大轉换及儒家心學之向禪學開放,個性主義成爲一股重要潮流,自適成爲通行的觀念。袁宏道(1568—1610)及其他文士公開引用洪州——臨濟大師的語録來從哲理上闡釋自適的觀念,視之爲最高的價值,從而得出"士貴爲己,務在自適"的結論。[3]

李澤厚指出,中國禪思想基本上是一種心靈的哲學,是士大夫知識分子用以自我解脱的工具。[4] 中國士人長期以來一直在尋找平衡個性自由與政治權威的精神工具。道家思想,特别是莊子思想,曾經是一種有效的自我平衡工具及與正統儒教互補的意識體系。融合了中國傳統觀念的禪思想興起後,很快就成爲文士手中更有效的工具,直接影響了他們的心理結構和價值觀念,改變了他們的生活方式和文學創作,幫助他們忽略得失、擺脱煩惱、肯定自我、超脱俗情。在很大程度上,儒道互補轉换成爲儒禪互補。

然而,還應該指出的是,禪思想的這一目標及功用並不是它本身自然發展的産物。在中國古典禪思想形成的開端,馬祖道一的原始關注本是平常之人及其日用生活。正是白居易、蘇軾及袁宏道一類文士的推波助瀾,促使了禪朝著儒禪互補的方向發展。作爲最早深刻理解並運用中國禪的士人之一,白居易的貢獻是十分突出的。元好問云:

詩印高提教外禪,幾人針芥得心傳。并州未是風流域,五百年中一樂天。[5]

---

[1] 《蘇軾詩集》,卷7,頁341。

[2] 《蘇軾詩集》,卷33,頁1762。

[3] 參卓爾《晚明自適説與佛學關係之考辨》,收童慶炳編《文化評論:中國當代文化戰略》(北京:中國工商聯合出版社,1995),頁333—351。

[4] 李澤厚,《中國古代思想史論》(北京:人民出版社,1986),頁216—218。

[5] 元好問,《感興四首》其二,《元遺山詩集箋注》(北京:人民文學出版社,1958),卷13,頁605。

號稱“詩佛”的王維並未真正進入禪之三昧,[1]而獨步其中五百年的只有樂天一人。

遺山乃真知樂天者。

① 王維爲并州太原人。

六 《漢上題襟集》與襄陽詩人群研究

唐宣宗大中十年至十四年(856—860)間,徐商鎮襄陽,段成式(? —863)、温庭筠(812? —870?)、温庭皓(? —869)、韋蟾、元繇、余知古、王傳等遊其幕,唱和酬答。後段成式編集這些唱和之作及諸人往來書劄爲《漢上題襟集》十卷。此集久散佚,自夏承燾撰《温飛卿繫年》以來,多位學者已經注意並述及此集。[①] 本章於諸位學者研究的基礎上,較全面地考輯評論此集詩文,並研究與此集相關之襄陽詩人群的活動。

(一)《漢上題襟集》考輯

宋代重要公私書目皆著録《漢上題襟集》一書,並對其主要内容給予一定描述,使我們得以瞭解其大致面目。《新唐書》所録較簡要:"《漢上題襟集》十卷,段成式、温庭筠、余知古。"[②]《崇文總目》僅録:"《漢上題襟集》十卷。"[③]《郡齋讀書志》所述稍詳:"《漢上題襟集》十卷,右唐段成式

① 見夏承燾《温飛卿繫年》,收《唐宋詞人年譜》(上海:上海古籍出版社,1979),頁 406—408、422—423;方南生《段成式年譜》,收《酉陽雜俎》(北京:中華書局,1981),頁 341—345;吴企明《"唐人選唐詩"傳流、散佚考》,收《唐音質疑録》(上海:上海古籍出版社,1985),頁 151—153;陳尚君《唐人編選詩歌總集叙録》,收《唐代文學叢考》(北京:中國社會科學出版社,1997),頁 213;吴在慶、傅璇琮《唐五代文學編年史:晚唐卷》(瀋陽:遼海出版社,1998),頁 417—418、434—437。另外,黄震雲於 1994 年發表《〈漢上題襟集〉考索》一文(《舟山師專學報》1994 年 2 期,頁 22—29),主要考述此集的著録情況、諸位作者的生平事蹟及目録輯存。本書初版時未注意此文,特補述於此。

② 《新唐書》,卷 60,頁 1624。

③ 《崇文總目》,卷 5,頁 11b。

輯其與温庭筠、余知古酬和詩筆牋題。"①《直齋書録解題》録此書僅爲三卷,但所記甚詳:"唐段成式、温庭筠、逢皓、余知古、韋蟾、徐商等倡和詩什往來簡牘,蓋在襄陽時也。"②《文獻通考》所録無逢皓,而有崔皎。③ 按逢皓、崔皎皆爲庭皓之筆誤;温庭皓爲温庭筠之弟,其時亦在徐商幕中。《唐詩紀事》載:"尚書東苑公鎮襄陽,(段)成式、(温)庭皓、韋蟾皆其從事,上元唱和詩各三篇。""[周繇]後以御史中丞與段成式、韋蟾、温庭皓同遊襄陽徐商幕。"④前條"東苑公"爲"東莞公"之誤,徐商後封東莞縣子。⑤ 後條周繇爲元繇之誤。周繇字允元,咸通十三年(872)始登進士第,授秘書省校書郎,不可能於大中末以檢校御史中丞入襄陽幕。《全唐詩》於周繇名下收《看牡丹贈段成式》及《和段成式》二首其二,洪邁《萬首唐人絶句》均收作元繇詩。⑥ 另《唐詩紀事》載:"襄陽中堂賞花,[周]繇與妓人戲語,成式嘲之曰:鶯裹花前選孟光……"⑦此詩《萬首唐人絶句》及《全唐詩》均題作《嘲元中丞》,⑧後者題下注:"一作《襄陽中堂賞花爲憲與妓人戲語嘲之》。"則以御史中丞遊襄陽幕者爲元繇,作周繇者誤,《紀事》及《全唐詩》收於周繇名下的襄陽唱和詩均應歸正於元繇。⑨ 但姚寬《西溪叢語》亦記:"《漢上題襟》周繇詩云:開栗弋之紫皺。"⑩則宋時所傳之《漢

---

① 《郡齋讀書志》,卷 20,頁 3b。

② 《直齋書録解題》,卷 15,頁 442。

③ 馬端臨,《文獻通考》(杭州:浙江古籍出版社,1988),卷 248,頁 1966b。

④ 《唐詩紀事》,卷 58,頁 878,卷 54,頁 824。參夏承燾《温飛卿繫年》,頁 407。另胡震亨《唐音癸籤》(卷 30,頁 315)云:"《漢上題襟集》,段成式、温庭筠、崔珏、余知古、韋蟾等襄陽幕府唱和詩什及書箋,十卷。"胡氏並未見原集,僅據前代典籍而著録,"崔珏"當據《文獻通考》之"崔皎"改,益誤。據王定保《唐摭言》(上海:上海古籍出版社,1978;卷 11,頁 125)、孫光憲《北夢瑣言》(上海:上海古籍出版社,1981;卷 3,頁 16)、《唐詩紀事》(卷 58,頁 886—887)所載崔珏事蹟,其未曾入襄陽幕;其所存詩中(《全唐詩》,卷 591,頁 6857—6860),亦未有與段成式諸人唱和者。

⑤ 《舊唐書》,卷 179,頁 4667;《新唐書》,卷 113,頁 4192。

⑥ 洪邁,《萬首唐人絶句》,卷 44,頁 12b—13a,前首題爲《看牡丹》,後首題爲《酬段成式不赴夜飲》。

⑦ 《唐詩紀事》,卷 54,頁 825。

⑧ 《萬首唐人絶句》,卷 44,頁 8b;《全唐詩》,卷 584,頁 6769。

⑨ 詳參陶敏《晚唐詩人周繇及其作品考辨》,《唐代文學研究》第 5 輯(1994),頁 527—536。

⑩ 姚寬,《西溪叢語》(北京:中華書局,1993),卷下,頁 96。

上題襟集》已誤元繇爲周繇。按周繇爲咸通十哲之一，乃晚唐名詩人，元繇的詩名則不爲世所知，大概宋時刻印或抄寫《漢上題襟集》者因此而擅改元繇爲周繇。另據《唐詩紀事》，其時在徐商幕中並參與唱和者尚有觀察判官王傳。① 此集明清之際尚存世，楊士和等《明書經籍志》著録，注云："一册，完全"；②清王士禛（1634—1711）《居易録談》及《分甘餘話》記同時人有藏本。③ 今則不傳。

綜上所述，可知《漢上題襟集》乃段成式編集襄陽徐商幕中唱和詩歌及往來簡牘而成，參與作者有徐商、元繇、韋蟾、王傳、温庭皓、段成式、温庭筠、余知古等。按徐商於大中十年春至十四年十一月前（856—860）任山南東道節度使。④ 元繇、韋蟾、王傳、温庭皓即於此段時間裏爲其幕中從事，元爲檢校御史中丞，韋爲掌書記，⑤王爲觀察判官，温官銜無考。段成式於大中十二年至十四年間閑居襄陽，客遊徐商幕。⑥ 温庭筠於大中

---

① 《唐詩紀事》徐商條（卷48，頁731）載："商鎮襄陽，有副使、節判同加章綬，商以詩賀之云……觀察判官將仕郎監察御史王傳和云……朝議郎江州刺史段成式和云……"參戴偉華《唐方鎮文職僚佐考》（天津：天津古籍出版社，1994），頁307。

② 參陳尚君《唐人編選詩歌總集叙録》，頁213。

③ 王士禛，《居易録談》（《叢書集成初編》本），卷2，頁11；《分甘餘話》（北京：中華書局，1997），卷4，頁86。參方南生《段成式年譜》，頁342；吴企明《唐人選唐詩傳流、散佚考》，頁152。

④ 參郁賢皓《唐刺史考全編》，卷189，頁2597。李騭《徐襄州碑》（《全唐文》，卷724，頁12b）云："大中十年春，今丞相東海公自蒲移鎮於襄。四十年詔徵赴闕。""四十年"當爲"十四年"之訛，大中十四年即咸通元年，十一月改元。則徐商去鎮，在改元前。

⑤ 《唐詩紀事》（卷58，頁880）載："[韋]蟾，字隱珪，下杜人。大中七年進士登第，初爲徐商掌書記，終尚書左丞。"

⑥ 方南生《段成式年譜》考段於大中九年至十二年（855—858）任處州刺史，但後二年考未舉證據。吴在慶、傅璇琮《唐五代文學編年史・晚唐卷》（頁415、417—418）大中十一年條引貫休《上縉雲段使君》詩之"縉雲三載得宣尼"句，證實段其年尚在處州刺史任；同書大中十二年條引段成式《觀山燈獻徐尚書并序》之"尚書東莞公鎮襄之三年"句，考其年元月段已在襄州，可信。另前引《紀事》謂段爲徐商幕中從事，方《譜》及吴、傅《編年》皆從之。但段自撰《塑像記》（《全唐文》，卷787，頁6b）稱"[大中]十三年秋，予閑居漢上"；《送窮文》（《全唐文》，卷787，頁9b）稱"予……[大中]十三年客漢上"；劉崇遠《金華子雜編》（《叢書集成初編》本，卷上，頁2—3）亦載"[段成式]爲廬陵頑民妄訴，逾年方明其清白。退隱於峴山。時温博士庭筠方謫尉隨縣，廉帥徐太師商留爲從事，與成式甚相善，以其古學相遇。……爲其子安節娶飛卿女"；《舊唐書》（卷167，頁4369）載"解印寓居襄陽，以閑放自適"。則段其時係以閑客的身份遊徐商幕，未爲其從事。戴偉華已引《金華子雜編》辨段未爲徐商從事，見其《唐方鎮文職僚佐考》，頁306。

十三年(859)貶隋縣尉,徐商留爲巡官。[①] 余知古則以進士從諸人遊。[②]

《漢上題襟集》雖已不傳,但根據以上詩人群的活動,尚可從《金華子雜編》、《文苑英華》、《事類賦注》、《文房四譜》、《類説》、葉廷珪《海録碎事》、《唐詩紀事》、《西溪叢語》、張邦基《墨莊漫録》、《萬首唐人絶句》、《古今歲時雜詠》、楊慎(1488—1559)《升庵集》、陳耀文《天中記》、《全唐詩》、《全唐文》等典籍中輯得部分散逸詩文。[③] 兹將輯佚所得考述編年如下。

《西溪叢語》記:"《漢上題襟》周[按當爲元]繇詩云:開栗弋之紫皺。"此斷句《全唐詩》及《全唐詩補編》未收。原詩當爲元繇大中十年(856)至十四年間居襄陽幕府時作。另温庭皓與韋蟾皆有《梅》詩,[④]可能亦爲此段時間中襄陽幕府唱和之作。

段成式有《觀山燈獻徐尚書》三首並序,温庭皓和韋蟾各奉和三首。[⑤]徐尚書爲徐商,諸詩作於大中十二年元月。[⑥]

《全唐詩》據《唐詩紀事》《萬首唐人絶句》録段成式與元繇酬贈詩多首。段成式有《寄(一作與)周[元]繇(一作爲憲)求人参》,元繇有《以人参遺段成式》;[⑦]元有《看牡丹贈段成式》,一作《看牡丹》,段有《怯酒贈周[元]繇》,一作《怯酒》,又一作《答周[元]爲憲看牡丹》;[⑧]段有《嘲元中

---

① 見前引《金華子雜編》,及《舊唐書》,卷190下,頁5079。參夏承燾《温飛卿繫年》,頁403—406。

② 段成式贈余知古書稱其爲"秀才"(《寄余知古秀才散卓筆十管、軟健筆十管書》,《全唐文》,卷787,頁1a)。唐人以秀才稱進士,見李肇《唐國史補》(上海:上海古籍出版社,1979),卷下,頁55。余知古爲荆州人,後登進士第,見《北夢瑣言》,卷4,頁26。

③ 吴企明《唐人選唐詩傳流、散佚考》(頁152—153)已指出《類説》及《西溪叢語》存有此集佚文;陳尚君《唐人編選詩歌總集叙録》(頁213)加舉《文房四譜》《事類賦注》《唐詩紀事》《萬首唐人絶句》《海録碎事》五書。

④ 《全唐詩》,卷597,頁6916,卷566,頁6557—6558。

⑤ 《唐詩紀事》,卷58,頁878;《古今歲時雜詠》,卷7,頁82;《全唐詩》,卷584,頁6766—6767,卷597,頁6915,卷566,頁6557(韋蟾名下題爲《上元(一作奉和山燈)三首》)。

⑥ 參吴汝煜、胡可先《全唐詩人名考》(南京:江蘇教育出版社,1990),頁599。

⑦ 《唐詩紀事》,卷54,頁824—825;《全唐詩》,卷584,頁6769,卷635,頁7293。

⑧ 《萬首唐人絶句》,卷44,頁13a,卷44,頁7a;《唐詩紀事》,卷54,頁824;《全唐詩》,卷635,頁7293,卷584,頁6767。

丞》,一作《襄陽中堂賞花,爲憲與妓人戲語,嘲之》,元有《和段成式》;[①]段有《不赴光風亭夜飲贈周[元]繇》,一作《不赴光風亭夜飲》,元有《和段成式》,一作《和段柯古不赴夜宴》,又作《和段柯古不赴光風亭夜宴》。[②] 此四組唱和詩應作於大中十二年至十四年間段成式退居襄陽時。

《唐詩紀事》"韋蟾"條載:"《題僧壁》云…… 段成式和云……"[③]《全唐詩》亦録韋蟾、段成式《題僧壁》詩各一首,段詩題下云:"一本下有和韋蟾三字。"[④]韋蟾另有《和柯古窮居苦日喜雨》,[⑤]柯古爲成式字。詩中云:"道與古人期,情難物外適。幾懷朱邸綬,頗曠金門籍。"此與段成式退隱襄陽的情景相合。段原詩不存。三詩當於大中十二年至十四年間作於襄陽。

另《全唐詩》據《襄陽志》録段成式《隱山書事》斷句一聯,[⑥]應爲大中十二年至十四年段退隱襄陽時作,可能亦收入《漢上題襟集》。

段成式有《嘲飛卿七首》、温庭筠有《答段柯古見嘲》。[⑦] 按《類説》引《漢上題襟(集)》,"成式詩"條云"成式詩云:曾見當爐一個人,入時裝束好腰身。少年花下多才思,只向詩中寫取真";又有"魚子纈、鳳凰釵、蜻蜓綾"條云"成式詩云:翠袂幾侵魚子纈,縹纓長戛鳳凰釵。知君欲作閑情賦,應願將身作錦鞋。别趣青樓作幾層,斜陽慢卷鹿盧繩。願裁魚子深紅纈,去覓蜻蜓淺碧綾"。[⑧] 所引"曾見當爐""翠袂幾侵"二詩即段《嘲飛卿七首》之一、二首,"别趣青樓"一詩,爲段《戲高侍御七首》之五。[⑨]《升庵集》"袙腹帩頭"條亦記:"段成式《漢上題襟集》,與温庭筠倡和詩章,皆務用僻事。其中一絶云:柳雪煙梅隱青樓,殘日黄鸝語未休。見説自能裁

① 《萬首唐人絶句》,卷 44,頁 12b—13a;《唐詩紀事》,卷 54,頁 825;《全唐詩》,卷 584,頁 6769,卷 635,頁 7294。

② 《萬首唐人絶句》,卷 44,頁 8a—8b,卷 44,頁 12b—13a;《唐詩紀事》,卷 54,頁 825;《全唐詩》,卷 584,頁 6768,卷 635,頁 7294。

③ 《唐詩紀事》,卷 58,頁 880。二詩亦見《萬首唐人絶句》,卷 64,頁 13a,卷 44,頁 7a。

④ 《全唐詩》,卷 566,頁 6558,卷 584,頁 6768。

⑤ 《文苑英華》,卷 331,頁 1723;《全唐詩》,卷 566,頁 6556—6557。

⑥ 《全唐詩》,卷 584,頁 6773。

⑦ 《萬首唐人絶句》,卷 44,頁 8a—9b,卷 44,頁 1a;《全唐詩》,卷 584,頁 6769,卷 583,頁 6761。

⑧ 《類説》,卷 49,頁 1458。

⑨ 《萬首唐人絶句》,卷 44,頁 10a—10b;《全唐詩》,卷 584,頁 6770。

袙腹,不知誰更著帩頭。"[①]此詩爲《嘲飛卿七首》之四。則此二組詩及温答詩皆應收於《漢上題襟集》中。高侍御名未詳。又温有《錦鞋賦》,文中云:"願綢繆於芳趾,附周旋於綺楹。"[②]此即回應段詩之"知君欲作閑情賦,應願將身作錦鞋"句,當亦同時戲作。段另有《柔卿解籍戲呈飛卿三首》,詩意與上述二組詩略同。[③] 諸詩文應作於大中十三年至十四年温居襄陽幕時。

《唐詩紀事》載:"光風亭夜宴,妓有醉毆者。温飛卿曰:若狀此,便可以疻面對捽胡。成式乃曰:捽胡雲彩落,疻面月痕消。又曰:擲履仙凫起,撦衣蝴蝶飄。羞中含薄怒,嚬裏帶餘嬌。醒後猶攘腕,歸時更折腰。狂夫自纓絶,眉勢倩誰描。韋蟾云:争揮鈎弋手,競聳踏摇身。傷頰詎關舞,捧心非效嚬。飛卿云:吴王初成陣,王家欲解圍。拂巾雙雉叫,飄瓦兩鴛飛。"[④]《全唐詩》録温詩題爲《光風亭夜宴妓有醉毆者》,録段、韋詩爲斷句。[⑤] 據《紀事》所録,三人詩應皆爲斷句。三詩亦當於大中十三年至十四年間作於襄陽。

《全唐詩》收周繇《嘲段成式》,並云一作《廣陽公宴,段柯古速罷馳騁,坐觀花豔,或有眼飽之嘲,因賦此詩》。[⑥] 又收温庭筠《和周繇》,並云一作《和周繇廣陽公宴嘲段成式詩》。[⑦] 另收段成式《和周繇見嘲》並序,並云一作《和周爲憲廣陽公宴見嘲詩》。[⑧] 三詩據《唐詩紀事》所記而擬題;[⑨]周繇皆爲元繇之誤,廣陽則爲襄陽之誤。[⑩] 按温庭筠和詩中,有"神交花冉冉,眉語柳毵毵"句,原注云:"柳吴興云:窗疎眉語度。"[⑪]《類説》

---

① 《升庵集》(《四庫全書》本),卷60,頁27b—28b。
② 《全唐文》,卷786,頁2a—2b。
③ 《萬首唐人絶句》,卷44,頁9a;《全唐詩》,卷584,頁6770。
④ 《唐詩紀事》,卷57,頁875。
⑤ 《全唐詩》,卷583,頁6764,卷584,頁6773,卷566,頁6558。
⑥ 《全唐詩》,卷635,頁7293。
⑦ 《全唐詩》,卷583,頁6764。
⑧ 《全唐詩》,卷584,頁6772。
⑨ 《唐詩紀事》,卷54,頁825。
⑩ 參陶敏《全唐詩人名考證》(西安:陝西人民教育出版社,1996),頁876。
⑪ 《唐詩紀事》,卷54,頁825。

引《漢上題襟集》,有“庭筠詩”條:“庭筠詩云:窗疎眉語度。”[①]此雖將原注中所引柳惲句誤爲温庭筠句,[②]但仍可證上引三首唱和詩本收入《漢上題襟集》。三詩亦當於大中十三年至十四年間作於襄陽。

《唐詩紀事》録徐商、王傳及段成式唱和賀襄陽副使和節度判官同加章綬詩,段署銜爲“朝議郎江州刺史”。[③] 按《舊唐書》段成式傳載:“咸通初,出爲江州刺史。”[④]咸通元年爲大中十四年,疑上述三詩作於是年段受新命而尚未離開襄陽時。《全唐詩》録此三詩,徐商詩題爲《賀襄陽副使、節判同加章綬》,[⑤]與《紀事》同;但王傳和段成式的詩,卻都題爲《和徐商賀盧員外賜緋》,題下云:“一作《和徐相公賀襄陽徐副使加章服》。”[⑥]按盧員外當即襄陽節度判官,名未詳;徐商襄陽副使爲李騭,“徐副使”之徐字衍。[⑦] 徐商原唱有“同年坐上聯賓榻,宗姓亭中布錦裍”句,此泛詠李、盧二人與親友共慶喜事,非謂二人與徐同宗。編詩者不察,當因此而誤加徐字。[⑧]

《文房四譜》録段成式《與温庭筠雲藍紙絶句并序》。[⑨] 序云:“一日辱飛卿九寸小紙,兩行親書,云要采箋十番,録少詩爲。……予在九江,出意造雲藍紙。既乏左伯之法,全無張永之功。輒分五十枚,並絶句一首,或得閑中暫當藥餌也。”詩云:“三十六鱗充使時,數番猶得裹相思。待將袍襖重抄了,盡寫襄陽播掿詞。”[⑩]則傳書時段已在江州,温尚在襄陽幕中,事當在大中十四年。《類説》引《漢上題襟集》,有“雲藍紙”條云“成

---

① 《類説》,卷 49,頁 1458。

② 陳尚君《全唐詩續拾》(卷 30,頁 1131)則誤據《類説》而補此句爲庭筠詩。

③ 《唐詩紀事》,卷 48,頁 731。

④ 《舊唐書》,卷 167,頁 4369。

⑤ 《全唐詩》,卷 597,頁 6907。

⑥ 《全唐詩》,卷 566,頁 6553,卷 584,頁 6767。

⑦ 見李騭《徐襄州碑》,《全唐文》,卷 724,頁 12b;參吴汝煜、胡可先《全唐詩人名考》,頁 584、599。

⑧ 戴偉華謂此二句指副使、節判爲同年進士,又爲同姓(《唐方鎮文職僚佐考》,頁 307—308),亦誤。

⑨ 《文房四譜》(《叢書集成初編》本),卷 4,頁 62。《全唐詩》(卷 584,頁 6767)録此詩,序不全;童養年《全唐詩續補遺》(卷 7,頁 420—421)據《文房四譜》補全。

⑩ 此詩亦見《萬首唐人絶句》,卷 44,頁 8a。

式在九江，出意造雲藍紙”；又有“絶句”條云“長句兩韻，謂七言絶句也”。上引詩題有“絶句”，且爲七言，疑此條原爲此詩作注。由此可知此詩並序皆收《漢上題襟集》。又上引“盡寫襄陽播掿詞”句，《全唐詩》云“播掿”一作“掘拓”，《知不足齋叢書》本《文房四譜》注云：“今《飛卿集》中有《播掿詞》。”[①]按温集有《握柘詞》，《樂府詩集》作《屈柘詞》，《屈柘》爲舞曲，[②]温詩即爲舞曲所配歌辭。此辭當作於襄陽，並可能收入《漢上題襟集》。

《文房四譜》另録段成式、温庭筠《送温飛卿墨往復書十五首》，[③]《全唐文》分録爲段《與温飛卿書八首》，温《答段成式書七首》。[④] 温書之七云：“昨日浴籤時，光風亭小宴，三鼓方歸。臨出捧緘，在酲忘答。”光風亭在襄州府治，屢見於上考宴遊唱和詩。知温其時尚在襄州，諸書當亦大中十四年江州、襄州往復之作。《金華子雜編》云：“（段成式）常送墨一鋌與飛卿，往復致謝，通搜故事者九函，在《禁集》中。”[⑤]按《禁集》當係《漢上題襟集》之訛。則諸往復書信亦收此集中。

《文房四譜》又録段成式、温庭筠《寄温飛卿葫蘆管筆往復二首》，[⑥]《全唐文》分録爲段《寄温飛卿葫蘆管筆往復書》，温《答段柯古贈葫蘆管筆狀》。[⑦] 温書云：“庭筠累日來洛水寒疝，荆州夜嗽。”則其時在荆州。夏承燾考温約於大中十四年（咸通元年）離襄州居荆州。[⑧] 則二書爲是年或稍後江州、荆州往復之作。《事類賦注》“至有寶胡盧而彌珍”句注云：“《漢上題襟集》有段成式寄温飛卿胡盧筆管往復書二首。”[⑨]《天中記》

---

① 參《全唐詩續補遺》，卷7，頁421。

② 見曾益等《温飛卿詩集箋注》（上海：上海古籍出版社，1980），卷7，頁149—150；《全唐詩》，卷581，頁6737—6738。

③ 《文房四譜》，卷5，頁74—77。

④ 《全唐文》，卷787，頁2a—4b，卷786，頁3a—5b。按《全唐文》所録諸書缺字甚多，陸心源等編《唐文拾遺》（卷30，頁24b—25a，收《全唐文》）據《文房四譜》補足段第三書；實則其餘諸書皆可據以補之。

⑤ 《金華子雜編》，卷上，頁3。

⑥ 《文房四譜》，卷2，頁30—31。

⑦ 《全唐文》，卷787，頁1b—2a，卷786，頁2b—3a。

⑧ 夏承燾，《温飛卿繫年》，頁408。

⑨ 《事類賦注》（北京：中華書局，1989），卷15，頁309。

“胡盧”條所記同。[①] 知此二信亦收此集中。

《文房四譜》又録段成式《寄余知古秀才散卓筆十管軟健筆十管書》及余知古《謝段公五色筆狀》,[②]《全唐文》亦分録之。[③] 前考《新唐書・藝文志》《郡齋讀書志》《直齋書録解題》録《漢上題襟集》均提及余知古名,故此二書當亦收於此集中。《文房四譜》所録段、温、余往復書,應皆出自此集。

《類説》引《漢上題襟集》,有“連珠五首”條云:“東筦[按當作莞]公夜列數花,或作《連珠》五首,以代劇語。其一曰……其二曰……五首格皆同。”[④]據此,作《連珠》者似爲某人失名。但《語林》載:“尚書東莞公夜宴,坐列數花,段成式作《連珠》以代劇語。其一曰……其二曰……一時稱其美麗。”[⑤]另《唐文拾遺》據《湘煙録》録《連珠二首》,與《類説》所録二首同,署爲段成式著。[⑥]

張邦基《墨莊漫録》載:“晁説之以道作《感事》詩云:‘干戈難作墻東客,疾病猶存硯北身。’用避世墻東王君公事,而硯北身乃《漢上題襟集》段成式書云:‘杯宴之餘,常居硯北。’又云:‘長疏硯北,天機素少。’又云:‘筆下詞文,硯北諸生。’蓋言幾案面南,人坐硯之北也。”[⑦]所引斷句皆未見上考諸札。

綜上所考,共得《漢上題襟集》逸詩四十八首又斷句十聯一句,賦一首,連珠二首,書簡十九首又三斷句。

(二)襄陽詩人群存作評述

前考《漢上題襟集》逸詩近五十首中,主要内容可分爲詠妓嘲謔、詠物、酬贈三類,而以第一類内容佔多數,共有二十六首又九聯。得見全本

---

① 《天中記》(《四庫全書》本),卷38,頁28b。

② 《文房四譜》,卷2,頁32—33。

③ 《全唐文》,卷787,頁1a—1b,卷760,頁4b—5a。

④ 《類説》,卷49,頁1457。

⑤ 周勛初主編,《唐人軼事彙編》(上海:上海古籍出版社,1995),卷22,頁1236引。

⑥ 《唐文拾遺》,卷30,頁24a。

⑦ 《墨莊漫録》(《四部叢刊三編》本),卷10,頁19a。

的祝穆稱此集“大抵多閨闈中情昵之事”,[1]可見本文所考逸詩近於原集面目。襄陽幕府詩人群的詠物和酬贈詩皆平淡無甚特色,詠妓嘲謔詩則很值得注意。衆所周知,唐代州郡使府皆蓄有官妓,宴遊之際往往有舞樂伴隨,中晚唐時尤爲盛行。襄陽幕府詩人中,段成式和温庭筠皆以放任不羈而著稱,温且精通音律,故文士與妓女之間,不免發生戲謔情昵之事,並由此寫下一些旖旎風華的詩賦歌辭。這類詩作,不但表現了晚唐幕府文士的實際生活和心理情感,而且在一定程度上揭示了其時愛情及詠妓詩詞大量產生的社會文化背景。

襄陽詩人的詠妓嘲謔詩,細加分析又可分爲二類。第一類爲詩人以擁有者的身份觀賞、狎弄歌妓。如前引《唐詩紀事》録段成式、温庭筠、韋蟾三人《光風亭夜宴妓有醉毆者》斷句,恣情嘲笑歌妓醉毆忘形之態。又如元繇《廣陽公宴,段柯古速罷馳騁,坐觀花豔,或有眼飽之嘲,因賦此詩》中云:

促坐疑辟咡,銜杯强朵頤。恣情窺窈窕,曾恃好風姿。色授應難奪,神交願莫辭。請君看曲譜,不負少年期。

這一類詩固然價值不高,但也真實地揭示了晚唐文人士大夫生活和心理的一個側面。

第二類爲詩人與妓女交往過程中,産生了一定真情,嘲謔之中含有深意。兹以段成式與温庭筠嘲謔酬答的詩賦爲例詳加分析。段《嘲飛卿七首》如下:

其一

曾見當壚一箇人,入時裝束好腰身。少年花蒂多芳思,只向詩中寫取真。

其二

醉袂幾侵魚子纈,飄纓長罥鳳皇釵。知君欲作閑情賦,應願將身

[1] 祝穆,《古今事文類聚》(《四庫全書》本),别集卷26,頁13a—13b。

作錦鞋。

其三

翠蝶密偎金叉首,青蟲危泊玉釵梁。愁生半額不開靨,只爲多情團扇郎。

其四

柳煙梅雪隱青樓,殘日黄鸝語未休。見説自能裁衵腹,不知誰更著帩頭。

其五

愁機懶織同心苣,悶繡先描連理枝。多少風流詞句裏,愁中空詠早環詩。

其六

燕支山色重能輕,南陽水澤鬭分明。不煩射雉先張翳,自有琴中威鳳聲。

其七

半歲愁中鏡似荷,牽環撩鬢卻須磨。花前不復抱瓶渴,月底還應琢刺歌。

第一首"當壚"用卓文君事,指飛卿所囑意之女子。這位女子裝扮入時,腰身匀稱,芳齡如花,引得飛卿如同司馬相如一樣情思綿綿,忍不住以詩句爲其寫真。第二首寫酒席之際,詩人的衣袂冠纓與女子的繡纈玉釵時時交接,表明二人已相互有意。故猜想飛卿將會如同陶淵明一樣,作一篇《閑情賦》向對方表白自己的摯情。第三首前二句渲染女子頭上所飾翠蝶釵、青蟲簪之精美,並由"密偎""危泊"二語點出後二句思念飛卿之愁情。[①] 第四首始以“青樓”點出女子之身份，前二句寫其所居之美景，後二句誇其才貌之吸引人。[②] 第五首寫女子别後對飛卿的相思之情。她無心織繡，滿懷愁情，只是反復吟詠“早環”之詩。同心苣、連理枝喻早日成雙之意，早環爲早還之諧音。第六首寫無須飛卿費心求偶，女子早爲其優美多情的詩文所傾心。[③] 第七首寫女子經過長時間(半歲可能爲誇張之詞)相思，終於盼得飛卿歸來，花前月下，雙雙縱飲歡歌。整組詩恰似一場七幕喜劇，敘述温庭筠與青樓女子男才女貌，由相慕而相愛，並經歷了較長時間的離别相思的考驗，而終於團聚合歡的過程。詩題雖出一“嘲”字，詩中卻絶無輕佻側豔之意，而是充滿了對這一對才子佳人的稱贊和祝願。

對於段成式的善意嘲謔，温庭筠答之以一詩一賦。詩云：

> 彩翰殊翁金繚繞，一千二百逃飛鳥。尾生橋下未爲癡，暮雨朝雲世間少。

首二句表明自己並非濫交青樓女子，苟合私意。[④] 後二句自稱如同尾生一樣篤情專一，守信不移；[⑤]但因人間缺少真意，卻被嘲笑爲癡心。其《錦鞋賦》先描繪歷代仙姝美女躡履錦鞋之芳姿，結云：

> 瑶池仙子董雙成，夜明簾額懸曲瓊。將上雲而垂手，顧轉盼而遺

---

① “團扇郎”指温庭筠，此用南朝宋王珉事。沈約《宋書》(北京：中華書局，1974；卷19，頁550)載：“《團扇歌》者，中書令王珉與嫂婢有情，愛好甚篤。嫂捶撻婢過苦，婢素善歌，而珉常捉白團扇，故制此哥。”郭茂倩《樂府詩集》(北京：中華書局，1979；卷45，頁660)引《古今樂録》作《團扇郎歌》。

② 袙腹，即裹肚。帩頭，用《陌上桑》“少年見羅敷，脱帽著綃頭”意(《樂府詩集》，卷28，頁411)。

③ 射雉喻求偶。《左傳》昭公二十八年載：“昔賈大夫惡，娶妻而美，三年不言不笑。御以如皋，射雉獲之。其妻始笑而言。”琴中威鳳用司馬相如以琴心挑卓文君事。相如《琴歌》云：“鳳兮鳳兮歸故鄉，遨遊四海求其凰。”(《樂府詩集》，卷60，頁881)

④ 翁爲鳥頭頸毛，《説文解字》(北京：中華書局，1963；卷4上，頁75)云：“翁，頸毛也。”殊翁謂鳥之頸毛文采殊異，見班固《漢書》(北京：中華書局，1962；卷22，頁1069)顔師古注引孟康語。道教房中術謂黄帝御女一千二百而登仙，見葛洪(283—363)著，王明校注，《抱朴子内篇校注》(北京：中華書局，1985)，卷6，頁129。

⑤ 尾生與女子相期橋下，女子不來，水至不去，抱柱而死。見郭慶藩《莊子集注》(北京：中華書局，1961)，卷9下，頁998。

情。願綢繆於芳趾,附周旋於綺楹。莫悲更衣牀前棄,側聽東晞珮玉聲。

如前所述,唐人多以仙子稱妓女。瑤池仙子當指其所鍾情之青樓女子,"願綢繆於芳趾"等句,同樣傳達出一片癡心。

段成式又有《柔卿解籍戲呈飛卿三首》:

其一

長檐犢車初入門,金牙新醞盈深罇。良人爲漬木瓜粉,遮卻紅腮交午痕。

其二

最宜全幅碧鮫綃,自襞春羅等舞腰。未有長錢求鄴錦,且令裁取一團嬌。

其三

出意挑鬟一尺長,金爲鈿鳥簇釵梁。鬱金種得花茸細,添入春衫領裏香。

歌妓脱離樂籍從良稱解籍。細揣組詩之意,這位名爲柔卿的青樓女子似在解籍後爲温庭筠納入室中爲妾,事实上她很可能即因温向府主徐商請求而得以解籍。[①] 第一首寫柔卿解籍後乘著長檐牛車入門,温家以金牙新酒慶喜。作爲良人的飛卿憐愛地以木瓜粉爲這位芳齡女子遮蓋住童髻的交午(縱横交錯)痕迹。第二首描繪柔卿的衣裝身材,"碧鮫綃""春羅""一團嬌"見出衣飾之豔麗,"等舞腰"見出腰身之穩稱。第三首渲染柔卿髮型别致,首飾精美,香氣襲人,"出意"二字隱隱透露出她的一片歡情。三首詩生動描繪出一位有幸脱離青樓、初爲人婦的少女的美麗外表和欣喜心情。柔卿很可能即是上引唱和詩中與飛卿情意相合的青樓女子,則

① 如王讜《唐語林》載:"盧澄爲李司空蔚淮南從事,因酒席請一舞妓解籍,公不許,澄怒,詞多不遜。"見周勛初《唐語林校證》(北京:中華書局,1987),卷7,頁674。

飛卿終於爲其解籍並與之結合,二人的情事竟以喜劇而結局。

飛卿與青樓女子的這一段真情,不但有助於我們瞭解襄陽詩人群的生活和創作,而且可由此加深對温詞内容的認識。其詞多寫女子豔美外貌和多情心理,恐非如同有的研究者所分析的主要爲客觀描寫,而是有一定的真實情感經歷作爲背景。初盛唐文人士大夫寫歌妓,一般只是"觀妓"詩;中唐時漸多以歌女飲妓爲酒宴遊戲的伴侣。[①] 晚唐五代同類作品却有較多抒寫與妓女的真實情事,這正是此時期愛情詩詞大量涌現的重要背景之一。

襄陽詩人的詠妓詩在藝術風格上也有值得注意的特點。一是嘲謔幽默,諸唱和詩多冠以"嘲""戲"等字,相互調侃取樂,可見其時幕府中的諧謔和樂氣氛。二是辭藻華美,色彩濃麗,風格頗近花間詞。三是情事描寫中藴涵情節性和戲劇性,雖然是以組詩及唱和詩的形式聯合呈現,卻已暗暗逗示後來宋詞長調中的故事性、戲劇性描寫。四是多用典故,此與温、段等人皆以博學著稱有關,亦助成晚唐時以典故爲詩的趨勢。

唱和詩之外,《漢上題襟集》所收二十封書簡亦頗值得注意。[②] 這些書簡爲段成式送紙、筆、墨與温庭筠或余知古,雙方往復之作,皆以駢文寫成,對偶精工,辭藻典麗,並大量徵引有關紙、筆、墨之典事。特别是段成式送墨一鋌與温庭筠之事,雙方往復書劄竟達十五封之多,逓搜故事,堆砌詞華,矜比誇示之意十分明顯。如段第六書云:

> 飛卿博窮奥典,敏給芳詞,吐水千瓶,有才一石。成式尺紙寒暑,素所不嫻,一卷篇題,從來蓋寡。竊以墨事故實,巾箱先無,可謂附騏驥而雖疲,遵繩墨而不跌者。忽記鄴西古井,更欲探尋;虢略鏤盤,誰當倣效?况又劇間可答,但愧於子安;一見之賜,敢同於到惲乎。陣崩鶴唳,歌怯雞鳴。復將晨壓我軍,望之如墨也。豈勝懋居,慴處之至。

温答書云:

---

① 參王昆吾《唐代酒令藝術》(上海:東方藝術中心,1995),頁216。

② 包括段成式《與温庭筠雲藍紙絶句序》。

庭筠闐市無功,持揭寡效。大魂陣聽,蝸睆傷明。庸敢撫翼鵷鵬,追蹤驥騄。每承函素,若涉滄溟。亦有叢幓尚存,箋餘可記。至於縑從新制,既禦秦兵;綬匪舊儀,仍傳漢制。張池造寫,蔡碣舍舒。荷新滏之恩,空沾子野;發冶城之诏,獨避元規。宭類頡羹,辭同格飦。其爲愧怍,豈可勝言。

然而,若僅以矜比誇示評判這些書簡,則失之於表面,其背後實含有較深刻的文化意義。段成式、温庭筠均以博學多才、工詩善文而著稱,與李商隱並稱"三才""三十六體"。段"詞學博聞,精通三教,復强記,每披閱文字,雖千萬言,一覽略無遺漏";[①]"博學精敏,文章冠於一時,著書甚衆";[②]"研精苦學,秘閣書籍,披閱皆遍"。[③] 温"才思豔麗,工於小賦";[④]"燭下未嘗起草,但籠袖憑幾,每賦一韻,一吟而已,故場中號爲温八吟";[⑤]"善鼓琴吹笛,亦云:有絃即彈,有孔即吹,不獨柯亭爨桐也。制《曲江吟》十調。善雜畫";[⑥]"《湖陰曲》,温飛卿書,似平原書,而遒媚有態,米元章從此入門"。[⑦] 而二人對於自己作爲精英文化負荷者的角色亦十分自覺自負。段成式遊山寺,讀一碑文,不識其間二字,謂賓客曰:"此碑無用於世矣。成式讀之不過,更何用乎。"賓客後遍訪小學之家,果無人識得此二字。[⑧] 温庭筠有意泄漏令狐綯假其手作《菩薩蠻》詞獻宣宗事,並放言譏宰相無學:"中書堂内坐將軍。"[⑨]《漢上題襟集》中諸書簡對文房四寶的珍重及對詞章學問的誇示,正隱含著這種"斯文獨在我輩"的特殊文化心理。這種文化心理後來在北宋文人士大夫中發展至極致。[⑩]

---

① 《太平廣記》(卷197,頁1480)引《南楚新聞》。
② 《金華子雜編》,卷上,頁2。
③ 《舊唐書》,卷167,頁4369。
④ 《北夢瑣言》,卷4,頁29。
⑤ 《唐摭言》,卷13,頁145。
⑥ 《北夢瑣言》,卷20,頁137。
⑦ 董其昌,《畫禪室隨筆》(上海:上海遠東出版社,1999),卷1,頁87。
⑧ 《金華子雜編》,卷上,頁2。
⑨ 《北夢瑣言》,卷4,頁29。
⑩ 詳細討論參看 Peter K. Bol, "*This culture of ours*": *Intellectual Transitions in T'ang and Sung China* (Stanford: Stanford University Press, 1992)。

七 《松陵集》與咸通蘇州詩人群

唐宣宗咸通十一二年間(870—871),皮日休(834? —883?)爲蘇州刺史崔璞從事,與本郡詩人陸龜蒙(? —881?)唱和頻繁。此外,皮、陸還與崔璞、張賁、李縠、魏朴、司馬都、顏萱、鄭璧、羊昭業、崔璐等屢開文會,叠爲聯唱。其唱和作品結集爲《松陵集》十卷。此書見於宋以降書目,並保存至今,爲唐人集會總集中現存最完整的一部。本章即擬對此集展開細緻深入的研究,並描述和評論蘇州詩人群的文學活動及成就。

(一) 關於皮陸交情、蘇州文會及《松陵集》之編集

關於皮、陸的唱和情誼,蘇州文會的聚散,以及《松陵集》的編集,皮日休在《松陵集序》中述之甚詳。文中稱:

> [咸通]十年,大司諫清河公出牧於吴,日休爲部從事。居一月,有進士陸龜蒙字魯望者,以其業見造,凡數編。……余遂以詞誘之,果復之不移刻。由是風雨晦冥,蓬蒿翳薈,未嘗不以其應而爲事。苟其詞之來,食則輟之而自飫,寢則閳之而必驚。凡一年,爲往體各九十三首,今體各一百九十三首,雜體各三十八首,聯句、問答十有八篇在其外,合之凡六百五十八首。南陽廣文潤卿,隴西侍御德師,或旅泊之際,善其所爲,皆以詞致師。詞之不多,去之速也。大司諫清河公有作,或命之和,亦著焉。其餘則吴中名士,又得三十首。除詩外,

> 有序十九首。總録之,得十通,載詩六百八十五首。……生既編其詞,請於余曰:"爾有文,當爲我序詩道,兼十通以名之。"日休曰:"諾。"由是爲之序。松江,吴之望也,别名曰松陵。請目之曰《松陵集》。皮日休撰。[①]

兹據此文,逐一考述蘇州詩人群聚會結集的具體過程。

序文中之"大司諫清河公"謂崔璞,清河爲崔氏郡望。此稱崔璞於咸通十年任蘇州刺史,但崔有《蒙恩除替將還京洛,偶叙所懷因成六韻,呈軍事院諸公、郡中一二秀才》,詩中云:"兩載求民瘼,三春受代歸。"並有注云:"到郡十二個月,除替未及二年。"[②]則其刺蘇僅十二月,離郡在暮春三月。另皮日休有《太湖詩序》,云:"十一年夏六月,會大司諫清河公憂霖雨之爲患,乃擇日休將公命禱於震澤。"[③]據此而推,崔璞刺蘇只能在咸通十一年(870)春至十二年春間,與上引序文之"咸通十年"不合。吴在慶解釋爲崔璞除官在咸通十年冬,到任已是十一年初。[④] 其説可通。《松陵集》中可編年者最早爲陸龜蒙《徐方平後聞赦因寄襲美》及皮日休和作,述咸通十年九月平龐勛、十一年正月赦天下之事;[⑤]詩約作於十一年正月或二月。[⑥]

皮日休在序文中接云其爲蘇州從事一月後,陸龜蒙以文編謁之。二人一見如故,相互敬重,結下深厚友誼。皮稱陸云:"其才之變,真天地之氣也。近代稱温飛卿、李義山爲之最,俾陸生參之,未知其孰爲之後先也。"將陸龜蒙與温庭筠、李商隱並列爲近代以來最杰出的詩人,可謂推崇備至。陸稱皮云:"近者韓文公,首爲開闢鋤。夫子又繼起,陰霾終廓如。搜得萬古遺,裁成十編書。"[⑦]將皮日休推爲繼韓愈之後復興文道的最重

---

① 《松陵集》(《四庫全書》本),卷首,頁3a—4a。

② 《松陵集》,卷9,頁22a—22b。《唐詩紀事》(卷64,頁960)及《全唐詩》(卷631,頁7239)"二年"作"三年"。

③ 《松陵集》,卷3,頁2a。

④ 吴在慶,《唐五代文史叢考》(南昌:江西人民出版社,1995),頁199—201。

⑤ 《通鑑》,卷251,頁8149,卷252,頁8153。

⑥ 參吴在慶、傅璇琮《唐五代文學編年史·晚唐卷》,頁560。

⑦ 《松陵集》,卷2,頁15a。

要作家,"十編書"當謂《皮子文藪》十卷。二人唱和,正基於這一相互瞭解推重的基礎。

上引《松陵集序》稱所收僅爲一年之中唱和作品,則編集當在咸通十二年春夏之交皮日休解蘇州從事後。所收作品,當皆爲十一年春至十二年春間所作。據此可順利考知集中衆多作品的撰寫時間,及諸詩人聚會時節。

《松陵集序》中之"南陽廣文潤卿"爲張賁,大中進士,曾爲廣文博士;[①]咸通十一年秋、冬間旅寓蘇州,與皮、陸等唱酬。張賁有《旅泊吴門》等詩,皮、陸皆和之,諸詩寫秋景。[②] 皮日休有《潤卿、魯望寒夜見訪,各惜其志,遂成一絶》,張、陸皆有和作;[③]則張其年冬尚滯吴。皮又有《送潤卿博士還華陽》云:"雪打篷舟離酒旗,華陽居士半酣歸。"[④]陸和作云:"何事輕舟近臘時,茅家兄弟欲歸來。"[⑤]知張賁離去在其年十二月。

序文中之"隴西侍御德師"爲李縠,敦煌(今屬甘肅)人,咸通進士,任浙東觀察推官,兼殿中侍御史;[⑥]十一年秋罷浙東從事西歸,途經蘇州,與皮日休、陸龜蒙、張賁等唱和。《唐詩紀事》"李縠"條載:"縠,字德師,咸通進士也。唐末爲浙東觀察推官兼殿中侍御史。"[⑦]李有《醉中襲美先輩先起因成戲贈》,皮、張、陸皆和之。[⑧] 張有《奉送浙東德師侍御罷府西歸》,皮、陸皆和之。[⑨] 張詩云:"楊柳漸疏蘆葦白,可堪斜日送君歸。"陸詩云:"行次野楓臨遠水,醉中衰菊卧凉烟。"則時當秋節。李則有《浙東罷府西歸,道經吴中,廣文張博士、皮先輩、陸秀才皆以雅篇相送,不量荒詞,

---

① 見《唐摭言》,卷11,頁123;《唐詩紀事》,卷64,頁961。

② 《松陵集》,卷9,頁3b—5a。

③ 《松陵集》,卷9,頁20a—20b。

④ 《松陵集》,卷8,頁13b。

⑤ 《松陵集》,卷8,頁14a。

⑥ 見薛居正(912—981)等,《舊五代史》(北京:中華書局,1976),卷24,頁321,卷58,頁781—782;《唐詩紀事》,卷64,頁959。

⑦ 《唐詩紀事》,卷64,頁958—959。

⑧ 《松陵集》,卷9,頁12b—13a。

⑨ 《松陵集》,卷9,頁13a—13b。

亦用酬别》。[1]

序文中之"吴中名士",計有功謂指司馬都、鄭璧、魏朴及顔萱,[2]其説甚是。此外,參與唱和者還有羊昭業、崔璐及一名爲嵩起之失姓詩人。

魏朴、顔萱、司馬都及鄭璧皆可確知於咸通十一年秋訪蘇州。魏朴字不琢,毗陵(今江蘇常州)隱士。皮日休《五貺詩并序》云:"毗陵處士魏君不琢,氣真而志放,居毗陵凡二紀,閉門窮學……江南秋風時……由五瀉涇入震澤,穿松陵,抵杭越耳。"陸龜蒙和之。[3] 魏朴另有詩與皮、陸等遥相唱和。[4] 顔萱,字弘至,江南進士。[5] 皮日休有《送圓載上人歸日本國》及《重送》,陸龜蒙、顔萱和之,諸詩寫秋景。[6] 顔萱有《過張祜處士丹陽故居》詩並序,陸、皮和之。[7] 司馬都,曾登進士第。[8] 鄭璧,江南進士。[9] 陸龜蒙有《幽居有白菊一叢,因而成詠,呈一二知己》,司馬都、鄭璧、皮日休、張賁皆和之。[10] 皮詩云:"已過重陽半月天,琅華千點照寒烟。"知時在九月中。皮有《友人許惠酒以詩徵之》,鄭、陸和之。[11] 皮詩云:"野客蕭然訪我家,霜殘白菊兩三花。"亦寫暮秋之景。

鄭璧至其年冬尚在松陵。皮日休有《寒夜文宴潤卿有期不至》,鄭、陸和之。[12] 顔萱和司馬都則一直待至來年(咸通十二年)正月,與皮、陸一起送羊昭業赴桂陽。羊昭業,字振文,蘇州人,咸通九年(868)登進士第。[13] 陸有《送羊振文先輩往桂陽歸覲》,皮、顔、司馬皆和之。[14] 陸詩云:

---

① 《松陵集》,卷 9,頁 14a。
② 《唐詩紀事》,卷 64,頁 960。
③ 《松陵集》,卷 5,頁 7b—8a。
④ 《松陵集》,卷 9,頁 7b—9b。
⑤ 《唐詩紀事》,卷 64,頁 958。
⑥ 《松陵集》,卷 9,頁 16a—17b。
⑦ 《松陵集》,卷 9,頁 1a—3b。
⑧ 《太平廣記》,卷 252,頁 1962。
⑨ 《唐詩紀事》,卷 64,頁 959。
⑩ 《松陵集》,卷 9,頁 6a—7b。
⑪ 《松陵集》,卷 9,頁 21a—21b。
⑫ 《松陵集》,卷 9 頁,21b—22a。
⑬ 《登科記考》,卷 23,頁 855。
⑭ 《松陵集》,卷 9,頁 14a—15a。

"郢路漸寒飄雪遠,湘波初暖漲雲遲。"揣詩意,似當作於初春乍暖還寒時節。皮另有《偶留羊振文先輩及一二文友小飲,日休以眼病初平,不敢飲酒,遣侍密歡,因成四韻》,羊、陸和之。[①] 羊詩云:"芳景漸濃偏屬酒,暖風初暢欲調鶯。"此亦寫初春景象。崔璐,字大圭,咸通七年(866)登進士第;[②]有《覽皮先輩盛製,因作十韻以寄,用伸嘆仰》,皮、陸皆和之。[③] 但崔詩題有"寄"字,未能肯定其是否親訪蘇州。另外,皮、陸與一名爲嵩起之失姓詩人有《報恩寺南池聯句》。[④]

據集序,此集爲陸龜蒙所編,皮日休撰序並命名。序文中稱共收詩六百八十五首,序十九首。四庫館臣統計爲詩六百九十八首,而我的統計則爲詩六百九十一首,序十八首。各家統計容小有出入(不包括所附清遠道士、顔真卿、李德裕、幽獨君等五首),但此集自唐末以來未曾散佚,却可肯定。宋代公私書目,如《新唐書·藝文志》[⑤]《崇文總目》[⑥]《郡齋讀書志》[⑦]《直齋書録解題》[⑧]等,皆録此集爲十卷。

(二)從《松陵集》看皮陸的出處意識及文學觀念

《松陵集》的主要内容包括叙寫日常生活和文學集會,描繪江南山水風光,詠懷吴中古迹古事,吟詠家居環境中的各種事物,及各種社交應酬唱和。隱逸閑適、超世脱俗的基本情調滲透於各種内容的作品。賀裳評曰:"淵明《五柳先生贊》曰:'不汲汲於富貴,不戚戚於貧賤。'讀《松陵集》仿佛猶存其致。"[⑨]但皮日休是懷有强烈用世之心的志士,陸龜蒙也並

① 《松陵集》,卷 9,頁 11b—12b。

② 《新唐書》,卷 72 下,頁 2752。

③ 《松陵集》,卷 2,頁 14a—15a。

④ 《松陵集》,卷 10,頁 20a—20b。

⑤ 《新唐書》,卷 60,頁 1624。

⑥ 《崇文總目》,卷 5,頁 13b。

⑦ 《郡齋讀書志》,卷 20,頁 3b。

⑧ 《直齋書録解題》,卷 15,頁 442。

⑨ 賀裳,《載酒園詩話又編》,收郭紹虞編,富壽蓀校點,《清詩話》(上海:上海古籍出版社,1983),頁 384。

非全然忘懷世事的隱士,二人都撰有不少諷世之作,學者多已指出。爲何其松陵唱和詩會寫得如此平和閑淡、超然塵外? 此與皮、陸的出處意識和宗教信仰相關聯。皮、陸推尊和發揚白居易的“中隱精神”,善於在出處仕隱之際進行自我平衡。此外,受鄰近的茅山道教中心影響,皮、陸及其他蘇州詩人多向往信仰道教,此亦增加其詩作的隱逸出世色彩。

皮日休撰有《七愛詩》,贊美他奉爲楷模的七位唐代先賢,其七爲《白太傅》。全詩云:

> 吾愛白樂天,逸才生自然。誰謂辭翰器,乃是經綸賢。欻從浮艷詩,作得典誥篇。立身百行足,爲文六藝全。清望逸内署,直聲驚諫垣。所刺必有思,所臨必可傳。忘情任詩酒,寄傲遍林泉。所望握文柄,所希持化權。何期遇訾毁,中道多左遷。天下皆汲汲,樂天獨怡然。天下皆悶悶,樂天獨舍旃。高吟辭兩掖,清嘯罷三川。處世似孤鶴,遺榮同脱蟬。仕若不得志,可爲龜鑑焉。①

對於這首詩,學者多注意前半部分對白居易的經國之才及運用樂府體寫諷諭詩的稱贊,强調這一方面對皮日休前期創作樂府諷諭詩的影響。但完整地領會這首詩,就會注意到皮氏既贊美白氏以“辭翰器”爲“經綸賢”的用世之才,又稱賞其“忘情詩酒”“寄傲林泉”、怡然遺榮的“中隱情懷”。皮氏於咸通八年(867)進士登第後,數年奔走,並未能得到官職,一直處於“仕不得志”的境況,十一年入蘇州幕府爲軍事判官是不得已的選擇,非其所好,故很自然地以白氏的這後一方面作爲“龜鑑”。皮氏有《陸魯望〈讀襄陽耆舊傳〉見贈五百言,過褒庸材,靡有稱是,然襄陽囊事歷歷在目;夫〈耆舊傳〉所未載者,漢陽王則宗社元勛,孟浩然則文章大匠,予次而贊之,因而寄答,亦詩人無言不酬之義也;次韻》,詩中熱情稱賞漢陽王李瓌之濟世功業和孟浩然之文學才華,最後表示:

> 予生二賢末,得作升木狖。兼濟與獨善,俱敢懷其臭。江漢稱炳

① 《皮子文藪》(上海:上海古籍出版社,1981),卷10,頁106—107。

靈,克明嗣清晝。繼彼欲爲三,如醴和醇酎。①

此處自述其人格理想,即達則如漢陽王之兼濟天下,窮則如孟浩然之獨善其身,出處兩端,俱懷其願,得一亦足以成其志。

陸龜蒙在松陵唱和之時也與皮日休一樣,善於在出處兩端之間尋求平衡。在《奉酬襲美先輩吴中苦雨一百韻見寄》一詩中,他對咸通十年龐勛之亂造成"此時淮海波,半是生人血"的殘酷狀況表示深沉的關切和感傷,並自述於其年赴闕應舉,却逢暫停貢舉,值當戰事紛紜之時,又不可從事干謁,只得返耕吴中,"平生所韜蓄,到死不開豁。念此令人悲,翕然生内熱"。② 但在《奉酬襲美先輩初夏見寄次韻》一詩中,他又表現了既隱之則安之的曠達胸懷:

吾祖傲洛客,因言幾爲傖。末裔實漁者,敢懷干墨卿。唯思釣璜老,遂得持竿情。何須乞鵝炙,豈在斟羊羹。畦蔬與瓮醁,便可相携迎。蟠木几甚曲,笋皮冠且輕。閒心放羈靮,醉脚從欹傾。一徑有餘遠,一窗有餘明。秦皇苦不達,天下何足并。③

皮、陸這種對於出處仕隱的靈活平衡和自我調節,在某種程度上正是白居易"中隱精神"在唐末的新發揚。

皮日休和陸龜蒙皆心慕道教,並修行齋法、服食、誦經、丹藥等實踐。陸龜蒙有《四月十五日道室書事寄襲美》,詩云:

烏飯新炊芼臛香,道家齋日以爲常。月苗杯舉存三洞,雲蕊函開叩九章。一掬陽泉堪作雨,數銖秋石欲成霜。可中直著雷平信,爲覓閒眠苦竹床。④

又有《上元日道室焚修寄襲美》,云:

三清今日聚靈官,玉刺齊抽謁廣寒。執蓋冒花香寂歷,侍晨交佩

① 《松陵集》,卷 1,頁 2b—4a。
② 《松陵集》,卷 1,頁 15a—15b。
③ 《松陵集》,卷 1,頁 18b。
④ 《松陵集》,卷 7,頁 3a。

> 響闌珊。[1] 將排鳳節分階易,欲校龍書下筆難。唯有世塵中小兆,夜來心拜七星壇。[2]

可知陸龜蒙在家中飾有道室,奉行望日修齋的齋法(皮日休和詩亦稱其"望朝齋戒是尋常"),[3]所修似爲節食齋(烏飯新炊莶臛香),並遵行修齋時焚香誦經的道場法事。[4] 皮日休也自稱:"將近道齋先衣褐,欲清詩思更焚香。空庭好待中宵月,獨禮星辰學步罡";"不知何事有生涯,皮褐親裁學道家。深夜數甌唯柏葉,清晨一器是雲華。"[5]可知他對道教同樣心向往之,也可能是在陸龜蒙的影響下,開始嘗試練習道教的齋法、步罡、服食。因爲有此共同的信仰基礎,二人有時以道侶相稱,甚至一起煉藥燒丹。陸龜蒙有《秋日遣懷十六韻寄道侶》,詩中云:"且把靈方試,休憑吉夢占。夜然燒汞火,朝煉洗金鹽。"[6]皮日休和詩云:"共守庚辰夜,同看乙巳占。藥囊除紫蠹,丹竈拂紅鹽。"[7]

張賁咸通中已隱居茅山修道,十一年秋冬來蘇州參與唱和,旋又返山。皮日休《送潤卿博士還華陽》詩云:"雪打篷舟離酒旗,華陽居士半酣歸。"陸龜蒙同作云:"何事輕舟近臘迴,茅家兄弟欲歸來。"[8]張賁回茅山後的修道生活,皮日休《奉和南陽廣文博士還雷平後寄次韻》一詩加以描繪:

> 春彩融融釋凍塘,日精閒嚥坐巖房。瓊函靜啓從猿覷,金液初開與鶴嘗。八會舊文多搭寫,七真遺語剩思量。不知夢到爲何處,紅藥滿山烟月香。[9]

---

① 原注:"執蓋、侍晨皆仙之貴侶矣。"

② 《松陵集》,卷6,頁11a。

③ 《松陵集》,卷7,頁3b。

④ 參李養正《道教概説》(北京:中華書局,1989),頁267—271。

⑤ 《寒日書齋即事三首》,《松陵集》,卷8,頁14a—14b。

⑥ 《松陵集》,卷5,頁13a—13b。

⑦ 《松陵集》,卷5,頁13b—14a。

⑧ 《松陵集》,卷8,頁13b—14a。

⑨ 《松陵集》,卷8,頁16b—17a。

雷平山在茅山,爲真人許翽修道之處。[①] 咽日精、嘗金液、誦真經、煉仙藥的描寫雖然出於揣想,却應大致符合張賁山中修煉的情況。

皮日休和陸龜蒙在松陵唱和期間的文學觀念,主要體現在三個方面:一是自覺地回顧和總結唐詩的發展成就,二是提倡詩歌風格體制之多變,三是强調社交集會酬答對詩歌創作的促進作用。

身處唐末的皮陸,當他們回瞻兩個半世紀以來詩歌的發展,他們强烈地意識到唐詩的輝煌成就,並自覺地對這一段歷史進行總結。在《陸魯望昨以五百言見貽,過有褒美;内揣庸陋,彌增愧悚,因成一千言,上述吾唐文物之盛,次叙相得之歡,亦叠和之微旨也》長詩中,皮日休描述了唐詩的發展歷程:

> 吾唐革其弊,取士將科懸。文星下爲人,洪秀密於緶。大開紫宸扉,來者皆詳延。日晏朝不罷,龍姿歡蝡蝡。於焉周道反,繇是秦法悛。射洪陳子昂,其聲亦喧闐。惜哉不得時,將奮猶拘攣。玉壘李太白,銅堤孟浩然。李寬包堪輿,孟淡凝漪漣。埋骨採石壙,留神鹿門埏。俾其羈旅死,實覺天地孱。猗歟子美思,不盡如轉軨。縱爲三十車,一字不可捐。既作風雅主,遂司歌詠權。誰知耒陽土,埋却真神仙。當於李杜際,名輩或溯沿。良御非異馬,由弓非他弦。其物無同異,其人有媸妍。自開元至今,宗匠紛如烟。爽若沆瀣英,高如崑崙巔。百家囂浮説,諸子率寓篇。築之爲京觀,解之爲牲牷。各持天地維,率意東西牽。競抵元化首,争扼真宰咽。[②]

詩中先述唐初的開科取士、進士試詩及皇帝的支持,將這些看作唐詩興盛的主要原因;接著列舉陳子昂、孟浩然、李白及杜甫爲唐代詩人中的杰出代表,稱杜甫爲"風雅主""真神仙",尤其給予至高評價。此外,詩中還進一步描繪了開元以來"宗匠如烟"、詩才輩出的繁盛局面。聯繫皮氏在其

---

① 見陶弘景(452? —536)著,吉川忠夫等編,朱越利譯,《真誥校注》(北京:中國社會科學出版社,2006),卷20,頁588。

② 《松陵集》,卷1,頁5a—6a。

他地方對白居易、李賀、劉言史、[1]張祜、[2]李商隱、温庭筠[3]等的評判稱賞,可知他對於唐詩發展確實有一個較完整的認識和把握。陸龜蒙和此詩云:

> 鹿門先生才,大小無不怡。就彼六籍内,説詩直解頤。顧我迷未遠,開懷潰其疑。初看鑿本源,漸乃疏旁支。邃古派泛濫,皇朝光赫曦。揣摩是非際,一一如襟期。李杜氣不易,孟陳節難移。信知君子言,可並神明著。[4]

贊美皮氏精於説詩,明辨本朝詩歌的源流是非,並肯定他對李杜和孟陳的確當評判。

在《松陵集序》中,皮日休指出,天地之氣有四時之變,詩人之才亦應“廣之爲滄溟,細之爲溝竇,高之爲山嶽,碎之爲瓦礫,美之爲西子,惡之爲敦治,壯之爲武賁,弱之爲處女”,並稱贊陸龜蒙“其才之變,真天地之氣也”。[5] 如果聯繫皮、陸松陵唱和詩篇之風格多樣化,有意模仿唐代諸大家體格(見下節所述),皮氏這裏顯然説的是詩歌風格的豐富多變:或雄壯崇高,或細小纖弱,或優美雅致,或醜怪險惡。此外,在《雜體詩序》中,皮日休追溯了聯句、離合、反復、迴文、叠韻、雙聲、縣名、藥名等雜體的起源,並總結説:

> 噫! 由古而律,由律而至雜,詩之道盡乎此也。近代作雜體,唯劉賓客集中有迴文、離合、雙聲、叠韻,如聯句則莫若孟東野、韓文公之多,他集罕見,足知爲之之難也。陸與予竊慕其爲人,遂合己作爲雜體一卷,囑予序雜體之始云。[6]

可知在詩體上,皮、陸也有目的地追慕前人,以期達到包羅衆體的地步。

---

① 見其《劉棗强碑》,《皮子文藪》,卷4,頁38。
② 見其《論白居易薦徐凝屈張祜》,《全唐文》,卷797,頁10b—11b。
③ 見其《松陵集序》,《松陵集》,卷首,頁3a。
④ 《松陵集》,卷1,頁10b。
⑤ 《松陵集》,卷首,頁2a—3a。
⑥ 《松陵集》,卷10,頁1a—3a。

他們這種在詩歌風格和體制上的"集大成"追求,同樣基於對唐詩多姿多彩的風格體制的自覺意識和總結。將五七言古體及近體之外的詩統稱爲雜體,並另立標目,始見於皮、陸,此亦可見出其對詩體分類的細緻辨析和深刻認識。

《松陵集》是社交集會和詩歌唱酬的産物,皮、陸和其他詩人們在短短的一年中頻繁舉行"文宴",見於集中的有《寒夜文宴聯句》[1]《秋夕文宴》[2]《寒夜文宴》[3]《文燕招潤卿博士,辭以道侶將至,因書一絶寄之》[4]等。《寒夜文宴聯句》云:

> 送觴《繁露曲》,徵句白雲顔。節奏唯聽竹,從容只話山。

《秋夕文宴》云:

> 筆陣初臨夜正清,擊銅遥認小金鉦。飛觥壯若遊燕市,覓句難於下趙城。

《寒夜文宴》云:

> 分朋競擘七香箋,玉朗風姿盡列仙。盈篋共開華頂藥,滿瓶同坼惠山泉。蟹因霜重金膏溢,橘爲風多玉腦鮮。吟罷不知詩首數,隔林明月過中天。

據這些詩篇所描寫,蘇州詩人群的文宴有時近於酒宴上之行令,有音樂助興、銅鉦催戰、飛觥行酒、分朋對陣;有時則只是雅致的茶宴,以肥蟹、鮮橘、明月佐伴。正是由於這種特殊的創作背景,皮日休在《松陵集序》中格外强調社交酬答對詩歌創作的促進作用:

> 意古之士,窮達必形於歌詠,苟欲見乎志,非文不能宣也,於是爲其詞。詞之作,固不能獨善,必須人以成之。昔周公爲詩,以貽成王;

---

① 《松陵集》,卷 10,頁 19b—20a。"宴",原作"晏",據《全唐詩》,卷 793,頁 8928 改。

② 《松陵集》,卷 8,頁 9a。"宴"原作"晏",據《全唐詩》,卷 614,頁 7085 改。

③ 《松陵集》,卷 8,頁 12b—13a。"宴"原作"晏",據《全唐詩》,卷 614,頁 7086 改。

④ 《松陵集》,卷 9,頁 17b。

吉甫作頌,以贈申伯。詩之酬贈,其來尚矣。後每爲詩,必多以斯爲事。①

因人成詩的提法,固然過度誇大了社交應酬與詩歌創作的關係,但却是《松陵集》得以産生的原因及彼時詩壇的實際情况。

(三)《松陵集》的創作特徵及成績

有關研究論著討論皮日休、陸龜蒙作品時,一般注意其小品文及社會詩創作,對《松陵集》往往簡略提過,甚至視之爲平庸或遊戲之作。但實際上如果對此集作全面細緻的分析,就會發現集中作品風格頗爲多樣,體現了一些獨到的特徵,並包含有不少優秀的詩篇。基於對前輩詩人多姿多彩的風格體制的自覺意識和總結,他們已開始注意依不同詩體和題材,有意識地模仿唐代諸大家體格,從而使自己的風格也達到豐富多彩的地步。大致説來,他們的五古長篇模仿杜甫和韓愈,長於鋪陳排比,多以散文句法入詩,時時涉怪出奇;七言律詩沿襲白居易而有所出新,善於叙寫日常事物,將眼前熟見之景和生活細事寫得新鮮活潑、明白曉暢;絶句則風神、筋骨兼備,既承唐音,又開宋調。

《松陵集》中無七言古詩,卷一至四爲五古,大多爲長篇。這些篇章或鋪陳個人情事,或記叙山水遊覽,或描繪自然威力和神秘力量,往往長達數百言甚至千言,極盡鋪張揚厲之能事。如皮日休《吴中苦雨因書一百韻寄魯望》一詩,開頭二十二韻描繪暴雨之狀:

全吴臨巨溟,百里到滬瀆。海物競駢羅,水怪争滲漉。狂蜃吐其氣,千尋勃然蹙。一刷半天墨,架爲敧危屋。怒鯨瞪相向,吹浪山轂轂。倏忽腥杳冥,須臾坼崖谷。帝命有嚴程,慈物敢潛伏。嘘之爲玄雲,彌亘千萬幅。直拔倚天劍,又建横海纛。化之爲暴雨,潨潨射平陸。如將月窟寫,似把天河撲。著樹勝戟支,中人過箭鏃。龍光倏閃

① 《松陵集》,卷首,頁2b。

照，虬角搊琤觸。此時一千里，平下天台瀑。雷公恣其志，礮礰裂電目。蹋破霹靂車，折却三四輻。雨工避罪者，必在蚊睫宿。狂發鏗訇音，不得懈怠僇。頃刻勢稍止，尚自傾蔌蔌。不敢履洿處，恐蹋爛地軸。自爾凡十日，茫然晦林麓。只是遇滂沱，少曾逢霢霂。①

起首"全吴臨巨溟，百里到滬瀆"二句，即具有一股磅礴宏壯的氣勢。接下來幻變出狂蜃、怒鯨、天帝、雷公、雨工等海怪天神，叠用種種僻澀怪異語詞，誇張鋪寫滂沱大雨的威猛力量，極力渲染神怪奇異色彩，一氣流瀉，氣足神完，模仿韓詩體格，可謂惟妙惟肖。再如其《太湖石》中描繪怪石的各種形狀：

或拳若虺蜴，或蹲若虎貙。連絡若鉤鏁，重叠如萼跗。或若巨人胳，或如太帝符。胮肛筧簹笋，格磔琅玕株。②

亦令人聯想到韓愈《南山詩》中對怪石的描寫，但皮氏於"或……"散文化排比句式中穿插普通句式，則見出其既沿襲又出新的努力。陸龜蒙也好用類似排比，如《桃花塢》：

願此爲東風，吹起枝上春。願此作流水，潛浮蕊中塵。願此爲好鳥，得栖花際鄰。願此作幽蝶，得隨花下賓。③

此仿陶潛《閑情賦》而變化，表現詩人與自然景物融合長在的意願，設喻靈巧，新趣盎然。但總體看來，皮、陸五古缺乏杜、韓的才力氣勢，摹仿多而創意少，散文句法、虚詞、僻澀詞語、排比鋪陳等往往用得過濫，蕪音累氣時時可見，未能達到較高成就。宋育仁《三唐詩品》評陸龜蒙詩云："其源出於杜子美、韓退之，極力馳騁，排比爲多，精意爲文，時發深抱，然如枯樹生秋，已無風采。"④此可移爲皮、陸五古定評。

五古之外，皮、陸寫得較多的是七律。《松陵集》卷五收五言近體，卷

---

① 《松陵集》，卷1，頁11a—11b。
② 《松陵集》，卷3，頁13b。
③ 《松陵集》，卷3，頁19b。
④ 宋育仁，《三唐詩品》（民國鉛印本），卷3，頁14a—14b。

六至八收七言近體，卷九收皮、陸與其他蘇州詩人唱和篇章，包括五、七言近體。則松陵唱和近體篇章中，七言遠遠多過五言。七言近體中，又以律詩居多。故歷代詩評家多將注意力集中於他們的七律，但褒貶之際，却頗有出入。褒之者稱其能够在唐律中拔戟自成一體。如胡應麟云："唐七言律……皮日休、陸龜蒙馳鶩新奇，又一變也。"[①]李重華云："七言律古今所尚……陸魯望自出變態，覺蒼翠逼人。"[②]貶之者則稱爲乏情無骨，甚至直呼以醜惡。如胡震亨云："皮襲美……律體刻畫堆垛，諷之無音，病在下筆時先詞後情，無風骨爲之幹也。"[③]許學夷云："陸龜蒙、皮日休唱和多次韻之作，七言律《鼓吹》所選僅得一二可觀，其他多怪惡奇醜矣。"[④]

平心而論，許學夷"怪惡奇醜"之語貶之太過，其餘各家之説，則各得一隅。皮、陸七律可能並未達到自成一體的程度，但亦沿襲有故，上承白居易閑適詩，主要用來叙寫日常生活事物，描繪隱逸環境景致，抒寫閑適高蹈情懷，自然缺乏强烈情感；文詞明白曉暢，平淡清切，確實不以遒勁風骨見長；由於首首唱和次韻，爲文造詞之病，亦在所難免。但其中的優秀篇章則善於描摹日常事物，將眼前熟見之景和生活細事寫得新鮮活潑、津津有味，開宋人同類詩之先風。如皮日休《初冬偶作寄南陽潤卿》：

> 寓居無事入清冬，雖設樽罍酒半空。白菊爲霜翻帶紫，蒼苔因雨却成紅。迎潮預遣收魚笱，防雪先教蓋鶴籠。唯待支硎最寒夜，共君披氅訪林公。[⑤]

起句點"初冬"，並帶出"無事"的主題；次句寫無人同飲，以"無人"見出無事之因。二聯承"入清冬"，生動描繪出白菊和蒼苔經霜帶雨後的細微變化，只是眼前妙景，他人却寫不到。三聯承"無事"，收魚笱、蓋鶴籠本爲初冬清閑生活中的餘事，恰好反襯出詩人無事到了極點。尾聯轉出題中寄贈之意，希望潤卿前來，爲漫漫寒冬生出一事；然冒雪遊寺亦爲清閑之

---

① 胡應麟(1551—1602)，《詩藪》(上海：上海古籍出版社，1979)，内編卷5，頁84—85。
② 李重華(1724 進士)，《貞一齋詩説》，《清詩話》，頁925。
③ 《唐音癸籤》，卷8，頁79。
④ 許學夷，《詩源辨體》(北京：人民文學出版社，1987)，卷31，頁297。
⑤ 《松陵集》，卷8，頁10b。

課,故"有人"時也只是增加無事之趣。由此可悟全詩對初冬情景的種種渲染,以及在無事有事、無人有人上巧做文章,都是爲了傳達詩人與友人情投意合、皆爲無事之人的高逸情懷。中二聯將家居小景和日常小事寫得兴趣盎然,尤爲有致。再看陸龜蒙《中秋[後]待月》:

轉缺霜輪上轉遲,好風偏似送佳期。簾斜樹隔情無限,燭暗香殘坐不辭。最愛笙調聞北里,漸看星淡失南箕。何人爲校清凉力,欲減初圓及午時。[1]

首句"轉缺"點"中秋後","轉遲"點"待月";次句待月不至,先以好風鋪墊。三、四句月始上時,於簾樹掩映處透出朦朧清輝,已令詩人心馳魂往,情意無限,滅燭停香,專心静待。五、六句在美妙的笙樂中,月亮終於漸上中天,清光蕩漾,使群星失色。七、八句月雖已上,與十四(初圓)和十五(午時)時細細相比,已減去些許圓滿和清凉,不免使痴情的詩人賞愛之外,又加憐惜。全詩扣緊一個"待"字,通過委婉的鋪叙和精微的議論烘托自然景象,借人事活動和心理活動的過程展現景物畫面,這就將已被用得爛熟的景物刻畫手法和借景抒情手法翻新出奇。陸次雲評曰:"皮、陸此種詩雅正可法,令人觸處皆可成詩。"[2]賀裳評《松陵集》云:"集中詩亦多近宋調。"[3]其後宋詩正由此開出"觸處皆詩"的一條新路子。

松陵唱和中的七絶詩也頗多佳作。有些寫得興象玲瓏,含蓄蘊藉,尚存有盛唐風神情韻。如陸龜蒙膾炙人口的《白蓮》詩:

素蘤多蒙别艷欺,此花真合在瑶池。還應有恨無人覺,月曉風清欲墮時。[4]

既傳達出白蓮潔浄清高的神韻,又借花喻人,表達自己的高潔情懷。再如

---

① 《全唐詩》,卷624,頁7172—7173。按《全唐詩》和《甫里集》收此詩皆題爲《中秋望月》,而明清選本多題爲《中秋後望月》,當據"轉缺霜輪上轉遲""欲減初圓及午時"等句改。據這些詩句,似當以作《中秋後望月》是。此詩未收《松陵集》,但與集中同類詩相近,故舉以爲陸氏七律詩例。

② 陸次雲,《五朝詩善鳴集》(清康熙刻本),晚唐卷下,頁7a。

③ 《載酒園詩話又編》,頁385。

④ 《松陵集》,卷7,頁17b。"還應有恨"一作"無情有恨",見《全唐詩》,卷628,頁7211。

陸龜蒙《奉和春夕酒醒》詩：

幾年無事傍江湖，醉倒黄公舊酒爐。覺後不知新月上，滿身花影倩人扶。①

月下醉醒、花影滿身的自畫像，放達瀟灑，情韻豐滿，頗有李白遺風。有些則善於描寫生活小景，喜作新穎論斷，已漸露宋詩筋骨。如陸龜蒙《奉和釣侶二章次韻》其二：

雨後沙虛古岸崩，魚梁移入亂雲層。歸時月墮汀洲暗，認得妻兒結網燈。②

通過雨後移動魚梁的小事，生動表現了漁家生活情景。再如陸龜蒙《浮萍》詩：

晚來風約半池明，重疊侵沙緑罽成。不用臨池重相笑，最無根蒂是浮名。③

前二句寫池上浮萍爲晚風吹動而飄上沙岸，扣緊一個"浮"字。後二句以浮萍喻浮名，雖議論直露，却警策動人。

《松陵集》卷十爲雜體詩，收雜言、齊梁、迴文、四聲、叠韻雙聲、離合、六言、風人、聯句、問答等詩。皮、陸此類詩歷來爲古今學者所指責，但一則自大曆浙東、浙西聯唱以來，此類雜體已成爲詩人們集會賦詩時不可缺少的練筆、遊戲體裁；二則如上節所述，皮、陸出於對唐詩多姿多彩的風格體制的自覺意識和總結，有目的地在松陵唱和中追慕前人，以期達到"集大成"的地步，故我們今日亦不必厚非古人。

① 《松陵集》，卷24a。
② 《松陵集》，卷8，頁20a。
③ 《松陵集》，卷7，頁17b。"重"一作"更"，見《全唐詩》，卷628，頁7211。

中　編

隋唐五代其他詩人群研究

一　河汾詩人群與隋唐之際文學

羅宗强在《隋唐五代文學思想史》中，論隋代文學發展而以作家群分，極爲有見。[①] 而在羅氏所述楊廣周圍作家群、北朝入隋作家群等之外，尚有一個尚從未爲研究者所注意的重要作家群——河汾詩人群。這一詩人群以大儒王通（？—617）講學河汾爲背景，由王氏兄弟、王門弟子及河東、絳兩郡文士組成。本文即擬對這一詩人群及其作品進行稽考和評述，並探討其對隋唐之際文學發展的影響。

（一）河汾詩人群之聚會

關於王通，首先有一個真僞的問題。歷代對於王通其人及其傳世著作《中説》的真實性，懷疑者甚多。今人尹協理、魏明著《王通論》，列舉自初唐至北宋的大量資料，證明王通確有其人，而《中説》雖可能經其子王福時（622—？）改竄，基本思想仍是王通的，所載王通言論基本上是可靠的。[②] 本章從其説。

王通，其先太原祁（今山西祁縣）人，後定居河、汾之間的龍門（隋屬河東郡，今山西河津）。王通約於隋文帝仁壽初考中秀才，仁壽三年

① 羅宗强，《隋唐五代文學思想史》（上海：上海古籍出版社，1986），頁19—25。

② 尹協理、魏明，《王通論》（北京：中國社會科學出版社，1984），頁1—59。另參王運熙、楊明《隋唐五代文學批評史》（上海：上海古籍出版社，1993），頁20—21。

(603)謁文帝,上太平十二策,"推帝皇之道,雜王霸之略",文帝甚賞識,但爲大臣所抑,未能見用。後授蜀郡司户書佐、蜀王侍讀等,未就。[①] 於鄉里聚徒讲学,研討《六經》,作《續六經》,至九年(613)大成。其聚徒講學的時間,《王通論》據《文中子世家》定爲始於大業九年續成六經以後,[②] 但從其門人杜淹等人的行迹看(見下考),王通似應自大業初起已邊著書邊收授學生。

《中説》"關朗篇"列述王通門人十八人,此外在《中説》中,與王通對過話的尚有二十一人。[③]《全唐文》所收王福疇《録唐太宗與房、魏論禮樂事》、[④]杜淹《文中子世家》等亦述及王通門人多人。[⑤] 這些記述中包括隋及唐初的衆多名臣,此點尤爲歷代學者所致疑。但王通之弟王績(590—644)在《負苓者傳》中云:"昔者文中子講道於白牛之溪,弟子捧書北面,環堂成列。"[⑥]又《遊北山賦》云:"北溪門人常以百數,唯河南董恒、南陽程元、中山賈瓊、河東薛收、太山姚義、太原温彦博、京兆杜淹等十餘人稱俊穎。"[⑦]可證王通門人确实不少,前引《中説》等諸文所記不可盡信,但也不可盡非。《王通論》即據王績所述,援引其他相關資料,考證王绩所提及的董恒、程元、賈瓊、薛收(592—624)、姚義、温彦博(573—637)、杜淹(?—628)七人应爲王通弟子;又考述陳叔達(?—635)虽非王通门人,但其於大業末任絳郡通守,治所去龍門僅數十里,於這一期間與王通及其兄弟、門生過往甚密;此外,魏徵(580—643)、房玄齡(579—648)、杜如晦(585—630)、王珪(571—639)、李靖(570—649)、温大雅等人也可能短暫遊謁龍門,與王通過往、交談或問學。[⑧] 除《王通論》所考外,凌敬也應是

---

① 參張新民《文中子事蹟考辨》,《文獻》1995年第2期,頁96—103。

② 《王通論》,頁72—73。

③ 《中説》(《四部叢刊》本)。

④ 《全唐文》,卷161,頁2b—3b。

⑤ 《全唐文》,卷135,頁18b—23a。

⑥ 王績,《王無功文集》,五卷本會校本,韓理洲校(上海:上海古籍出版社,1987),卷5,頁174。

⑦ 《王無功文集》,卷1,頁5。

⑧ 《王通論》,頁35—48。亦可參看徐朔方《王通門人辨疑》,《浙江大學學報》29.4(1999),頁5—8。

王通門人。《中説》中凡三次述及凌敬，並明確稱他爲王通門生。[1] 凌敬爲滎陽管城人，與河東僅一郡之隔，以鄰郡青年士子而來龍門求學，是很自然的事。凌敬後從竇建德(573—621)，官至國子祭酒，建德平，入唐，官至魏王文學。[2] 凌敬既非唐初名臣，王氏子弟無須僞造他來增飾門面，故《中説》所記其爲王通門人諸事應可靠。而王績於隋末戰亂中曾避地河北，依附凌敬數月，[3]此亦可證凌敬與王氏兄弟關係非同尋常。此外，王家所居鄰渚有隱士仲長子光，亦與王氏兄弟及門人聲氣相通，過往密切，《中説》中凡四次提及，王績詩文中述及尤多。又薛收少與族兄德音、從子元敬齊名，號"河東三鳳"，居河東汾陰，[4]與龍門僅數十里之隔，薛收既爲王通高足，且與王績友善，薛德音、薛元敬與王氏兄弟亦當有過從交往。

王通爲何能於隋末動亂的局勢中，吸引如此衆多的士人來此求師問學、遊謁討論？其原因大致有四：一、王通博學多才，續成六經，以復興儒道的當代孔子自命，使衆多青年學子聞風而來。二、王家富於墳籍，這在當時書籍尚未有刻本、圖書緊缺的情況下，也是吸引學子的重要因素。吕才《王無功文集序》云："初，君祖安康獻公，周建德中，從武帝征鄴，爲前驅大總管。時諸將既勝，並虜獲珍物，獻公絲毫不顧，車載圖書而已。故家富墳籍，學者多依焉。"[5]三、大業中朝政紊亂，天下騷動，各路起兵自七年(611)揭開序幕。明眼人已看出隋祚不久，紛紛尋求拯亂興國的出路與方略。王通曾於文帝時上書獻策，雜王霸之略，爲文帝所賞識，有重名於天下，此近於縱横遊士的行爲。而隋末大亂，正是縱横家大顯身手的時刻，一部分志士或即因此而來龍門探訪問學。四、其時李淵(566—635)父子鎮太原，爵高威重，爲天下所矚目。河東正當由陝入晉要道，李淵又

---

① 《中説》，卷4，頁4a—4b。

② 見林寶《元和姓纂》，岑仲勉校記，郁賢皓、陶敏整理(北京：中華書局，1994)，卷4，頁635；《舊唐書》，卷54，頁2239；《新唐書》，卷85，頁3700。

③ 吕才，《王無功文集序》，《王無功文集》，卷首，頁2—3。

④ 《舊唐書》，卷73，頁2587—2589。

⑤ 《王無功文集》，卷首，頁1。

寄家於此。[①] 唐初名臣多曾遊謁龍門,可能即懷有借此窺探李氏虛實之意。

上述學術的、時勢的、地域的等諸種原因,促成了河汾儒學的興盛,而同時也促成了文人詞客的群集,文學創作的繁盛。王通本人精音律,能詩文,並有自己的一套文學見解。《中説》"禮樂篇"及王績《答處士馮子華書》,[②]皆記王通作有琴曲《汾亭之操》。《文中子世家》稱其謁文帝而不見用,"作《東征》之歌而歸",[③]詩今存。他所續《六經》中,《續詩》編選晉、宋、北魏、西魏、北周、隋六代民間歌謡共三百六十篇,惜已不傳。《中説》中則記有他涉及文學批評和文學理論的言論多條。

王通之兄王度歷任御史、著作郎、河東芮城令,約卒大業末、武德初。[④] 王度善文,撰有《古鏡記》,爲中國文學史上第一部傳奇體小説。王宏鈞據篇中"王室如毁"句,考論此篇當撰於隋王室發生重大變故、形同滅亡而尚未滅亡之時,約當大業十三四年(617—618)之際,[⑤]其説頗可信。

王通之弟王績,爲隋唐之際著名詩人。歷來論王績詩,多置於初唐探討,但實際上他有不少作品可考知作於隋時。韓理洲考述其隋時作品有:《三月三日賦》,大業四年(608)作;《鶱賦》,大業四年至十年(608—614)間作;《無心子傳》,大業十年歸田後作;《古意》六首,大業十年歸田後作;《祭關龍逄文》《登箕山祭巢許文》,[⑥]大業十年至十三年(614—617)間作。除韓考外,此處尚可據新出的五卷本《王無功文集》補考多首:《在邊三首》《登龍阪二首》《九月九日》,[⑦]後詩云"誰憶龍山外,蕭條邊興闌",此六詩當作於大業初弱齡遊邊之時,如其《晚年叙志示翟處士正師》云

---

① 《資治通鑑》,卷183,頁5733—5736。

② 《中説》,卷6,頁5b—6a;《王無功文集》,卷4,頁149。

③ 《中説》,卷10,頁8a。

④ 參孫望《王度考》,收《蝸叟雜稿》(上海:上海古籍出版社,1982),頁1—26。

⑤ 王宏鈞,《〈古鏡記〉傳奇探微》,《中華文史論叢》,1985年1期,頁169—177。

⑥ 《王無功文集》,卷1,頁33,卷1,頁40,卷5,頁171,卷3,頁118,卷5,頁188,卷5,頁186;韓理洲,《王績詩文繫年考》,《山西大學學報》,1983年2期,頁64—73。

⑦ 《王無功文集》,卷2,頁78,卷3,頁125,卷3,頁124。

“弱齡慕奇調，無事不兼修。望氣登重閣，占星上小樓。明經思待詔，學劍覓封侯。棄繻頻北上，懷刺幾西遊”；[①]《登龍門祭禹文》，吕才《序》云“河東薛道衡見其《登龍門憶禹賦》，曰：‘今之庾信也’”，[②]二文題近，可能爲同時之作，而薛道衡卒於大業五年（609），二文當作於此前；《被舉應徵别鄉中故人》，[③]作於大業中應孝悌廉潔舉時；《未婚山中叙志》，[④]王績約生於開皇十年（590），大業十四年爲二十九歲，其未婚依常理應在大業中；《解六合丞還》，[⑤]作於大業十年辭六合丞歸田時；《五斗先生傳》和《醉鄉記》，吕才《序》及《中説・事君篇》皆謂此二文作於大業中，[⑥]韓理洲則認爲文中寫濫飲情況，應作於晚年，[⑦]但濫飲本王績天性，《解六合丞還》已云“但使百年相續醉，何辭夜夜甕間眠”，故仍從吕《序》、《中説》定於大業中；《山夜》，詩云“仲尼初返魯，藏史欲辭周。脱落四方事，栖遑萬里遊”，[⑧]既云“初反”，又云脱落“萬里遊”，王績入唐後未曾再漫遊，詩約作於大業十年初歸田時；《秋夜喜遇姚處士義》，[⑨]姚義爲王通高足之一，大業十三年（617）王通卒後，河東淪爲四戰之地，弟子雲散，此詩只能作於大業中。這樣，王績隋時所作詩文可考者共有二十五首，其中有十三首作於河東。

王通門人中，薛收、杜淹、淩敬皆長於文學。薛收爲薛道衡（540—609）之子，出繼族父薛儒，因其生父非罪死，不肯仕隋。[⑩]王績有《薛記室收過莊見尋率題古意》，[⑪]知二人友善。《舊唐書・經籍志》《新唐書・藝文志》皆録《薛收集》十卷。[⑫]薛收大業十三年末入李世民幕，歷主簿、記

---

① 《王無功文集》，卷3，頁110。
② 《王無功文集》，卷5，頁189，卷首，附頁2—3。
③ 《王無功文集》，卷3，頁113。
④ 《王無功文集》，卷3，頁116。
⑤ 《王無功文集》，卷2，頁61。
⑥ 《王無功文集》，卷2，頁61，卷5，頁180，卷5，頁181，卷首，附頁2—3，附録3，頁260。
⑦ 韓理洲，《王績詩文繫年考》，頁72。
⑧ 《王無功文集》，卷2，頁49。
⑨ 《王無功文集》，卷2，頁63。
⑩ 《舊唐書》，卷73，頁2587；《新唐書》，卷98，頁3890。
⑪ 《王無功文集》，卷2，頁55。
⑫ 《舊唐書》，卷47，頁2703，《新唐書》，卷60，頁1597。

室,爲十八學士之一,武德七年(624)卒,[①]故其十卷文集中,當有不少作品爲隋時所作,惜已散佚,僅《全唐文》存其文三篇,《唐文拾遺》補一篇。[②]其中《隋故徵君文中子碣銘》撰於大業末,《琵琶賦》也有可能撰於隋時,餘二篇爲入唐後作。王績《答處士馮子華書》記薛收於大業中撰《白牛溪賦》,爲河汾作家所推重,[③]此賦今不存。

河東三鳳的另一位薛德音,隋時歷官游騎尉、著作佐郎,隋末從王世充,世充平,被誅。[④] 有《悼亡》詩一首。[⑤]

杜淹,京兆杜陵人,隋文帝時隱太白山邀譽,文帝惡之,謫戍江表;大業中以薦授承奉郎,大業末官至御史中丞。[⑥]《大唐新語》稱其在謫戍江表後、任承奉郎前,曾"還鄉里,以經籍自娱",[⑦]時間約在大業初。其赴河汾從王通學,當在此時。《新唐書》本傳載其於武德初任李世民天策府文學館學士,"嘗侍宴,賦詩尤工,賜銀鍾"。[⑧] 由此可推知杜淹於隋時應已工詩,但其存詩三首,[⑨]均作於入唐後。

凌敬,《舊唐書·經籍志》《新唐書·藝文志》皆録其文集十四卷,[⑩]亦久散佚,僅《全唐詩》存四首。[⑪] 其中《巫山高》有可能作於隋時,餘三首皆爲入唐後作。

陳叔達爲隋唐之際著名詩人。《新唐書》録其集十五卷,[⑫]已散佚,《全唐詩》存其詩十首,《全唐文》存其文二篇。[⑬] 其中《州城西園入齋祠社》詩可確認作於大業末任地方官時,因其入唐後未再出任地方官。又

---

① 《舊唐書》,卷 73,頁 2588—2589;《新唐書》,卷 98,頁 3890。
② 《全唐文》,卷 133,頁 4—7;《唐文拾遺》,收《全唐文》,卷 12,頁 9—13。
③ 《王無功文集》,卷 4,頁 147。
④ 《隋書》,卷 57,頁 1414。
⑤ 逯欽立,《先秦漢魏晋南北朝詩》(北京:中華書局,1983),隋詩卷 6,頁 2716—2717。
⑥ 《舊唐書》,卷 66,頁 2470—2472;《新唐書》,卷 96,頁 3860。
⑦ 劉肅,《大唐新語》(北京:中華書局,1984),卷 8,頁 122—123。
⑧ 《新唐書》,卷 96,頁 3860。
⑨ 《全唐詩》,卷 30,頁 434—435。
⑩ 《舊唐書》,卷 47,頁 2704;《新唐書》,卷 60,頁 1599。
⑪ 《全唐詩》,卷 33,頁 455—456。按此誤署陸敬,係從《唐詩紀事》之誤。
⑫ 《新唐書》,卷 60,頁 1597。
⑬ 《全唐詩》,卷 30,頁 429—431,卷 882,頁 9965;《全唐文》,卷 133,頁 1—4。

《後渚置酒》詩云"大渚初驚夜,中流沸鼓鼙",描寫大河夜景及戰亂四起形勢,亦約大業末作於河汾之間。

仲長子光,王績在《答處士馮子華書》中,稱其曾著《獨遊頌》《河渚先生傳》,[1]惜其文今已不傳。

綜上所述,隋大業中,以王通講學爲主要背景,在河汾一帶聚集了一批作家,可考者有王通、王度、王績、薛收、杜淹、凌敬、薛德音、仲長子光。作品現存有王通詩一首、王度傳奇一篇、王績詩文十三首、薛收文賦二首、薛德音詩一首、陳叔達詩二首、凌敬詩一首,以及《中説》中文論數則。

(二)河汾詩人群的創作業績

關於王通的文學思想,研究者注意已多。羅宗强總結爲"論文主理,論詩主政教之用,論文辭主約、達、典、則"。[2] 王運熙、楊明亦稱其"强調文學的政教作用和功利性質","以改變六朝文風、恢復儒家功利主義文學觀的地位自期"。[3] 三家所述,已大致概括了王通文學思想的要旨。

河汾詩人群的創作,與隋代其他作家群相比,既有某些共同之處,又有其突出的特徵。與隋代大多數作家一樣,河汾作家也體現了南北文學合流的趨向。王氏兄弟的先祖於永嘉中隨晋室南遷,至四祖虬於宋齊禪代之際投奔北魏,[4]故其家族之學本雜有南北文化的因素。王通之父王隆與薛道衡友善,道衡頗賞識王通、王績。薛收《文中子碣銘》云:"先君内史,屈父党之尊。"[5]吕才《王無功文集序》云:"河東薛道衡曾見其《登龍門憶禹賦》,曰:'今之庾信也。'"[6]薛道衡爲北方詩人的杰出代表,其詩以剛健爲主,但也注意吸收南方文采。其稱王績爲"今之庾信",即體現了對南風的重視,同時也説明了王績少時學南的成績。薛收爲道衡之子,

---

① 《王無功文集》,卷4,頁147。
② 《隋唐五代文學思想史》,頁28—30。
③ 《隋唐五代文學批評史》,頁21—36。
④ 參《王通論》,頁60—61。
⑤ 《全唐文》,卷133,頁6。
⑥ 《王無功文集》,卷首,頁2。

薛德音爲其族子，二人創作更是受到其直接影響。薛德音《悼亡詩》云：

> 鳳樓簫曲新，桂帳瑟弦空。畫梁才照日，銀燭已隨風。苔生履迹處，花没鏡塵中。唯餘長簟月，永夜向朦朧。

這是一首講求聲律的新體詩，對偶工整，結構嚴謹，摹寫精致。尤爲難得的是，詩中並不如許多南朝詩那樣堆砌景物，而是感物傷懷，寓情於景，營造出一個悼亡的哀傷意境。"苔生履迹處"句，步薛道衡"空梁落燕泥"之後塵，努力捕捉南人的細微感覺；後來李白的"門前遲行迹，一一生緑苔"即由此而脱胎。①

薛收的《琵琶賦》爲詠物小賦，文詞華美而無纖靡之氣，略云：

> 惟兹器之爲宗，總群樂而居妙。應清角之高節，發號鐘之雅調。……候八風而運軸，感四氣而鳴信。金華徘徊而月照，玉柱的歷以星懸。

凌敬《巫山高》云：

> 巫岫鬱岧嶢，高高入紫霄。白雲抱危石，玄猿挂迥條。懸崖激巨浪，脆葉隕驚飆。别有陽臺處，風雨共飄飄。

前六句描寫巫山之高峻險要，後二句暗示巫山神女故事。全詩清暢之中包含勁健之氣，與後來盛、中唐人所作同題詩已不易區别，唯個别字句襲用南詩較直露，如"白雲抱危石"直用謝靈運之"白雲抱幽石"。②

陳叔達爲陳宣帝之子，在南朝時已有詩名，《舊唐書》本傳稱其"年十餘歲，嘗侍宴，賦詩十韻，援筆便就，僕射徐陵甚奇之"。③ 他於絳郡所作二詩，頗具雅健氣骨，體現了南人學北的成績。如《後渚置酒》：

> 大渚初驚夜，中流沸鼓鼙。寒沙滿曲浦，夕霧上邪溪。岸廣鳧飛急，雲深雁度低。嚴關猶未遂，此夕待晨鷄。

---

① 李白，《長干行》，收瞿蜕園、朱金城編《李白集校注》（上海：上海古籍出版社，1980），卷4，頁326。

② 謝靈運，《過始寧墅》，《先秦漢魏晋南北朝詩》，宋詩卷2，頁1159—1160。

③ 《舊唐書》，卷61，頁2363。

首聯點"後渚",敘述其時大河上下戰亂四起的形勢。中二聯描繪深秋時節河汾之間的蕭瑟蒼涼景象,景中滲透深沉的感傷憂慮之情,延續了首聯的感時主題。尾聯寫徹夜不寐,等待晨鷄高鳴,顯示出一種焦慮而有所期待的迷茫意緒,進一步發揮感時主題。此詩音韻諧美,對仗精工,平仄粘對已基本上符合後來的律詩格式,這在南方詩人中亦不多見;同時全詩又寫得景象闊大,情感鬱結,氣格沉雄,意境渾成,與唐詩已無區别。

河汾詩人群不同於隋代其他作家群的最突出特徵,在於他們表現出一種對於隱士風範、田園詩及自然率真風格的新興趣。王氏家族所居河汾一帶,山河壯麗,田園肥美。王績《答馮子華處士書》云:

> 吾家河渚,元有先人故田十五、六頃。河水四繞,東西趣岸,各數百步。古人云"河濟之濱宜黍",况中州之腴乎。

《遊北山賦》云:

> 山水幽尋,風雲路深。蘭窗左闢,茵蕪邪臨。石當階而虎踞,泉度牖而龍吟。……白牛溪裏,崗巒四峙。信兹山之奥域,昔吾兄之所止。

河汾詩人中,王通、王績、仲長子光基本上是隱士,薛收、凌敬等青衿學子亦尚爲處士。這種特殊的地理和生活處境,很容易引發對於隱士風範和陶潛模式的企羨仿效。

王通雖汲汲於明王道、濟天下,但其於隋代不得志的政治遭遇和十餘年的隱士生涯,亦使他對陶淵明及其作品不無好感。《中説》記:"或問陶元亮,子曰:'放人也,《歸去來》有避地之心焉,《五柳先生傳》則幾於閉関矣。'"①

河汾道統雖爲宋明儒者所賞嘆,但彼時河汾思想並非一統天下。孫望已指出王氏家庭中存在兩大思想體系:王通及另一弟王凝屬儒家,王度和王績則喜好陰陽和道家。② 實則不僅王氏兄弟,包括王通門人在内的

---

① 《中説》,卷9,頁5a。

② 孫望,《王度考》,頁14—21。

河汾文士,思想上也有重要的分歧和複雜的兼融。汾陰侯生善陰陽卜筮,王度深受其影響,已見孫望《王度考》。[1] 王績喜好老莊,傾心魏晋名士,並對神仙服食感興趣。[2] 仲長子光亦好《老子》《周易》及服食。[3] 薛收善言玄理,號"薛莊周"。[4] 而陰陽術數、老莊玄學、神仙道教三者,自魏晋以來已混成一片,並與絶塵出世、放情山水、躬耕田園的隱士風範在一定程度上相聯繫。故當時王績、薛收、姚義、仲長子光等相互影響,號稱"同志"。王績《薛記室收過莊見尋率題古意以贈》云:

> 憶我少年時,携手遊東渠。梅李夾兩岸,花枝何扶疏。同志亦不多,西莊有姚徐。嘗愛陶淵明,酌醴焚枯魚。嘗學公孫弘,策杖牧群猪。

《答處士馮子華書》云:

> 吾所居南渚,有仲長先生……著《獨遊頌》及《河渚先生傳》,開物寄道,懸解之作也。時取玩讀,便復江湖相忘。吾往見薛收《白牛溪賦》,韻趣高奇,詞義曠遠,嵯峨蕭瑟,真不可言。壯哉邈乎,揚班之儔也。高人姚義常謂吾曰:"薛生此文,不可多得,登太行,俯滄溟,高深極矣。"吾近作《河渚獨居賦》,爲仲長先生所見,以爲可與《白牛》連類。

以上引文中,我們可以見到王績等人徜徉山水,放情田園的自得之態,並可知他們已開始仿效陶潛,撰寫表現田園隱居生活、風格曠遠率真的詩文,且復"奇文共欣賞",時時展開討論切磋。上述《獨遊頌》《河渚先生傳》《白牛溪賦》《河渚獨居賦》諸文雖已不存,但從王績現存的作於此時的田園隱居詩文,我們仍可窺其風貌。《山夜》云:

> 仲尼初返魯,藏史欲辭周。脱落四方事,栖遑萬里遊。影來徒自

---

① 孫望,《王度考》,頁20。

② 詳細討論見下一節。

③ 王績,《仲長子光傳》,《王無功文集》,卷5,頁178。

④ 王績,《遊北山賦》,《王無功文集》,卷1,頁1。

責,心盡更何求。禮樂存三代,烟霞主一丘。長歌明月在,獨坐白雲浮。物情勞倚伏,生涯任去留。百年一如此,世事方悠悠。

全詩直抒胸臆,不假修飾,樸野隨意之中又飽含情志理致,頗近淵明風格。《秋夜喜遇姚處士義》云:

北場耘藿罷,東皋刈黍歸。相逢秋月滿,更值夜螢飛。

此詩同樣以自然樸淡的語言描繪田園生活情趣,體現陶潛影響;後二句以景結情,意境雋永,開王維田園小詩先聲。王績的《五斗先生傳》《醉鄉記》二文,亦明顯模仿《五柳先生傳》《桃花源記》。這一類洋溢自然真情、風格樸野疏淡的作品,自南北朝後期以來已很少見,特别在齊梁至隋的宫廷創作中已近乎絶跡。

詩文創作外,王度的《古鏡記》是一篇重要的傳奇小説。文中以古鏡爲中心綫索,將十二個故事貫串成篇,結構完整,想象奇異,文采優美,"上承六朝志怪之餘風,下開有唐藻麗之新體,洵唐人小説之開山也。"[①]《古鏡記》的出現並非偶然,而與河汾作家群之相互影響有關。首先,如前所述,河汾雖爲儒學中心,但陰陽、老莊、神仙之學的氣氛亦頗濃;《古鏡記》中所述古鏡降妖顯靈及反映陰陽變化的諸種神異,明顯受到陰陽術數與神仙道教的影響,古鏡本身就是道士驅鬼辟邪的法器。其次,河汾作家多好史學,王通所撰《續六經》之一《元經》,爲晋永熙元年(290)至隋開皇九年(589)的紀年體史書;王度和薛收各撰有《春秋》,述北魏、北周歷史;王度另撰《隋書》未成,王績曾試圖續之;陳叔達也撰有《隋書》。[②] 而史才與傳奇體有密切關係,《雲麓漫鈔》謂傳奇"文備衆體,可以見史才、詩筆、議論"。[③]《唐國史補》稱沈既濟《枕中記》、韓愈《毛穎傳》"二篇真良才也"。[④] 河汾作家在這一方面也可謂開風氣之先。

河汾詩人群以其特有的創作風格和業績,不但在隋代文學中獨樹一

① 汪辟疆編,《唐人小説》(上海:上海古籍出版社,1978),頁12。

② 見王績與陳叔達往來書信,收《全唐文》,卷133,頁1;卷131,頁12。

③ 趙彦衛著,傅根清點校,《雲麓漫鈔》(北京:中華書局,1996),卷8,頁135。

④ 李肇,《唐國史補》(上海:上海古籍出版社,1979),卷下,頁55。

幟,佔有不容忽視的地位,而且對初唐文學發展産生了重要的影響。河汾作家融合南北的創作實踐,與隋代其他作家一道,推進了文學向新的高峰發展的歷程。河汾作家的田園隱居創作,就近而言,直接影響了王績入唐後的大量作品;就遠而論,則爲盛唐陶潛模式復興、山水田園詩興起的先聲。此外,《貞觀政要》"禮樂"條記杜淹論亡國之音,[①]《舊唐書》記魏徵借詩明禮,約諫太宗,[②]恐皆與王通文藝思想的影響有一定關聯。河汾詩人群的影響還延及初唐的第二代詩人。初唐四杰之首的王勃(650—676?)爲王通之孫,其《上吏部裴侍郎啓》謂文章應"甄明大義,矯正末流,俗化資以興衰,家國由其輕重",[③]顯然沿襲乃祖儒家政教的思想。楊炯(650—?)《王勃集序》稱王勃於高宗龍朔初反對宫廷浮靡文風時,曾得到薛元超的有力支持。[④] 薛元超爲薛收之子,高宗時號稱"文宗"。[⑤] 他對王勃的支持恐非偶然,而與兩家的世交及文學遺傳有關。王勃思想之兼綜儒道,詩歌之頗具剛健氣骨而"猶帶六朝錦色",同樣可追溯至河汾詩人群的影響。

(三) 王績的意義

王績是河汾詩人群的最杰出代表。他的集子完整地保留了下來,使我們得以深入地探討他的複雜思想和創作傾向。他入唐後又生活了二十六年,並寫下衆多優秀作品,成爲唐代第一位重要詩人,在唐詩發展史上佔有重要的地位。但他在唐初基本上是默默無聞的,一直到盛唐才産生影響。這與他沿承河汾詩人群的作風而發展的獨特生活道路、人格精神

① 吴兢,《貞觀政要》(上海:上海古籍出版社,1978),卷7,頁233。

② 《舊唐書》,卷71,頁2558。

③ 王勃(649?—676?)著,蔣清翊注,《王子安集注》(上海:上海古籍出版社,1995),卷4,頁128—133。

④ 《王子安集注》,卷首,頁61—77。

⑤ 《舊唐書》,卷73,頁2590;《新唐書》,卷98,頁3892。

及詩歌風格有著密切關係。他一生三仕三隱,[①]顯示了社會事功與個體人格之間的深刻矛盾,這一矛盾最終因追步名士傳統、實現個體價值得到解決。而他的詩歌創作和風格,正是這一矛盾結果的產物。

王績從小博覽百家,受到儒、道、陰陽等諸家影響,自稱"弱齡慕奇調,無事不兼修,望氣登重閣,占星上小樓"。[②] 吕才也説他"陰陽曆數之術,無不洞曉"。[③] 同時,他又天性嗜酒,簡傲不羈,"縱恣散誕,不閑拜揖";"受性潦倒,不經世務。……加性又嗜酒,形骸所資"。[④] 這種獨特的思想修養和才性精神,使得王績從年少時就傾心於阮籍(210—263)、嵇康(223—262 或 224—263)、劉伶、陶潛(365—427)等所代表的魏晋風度和名士傳統。如前引《薛記室收過莊見尋率題古意以贈》詩云:"憶我少年時,携手遊東渠。梅李夾兩岸,花枝何扶疏。嘗愛陶淵明,酌理焚枯魚。嘗學公孫弘,策杖牧群猪。"吕才記其年輕時情況云:"性簡傲,飲酒至數斗不醉,常云:'恨不見劉伶,與閉户轟飲。'……高情勝氣,獨步當時。"[⑤]

王績一生經歷了由治而亂又由亂而治的歷史風雲變幻。他年輕時,正當隋煬帝大業初,政治上尚呈現一片"艷艷風光,欣欣懷抱"的升平氣象。[⑥] 王績此時也頗有"明經思待詔,學劍覓封侯"的用世思想。[⑦] 但當他順利步入仕途,任秘書正字的清職未久,却自請外任,任六合丞未幾,又因縱酒而"屢被勘劾",托疾去官,輕舟夜遁。關於第一次辭官的原因,王績自説是不樂出仕,自穢其行。[⑧] 吕才説是"端簪理笏,非其所好","篤於酒德,頗妨職務"。[⑨] 現代有的研究者則認爲是王績覺察到隋政將亂,預作

---

① 韓理洲,《王績生平求是》,《文史》18 輯(1983),頁 177;張錫厚,《王績生平辨析及其思想新證》,收《王績研究》(臺北:新文豐出版公司,1995),頁 205—252。

② 王績,《晚年叙志示翟處士正師》,《王無功文集》,卷 3,頁 110。

③ 《王無功文集序》,《王無功文集》,卷首,頁 2。

④ 王績,《答處士馮子華書》,《王無功文集》,卷 4,頁 147;《答程道士書》,《王無功文集》,卷 4,頁 157。

⑤ 吕才,《王無功文集序》,《王無功文集》,卷首,頁 2。

⑥ 王績,《三月三日賦》,《王無功文集》,卷 1,頁 33。

⑦ 王績,《晚年叙志》,《王無功文集》,卷 3,頁 110。

⑧ 王績,《無心子》,《王無功文集》,卷 5,頁 171。

⑨ 吕才,《王無功文集序》,《王無功文集》,卷首,頁 2。

逃避。王説與其年輕時志向及其後再次出仕之實際情況不合,恐非其意。後説則缺乏確切的證據。故我傾向於吕説,認爲王績此次辭官,是其簡傲不羈個性與官場禮法衝突的結果。《解六合丞還》詩云:"彭澤有田惟種黍,步兵從官豈論錢。但使百年相續醉,何辭夜夜甕間眠。"説明了他正是以阮籍、陶潛的自由精神爲榜樣。

王績此次辭官後,並非真正歸隱,而主要是漫遊南北。其後隋末大亂、群雄逐鹿的數年中,王績雄心復起,自謂"風雲私所愛,屠博暗爲儔。解紛曾霸越,釋難頗存周"。[①] 所謂解紛釋難,語焉不詳,很可能指依附竇建德時的作爲,因竇的失敗而隱晦不揚。吕才《王無功文集序》記王績此段經歷,亦頗含混矯飾。由於王績托身非所,失去了與李唐統治者風雲際會、建功立業的良機。他在《建德破後入長安詠秋蓬示辛學士》詩中説:"遇坎聊知止,逢風或未歸。孤根何處斷?輕葉强能飛。"[②]《薛記室收過莊見尋》亦云:"爾爲培風鳥,我爲涸轍魚。"[③]正表現了彷徨失所的心情。因此,雖然他在竇建德敗後未久,即應征出仕唐朝,待詔門下多年,却始終未有機會升遷。至貞觀初,其兄王凝得罪了朝中權貴,王績失去了在唐王朝實現政治抱負的最後希望,不得不再次拂衣歸田。關於王績第二次退隱,有的研究者認爲是因他對唐王朝無好感,有的則認爲是因官場黑暗。但實際上王績對於唐初百廢俱興、君臣相得的清明政治是十分稱贊的,《答馮子華處士書》説:"亂極至治,王途漸亨。天灾不行,年穀豐熟。賢人充其朝,農夫滿於野。……公卿勤勤,有志禮樂。元首明哲,股肱惟良,何慶如之也。"[④]他的退隱,主要是自知與李唐統治者失之交臂,難於自致高位,建功立業:"吾自揆審矣,必不能自致台輔,恭宣大道。""起家以禄仕,歷數職而進一階,才高位下,免責而已。天子不知,公卿不識,四十、五十而無聞焉。於是退歸,以酒德遊於鄉里。"[⑤]隋末亂世出了許多英雄,其

---

① 王績,《晚年叙志》,《王無功文集》,卷3,頁110。
② 《王無功文集》,卷3,頁126。
③ 《王無功文集》,卷2,頁55。
④ 《王無功文集》,卷4,頁147。
⑤ 王績,《答程道士書》,《王無功文集》,卷4,頁157;《自撰墓誌文》,《王無功文集》,卷5,頁184。

中有不少是與王績一樣的文辭之士,如秦王府十八學士。王績的好友薛收,就是十八學士之一。心性極高的王績既失此良機,又不甘"才高位下"地循資而升,於是他爲自己設計了一條獨特的道路:"以酒德遊於鄉里。"

這條道路與魏晉南朝的名士傳統相通,"酒德"正是魏晉名士風流的特徵之一。正如許多學者已經指出,魏晉時期儒學衰微,玄學興起,重精神才性,從而喚起了人的覺醒,個性得到尊重,人的價值得到提升。阮籍、嵇康進一步提出"任自然而越名教"的觀念,高標人格精神、自我意識,否定傳統觀念與禮俗,蔑視外在的功業、名位、節操。竹林七賢背禮敗俗,放浪形骸,却以其人格、精神、才情、風度受到當代及後世的尊敬和頂禮,獲得至高的聲譽。這就爲其後的文士指出了一條實現個人價值的新道路。王績正是希企通過這一條道路,以高超的人格精神來彌補社會事功的失敗,失之東隅,收之桑榆:

> 歸來南畝上,更望北溪頭。古岸多磐石,春泉足細流。東隅誠已謝,西景懼難收。無謂退耕近,伏念已經秋。[①]

於是,王績在生活中處處以竹林名士爲榜樣:"阮籍隨性,劉伶保真";[②]"阮籍生年懶,嵇康意氣疏";[③]"坐棠思邵伯,看柳憶嵇康";[④]"散腰追阮籍,招手喚劉伶";[⑤]"且逐劉伶去,宵隨畢卓眠"。[⑥] 竹林名士"非湯武而薄周孔""任自然而越名教",王績也糠秕禮義,非議周孔:"雖周孔制述,未嘗復窺";[⑦]"禮樂囚姬旦,詩書縛孔丘";[⑧]"先生絶思慮,寡言語,

① 《晚年敘志》,《王無功文集》,卷3,頁110。
② 《祭杜康新廟文》,《王無功文集》,補遺,頁212。
③ 《田家》,《王無功文集》,卷2,頁65。
④ 《春日還莊》,《王無功文集》,卷2,頁74。
⑤ 《春園興後》,《王無功文集》,卷2,頁69。
⑥ 《戲題卜鋪壁》,《王無功文集》,卷2,頁59。
⑦ 《答程道士書》,《王無功文集》,卷4,頁157。
⑧ 《贈程處士》,《王無功文集》,卷2,頁60。

不知天下之有仁義厚薄也";[1]"而同方者,不過一二人,時相往來,並棄禮數";[2]"鄉族慶弔、閨門婚冠,寂然不預者已五六歲矣"。[3] 竹林名士好老莊,王績也好老莊:"昔歲尋周孔,今春訪老莊";[4]"牀頭素書三帙,《老》《莊》《易》而已";[5]"君又……注《老子》,並別成一家"。[6] 竹林名士喜服食神仙,王績也喜服食神仙:"且復歸去來,刀圭養衰疾";[7]"酒中添藥氣,琴裏作松聲。石爐煎玉髓,土釜出金精。水碧連年服,雲丹計日成"。[8] 竹林名士縱酒放浪,王績也縱酒放浪:"晚年醉飲無節……或乘牛駕驢,出入郊郭,止宿酒店,動經數日";[9]"在生知幾日,無狀遂空名。不如多釀酒,時向竹林傾"。[10] 竹林名士箕踞散髮,王績也箕踞散髮:"人或問之,箕踞不對";[11]"箕踞散髮,玄談虛論";[12]"箕踞散髮,同群鳥獸"。[13] 阮籍說"願耕東皋陽,誰與守其真"。[14] 王績則"常耕東皋,號東皋子"。[15] 劉伶撰《酒德頌》,王績則撰《醉鄉記》《五斗先生傳》《酒經》《酒譜》《祭杜康新廟文》。阮籍以步兵厨營人善釀,求爲步兵校尉,王績則在第三次出仕時以太樂府史焦革善釀酒,苦求爲太樂丞。由此可知王績第三次出仕,誠如吕才所稱,乃"以家貧赴選",[16]純爲籌措三徑之資,並無用世之念,所以一出來就扮演了阮籍的放任角色,並很快又以焦革夫妻去世,無人送佳釀爲名,辭官歸隱。實際上王績在第二次退隱時,就已經定了長往之策。

---

① 《五斗先生傳》,《王無功文集》,卷5,頁180。
② 《答程道士書》,《王無功文集》,卷4,頁157。
③ 《答處士馮子華書》,《王無功文集》,卷4,頁147。
④ 《贈薛學士方士》,《王無功文集》,卷2,頁53。
⑤ 《答處士馮子華書》,《王無功文集》,卷4,頁147。
⑥ 吕才,《王無功文集序》,《王無功文集》,卷首,頁3。
⑦ 《採藥》,《王無功文集》,卷3,頁102。
⑧ 《山中獨坐》,《王無功文集》,卷2,頁64。
⑨ 吕才,《王無功文集序》,《王無功文集》,卷首,頁3。
⑩ 《獨酌》,《王無功文集》,卷2,頁62。
⑪ 《自作墓誌文》,《王無功文集》,卷5,頁184。
⑫ 《答程道士書》,《王無功文集》,卷4,頁157。
⑬ 《答處士馮子華書》,《王無功文集》,卷4,頁147。
⑭ 阮籍,《詠懷詩》,《先秦漢魏晋南北朝詩》,魏詩卷10,頁503。
⑮ 《自作墓誌文》,《王無功文集》,卷5,頁184。
⑯ 吕才,《王無功文集序》,《王無功文集》,卷首,頁3。

除了竹林名士外，王績奉爲楷模的還有一位魏晋名士——陶潛。陶潛是魏晋風度的另一類型代表，其躬耕田園、詩酒自娱的生活道路正好適合王績的處境。所以王績在生活中也極力扮演陶潛的隱士兼酒徒兼詩人的角色："陶生云：'富貴非吾願，帝鄉不可期。'又云：'盛夏五月，跂脚東窗下，有凉風暫至，自謂是羲皇上人。'嗟乎，適意爲樂，雅會吾意"；[1]"解組陶元亮"；[2]"草生元亮徑"；[3]"山酒漉陶巾"；[4]"陶潛醉日多"。[5] 此外，陶潛樸素自然的田園詩、隱居詩、飲酒詩也爲王績提供了最好的詩歌創作模式。隋、唐之際以宫廷創作爲中心的詩風，並不適合隱士的生活，只有陶潛的詩歌才是唯一的完美模式。於是王績自然而然地成爲中國詩歌史上的第一位仿陶者，他的詩歌極力模仿陶潛的樸素、自然、隨意的風格，有時達到惟妙惟肖的地步。如《田家》三首：

其一

阮籍生年懶，嵇康意氣疎。相逢一飽醉，獨坐數行書。小池聊養鶴，閑田且牧猪。草生元亮逕，花暗子雲居。倚杖看婦織，登壠課兒鋤。迴頭尋仙事，併是一空虚。

其二

家住箕山下，門枕潁川濱。不知今有漢，唯言昔避秦。琴伴前庭月，酒勸後園春。自得中林士，何忝上皇人。

其三

平生唯酒樂，作性不能無。朝朝訪鄉里，夜夜遣人酤。家貧留客久，不暇道精粗。抽簾持益炬，拔簀更燃爐。恒聞飲不足，何見有

① 《答處士馮子華書》，《王無功文集》，卷4，頁147。
② 《山中獨坐自贈》，《王無功文集》，卷3，頁90。
③ 《田家》，《王無功文集》，卷2，頁65。
④ 《嘗春酒》，《王無功文集》，卷2，頁61。
⑤ 《醉後口號》，《王無功文集》，卷2，頁58。

殘壺。[①]

明黄汝亨《東皋子集序》云:"東皋子放逸物表,游息道内,師老莊,友劉阮。其酒德詩妙,魏晋以來,罕有儔匹。行藏生死之際,淡遠真素,絶類陶徵君。"[②]敏鋭地看到了阮籍、陶潛等所代表的魏晋風度在王績身上的復活。但是,僅看到王績對魏晋角色的模仿還不够,還應看到他對這一角色的改造和創新。他實際上並没有真正達到陶潛的"淡遠真素",由於所處的社會時代有了很大不同,他的自然放曠和魏晋名士有重要的區别。阮籍等竹林名士生活於混亂的魏晋易代之際,他們以自然對抗名教,實際上是以理想對抗現實,表面上曠達放縱,灑脱風流,骨子裏却異常痛苦憤懣。陶潛的自然曠達,主要是返璞歸真,抛棄世俗的功名利禄,從田園生活中找到人生歸宿和心靈安慰,保持大璞無虧的自然天性。王績是在唐初"逮承雲雷後,欣逢天地初"的清明時代定下退隱長策的,[③]這個時代給他的印象是美好的,他曾一再在詩文中加以贊賞。因此,他的自然放曠較少對抗現實和社會的悲劇因素,較多追求個性自由、實現個體價值、追求後世聲名的主動因素。他缺乏阮籍的深刻、陶潛的真淳,却有著一種阮、陶所缺乏的樂觀明朗。唐陸淳《删東皋子後序》云:"有陶公之去職,言不怨時;有阮氏之放情,行不忤物。"[④]明高出《東皋子集叙》亦云:"與晋人之厭棄禮法、疾世若仇者不同。"[⑤]兩位批評家皆敏鋭地看出王績與魏晋名士的區别之處。王績與魏晋名士對於時世的不同態度,正是時世本身使然。他在詩文中反復强調的是適意遂性:"足下欲使吾適人之適,而吾欲自適其適";[⑥]"適意爲樂,雅合吾意,……烟霞山水,性之所適,琴歌酒賦,不絶於時";[⑦]"幽人養性靈,長嘯坐山扃";[⑧]"與制於物,寧在於己。……

① 《田家三首》,《王無功文集》,卷2,頁65。
② 《王無功文集》附,頁224。
③ 《薛記室收過莊見尋》,《王無功文集》,卷2,頁55。
④ 《王無功文集》附,頁222。
⑤ 《王無功文集》附,頁225。
⑥ 《答程道士書》,《王無功文集》,卷4,頁157。
⑦ 《答處士馮子華書》,《王無功文集》,卷4,頁147。
⑧ 《山園》,《王無功文集》,卷2,頁44。

阮籍隨性,劉伶保真。"[①]"適人之適"和"自適其適"出自《莊子》。[②] 適人之適是適應社會標準及政治體制,自適其適則基本上是一種個性精神上的自由和超越。王绩以庄子为榜样,强调放任自己的自由天性,不受任何羈束,追求個體價值,實現人格獨立。他的詩歌雖然模仿陶、阮(仿阮主要體現在《古意》六首),[③]但他的詩歌觀念實際上與陶、阮大不相同。對於陶、阮來説,詩歌主要是抒寫情性的工具;對於王績來説,詩歌却是塑造自我形象、獲取當代及後世聲名的工具。他在詩中刻意塑造的,是一個唐代的新名士形象,此形象既沿襲了魏晋六朝名士傳統,又體現出新的特性。

當然,王績並未徹底忘懷社會事功,他的内心深處,偶爾也閃現過失敗的悲哀、孤獨的憂愁:"天子不知,公卿不識,四十、五十而無聞焉";[④]"飲時含救藥,醉罷不能愁";[⑤]"此日長昏飲,非關養性靈"。[⑥] 他的退隱和扮演魏晋名士角色,畢竟是不得已的下策。他所生活的時代,是一個風雲激蕩、龍虎騰躍的英雄時代。這一時代適合於建功立業、出將入相,不適合於超然物外、高標人格。所以在那個時代裏,王績一直是孤獨的、默默無聞的,除了好友吕才外,幾乎没有人注意他和他的詩歌。一直要到初唐後期至盛唐,國家承平日久,需要隱士逸民來點綴升平,終南捷徑大開,加上佛道二教盛行,以及伴隨著中外文化交流而來的思想解放,從而使得名士傳統以新的精神和活力復興,王績的生活道路、人格精神和詩歌風格這纔獲得了普遍的反響。從這個意義上説,王績是盛唐精神和盛唐詩風的一個孤獨的先行者。

---

① 《祭杜康新廟文》,《王無功文集》,補遺,頁212。
② 《莊子集釋》,"内篇·大宗師",卷3,頁232。
③ 《古意》,《王無功文集》,卷3,頁118。
④ 《自作墓誌文》,《王無功文集》,卷5,頁184。
⑤ 《自作墓誌文》,《王無功文集》,卷5,頁184。
⑥ 《題酒店樓壁》,《王無功文集》,卷3,頁98。

二　高宗武后時期三大修書學士詩人群：律詩定格和類書盛行

唐高宗武后時期(649—705),宫廷雖仍時時舉行詩歌唱和活動,但高宗、武后皆乏文采,故其"文治"之功效更多地體現於召集文學之士修撰大量與詩文寫作相關之總集和類書,其結果導致文學活動中心從宫廷和帝王轉移到朝臣和修書學士。而修書過程往往同时成爲文學創作和討論的過程,其中最突出的成果莫過於近體詩格律在理論上和實踐上的最終成熟及定格。總集和類書的大量修撰,對於初唐詩歌的普及化和技術化也起了一定的促進作用。

(一)高宗武后時期總集、類書之大量修撰與三大修書學士詩人群

太宗諸子中,魏王李泰(618—652)善文,唐太宗賞愛之,至有廢立之意。[①] 於太子李治,太宗則謂其仁弱,未嘗稱其文章,知高宗本乏文采。[②]《全唐詩》及《全唐詩補編》收高宗詩九首及聯句一首,[③]多有許敬宗等宫

---

① 《舊唐書》,卷 76,頁 2653—2656。

② 參牟潤孫《唐初南北學人論學之異趣及其影響》,附録《唐太宗廢立太子與南北文化之關係》,《注史齋叢稿》(北京:中華書局,1987),頁 400—405。

③ 《全唐詩》,卷 2,頁 21—23;《全唐詩續拾》,卷 7,頁 736—737。

廷詩人奉和之,由此可知高宗時宫中仍時而舉行唱和活動,但顯然不如太宗時頻繁。然而,高宗時詔敕所修總集、類書卻爲有唐一代之冠,其用意大概借此顯示其"文治"之功,以補詩歌才能之不足。至於武后,《全唐詩》及《補編》存其詩五十首,[1]其中有三十八首爲刻板的祭祖樂章,其餘十二首則多爲與當時宫廷詩人唱和之産物。而《唐詩紀事》載:"大凡后之詩文,皆元萬頃、崔融輩爲之。"[2]則武后亦非真能詩者,其作品皆爲文臣捉刀代筆。但武后同樣好修撰,廣招文章之士,其目的當與高宗相似。

兹先考述高宗武后時宫廷修書學士所編公私總集、類書如下:

表七　高宗武后時期宫廷修書學士所編總集、類書表

書　名	卷　數	類　别	修撰者	編修時間
東殿新書	200	類書,奉敕撰	許敬宗(592—672)、李義府(614—666)等,高宗撰序	高宗顯慶元年(656)③
文館詞林	1000	總集,奉敕撰	許敬宗、劉伯莊等	顯慶三年(658)④
累　璧	630	類書,奉敕撰	許敬宗等	龍朔元年(661)⑤

① 《全唐詩》,卷5,頁51—59;《全唐詩續補遺》,卷1,頁324;《全唐詩續拾》,卷7,頁746。

② 《唐詩紀事》,卷3,頁24。

③ 《新唐書·藝文志》(卷59,頁1563)類書類録:"《東殿新書》二百卷,許敬宗、李義府奉詔於武德内殿修撰。其書自《史記》至《漢書》删其繁簡。龍朔元年上,高宗製序。"《唐會要》(卷36,頁656)記此事於顯慶元年十月,《舊唐書·高宗紀》(卷4,頁75—76)記於顯慶元年五月。按許敬宗於龍朔元年上《累璧》630卷,恐不能同年又編此書200卷,兹從《唐會要》及《舊唐書》繫於顯慶元年。又《唐會要》稱"許敬宗等",當有多人預撰,而以許、李二人爲主修。

④ 《唐會要》(卷36,頁656)載:顯慶三年,"十月二日,許敬宗修《文館詞林》一千卷上之。"《新唐書·藝文志》(卷60,頁1621)總集類亦録:"《文館詞林》一千卷,許敬宗,劉伯莊等撰。"

⑤ 《唐會要》(卷36,頁657)載:"龍朔元年六日二十六日,許敬宗等撰《累璧》六百三十卷上之"。《舊唐書·高宗紀》(卷4,頁82)所載略同,並録目録4卷。《舊唐書·經籍志》(卷47,頁2046)類事類、《新唐書·藝文志》(卷59,頁1563)類書類皆録爲400卷。蓋五代末、北宋中散佚已多。

續 表

書 名	卷 數	類 別	修撰者	編修時間
瑶山玉彩	500	類書,奉敕撰	許敬宗、孟利貞(? —685)、郭瑜、顧胤、董思恭、許圉師、上官儀(607? —664)、楊思儉、姚璹(632—705)、竇德玄	龍朔二年(663)①
芳林要覽	300	總集,奉敕撰	許敬宗、孟利貞、郭瑜、顧胤、董思恭、許圉師、上官儀、楊思儉、姚璹、竇德玄、元兢	麟德元年(670)十一月前②
古今詩人秀句	2	類書,私撰	元兢	龍朔元年至咸亨元年(661—670)③
玉藻瓊林	100	類書,私撰	孟利貞	龍朔(661—663)前後④

① 《新唐書・藝文志》(卷59,頁1562)類書類録:"許敬宗《摇山玉彩》五百卷。孝敬皇帝令太子少師許敬宗、司議郎孟利貞、崇賢館學士郭瑜、顧胤、右史董思恭等撰。""摇"为"瑶"之讹。《唐會要》(卷36,頁657)載:"[龍朔]三年十月二日,皇太子弘遣司玄太常伯竇德玄進所撰《瑶山玉彩》五百卷上之,詔藏書府。"據《舊唐書・高宗中宗諸子傳》(卷86,頁2828—2829)、《姚璹傳》(卷89,頁2902),預撰者尚有許圉師、上官儀、楊思儉、姚璹。按此書屬摘句類書,爲類書之一種特殊類型。《舊唐書》(卷86,頁2828—29)載:"龍朔元年,[李弘]命中書令許敬宗、侍中兼太子右庶子許圉師、中書侍郎上官儀、太子中舍人楊思儉等於文思殿博採古今文集,摘其英詞麗句,以類相從,勒成五百卷,名曰《瑶山玉彩》,表上之。"可知此書摘句係以類相從,同於類書編纂體例。另《文鏡秘府論》(王利器編,《文鏡秘府論校注》,北京:中國社會科學出版社,1983;頁178—220)地卷亦録有"九意",依春、夏、秋、冬、山、水、雪、雨、風九類輯録偶儷秀句。

② 《新唐書・藝文志》(卷60,頁1621—1622)總集類録:"《芳林要覽》三百卷,許敬宗、顧胤、許圉師、上官儀、楊思儉、孟利貞、姚璹、竇德玄、郭瑜、董思恭、元思敬集。"此集有上官儀、顧胤參與,上官卒麟德元年十二月(《通鑑》,卷201,頁6342),顧胤亦約卒麟德中(《舊唐書》,卷73,頁2600)。

③ 《新唐書・藝文志》(卷60,頁1626、1623)文史類録元兢《古今詩人秀句》二卷,總集類又録元思敬《詩人秀句》二卷。元兢即元思敬,其《古今詩人秀句集序》云:"余以龍朔元年,爲周王府參軍,與文學劉禕之、典簽范履冰,旹東閣已建,期竟撰成此録。王家書既多缺,私室集更難求,所以遂歷十年,未終兩卷。今剪《芳林要覽》,討論諸集,人欲天從,果諧宿志。"(引自《文鏡秘府論校注》,頁360)從龍朔元年下推十年爲咸亨元年。從題目看,此書亦當爲摘句類書。

④ 《舊唐書・經籍志》(卷47,頁2046)類事類録《玉藻瓊林》100卷、《碧玉芳林》450卷,並云孟利貞撰。《新唐書・藝文志》(卷59,頁1563)類書類所録略同,唯後書未署撰者。又同書(卷60,頁1622)總集類録:"孟利貞《續文選》十三卷;郭瑜《古今詩類聚》七十九卷。"按上引元兢《古今詩人秀句集序》云:"王家書既多缺,私室集更難求。"其所撰《秀句集》僅二卷,尚需歷時十年,待利用預撰《芳林要覽》的機會而成。孟利貞、郭瑜諸書很可能亦利用龍朔前後預撰諸類書、總集的機會,博採皇家書籍而成。

續　表

書　名	卷　數	類　別	修撰者	編修時間
碧玉芳林	450	類書,私撰	孟利貞	龍朔(661—663)前後
續文選	13	總集,私撰	孟利貞	龍朔(661—663)前後
古今詩類聚	79	總集,私撰	郭瑜	龍朔(661—663)前後
玄　覽	100	類書,奉敕撰	劉禕之(631—687)、元萬頃(?—689)、范履冰(?—690)、苗神客(?—690)、周思茂(?—688)、胡楚賓、衛(敬)業	上元二年(675)①
三教珠英	1200	類書,奉敕撰	李嶠(645?—714)、閻朝隱(?—712)、徐彦伯(?—714)、薛曜、員半千(628—721)、魏知古(647—715)、于季子、王無競(652—705)、沈佺期(?—713?)、王適、徐堅(?—729)、尹元凱(?—727)、張説(667—731)、馬吉甫、元希聲(662—707)、李處正、喬備、劉知幾(661—721)、房元陽、宋之問(656?—712)、崔湜(671—713)、韋元旦、楊齊哲、富嘉謨(?—706)、	武后久視元年(700)六月至長安元年(701)十一月②

① 《舊唐書·經籍志》(卷47,頁2046)類事類録:"《玄覽》一百卷,天后撰。"《新唐書·藝文志》(卷59,頁1563)類書類所録同。按後書(卷57,頁1450)小學類録武后《字海》100卷,並云:"凡武后所著書,皆元萬頃、范履冰、苗神客、周茂、胡楚賓、衛業等撰。"《舊唐書·則天皇后紀》(卷6,頁133)載:"太后嘗召文學之士周思茂、范履冰、衛敬業,令撰《玄覽》及《古今內範》各百卷。"同書《劉禕之傳》(卷87,頁2846)載:"上元中,遷左史、弘文館直學士,與著作郎元萬頃、左史范履冰、苗楚客、右史周思茂、韓楚賓,皆召入禁中,共撰《列女傳》《臣軌》《百僚新戒》《樂書》,凡千餘卷。"同書《文苑傳》(卷190中,頁5010—5012)元萬頃等人傳所載略同,惟韓楚賓作胡楚賓。《通鑑》(卷202,頁6376)載:"上元二年三月,天后多引文學之士著作郎元萬頃、左史劉禕之等,使之撰《列女傳》《臣軌》《百僚新戒》《樂書》,凡千餘卷。朝廷奏議及百司表疏,時密令參決,以分宰相之權,時人謂之北門學士。"

② 《通鑑》(卷206,頁6546)載:久視元年六月,"命[張]易之、昌宗與文學之士李嶠等修《三教珠英》於内殿。"《唐會要》(卷36,頁657,校以《玉海》卷54,參胡道静《中國古代的類書》,北京:中華書局,1982;頁86)載:"大足元年[按當爲長安元年,是年十月改元]十一月十二日,麟臺監張昌宗撰《三教珠英》一千三百卷成,上之。初聖曆中,上以《御覽》及《文思博要》(轉下頁)

續　表

書　名	卷　數	類　別	修撰者	編修時間
			符鳳、李適(663—711)、武三思(?—707)、喬侃、劉允濟、吴少微(?—706)、胡皓、崔融(653—706)、李崇嗣、張易之(?—705)、張昌宗(?—705)	
珠英學士集	5	總集,私撰	崔融	長安元年(702)①

表七共考高宗武后時所修總集、類書十三部四千五百七十九卷。預修者可大致分爲三個學士群:高宗時以許敬宗爲首之修書學士群,武后前

(接上頁)等書,聚事多未周備,遂令張昌宗召李嶠、閻朝隱、徐彦伯、薛曜、員半千、魏知古、于季子、王無競、沈佺期、王適、徐堅、尹元凱、張説、馬吉甫、元希聲、李處正、高備、劉知幾、房元陽、宋之問、崔湜、韋元旦、楊齊哲、富嘉謨、蔣鳳等二十六人同撰。於舊書外,更爲加佛道二教,及親屬姓名方域等部。" Chi-yu Wu(吴其昱)考高備爲喬備之訛,蔣鳳爲符鳳之訛,甚是。參其"Deux fragments du Tchou-ying tsi: Une anthologie de poèmes des T'ang (ca. 702) retrouvée à touen-houang"[《珠英集》的兩個殘卷:敦煌發現的一個唐代詩歌選集],*Mélanges de Sinologie offerts à Monsieur Paul Demiéville* (Paris: L'Institute des Hautes études chinoises, 1974), 361-398; "Quatorze poètes du Tchou-ying tsi"[《珠英集的十四位詩人》], *Nouvelles contributions aux études de Touenhouang, ed. Michel Soymié* (Geneva: Librairie Droz, 1981), 273-294. 按《郡齋讀書志》(卷20,頁2b)和《玉海》(卷54,頁1029—1030)皆記預修《三教珠英》者共47人,《郡齋》並記武三思之名。據上引《通鑑》,張易之亦預修。另據《舊唐書·閻朝隱傳》(卷190,頁5026)、《新唐書·李適傳》(卷202,頁5747)、《尹元凱傳》(卷190,頁5752),喬侃、劉允濟、吴少微亦預修;據敦煌《珠英學士集》殘卷(伯3771、斯2717),胡皓亦爲珠英學士。又崔融和李崇嗣亦應預修。《舊唐書·崔融传》(卷94,頁2996)云:"久視元年,坐忤張昌宗意,左授婺州長史。頃之,昌宗怒解,又請召爲春官郎中,知制誥事。……時張易之兄弟頗招集文學之士,融與納言李嶠、鳳閣侍郎蘇味道、麟臺少監王紹宗等俱以文才降節事之。"《通鑑》(卷207,頁6553)記其於久視元年十二月爲鳳閣舍人,則崔融雖於久視元年曾短暫外貶,尋即召回,與李嶠等文學之士同事張氏兄弟,故當亦預撰。《唐詩紀事》(卷6,頁83)載:"沈佺期《黄口讚序》云:聖曆中,有敕東觀修書,黄口飛落鉛槧間,奉宸主簿李崇嗣命采花哺之,河東薛曜邀余爲讚。"沈佺期與薛曜皆爲珠英學士,則"東觀修書"當指修《三教珠英》事,久視元年亦即聖曆三年,五月改元。綜上所考,預修47人中,其名字可知者已有35人。

① 《新唐書·藝文志》(卷60,頁1623)總集類録:"《珠英學士集》五卷,崔融集武后時修《三教珠英》學士李嶠、張説等詩。"敦煌發現之伯3771、斯2717存此集卷4、卷5三個殘餘部分,參王重民《敦煌古籍叙録》(北京:中華書局,1979),頁325;徐俊《敦煌詩集殘卷輯考》(北京:中華書局,2000),頁548—587;以及本章第三節所述。

期北門學士群,以及武后後期珠英學士群。這些學士群同時又是宫廷詩人群。

關於高宗時以許敬宗爲首之修書學士群,《舊唐書・許敬宗傳》載:

> 然自貞觀以來,朝廷所修五代史及《晋書》《東殿新書》《西域圖志》《文思博要》《文館詞林》《累璧》《瑶山玉彩》《姓氏録》《新禮》,皆總知其事。[①]

按此條記載有誤,貞觀中所修史書大多非敬宗主修,但高宗時所修《東殿新書》《文館詞林》《累璧》《瑶山玉彩》《芳林要覽》五大總集、類書由其領銜則爲事實。後二書預撰學士基本相同,前三書預撰者雖大多失考,但很可能亦爲同一班人馬。元兢、孟利貞、郭瑜三人皆屬這一學士群,其私撰諸書即爲預撰以上諸書之副産品。這一學士群中,許敬宗、上官儀貞觀中已是重要的宫廷詩人,至高宗時尤領宫廷文壇風騷。李義府亦以文翰著稱,自貞觀以來即爲宫廷詩人,有集四十卷,今存詩八首。[②]姚璹原有集,今不存。[③] 孟利貞少時與劉禕之、高智周、郭正一以文藻知名,並稱"劉孟高郭"。董思恭有詩名,"所著篇詠,爲時人所重",[④]《國秀集》選其詩一首,[⑤]《全唐詩》及《補編》收其詩二十首。[⑥] 元兢爲此時重要詩論家,著有《詩髓腦》等(參下節所述),《全唐詩逸》收其詩一首。[⑦] 其《古今詩人秀句序》記其與諸學士討論品評謝朓詩事,[⑧]知編書的過程又爲論詩甚至可能賦詩的過程。

北門學士群直接爲武后所召集和控制。《舊唐書・劉禕之傳》載:

> 上元中,遷左史、弘文館直學士,與著作郎元萬頃、左史范履冰、

---

① 《舊唐書》,卷 82,頁 2764。

② 《新唐書》,卷 82,頁 2765—2770;《新唐書》,卷 60,頁 1598;《全唐詩》,卷 35,頁 468—469。

③ 《新唐書》,卷 60,頁 1602。

④ 《舊唐書》,卷 190 上,頁 4997。

⑤ 《唐人選唐詩新編》,頁 233。

⑥ 《全唐詩》,卷 63,頁 741—744;《全唐詩續補遺》,卷 1,頁 331。

⑦ 《全唐詩逸》,收《全唐詩》,卷中,頁 10190。

⑧ 《文鏡秘府論校注》,頁 360。

> 苗楚客、右史周思茂、韓楚賓,皆召入禁中,共撰《列女傳》《臣軌》《百僚新戒》《樂書》,凡千餘卷。時又密令參決,以分宰相之權,時人謂之"北門學士"。[①]

同書《元萬頃傳》載:

> 天后諷高宗廣召文詞之士入禁中修撰,萬頃與左史范履冰、苗神客、右史周思茂、胡楚賓咸預其選,前後撰《列女传》《臣軌》《百僚新戒》《樂書》等千餘卷。朝廷疑議及百司表疏,皆密令萬頃等參決,以分宰相之權,時人謂之"北門學士"。[②]

北門學士皆有文名,[③]劉禕之尤著,原有集七十卷,今存詩七首,多爲應制詩。[④] 元萬頃存詩四首,皆爲應制詩。[⑤] 北門學士與前一學士群有所交叉,如劉禕之、范履冰在龍朔初與元兢同爲周王府從事,並共同編撰《古今詩人秀句集》。

珠英學士群幾乎包括了武后朝的所有著名詩人:李嶠、沈佺期、宋之問、崔融、閻朝隱、富嘉謨、吴少微、徐彦伯、張説等等。《舊唐書·閻朝隱傳》稱:"修《三教珠英》時,成均祭酒李嶠與張昌宗爲修書使,盡收天下文詞之士爲學士。"[⑥]《舊唐書·徐堅傳》載:

> 堅又與給事中徐彦伯、定王府倉曹劉知幾、右補闕張説同修《三教珠英》。時麟臺監張昌宗及成均祭酒李嶠總領其事,廣引文詞之士,日夕談論,賦詩聚會,歷年未能下筆。堅獨與説構意撰録,以《文思博要》爲本,更加姓氏、親族二部,漸有條流。諸人依堅等規制,俄而書成。[⑦]

---

① 《舊唐書》,卷87,頁2846。
② 《舊唐書》,卷190中,頁5011。
③ 見《新唐書》,卷201,頁5743—5744。
④ 《新唐書》,卷60,頁1599;《全唐詩》,卷44,頁539—540。
⑤ 《全唐詩》,卷44,頁541—542。
⑥ 《舊唐書》,卷190中,頁5026。
⑦ 《舊唐書》,卷102,頁3175。

知修書過程中,珠英學士們日夕聚會賦詩談論。這一學士群的詩作甚至被編爲《珠英學士集》五卷,可見他們更主要是詩人而不是學者。

(二)修書學士詩人關於新體詩聲律、技巧、作法的討論

元兢《古今詩人秀句序》云:

> 常與諸學士覽小謝詩,見《和宋記室省中》,詮其秀句,諸人咸以謝"行樹澄遠陰,雲霞成異色"爲最。余曰:諸君之議非也。何則?"行樹澄遠陰,雲霞成異色",誠爲得矣,抑絶唱也。夫夕望者,莫不鎔想煙霞,煉情林岫,然後暢其清調,發以綺詞,俯行樹之遠陰,瞰雲霞之異色,中人以下,偶可得之。但未若"落日飛鳥還,憂來不可極"之妙也。觀夫"落日飛鳥還,憂來不可極",謂捫心罕屬,而舉目增思,結意惟人,而緣情寄鳥,落日低照,即隨望斷,暮禽還集,則憂共飛來。美哉玄暉,何思之若是也。諸君所言,竊所未取。於是咸服,恣余所詳。余於是以情緒爲先,直置爲本,以物色留後,綺錯爲末;助之以質氣,潤之以流華,窮之以形似,開之以振躍。或事理俱愜,詞調雙舉,有一於此,罔或孑遺。時歷十代,人將四百,自古詩爲始,至上官儀爲終。刊定已詳,實欲傳之好事,冀得知音。若斯而已矣,若斯而已矣![①]

此段話十分重要,其中有三點值得注意。首先,元兢預修《芳林要覽》,其《古今詩人秀句集》即於修畢《芳林要覽》後,從中剪裁而成,故"諸學士"當指修書學士,由此可知修書過程中,學士們時時討論和評判詩歌。其次,文中明確强調情與景交融的藝術技巧。諸學士欣賞小謝詩聯之寫景真切,元兢卻看重其"緣情寄鳥""憂共飛來"之寓情於景,此開後來殷璠"興象"説之先聲。其三,經與諸學士討論之後,元兢確定其選録標準爲"以情緒爲先,直置爲本,以物色留後,綺錯爲末;助之以質氣,潤之以流

① 《文鏡秘府論校注》,頁360—361。

華,窮之以形似,開之以振躍。或事理俱愜,詞調雙舉,有一於此,罔或孑遺"。即重抒情,輕雕琢,要求物色为情绪服务,氣質與文華合一,事理與詞調雙愜,此進一步發展了貞觀中宫廷詩人關於融合南北文風的標準,[①]而且還直接開啓了盛唐以抒情表現爲主流的詩歌趨向。

元兢另撰有《詩髓脑》,上官儀撰有《筆札華梁》,崔融撰有《唐朝新定詩格》,[②]這些著作很可能也是修書過程中討論詩歌的産物。諸書所論,主要有三方面内容。其一爲聲律。《文鏡秘府論》西卷"論病"稱:"[周]顒、[沈]約以降,[元]兢、[崔]融以往,聲譜之論鬱起,病犯之名争興。家制格式,人談病累。"[③]其中最值得注意的是元兢明確提出了四聲二元化和粘對的規則,事實上已經從理論上確立了後來律詩的聲調格式。其二爲對偶,元兢、上官儀及崔融都討論和總結了對偶的多種規範格式。其三爲詩歌風格、表現手法及修辭技巧,如崔融關於"十體"的論述。[④]修書學士的這些詩歌格式著作體現了他們爲促使詩歌創作技術化所做的努力。

此外,《文鏡秘府論》録有一文,此文先高度評價前代至隋詩人,然后嚴厲批評"近代詞人","近代詞人"顯然指唐代詩人。文中"治"字皆避高宗諱改爲"理",鈴木虎雄以爲此即《芳林要覽序》,其説頗有理。[⑤] 若是,則當出許敬宗或上官儀之手。文中云:

> 然近代詞人,争趨誕節,殊流並派,異轍同歸。文乖麗則,聽無宫羽。聲高曲下,空驚偶俗之唱;綵濕文疏,徒誇悦目之美。或奔放淺致,或嘈囋野音。可以語宣,難以聲取;可以字得,難以義尋。謝病於新聲,藏拙於古體。其會意也僻,其適理也疏。以重濁爲氣質,以鄙

---

① 參周祖譔《武后時期之洛陽文學》,《廈門大學學報》105(1991),頁69—72;王運熙、楊明《隋唐五代文學批評史》(上海:上海古籍出版社,1994),頁83—87。

② 參王夢鷗《初唐詩學著述考》(臺北:臺灣商務印书馆,1977)。

③ 《文鏡秘府論校注》,頁396。

④ 以上參王夢鷗《初唐詩學著述考》;鄺健行《初唐五言律體律調完成過程之觀察及其相關問題之討論》,《唐代文學研究》3(1992),頁507—521;興膳宏《從四聲八病到四聲二元化》,《唐代文學研究》3(1992),頁491—506;王運熙、楊明《隋唐五代文學批評史》,頁65—93。

⑤ 《文鏡秘府論校注》,頁363—371。

直爲形似,以冗長爲繁富,以誇誕爲情理。……且文之爲體也,必當詞與旨相經,文與聲相會。詞義不暢,則情旨不宣;文理不清,則聲節不亮。詩人因聲以輯韻,沿旨以製詞,理亂之所由,風雅之所在。固不可以孤音絶唱,寫流遁於胸懷;棄徵捐商,混妍蚩於耳目。

此段主要反對"近代詞人"之謝病新聲,藏拙古體,聲節不亮,棄徵捐商,其提倡新體詩及强調聲韻諧和的用意十分清楚,與前述修書學士的格式類著作討論新體詩聲律、對偶、作法的目標相合。

(三)新體詩合律程度個案分析:《珠英學士集》殘卷

據上節所述,高宗時修書學士已從理論上基本確立律詩的聲調格式,那麽是否律詩自此就已定格? 此處借用《珠英學士集》殘卷做個案分析,以回答這一問題。《三教珠英》修成於長安元年(701)十一月,從《珠英學士集》中學士署銜看,如元希聲所署太子文學之職,爲修書完成後遷任,故此集的編纂時間應僅略遲於《三教珠英》,有可能在長安二年(702),[1]至遲應在神龍二年(706)崔融卒前。其時間界限十分清楚,正適合於用來做較精確的個案分析。

《珠英學士集》原有五卷,今存兩個敦煌寫本殘卷。其一爲斯2717,爲第四卷後半部分及第五卷開頭部分;其二爲伯3771,爲第五卷另一部分。[2] 从这些残存部分看,此集雖然也收有部分宫廷應制酬和及學士間唱和的作品,但多數作品超出了特定時空唱和的範圍,故此集主要爲詩歌選集而非集會總集。今存詩共五十二首二斷句及二題(詩闕),其歸屬如下:沈佺期十首,李適三首,崔湜九首,劉知幾三首,王無競七首及一題(詩闕),馬吉甫二首及二斷句,喬備四首,元希聲二首,房元陽二首,[3]楊齊悊

---

① 參徐俊《敦煌詩集殘卷輯考》,頁555—556。

② 參 Chi-yu Wu"Deux fragments du Tchou-ying tsi", pp. 361-398。

③ 元希聲《贈皇甫侍御赴都》,敦煌本作1首,分爲8章。《全唐詩》及《補全唐詩》皆録爲8首,見《全唐詩》,卷101,頁1080;《補全唐詩》,收《全唐詩補編》,頁18。

二首，胡皓二首及一題（詩闕），佚名六首。[①]

此五十二首詩中，計有新體詩二十二首，古體詩三十首。二十二首新體詩中，計有十三首五言四韻詩，二首七言四韻詩，四首五言長詩（五韻以上），三首五言或七言二韻诗。先看五言四韻詩，分析結果表明，此十三首詩中，竟没有一首完全合律。其中有三首各違律一處，分别爲沈佺期《長門怨》、[②]喬備《出塞》、[③]胡皓《夜行黄花川》。[④] 有四首各違律二處，爲崔湜《班婕妤》、[⑤]馬吉甫《秋夜懷友》、[⑥]胡皓《奉使松府》、[⑦]喬備《秋夜巫山》。[⑧] 有五首各違律三次，爲房元陽《送薛大入洛》、[⑨]沈佺期《覽鏡》、[⑩]崔湜《酬杜麟臺春思》、[⑪]喬備《長門怨》、[⑫]王無競《詠漢武帝》。[⑬] 最後一首，楊齊悊《曉過函谷關》，[⑭]違律四次。所存二首七言四韻詩皆出沈佺期之手，一爲著名的《古意》，[⑮]另一爲《十月駕幸香山寺應制》，[⑯]二詩皆完

---

① 52首詩中，32首見於《全唐詩》，26首及2斷句收於王重民輯《補全唐詩》。其中有1首佚名詩，《帝京篇》（斯2717，收黄永武輯，《敦煌寶藏》，臺北：新文豐，1986；22册，頁472），未見於《全唐詩》及《全唐詩補編》，我在發表於1996年的"The 'Pearl Scholars' and the Final Establishment of Regulated Verse"［珠英學士與律詩定格］（*T'ang Studies* 14：9）中已指出此點。同年出版的徐俊所輯《珠英集》（收《唐人選唐詩新編》，頁49）亦收此詩。王重民和吴其昱皆推測其餘5首佚名詩爲胡皓所作；徐俊考辨爲佚名作品，見其《〈珠英集〉前記》，《唐人選唐詩新編》，頁44—46；《敦煌詩集殘卷輯考》，頁548—557。

② 斯2717，《敦煌寶藏》，22册，頁473。

③ 伯3771，《敦煌寶藏》，130册，頁430—431；《全唐詩》，卷81，頁878—879。

④ 伯3771，《敦煌寶藏》，130册，頁530；《補全唐詩》，頁20。

⑤ 斯2717，《敦煌寶藏》，22册，頁474；《全唐詩》，卷54，頁663。

⑥ 斯2717，《敦煌寶藏》，22册，頁475；《補全唐詩》，頁40。

⑦ 伯3771，《敦煌寶藏》，130册，頁531；《補全唐詩》，頁19。

⑧ 伯3771，《敦煌寶藏》，130册，頁530；《補全唐詩》，頁13。

⑨ 伯3771，《敦煌寶藏》，130册，頁531；《補全唐詩》，頁41。

⑩ 斯2717，《敦煌寶藏》，22册，頁472；《全唐詩》，卷96，頁1039。

⑪ 斯2717，《敦煌寶藏》，22册，頁473；《全唐詩》，卷54，頁664。

⑫ 伯3771，《敦煌寶藏》，130册，頁531；《全唐詩》，卷81，頁879。

⑬ 斯2717，《敦煌寶藏》，22册，頁474；《補全唐詩》，頁9。

⑭ 伯3771，《敦煌寶藏》，130册，頁531；《全唐詩》，卷769，頁8726—8727，題爲《過函谷關》。

⑮ 斯2717，《敦煌寶藏》，22册，頁473；《全唐詩》，卷96，頁1043，題爲《古意呈補闕喬知之》。

⑯ 斯2717，《敦煌寶藏》，22册，頁472；《全唐詩》，卷96，頁1042，題爲《從幸香山寺應制》。

全合律。所存四首五言長詩,有二首完全合律,爲崔湜《登總持寺浮圖》①和《同李員外春怨》;②另二首各違律一次,爲馬吉甫《秋晴過李三山池》、③元希聲《宴盧十四南園得園韻》。④ 所存三首五言或七言二韻诗,有一首完全合律,爲佚名《渝州逢故人》;⑤另二首各違律一次,爲佚名《答徐四蕭關别醉後見投》、⑥沈佺期《邙山》。⑦

兹將以上聲調分析結果列表如下:

表八　珠英學士新體詩合律程度分析表

詩　體	五言四韻	七言四韻	五言長詩	五言或七言二韻	合　計
總詩數	13	2	4	3	22
合律詩數	0	2	2	1	5
合律百分比	0	100	50	33	23

從表八可知,《珠英學士集》中新體詩合律程度僅達23%。這裏可能應該考慮一些造成違律的因素,如傳抄之訛,以及如同盛唐後律詩已定格時仍難以避免的或有意的失對或失粘。但即使加上這些因素,在701年前律詩尚未正式定格,珠英學士尚未自覺地、普遍地使用統一的格式,卻是可以大致肯定的事實。

(四)律詩定格和進士試詩的同步實現

律詩定格和進士試詩,是唐代詩歌發展史上的兩件大事。但此二者産生的時間,歷來衆説紛紜,未有定論。本文嘗試從一個新角度觀察問題,將此二者聯繫起來考察,從而得出進士試詩和律待定格約在中宗神龍

① 斯2717,《敦煌寶藏》,22册,頁473;《全唐詩》,卷54,頁666,題爲《登總持寺閣》。
② 斯2717,《敦煌寶藏》,22册,頁474;《全唐詩》,卷54,頁665,題爲《同李員外春閨》。
③ 斯2717,《敦煌寶藏》,22册,頁475;《補全唐詩》,頁40。
④ 伯3771,《敦煌寶藏》,130册,頁531;《補全唐詩》,頁18。
⑤ 伯3771,《敦煌寶藏》,130册,頁530;《補全唐詩》,頁21。
⑥ 伯3771,《敦煌寶藏》,130册,頁531;《補全唐詩》,頁20。
⑦ 斯2717,《敦煌寶藏》,22册,頁473;《全唐詩》,卷97,頁1055。

(705—707)前後同步完成的結論。

先看律詩定格。《新唐書·宋之問傳》云:

> 魏建安後迄江左,詩律屢變。至沈約、庾信,以音韻相婉附,屬對精密。及之問、沈佺期,又加靡麗,回忌聲病,約句準篇,如錦綉成文。學者宗之,號爲沈、宋。[①]

同書《杜甫傳贊》云:

> 唐興,詩人承陳、隋風流,浮靡相矜。至宋之問、沈佺期等,研揣聲音,浮切不差,而號"律詩",競相襲沿。[②]

此説近年來頗爲研究者所懷疑,如周祖譔、鄺健行指出律詩定格經過許多人在理論上和實踐上的共同努力,宋祁僅歸功於沈、宋二人,並不公平。[③]然而問題在於,宋祁所述並非出自臆測,而是採自唐人成説。如蘇頲(670—727)《授沈佺期太子少詹事等制》云:"獨擅詞人之律。"[④]獨孤及(725—777)《唐故左補闕安定皇甫公集序》云:

> 歷千餘歲至沈詹事、宋考功,始裁成六律,彰施五色,使言之而中倫,歌之而成聲,緣情綺靡之功,至是乃備。[⑤]

元稹(779—832)《唐故工部員外郎杜君墓係銘并序》云:

> 唐興,官學大振,歷世之文,能者互出。而又沈、宋之流,研練精切,穩順聲勢,謂之爲律詩。[⑥]

李商隱(813? —858)《漫成五章》云:

> 沈宋裁辭矜變律,王楊落筆得良朋。當時自謂宗師妙,今日唯觀

---

① 《新唐書》,卷202,頁5751。

② 《新唐書》,卷201,頁5738。

③ 見周祖譔《武后時期之洛陽文學》,頁69—72;鄺健行《初唐五言律體律調完成過程之觀察及相關問題之討論》,頁507—521。

④ 《全唐文》,卷252,頁9a。

⑤ 《全唐文》,卷388,頁1a。

⑥ 《全唐文》,卷654,頁9a。

對屬能。[①]

上引唐人述沈、宋對律體的貢獻,可歸結爲三條:一是穩順聲勢,研練對屬;二是裁定字句,約句準篇;三是提出“律詩”的名稱。此三條若僅從初唐詩歌史料考察,似已山窮水盡,無從落實,如前述元兢約於咸亨初(670)已在理論上確立律詩聲調的基本格式,而三十年後(約701),珠英學士的新體詩合律程度却僅達23%。但如果聯繫進士試詩的政治制度史探究,則又柳暗花明,豁然明朗。

唐高宗調露二年(即永隆元年,680),考功員外郎劉思立奏請進士加試雜文;次年(永隆二年,681)八月正式下詔云:“自今已後……進士試雜文兩首,識文律者,然後並令試策。”[②]所謂雜文兩首是否包括詩賦,及進士試詩於何時開始,是歷來争論的焦點。徐松《登科記考》永隆二年條謂:“雜文兩首,謂箴銘論表之類。開元初,始以賦居一,或以詩居其一,亦有全用詩賦者,非定制也,雜文之專用詩賦,當在天寶之季。”[③]此説立論較爲審慎,故爲不少研究者所接受。但細究史料,卻頗成問題。首先,《舊唐書·忠義傳》載:“[顔元孫]垂拱初登進士第。考功員外郎劉[廷]奇榜其詞策,文瑰俊拔,多士聳觀。”[④]顔真卿《朝議大夫守華州刺史上柱國贈祕書監顔君神道碑銘》云:“舉進士……省試《九河銘》《高松賦》。故事,舉人就試,朝官畢集。考功郎劉[廷]奇乃先標榜君曰:銘賦二首,既麗且新,時務五條,詞高理贍。”[⑤]徐松列颜元孙为垂拱元年(685)进士第,[⑥]由此已可確知垂拱元年以賦居雜文之一。其次,此處尚可進一步細究的是,永隆二年八月進士試雜文詔下達後,次年(永淳元年,682)即由劉思立知舉,此爲進士試雜文之正式開始。再次年(永淳二年)至垂拱元年,則由

---

① 馮浩編,《玉谿生詩集箋注》(上海:上海古籍出版社,1979),卷2,頁402。

② 王欽若(962—1025)等編,周勛初等校訂,《册府元龜》(南京:鳳凰出版社,2006),卷639,頁7389。

③ 《登科記考》,卷2,頁70。

④ 《舊唐書》,卷187下,頁4896。

⑤ 《全唐文》,卷341,頁5b—6a。

⑥ 《登科記考》,卷3,頁80。

劉廷奇連續三年知貢舉。[①] 劉廷奇既於垂拱元年試賦,也就完全有可能前二年亦試賦,可爲一証。這就是説,正式實行進士試雜文的第二年,可能已經賦居其一,那麽雜文可以大致推測爲包括賦。而詩賦歷來並稱,與賦同屬純文學的詩,自然也可以包括在雜文之内。進士既已開始試賦,試詩也就成爲早晚之事。唐人現存省試詩,可考者最早爲張子容《璧池望秋月》《長安早春》二首。[②] 子容爲睿宗太極元年〔即玄宗先天元年,712〕進士;[③]而其所存兩首省試詩,若歸屬可靠,有一首又應作於此年前。[④] 則至遲景雲二年(711)進士已試詩。至此徐松關於"開元後始以賦居一,或以詩居其一"的論斷,已可推翻。

那麽是否進士試詩即始於景雲、先天之際?答案也是否定的。據新、舊《唐書·玄宗紀》及《通鑑》等載,景龍四年(710)六月,中宗爲韋后所害,臨淄王李隆基起兵誅殺諸韋,扶立睿宗;睿宗立李隆基爲太子,軍國大權多爲太子掌握,景雲二年正式下制太子監國;先天元年八月,太子即位,是爲玄宗。李隆基既以政變起家,掌權後汲汲於標榜自己篤好經術,貶斥浮華,以樹立正統形象。其於景雲二年八月釋奠太學,以示"弦誦之業,執經之問";先天元年即位前數月,又行釋奠之禮,下令:"夫談講之務,貴於名理。……爰自近代,此道漸微。問《禮》言《詩》,惟以篇章爲主;浮詞廣説,多以嘲謔爲能。……捨兹確實,競彼浮華,取悦無知,見嗤有識。"[⑤]開元六年(718)詔曰:"我國家敦古質,斷浮艷。禮樂詩書,是弘文德。綀羅珠翠,深革弊風。必使情見於詞,不用言浮於行。"開元二十五年(737)又詔曰:"進士以聲韻爲學,多昧古今。"[⑥]故玄宗恐不可能於景雲、先天之際初掌權時,即驟然允許進士改試講究"聲病浮華"的律詩;其時進士試詩,只能以順沿前朝成格爲理由。

---

① 《登科記考》,卷3,頁73—80。

② 《文苑英華》,卷181省試詩(州府試詩附),頁887、889。

③ 《登科記考》,卷5,頁157。

④ 可能爲落第詩或州府試詩。《文苑英華》所收省試詩不完全是及第詩,此從其中往往有一人數首的情況可推知。

⑤ 並見《册府元龜》,卷260,頁2954。

⑥ 並見《册府元龜》,卷639,頁7389、7390。

王定保《唐摭言》"試雜文"條於述劉思立奏請加試雜文之後云:"尋以則天革命,事復因循。至神龍元年方行三場試,故常列詩賦題目於榜中矣。"[①]按此説有不確之處。顏真卿《朝議大夫贈梁州都督上柱國徐府君神道碑銘》云:"君諱秀。……年十五,爲崇文生,應舉。考功員外郎沈佺期再試《東堂壁畫賦》,公援翰立成。沈公駭異之,遂擢高第。"[②]徐松考列徐秀爲長安二年(702)进士第。[③] 可知即使天授(690)前後武則天革命時曾暫停試雜文,至遲長安二年已恢復。事實上時間應該還要早些。杜佑《通典》引沈既濟文云:"太后頗涉文史,好雕蟲之技。永隆中,始以文章選士。永淳之後,太后君臨天下二十餘年,當時公卿百辟,無不以文章達,因循日久,浸以成風。"[④]説明武后一朝,基本上推行以文章取士,也就是進士試雜文。

但王定保此説亦非完全無據,其值得注意者在神龍元年(705)之後"常列詩賦題目於榜中"一句。據前考,長安二年確知試賦,下距神龍元年僅三年;景雲二年(711)已出現省試詩,上距神龍元年亦僅六年;故神龍前後很可能確實是進士常試詩賦的開始。而唐代省試詩爲六韻律詩,其出現應在律詩定型之後。換句話説,進士試詩的前提,應是詩歌體式已經"約句準篇""穩順聲勢",否則應試者無所適從,考官亦缺乏統一的評判標準。故進士試詩與律詩定型,應有其特殊的內在聯繫。

這裏十分引人注目的是,沈佺期於長安二年知貢舉,宋之問於景龍二年(708)知貢舉,[⑤]恰在神龍前後。再聯繫唐人公認沈、宋制定格式、命名律詩的事實,我們有理由提出一個新的假設:沈、宋於神龍前後知貢舉時,始以詩歌作爲進士試雜文之一,總結唐初以來聲病對屬理論和實踐的成果,規定了省試詩的字句、用韻、對仗、粘綴等法則,所謂"約句準篇""裁辭變律",並將這種新詩體命名爲"律詩"。律詩之"律",本有二義:一爲

① 《唐摭言》,卷1,頁9。
② 《全唐文》,卷343,頁9b。
③ 《登科記考》,卷4,頁134。
④ 杜佑,《通典》(臺北:新興書局,1963),卷15,頁84。
⑤ 《登科記考》,卷4,頁149。

聲律之律,一爲法律之律。唐代法律之書稱爲律、令、格、式,科舉考試的種種規定,亦屬於法律範圍。如《唐摭言》載:“垂拱元年,吴師道等二十六人及第,后敕批云:‘略觀其策,並未盡善。若依令式,及第者唯只一人,意欲廣收其材,通三者並許及第。’”[①]皇甫湜《答李生第一書》云:“來書所謂浮艷聲病之文,恥不爲者。……足下舉進士,舉進士者,有司高張科格,每歲聚者試之,其所取乃足下所不爲者也。”[②]此處的“令式”“科格”,皆謂科舉法律條文,稱聲病規定爲“科格”,尤可見出律詩命名之義。唐代省試賦稱律賦,同樣有法律之義。檢唐代文獻,沈、宋之前,未見律詩之稱,沈、宋之後,始有律詩、古體、今體、往體之别。皎然《詩議》云:“八病雙拈,載發文蠹,遂有古、律之别(原注:古詩三等,正、偏、俗;律詩三等,方、正、俗)。”[③]元稹《上令狐相公詩啓》云:“輒繕寫古體歌詩一百首,百韻至兩韻律詩一百首,合爲五卷。”[④]李群玉《進詩表》云:“謹捧所業歌行、古體、今體七言、今體五言四通等合三百首。”[⑤]

此外,如前所述,珠英學士之一、《珠英學士集》的編者崔融撰有《唐朝新定詩格》。從書名所標“唐朝”推測,此書很可能不僅是私撰,而且記録了當時通行的或珠英學士們積年討論的詩歌格式,甚至可能記録了702年沈佺期知貢舉時“新定”的律詩格式(崔融卒於706年)。惜是書大部分已佚,未能確知其詳。

綜上所述,永明新體詩發展至初唐,經過許多人的長期摸索實踐,逐漸臻於成熟,其中尤以元兢在理論上的貢獻爲大。至中宗神龍前後,沈佺期和宋之問先後知貢舉,總結了聲病對屬的理論和實踐成果,正式將這一詩體約句準篇,制定格式,命名爲律詩,以科場法令的形式固定下來,作爲進士試詩的體式,並借行政命令的力量迅速傳佈遠近,爲廣大文士所共同遵循。於是進士試詩和律詩定格,至此同步實現。

---

① 《唐摭言》,卷1,頁9。

② 《全唐文》,卷685,頁22b。

③ 《文鏡秘府論校注》,頁314。“拈”原作“枯”,據興膳宏《從四聲八病到四聲二元化》(《唐代文學研究》3［1992］,491—506)改。

④ 《全唐文》,卷653,頁19a。

⑤ 《全唐文》,卷793,頁21b。

(五)類書盛行與詩歌發展的關係

聞一多較早注意唐初類書大量修撰對詩歌發展的影響問題。其《類書與詩》一文檢討唐初五十年(618—660)類書與詩歌關係,提出不少重要的觀點。[1] 如類書爲介於文學與學術之間的産物,而《文館詞林》一類分類總集與類書性質接近,“起碼有一半類書的資格”。再如類書的大量編纂加劇了詩歌的堆砌性,以致“唐初五十年間的類書是較粗糙的詩”,而詩歌則是“較精密的類書”。其後方師鐸《傳統文學與類書之關係》一書,亦强調類書助長了唐詩的餖飣風氣。[2]

類書的編纂確實在一定程度上助長了堆砌辭藻典故的流弊,但其中爲患最深且有文獻可徵的並不是聞一多所舉太宗朝的宫廷詩,而是高宗龍朔中(661—663)的宫廷詩。楊炯《王子安集序》云:“龍朔初載,文場變體。争構纖微,競爲雕刻。糅之金玉龍鳳,亂之朱紫青黄。影帶以徇其功,假對以稱其美。骨氣都盡,剛健不聞。”[3]“糅之”二句指堆砌華麗辭藻,“影帶”指巧妙雙關的用事。《舊唐書·上官儀傳》載:“本以詞彩自達,工於五言詩,好以綺錯婉媚爲本。儀既貴顯,故當時多有效其體者,時人謂爲上官體。”[4]如前所述,高宗即位至龍朔間,宫廷學士所撰類書、總集爲有唐一代之最。衆多大型類書、總集在短短幾年中由許敬宗、上官儀等宫廷詩人主持修出,而這幾年的詩壇又出現過度堆砌辭藻典故的現象,二者之間顯然是有因果關係的。

但類書修撰並非有弊無利、有過無功。從全面的觀點看,特别是從初唐時期詩歌的普及化和技術化趨向看,類書對詩歌發展的影響應該説是利大於弊、功大於過。首先,類書是促成詩歌技術化的工具之一,在幫助初學者迅速掌握詩歌語言和修辭技巧方面,最直接有效的辦法莫過於編

---

① 《聞一多全集》(上海:開明書店,1948),第3册,頁3—10。

② 方師鐸,《傳統文學與類書之關係》(天津:天津古籍出版社,1986)。

③ 《全唐文》,卷190,頁1a。

④ 《舊唐書》,卷80,頁2743。

纂類書。類書分類輯録成語典故、詩文章句，便於初學者臨文時檢索典故辭藻。王昌齡云："凡作詩之人，皆自抄古人詩語精妙之處，名爲隨身卷子，以防苦思。作文興若不來，即須看隨身卷子。"①而敦煌寫本正有《雜抄》一卷，"一名《珠玉抄》，二名《益智文》，三名《隨身寶》"。② 即使是已掌握一定語言技巧的詩人，其詩思文才，也可能會有停滯之時，此刻借助於類書，就可迅速尋覽捃摭、觸類旁通，從而免除苦思冥想、臨文惝恍之勞。故唐代詩人，中人以下姑且不論，博學多才如虞世南、張九齡、元稹、李商隱、温庭筠、皮日休等，都可能曾经自備類書。③

其次，初唐詩歌對於詩體發展的最大貢獻莫過於律詩，而律詩的要素之一對偶，就與類書密切相關。早在律詩定型之前，隋煬帝爲作新體詩而下詔撰寫的《編珠》，就已經隸事爲對，以便"易爲比風"。④ 貞觀中所編《兔園册府》，亦"皆偶儷之語"。⑤ 至開元中編《初學記》，終於將叙事、事對、詩文匯成了一條龍。劉勰在《文心雕龍・麗辭篇》中所感嘆的"言對爲易，事對爲難"，⑥至唐代已經不成其難了。

但是，類書對於對偶技巧的促進，並不僅僅在於提供現成的"事對"，更重要的是類書的基本結構體制正與對偶所要求的"比類"的基本觀念和思維方式相吻合。"比類"是中國古代的重要傳統觀念和思維方式。⑦《周易・繫辭上》云："方以類聚，物以群分。"⑧《禮記・學記》云："古之學者，比物醜類。"⑨同書《樂記》云："萬物之理，各以類相動也。是故君子反

① 《文鏡秘府論校注》，頁342。

② 參劉復《敦煌掇瑣》（南京：中央研究院歷史語言研究所，1925），卷77，頁33a。

③ 虞世南有《北堂書钞》，撰於隋時；元稹有《元氏類集》300卷，温庭筠有《學海》30卷，皮日休有《皮氏鹿門家钞》90卷，並見《新唐書・藝文志》（卷59，頁1564）類書類。張九齡有《珠玉钞》1卷，見《通志》，卷69，頁30b。李商隱有《金鑰》2卷，見《玉海》，卷55，頁26a。但這些歸屬未必全部可靠。

④ 杜公瞻，《編珠序》，《編珠》（《四庫全書》本），頁1a。

⑤ 見王應麟《困學紀聞》（《四部叢刊》本），卷10，頁14b。

⑥ 王利器，《文心雕龍校証》（上海：上海古籍出版社，1980），卷35，頁223。

⑦ 西方學者普遍稱爲"關聯性思維"（correlative thinking）。

⑧ 《周易正義》，收《十三經注疏》（北京：中華書局，1979），卷7，頁64上。

⑨ 《禮記正義》，收《十三經注疏》，卷36，頁296下。

情以和其志,比類以成其行。"[①]同書《曲禮》云:"儗人必於其倫。"[②]詩文寫作中的屬對手法,正與這一古老的觀念密切相關。上官儀《筆札華梁》"論對屬"云:"援筆措辭,必先知對,比物各從其類,擬人必於其倫。"又云:"至若上與下,尊與卑,有與無,同與異……如此等狀,名爲反對者也。除此之外,並須以類對之:一二三四,數之類也;東西南北,方之類也;鳥獸草木,物之類也。"[③]而類書的編輯體制同樣以"比類"的觀念爲基礎,《藝文類聚序》所謂"金箱玉印,比類相從",[④]《文思博要序》所謂"萬物雖衆,可以同類"。[⑤] 類書和對屬既然都源於同一原理,二者之間的關係必然非同一般。《文鏡秘府論》東卷列有"二十九種對",[⑥]主要採自上官儀、元兢、崔融、皎然所撰格式類著作,其中"的名對""互成對""異類對""同類對""鄰近對"諸條,均與類書的名物分類相關。此四位作者又恰都曾自撰或預撰類書。[⑦] 唐代詩人在律詩中構造了大量精美的對偶句,這些對偶句通過同類、異類、反類事物的巧妙並置,産生了神奇的張力和豐富的意藴,唐詩的豐神遠韻,往往就體現於其中。而類書在這些對偶句的構思過程中,應該説是起了一定的促進作用的。

再次,初唐詩歌的日益普及,使得學習文學傳統成爲廣大文士的迫切需要,但唐代書籍尚無刻本,全靠抄寫,一般人家不可能擁有許多文集,如前引元兢《古今詩人秀句序》即稱"王家書既多缺,私室集更難求",於是文學普及與文集緊缺形成了尖鋭的矛盾。唐人解決這一矛盾,主要即靠編輯總集和類書。聞一多謂唐初分類總集近於類書,但反過來亦可以説,唐代類書大多兼採詩文,在當時實際上兼具總集的作用。《藝文類聚序》云:

皇帝……欲使家富隋珠,人懷荆玉。以爲前輩綴集,各抒其意。

---

① 《禮記正義》,卷 38,頁 308 上。
② 《禮記正義》,卷 5,頁 40 上。
③ 《文鏡秘府論校注》,頁 492、486;參王夢鷗《初唐詩學著述考》,頁 23—41。
④ 《全唐文》,卷 146,頁 15a。
⑤ 《全唐文》,卷 134,頁 20b。
⑥ 《文鏡秘府論校注》,頁 224—270。
⑦ 皎然預撰顔真卿主編類書《韻海鏡源》,詳參本書第四章。

> 《流別》《文選》,專取其文;《皇覽》《遍略》,直書其事。文義既殊,尋檢難一。爰詔撰其事且文……事居其前,文列於後,俾夫覽者易爲功,作者資其用,可以折衷今古,憲章墳典云爾。[1]

明確宣稱要兼採類書(《皇覽》《華林遍略》)和總集(《文章流別集》《文選》)兩家之長,使“家富隋珠,人懷荆玉”。唐代類書在詩歌普及與文集緊缺相矛盾的時代,對於廣大詩人學習和掌握文學傳統,可以説發揮了特殊的作用。宋代以降,各種别集、總集的刻本日益增繁,類書在這方面的作用也就相應地減弱了。

---

① 《全唐文》,卷146,頁14a—15b。

三　論韓孟詩人群

近年來,已有較多論著從詩派的角度討論韓愈、孟效等詩人群體的共同創作特徵及其成因等。但所謂"韓孟詩派",其風格特徵實際上經歷了從貞元到元和的漫長發展過程,並非一蹴而就。貞元中在汴徐,元和初在京洛,韓孟等詩人有過兩次重要的聚會。在聚會時,他們相互影響,風格趨向一致;而在分離後,他們又積極發展各自的個性體格。因此,"詩人群"一詞應更適合於這一群體。本章即擬從詩人群的角度著眼,嘗試通過韓孟等詩人的聚散分合,探尋中唐詩歌發展演變的細緻軌跡。

(一) 汴徐初集:退之低頭拜東野

貞元十二年(796)七月,韓愈(768—824)入汴州董晋幕。[①] 未幾,李翺(774—836)來汴,與韓愈定交;十三年(797)李翺舉進士未第,復來汴從韓愈學文。[②] 其年孟郊(751—814)亦來汴,依宣武軍司馬陸長源(?—820)僑居。[③] 同年十月,張籍(766?—830?)因孟郊介紹,來汴州從韓愈

① 參洪興祖《韓子年譜》,收《韓愈全集校注》,屈守元等編(成都:四川大學出版社,1996),附録6,頁3139;傅璇琮主編,《唐才子傳校箋》(北京:中華書局,1987),卷5,頁440。

② 參羅聯添《李翺年譜》,收《唐代詩文六家年譜》(臺北:學海出版社,1986),頁479—481。

③ 參華忱之《孟郊年譜》,收《孟東野詩集》(北京:人民文學出版社,1984),頁233。

學文；次年秋韓愈主持州試，以張籍爲首薦。[①] 十五年（799）正月，孟郊離汴州返江南。[②] 二月，韓愈護董晋喪赴洛，走後汴州發生兵變，陸長源遇害。[③] 韓愈往徐州，秋入張建封（735—800）幕，待至十六年（800）五月。[④] 其間張徹（？—821）來徐州從韓愈學文，[⑤]張籍也曾前來探訪遊從。[⑥] 李翺於十六年至徐，娶韓愈從侄女。[⑦] 這一段時間中，雖然韓孟詩人群全班人馬尚未會齊，但兩大主將韓愈、孟郊在長達兩年多的聚會時間中，詩風相互滲透，發生重要變化；張籍、李翺、張徹則受到韓、孟的共同影響。

韓愈作於貞元十五年初春的《醉留東野》詩云：

> 昔年因讀李白杜甫詩，長恨二人不相從。吾與東野生並世，如何復躡二子蹤。東野不得官，白首誇龍鐘。韓子稍姦黠，自慚青蒿倚長松。低頭拜東野，願得終始如駏蛩。東野不迴頭，有如寸莛撞鉅鐘。吾願身爲雲，東野變爲龍。四方上下逐東野，雖有離别無由逢。[⑧]

詩中一方面自負地以自己和孟郊比擬李杜，另一方面又如同杜甫對年長的李白那樣，對年長的孟郊表示了由衷的崇敬。“低頭拜東野”“青蒿倚長松”及“四方上下逐東野”等句，生動地表明彼時二者之間的主從關係。實際上在此次聚會中，正是因爲退之向東野學習，從而對他此後的詩歌發展産生了深遠的影響。[⑨] 此處有必要先回顧一下韓、孟二人此前的創作歷程。

孟郊貞元十三年赴汴時已四十七歲。其現存四百多首詩，有很大一

---

① 參羅聯添《張籍年譜》，收《唐代詩文六家年譜》，頁168—170。

② 參華忱之《孟郊年譜》，頁236。

③ 參洪興祖《韓子年譜》，頁3140—3141。

④ 參洪興祖《韓子年譜》，頁3140—3143。

⑤ 見韓愈《答張徹》，錢仲聯編，《韓昌黎詩繫年集釋》（上海：上海古籍出版社，1984），卷4，頁396—409；《幽州節度判官贈給事中清河張君墓誌銘》，《全唐文》，卷564，頁1a—2b。

⑥ 參羅聯添《張籍年譜》，頁177—178。

⑦ 參羅聯添《李翺年譜》，頁486。

⑧ 《韓昌黎詩繫年集釋》，卷1，頁58—59。

⑨ 劉曾遂强調韓愈對孟郊的推尊，並認爲韓孟詩派實由孟開創。見其《試論韓孟詩派的復古與尚奇》，《研究生論文選集：中國古代文學分册》（南京：江蘇人民出版社，1983），第1卷，頁144—145。

部分可以確定作於赴汴前。這部分作品可大致分爲兩類。一類以紀遊宴集詩爲主,基本上沿襲大曆詩風,尤其是江南地區以皎然(720？—?)、韋應物(737？—?)爲代表的清雅流暢詩風,如作於貞元初的《題陸鴻漸上饒新開山舍》,[①]作於貞元九至十年(793—794)的《遊韋七洞庭別業》,[②]作於貞元十年至十一年間(794—795)的《汝州南潭陪陸中丞公宴》《夜集汝州郡齋聽陸僧辯彈琴》,[③]等等。兹以最後一首詩爲例:

康樂寵詞客,清宵意無窮。徵文北窗外,借月南樓中。千里愁併盡,一樽歡暫同。胡爲戛楚琴,淅瀝起寒風。

詩中以流暢圓潤之筆寫郡齋宴集的清雅情趣,風格與大曆浙西詩會及韋應物的宴集詩完全一致。[④]

但是,孟郊的另一類詩則呈現出嶄新、鮮明、成熟的個性風格,在貞元詩壇上如異軍突起,驚人耳目。這一類詩以詠懷贈答爲主,其基本傾向是復古。[⑤] 在内容上,承襲元結(719—772)和《篋中集》詩人,復興儒家倫理價值觀,扮演儒家貧士角色,苦吟窮愁,憤世嫉俗,但又突破温柔敦厚的詩教,走向矯激化和極端化。如《答郭郎中》:

松柏死不變,千年色青青。志士貧更堅,守道無異營。每彈瀟湘瑟,獨抱風波聲。中有失意吟,知者淚滿纓。何以報知者,永存堅與貞。[⑥]

---

① 《孟東野詩集》,卷5,頁83;《孟郊年譜》,頁209—210。

② 《孟東野詩集》,卷4,頁71;《孟郊年譜》,頁225—227。

③ 《孟東野詩集》,卷5,頁74—75;《孟郊年譜》,頁227—228。

④ 參本書第五章。按孟郊本生長於江南地區,於唐德宗興元元年至貞元元年間(784—785)間在湖州與皎然、陸羽、陸長源等聚爲詩會,又曾於貞元四年至六年間(790—791)僑寓蘇州,與任蘇州刺史的韋應物過往;故難免受江南詩風影響。參拙著《皎然年譜》,頁124—127;《華忱之著〈孟郊年譜〉訂補》,《唐代文學研究》4輯(1993),頁217—221;華忱之《孟郊年譜》,頁211—214。華譜訂孟郊居蘇州在貞元六年至七年間;此處據郁賢皓《唐刺史考全編》(卷139,頁1915—1916)重訂。

⑤ 不少學者已指出韓孟與復古觀念的關係。如 Stephen Owen, *The Poetry of Meng Chiao and Han Yü* [孟郊和韓愈的詩歌] (New Haven: Yale University Press, 1975), 8—23;劉曾遂,《試論韓孟詩派的復古與尚奇》,頁147—153。

⑥ 《孟東野詩集》,卷7,頁124。按此詩難以繫年,但從詩中所寫失意情緒看,當作於登第前。

《弔元魯山十首》其三：

君子不自蹇，魯山蹇有因。苟含天地秀，皆是天地身。天地蹇既甚，魯山道莫伸。天地氣不足，魯山食更貧。始知補元化，竟須得賢人。[①]

貧困被轉化爲守道的動力和標志，社會政治方面的失敗被轉化爲倫理道德方面的成功。東野之善詠窮苦，恐怕不能如同一些學者那樣，一概説成是病態或狹狷心理的産物，而更主要是儒家"君子固窮"的價值觀念與寒士處境的結合。這種貧士精神後來成爲韓孟詩人群乃至中晚唐失意寒士的主要心理支柱。再如孟郊落第後所作《夜感自遣》詩云：

死辱片時痛，生辱長年羞。清桂無直枝，碧江思舊遊。[②]

《自嘆》詩云：

太行聳巍峨，是天産不平。黄河奔濁浪，是天生不清。[③]

作於貞元十一年(795)的《哭李觀》詩云：

自聞喪元賓，一日八九狂。沈痛此丈夫，驚呼彼穹蒼。[④]

這些都寫得矯激亢憤、孤特不平，不但與温柔敦厚的詩教相背離，而且與以圓潤平衡爲主體的初盛唐詩歌傳統相歧異。

在形式上，孟郊承襲了孟雲卿(725？—？)、皎然、韋應物的五言詠懷古體路數，進一步從《詩經》、漢樂府及魏晋以來古體詩中吸取養料，積極建立唐代自己的古詩體式，形成如下一些特徵。其一，發端古樸突兀，或以比興，或以格言，或以叠詞，或以排比，尤以排比爲多見，也常用於詩篇的中間部分。如《贈李觀》的開頭：

---

① 《孟東野詩集》，卷10，頁177。此組詩華忱之繫於元和五六年(810—811)間(《孟郊年譜》，頁256—257)，但未有確證。

② 《孟東野詩集》，卷3，頁51。

③ 《孟東野詩集》，卷3，頁40。

④ 《孟東野詩集》，卷10，頁179；《孟郊年譜》，頁229。

誰言形影親,燈滅影去身。誰言魚水歡,水竭魚枯鱗。[1]

《上張徐州》的開頭:

爲水不入海,安得浮天波。爲木不在山,安得横日柯。[2]

此是排比而兼比興。《落第》的開頭:"曉月難爲光,愁人難爲腸。"《答韓愈、李觀别因獻張徐州》的開頭:"富别愁在顔,貧别愁銷骨。"[3]此是排比而兼格言。

其二,多用頂針格和複沓、重叠、連綿、叠韻之格。如《贈崔純亮》:

況是兒女怨,怨氣凌彼蒼。彼蒼昔有知,白日下清霜。[4]

《上張徐州》:"豈是畏異途,異途難經過。"《下第東歸留别長安知己》:"一片兩片雲,千里萬里身。"[5]其中《結愛》一詩尤爲典型:

心心復心心,結愛務在深。一度欲離别,千迴結衣襟。結妾獨守志,結君早歸意。始知結衣裳,不如結心腸。坐結行亦結,結盡百年月。[6]

全詩共用九個"結"字,於重複叠沓之中見出夫婦纏綿深摯之情。

其三,善用比興隱喻,且設喻新奇,不落陳套。如《贈李觀》:"卧木易成蠹,棄花難再春。"《長安羈旅行》:"直木有恬翼,静流無躁鱗。"[7]《贈崔純亮》:"鏡破不改光,蘭死不改香。"這些都突破了魏晉至盛唐古詩中陳陳相因的比興套語,給人以强烈的新鮮感。

其四,生造僻硬詞語,並開始出現醜怪意象。如《卧病》詩中的"春色

---

① 《孟東野詩集》,卷6,頁102。此詩作於貞元八年(792),見《孟郊年譜》,頁217。

② 《孟東野詩集》,卷6,頁100。此詩亦作於貞元八年,見《孟郊年譜》,頁221。

③ 《孟東野詩集》,卷7,頁123。此詩亦作於貞元八年,見《孟郊年譜》,頁220。

④ 《孟東野詩集》,卷6,頁101。此詩作於貞元九年(793),見《孟郊年譜》,頁223。

⑤ 《孟東野詩集》,卷3,頁52。此詩當作於貞元八年下第後,同時有《失意歸吴因寄東臺劉復侍御》,見《孟郊年譜》,頁219。

⑥ 《孟東野詩集》,卷1,頁10。此詩疑孟郊初結婚時所作。孟郊與其妻感情甚深,如《别妻家》詩云:"孤雲目雖斷,明月心相通。私情詎銷鑠,積芳在春蘩。"(卷8,頁151)

⑦ 《孟東野詩集》,卷1,頁2。華忱之繫此詩於貞元八年下第後,見其《孟郊年譜》,頁218。

燒肌膚";[①]《遊終南山》的"南山塞天地";[②]《京山行》的"衆虻聚病馬,流血不得行"[③]等等。

以上四方面的特徵匯合起來,形成一種古拙拗折、矯激奇硬的五古體格,不但與六朝至盛唐詩歌日趨精緻優美、均衡圓熟的傳統相對立,而且與初盛唐時模仿魏晋古詩的古風型詩,如陳子昂、張九齡的《感遇》組詩,李白的《古風》組詩,也大不相同。孟郊的這一新體格在貞元八年前後已成熟,並得到普遍承認。韓愈《孟生詩》云:

> 孟生江海士,古貌又古心。嘗讀古人書,謂言古猶今。作詩三百首,窅默咸池音。[④]

李觀(766—794)《上梁補闕薦孟郊崔宏禮書》云:"孟之詩五言高處,在古無上。其有平處,下顧兩謝。"[⑤]李翺《薦所知於徐州張僕射書》云:"郊爲五言詩,自前漢李都尉、蘇屬國,及建安諸子、南朝二謝,郊能兼其體而有之。"[⑥]三人都强調孟郊五言古詩的復古特徵,並高度評價其既能兼有古人之體,又能超越他們。

再看韓愈。韓愈比孟郊小十七歲,貞元十二年入汴幕時僅二十九歲,此前所作詩,今存十九首,其中没有優秀代表作,也尚未形成一致風格。這些詩與孟郊一樣,以復古爲基本傾向,但内容和形式都不相同。孟郊著眼於復興儒家倫理道德,韓愈則著眼於復興儒家道統理論。他的早期詩内容上以直接説教爲主,形式上則明顯地散文化,包括語句的散化和結構的鬆散。如《重雲一首李觀疾贈之》,通篇並無一字述及友情,而是推之以儒家宇宙觀的大道理:

> 天行失其度,陰氣來干陽。重雲閉白日,炎燠成寒凉。……且況

---

① 《孟東野詩集》,卷 2,頁 28。此詩極寫貧病失意之狀,亦可能登第前之作。
② 《孟東野詩集》,卷 4,頁 66。此詩作於貞元七八年間,參《孟郊年譜》,頁 215。
③ 《孟東野詩集》,卷 6,頁 95。此詩作於貞元九年,參《孟郊年譜》,頁 226。
④ 《韓昌黎詩繫年集釋》,卷 1,頁 12。
⑤ 《全唐文》,卷 534,頁 5421 上。
⑥ 《全唐文》,卷 635,頁 6417 下。

天地間,大運自有常。勸君善飲食,鸞鳳本高翔。[①]

再如《謝自然詩》,前面叙述謝自然白日升天的傳説,後面轉入嚴肅的説教:

人生有常理,男女各有倫。寒衣及飢食,在紡織耕耘。下以保子孫,上以奉君親。苟異於此道,皆爲棄其身。噫乎彼寒女,永托異物群。感傷遂成詩,昧者宜書紳。[②]

"在紡織耕耘""苟異於此道"等句,是典型的散文句式。通首就像一篇説理文。顧嗣立評此詩云:"《原道》《佛骨表》之亞也。"程學恂亦云:"篇末直與《原道》中一樣説話。"[③]宇文所安指出韓愈以文爲詩的特點,主要體現在其早期詩。[④] 韓愈這種以文爲詩、詩以載道的努力,與孟郊詩一樣,是對六朝至大曆詩歌忽略儒道及語言風格日趨嚴謹圓熟的傳統的反撥。但他此時尚未如同孟郊那樣,創造出富於美學魅力的新體式。

這樣,當貞元十三年韓、孟在汴州聚會時,孟郊已成功地創造出一種新的復古詩歌,爲詩壇所矚目,而韓愈雖然也致力於同一目標,却遠未成功。故退之不能不心悦誠服地表示"低頭拜東野"。實際上早在長安應試時,韓愈已嘗試學習孟郊體格,如"陋室有文史,高門有笙竽",[⑤]"北極有羈羽,南溟有沈鱗",[⑥]就用了典型的孟體排比。但那時二人皆忙於應付科舉考試,恐無暇切磋古詩技巧,故退之學孟,還只是偶一爲之。到了汴州時期,二人一則幕府清閑,一則客居無事,這就使得韓愈有機會進一步深入地向孟郊學習。他從東野詩中汲取的,主要有矯激情意,隱喻手法,多用排比重複,追求僻硬醜怪等。他這一時期的詩作中,有一些寫得酷肖孟詩,如《海水》《答孟郊》《駑驥贈歐陽詹》等。[⑦] 兹以《海水》爲例:

---

① 《韓昌黎詩繫年集釋》,卷1,頁26。

② 《韓昌黎詩繫年集釋》,卷1,頁28。

③ 轉引自《韓昌黎詩繫年集釋》,卷1,頁34—35。

④ *The Poetry of Meng Chiao and Han Yü*, 36。

⑤ 《長安交遊者一首贈孟郊》,《韓昌黎詩繫年集釋》,卷1,頁10。

⑥ 《北極一首贈李觀》,《韓昌黎詩繫年集釋》,卷1,頁8。

⑦ 《韓昌黎詩繫年集釋》,卷1,頁125,卷1,頁56,卷1,頁115。

海水非不廣,鄧林豈無枝。風波一蕩薄,魚鳥不可依。海水饒大波,鄧林多驚風。豈無魚與鳥,巨細各不同。海有吞舟鯨,鄧有垂天鵬。苟無鱗羽大,蕩薄不可能。我鱗不盈寸,我羽不盈尺。一木有餘陰,一泉有餘澤。我將辭海水,濯鱗清泠池。我將辭鄧林,刷羽蒙籠枝。海水非愛廣,鄧林非愛枝。風波亦常事,鱗羽自不宜。我鱗日已大,我羽日已修。風波無所苦,還作鯨鵬游。

此詩通篇由"海水""鄧林""鯨鵬"等隱喻構成,表現此諸種隱喻的詞語重複出現,又大量運用排比句式,反復抒寫激昂奮揚之志,情調句式都極似孟詩。

但更多的時候,韓愈並不是通篇仿孟,而是將孟體長處融化於自己的個性特徵之中,開始形成另一種更爲成功的復古詩歌。這一新詩歌要到貞元末貶陽山時才成熟,但在居汴徐至貶陽山前,已逐步出現一些重要特徵。其一爲幽默嘲謔的筆調,如《醉留東野》詩云:

東野不得官,白首誇龍鍾。韓子稍奸黠,自慚青蒿倚長松。

《贈侯喜》詩云:

温水微茫絶又流,深如車轍闊容輈。蝦蟆跳過雀兒浴,此縱有魚何足求。[①]

其二爲賦化的描寫手法,如《汴泗交流贈張仆射》,極力鋪寫擊鞠的熱鬧場面、緊張氣氛、激烈競争及動作細節;[②]《雉帶箭》同樣細緻傳神地鋪寫射獵的過程,爲蘇軾譽爲"妙絶"。[③] 其三爲散漫恢宏的敘述結構,如《此日足可惜一首贈張籍》,長達一百四十句,[④]追溯與籍交結之始,至今日重逢别去。而其中"歷叙己之崎嶇險艱,意境紆折,時地分明"。[⑤] 但此時這些特徵在韓詩中還比較分散,尚未統一爲一致的風格體式。

---

① 《韓昌黎詩繫年集釋》,卷 2,頁 141。
② 《韓昌黎詩繫年集釋》,卷 1,頁 103。
③ 轉引自《韓昌黎詩繫年集釋》,卷 1,頁 111。
④ 《韓昌黎詩繫年集釋》,卷 1,頁 84—85。
⑤ 《唐宋詩醇》評語,轉引自《韓昌黎詩繫年集釋》,卷 1,頁 97。

在這一段期間裏,雖然主要是韓愈學孟郊,但韓反過來對孟也有一定的促進。從汴徐時期至貞元末,孟郊和韓愈都日益走向險怪的極端,其間應該有二者逞才鬥奇、相互影響的因素。孟效、韓愈和李翺作於這一期間的《遠遊聯句》,[1]就是明顯的例證。此聯句詩首二句由孟郊領起:"别腸車輪轉,一日一萬周。"此爲典型的孟式比喻。次二句由韓愈續上:"離思春冰泮,瀾漫不可收。"亦逼肖東野口吻。接下來十二句由李翺和孟郊交替聯綴,平穩而不涉怪奇。從第十七句起,韓愈按捺不住,開始轉奇:"靈瑟時窅窅,霶猿夜啾啾。……"孟郊亦不甘落後,接而入怪:"觀怪忽蕩漾,叩奇獨冥搜。……"其後二人撇下李翺,刃迎縷解,争險鬥僻,寫出諸如"魑魅""蛟螭""猥欸""咿幽""蜚輶""鶥吺""屏翳"等險怪意象、偏僻典故和艱澀語詞,鋪張排奡,直至篇末。

汴徐聚會諸人中,李翺和張徹皆僅存和韓、孟等人的聯句詩斷句。從這些斷句中,可以窺見他們受到韓、孟一定影響。如《遠遊聯句》中李翺所聯的"前之詎灼灼,此去信悠悠"二句,用了韓的散文句式和孟的叠詞之格;《會合聯句》中張徹所聯的"馬辭虎豹怒,舟出蛟鼉恐"二句,[2]明顯涉於險怪。但畢竟二人存詩太少,無法細緻考索其創作風貌。較值得注意的是張籍。張籍自與韓、孟結識後,凡與韓、孟群體中人會合聯唱,就明顯模仿二人詩風。如作於貞元十二年的《贈别孟郊》:

> 歷歷天上星,沉沉水中萍。幸當清秋夜,流影及微形。君生衰俗間,立身如禮經。純誠發新文,獨有金石聲。才名振京國,歸省東南行。停車楚城下,顧我不念程。寶鏡曾墜水,不磨豈自明。苦節居貧賤,所知賴友生。歡會方别離,戚戚憂慮并。安得在一方,終老無送迎。[3]

發端出以叠詞比興,逼似孟體。中間稱賞孟效的守禮篤行和詩才,並以寶

---

① 《韓昌黎詩繫年集釋》,卷1,頁44—45。

② 《韓昌黎詩繫年集釋》,卷4,頁410。按此詩作於元和元年,因張徹僅存此聯句詩,故置於此處討論。

③ 《全唐詩》,卷383,頁4295。

鏡爲喻，表明自己也是一位苦節的貧士。結尾抒寫别情，真率而强烈。整首詩從情志到語句，都明顯仿效孟詩體格。而與韓愈相關的《董公詩》《送區弘》《悼退之》，[1]則雅似韓體。特别是與韓、孟等人的聯句詩，如《會合聯句》，完全與韓、孟渾然一體，不可分辨。至於那些與韓、孟無關的詩作，雖然風格别爲一體，但細細尋訪，仍可找到受他們影響的痕迹，特别是在樂府古詩中。主要體現在：其一，多用比興和叠詞發端，如《贈姚怤》"漏天日無光，澤土松不長。君今職下位，志氣安得揚"；[2]《獻從兄》"悠悠旱天雲，不遠如飛塵。賢達失其所，沉飄同衆人"；[3]《雜怨》"切切重切切，秋風桂枝折"；[4]《促促詞》"促促復促促，家貧夫婦歡不足"。[5] 其二，扮演貧士角色，善詠窮愁病困。如《野居》：

> 寒天白日短，簷下暖我軀。四肢暫寬柔，中腸鬱不舒。多病減志氣，爲客足憂虞。況復苦時節，覽景獨踟躅。[6]

再如《南歸》：

> 人言苦夜長，窮者不念明。懼離其寢寐，百憂傷性靈。世道多險薄，相勸畢中誠。遠遊無知音，不如商賈行。[7]

二詩如放進孟郊集中，可以亂真。

（二）京洛重會：昌黎當仁掌帥旗

貞元末的陽山之貶，對於韓愈的詩歌發展是一個十分重要的階段。在詩人悲愁心情的觀照下，南方的山水物候被描繪得極其險惡森怪。此類描寫大量出現，促成了韓愈險怪詩風的形成，此點已有不少學者指出。

---

① 《全唐詩》，卷383，頁4300，卷386，頁4363，卷383，頁4301。

② 《全唐詩》，卷383，頁4299。

③ 《全唐詩》，卷383，頁4299。

④ 《全唐詩》，卷383，頁4294。

⑤ 《全唐詩》，卷382，頁4289。

⑥ 《全唐詩》，卷383，頁4294。

⑦ 《全唐詩》，卷383，頁4296。

此外,如同陳允吉深刻有力地論證,韓愈喜好佛教寺院壁畫,此類壁畫中的各種主題風格諸如奇蹤怪狀、地獄變相、曼荼羅等,對韓愈險怪詩風的形成也起了主導性作用。[1] 於是,當貶謫歸來時,韓愈已經實現了多年追求的目標,繼孟郊之後,完成了另一種更爲成功的新復古詩歌。

韓愈對南方險惡山水氣候環境的描繪,是寫實和想象、虛構、象徵的結合,特别是象徵手法的運用十分突出。[2] 湖湘的驚風、怒濤、蛟螭、神怪和陽山的氛祲、瘴癘、蛇蟲、颶鰲都被用來象徵"十生九死到官所,幽居默默如潛逃"的險惡經歷和處境。[3] 同時,這些險怪的象徵物象並不是孤立地出現,而是和進一步發展了的矯激情意、僻硬詞語、諧謔語氣、繁富鋪寫、散漫敘述、雄桀議論等結合在一起,形成一種雄奇恣肆、險怪奥衍的長篇古詩體式,大氣包舉,落落不凡,具備了大家的風度,超勝了孟郊的狹小體格。永貞元年(805)作於自陽山赴江陵途中的《謁衡嶽廟遂宿嶽寺題門樓》,[4]是這一新體式成功完成的標志。

> 五嶽祭秩皆三公,四方環鎮嵩當中。火維地荒足妖怪,天假神柄專其雄。噴雲泄霧藏半腹,雖有絶頂誰能窮。我來正逢秋雨節,陰氣晦昧無清風。潛心默禱若有應,豈非正直能感通。須臾静掃衆峰出,仰見突兀撐青空。紫蓋連延接天柱,石廩騰擲堆祝融。森然魄動下馬拜,松柏一徑趨靈宫。粉墻丹柱動光彩,鬼物圖畫填青紅。升階傴僂薦脯酒,欲以菲薄明其衷。廟令老人識神意,睢盱偵伺能鞠躬。手持盃珓導我擲,云此最吉餘難同。竄逐蠻荒幸不死,衣食纔足甘長終。侯王將相望久絶,神縱欲福難爲功。夜投佛寺上高閣,星月掩映雲朣朧。猿鳴鐘動不知曙,杲杲寒日生於東。

此詩敘寫遊謁衡嶽廟的經過。首六句以議論領起,典重雄怪,氣勢逼人。衡嶽的神柄,隱隱象徵著一種神秘的主宰力量。接下來八句敘寫遊山情

---

① 陳允吉,《唐音佛教辨思録》(上海:上海古籍出版社,1988),頁 130—146。

② 宇文所安已指出韓愈貶陽山後的寫景詩中出現强烈的象徵色彩,見其 *The Poetry of Meng Chiao and Han Yü*, 90-115。

③ 《八月十五夜贈張功曹》,《韓昌黎詩繫年集釋》,卷 3,頁 257。

④ 《韓昌黎詩繫年集釋》,卷 3,頁 277。

景。詩人遊山時,先逢秋雨,後轉晴朗,這當是實寫。衆峰涌現、突撐青空的景象,描繪得壯麗如畫。但從陰氣晦昧到陰閉陽開的轉變,同時也暗暗象徵著詩人從非罪遭貶到遇赦量移的過程,“正直感通”四字,寓意深微。下面十四句叙謁廟,鋪叙中夾以描寫、抒情、議論,森嚴神秘的氛圍中雜以嘲謔詼諧的語氣。詩人雖然遇赦,却只是量移荆蠻,喜中有怨,故揖拜雖得吉兆,却將信將疑,未卜前程。最後四句叙宿寺,同樣是寫實與象徵的結合,説明陰氣尚盛(“星月掩映雲朣朧”),並寄希望於未來的陽氣上升(“杲杲寒日生於東”)。象徵、鋪叙、議論、嘲謔、險怪、雄奇,這些特徵已不再是獨立的、遊離的,而是完美地、有機地結合在一起,形成了一種與六朝以來均衡嚴謹、含蓄優美、以寫景抒情爲主的古近體詩皆不相同的新體式,完成了“唐詩之一大變”,實現了復古詩人所夢寐追求的唐代新古詩。程學恂稱“七古中此爲第一”,[①]誠非過譽。其他如《劉生》《射訓狐》《八月十五夜贈張功曹》《遣瘧鬼》等,[②]風格體式亦近此。

元和元年(806)六月,韓愈回到長安任國子博士。[③] 此時孟郊、[④]張籍、[⑤]張徹[⑥]都已在京中,後來又來了張署(736—795)、[⑦]侯喜(? —822)等。[⑧] 李翺於其年冬至三年(808)間分司洛中。[⑨] 孟郊亦於元年冬赴洛陽任河南尹鄭餘慶的水陸運判官。[⑩] 二年(807)六月,韓愈爲避讒也來到了東都分司。[⑪] 三年,皇甫湜(777—835)任陸渾尉,去洛陽不遠;[⑫]李賀

① 轉引自《韓昌黎詩繫年集釋》,卷3,頁283。

② 《韓昌黎詩繫年集釋》,卷2,頁222,卷2,頁250,卷3,頁257,卷3,頁264。

③ 參洪興祖《韓子年譜》,頁3152—3153。

④ 參華忱之《孟郊年譜》,頁243。

⑤ 參羅聯添《張籍年譜》,頁183。

⑥ 見韓愈《答張徹》,《韓昌黎詩繫年集釋》,卷4,頁396—409;韓愈等《會合聯句》,《韓昌黎詩繫年集釋》,卷4,頁410—411。

⑦ 參羅聯添《張籍年譜》,頁184。

⑧ 見韓愈《喜侯喜至贈張籍張徹》,《韓昌黎詩繫年集釋》,卷5,頁620—621。

⑨ 參羅聯添《李翺年譜》,頁491;《唐才子傳校箋》,卷5,頁509—510。

⑩ 參《孟郊年譜》,頁245—246。

⑪ 參洪興祖《韓子年譜》,頁3155。

⑫ 見《新唐書·皇甫湜傳》,卷176,頁5267;韓愈《陸渾山火一首和皇甫湜用其韻》,《韓昌黎詩繫年集釋》,卷6,頁684。

(790—816)也在此年從家鄉昌谷赴洛客居。[1] 此外,盧仝(?—835)本來已居住在洛陽一帶,此時亦與韓孟交接;[2]劉叉、[3]賈島(779—843)等又陸續來此。[4] 這樣,在元和元年至六年間(806—811),韓孟詩人群在京洛地區大聚會,寫出了衆多風格相通的詩作,在元和詩壇上如異軍突起,引人注目。

在這次聚會中,韓愈由汴徐時期的學習孟郊,當仁不讓地一躍而爲群體的盟主、衆人推尊的詩匠。這一方面與他在政壇和學壇上地位的上升相關,另一方面則由於他在貞元後期至貶陽山期間確立的新詩歌體式和所取得的成就,爲群體中諸人所矚目和争先仿效,其主要特徵如象徵、嘲謔、險怪、鋪張等,爲他們所普遍接受,成爲群體的共同特徵。

首先受到韓愈重要影響的是孟郊。雖然東野此時仍是其他詩人學習的對象,如《唐國史補》云:"元和已後……詩章則學矯激於孟郊。"[5]但他已明顯地傾服於韓愈的新成就。元和元年韓愈返京後與孟郊、張籍、張徹會合聯句,韓、孟聯唱尤爲頻繁。在此次聯句中,不但二張竭力仿韓,就連孟郊也不由自主地跟著韓愈轉。《會合》《納涼》《秋雨》《城南》《征蜀》諸聯句,[6]争奇鬥險,自覺追求怪醜之美;鋪敘繁冗,大量堆砌僻澀詞語;頗具幽默風趣,富於象徵意味;氣勢恢宏,筆力雄奥;其基本風格體式,正是韓愈南遷詩的發展。而孟郊特有的排比、重複、隱喻體式和貧士主題,暫時隱没不見了。

聯句之後,雖然孟郊又回復到自己的基本體格,但已經從退之那裏吸收了一些重要的新成分,從而使其元和中的洛陽創作進入一個新的階段,

---

① 參錢仲聯《李長吉年譜會箋》,收《夢苕盦專著二種》(北京:中國社會科學出版社,1984),頁31。

② 參《唐才子傳校箋》,卷5,頁268—269。

③ 見李商隱《齊魯二生·劉叉》,《樊南文集》(上海:上海古籍出版社,1988),卷8,頁488;參《唐才子傳校箋》,卷5,頁280。

④ 賈島於元和五年(810)赴洛陽,但未及謁韓孟等人;冬往長安,以詩謁張籍,;六年春自長安往洛陽,始謁韓愈,識孟郊;秋隨韓入長安。參李嘉言《賈島年譜》,收《長江集新校》(上海:上海古籍出版社,1983),頁139—142;華忱之《孟郊年譜》,頁255—256。

⑤ 李肇,《唐國史補》,卷下,頁57。

⑥ 《韓昌黎詩繫年集釋》,卷4,頁419,卷5,頁472—473,卷5,頁481—485,卷5,頁601。

主要表現爲三方面的發展。其一是嘲謔筆調,如《嚴河南》詩中嘲韓愈:

赤令風骨峭,語言清霜寒。不必用雄威,見者毛髮攢。[①]

《戲贈無本》詩中嘲賈島:

詩骨聳東野,詩濤湧退之。有時踉蹌行,人驚鶴阿師。[②]

其二是象徵手法,孟郊早期多用比興隱喻手法,已見前述;而在洛陽時期,其詩中比興已較少見,取而代之的是寫實與象徵相結合的情景,並且多見於其晚年精心結撰的組詩中。[③] 其三就是組詩的構造。晚年居洛時,孟郊寫了大量十首左右的組詩,如《立德新居十首》《杏殤九首》《寒溪九首》《送淡公十二首》《秋懷十五首》[④]等。這些組詩大多結構嚴謹,主題相貫,前後呼應,脉絡分明,並運用了新發展的象徵手法,寫得奥宏、怪誕、迷惘、艱深,成爲孟詩成就的高度代表。東野居洛時多作組詩的原因,很可能即受到韓愈在鴻篇巨製上成就的影響和刺激,有意識地化長篇爲組詩,既保持自己的精警簡峭本色,又能容納繁富深奥的内容,寫出傳世巨作。

試以《秋懷十五首》爲例。這組詩描繪了一個秋天的世界,並在其中交織了兩重象徵意義。其一爲"一致"的主題:秋天的衰頹蕭瑟與詩人的衰老凄苦相一致,而秋天的成熟和清澈也與詩人的堅守貧士晚節相一致。例如:

孤骨夜難卧,吟蟲相唧唧。老泣無涕洟,秋露爲滴瀝。(其一)

野步踏事少,病謀向物違。幽幽草根蟲,生意與我微。(其四)

秋深月清苦,蟲老聲粗疏。……悲彼零落生,與我心何如。(其九)

---

① 《孟東野詩集》,卷6,頁102。

② 《孟東野詩集》,卷6,頁112。

③ 宇文所安已指出孟郊詩中象徵手法的運用,參其 *The Poetry of Meng Chiao and Han Yü*, 137-153。

④ 《孟東野詩集》,卷5,頁90,卷10,頁187,卷5,頁88,卷8,頁147,卷4,頁58。

秋草瘦如髮，貞芳綴疏金。晚鮮詎幾時，馳景還易陰。（其七）

洗河不見水，透濁爲清澄。詩壯昔空説，詩衰今何憑。（其六）

囊懷沈遥江，衰思結秋嵩。鋤食難滿腹，葉衣多醜躬。粗縷不自整，古吟將誰通。幽竹嘯鬼神，楚鐵生虬龍。忠生多異感，運鬱由邪衷。常思書破衣，至死教初童。（其十）

其二是對立的主題：秋天的蕭殺毁滅力量象徵冷酷險惡、讒人得志的社會，使得詩人少壯時的理想幻滅成空，並將詩人步步逼向失敗和死亡。例如：

秋月顔色冰，老客志氣單。冷露滴夢破，峭風梳骨寒。（其二）

一尺月透户，仡栗如劍飛。老骨坐亦驚，病力所尚微。（其三）

老骨懼秋月，秋月刀劍棱。纖威不可干，冷魂坐自凝。（其六）

幽苦日日甚，老力步步微。常恐暫下床，至門不復歸。（其十一）

組詩的前十三首反復描繪秋天的種種物象，交互出現這兩重象徵意義，抒寫紛至沓來的種種情懷。至最後兩首，纔完全拋開秋天的象徵世界，直接點明主題。第十四首總結"一致"的主題，表白自己將始終堅持儒士品格，擔荷古道，[1]不與世俗同流合污，以此來戰勝衰亡，獲得生命的永恒：

黄河倒上天，衆水有却來。人心不及水，一直去不迴。一直亦有巧，不肯至蓬萊。一直不知疲，唯聞至省臺。忍古不失古，失古志易摧。失古劍亦折，失古琴亦哀。夫子失古淚，當時落漼漼。詩老失古心，至今寒皚皚。古骨無濁肉，古衣如蘚苔。勸君勉忍古，忍古銷

① 華忱之、喻學才將"忍古"解釋爲"擔荷古道"，其説甚是。見其《孟郊詩集校注》（北京：人民文學出版社，1995），頁167。

塵埃。

第十五首總結"對立"的主題,指責讒人,分清倫理是非,爲自己一生和身後的聲名辯白:

> 詈言不見血,殺人何紛紛。聲如窮家犬,吠竇何誾誾。詈痛幽鬼哭,詈侵黄金貧。言詞豈用多,憔悴在一聞。古詈舌不死,至今書云云。今人詠古書,善惡宜自分。秦火不爇舌,秦火空爇文。所以詈更生,至今横氤氲。

整組詩經過精心的構思,嚴密的安排,語辭、意象、主題、情懷皆相互聯繫,前後錯綜,其意義不僅是各首的總和,而且是更爲深奥複雜,耐人尋味。再加上象徵手法的成功運用,進一步造成迷幻動人、變化莫測的藝術效果,從而使得這組詩成爲孟郊最優秀的代表作之一。

參與京洛集會的其他詩人,都明顯地接受了韓孟的影響,尤以韓的影響爲突出。皇甫湜爲韓愈所酬和步韻的原作《陸渾山火》已逸,但從韓作仍可推測其大致風格。[①] 其現存四首詩,[②]皆寫得險怪、艱奥、粗率、散文化,學韓而變本加厲,走向極端。盧仝和劉叉則以韓爲主,兼學韓、孟。盧仝的《月蝕》《與馬異結交詩》《苦雪寄韓退之》等詩,[③]劉叉的《冰柱》《雪車》等詩,[④]具有險怪、嘲謔、繁冗、議論、説教等韓體特徵,並與皇甫湜一樣,將這些特徵過度發展,走向極限,幾至失去詩美。盧仝的《冬行三首》《掩關銘》等詩,[⑤]劉叉的《答孟東野》《古怨》等詩,[⑥]則仿用了孟郊的排比、頂針、隱喻等體式。如盧仝《冬行》之三:

> 不敢唾汴水,汴水入東海。污泥龍王宫,恐獲不敬罪。不敢踏汴堤,汴堤連秦宫。踏盡天子土,饋運無由通。

---

① 《韓昌黎詩繫年集釋》,卷 6,頁 684。
② 《全唐詩》,卷 369,頁 4150。
③ 《全唐詩》,卷 387,頁 4363,卷 388,頁 4383,卷 389,頁 4388。
④ 《全唐詩》,卷 395,頁 4443,卷 395,頁 4444。
⑤ 《全唐詩》,卷 388,頁 4379,卷 389,頁 4390。
⑥ 《全唐詩》,卷 395,頁 4445,卷 395 頁,4446。

再如劉叉《古怨》:

> 君莫嫌醜婦,醜婦死守貞。山頭一怪石,長作望夫石。鳥有並翼飛,獸有比肩行。丈夫不立義,豈如鳥獸情。

李賀的詩歌淵源十分豐富多樣,他從傳統和當代的詩歌中都吸取了有益的成分,以最終形成自己别具一格的鮮明風格,其中不可忽略地包括了韓孟的影響。韓詩那瑰怪瑋麗、神出鬼没的描寫、想象、象徵,孟詩那劌目鉥心、詞詭調激的驚俗精神和苦吟生涯,都可在李詩中找到明顯的痕跡。特别是長吉那些與韓孟詩人群相關的詩,更是有意地仿效二人體格。如《仁和里雜叙皇甫湜》:

> 大人乞馬癯乃寒,宗人貸宅荒厥垣。横庭鼠徑空土澀,出籬大棗垂朱殘。安定美人截黄綬,脱落纓裾瞑朝酒。還家白筆未上頭,使我清聲落人後。枉辱稱知犯君眼,排引纔陞强絙斷。洛風送馬入長關,闔扇未開逢猰犬。那知堅都相草草,客枕幽單看春老。歸來骨薄面無膏,疫氣衝頭鬢莖少。欲雕小説干天官,宗孫不調爲誰憐。明朝下元復西道,崆峒叙别長如天。①

嘲謔、醜怪、澀硬、矯激,錢鍾書稱此詩雅似韓愈,又謂其《北中寒》詩,"可與韓、孟《苦寒》兩作驂靳"。② 其説甚是。

賈島的情況最爲複雜,他的詩歌風格經歷了從學習、模仿到創體、開派的發展過程。在京洛初識韓孟時,賈島完全傾倒於此二位宗匠。韓愈《送無本師歸范陽》云:

> 無本於爲文,身大不及膽。吾嘗示之難,勇往無不敢。蛟龍弄角牙,造次欲手攬。衆鬼囚大幽,下覷襲玄窗。天陽熙四海,注視首不頷。鯨鵬相摩窣,兩舉快一啖。夫豈能必然,固已謝黯黮。狂詞肆滂葩,低昂見慘舒。奸窮怪變得,往往造平淡。③

---

① 《全唐詩》,卷391,頁4407。

② 錢鍾書,《談藝録》(北京:中華書局,1984),頁58。

③ 《韓昌黎詩繫年集釋》,卷7,頁820。

詩中生動描繪了浪仙從昌黎學詩的情形及其早期詩狂怪的風格境界。有人認爲這是韓愈的誇張,以自己的風格强加他人,此説不然。賈島早期詩可能有較多散佚,但從保留下來的與韓孟詩人群的過往詩看,仍可表明韓説非虛。如《携新文詣張籍、韓愈途中成》:

> 袖有新成詩,欲見張韓老。青竹未生翼,一步萬里道。仰望青冥天,雲雪壓我腦。失却終南山,惆悵滿懷抱。安得西北風,身願變蓬草。地祇聞此語,突出驚我倒。①

幽默、生新、峭硬、怪誕,明顯仿效韓體。不過,對賈島影響較爲深遠的是孟郊,大概由於郊、島在身世、經歷、性格方面較爲接近。賈島不僅元和前期在京洛時學孟,他的五古實際上一直以孟體爲基礎;直接逼肖孟體的就有《客喜》《投孟郊》《朝飢》《不欺》《寄遠》等十數首,②故有"效寒島瘦"的並稱。以《客喜》爲例:

> 客喜非實喜,客悲非實悲。百迴信到家,未當身一歸。未歸長嗟愁,嗟愁填中懷。開口吐愁聲,還却入耳來。常恐淚滴多,自損兩目輝。鬢邊雖有絲,不堪織寒衣。

排比發端,頂針接續,凄苦蹇澀,矯激不平,甚至連鬢絲織衣的譬喻,都是典型的孟詩喻象。

元和後期至長慶中,賈島與姚合(781?—846)、朱慶餘、無可等人在京畿一帶聚合成另一詩人群。他把退之的奇峭筆力和險僻意象,東野的貧士角色和苦吟精神,與盛唐和諧圓美、嚴謹均衡的近體傳統相結合,創造出一種清奇僻苦、精警峭拔的五律新體式,從而闖出自己的道路,成爲新群體的盟主,其流風所及,一直影響至晚唐、五代、宋初。

---

① 《長江集新校》,卷2,頁13。

② 《長江集新校》,卷1,頁8,卷2,頁14,卷1,頁2,卷1,頁6,卷1,頁3。

四　唐末五代廬山詩人群考論

自東晋至唐，廬山成爲隱居勝地。唐末五代戰亂中，文人騷客、僧道隱逸紛紛避亂聚居於此。其後南唐於山上白鹿洞建國學，江南士子多來此肄業，而其學業之一即爲詩歌。故唐末五代半個多世紀中，廬山成爲一個詩歌活動中心，先後有二十幾位詩人聚居於此。這些詩人可按照時代先後大致分爲兩個詩人群。他們皆奉賈島爲宗，創作上又各具特色，體現了晚唐賈體詩人向宋初晚唐體詩人的過渡。本章即擬稽考這兩個詩人群的形成與活動，評述他們的創作風貌，並揭示他們之間的先後承傳關係以及他們對宋初詩風的影響。

（一）唐末至五代前期廬山詩人群的聚集及創作特色

五代前期廬山詩人群可考者有修睦、齊己、李咸用、處默、栖隱、張凝、孫晟、陳沆、虛中、黄損、熊皦等十一人。

修睦（？—918）。陳舜俞（？—1072）《廬山記》載："寶嚴（禪院）舊曰雙溪……吴乾貞二年，僧常真始基焉……二林僧修睦，號楚湘，東西二林監寺，譚論大德。"[1]吴乾貞二年爲後唐天成三年（928）。《宋高僧傳·

① 陳舜俞，《廬山記》（《守山閣叢書》本），卷2，頁1a。

梁廬山雙溪院國道者傳》則稱修睦於後梁時任廬山僧正。[①] 齊己《送東林寺睦公往吴國》云:"莫因賢相請,不返舊山椒。"[②]按吴本奉唐朔,至後梁貞明五年(919)四月始建國;而齊己於後梁龍德元年(919)離廬山往荆州(見下),則修睦應吴之請赴金陵應在貞明五六年間(919—920),未久當又返故山,至後唐天成時尚任僧正。[③] 修睦著有《東林集》一卷,[④]已散佚,《全唐詩》存其詩二十七首,大多作於廬山。

齊己(864—943?)。齊己集中作於廬山和懷念廬山的詩甚多。孫光憲《白蓮集序》云:"題曰《白蓮集》,蓋以久棲東林,不忘勝事。"[⑤]《廬山記》録有《永昌院記》,云:"天祐五年戊辰歲僧齊己撰。"[⑥]天祐五年爲後梁開平二年(908),知是年齊己已在廬山。齊己有《荆渚感懷寄僧達禪弟》,云:"十五年前會虎溪,白蓮齋後便來西。"[⑦]據《唐才子傳校箋》所考,齊己離廬山赴荆州在後梁龍德元年。[⑧] 則其後梁時基本上居於廬山。齊己與修睦唱酬甚密,其居廬山或即依倚修睦。

李咸用。李咸用有《依韻修睦上人山居十首》,其二云"道旁病樹人從老",其六云"多慚幸住匡山下"。[⑨] 又有《和修睦上人聽猿》:"此宵秋欲半,山在二林西。"[⑩]又《寄嵩陽隱者》:"我住匡山北。"[⑪]另有廬山詩數首,可知李咸用晚年曾依修睦居廬山。李咸用於唐末曾任推官,[⑫]其居廬山約在後梁中。又李咸用有《九江和人贈陳生》《題陳處士山居》,[⑬]陳生、

---

① 贊寧,《宋高僧傳》,卷30,頁750。《全唐詩》(卷849,頁9615—9619)修睦小傳稱其於唐光化中任洪州僧正,洪州應爲廬山之誤。

② 《全唐詩》,卷838,頁9445。

③ 胡震亨《唐音癸籤》稱:"修睦赴僞吴之辟,與朱瑾同及於禍。"(上海:上海古籍出版社,1981;卷29,頁302)按朱瑾之禍在後梁貞明四年(918),見《資治通鑑》(卷270,頁8828),胡説疑誤。

④ 《直齋書録解題》,卷19,頁584。

⑤ 《全唐文》,卷900,頁9390下。

⑥ 《廬山記》,卷3,頁15a。

⑦ 《全唐詩》,卷844,頁9549。

⑧ 傅璇琮主編,《唐才子傳校箋》(北京:中華書局,1986—1992),卷9,頁182—183。

⑨ 《全唐詩》,卷646,頁7413。

⑩ 《全唐詩》,卷645,頁7399。

⑪ 《全唐詩》,卷645,頁7398。

⑫ 參《唐才子傳校箋》,卷10,頁376。

⑬ 《全唐詩》,卷645,頁7395,卷645,頁7392。

陳處士當爲陳沆，其時亦居廬山，見下考。

栖隱及張凝。齊己《寄懷江西栖公》云："龍沙爲别日，廬阜得書年。"[①]栖公疑指栖隱。[②]《宋高僧傳》栖隱傳云："與貫休、處默、修睦爲詩道之遊；沈顔、曹松、張凝、陳昌符皆處士也，爲唱酬之友。"[③]傳中稱其於廣明中(880—881)隱廬山，後入荆楚，光化中(898—901)遊嶺南，後唐同光中(923—926)北上，天成中(926—930)卒，但未載其於後梁時行踪。聯繫上引齊己贈詩，疑其又於此時寓居廬峰依修睦。其詩今無存。齊己另有《酬廬山張處士》，云："新事向人堪結舌，舊詩開卷但傷心。"[④]此能詩之張處士很可能即《宋高僧傳》所提及的張凝，其居廬山應與齊己、栖隱、修睦大致同時。張凝詩今亦無存。

孫晟(？—956)。《新五代史》本傳云："初名鳳，又名忌，密州人也。好學，有文辭，尤長於詩。少爲道士，居廬山簡寂宫。常畫唐詩人賈島像置於屋壁，晨夕事之。簡寂宫道士惡晟，以爲妖，以杖驅出之。乃儒服北之趙、魏，謁唐莊宗於鎮州。"[⑤]據《通鑑》載，後梁龍德元年(921)十一月，晋王李存勗(885—926)自將兵攻鎮州，二年(922)九月，拔鎮州。[⑥] 孫晟謁晋王，當在此時，其北上趙魏約在龍德元年，則其居廬山簡寂宫爲道士約在後梁貞明中。又陸游(1125—1210)《南唐書》孫晟傳稱其年少時曾舉進士；[⑦]齊己也有《送孫鳳秀才赴舉》《送孫逸人歸廬山》。[⑧] 後詩云："獨自擔琴鶴，還歸瀑布東。"似其應舉前已隱居廬山，其時約在唐末後梁初；應舉未遂後，仍回廬山，始爲道士。孫晟詩今不傳。

陳沆。宋張靚《雅言雜載》載："廬阜人陳沆，立性僻静，不接俗士。

---

① 《全唐詩》，卷841，頁9489。

② 同時又有詩僧栖蟾，亦與齊己唱酬，但齊己稱其爲從弟、師弟，不稱栖公，如《聞栖蟾從弟卜巖居嶽西有寄》《寄懷栖蟾師弟》(《全唐詩》，卷843，頁9520)。

③ 《宋高僧傳》，卷30，頁746。

④ 《全唐詩》，卷846，頁9575。

⑤ 歐陽修，《新五代史》(北京：中華書局，1974)，卷33，頁365。

⑥ 《資治通鑑》，卷271，頁8870。

⑦ 陸游，《南唐書》(《四部叢刊》本)，卷8，頁6a。

⑧ 《全唐詩》，卷839，頁9461，卷843，頁9528。

黄損、熊皎、虚中師事之。”[①]鄭文寶(953—1013)《南唐近事》亦載陳沆作詩嘲諷廬山九天使者廟道士事。[②]《登科記考》引《永樂大典》收《莆陽志》云:“開平二年,陳沆、鄭希閔同第進士。”[③]則沆應爲閩莆田(今福建莆田)人,隱廬山,非廬山人。齊己有《貽廬岳陳沆秀才》,[④]詩稱秀才,應作於其未第前。則陳沆唐末已隱廬山讀書,後梁開平二年(908)登進士第後復返廬山,爲黄損等人所師。《全唐詩》存陳沆詩一首。[⑤]

黄損。《十國春秋》本傳云:“學於廬山。”[⑥]《雅言雜載》載:“唐黄損,龍德二年(922)登進士第,喜作詩吟。”[⑦]其居廬山從陳沆學詩應在登第前,約後梁中。《全唐詩》存黄損詩四首。[⑧]

熊皦。《雅言雜載》之熊皎爲熊皦之誤,説見《唐才子傳校箋》。[⑨]《郡齋讀書志》云:“陳沆賞皦《早梅》詩云:‘一夜欲開盡,百花猶未知。’曰:‘太妃容德,於是乎在。’”[⑩]此可證熊皦曾從陳沆學詩之説。王仁裕(880—956)《玉堂閑話》云:“補闕熊皎云:‘廬山有上霄峰者,去平地七百仞。’”[⑪]可見熊皦確曾居廬山。熊皦爲閩人,[⑫]曾隱九華山,自稱“九華山人”,[⑬]後唐清泰二年(935)進士。[⑭]《直齋書録解題》謂熊皦“集中多下第詩,蓋老於場屋者”。[⑮] 陳沆於開平二年登進士第,熊皦從其學詩,約在其

---

① 阮閲,《詩話總龜》(北京:人民文學出版社,1987),前集卷13,頁152引。

② 鄭文寶(953—1013)撰,《南唐近事》,收傅璇琮、徐海榮、徐吉軍主編《五代史書彙編》(杭州:杭州出版社,2004),卷2,頁5056。

③ 徐松,《登科記考》,卷25,頁936。

④ 《全唐詩》,卷842,頁9505。

⑤ 《全唐詩》,卷757,頁8611。

⑥ 吴任臣,《十國春秋》(北京:中華書局,1983),卷62,頁894。

⑦ 《詩話總龜前集》,卷10,頁119引。

⑧ 見《全唐詩》,卷734,頁3893—3894。

⑨ 《唐才子傳校箋》,卷10,頁505—506。

⑩ 晁公武,《郡齋讀書志》,卷18,頁19a—19b。

⑪ 《太平廣記》,卷397,頁3181。

⑫ 《册府元龜》,卷722,頁8324。

⑬ 《詩話總龜》引《雅言雜載》,前集卷13,頁156。

⑭ 參《登科記考》,卷25頁984。

⑮ 《直齋書録解題》,卷19,頁581。

年或稍後。《全唐詩》存熊皦詩十二首。[①]

虛中。虛中於後唐天成、長興間赴湖南依馬氏，[②]其居廬山從陳沆學詩，亦約在後梁中。齊己多有贈虛中詩，虛中也有《贈齊己》詩。[③]《全唐詩》存虛中詩十四首。[④]

綜上所考，唐末至五代前期，廬山聚集了一批詩人，主要爲僧道隱士，也有青年士子和專職官員。這些詩人相互之間聯繫密切：齊己、李咸用、棲隱皆依修睦而居廬山；張凝與齊己、修睦爲詩友；孫晟與齊己過從；黄損、虛中、熊皦皆從陳沆學詩；陳沆、黄損、虛中、齊己、李咸用、修睦等相互多有唱酬。

共同的生活環境、密切的交往關係和詩歌活動，使得他們在思想傾向和創作傾向方面十分相近。在詩歌觀念上和人生價值觀上，他們都自覺而公開地將詩歌當成垂名青史的工具，作爲生活中的最高追求。李咸用《依韻修睦上人山居十首》云：

何事深山嘯復歌，短弓長劍不如他。且圖青史垂名穩，從道前賢自滯多。[⑤]

值此唐末五代紛亂之時，去職失意的文士和幽居深山的僧侶，只能將垂名青史的希望寄託於詩歌。齊己《逢詩僧》云：

禪玄無可並，詩妙有何評。五七字中苦，百千年後清。難求方至理，不朽始爲名。珍重重相見，忘機話此情。[⑥]

也明確表達了對後世詩名的動情追求。孫晟當道士後，晨夕參拜賈島像，同樣是將詩歌追求看得高於道教的長生追求。他本來希望在深山中借詩歌以垂不朽，由於觀主不理解，驅使他又重入亂世，最終成爲豪杰人物。[⑦]

---

① 見《全唐詩》，卷737，頁8409，卷886，頁10012—10014。
② 參《唐才子傳校箋》，卷8，頁531。
③ 《全唐詩》，卷848，頁9607。
④ 《全唐詩》，卷848，頁9604—9607。
⑤ 《全唐詩》，卷646，頁7413。
⑥ 《全唐詩》，卷842，頁9506。
⑦ 孫晟後事南唐爲相，見《十國春秋》本傳，卷27，頁382。

短弓長劍與詩歌的對立,是戰亂與文化的對立,故廬山詩人們的詩歌觀念不僅體現了心靈深處不甘寂寞的入世精神和求名意識,還在更深刻的意義上體現了渴求文治、厭倦亂世的文化意識及和平意識。

在詩歌創作上,廬山詩人群也有不少共同特徵。首先,他們都以賈島爲宗,走苦吟之路。孫晟在廬山簡寂觀朝夕禮拜賈島畫像,典型地代表了廬山詩人們對賈島的尊崇。虛中撰《流類手鑑》,所舉詩例多爲賈島及其流裔之詩。齊己有《讀賈島集》,[①]詩中高度推敬賈島。其平素論詩賦詩也多强調苦吟冥搜,如《貽王秀才》云"功到難搜處,知難始是詩";[②]《酬尚顔上人》云"還憐我有冥搜癖,時把新詩過竹尋"。[③] 鄭谷亦稱其作詩"思苦有蒼髭"。[④] 虛中作詩是"境幽搜亦玄"。[⑤] 黄損是"詩好常甘得句遲"。[⑥] 李咸用是"吟得寒缸短焰終"。[⑦]

這些詩人作於廬山的詩,主要内容爲描繪廬山一帶山水的壯觀,山居生活的閑散情懷,寺院廟觀的清幽景致,時而也流露出亂世中無所依憑的寂寞心理。如齊己《東林雨後望香爐峰》:

> 翠濕僧窗裏,寒堆鳥道邊。静思尋去路,急繞落來泉。暮雨開青壁,朝陽照紫烟。二林多長老,誰憶上頭禪。[⑧]

前三聯細緻摹寫從東林寺所見香爐峰的清新秀麗景色,句句扣緊雨後,"濕"字與"堆"字見出賈島式的煉字功夫。再如李咸用《山居》:

> 草堂書一架,苔徑竹千竿。難世投誰是,清貧且自安。鄰居皆學稼,客至亦無官。焦尾何人聽,凉宵對月彈。[⑨]

---

① 《全唐詩》,卷 843,頁 9525。
② 《全唐詩》,卷 841,頁 9500。
③ 《全唐詩》,卷 838,頁 9453。
④ 孫光憲,《白蓮集序》引,《白蓮集》(《四部叢刊》本),卷首附。
⑤ 齊己,《謝虛中上人寄示題天策閣詩》,《全唐詩》,卷 840,頁 9478。
⑥ 林楚才,《贈致仕黄損》,《全唐詩》,卷 795,頁 8959。
⑦ 李咸用,《和友人喜相遇十首》,《全唐詩》,卷 646,頁 7412。
⑧ 《全唐詩》,卷 840,頁 9482。
⑨ 《全唐詩》,卷 645,頁 7390。

寫山中隱居生活,簡樸自然,流易生動。“難世投誰是”表現亂世中無所依從的惶惑,尾聯對月彈琴,無人欣賞,尤見出詩人心中深沉的孤寂落寞之感。

修睦、虛中、陳沆、黃損、熊皦、處默等的存詩皆爲近體,以五律居多,齊己、李咸用作於廬山的詩也多爲五律。黃朝英《靖康緗素雜記》載:“鄭谷與僧齊己、黃損等,共定今體詩格,云凡詩用韻有數格,一曰葫蘆,一曰轆轤,一曰進退。”[①]齊己撰有《風騷旨格》,虛中撰有《流類手鑑》,皆側重於總結律詩做法,特別是對偶比類的格式。由此可見廬山詩人對近體詩聲韻體式的注重。他們的五律學賈島,格律圓整,對偶工致,文字省净,立意新穎,並專在中二聯對句、特別是景聯上下功夫,搜取眼前之景,自出新僻之語,故頗多清僻冷雋之警句,亦時有佳篇。齊己與熊皦皆有《早梅》詩,熊皦詩爲陳沆所賞,應作於廬山;齊己詩爲鄭谷所賞並改一字,二人過從在唐末梁初,鄭谷所居宜春又近廬山(説見後),故頗疑二詩是在廬山上同時分韻而賦。齊己詩云:

> 萬木凍欲折,孤根暖獨迴。前村深雪裏,昨夜一枝開。風遞幽香去,禽窺素艷來。明年如應律,先發映春臺。[②]

首聯先以萬木猶凍烘托早梅之孤根獨暖,見出早梅不同凡俗之禀賦。次聯以流水對寫早梅夜裏於深雪中凌寒獨放,既秀逸超群,又清雅自謙。三聯寫雖然早梅夜中悄悄開放,本無嘩衆取寵之意,但其幽香素艷畢竟無法自掩,終於被清風傳遞信息,禽鳥飛臨窺探。尾聯寫詩人賞重早梅之意難已,竟情不自禁地與其預約明年再度早發。詩中句句扣緊“早”字,既描繪出早梅絶世的香艷風姿,又揭示出其超凡脱俗的品格,實爲唐末五代之際詠物詩中難得的佳作。熊皦詩云:

> 江南近臘時,已亞雪中枝。一夜開欲盡,百花猶未知。人情皆共惜,天意欲教遲。莫訝無濃艷,芳筵正好吹。[③]

---

① 黄朝英,《靖康緗素雜記》(上海:上海古籍出版社,1986),補輯,頁104。

② 《全唐詩》,卷843,頁9528。

③ 《全唐詩》,卷737,頁8410。

次聯寫早梅夜中盛開而百花未知,同樣强調早梅超俗而謙雅的品格,故爲陳沆賞爲"太妃容德"。全篇亦扣緊"早"字,並善用側面描寫的手法,以"雪中""百花""人情""天意""芳筵"等烘托,雖不如齊己之作完美無缺,却也不失爲佳作。其他如陳沆斷句"掃地雲粘帚,耕山鳥怕牛";[①]李咸用《遣興》"蟬稀秋樹瘦,雨盡晚雲輕";[②]《秋晚》"柳葉飄乾翠,楓枝撼碎紅";[③]黄損斷句"掃地待明月,踏花迎野僧";[④]虚中斷句"菖蒲花不艷,鸜鵒性多靈";[⑤]熊皦《早行》"遠樹動宿鳥,危橋怯病身",[⑥]則都屬於賈島式的清僻警句。

除了賈島外,廬山詩人還受到鄭谷(851? —?)的直接影響。鄭谷在唐末五代之際詩名極盛。他於天復末至開平四年(910)或稍後退隱宜春,[⑦]去廬峰未遠,故齊己、黄損等時往過從。鄭谷改齊己《早梅》詩之"昨夜數枝開"爲"昨夜一枝開",齊己尊爲"一字師"。[⑧] 齊己《寄鄭谷郎中》云:

> 人間近遇風騷匠,鳥外曾逢心印師。除此二門無別妙,水邊松下獨尋思。[⑨]

此高度推尊鄭谷爲當代詩匠。齊己又與黄損從鄭谷定《今體詩格》,已見前述。鄭谷還曾稱賞黄損詩"殆奪真宰所有也"。[⑩] 虚中本宜春人,與鄭谷亦有唱酬。

唐末詩人在創作傾向上有一個重要的特徵,即對於唐詩傳統已有自覺的意識和較完整的把握,能够依照不同詩體、不同題材、不同場合而仿

---

① 《全唐詩》,卷757,頁8611。
② 《全唐詩》,卷645,頁7390。
③ 《全唐詩》,卷645,頁7393。
④ 《全唐詩》,卷734,頁8930。
⑤ 《全唐詩》,卷848,頁9607。
⑥ 《全唐詩》,卷886,頁10012。
⑦ 參趙昌平《鄭谷年譜》,《唐代文學論叢》9輯(1987),頁270—271。
⑧ 陶岳(? —1022)撰,《五代史補》,收《五代史書彙編》,卷3,頁2509。
⑨ 《全唐詩》,卷847,頁9592。
⑩ 梁廷楠,《南漢書》(廣州:廣東人民出版社,1981),卷10,頁53。

用前輩名家的不同風格,故往往呈現出風格的多樣化和兼綜性,鄭谷是其中的突出代表。他的五律基本上沿承賈島一派,寫得圓整凝練,而七言近體却雜糅大曆諸子和白居易、許渾的詩風,在句法上下工夫,多用虛詞穿插,多用叠字,以清麗字眼與淺切語言交織,寫得清婉明白、工麗小巧、摇曳多姿;[①]特别是景聯,往往採用現成意象,依靠意象間的類型聯繫構造出一種情調氛圍,這種詩法與賈島的多寫實景恰好相對。廬山詩人所作七言近體不多,風格大致與鄭谷體相近。如熊皦斷句:"厭聽啼鳥夢醒後,慵掃落花春盡時。"[②]黄損《鷓鴣》斷句:"而今世上多離别,莫向相思樹下啼。"[③]修睦《簡寂觀》:"碧岫觀中人似鶴,紅塵路上事如麻。石肥滯雨添蒼蘚,松老涵風落翠花。"[④]李咸用《和友人喜相遇十首》:"非窮非達非高尚,冷笑行藏只獨知","相逢莫厭杯中酒,同醉同醒只有君"。[⑤]

此外,齊己和李咸用撰有較多樂府和歌行,明顯取法李白和李賀,修睦也曾作有類似的歌行。李咸用《讀修睦上人歌篇》云:

> 李白亡,李賀死,陳陶趙睦尋相次。須知代不乏騷人,貫休之後,惟修睦而已矣。睦公睦公真可畏,開口向人無所忌。才似煙霞生則媚,直如屈軼佞則指。意下紛紛造化機,筆頭滴滴文章髓。明月清風三十年,被君驅使如奴婢。勸君休,莫容易,世俗由來稀則貴。珊瑚高架五雲毫,小小不須煩藻思。[⑥]

他們的歌行在風格上與其五律和七言律絶皆相去甚遠。這類歌行雖未受鄭谷影響,但同樣體現了對唐詩傳統的自覺意識和風格的多樣化、兼綜化。

---

① 趙昌平已指出鄭谷詩綜合賈姚體、白體、馬戴、許渾詩風,具有清婉明白、淺切有致的風格特徵;見其《從鄭谷及其周圍詩人看唐末至宋初詩風動向》,《文學遺産》,1987 年 3 期,頁 33—42。

② 《全唐詩》,卷 886,頁 10013。

③ 《全唐詩》,卷 734,頁 3893。

④ 《全唐詩》,卷 849,頁 9617。

⑤ 《全唐詩》,卷 646,頁 7412。

⑥ 《全唐詩》,卷 644,頁 7386。

(二)五代後期廬山詩人群的聚集及詩歌風貌

五代後期至宋初,約當南唐時,廬山仍是僧道隱士聚居之地。甚至連南唐中主李璟(916—961)在藩邸時,也在山中書室讀書,而其東宫僚屬中,就有著名詞人馮延巳。南唐昇元四年(940)於廬山白鹿洞建國學,吴、贛、湘、閩的青年士子紛紛來此求學。中主保大中,南唐恢復科舉制度,以詩取士,詩歌遂成爲廬山國學的主要學業。故這一時期廬山上的詩歌活動比前一時期更爲活躍,詩人可考者有十六人。

陳貺。《江南野史》載:"處士陳貺者,閩中人,少孤貧好學。遊廬山,刻苦進修,詩書蓄數千卷。有詩名,聞於四方。慵於取仕,隱於山麓。……時輩多師事之。"[①]並述南唐中主召見貺之事。馬令《南唐書》陳貺傳載:"一卧廬山三十年,學者多師事焉"。[②] 陸游《南唐書》陳貺傳載:"隱於廬山四十年……苦思於詩,得句未成章,已播遠近。"[③]陳貺約卒中主保大末,年七十餘,[④]上推三十餘年,約當後唐初。按後唐同光三年(925),閩主王審知卒,閩政大亂,陳貺或於此時去閩隱廬山。陳貺有《慶雲集》一卷,已佚。[⑤]《全唐詩》存其詩一首,斷句十。[⑥]

江爲。《江南野史》稱江爲爲建陽(今福建建陽)人,"少遊廬山白鹿洞,師事處士陳貺,酷於詩句,二十餘年,有風雅清麗之度,時已誦之"。[⑦]遊白鹿洞,謂入南唐國學。江爲約卒於後主初年,[⑧]上推二十年,正當昇元末白鹿洞國學初建時。江爲有集一卷,[⑨]已佚。《全唐詩》及《全唐詩補

---

① 龍衮,《江南野史》,《五代史書彙編》本,卷6,頁5197。

② 馬令,《南唐書》(《四部叢刊》本),卷15,頁3a。

③ 陸游,《南唐書》,卷4,頁8a。

④ 《江南野史》,卷6,頁5197。

⑤ 《秘書省續編到四庫闕書目》(收《觀古堂書目叢刻十五種》),秘目卷1,頁84a。

⑥ 《全唐詩》,卷741,頁8446,卷795,頁8952—8953。

⑦ 《江南野史》,卷8,頁5215。

⑧ 《江南野史》,卷8,頁5215。

⑨ 《直齋書録解題》,卷19,頁582。

編》存其詩十三首,斷句八。[①]

劉洞(?—975)。《江南野史》載:"劉洞……少遊學入廬山,師事陳貺學詩,精究其術。"[②]陸游《南唐書》本傳載:"劉洞,廬陵[今江西吉安]人,隱居廬山二十年。"[③]洞於南唐後主初年(961)離廬山赴金陵獻詩,[④]上推二十年,其始居廬山亦約當昇元末白鹿洞國學初建時。疑其先遊白鹿洞,後遂隱廬山。《全唐詩》存其詩一首,斷句六。[⑤]

夏寶松。馬令《南唐書》本傳載:"夏寶松,廬陵吉陽[今江西吉安]人也。少學詩於建陽江爲,爲羈旅卧病,寶松躬嘗藥餌,夜不解帶。爲德之,與處數年,終就其業。"[⑥]陸游《南唐書·劉洞傳》載:"同時有夏寶松者,亦隱廬山,相與爲詩友。"[⑦]江爲昇元末始出遊廬山,夏寶松從其學,約在保大中。《全唐詩》存其斷句三聯。[⑧]

楊徽之(921—1000)。楊億《楊公[徽之]行狀》記其爲建州蒲城(今福建蒲城)人,"邑人江文蔚善賦,江爲能詩,公皆延於客館之中,伸以師事之禮,曾未期歲,與之齊名。潯陽廬山學舍甚盛,四方髦俊,輻輳其間。公……與從父弟參躡蹺擔簦,不遠千里,亦既至止,名聲藹然,先生巨儒,咸共嘆伏。凡再罹寒暑,其業大成"。下叙其於肄業之年北上,次年(顯德二年、保大十三年,955)登第。[⑨] 依此上推,楊徽之遊學廬山在保大十年至十一年間(953—954)。其入宋前所作詩,可確定者僅存《贈譚先生》一首及《東林寺》斷句一聯。[⑩] 譚先生爲譚峭,南唐時亦隱廬山,見下考。

孟貫。《江南野史》載:"孟貫,世居嶺表,爲建陽[今福建建陽]人。

---

① 《全唐詩》,卷741,頁8447—8448;《全唐詩續補遺》,卷11,頁467—468;《全唐詩續拾》,卷43,頁1370—1371。

② 《江南野史》,卷9,頁5220。

③ 陸游,《南唐書》,卷12,頁3b。

④ 《江南野史》,卷9,頁5220。

⑤ 《全唐詩》,卷741,頁8446—8447。

⑥ 馬令,《南唐書》,卷14,頁6b。

⑦ 陸游,《南唐書》,卷12,頁4a。

⑧ 《全唐詩》,卷795,頁8951。

⑨ 楊億(974—1020),《武夷新集》(《四庫全書》本),卷11,頁18b。

⑩ 北京大學古文獻研究所,《全宋詩》(北京:中華書局,1991),卷11,頁159。

少好學,出遊廬山,與江泊大諫楊徽之同學友善,故徽之詩集中多與貫爲者。"[①]並載其於顯德五年(中興元年,958)渡江獻詩周世宗。[②] 孟貫既與楊徽之同學,則其遊廬山應在保大十年、十一年前後。《全唐詩》存其詩一卷。[③]

伍喬(?—975?)。陸游《南唐書》伍喬傳載:"伍喬,廬江人,居廬山國學數年,力於學詩。"[④]伍喬後約於南唐中主中興元年(顯德五年,958)登第爲狀元,[⑤]則其遊廬山國學,應在保大中。伍喬有《廬山書堂送祝秀才還鄉》。[⑥] 孟貫有《寄伍喬》。[⑦] 伍喬有集一卷。[⑧]《全唐詩》存其詩一卷。[⑨]

李中。李中有《壬申歲承命之任淦陽再過廬山國學感舊寄劉鈞明府》云:"三十年前共苦心,囊螢曾寄此烟岑。"[⑩]壬申歲爲宋開寶五年(972),上推三十年爲昇元六年(942)。李中和劉鈞就學廬山國學,應在昇元、保大之際。李中又有《贈東林白大師》[⑪]《寄廬山白大師》,[⑫]白大師爲匡白,時爲廬山僧正,見下考。另有《贈史虚白》,史於南唐時長期隱廬山,見下考。李中又有《廬山棲隱洞譚先生院留題》,[⑬]譚先生爲譚峭,見下考。李中有《碧雲集》三卷,今存。《全唐詩》編其詩爲四卷。[⑭]

劉鈞。劉鈞和李中約於昇元、保大之際就學於廬山國學,見上李中

---

① 《江南野史》,卷 8,頁 5215。

② 《江南野史》,卷 8,頁 5215。

③ 《全唐詩》,卷 758,頁 8620—8625。

④ 陸游,《南唐書》,卷 12,頁 4b。

⑤ 陸游《南唐書》本傳稱其於中主時登第(卷 12,頁 5a);馬令《南唐書》本傳載其與張泊同年進士(卷 14,頁 5b)。張泊及第約在中興元年,參賈晋華、傅璇琮《唐五代文學編年史:五代卷》(瀋陽:遼海出版社,1998),頁 497、510—511。

⑥ 《全唐詩》,卷 744,頁 8463。

⑦ 《全唐詩》,卷 758,頁 8621。

⑧ 《直齋書録解題》,卷 20,頁 586。

⑨ 《全唐詩》,卷 744,頁 8460—8464。

⑩ 《全唐詩》,卷 750,頁 8546。

⑪ 《全唐詩》,卷 747,頁 8503。

⑫ 《全唐詩》,卷 747,頁 8503。

⑬ 《全唐詩》,卷 749,頁 8535。

⑭ 《全唐詩》,卷 747—750。

條。其詩今不存。

左偃。左偃有《寄鑑上人》云:“長記二林同宿夜,竹齋聽雨共忘眠。”[1]二林指廬山東林、西林二寺。李中也有《懷廬岳舊遊寄劉鈞因感鑑上人》。[2] 左偃又有《寄廬山白上人》,[3]李中也有《寄廬山白大師》。李中集中酬贈左偃之詩甚多,頗疑左偃亦於昇元、保大之際遊學廬山。左偃有《鍾山集》一卷,今不存。[4]《全唐詩》及《全唐詩補編》存其詩十首,斷句八。[5]

孟歸唐。《江南野史》載:“初,(孟)賓于入江南,生子名曰歸唐。少亦能詩,就廬山國學。”[6]按孟賓于於保大九年(951)歸南唐,[7]孟歸唐約生是時,下推二十歲爲開寶三年(970),其遊廬山約在開寶中。[8]《全唐詩補編》存其斷句一聯。[9]

相里宗。李中有《送相里秀才之匡山國子監》。[10] 匡山即廬山,國子監謂廬山國學。相里秀才爲相里宗,《太平寰宇記》收其詩一首,稱南唐進士,[11]《全唐詩》誤收作靈澈詩。[12]

史虛白(895? —961?)。《南唐近事》云:“處士史虛白,北海人也。清泰中客游江表,卜居於潯陽落星灣。”[13]落星灣在廬山南麓。《江南野史》載史虛白南渡後,以北伐之計謁徐知誥(即南唐先主),知誥時輔吴,未能從;史虛白遂“南遊至廬山,與佛老之徒,耽玩泉石,以詩酒自娱,不干

---

① 《全唐詩》,卷740,頁8444。
② 《全唐詩》,卷747,頁8510。
③ 《全唐詩》,卷740,頁8443。
④ 《宋史》,卷208,頁5359。
⑤ 《全唐詩》,卷740,頁8443—8444;《全唐詩續拾》,卷44,頁1385。
⑥ 《江南野史》,卷8,頁5214—5215。
⑦ 參《唐才子傳校箋》,卷10,頁490。
⑧ 孟歸唐入宋後改名孟唐,見《唐才子傳校箋》,卷10,頁493。
⑨ 《全唐詩補逸》,卷16,頁278。
⑩ 《全唐詩》,卷750,頁8542。
⑪ 樂史(930—1007),《宋本太平寰宇記》(北京:中華書局,2000),卷111,頁6a—7b。
⑫ 《全唐詩》,卷810,頁9132。
⑬ 鄭文寶,《南唐近事》,《五代史書彙編》本,卷1,頁5048。

世務。"[①]二書皆載其於中主南遷後未幾卒。按後唐清泰凡三年(934—936),正當吴末;中主南遷在宋建隆二年(961)。伍喬有《寄落星史虚白處士》等詩,[②]孟貫有《夏日寄史處士》等詩,[③]李中有《贈史虚白》。[④] 史虚白有《虚白文集》,[⑤]今不存。《全唐詩》存其斷句一聯。[⑥]

譚峭(875? —975)。《廬山記》載:"棲隱洞……保大中,道士譚紫霄來自閩中,賜號金門羽客,始立觀於此。"[⑦]陸游《南唐書》載:"譚紫霄,泉州人[今福建泉州]。……閩亡,遁居廬山栖隱洞,學者百餘人。"[⑧]譚紫霄爲譚峭,號紫霄真人。[⑨] 閩亡於保大三年(後晋開運四年,945)。譚峭自其年遁居廬山棲隱洞,其後一直居此,開寶八年(975)卒,年百歲餘。[⑩] 孟貫有《贈棲隱洞譚先生》,[⑪]李中有《廬山棲隱洞譚先生觀留題》,[⑫]楊徽之有《贈譚先生》。[⑬] 譚峭著有《化書》六卷,今存;此書爲宋齊丘所奪,故舊署宋齊丘撰。[⑭]《全唐詩》存譚峭詩一首。[⑮]

許堅。《雅言雜載》載:"許堅,江左人。爲性疏野,似非今之人……好飧魚,能爲詩,多談神仙事……早年,堅以時事干江南李氏,人訝其狂憨,以爲風恙,莫與之禮。一絶上舍人徐鉉云……"[⑯]徐鉉(916—991)始任中書舍人在中主保大十五年(後周顯德四年,957);[⑰]則許堅約於其年

① 《江南野史》,卷 8,頁 5213。
② 《全唐詩》,卷 744,頁 8461。
③ 《全唐詩》,卷 758,頁 8623。
④ 《全唐詩》,卷 747,頁 8498。
⑤ 陸游,《南唐書》,卷 4,頁 7b。
⑥ 《全唐詩》,卷 795,頁 8951。
⑦ 《廬山記》,卷 3,頁 6b。
⑧ 陸游,《南唐書》,卷 14,頁 3b。
⑨ 參余嘉錫《四庫提要辨證》(北京:中華書局,1980),卷 14,頁 854—855。
⑩ 馬令,《南唐書》,卷 24,頁 2b—3a;陸游,《南唐書》,卷 12,頁 3a—3b。
⑪ 《全唐詩》,卷 758,頁 8620。
⑫ 《全唐詩》,卷 749,頁 8535。
⑬ 《全唐詩補逸》,卷 16,頁 255。
⑭ 參余嘉錫《四庫提要辨證》,卷 14,頁 854—855。
⑮ 《全唐詩》,卷 861,頁 9732。
⑯ 《詩話總龜》引,前集卷 46,頁 439。
⑰ 見胡克順《徐公行狀》,《徐公文集》(《四部叢刊》本),卷末附。

或稍後干中主而未成。馬令《南唐書》許堅傳載:“寓廬阜白鹿洞,桑門道館,行吟自若。……後或居茅山,或入九華,適意往返,人不能測。……[樊]若水北度後,因轉挽於江南,遇堅於簡寂觀。”[①]《廬山記》載:“[簡寂觀]澗有[許]堅曬衣石。堅,江南野人,有道術,亦善吟詠。”[②]《十國春秋》許堅傳載:“堅喜作詩,夢中多吟詠詩句……保大時,以異人召,堅耻其名,不起。”[③]自保大中至宋初,許堅雖遊踪多方,似以寓居廬山爲久。《全唐詩》存其詩六首。[④]

若虛(? —949?)。《宋高僧傳》本傳:“隱於廬山,數年持經,不出石室。江南國主李氏欽尚其道,累徵,終不降就……以乾祐中盛夏坐終。”[⑤]後漢乾祐凡三年(948—950),當南唐保大六年至八年。《全唐詩》存其詩三首。[⑥]

據上所考,五代後期廬山詩人不僅在大致相同的時期裏(南唐時)活動於廬山一帶,而且還因師生關係、同學關係和詩友關係而相互聯繫在一起。陳貺、江爲、劉洞、夏寶松、楊徽之等師生相傳,李中、劉鈞、左偃、楊徽之、孟貫、伍喬等爲白鹿洞國學同學,李中、左偃等與匡白遊從,伍喬、孟貫、李中、楊徽之等與史虛白、譚峭唱酬。伍喬《寄落星史虛白處士》云:“登閣共看彭蠡水,圍爐相憶杜陵秋。”[⑦]李中《寄廬山白大師》云:“一秋同看月,無夜不論詩。”《懷廬岳舊遊寄劉鈞因感鑑上人》云:“寄宿愛聽松葉雨,論詩惟對竹窗燈。”[⑧]這些詩句生動描繪出彼時廬山詩人聚會遊覽、賦詩論詩之盛況。

五代後期廬山詩人在許多方面直接承襲了前期詩人,事實上較早上山的幾位,如陳貺、若虛,與前期詩人可能相接。他們沿襲了廬山前輩詩

① 馬令,《南唐書》,卷 15,頁 4b—5a。
② 《廬山記》,卷 3,頁 6b。
③ 《十國春秋》,卷 34,頁 477—478。
④ 《全唐詩》,卷 757,頁 8613—8614,卷 861,頁 9734—9735。
⑤ 《宋高僧傳》,卷 25,頁 643。
⑥ 《全唐詩》,卷 825,頁 9300。
⑦ 《全唐詩》,卷 744,頁 8461。
⑧ 《全唐詩》,卷 747,頁 8510。

人將詩歌作爲垂名工具的觀念,以詩歌創作對抗時世的紛亂和人生的短暫。作詩主要不是出於抒情言志的感動或消遣娛樂的需要,也主要不是作爲入仕的資格或社交的工具,而更重要的是成爲一種單純的癖好,一種終身的追求。陸游《南唐書·陳貺傳》載陳貺"隱於廬山四十年,衣食乏絶,不以動心,苦思於詩。"[1]《江南野史》記江爲"酷於詩句,二十餘年。"[2]李中《寄左偃》云:"每病風騷路,荒涼人莫遊。唯君還似我,成癖未能休。"[3]楊億《楊公行狀》稱楊徽之:"素好吟詠,遂臻其極。每對客論詩,終日不倦。此所以垂名,亦幾乎成癖也。"[4]

廬山詩人群學詩講究師傳。江爲、劉洞從陳貺學,夏寶松、楊徽之復從江爲學。而從夏寶松學者,竟"不遠數百里,輻輳其門。寶松黷貨,每授弟子,未嘗會講,唯資帛稍厚者,背衆與議。……由是多私賂焉"。[5] 詩歌被當成一門可傳授的技藝,一套特殊的方法和秘訣,甚至還被當成可出賣的商品,這種現象與唐末五代詩格一類著作的泛濫恰相一致。

後期廬山詩人在創作上仍然以賈島爲宗,甚至更明確地打出祧賈的旗號,以苦吟而自豪。《江南野史》稱陳貺"有詩數百首,務强鯁骨,超出常態,頗有浪仙之致。"[6]馬令《南唐書·劉洞傳》載:"陳貺嘗謂己詩埒賈島,洞亦自言有浪仙之體,恨不得與之同時言詩也。"[7]孟賓于《碧雲集序》引李中語云:"名隨榜上者衆,藝逐雲高者稀。今之人只儔方干,賈島長江向須第一者哉。"[8]陸游《南唐書·陳貺傳》載:"苦思於詩,得句未成章,已播遠近。"[9]馬令《南唐書》稱劉洞"學詩於陳貺,精思不懈,至浹日不

---

① 陸游,《南唐書》,卷 4,頁 8a。
② 《江南野史》,卷 8,頁 5215。
③ 《全唐詩》,卷 747,頁 8501。
④ 楊億,《武夷新集》,卷 11,頁 23a。
⑤ 馬令,《南唐書》,卷 14,頁 7a。
⑥ 《江南野史》,卷 6,頁 5197。
⑦ 馬令,《南唐書》,卷 14,頁 1a。
⑧ 李中,《碧雲集》(《四部叢刊》本),卷首附。
⑨ 陸游,《南唐書》,卷 4,頁 8a。

盥。"[1]李中《秋雨》云:"誰知苦吟者,坐聽一燈殘。"[2]伍喬《龍潭張道者》云:"他年功就期飛去,應笑吾徒多苦吟。"[3]

後期廬山詩人的作品内容主要仍爲山林雲物和幽雅環境,但他們還作有少數關注時事的詩,頗值得注意。陳貺《景陽臺懷古》云:

> 景陽六朝地,運極自依依。一會皆同是,到頭誰論非。酒濃沈遠慮,花好失前機。見此尤宜戒,正當家國肥。[4]

劉洞《石城懷古》云:

> 石城古岸頭,一望思悠悠。幾許六朝事,不禁江水流。[5]

前詩借古諷今,後詩懷古傷今,或議論,或抒情,都暗喻南唐時事。故前者聳動中主,[6]後者亦使後主"掩卷爲之動容"。[7] 史虚白《隱士》詩之斷句"風雨揭却屋,渾家醉不知",也曾令中主爲之變色。[8] 劉洞斷句"千里長江皆渡馬,十年養士得何人","翻憶潘郎章奏内,愔愔日暮泪沾巾",[9]於南唐亡後傳誦人口。[10] 而在白鹿洞中苦讀的青年學子們,則懷有較遠大的志向抱負。伍喬《廬山書堂送祝秀才還鄉》云:"莫使蹉跎戀疏野,男兒酬志在當年。"[11]李中《勉同志》云:"讀書與磨劍,旦夕但忘疲。儻若功名立,那愁變化遲。"[12]

在詩歌風格上,後期廬山詩人没有太大變化,基本上也是五律學賈島,在攝取眼前實景和錘煉新警對聯上下功夫,時有峭拔之句;七言律絶

---

① 馬令,《南唐書》,卷14,頁1a。
② 《全唐詩》,卷748,頁8517。
③ 《全唐詩》,卷744,頁8463。
④ 《全唐詩》,卷741,頁8446。
⑤ 《全唐詩》,卷741,頁8446。
⑥ 《江南野史》,卷6,頁5197。
⑦ 《江南野史》,卷9,頁5220。
⑧ 《南唐近事》,卷1,頁4a。
⑨ 《全唐詩》,卷741,頁8446。
⑩ 陸游,《南唐書》,卷12,頁4a—4b。
⑪ 《全唐詩》,卷744,頁8463。
⑫ 《全唐詩》,卷747,頁8507。

近鄭谷,善於組織現成意象,構造特定情境,寫得清麗婉轉,流易動人。如李中《臘中作》:

冬至雖雲遠,渾疑朔漠中。勁風吹大野,密雪翳高空。泉凍如頑石,人藏類蟄蟲。豪家應不覺,獸炭滿煽紅。[①]

首聯點臘中,中二聯寫冬景,氣象渾闊,狀物新警,末聯歸結於對豪家的微諷,意古格高。五言警句如江爲《送客》"天形圍澤國,秋色靄人家";[②]孟貫《宿山寺》"露垂群木潤,泉落一岩清";[③]陳貺斷句"拂榻燈未來,開門月先入";[④]李中《江行夜泊》"半夜風雷過,一天星斗寒",[⑤]皆頗見錘煉之功。廬山詩人刻意於景聯上下功夫,已成爲國學中的日常學業之一,由此也形成他們的五律多數有警句而乏完篇的弊病。

後期廬山詩人的七絶較引人注目。如江爲《隋堤柳》:

錦纜龍舟萬里來,醉鄉繁盛忽塵埃。空餘兩岸千株柳,雨葉風花作恨媒。[⑥]

煬帝繁華倏忽成空而隋堤緑柳年年低垂的主題,雖已經無數詩人詠過,但此詩以雨葉風花傳恨的巧妙構思和新鮮詞語,仍令讀者眼前一亮。其他如許堅《登游齊山》、[⑦]左偃《江上晚泊》,[⑧]也同樣體現了鄭谷七言的清婉明白、小巧喜人。但他們的七律也是多佳句而少完篇。如夏寶松斷句"雁飛南浦砧初斷,月滿西樓酒半醒",[⑨]"曉來羸馹依前去,目斷遥山數點青";[⑩]伍喬《晚秋同何秀才溪上》"雲吐晚陰藏霽岫,柳含餘靄咽殘蟬";[⑪]

① 《全唐詩》,卷748,頁8512。
② 《全唐詩》,卷741,頁8448。
③ 《全唐詩》,卷758,頁8620。
④ 《全唐詩》,卷795,頁8952—8953。
⑤ 《全唐詩》,卷747,頁8506。
⑥ 《全唐詩》,卷741,頁8448。
⑦ 《全唐詩》,卷757,頁8613。
⑧ 《全唐詩》,卷740,頁8444。
⑨ 《全唐詩》,卷795,頁8951。
⑩ 《全唐詩》,卷795,頁8951。
⑪ 《全唐詩》,卷744,頁8463。

李中《海上從事秋日書懷》"千里夢隨殘月斷,一聲蟬送早秋來";[①]楊徽之《宿東林》"開盡菊花秋色老,落殘桐葉雨聲寒";[②]這些詩句雖然基本上未超出雁、蟬、柳、菊、月、砧等傳統意象,却善於組合情景,穿插虛詞,安排句法,顯得清麗婉轉、摇曳多姿,唯格力較爲纖弱,爲此詩人群作品通病。

後期廬山詩人大多生活至宋初,並産生一定影響。如夏寶松在廬陵一帶大量收授弟子;李中在江西一帶任地方官,與詩人詞客廣泛唱酬。[③]其中最值得注意的是楊徽之,入宋後官位亨達,詩名顯赫,影響深遠。楊億《楊公行狀》云:

> 公文學之外,長於吟詠。歷宰二邑,周旋數載。凡遊賞宴集,良辰美景,必有雕章麗句,傳誦人口。或刊於琬琰,或被於管弦。岐隴巴蜀之間,蓋金相而玉振矣。[④]

文瑩《玉壺清話》云:

> 楊侍讀徽之,太宗聞其名,盡索所著,得數百篇奏御。……拜禮部侍郎,御選集中十聯寫於屏。梁周翰詩曰:"誰似金華楊學士,十聯詩在御屏中。"……予竊謂公曰:"以天地浩露,滌其筆於冰甌雪碗中,則方與公詩神骨相附焉。"[⑤]

太宗所選十聯中,有作於廬山的《宿東林》,[⑥]其他如《哭江爲》[⑦]《湘江舟行》等,[⑧]亦與廬山詩風無別。文瑩所稱賞的冷峭詩骨,也正是賈島詩的本色。此外,楊徽之"受詔與諸公編《文苑英華》一千卷……先朝以公專精風騷,特命編爲二百卷"。[⑨] 其中選賈島詩一百五十四題,鄭谷詩一百

---

① 《全唐詩》,卷747,頁8496。
② 《全唐詩補逸》,卷16,頁277。
③ 參《唐才子傳校箋》,卷10,頁472—473。
④ 楊億,《武夷新集》,卷11,頁19b。
⑤ 文瑩,《玉壺清話》(《知不足齋叢書》本),卷5,頁4b—5a。
⑥ 《全唐詩補逸》,卷16,頁277。
⑦ 《全唐詩》,卷762,頁8652。
⑧ 《全宋詩》,卷11,頁160。
⑨ 楊億,《楊公行狀》,收《武夷新集》,卷11,頁20a—20b。

四十七題,皆約佔二人現存詩40%,正可見楊徽之對二人的推尊。鄭谷詩在宋初十分流行,"士大夫家暨委巷間,教兒童咸以公詩,與六甲相先後"。[1] 宋初有晚唐體,代表詩人如林逋、魏野、九僧、寇準,其詩歌也是五律宗賈島,[2]七言近體學鄭谷。在晚唐的賈體、鄭體詩風和宋初的晚唐體詩人之間,唐末五代廬山詩人群是重要的過渡。

---

① 祖無擇,《鄭都官墓表》,《全宋文》,曾棗莊等編(成都:巴蜀書社,1988),卷936,頁315。
② 參陳植鍔《試論王禹偁與宋初詩風》,《中國社會科學》1982年2期,頁131—154。

五　唐末五代泉州詩壇

唐末五代之際,中原及各地戰亂頻仍,而王氏兄弟所佔據的閩中則較爲安定。故不但外出應舉遊宦的閩士紛紛返鄉,中朝士大夫亦多避亂入閩,從而使得閩中出現詩人詞客薈萃的局面,並在重鎮福州、泉州兩地形成文學活動中心。五代後期,閩爲南唐、吴越瓜分,但留從效、陳洪進相繼佔據泉、漳二州,保持獨立,延納士人,故彼時泉州的詩歌活動仍相當活躍。本文即擬對五代時期泉州的詩歌發展進行全面細緻的考索研究。

(一)唐末五代之際泉州詩人群

唐天祐元年至後梁貞明六年(904—920)間,閩王王審知(862—965)從子王延彬(891—920)鎮泉州。王延彬工詩好禪,招納閩中詩人徐夤、鄭良士、倪曙、陳乘、陳郯等爲幕客,禮請禪僧省僜、慧稜、道溥、文超等居泉州寺院,文詠唱和,聚爲詩會。兹分别考述之。

王延彬。王延彬於天祐元年至貞明六年任泉州刺史。[①]《五國故事》載:"(王)延彬,奎[按應作審邽]之子,忠懿[按指王審知]之猶子也。奎死襲其父,封於泉州。……能爲詩,亦好説佛理,詩人禪客謁見,多爲所

① 《資治通鑑》,卷271,頁8860;《十國春秋》,卷90,頁1312,卷94,頁1363。

沮。"[①]《全唐詩》及《全唐詩補編》存其詩四首,斷句二。[②]

徐夤。徐夤爲泉州莆田(今屬福建)人,唐乾寧元年(894)登進士第,授秘書省正字。天復二年(902)歸閩,居王審知幕。審知待之甚薄,遂拂袖歸泉。天祐元年至貞明元年(915)間,遊王延彬泉州幕。[③]《九國志·徐夤傳》云:"正字,莆田縣人。……王延彬判泉州,每同遊賞,及陳郯、倪曙等賦詩酣酒爲樂。凡十餘年,求還所居。"[④]徐夤有《釣磯文集》十卷,今存。

鄭良士(866—931)。鄭良士爲泉州仙遊(今屬福建)人,景福二年(893)獻詩得官,天復元年(901)歸隱仙遊白岩,與王延彬、陳乘、徐夤等唱酬;乾化五年(即貞明元年)後離泉仕王審知。《仙溪志》載:"鄭良士……昭宗景福二年獻詩五百篇,授國子四門博士。累遷康、恩二州刺史,兼御史中丞。天復元年,棄官歸隱於白岩故墅,與泉州刺史王延彬、秘書陳乘、正字徐夤輩,更相唱和。乾化五年,始赴閩王審知辟命,初署館驛巡官,尋轉建州判官。……遷威武軍節度掌書記,尋轉左散騎常侍兼御史大夫。"[⑤]有集,今不存。《全唐詩》及《全唐詩補編》存其詩七首,[⑥]其中《題興化高田院橋亭》爲他人作品。[⑦]

陳乘。陳乘爲泉州仙遊(今屬福建)人,乾寧元年登進士第,[⑧]約天祐中退居鄉里。《十國春秋》本傳云:"陳乘,仙遊人。唐乾寧初擢進士第,官秘書郎。……退居里中,與侍中延彬、徐夤、鄭良士輩,以詩相唱和,閩

---

① 佚名,《五國故事》,收《五代史書彙編》,卷下,頁3197。

② 《全唐詩》,卷763,頁8666;《全唐詩續拾》,卷47,頁1458—1459,收《全唐詩補編》。

③ 參《唐才子傳校箋》,卷10,頁289—300。按徐松《登科記考》(卷24,頁898—899)據《唐才子傳》列徐夤爲景福元年(892)進士,誤。

④ 徐師仁,《唐秘書省正字徐公釣磯文集序》引,《釣磯文集》(《四部叢刊》本)卷首附。傳世《九國志》無此條。

⑤ 黄岩孫編,《仙溪志》,收《宋元地方志叢書續編》,中國地方志研究會編(臺北:大化書局,1990),卷4,頁1。

⑥ 《全唐詩》,卷726,頁8323;《全唐詩續拾》,卷34,頁1208。

⑦ 參《唐才子傳校箋》,卷10,頁315。

⑧ 參《唐才子傳校箋》,卷10,頁290—291。

士多以風雅歸之。”[1]《全唐詩》存其詩一首。[2]

倪曙。倪曙爲福州侯官（今福建閩侯）人，中和五年（885）登進士第，[3]避黄巢之亂返鄉，天祐中遊王延彬幕。《十國春秋》本傳云：“倪曙，……福州侯官［今福建閩侯］人。唐中和時及第，有賦名，官太學博士。黄巢之亂，避歸故鄉。會閩王從子延彬刺泉州，雅好賓客，曙與徐夤、陳郯等賦詩飲酒爲樂。”[4]倪曙後仕南漢爲相。其詩今不存。

慧稜（854—932）。慧稜嗣雪峰義存（822—908），王延彬請住泉州招慶寺。《祖堂集》“長慶和尚”條載：“長慶和尚嗣雪峰，在福州。師諱慧稜，杭州海鹽縣［今浙江海寧］人。……王太傅有書來問疾，兼有偈上師。”[5]《景德傳燈録》載：“天祐三年［906］，受泉州刺史王延彬請住招慶。”後移住福州長慶院。[6]《全唐詩補編》存其詩偈二首。[7]

道溥。道溥亦嗣雪峰，王延彬請住泉州五峰寺。《祖堂集》“睡龍和尚”條載：“睡龍和尚嗣雪峰，在泉州。師號道溥，姓鄭，福唐縣［今福建福清］人也。……後清源王太尉欽仰德高，請住五峰。”[8]《全唐詩補編》存其詩二首。[9]

省僜。省僜又作省澄、文僜，泉州仙遊縣人，雪峰再傳弟子。王延彬於後唐天成元年至四年間（926—929）在泉州開元寺建千佛院，請省僜住之。[10] 省僜著有《泉州千佛新著諸祖師頌》，今存；[11]又爲《祖堂集》撰序。

---

① 《十國春秋》，卷 97，頁 1396。

② 《全唐詩》，卷 694，頁 7994。

③ 《登科記考》，卷 23，頁 884。

④ 《十國春秋》，卷 97，頁 890。

⑤ 釋静、釋筠，《祖堂集》（長沙：岳麓書社，1996），卷 10，頁 235—240。

⑥ 《宋高僧傳》，卷 13，頁 309；《景德傳燈録》，卷 18，頁 10b；《淳熙三山志》（《宋元珍稀地方志叢刊》本），卷 34，頁 1427；《西禪長慶寺志》（《中國佛寺志叢刊》本），卷 2，頁 41。

⑦ 《全唐詩續補遺》，卷 14，頁 511，收《全唐詩補編》。

⑧ 《祖堂集》，卷 11，頁 258—261。

⑨ 《全唐詩續拾》，卷 47，頁 1456。

⑩ 省僜有《泉州千佛新著諸祖師頌》，千佛即指院名；見《泉州開元寺志》（《中國佛寺史志彙刊》本），頁 28a—28b。

⑪ 《大正藏》，第 85 册。

《全唐詩補編》存其詩偈七首。[1]

文超。文超爲閩人,王延彬請居泉州開元寺清吟院。《十國春秋》本傳載:“僧文超,福建人。博通内外學,聲聞朝野。太祖從子延彬時爲泉州刺史,以文超雅善詩,構院於開元寺殿東,曰清吟,延之居焉。門弟子多賢者,無晦文章尤著名。”[2]文超詩今不存。

綜上所考,唐末至後梁中,以王延彬爲中心,在泉州聚集了一批詩人禪客。這一詩人群的作品散佚嚴重,但從現存作品中,仍可見出其基本創作傾向和特徵。

徐夤《釣磯文集》中,有近二十首詩標明酬贈王延彬,可見當時唱和之頻繁。此外,還有九十餘首詠物詩,其中有不少可確知作於泉幕,如《和尚書詠泉山瀑布十二韻》《尚書筵中詠紅手帕》《和尚書詠烟》等,[3]尚書即謂王延彬;另如《鷄》詩云“徒有稻粱感,何由報德音”;《白鴿》詩云“舉翼凌空碧,依人到大邦”,[4]述依人感恩之情,顯然亦作於依附王延彬時。由此可知詠物詩爲泉州詩人喜用的題材。從徐夤存詩看,此類詩大多就物詠物,缺乏深刻的寄托和寓意,但藝術風格上仍有值得注意之處。此類詩多用七律寫成,雕琢辭藻,修飾華艷,摹刻細微,抒寫委婉,頗近於温、李一派詩風。如《尚書座上賦牡丹花得輕字韻,其花自越中移植》:

> 流蘇凝作瑞華精,仙閣開時麗日晴。霜月冷銷銀燭焰,寶甌圓印彩雲英。嬌含嫩臉春妝薄,紅蘸香綃艷色輕。早晚有人天上去,寄他將贈董雙成。[5]

首聯點“尚書座上”,寫開閣賞花。中二聯細摹牡丹,以霜月、銀燭狀其色,寶甌、彩雲描其形,又烘托以妝飾艷美之佳人。尾聯宕開作奇想,以此寶花非人間所有,終應歸還天上。值得注意的是,韓偓(842—914?)於天祐三年(906)秋避地入閩,先居福州、沙縣,後梁開平四年(910)後移居南

---

① 《全唐詩續拾》,卷47,頁1462—1463。
② 《十國春秋》,卷99,頁1419。
③ 《釣磯文集》,卷6,頁2a—2b,卷10,頁3b,卷9,頁10a。
④ 《釣磯文集》,卷6,頁6a,卷6,頁6a。
⑤ 《釣磯文集》,卷7,頁8a—8b。

安;其《香奩集》即整理於閩中,[①]並可能很快傳播開來。《香奩集》本直祧温、李,故泉州詩人群詠物詩的華艷風格也可能受此集影響。

除了詠物外,泉州詩人還長於寫景。鄭良士、陳乘、徐夤各存有一首《遊九鯉湖》詩。鄭詩云:

> 仄徑傾崖不可道,湖嵐林靄共溟濛。九溪瀑影飛花外,萬樹春聲細雨中。覆石雲閒丹竈冷,採芝人去洞門空。我來不乞邯鄲夢,取醉聊乘鄭國風。[②]

陳詩云:

> 汗漫乘春至,林巒霧雨生。洞莓粘屐重,岩雪濺衣輕。窟宅分三島,烟霞接五城。却憐饒藥物,欲辨不知名。[③]

與晚唐五代間賈島一派詩人的寫景詩相比,這二首詩的境界較爲開闊,筆力也較清勁,未落其時流行的狹小細碎窠臼。按唐人崇尚門第,而閩中素無魏晉以降的高門世族,故中晚唐時閩士外出應舉求宦,皆自稱"孤寒",其詩風亦多以温謹逼狹稱。至唐末五代之際,中原板蕩,衣冠塗炭,而閩中士人則蔚爲王氏政權的主要支持力量,從而獲得了新的自信和尊嚴。泉州詩人詩歌境界氣勢的變化,從一個側面微妙地反映了這種心理變化。

從中唐以來,閩中深受古典禪影響,出了不少著名禪師,如百丈懷海、潙山靈佑、黄蘗希運、曹山本寂等。唐末五代之際,則以雪峰義存最爲卓稱。義存,泉州南安(今屬福建)人,嗣德山宣鑑(782—865),居福州雪峰山,其弟子文偃(864—949)開雲門系,三傳弟子文益(885—958)開法眼系。由於雪峰的大力闡化,五代時閩中禪風極熾。《景德傳燈録》記雪峰法嗣四十五人,居閩弘法的就有二十人。[④] 王延彬好談佛説禪,即受閩中禪風影響,其所交往酬和的詩僧,亦皆出雪峰一脉。現存最早的禪宗燈史和語録集《祖堂集》即於南唐保大十年(952)由釋静、釋筠編選於泉州,集

---

① 參霍松林、鄧小軍《韓偓年譜》,《陝西師範大學學報》1988 年 4 期,頁 46—55。
② 《全唐詩》,卷 726,頁 8323。
③ 《全唐詩》,卷 694,頁 7994。
④ 《景德傳燈録》,卷 19。

中多記王延彬和長慶慧稜等的機鋒對答。王延彬有偈呈慧稜云:

> 世人悟道非關耳,耳患雖加道亦分。靈鷲一機迦葉會,吾師傳得豈關聞。①

此用禪宗所傳靈鷲山世尊拈花、迦葉微笑典故,述以心傳心、不立語言文字之意。慧稜有開悟偈云:

> 萬象之中獨露身,惟人自肯仍相親。昔時謬向途中覓,今日看來火裏冰。②

詩中運用"火裏冰"的形象比喻,説明向自心之外求法的背謬。省僜有《示執坐禪者頌》云:

> 大道分明絶點塵,何須枯坐始相親。杖藜日涉溪山趣,便是烟霞物外人。③

此述破除對坐禪的執著,在自然山水中悟道,筆致散淡流利,既饒禪趣,又富詩味。

王延彬外,徐夤、鄭良士等與禪僧亦有過往。徐夤《寄僧寓題》云:"安眼静笑思何報,日夜焚修祝郡侯。"④郡侯即指王延彬,則此詩所寄贈者可能爲延彬迎居泉州的禪僧之一。鄭良士《題鳴峰岩》云:"卓錫栖雲老道翁,結茅甃塔萬山中。……禪聞寂寞無人到,塵世喧囂總不同。"⑤

除了詩歌創作外,泉州詩人在詩歌理論上也有一定業績。徐夤撰有論詩著作《雅道機要》一卷,今存。書中云:"夫詩者,儒中之禪也。一言契道,萬古咸知。"⑥並多借用"門""勢""南宗""北宗"等禪學概念術語,疑當作於徐夤遊泉幕與諸禪僧過往時。此外,此書還多摘引齊已《風

---

① 《全唐詩續拾》,卷47,頁1459。

② 《全唐詩續補遺》,卷14,頁511。

③ 《全唐詩續拾》,卷47頁,1462—1463。

④ 《釣磯文集》,卷8,頁7a—7b。

⑤ 《全唐詩續拾》,卷34,頁1208。

⑥ 徐夤,《雅道機要》,收張伯偉編《全唐五代詩格校考》(西安:陝西人民出版社,1996),頁418。

騷旨格》,齊己與徐夤同時,此亦可證《雅道機要》應作於徐夤晚年。《雅道機要》仿效皎然《詩式》、齊己《風騷旨格》等詩格類著作,意在總結、提示作詩的法度、範式、規則。羅根澤評此書曰:"全書所説到的方面較多,所揭示的方法亦較細,比《風騷旨格》《流類手鑑》等書,更進步了,同時也更瑣屑了。"[①]書中所述,涉及詩歌的立意、構思、結構、句法、情景、氣勢、風格、通變等問題。雖然不免晚唐五代詩格的瑣屑之病,但所論仍時有精當之處。如:"勢者,詩之力也,如物有勢,即無往而不克。"[②]爲"勢"下了較爲恰當的定義。再如"凡爲詩須搜覓,未得句,先須令意在象前,象生意後,斯爲上手矣。不得一向只構物象、屬對,全無意味";[③]"凡欲題物象,宜密布機情,求象外雜體之意,不失諷詠,有含情久味之意,則真作者矣"。[④] 述意在象先、情含景中的構思方法,頗爲警切。

(二) 韓偓和顔仁郁

五代前期泉州詩壇,除上述詩人群之外,還有兩位獨立的重要詩人:韓偓和顔仁郁。韓偓於開平四年(910)春移居泉州南安桃林場,次年定居南安縣,至龍德三年(923)去世,共居泉州十四年,所作詩可考者近六十首。[⑤] 韓偓僑居南安,可能即應王延彬之請。《新唐書・王審邽傳》云:"中原亂,公卿多來依之,振財以賦,如楊承休、鄭璘、韓偓、歸傳懿、楊贊圖、鄭戩等,賴以免禍。審邽遣子延彬作招賢院以禮之。"[⑥]王審邽卒天祐元年,則禮請韓偓者應爲王延彬。不過,從現存資料看,韓偓至泉州後一直隱居南安,未參與王延彬等人的詩會。

韓偓在南安所作詩,以山水隱逸爲主。如《桃林場客舍之前有池半畝,木槿櫛比,閡水遮山,因命僕夫運斤梳沐,豁然清朗,復睹太虚,因作五

① 羅根澤,《中國文學批評史》(上海:上海古籍出版社,1984),第2册,頁196。

② 《雅道機要》,頁414。

③ 《雅道機要》,頁423。

④ 《雅道機要》,頁424—425。

⑤ 參霍松林、鄧小軍《韓偓年譜》,頁46—55。

⑥ 《新唐書》,卷190,頁5493。

言八韻以記之》:

> 插槿作藩籬,叢生覆小池。爲能妨遠目,因遣去閑枝。鄰叟偷來賞,棲禽欲下疑。虛空無障處,蒙閉有開時。葦鷺憐瀟灑,泥鰍畏日曦。稍寬春水面,盡見晚山眉。岸穩人垂釣,階明日上棋。世間多少事,事事要良醫。①

清淡自然,落盡鉛華,與其香奩詩的艷麗綿密截然不同。但這種變化恐怕主要是受題材慣例的影響,而不是有意識的風格轉變。韓偓撰於此時的一些寫景小詩仍長於摹畫細微尖新的景象。如《野塘》:

> 侵曉乘凉偶獨來,不因魚躍見萍開。卷荷忽被微風觸,瀉下清香露一杯。②

輕快活潑,新鮮細緻,宛如攝影之快鏡,捕捉住風吹荷動、露水輕瀉的刹那景致。此類小詩已開宋人絶句的先河。

受閩泉禪風影響,韓偓居南安時亦多與禪僧過往,體悟禪境,借以平心静性,解除戰亂避難的陰影。如《寄禪師》:"他心明與此心同,妙用忘言理暗通。"③《江岸閑步》:"一手携書一杖筇,出門何處覓情通。立談禪客傳心印,坐睡漁師著背蓬"。④《殘春旅舍》:"禪伏詩魔歸净域,酒衝愁陣出奇兵。"⑤

但韓偓畢竟是唐末名臣,與擁護王氏政權的泉州詩人群不同,他並未真正忘懷亡國之痛,雖已避居南國,隱逸田園,心中却時時縈回著故國之思、傷時之情:"旅舍殘春宿雨晴,恍然心地憶咸京";⑥"故國幾年猶戰鬥,異鄉終日見旌旗"。⑦ 冬郎不屑依附王氏政權,甚至潛蓄異志,幻想著有

---

① 《全唐詩》,卷 681,頁 7805。
② 《全唐詩》,卷 681,頁 7807。
③ 《全唐詩》,卷 681,頁 7805。
④ 《全唐詩》,卷 681,頁 7807。
⑤ 《全唐詩》,卷 681,頁 7807。
⑥ 韓偓,《殘春旅舍》,《全唐詩》,卷 681,頁 7807。
⑦ 韓偓,《傷亂》,《全唐詩》,卷 681,頁 7812。

朝一日風雲際會,重振唐基:“莫怪天涯棲不穩,托身須是萬年枝”;[1]“必若有蘇天下意,何如驚起武侯龍”;[2]“戎衣一挂清天下,傅野非無濟世才”。[3] 撰於後梁乾化二年(912)的政治詩《八月六日作四首》,[4]其一哀昭宗,其二悲哀帝,其三憫白馬諸朝士,其四自傷,綜括唐末時事,堪稱詩史。玆引其一爲例:

> 日離黄道十年昏,敏手重開造化門。火帝動爐銷劍戟,風師吹雨洗乾坤。左牽犬馬誠難測,右袒簪纓最負恩。丹筆不知誰定罪,莫留遺迹怨神孫。

陳寅恪題識云:

> “日離黄道”者,蓋指僖宗於廣明元年(889)丁未又幸鳳翔,至昭宗龍紀年(880)己酉即位,適爲十年,故“敏手”乃指昭宗言。韓公意在推崇昭宗,謂自僖宗幸蜀後王室昏亂,至昭宗繼立,重開造化,滌蕩乾坤,雖不免有過美之辭,然足見冬郎故君之思也。此詩上四句頌美昭宗堪爲中興之君,無奈其臣皆亡國叛逆之臣也。[5]

陳説極爲精當。整組詩沉痛悲壯,頓挫隱曲,出入於杜甫、李商隱之間,爲五代時期不可多得之杰作。

顏仁郁約於後梁時任泉州歸德場長。《十國春秋》本傳載:“顏仁郁,泉州人,仕太祖[按指王審知]爲歸德場長。時土荒民散,仁郁撫之,一年繈負至,二年田萊闢,閲三歲而民用足。”[6]據同書《十國地理表》,歸德場屬泉州,後唐長興三年(928)改爲歸德縣,後改稱德化縣。[7] 則顏仁郁任歸德場長約在後梁時。歸德屬泉州,故其任職應爲王延彬所授。但從現存資料看,他亦未參與泉州詩會。

---

① 韓偓,《鵲》,《全唐詩》,卷681,頁7808。
② 韓偓,《雷公》,《全唐詩》,卷681,頁7806。
③ 韓偓,《疏雨》,《全唐詩》,卷681,頁7809。
④ 《全唐詩》,卷681,頁7808。
⑤ 引自蔣天樞《陳寅恪先生編年事輯》(上海:上海古籍出版社,1981),頁75—76。
⑥ 《十國春秋》,卷96,頁1389。
⑦ 《十國春秋》,卷112,頁1620。

《十國春秋》顔仁郁傳又載:"有詩百篇,宛轉回曲,歷盡人情,邑人途歌巷唱之,號'顔長官詩'。"今僅存二首,皆爲佳作。《農家》云:

> 夜半呼兒趁曉耕,羸牛無力漸艱行。時人不識農家苦,將謂田中穀自生。[①]

《山居》云:

> 柏樹松陰覆竹齋,罷燒藥竈縱高懷。世間應少山間景,雲繞青松水繞階。[②]

前詩述農家勞作艱苦,後詩抒隱士高逸生活,皆寫得宛轉親切、自然流利。前詩尤值得注意,唐宋之間,田園詩經歷了由雅趨俗、由"隱士農夫"詩演變爲真正農家詩的過程,顔仁郁這首"歷盡人情"的農家詩是這一演變過程中的標志之一。

(三)五代後期泉州詩人

五代後期,泉州仍活躍著不少詩人。

從閩康宗至留從效佔據泉州、漳州時(後晋天福元年,937,至宋建隆三年,962),主要有詹敦仁、詹琲、劉乙三位詩人。詹敦仁,字君澤,光州固始(今屬河南)人,避亂居仙遊。閩康宗通文初(後晋天福三年,938),上書勸其入貢石晋,康宗欲授之官,以詩辭。後晋開運三年(946),清源節度使留從效再辟之,復以詩辭。尋移居泉州城,有詩頌留氏。後周顯德二年(955)任泉州小溪場長,請升場爲縣,改名清溪。次年建縣府成,舉人自代,隱清溪(後改稱安溪)佛耳山,號清隱。[③]《全唐詩》及《全唐詩補編》存其詩十八首,聯句一首。[④] 詹琲,敦仁子,隱清溪鳳山,號鳳山山人。

---

① 《全唐詩》,卷763,頁8665。

② 《全唐詩》,卷763,頁8665。

③ 見《十國春秋》,卷97,頁1394。

④ 《全唐詩》,卷761,頁8641—8643;《全唐詩補逸》,卷16,頁280—281;《全唐詩續補遺》,卷14,頁509—510;《全唐詩續拾》,卷47,頁1465—1466。

宋初,清源節度使陳洪進薦於朝,辭不受。[1]《全唐詩》及《補編》存其詩六首,聯句一首;[2]其中一首爲詹敦仁詩誤入。[3] 劉乙,泉州人,閩康宗通文時(936—939)任中書舍人,後棄官隱鳳山。[4]《全唐詩》存其詩三首,斷句二。[5]

《十國春秋》"劉乙傳"載:"與詹敦仁爲友。……敦仁常命子琲訪乙,贈以詩,至今傳之。"[6]由此可知詹敦仁與劉乙有過往酬贈。他們現存的詩歌作品以表現隱逸生活情趣、描繪山水景物爲主,風格較爲清新淡逸,自然渾成,不落冷僻苦吟之迹,與韓偓、顔仁郁的隱逸詩相承。如詹敦仁《行至雙溪口午炊,主人開甕求詩作》:

> 地僻雙溪合,村深邸舍稀。主人知舊識,稚子覓新詩。洗杓開春醖,淘粳作午炊。春風吹酒醒,琴劍又追隨。[7]

詩人行至偏僻的雙溪,偶遇舊識鄉人。主人開瓮作飯,歡醉之際,求覓新詩。酒醒之後,客人告别上路。山鄉的一次邂逅,娓娓述來,自然無飾,淳樸動人。有的寫景詠物小詩則寫得清麗活潑,富有韻味。如詹琲《雨後溪邊見早梅》:

> 老幹疏枝浸寒碧,淺香孤韻帶微霜。迎風破萼未全折,含笑佳人對曉妝。[8]

首句之"浸寒碧"略顯錘煉之力,但末句以"含笑佳人"作喻,結之以自然活潑。

陳洪進佔據泉州、漳州時(宋乾德二年,964,至太平興國三年,978),

---

① 見《十國春秋》,卷97,頁1395。

② 《全唐詩》,卷761,頁8643;《全唐詩續補遺》,卷14,頁510;《全唐詩續拾》,卷47,頁1466。

③ 參賈晉華、傅璇琮《唐五代文學編年史:五代卷》(瀋陽:遼海出版社,1998),頁331。

④ 見《新五代史》王昶傳,卷68,頁850;《十國春秋》,卷97,頁1393—1394。

⑤ 《全唐詩》,卷763,頁8663—8664,卷886,頁10020。

⑥ 《十國春秋》,卷97,頁1394。

⑦ 《全唐詩續拾》,卷47,頁1465。

⑧ 《全唐詩續補遺》,卷14,頁510。

主要有錢熙、清豁等詩人詩僧。錢熙(953—1000),泉州南安(今屬福建)人。陳洪進賞其文,辟爲巡官,並以女妻之。後仕宋,文名甚著。[①] 錢熙原有集,今不存。《全唐詩補編》收其入宋前在泉州所作詩三首。[②] 這三首詩皆爲山水寫景詩,風格清壯,近於五代前期泉州詩人。如《清源山》:

巍峨堆壓郡城陰,秀出天涯幾萬尋。翠影倒時呑半郭,嵐光凝處滴疏林。[③]

此誇張描寫清源山高峻巍峨、林木青翠、雲嵐繚繞的壯麗景觀,氣勢境象皆較雄渾,五代時實不多見。

清豁(?—976),福州永泰(今屬福建)人,嗣睡龍道溥,先後居泉州、漳州。陳洪進奏賜號性空禪師。[④]《全唐詩》及《全唐詩補編》收其詩偈三首。[⑤] 清豁善用象徵暗示手法表現禪意,承襲發展了五代前期泉州詩人的同類詩偈。如《歸山吟》:

聚如浮沫散如雲,聚不相將散不分。入郭當時君是我,歸山今日我非君。[⑥]

詩中借浮沫和飄雲説明聚散皆幻、無常無别的佛理,又以歸山暗示詩人體悟自性、回歸真如的禪機。加上排比、複沓手法的交織運用,尤覺迷離惝怳,含藴豐富,耐人尋味。

中晚唐時,泉州陸續出現了不少詩人,但大多外出應舉遊宦,真正創作於泉山的作品並不多,更未出現詩人群體。唐末五代時,政治局勢的激蕩變動,促使泉州成爲文學活動中心之一,詩歌創作和理論皆獲得重要業

---

① 《宋史》,卷440,頁13037;何喬遠(1558—1632),《閩書》,收《四庫全書存目叢書》(濟南:齊魯書社,1996),卷88,頁6。

② 《全唐詩續拾》,卷47,頁1470。

③ 《全唐詩續拾》,卷47,頁1470。

④ 《景德傳燈録》,卷22,頁12b—13a;《泉州府志》(清乾隆刊本),卷65,頁10a;《宋詩紀事》,卷91,頁2172。

⑤ 《全唐詩》,卷888,頁10038;《全唐詩續補遺》,卷14,頁511;《全唐詩續拾》,卷47,頁1469。

⑥ 《全唐詩》,卷888,頁10038。

績，可稱爲泉州文學發展的第一個繁盛期。

五代十國的詩歌主流大致有二：其一學白居易，中原各朝及各國臺閣詩人多趨此體；其二學賈島及其變體鄭谷等，廬山、湖湘、荆渚等隱逸詩人多由此路。而泉州詩人却由於受韓偓及禪風影響，上承温、李和大曆，詩歌風格呈現出華麗、清壯、淡逸等特色，於白體、晚唐體外拔戟自成一隊，在五代詩歌史上佔有一定地位。韓偓僑寓南安所作詩，成就尤爲昭著。其流風所及，可能影響到宋初的西崑詩人。西崑主帥楊億本閩人（建州浦城），對閩中韓偓等人的詩集可能自幼熟讀，並可能成爲其學李商隱的中介。楊億還與錢熙交厚。[①] 他那些作於西崑酬唱外的山水遊覽詩，多寫得清壯遒朗，此亦可能沿承五代閩泉詩風。此外，楊億亦醉心禪學，曾奉詔爲《景德傳燈録》潤色和撰序，[②]並與禪僧楚圓等酬唱甚密，此亦體現出閩泉禪風及僧俗唱和之風的影響。

---

① 見《宋史》，卷440，頁13037。

② 見楊億《景德傳燈録序》，《景德傳燈録》，卷首附。

下　編

唐代集會總集七種輯校

一 《景龍文館記》輯校

輯校序例

一、《景龍文館記》十卷,武平一編。前七卷記唐中宗景龍二年至四年(708—710)間中宗與修文館學士及其他朝臣宴遊活動及館中雜事,並收君臣唱和作品;後三卷爲諸學士傳。

二、兹考輯此集紀事六十六則,逸詩三百六十七首,斷句四,詞五首,賦一首,序四首,學士傳八則,並予以編年。詳細考證参本書第二章。

三、所輯事件據《隋唐嘉話》《大唐新語》《本事詩》《舊唐書》《文苑英華》《太平廣記》《太平御覽》《事類賦注》《文房四譜》《紺珠集》《長安志》《新唐書》《資治通鑑》《資治通鑑考異》《類説》《西溪叢語》《唐詩紀事》《能改齋漫録》《白孔六帖》《山谷内集詩注》《考古篇》《演繁露》《錦綉萬花谷》《古今事文類聚》《補注杜詩》《王荆公詩注》《記纂淵海》《全芳備祖集》《緯略》《古今合璧事類備要》《玉海》《類編長安志》、一百卷《説郛》、一百二十卷《説郛》(以下稱爲《重輯説郛》)、《全唐詩》,以記載最完整者録入,校以其他同類記載。未能確定出自《景龍文館記》的類似記載,則歸於附録部分。

四、所輯作品據《全唐詩》《全唐詩補編》《全唐文》等録入,校以《文苑英華》《唐詩紀事》《古今歲時雜詠》《张燕公集》等。

五、學士傳據《太平廣記》《資治通鑑》《資治通鑑考異》《紺珠集》

《唐詩紀事》等録入。

目 録

唐中宗景龍二年四月二十二日

［紀事］

《景龍文館記》:唐中宗景龍二年,置脩文館學士,大學士四人,象四時;學士八人,象八節;直學士十二人,象十二月。遊宴悉預,最爲親近也。《紺珠集》卷7,頁17b。又見《類说》卷6,頁185—186;《玉海》卷57,頁36a。

［附録］

至景龍二年四月二十二日,修文館增置大學士四員,學士八員,直學士十二員,徵攻文之士以充之。二十三日,勅中書令李嶠、兵部尚書楚宗客並爲大學士。二十五日,勅秘書監劉憲、中書侍郎崔湜、吏部侍郎岑羲、太常卿鄭愔、給事中李適、中書舍人盧藏用、李乂、太子中舍劉子玄並爲學士。五月五日,勅吏部侍郎薛稷、考功員外郎馬懷素、户部員外郎宋之問、起居舍人武平一、國子簿杜審言並爲直學士。十月四日,兵部侍郎趙彦昭,給事中蘇頲、起居郎沈佺期並爲學士。《唐會要》卷64,頁1114—1115。

初,中宗景龍二年,始於脩文館置大學士四員、學士八員、直學士十二員,象四時、八節、十二月。於是李嶠、宗楚客、趙彦昭、韋嗣立爲大學士,［李］適、劉憲、崔湜、鄭愔、盧藏用、李乂、岑羲、劉子玄爲學士,薛稷、馬懷素、宋之問、武平一、杜審言、沈佺期、閻朝隱爲直學士,又召徐堅、韋元旦、徐彦伯、劉允濟等滿員。其後被選者不一。凡天子饗會游豫,唯宰相及學士得從。春幸梨園,並渭水祓除,則賜細柳圈辟癘;夏宴蒲萄園,賜朱櫻;秋登慈恩浮圖,獻菊花酒稱壽;冬幸新豐,歷白鹿觀,上驪山,賜浴湯池,給香粉蘭澤,從行給翔麟馬,品官黄衣各一。帝有所感即賦詩,學士皆屬和。當時人所歆慕,然皆狎猥佻佞,忘君臣禮法,惟以文華取幸。若韋元旦、劉允濟、沈佺期、宋之問、閻朝隱等無它稱,附篇左方。《新唐書·李適傳》卷202,頁5748。又見《唐詩紀事》卷9,頁113—114。

夏,四月,癸未,置修文館大學士四員,直學士八員,學士十二員,選公卿以下善爲文者李嶠等爲之。武德四年,置修文館於門下省,九年,改曰弘文館。五品以上曰學士,六品以上曰直學士,又有文學直館,皆他官領之。武后垂拱後,以宰相兼領館事,號曰館主。神龍元年,避孝敬皇帝諱,改曰昭文館,二年改曰修文館。上官昭容勸帝置大學士四人以象四時,直學士八人以象八節,學士十二人以象十二時。每遊幸禁苑,或宗戚宴集,學士無不畢從,賦詩屬和,使上官昭容第其甲乙,優者賜金帛;同預宴者,惟中書、門下及長參王公、新貴數人而已,至大宴,方召八座、九列、諸司五品以上預焉。於是天下靡然争以文華相尚,儒學忠讜之士莫得進矣。《資治通鑑》卷209,頁6622。

景龍二年四月二十五日

[紀事]

《景龍文館記》:除中書舍人李乂(1)爲學士,制云:"綸省推高。"《類説》卷6,頁188。《紺珠集》卷7,頁20a。

(1)"乂",原作"義",據《紺珠集》改。

景龍二年七月七日

[紀事]

[李]行言,隴西人。兼文學幹事,《函谷關》詩爲時所許。中宗時,爲給事中。能唱《步虚歌》,帝七月七日御兩儀殿會宴,帝命爲之。行言於御前長跪,作三洞道士音詞歌數曲,貌偉聲暢,上頻嘆美。《唐詩紀事》卷11,頁169—170。

[作品]

奉和七夕兩儀殿會宴應制/李嶠

靈匹三秋會,仙期七夕過。槎(1)來人泛海,橋渡鵲填河。帝輦(2)升銀閣,天機罷玉梭。誰言七襄詠,重一作流入五弦歌。《全唐詩》卷58,頁692—693。

(1)"槎",原作"查",據《文苑英華》(卷173,頁837)、《唐詩紀事》(卷10,頁145)改。

(2)"輦",原作"縷",據《古今歲時雜詠》(卷26,頁279)改。

奉和七夕兩儀殿會宴應制/趙彦昭

青女三秋節,黄姑七日期。星橋度玉佩,雲閣掩羅帷。河氣通仙掖,天文入睿詞。今宵望靈[1]漢,應得見蛾眉。《全唐詩》卷103,頁1087。

(1)"靈",《唐詩紀事》(卷10,頁131)作"雲"。

奉和七夕(宴)兩儀殿[會宴]應制/劉憲

秋吹過雙闕,星仙動二靈。更深移月鏡,河淺度雲軿。殿上呼一作徵方朔,人間失一作識武丁。天文兹夜裏,光映紫微庭。《全唐詩》卷71,頁779。

奉和七夕兩儀殿會宴應制/李乂

桂宫明月夜,蘭殿起秋風。雲漢彌年阻,星筵此夕同。倏來疑有處,旋去已成空。睿作鈞天響,魂飛在夢中。《全唐詩》卷92,頁994。

奉和七夕(宴)兩儀殿[會宴]應制/蘇頲

靈媛乘秋發,仙裝警夜催。月光窺欲渡,河色辨應來。機石天文寫,針樓御賞開。竊觀棲烏至,疑向鵲橋迴。《全唐詩》卷73,頁799。

奉和七夕(侍宴)兩儀殿[會宴]應制/杜審言

一年銜别怨,七夕始言歸。斂淚開星靨,微步動雲衣。天迴兔欲落,河曠鵲停飛。那堪盡此夜,復往弄殘機。《全唐詩》卷62,頁732。

景龍二年九月九日

[紀事]

九月九日,上幸慈恩寺,登浮圖,羣臣上菊花壽酒賦詩,婕妤獻詩云……《唐詩紀事》卷3,頁26。

[作品]

九月九日上幸慈恩寺登浮圖羣臣上菊花壽酒/上官[婉兒](昭容)

帝里重陽節,香園萬乘來。卻邪萸入一作結佩[1],獻壽菊傳杯。塔類承天湧,門疑待佛開。睿詞懸日月,長得仰昭回。《全唐詩》卷5,頁60—61。

(1)"入佩",《文苑英華》(卷178,頁868)作"結珮"。

奉和九月九日登慈恩寺浮圖應制/李嶠

瑞塔千尋起,仙輿九日來。萸房陳寶席,菊蕊散花臺。御氣鵬霄近,升高鳳野開。天歌將梵樂,空裏共裴回。《全唐詩》卷58,頁693。

奉和九月九日登慈恩寺浮(屠)[圖]應制/趙彦昭

出豫乖秋一作佳節,登一作憑高陟梵宫。皇心滿塵界,佛跡現虚空。日月宜長壽,人天得大通。喜聞題寶偈,受記莫由同。《全唐詩》卷103,頁1088。

奉和九月九日(聖製)登慈恩寺浮圖應制/劉憲

飛一作香塔雲一作層霄半,清晨羽旆遊一作仙鑣净境遊。登臨憑季月,寥廓見中州。御酒新寒退,天文瑞景留一作寶氣浮。辟一作卻邪將獻壽,兹日奉千秋。《全唐詩》卷71,頁780。

奉和九月九日登慈恩寺浮圖應制/鄭愔

湧霄開寶塔,倒影駐仙輿。雁子乘堂處,龍王起藏初。秋風聖主曲,佳氣史官書。願獻重陽壽,承歡萬歲餘。《全唐詩》卷106,頁1106。

奉和九月九日登慈恩寺浮圖應制/李乂

湧塔臨玄地,高層瞰紫微。鳴鑾陪帝出,攀橑翊天飛。慶洽重陽壽,文含列象輝。小臣叨載筆,欣此一作無以頌巍巍。《全唐詩》卷92,頁995。

奉和九月九日登慈恩寺浮屠應制/宋之問

鳳刹侵雲半,虹旌倚日邊。散花多寶塔,張樂布金田。時菊芳仙醖,秋蘭動睿篇。香街稍欲晚,清蹕扈歸天。《全唐詩》卷52,頁631。

奉和九月九日登慈恩寺浮圖應制/蕭至忠

天蹕三乘啓,星輿六轡行。登高凌寶塔,極目徧王城。神衛空中遶,仙歌雲外清。重陽千萬壽,率舞頌昇平。《全唐詩》卷104,頁1091。

奉和九月九日登慈恩寺浮圖應制/李迥秀

沙界人王塔,金繩梵帝遊。言從[祇](祗)樹賞,行玩菊叢秋。御酒調甘露,天花拂一作亂綵旒。堯年將一作持佛日,同此慶時休。《全唐詩》卷104,頁1093。

奉和九月九日登慈恩寺浮圖應制/楊廉

萬乘臨真境,重陽眺遠空。慈雲浮雁塔,定水映龍宫。寶鐸含飆響,仙輪帶日紅。天文將瑞色,輝焕滿寰中。《全唐詩》卷104,頁1094。

奉和九月九日登慈恩寺浮圖應制/辛替否

洪慈均動植,至德俯深玄。出豫從初地,登高適梵天。白雲飛御藻,慧日暖一作曖皇編。别有秋原藿,長傾雨露緣。《全唐詩》卷105,頁1099。

奉和九月九日登慈恩寺浮圖應制/王景

玉輦移中禁,珠梯覽四禪。重階清漢接,飛竇紫霄懸。綴葉披天藻,吹花散御筵。無因鑾蹕暇,俱舞鶴林前。《全唐詩》卷105,頁1099。

奉和九月九日登慈恩寺浮圖應制/畢乾泰

鷲林花塔啓,鳳輦順時遊。重九昭皇慶,大千揚帝休。耆闍妙法闡,王舍睿文流。至德覃無極,小臣歌詎酬。《全唐詩》卷105,頁1100。

奉和九月九日登慈恩寺浮圖應制/麴瞻

扈蹕遊玄地,陪仙瞰紫微。似邁銖衣劫,將同羽化飛。雕戈秋日麗,寶劍曉霜霏。獻觴乘菊序,長願奉天暉。《全唐詩》卷105,頁1100。

奉和九月九日登慈恩寺浮圖應制/樊忱

淨境重陽節,仙遊萬乘來。插萸登鷲嶺,把菊坐蜂臺。十地祥雲一作煙合,三天瑞景開。秋風詞更遠,竊抃樂康哉。《全唐詩》卷105,頁1100。

奉和九月九日登慈恩寺浮圖應制/孫佺

應節萸房一作香滿,初寒菊圃新。龍旗煥辰極,鳳駕儼香闉。蓮井偏宜夏,梅梁一作渠更若春。一忻陪雁塔,還似得天身。《全唐詩》卷105,頁1101。

奉和九月九日登慈恩寺浮圖應制/李從遠

九月從時豫,三乘爲法開。中霄日天子,半座寶如來。摘果珠盤獻,攀萸玉輦迴。願將塵露點,遥奉光明臺。《全唐詩》卷105,頁1101。

奉和九月九日登慈恩寺浮圖應制/周利用

山豫(1)乘金節,飛文煥日宫。萸房開聖酒,杏一作菊,一作柰苑被玄功。塔向三天迴,禪一作池收一作將八解空。叨恩奉蘭藉,終愧洽薰風。《全唐詩》卷105,頁1101—1102。

(1)"豫",《唐詩紀事》(卷12,頁180)作"輿"。

奉和九月九日登慈恩寺浮圖應制/李恒

寶地鄰一作臨丹掖,香臺瞰碧雲。河一作關山天一作江外出,城闕樹中分。睿藻蘭英秀,仙杯菊蕊薰。願將今日樂,長奉聖明君。《全唐詩》卷105,頁1102。

奉和九月九日登慈恩寺浮圖應制/張景源

飛塔凌霄起,宸遊一届焉。金壺新泛菊,寶座即披蓮。就日摇香輦,憑雲出梵天。祥氛與佳色,相伴雜爐煙。《全唐詩》卷105,頁1102。

奉和九月九日登慈恩寺浮圖應制/張錫

九秋霜景凈,千門曉望通。仙遊光御路,瑞塔迥凌空。菊彩揚堯日,萸香繞一作入舜風。天文麗辰象,竊抃仰層穹。《全唐詩》卷105,頁1103。

奉和九月九日登慈恩寺浮圖應制/解琬

瑞塔臨初地,金輿幸上方。空邊有清凈,覺處無馨香。雨霽微塵斂,風秋定水涼。兹辰采仙菊,薦壽慶重陽。《全唐詩》卷105,頁1103。

[奉和九月九日登]慈恩寺[浮圖](九日)應制/薛稷

寶宫星宿劫,香塔鬼神功。王遊盛塵外,睿覽出區中。日宇開初景,天詞掩大風。微臣謝時菊,薄采入芳叢。《全唐詩》卷93,頁1006。

奉和九月九日登慈恩寺浮圖應制/馬懷素

季月啓重陽,金輿陟寶坊。御旗横日道,仙塔儼雲莊。帝蹕千官從,乾詞七曜光。顧慚文墨職,無以頌時康。《全唐詩》卷93,頁1008。

奉和九月九日登慈恩寺浮圖應制/崔日用

紫宸歡每洽,紺殿法初隆。菊泛延齡酒,蘭吹解愠風。咸英調正樂,香梵徧秋空。臨幸浮[1]天瑞,重陽日再中。《全唐詩》卷46,頁558。

(1)"浮",《唐詩紀事》(卷10,頁132)作"符"。

奉和九月九日登慈恩寺浮(屠)[圖]應制/岑羲

寶臺聳天外,玉輦步雲端。日麗重陽景,風摇季月寒。梵堂遥集雁,帝樂近翔鸞。願獻延齡酒,長承湛露歡。《全唐詩》卷93,頁1004。

奉和九月九日登慈恩寺浮圖應制/盧藏用

化塔龍山起,中天鳳輦迂。綵旒牽畫刹,雜珮冒香萸。寶葉擎千座,金英漬百盂。秋雲飄聖藻,霄一作睿極捧連珠。《全唐詩》卷93,頁1002。

奉和[九月]九日登慈恩寺浮圖應制/李適

鳳輦乘朝霽,鶚林對晚秋。天文貝葉寫,聖澤菊花浮。塔似神功造,龕疑佛影留。幸陪清漢蹕,欣奉凈居遊。《全唐詩》卷70,頁776。

景龍二年閏九月九日

［紀事］

《景龍文館記》:九日作宴賦詩。李嶠云:“閏節開重九。”《類説》卷6,頁186。《紺珠集》卷7,頁18a。

《景龍文館記》曰:隋主自立法號稱總持,呼蕭后爲莊嚴,因以名寺。《長安志》卷10,頁130。

［作品］

閏九月九日幸總持寺登浮圖應制/李嶠

閏節開重九,真遊下大千。花寒仍薦菊,座晚更披蓮。刹鳳回雕輦,帆虹間綵旓。還將西梵曲,助入南薰弦。《全唐詩》卷58,頁693。

(奉和聖製)閏九月九日［幸］(登莊嚴)總持(二)寺(閣)應制/宋之問

閏月再重陽,仙輿歷寶坊。帝歌雲稍白,御酒菊猶黄。風鐸喧行漏,天花拂舞行。豫游多景福,梵宇日(1)生光。《全唐詩》卷52,頁632。

(1)“日”,《文苑英華》(卷178,頁868)作“自”。

閏九月九日幸總持寺登浮圖應制/劉憲

重陽登閏序,上界叶時巡。駐輦天花落,開筵妓樂陳。城端刹柱見,雲表露盤新。臨睨光輝滿,飛文動睿神。《全唐詩》卷71,頁780。

閏九月九日幸總持寺登浮圖應制/李乂

清蹕幸禪樓,前驅歷御溝。還疑九日豫,更想六年遊。聖藻輝纓絡,仙花綴冕旒。所欣延億載,寧祇慶重秋。《全唐詩》卷92,頁995。

景龍二年秋

［作品］

［餞］(送)許州宋司馬赴任/宋之問

潁郡水東流,荀陳兄弟遊。偏傷玆日遠,獨向聚星州。河潤在明德,人康非外求。當聞力爲政,遥慰我心愁。《全唐詩》卷52,頁637。

餞許州宋司馬赴任/李適

昔吾遊箕山,揭來涉潁水。復有許由廟,迢迢白雲裏。聞君佐繁昌,臨風悵懷此。儻到平輿泉,寄謝干將里。《全唐詩》卷70,頁775。

餞許州宋司馬赴任/李乂

展驥旌時傑,談雞美代賢。暫離仙掖務,追送近郊筵。地慘金商節,人康璧假田。從來昆友事,咸以佩刀傳。《全唐詩》卷92,頁996。

餞許州宋司馬赴任/盧藏用

國爲休徵選,輿因仲舉題。山川襄野隔,朋酒灞亭暌。零雨征軒騖,秋風別驥嘶。驪歌一曲罷,愁望正淒淒。《全唐詩》卷93,頁1003。

餞許州宋司馬赴任/薛稷

令弟與名兄,高才振兩京。別序聞鴻雁,離章動鶺鴒。遠朋馳翰墨,勝地寫丹青。風月相思夜,勞望潁川星。《全唐詩》卷93,頁1007。

餞許州宋司馬赴任/馬懷素

潁川開郡邑,角宿分躔野。君非仲舉才,誰是一作應題輿者。憫憫琴上鶴,蕭蕭路傍馬。嚴程若可留,別袂希再把。《全唐詩》卷93,頁1009。

餞許州宋司馬赴任/徐堅

舊許星車轉,神京祖帳開。斷煙傷別望,零雨送離杯。辭燕依空遠(1),賓鴻入聽哀。分襟(2)與秋氣,日夕共悲哉(3)。《全唐詩》卷107,頁1112。

(1)"遠",原作"邊",據《文苑英華》(卷267,頁1349)改。

(2)"襟",《唐詩紀事》(卷11,頁166)作"攜"。

(3)"悲哉",《唐詩紀事》(卷11,頁166)作"徘徊"。

景龍二年十月三日

[紀事]

十月三日,幸三會寺。《唐詩紀事》卷9,頁114。

十月,駕幸三會寺,婕妤獻詩云……《唐詩紀事》卷3,頁26。

[作品]

[奉和](駕)幸三會寺應制景龍二年十月三日/上官[婉兒](昭容)

釋子談經處,軒臣刻字留。故臺遺老識,殘簡聖皇一作君求。駐蹕懷千古,開襟望九州。四山緣塞合,二水夾城流。宸翰陪瞻仰,天杯接獻酬。太平詞藻盛,長願紀鴻休。《全唐詩》卷 5,頁 61。

奉和幸三會寺應制寺傳蒼頡造書臺/李嶠

故臺蒼頡里,新邑紫泉居。歲在開金寺,時來降玉輿。龍形雖近[(1)]刹,鳥跡尚留書。竹是蒸青外,池仍點墨餘。天文光聖草,寶思合真如。謬奉千齡日,欣陪十地初。《全唐詩》卷 61,頁 724。

(1)"近",《文苑英華》(卷 178,頁 868)、《唐詩紀事》(卷 10,頁 143)皆作"起"。

奉和幸三會寺應制寺傳蒼頡造書臺/鄭愔

鳥籀遺新閣,龍旂訪古臺。造書臣頡往,觀跡一作籍帝羲來。睿覽一作法界山川匝,宸心宇宙該。梵音隨駐輦,天步接乘杯。舊苑經寒露,殘池問劫灰。散花將捧日,俱喜聖慈一作詞開。《全唐詩》卷 106,頁 1107。

奉和幸三會寺應制/劉憲

岧嶤倉史臺,敞朗紺園開。戒旦壺人集一作警,翻霜羽騎來。下輦登三襲,褰旒望九垓。林披館陶榜,水浸昆明灰。網户飛花綴,幡竿度鳥迴。豫遊仙唱動,瀟灑出塵埃。《全唐詩》卷 71,頁 782。

奉和幸三會寺應制/李乂

睿德總無邊,神皋擇勝緣。二儀齊法駕,三會禮香筵。漢闕中黄近,秦山太白連。臺疑觀一作書鳥日,池似刻鯨年。滿月臨真境,秋風入御弦。小臣叨下列,持管謬窺天。《全唐詩》卷 92,頁 999—1000。

奉和幸三會寺應制[寺]傳(是)蒼頡造書臺/宋之問

六飛回玉輦,雙樹謁金仙。瑞鳥呈書字,神龍吐浴泉。浄心遥證果,睿想獨超禪。塔湧香花地,山圍日月天。梵音迎漏一作雨徹,空樂倚雲懸。今日登仁壽,長看法鏡圓。《全唐詩》卷 53,頁 647。

景龍二年十月

[紀事]

冬,十月,己酉,修文館直學士、起居舍人武平一上表請抑損外戚權寵,不敢斥言韋氏,但請抑損己家。上優制不許。《資治通鑑》卷 209,頁 6625。

景龍二年十一月十五日

[紀事]

十一月十五日,中宗誕辰,内殿聯句爲柏梁體。《唐詩紀事》卷9,頁114。

十一月帝誕辰,内殿宴羣臣,聯句云:……帝謂侍臣曰:"今天下無事,朝野多歡,欲與卿等詞人,時賦詩宴樂。可識朕意。不須惜醉。"大學士李嶠、宗楚客等跪奏曰:"臣等多幸,同遇昌期。謬以不才,策名文館。思勵駑朽,庶裨河嶽。既陪天歡,不敢不醉。"此後每遊别殿,幸離宫,駐蹕芳苑,鳴笳仙禁,或戚里宸筵,王門晉席,無不畢從。《唐詩紀事》卷1,頁9。又見《紺珠集》卷7,頁19b;《白孔六帖》卷36,頁31a;《重輯説郛》卷46,頁2b。

《景龍文館記》:連句爲柏梁體,一句一韻。《紺珠集》卷7,頁18b。

[作品]

十月誕辰内殿宴羣臣效柏梁體聯句/唐中宗 李嶠 宗楚客 劉憲 崔湜 鄭愔 趙彦昭 李適 蘇頲 盧藏用 李乂 馬懷素 薛稷 宋之問 陸景初 上官婉兒

潤色鴻業寄賢才。[唐中宗](帝)。叨居右弼愧鹽梅。李嶠。運籌帷幄荷時來。宗楚客。職掌圖籍濫蓬萊。劉憲。兩司謬忝謝鍾裴。崔湜。禮樂銓管效涓埃。鄭愔。陳師振旅清九垓。趙彦昭。欣承顧問侍天杯。李適。銜恩獻壽柏梁臺。蘇頲。黄縑青簡奉康哉。盧藏用。鯫生侍從忝王枚。李乂。右掖司言實不才。馬懷素。宗伯秩禮一作祀天地開。薛稷。帝歌難續仰昭回。《景龍文館記》作謬司考能宸綱該。宋之問。微臣捧日變寒灰。陸景初。遠慚班左愧遊陪。上官[婉兒](婕妤)[1]。《全唐詩》卷2,頁24。

(1)"婕妤",原作"倢伃",據《唐詩紀事》(卷1,頁9)改。

景龍二年十一月二十一日

[紀事]

[景龍二年十一月]初,武崇訓之尚公主也,延秀數得侍宴。延秀美姿儀,善歌舞,公主悦之。及崇訓死,遂以延秀尚焉。己卯,成禮,假皇后仗,分禁兵以盛其儀衛,命安國相王障車。庚辰,赦天下。《考異》曰:《實

録》、新舊《記》皆云“己卯大赦”。今從《景龍文館記》,成禮之明日,以延秀爲太常卿,兼右衛將軍。辛巳,宴羣臣於兩儀殿,命公主出拜公卿,公卿皆伏地稽首。《資治通鑑》卷209,頁6627—6629。

二十一日,安樂公主出降武延秀。《唐詩記事》卷9,頁114。

[作品]

宴安樂公主宅得空字/宋之問

英藩築外館,愛主出王宫。賓至星槎落,仙來月宇空。玳梁翻賀燕,金埒倚晴虹。簫奏秦臺裏,書開魯壁中。短歌能駐日,豔舞欲嬌風。聞有淹留處,山阿滿桂叢。《全唐詩》卷53,頁649。

景龍二年十一月

[紀事]

是月以婕妤上官爲昭容。《唐詩紀事》卷9,頁114。

[附録]

以婕妤上官氏爲昭容。《資治通鑑》卷209,頁6630。

景龍二年十二月六日

[紀事]

十二月六日,上幸薦福寺。鄭愔詩先成,“舊邸三乘闢”是也。宋之問後進。“駕象法王歸”是也。《唐詩紀事》卷9,頁114。

[作品]

奉和幸大薦福寺應制寺即中宗舊宅/李嶠

雁沼開香域,鶚林降綵旃。還窺圖鳳宇,更坐躍龍川。桂輿朝羣辟,蘭宫列四禪。半空銀閣斷,分砌寶繩連。甘雨蘇燋一作申譙澤,慈雲動沛篇。獨慚賢作礪,空喜福成田。《全唐詩》卷61,頁724。

奉和幸大薦福寺[應制]寺[即](仍)中宗舊宅/趙彦昭

寶一作瑶,一作初地龍飛後,金一作今身佛現時。千花開國界,萬善累皇一作重基。北闕承行幸,西園屬住持。天衣拂舊石,王舍起新祠。刹鳳迎琱輦,幡虹駐綵旗。同沾小雨潤,竊仰一作詠大風詩。《全唐詩》卷103,頁1089。

奉和幸大薦福寺[應制]寺即中宗舊宅/宋之問

香刹中天起,宸遊滿路輝。乘龍太子去,駕象法王歸。殿飾金人影,窗摇玉女扉。稍迷新草木,偏識舊庭闈。水入禪心定,雲從寶思飛。欲知皇劫遠,初拂六銖衣。《全唐詩》卷53,頁647。

奉和幸大薦福寺[應制]寺即中宗舊宅/鄭愔

舊邸三乘闢,佳辰萬騎留。蘭圖奉葉偈,芝蓋拂花樓。國會人王法,宫還天帝遊。紫雲成寶界,白水作禪流。雁塔昌基遠,鶠林睿藻一作蕙草抽。欣承大風曲,竊預小童謳。《全唐詩》卷106,頁1107。

奉和幸大薦福寺應制[寺即中宗舊宅]/劉憲

地靈傳景福,天駕儼鉤陳。佳哉藩邸舊,赫矣梵宫新。香塔魚山下,禪堂雁水濱。珠幡映白日,鏡殿寫青春。甚歡延故吏,大覺拯生人。幸承歌頌末,長奉屬車塵。《全唐詩》卷71,頁782。

奉和幸大薦福寺[應制]寺即中宗舊宅/李乂

象設隆新宇,龍潛想舊居。碧樓披玉額,丹仗導金輿。代日興光近,周星掩曜初。空歌清沛筑,梵樂奏胡[1]書。帝造環三界,天文賁六虚。康哉孝理日,崇德在真如。《全唐詩》卷92,頁1000。

(1)"奏胡",《文苑英華》(卷178,頁869)、《唐詩紀事》(卷10,頁134)作"美河"。

景龍二年十二月十九日

[紀事]

立春侍宴賦詩。《唐詩紀事》卷9,頁114。

中宗立春日遊苑迎春,昭容應制云……《唐詩紀事》卷3,頁26。

《景龍文館記》:趙彦[1]若《剪綵[2]花》詩云:"花隨紅意發,葉就緑情新。"《類説》卷6,頁187。又見《紺珠集》卷7,頁18a。

(1)"彦",原作"宴",據《紺珠集》改。

(2)"綵",原作"彩",據《紺珠集》改。

[作品]

立春日遊苑迎春/[唐]中宗(皇帝)

神臯福地三秦邑,玉臺金闕九仙家。寒光猶戀甘泉樹,淑景偏臨建始花。綵蝶黄鶯未歌一作欲舞,梅香柳色已矜一作堪誇。迎春正啓流霞席,暫囑曦輪勿遽斜。《全唐詩》卷2,頁24。

奉和立春遊苑迎春[應制]/李適

金輿翠輦迎嘉節,御苑仙宫待獻春。淑氣初銜梅色淺,條風半拂柳牆新。天杯慶壽齊南岳,聖藻光輝動北辰。稍覺披香歌吹近,龍驂日暮下城闉。《全唐詩》卷70,頁777。

奉和立春遊苑迎春應制/韋元旦

灞涘長安恒一作常近日,殷正臘月早迎新。池魚戲葉仍含凍,宫女裁花已作春。向苑雲疑承翠幄,入林風若起青蘋。年年斗柄東無限,願挹瓊觴壽北辰。《全唐詩》卷69,頁773。

奉和立春遊苑迎春應制/閻朝隱

管籥周移寰極裏,乘輿望幸斗城闉。草根未結青絲縷,蘿蔦猶垂緑帔巾。鵲入巢中言改歲,燕銜書上道宜新。願得長繩繫取日,光臨天子萬年春。《全唐詩》卷69,頁771。

奉和立春遊苑迎春[應制]/沈佺期

東郊暫轉迎春仗,上苑初飛行慶杯。風射蛟《初學記》作狐冰千片斷,氣衝魚鑰九關開。林中覓草纔生蕙,殿裏争花併是梅。歌吹銜恩歸路晚,棲烏半下鳳城來。《全唐詩》卷96,頁1041。

奉和立春遊苑迎春應制/盧藏用

天遊龍輦駐城闉,上苑遲光晚更新。瑶臺半入黄山路,玉檻傍臨玄霸津。梅香欲待歌前落,蘭氣先過酒上春。幸預柏臺稱獻壽,願陪千畝及農晨。《全唐詩》卷93,頁1003。

奉和立春遊苑迎春應制/馬懷素

玄籥飛灰出洞房,青郊迎氣肇初陽。仙輿暫一作早下宜春苑,御醴行開壽觴。映水輕苔猶隱緑,緣堤弱柳未舒黄。唯有裁花飾簪鬢,恒一作相隨聖藻狎年光。《全唐詩》卷93,頁1009。

奉和立春遊苑迎春應制/崔日用

乘時迎氣正璿衡,灞滻煙氛向晚一作曉清。剪綺裁紅妙春色,宫梅殿柳識天情。瑶筐綵燕先呈瑞,金縷晨雞未學一作欲鳴。聖澤陽和宜宴樂,年年捧日向東城。《全唐詩》卷46,頁559。

［奉和聖製］立春日侍宴内殿出剪綵花應制[1]/李嶠

早一作幸聞年欲至,剪綵學芳辰。綴緑一作綺奇能似,裁紅巧逼一作過真。花從篋裏發,葉向手中春。不與時一作韶光競,何名天上人。《全唐詩》卷58,頁691—692。

(1)此組詩《古今歲時雜詠》(卷3,頁34)題爲《立春日侍宴别殿内出綵花應制》。

奉和聖製立春日侍宴内殿出剪綵花應制/趙彦昭

剪綵迎初候,攀條故寫真。花隨紅意發,葉就緑情新。嫩色驚銜燕,輕香誤採人。應爲熏風拂,能令芳樹春。《全唐詩》卷103,頁1087。

［奉和聖製］立春日［侍宴］内［殿］出［剪］綵花應制/沈佺期

合殿春應早,開箱綵預知。花迎宸翰發,葉待[1]御筵披。梅訝香全少,桃驚色頓移。輕生承剪拂,長伴萬年枝。《全唐詩》卷96,頁1029。

(1)"待",《文苑英華》(卷169,頁815)作"侍"。

奉和［聖製］立春日侍宴内［殿］出剪綵花應制/宋之問

金閣妝新一作仙杏,瓊筵弄綺梅。人間都未識,天上忽先開。蝶繞香絲住,蜂憐豔粉一作彩豔迴。今年春色早,應爲剪刀催。《全唐詩》卷52,頁631。

奉和聖製立春日侍宴内殿出剪綵花應制/劉憲

上林宫館好一作裏,春光一作心獨早知。剪花疑始發,刻燕似新窺。色濃輕雪點,香淺嫩風吹。此日叨陪侍,恩榮得數枝。《全唐詩》卷71,頁779。

奉和聖製立春日侍宴内殿出翦綵花應制/上官［婉兒］(昭容)

密葉因裁吐,新花逐翦舒。攀條雖不謬,摘蕊詎知虚。春至由來發,秋還未肯疏。借問桃將李,相亂欲何如。《全唐詩》卷5,頁60。

［奉和聖製］立春日侍宴内［殿］出剪綵花應制/蘇頲

曉入宜春苑,穠芳吐禁中。剪刀因裂素,妝粉爲開紅。彩異驚流雪,香饒點便風。裁成識天意,萬物與花同。《全唐詩》卷73,頁798—799。

景龍二年十二月二十一日

［紀事］

二十一日,幸臨渭亭,李嶠等應制。《唐詩紀事》卷9,頁114。

［作品］

遊禁苑陪幸臨渭亭遇雪應制／李嶠

同雲接野煙，飛雪暗長天。拂樹添梅色，過樓助粉妍。光含班女扇，韻入楚王弦。六出迎仙藻，千箱答瑞年。《全唐詩》卷58，頁693。

遊禁苑［陪］幸臨渭亭遇雪應制／李適

長樂喜春歸，披香瑞一作愛雪霏。花從銀閣度，絮繞玉窗飛。寫曜銜天藻，呈祥拂御衣。上林紛可望，無處不光輝。《全唐詩》卷70，頁776。

［遊禁苑］陪幸臨渭亭遇雪應制／李乂

青陽御紫微，白雪下彤闈。浹壤流天霈，綿區灑帝輝。水如銀度燭，雲似玉披衣。爲得因風起，還來就日飛。《全唐詩》卷92，頁994。

遊禁苑［陪］幸臨渭亭遇雪應制／徐彦伯

玉律藏冰候，彤階飛雪時。日寒消不盡，風定舞還遲。瓊樹留宸矚，璇花入睿詞。懸知穆天子，黄竹謾言詩。《全唐詩》卷76，頁823。

游禁苑［陪］幸臨渭亭遇雪應制／蘇頲

平明敞帝居，霰雪下凌虛。寫月含珠綴，從風薄綺疏。年驚花絮早，春夜管弦初。已屬雲天外，欣承霈澤餘。《全唐詩》卷73，頁799—800。

景龍二年十二月三十日

［紀事］

三十日，幸長安故城。《唐詩紀事》卷9，頁114。

《景龍文館記》：竇從一爲御史大夫，中宗諭："以卿久無中饋，爲卿成禮。"歲除，於守歲殿宴，設極盛中席，迎其婦與之同坐。徐徐卻扇去花，睞之，乃一老嫗，帝與侍臣皆大笑。後知是皇后乳母。從一由是曲延中宫之遇，有國奢之號。《紺珠集》卷7，頁18a—18b。又見《類説》卷6，頁186。

十二月晦，諸學士入閣守歲，以皇后乳母戲適御史大夫竇從一。往來其家，遂有國爹之號。《唐詩紀事》卷9，頁114。

［附録］

丁巳晦，敕中書、門下與學士、諸王、駙馬入閣守歲，設庭燎，置酒，奏樂。酒酣，上謂御史大夫竇從一曰："聞卿久無伉儷，朕其憂之。今夕歲除,爲卿成禮。”從一但唯唯拜謝。俄而内侍引燭籠、步障、金縷羅扇自西廊而上,扇後有人衣禮衣,花釵,令與從一對坐。上命從一誦《卻扇詩》數首。扇卻,去花易服而出,徐視之,乃皇后老乳母王氏,本蠻婢也。上與侍臣大笑。詔封莒國夫人,嫁爲從一妻。俗謂乳母之婿曰“阿奢”,從一每謁見及進表状,自稱“翊聖皇后阿奢”,時人謂之“國奢”,從一欣然有自負之色。《資治通鑑》卷209,頁6630—6631。

［作品］

奉和幸長安故城未央宫應制/李嶠

舊宫賢相築,新苑聖君來。運改城隍變,年深棟宇摧。後池無復水,前殿久成灰。莫辨祈風觀,空傳承露杯。宸心千載合,睿律九韻開。今日聯章處,猶疑上柏臺。《全唐詩》卷61,頁724。

奉和幸長安故城未央宫應制/趙彦昭

夙駕移天蹕,憑軒覽漢都。寒煙收紫禁,春色繞黄圖。舊史遺陳迹,前王失霸符。山河寸土盡,宫觀尺椽無。崇高惟在德,壯麗豈爲謨。茨室留皇鑑,熏歌盛有虞。《全唐詩》卷103,頁1089—1090。

奉和幸長安故城未央宫應制/劉憲

漢宫千祀外,軒駕一來遊。夷蕩長如此,威靈不復留。憑高睿賞發,懷古聖情周。寒向南山斂,春過北渭浮。土功昔云盛,人英今所求。幸聽熏風曲,方知霸道羞。《全唐詩》卷71,頁782。

奉和幸長安故城未央宫應制/宋之問

漢王未息戰,蕭相乃營宫。壯麗一朝盡,威靈千載空。皇明悵前跡,置酒宴羣公。寒輕綵仗外,春發幔城中。樂思回斜日,歌詞繼大風。今朝天子貴,不假叔孫通。《全唐詩》卷53,頁648。

奉和幸長安故城未央宫應制/李乂

鳳輦乘春陌,龍山訪故臺。北宫纔盡處,南斗獨昭回。肆覽飛宸札,稱觴引御杯。已觀蓬海變,誰厭柏梁災。代挹孫通禮,朝稱賈誼才。忝儕文雅地,先後各時來。《全唐詩》卷92,頁999。

景龍三年一月七日

［紀事］

三年人日，清暉閣登高遇雪，宗楚客詩云"蓬萊雪作山"是也。因賜金綵人勝。李嶠等七言詩。"千鍾聖酒御筵披"是也。是日甚懽，上令學士遞起屢舞，至沈佺期賦《迴波》，有齒録牙緋之語。《唐詩紀事》卷9，頁114。

《景龍文館記》：中宗景龍三年正月七日，上御清暉閣，登高遇雪，因賜金綵人勝，令學士賦詩。是日甚歡。宗楚客詩云："窈窕神仙閣，參差雲漢間。九重中禁啟，七夕早春還。太液天爲水，蓬萊雪作山。今朝上林樹，無處不堪攀。"正謂此也。《重輯説郛》卷46，頁1a。又見《錦綉萬花谷》前集卷4，頁3b—4a。《類編長安志》卷3，頁96。

沈佺期以罪謫，遇恩還秩，朱紱未復。嘗因内宴，群臣皆歌迴波樂，撰詞起舞，因是多求遷擢。佺期詞曰："迴波爾時佺期，流向嶺外生歸。身名已蒙齒録，袍笏未復牙緋。"中宗即以緋魚賜之。《本事詩》頁25。

《景龍文館記》：沈佺期作回波詞，云："身名已蒙齒録，袍笏未復牙緋。"帝大笑，遂賜之。《紺珠集》卷7，頁18b。

崔日用爲御史中丞，賜紫。是時佩魚須有特恩，内宴，中宗命羣臣撰詞。日用曰："臺中鼠子直須諳，信足跳梁上壁龕。倚翻燈脂污張五，還來嚙帶報韓三。莫浪語，直王相，大家必若賜金龜，賣卻貓兒相報賞。"中宗亦以金魚賜之。《本事诗》頁25。又見《唐詩紀事》卷10，頁132—133。

上宴日，日用起舞，自歌云："東館總是鵷鸞，南臺自多杞梓。日用讀書萬卷，何忍不蒙學士？墨制簾下出來，微臣眼看喜死。"其日以日用兼修文館學士，制曰："日用書窮萬卷，學富三冬。"日用舞蹈拜謝。《唐詩紀事》卷10，頁133。

景龍中，中宗遊興慶池，侍宴者遞起歌舞，並唱《下兵[1]詞》，方便以求官爵。給事中李景伯亦起唱曰："迴波爾時酒巵，兵兒志[2]在箴規。侍宴即過三爵，諠譁竊恐非宜[3]。"於是乃罷坐。《隋唐嘉话》卷下，頁41。又见《大唐新語》卷3，頁45。

(1)"下兵"，《大唐新語》作"廻波"。

(2)"兵兒志"，《大唐新語》作"微臣職"。

(3)“宜”,《大唐新語》作“儀”。

中宗朝,御史大夫裴談崇奉釋氏,妻悍妬,談畏之如嚴君。嘗謂人妻有可畏者三:少妙之時,視之如生菩薩。及男女滿前,視之如九子魔母,安有人不畏九子母?即及五十、六十,薄施粧粉,或黑,視之如鳩盤荼,安有人不畏鳩盤荼?時韋庶人頗襲武氏之風軌,中宗漸畏之。内宴唱《迴波詞》,有優人詞曰:“迴波爾時栲栳,怕婦也是大好。外邊只有裴談,内裏無過李老。”韋后意色自得,以束帛賜之。《本事詩》頁26。

[附録]

上又嘗宴侍臣,使各爲迴波辭,時内宴酒酣,侍臣率起爲迴波舞,故使爲《迴波辭》。衆皆爲諂語,或自求榮禄。諫議大夫李景伯曰:“迴波爾時酒巵。微臣職在箴規。侍宴既過三爵,諠譁竊恐非儀!”上不悦。蕭至忠曰:“此乃真諫官也。”《資治通鑑》卷209,頁6633。

[作品]

奉和人日清暉閣宴羣臣遇雪應制/李嶠

三陽偏勝節,七日最靈辰。行慶傳芳蟻,升高綴綵人。階前蓂候月,樓上雪驚春。今日銜天造,還疑上漢津。《全唐詩》卷58,頁692。

奉和人日清暉閣宴羣臣遇雪應制/宗楚客

窈窕神仙閣,參差雲漢間。九重中葉一作禁啓,七日早春還。太液天爲水,蓬萊雪作山。今朝上林樹,無處不堪攀。《全唐詩》卷46,頁560。

奉和人日清暉閣宴羣臣遇雪應制/劉憲

輿輦乘人日,登臨上鳳京。風尋歌曲颺,雪向舞行縈。千官隨興合,萬(1)福與時一作春并。承恩長若此,微賤幸昇平。《全唐詩》卷71,頁779。

(1)“萬”,《文苑英華》(卷173,頁840)與《唐詩紀事》(卷9,頁123)俱作“百”。

奉和人日清暉閣宴羣臣遇雪應制/李乂

上日登樓賞,中天御輦飛。後庭聯舞唱,前席仰恩輝。睿作風雲起,農祥雨雪霏。幸陪人勝節,長願奉垂衣。《全唐詩》卷92,頁994。

奉和人日清暉閣宴羣臣遇雪應制/趙彦昭

出震乘東陸,憑高御北辰。祥雲應早歲,瑞雪候初旬。庭一作宫樹千花發,階蓂七葉新。幸承今日宴,長奉萬年春。《全唐詩》卷103,頁1087。

奉和(聖製)人日清暉閣宴羣臣遇雪應制/蘇頲

樓觀空煙裏,初年瑞雪過。苑花齊玉樹,池水作銀河。七日祥圖啓,千春御賞多。輕飛傳綵勝,天上奉薰歌。《全唐詩》卷73,頁799。

人日玩雪應制/劉憲

勝日登臨雲葉起,芳風摇蕩雪花飛。呈一作星暉幸得承金鏡,颺彩一作影還將一作持奉玉衣。《全唐詩》卷71,頁783。

[人日玩](苑中遇)雪應制/宋之問

紫禁仙輿詰旦來,青旗遥倚望春臺。不知庭霰今朝落,疑是林花昨夜開。《全唐詩》卷53,頁656。

[人日玩](苑中遇)雪應制/沈佺期

北闕彤雲掩曙霞,東風吹雪舞仙一作山家。瓊章定少千人和,銀樹長芳六出花。《全唐詩》卷97,頁1054。

[人日玩](遊苑遇)雪[應制]/徐彦伯(1)

散漫祥雲逐聖回,飄颻瑞雪繞天來。不能落後争飛絮,故欲迎前賽早梅。《全唐詩》卷61,頁729。

(1)此詩《全唐詩》本收李嶠名下,而於徐彦伯名下另收《遊苑遇雪應制》"千鍾聖酒御筵開"一首,實爲李嶠詩,故將二詩對换。詳參本書第三章《〈景龍文館記〉與中宗朝文館學士羣》所考。

[人日玩](陪遊上苑遇)雪[應制]/蕭至忠

龍驂曉入望春宫,正逢春雪舞春風。花光併在天文上,寒氣行銷御酒中。《全唐詩》卷104,頁1093。

[人日玩](苑中遇)雪應制(1)/李嶠

千鍾聖酒御筵披,六出祥英亂繞枝。即此神仙對瓊圃,何煩轍迹向瑶池。《全唐詩》卷76,頁826。

(1)此詩本題爲《上清暉閣遇雪》,係沿《雜詠》(卷5,頁63)擬題之誤。詳參本書第三章《〈景龍文館記〉與中宗朝文館學士羣》所考。

(苑中)人日[玩](遇)雪應制/趙彦昭

始見青雲干律吕,俄逢瑞雪應陽春。今日迴看上林樹,梅花柳絮一時新。《全唐詩》卷103,頁1090。

［迴］(回)波詞/沈佺期

回波爾時佺期,流向嶺外生歸。身名已蒙齒録,袍笏未復牙緋。《全唐詩》卷97,頁1054。

迴波詞/宫廷優人

迴波爾時栲栳,怕婦也是大好。外邊祇有裴談,内裏無過李老。《全唐詩》卷869,頁9848。

迴(回)波辭/李景伯

回波爾時酒卮,微臣職在箴規。侍讌既過三爵,喧譁竊恐非儀。《全唐詩》卷101,頁1078。

乞金魚詞/崔日用

臺中鼠子直須諳,信足跳梁上壁龕。倚翻燈脂污張五,還來齧帶報韓三。莫浪語,直王相。大家必若賜金龜,賣卻貓兒相報賞。《全唐詩》卷869,頁9849。

［賜宴自歌］/崔日用

東館總是鵷鸞,南臺自多杞梓。日用讀書萬卷,何忍不蒙學士。墨制簾下出來,微臣眼看喜死。《全唐詩》卷869,頁9849。

景龍三年一月十七日

［紀事］

三年春正月……乙亥,宴侍臣及近親於梨園亭。《舊唐書》卷7,頁147。

景龍三年一月二十九日

［紀事］

晦日,幸昆明池,宋之問詩"自有夜珠來"之句,至今傳之。《唐詩紀事》卷9,頁114。

中宗正月晦日幸昆明池賦詩,羣臣應制百餘篇。帳殿前結綵樓,命昭容選一首爲新翻御製曲。從臣悉集其下,須臾紙落如飛,各認其名而懷之。既進,唯沈、宋二詩不下。又移時,一紙飛墜,競取而觀,乃沈詩也。及聞其評曰:"二詩工力悉敵,沈詩落句云:'微臣彫朽質,羞覩豫章材。'

蓋詞氣已竭。宋詩云:'不愁明月盡,自有夜珠來。'猶陟健舉。"沈乃伏,不敢復争。宋之問詩曰:"春豫靈池近,滄波帳殿開。舟凌石鯨動,查拂斗牛迴。節晦蓂全落,春遲柳暗催。象溟看浴景,燒劫辨沉灰。鎬飲周文樂,汾歌漢武才。不愁明月盡,自有夜珠來。"《唐詩紀事》卷3,頁28。

[作品]

奉和晦日(駕)幸昆明池應制/沈佺期

法駕乘春轉,神池象漢迴。雙星移舊石,孤月隱殘灰。戰鷁逢時去,恩魚望幸來。山花緹騎繞,堤柳幔城開。思逸横汾唱,歡流(1)宴鎬杯。微臣雕朽質,羞覩豫章材。《全唐詩》卷97,頁1045。

(1)"流",原作"留",據《文苑英華》(卷176,頁855)、《唐詩紀事》(卷11,頁162)改。

奉和晦日幸昆明池應制/宋之問

春豫靈池會,滄波帳殿開。舟凌石鯨度,槎拂斗牛回。節晦蓂全落,春遲柳暗催。象溟看浴景,燒劫辨沈灰。鎬飲周文樂,汾歌漢武才。不愁明月盡,自有夜珠來。《全唐詩》卷53,頁647。

奉和晦日幸昆明池應制/李乂

玉輅尋春賞,金堤重晦遊。川通黑水浸,地派紫泉流。晃朗扶桑出,綿聯杞樹周。烏疑填海處,人似隔河秋。劫盡灰猶識,年移石故留。汀洲歸棹晚,簫鼓雜汾謳。《全唐詩》卷92,頁999。

奉和晦日幸昆明池應制/蘇頲

炎曆事邊陲,昆明始鑿池。豫遊光後聖,征戰罷前規。霽色清珍宇,年芳入錦陂。御杯蘭薦葉,仙仗柳交枝。二石分河瀉,雙珠代月移。微臣比翔泳,恩廣自無涯。《全唐詩》卷74,頁807。

景龍三年二月二日

[附録]

二月,己丑,上幸玄武門,與近臣觀宫女拔河。又命宫女爲市肆,公卿爲商旅,與之交易。因爲忿争,言辭褻慢。上與后臨觀爲樂。《資治通鑑》卷209,頁6631。

景龍三年二月八日

[紀事]

二月八日,送沙門玄奘等歸荆州,李峤等賦詩。《唐詩紀事》卷9,頁114。

[作品]

送沙門弘景道俊玄奘還荆州應制/李嶠

三乘歸浄域,萬騎餞通莊。就日離亭近,彌天别路長。荆南旋杖鉢,渭北限津梁。何日紆真果[1],還來入帝鄉。《全唐詩》卷68,頁694。

(1)"果",《唐詩紀事》(卷10,頁143)作"乘"。

送沙門弘景道俊玄奘還荆州應制/李乂

初日承歸旨,秋風起贈言。漢珠留道味,江璧返真源。地出南關遠,天迴北斗尊。寧知一柱觀,卻啓四禪門。《全唐詩》卷92,頁995。

景龍三年二月十一日

[紀事]

十一日,幸太平公主南莊。《唐詩紀事》卷9,頁114。

[作品]

奉和初春幸太平公主南莊應制/李嶠

主家山第接雲開,天子春遊動地來。羽騎參差花外轉,霓旌摇曳一作颺日邊回。還將石溜調琴曲,更取峯霞入酒杯。鸞輅已辭烏鵲渚,簫聲猶繞鳳皇臺。《全唐詩》卷61,頁723。

奉和(春)初[春]幸太平公主南莊應制/沈佺期

主家山第早春歸,御輦春遊繞翠微。買地鋪金曾作埒,尋河取石舊支機。雲間樹色千花滿,竹裏泉聲百道飛。自有神仙鳴鳳曲,併將歌舞報恩暉。《全唐詩》卷96,頁1041。

奉和(春)初[春]幸太平公主南莊應制/宋之問

青門路接鳳凰臺,素滻宸遊龍騎來。澗草自迎香輦合,巖花應待御筵開。文移北斗成天象,酒遞一作近南山作壽杯。此日侍臣將石去,共歡明主賜金回。《全唐詩》卷52,頁645—646。

奉和初春幸太平公主南莊應制/蘇頲

主第山門起灞川,宸遊風景入初年。鳳皇樓下交天仗,烏鵲橋頭一作邊敞御筵。往往花間逢綵石,時時竹裏見紅泉。今朝扈蹕平陽館,不羨乘槎雲漢邊。《全唐詩》卷73,頁804。

奉和初春幸太平公主南莊應制/李乂

平陽館外有仙家,沁水園中好物華。地出東郊迴日御,城臨南斗度雲車。風泉韻繞幽林竹,雨霰光摇雜樹花。已慶時來千億壽,還言日暮九重賒。《全唐詩》卷92,頁997。

奉和初春幸太平公主南莊應制/韋嗣立

主第巖扃架鵲橋,天門閶闔降鸞鑣。歷亂旌旗轉雲樹,參差臺榭入煙霄。林間花雜平陽舞,谷裏鶯和弄玉簫。已陪沁水追歡日,行奉茅山訪道朝。《全唐詩》卷91,頁987。

奉和初春幸一下有臨字太平公主南莊應制/邵昇

沁園佳麗奪蓬瀛,翠壁紅泉繞上京。二聖忽從鸞殿幸,雙仙正下鳳樓迎。花含步輦空間出,樹雜帷宮畫裏行。無路乘槎窺漢渚,徒知訪卜就君平。《全唐詩》卷69,頁774。

奉和初春幸太平公主南莊應制/赵彦昭

傳聞銀漢支機石,復見金輿出紫微。織女橋邊烏鵲起,仙人樓上鳳皇飛。流風入座飄歌扇,瀑水侵階濺舞衣。今日還同犯牛斗,乘槎共逐一作泛海潮歸。《全唐詩》卷115,頁1169。

景龍三年二月

[紀事]

上數與近臣學士宴集,令各效伎藝以爲樂。工部尚書張錫舞《談容娘》,將作大匠宗晉卿舞《渾脱》,左衛將軍張洽舞《黄麞》,左金吾將軍杜元談誦婆羅門呪,中書舍人盧藏用效道士上章。國子司業河東郭山惲獨曰:“臣無所解,請歌古詩。”上許之。山惲乃歌《鹿鳴》《蟋蟀》。明日,上賜山惲敕,嘉美其意,賜時服一襲。《資治通鑑》卷209,頁6632—6633。

景龍三年三月三日

[作品]

三日梨園侍宴一作梨園亭侍宴/沈佺期

九重馳道出,三一作上巳禊堂開。畫鷁中流動,青龍上苑來。野花飄御座,河柳拂天杯。日晚迎祥處,笙鏞下帝臺。《全唐詩》卷96,頁1029。

景龍三年三月

[紀事]

《景龍文館記》:芙蓉園在京師羅城東南隅,本隋世之離宫也;青林重複,緑水瀰漫,帝城勝景也,駕時幸之[1]。《資治通鑑》卷194,頁6103引《考異》。又見《白孔六帖》卷11,頁9a。

(1)四字據《白孔六帖》補。

[作品]

春日侍宴[幸]芙蓉園應制/李乂

水殿臨丹籞,山樓繞翠微。昔遊人託乘,今幸帝垂衣。澗篠緣峯合,巖花逗浦飛。朝來江曲地一作朝迴曲江地,無處不光輝。《全唐詩》卷92,頁993。

春日[侍宴幸]芙蓉園(侍宴)應制/蘇頲

御道紅一作虹旗出,芳園翠輦遊。繞花開水殿,架竹起山樓。荷芰輕薰幄,魚龍出負舟。寧如[1]穆天子,空賦白雲秋。《全唐詩》卷73,頁799。

(1)"如",原作"知",據《文苑英華》(卷169,頁816)改。

春日[侍宴幸]芙蓉園(侍宴)應制/宋之問

芙蓉秦地沼,盧橘漢家園。谷轉斜盤徑,川迴曲抱原。風來花自舞,春入鳥能言。侍宴瑶池夕,歸途笳一作騎吹繁。《全唐詩》卷52,頁631。

春日侍宴幸芙蓉園應制/李嶠

年光竹裏遍,春色杏間遥。煙氣籠青閣,流文蕩畫橋。飛花隨蝶舞,豔曲伴鶯嬌。今日陪歡豫,還疑陟紫霄。《全唐詩》卷58,頁692。

景龍三年夏

[紀事]

因觀唐《景龍文館記》,宋之問分題得《浣紗篇》,云……《西溪叢語》卷上,頁33—34。

[作品]

浣紗篇贈陸上人/宋之問

越女顔如花,越王聞浣紗。國微不自寵,獻作吴宫娃。山藪半潛匿,苧蘿更蒙遮。一行霸句踐,再笑一作顧傾夫差。豔色奪人目一作常人,斅嚬亦相誇。一朝還舊都,靚妝尋若耶。

鳥驚入松網一作林鳥驚入松,魚畏沈荷花一作網魚畏沈花。始覺冶容妄,方悟羣一作君心邪一作斜。欽子秉幽意,世人共稱嗟。願言托君懷,倘類蓬生麻。家住雷門曲,高閣凌飛霞。淋漓翠羽帳,旖旎采一作緑雲車[1]。春風艷楚舞,秋月纏一作綿胡笳。自昔專嬌愛,襲玩唯矜奢。達本知空寂,棄彼猶泥沙。永割偏執性,自長熏修芽。攜妾不障道,來一作願止妾西家。《全唐詩》卷51,頁619—620。

(1)"車",原作"軍",據《唐詩紀事》(卷11,頁164)改。

景龍三年八月十一日

[紀事]

七月,幸望春宫,送朔方節度使張仁亶赴軍。《唐詩紀事》卷9,頁114。

[作品]

奉和幸望春宫送朔[方軍]大總管張仁亶/李嶠

玉塞征驕子,金符命老臣。三軍張武一作戎旆,萬乘餞行輪。猛氣凌玄朔,崇恩降紫宸。投醪還結一作得士,辭第本一作在忘身。露下鷹初擊,風高雁欲賓。方銷塞北祲,還[1]靖漠南塵。《全唐詩》卷61,頁724。

(1)"還",《唐詩紀事》(卷10,頁143)作"遂"。

奉和聖製幸望春宫送朔方[軍]大總管張仁亶/劉憲

命將擇耆年,圖功勝必全。光輝萬乘餞,威武二庭宣。中衢横鼓角,曠野蔽旌旃。推食天廚至,投醪御酒傳。涼風過雁苑,殺氣下雞田。分閫恩何極,臨岐動睿篇。《全唐詩》卷71,頁782。

奉和幸望春宫送朔方軍大總管張仁亶/李乂

邊郊草具腓,河塞有兵機。上宰調梅寄,元戎細柳威。武貔東道出,鷹隼北庭飛。玉匣謀中野,金輿下太微。投醪銜餞酌,緝衮事征衣。勿謂公孫老,行聞奏凱歸。《全唐詩》卷92,頁999。

奉和聖製幸望春宫送[朔方][軍](方朔)大總管張仁亶/蘇頲

北風吹早雁,日夕渡河飛。氣冷膠一作葭應折,霜明草正腓。老臣帷幄算,元宰廟堂機。餞飲迴仙蹕,臨戎解御衣。軍裝乘曉發,師律候春歸。方佇勳庸盛,天詞降紫微。《全唐詩》卷74,頁809。

奉和幸望春宫送朔方[軍]大總管張仁亶/鄭愔

御蹕下都門,軍麾出塞垣。長楊跨武騎,細柳接戎軒。睿曲風雲動,邊威鼓吹喧。坐帷將閫外,俱是報明恩。《全唐詩》卷106,頁1106。

奉和幸望春宫送朔方軍大總管張仁亶/李適

地限驕南牧,天臨餞北征。解衣延寵命,横劍總威名。豹略恭宸旨,雄文動睿情。坐觀膜拜入,朝夕受降城。《全唐詩》卷70,頁777。

景龍三年八月二十一日

[紀事]

八月三日,幸安樂公主西莊。《唐詩紀事》卷9,頁114。《舊唐書》(卷7,頁148)記爲八月二十一日。

[作品]

奉和幸安樂公主山莊應制/趙彦昭

六龍齊軫御朝曦,雙鷁維舟下綠池。飛觀仰看雲外聳,浮橋直見海中移。靈泉巧鑿天孫渚,孝筍能抽帝女枝。幸願一生同草樹,年年歲歲樂於斯。《全唐詩》卷103,頁1089。

[奉和幸安樂](太平)公主山[莊](亭侍宴)應制景龍三年八月十三日/李嶠

黄金瑞榜絳河限,白玉仙輿紫禁來。碧樹青岑雲外聳,朱樓畫閣一作壁水中(1)開。龍舟下瞰鮫人室,羽節高臨鳳女臺。遽惜歡娱歌吹晚,揮戈更卻一作卻使曜靈回。《全唐詩》卷61,頁723。

(1)"中",《文苑英華》(卷176,頁857)、《唐詩紀事》(卷10,頁144)皆作"前"。

奉和幸安樂公主山莊一作西園應制/宗楚客

玉樓銀榜枕嚴城,翠蓋紅旂列禁營。日映層巖圖畫色,風摇雜樹管弦聲。水邊重閣含飛動,雲裏孤峯類一作似削成。幸覩八龍遊閬苑一作幸陪七聖遊昆閬,無勞萬里訪蓬瀛。《全唐詩》卷46,頁561。

奉和幸安樂公主山莊應制/盧藏用

皇女瓊臺天漢潯,星橋月宇構一作創山林。飛蘿半拂銀題影,瀑布環流玉砌陰。菊浦一作酒香隨鸚鵡泛,簫樓(1)韻逐鳳凰吟。瑶池駐蹕恩方久,璧月無文一作雲興轉深。《全唐詩》卷93,頁1004。

(1)"樓",《文苑英華》(卷176,頁857)作"笙"。

[奉和幸](侍宴)安樂公主山莊應制/蘇頲

騣騣羽騎歷城池,帝女樓臺向晚披。霧灑旌旗雲外出,風回巖岫雨中移。當軒半落天河水,繞徑全低月樹枝。簫鼓宸遊陪宴日,和鳴雙鳳喜來儀。《全唐詩》卷73,頁804。

奉和幸安樂公主山莊應制/蕭至忠

西郊窈窕鳳皇臺,北渚平明法駕來。匝地金聲初度曲,周堂玉溜好一作且,又作始傳杯。灣路分遊畫舟轉,岸一作巖門相向碧亭開。微臣此時承宴樂,髣髴疑從一作尋星漢迴。《全唐詩》卷104,頁1091。

奉和幸安樂公主山莊應制/岑羲

銀榜重樓出霧開,金輿步輦向天來。泉聲迴入吹簫曲,山勢遥臨獻壽杯。帝女含笑流飛電,乾文動色象昭回。誠願北極拱堯日,微臣抃舞詠康哉。《全唐詩》卷93,頁1005。

[奉和幸](侍宴)安樂公主山莊應制/李乂

金輿玉輦背三條,水閣山樓望九霄。野外初迷七聖道,河邊忽覩二靈橋。懸冰滴滴依虬箭,清吹泠泠雜鳳簫。回一作向晚平陽歌舞合,前溪更轉木蘭橈。《全唐詩》卷92,頁998。

奉和幸安樂公主山莊應制/馬懷素

主家臺沼一作館勝平陽,帝幸歡娱樂未央。掩映雕窗交極浦,參差繡户繞迴塘。泉聲百處傳歌一作歌傳曲,樹影千重對舞一作舞對行。聖酒一霑何以報,唯欣頌德奉時康。《全唐詩》卷93,頁1010。

奉和幸安樂公主山莊應制/韋元旦

銀河南渚帝城隅,帝輦平明出九衢。刻鳳蟠螭凌桂邸,穿池叠一作構石寫蓬壺。瓊簫暫下鈞天樂,綺綴長懸明月珠。仙榜承恩争既醉,方知朝野更歡娱。《全唐詩》卷69,頁773。

奉和幸安樂公主山莊應制/李迥秀

詰旦重門聞一作開警蹕,傳言太主奏一作奉山林。是日迴輿羅萬一作百騎,此時歡喜賜千金。鷺羽鳳簫參樂曲,荻園竹徑接帷陰。手舞足蹈方無已,萬年千歲[1]奉一作奏薰琴。《全唐詩》卷104,頁1093。

(1)"萬年千歲",《文苑英華》(卷176,頁858)作"年年歲歲"。

[奉和幸](侍宴)安樂公主莊應制/李適

平陽金榜鳳皇樓,沁水銀河鸚鵡洲。綵仗遥臨[1]丹壑裏,仙輿暫幸緑亭幽。前池錦石一作幔蓮花豔,後嶺香爐桂蕊秋。貴主稱觴萬年壽。還輕漢武濟汾遊。《全唐詩》卷71,頁778。

(1)"臨",《文苑英華》(卷176,頁858)、《唐詩紀事》(卷9,頁115)皆作"尋"。

奉和幸安樂公主山莊應制/薛稷

主家園囿一作宇,一作圃極新規,帝郊遊豫奉天儀。歡宴瑶臺鎬京集,賞賜銅山蜀道移。曲閣交映金精板,飛花亂下珊瑚枝。借問今朝八龍駕,何如昔日望[1]仙池。《全唐詩》卷93,頁1007。

(1)"望",《文苑英華》(卷176,頁858)、《唐詩紀事》(卷10,頁140)皆作"指"。

奉和幸安樂公主山莊應制/劉憲

主家别墅帝城隈,無勞海上覓蓬萊。沓石一作嶂懸流平地起,危樓曲閣半天開。庭莎作薦舞行出,浦樹相將一作障歌棹回。此日風光與形勝,祗言作伴聖詞來。《全唐詩》卷71,頁781。

[奉和幸安樂公主山莊應制](侍宴安樂公主新宅應制)/沈佺期

皇家貴主好一作學神仙,别業初開雲漢邊。山出盡如鳴鳳嶺,池成不讓飲龍川。妝樓翠幌教春住,舞閣金鋪借日懸。敬從乘輿來此地,稱觴獻壽樂鈞天。《全唐詩》卷96,頁1041。

景龍三年九月九日

[紀事]

九月九日,幸臨渭亭,分韻賦詩。韋安石先成。《唐詩紀事》卷9,頁114。

九月九日幸臨渭亭登高作云:"九日正乘秋,三杯興已周。泛桂迎樽滿,吹花向酒浮。長房萸早熟,彭澤菊初收。何藉龍沙上,方得恣淹留。"得秋字。時景龍三年也。御製序云:"陶潛盈把,既浮九醞之歡;畢卓持螯,須盡一生之興。人題四韻,同賦五言,其最後成,罰之引滿。"韋安石得枝字云:"金風飄菊蕊,玉露泫萸枝。"蘇瓌得暉字云:"恩深荅效淺,留醉奉宸暉。"李嶠得歡字云:"令節三秋晚,重陽九日歡。"蕭至忠得餘字云:"寵極萸房遍,恩深菊酎餘。"竇希玠得明字云:"九晨陪聖膳,萬歲奉承明。"韋嗣立得深字云:"願陪歡樂事,長與歲時深。"李迥秀得風字云:"霽雲開晚日,仙藻麗秋風。"趙彦伯得花字:"簪挂丹萸蕊,杯涵紫菊花。"楊廉得亭字云:"遠目瞰秦坰,重陽坐灞亭。"岑羲得涘字云:"爰豫矚秦坰,昇高臨灞涘。"盧藏用得開字云:"萸依珮裏發,菊向酒邊開。"李咸得直字云:"菊黄迎酒泛,松翠凌霜直。"閻朝隱得筵字云:"簪紱趨皇極,笙歌接御筵。"沈佺期得長字云:"臣歡重九慶,日月奉天長。"薛稷得曆字云:"顧陪九九辰,長奉千千曆。"蘇頲得時字云:"年數登高日,延齡命賞時。"李乂得濃字云:"捧篋萸香遍,稱觴菊氣濃。"馬懷素得酒字云:"蘭將葉布席,菊用香浮酒。"陸景初得臣字云:"登高識漢苑,問道侍軒臣。"韋元旦得月字云:"雲物開千里,天行乘九月。"李適得高字云:"禁苑秋光入,宸遊霽色高。"鄭南金得日字云:"風起韻虞絃,雲開吐堯日。"于經野得樽字云:"桂筵羅玉俎,菊醴溢芳樽。"盧懷慎得懷字云:"鶴似聞琴至,人疑宴鎬還。"是宴也,韋安石、蘇瓌詩先成,于經野、盧懷慎最後成,罰酒。《唐詩紀事》卷1,頁8。

中宗九日登高，應制二十四人，韋安石、蘇瓌詩先成，于經野及盧懷慎詩後成，時景龍三年也。《唐詩紀事》卷12，頁178。

［作品］

九月九日幸臨渭亭登高得秋字并序/唐中宗

粵以景龍三年賓鴻九月，乘紫機之餘暇，歷翠籞以寅遊。爾乃氣肅商郊，風驚兑野。波收玄灞，澄霽色於林塘；雲斂黄山，藹晴暉於原隰。銜蘆送響，疑傳蘇武之書；化草翻光，似臨車允之帙。於時詔懿戚，命朝賢，屬重陽之吉辰，呈九皐之嘉瑞。萸房薦馥，辟邪之術爰彰；菊蘂含芬，延年之驩攸著。人以酒屬，喜見覆於金杯；文在兹乎，盍各飛於玉藻。淵明抱菊，且浮九醖之觀；畢卓持螯，須盡一生之興。人題四韻，同賦五言。其最後成，罰之引滿。《全唐文》卷17，頁21a—21b。

九日正乘秋，三杯興已周。泛桂迎尊滿，吹花向酒浮。長房萸早熟，彭澤菊初收。何藉龍沙上，方得恣淹留。《全唐詩》卷2，頁23。

奉和九日幸臨渭亭登高應制得枝字/韋安石

重九開秋節，得一動宸儀。金風飄菊蕊，玉露泫萸枝。睿覽八紘外，天文七曜披。臨深應在即，居高豈忘危。《全唐詩》卷104，頁1094。

奉和九日幸臨渭亭登高應制得暉字/蘇瓌

重陽早露晞，睿賞瞰秋磯。菊氣先熏酒，萸香更襲衣。清切絲桐會，縱横文雅飛。恩深答效淺，留醉奉宸暉。《全唐詩》卷46，頁562。

［奉和］九日［幸臨渭亭登高］應制得歡字/李嶠

令節三秋晚，重陽九日歡。仙杯還泛菊，寶饌且調蘭。御氣雲霄近，乘高宇宙寬。今朝萬壽引，宜向曲中彈。《全唐詩》卷58，頁696。

奉和九日幸臨渭亭登高應制得餘字/蕭至忠

望幸三秋暮，登高九日初。朱旗巡漢苑，翠帟俯秦墟。寵極萸房一作香遍，恩深菊酎餘。承歡何以答，萬億奉一作俯宸居。《全唐詩》卷104，頁1091。

奉和九日幸臨渭亭登高應制得明一作英字/竇希玠

鑾輿巡上苑，鳳駕瞰層城。御座丹烏麗，宸居白鶴驚。玉旗縈桂葉，金杯泛菊英。九晨陪聖膳，萬歲奉承明。《全唐詩》卷104，頁1095。

奉和九日幸臨渭亭登高應制得深字/韋嗣立

層觀遠沈沈,鑾旗九日臨。帷一作行宫壓水岸,步輦入煙岑。枝上萸新採,樽中菊始斟。願陪歡樂事,長與歲時深。《全唐詩》卷91,頁986。

奉和九日幸臨渭亭登高應制得風字/李迥秀

重九臨商節,登高出漢宫。正逢萸實滿,還對菊花叢。霽雲開就日一作曉色,仙藻麗秋風。微臣預在鎬,竊抃遂無窮。《全唐詩》卷104,頁1093。

奉和九日幸臨渭亭登高應制得花字[1]/趙彦昭

秋豫凝仙覽,宸遊轉翠華。呼鷹下鳥路,戲馬出龍沙。紫菊宜新壽,丹萸辟舊邪。須陪長久宴,歲歲奉吹花。《全唐詩》卷103,頁1088。

(1)"得花字"三字據《唐詩紀事》(卷1,頁8)補。

奉和九日幸臨渭亭登高應制得亭字/楊廉

遠目瞰秦坰,重陽坐灞亭。既開黄菊酒,還降紫微星。簫鼓諳一作迎仙曲,山河入畫屏。幸兹陪宴喜,無以效丹青。《全唐詩》卷104,頁1094。

[奉和](九月)九日幸臨渭亭登高應制得涘字/岑羲

重九開科曆,千齡逢聖紀。爰豫矚秦坰,昇高臨灞涘。玉醴浮仙菊,瓊筵薦芳芷。一聞帝舜歌,歡娱良未已。《全唐詩》卷93,頁1004。

[奉和]九日幸臨渭亭登高應制得開字/盧藏用

上月重陽滿,中天萬乘來。萸依佩裏發,菊向酒邊開。聖澤煙雲動,宸文象緯迴。小臣無以答,願奉億千杯。《全唐詩》卷93,頁1002。

奉和九日幸臨渭亭登高應制得直字/李咸

重陽乘令序,四野開晴色。日月數初並,乾坤聖登極。菊黄迎酒泛,松翠凌霜直。遊海難爲深,負山徒倦力。《全唐詩》卷104,頁1096。

奉和九日幸臨渭亭登高應制得筵字/閻朝隱

九九侍神仙,高高坐半天。文章二曜動,氣色五星連。簪紱趨皇極。笙歌接御筵。願因茱菊酒。相守百千年。《全唐詩》卷69,頁770。

[奉和]九日[幸]臨渭亭[登高](侍宴)應制得長字/沈佺期

御氣幸金方,憑高薦羽觴。魏文頒菊蕊,漢武賜萸房一作囊。秋變銅池色,晴添銀樹光,一作去鶴留笙吹。歸鴻識舞行。年年重九慶,日月奉天長。《全唐詩》卷96,頁1030。

[奉和]九日幸臨渭亭登高應制得曆字/薛稷

暮節乘原野,宣遊俯崖壁。秋登華實滿,氣嚴鷹隼擊。仙菊含霜泛,聖藻臨雲錫。願陪九九辰,長奉千千曆。《全唐詩》卷93,頁1006。

奉和九日幸臨渭亭登高應制得時字/蘇頲

嘉會宜長日,高筵順動時。曉光雲外洗,晴色雨餘滋。降鶴因韶德,吹花入御詞。願陪陽數節,億萬九秋期。《紀事》作:"並數登高日,延齡命賞時。宸遊天上轉,秋物雨來滋。降鶴承仙馭,吹花入睿詞。微臣復何幸,長得奉恩私。"語多不同,今並載之。《全唐詩》卷73,頁799。

奉和九日[幸臨渭亭登高](侍宴)應制得濃字/李乂

望幸紆千乘,登高自九重。臺疑臨戲馬,殿似接疏龍。捧篋萸香遍,稱觴菊氣濃。更看仙鶴舞,來此慶時雍。《全唐詩》卷92,頁994—995。

[奉和]九日幸臨渭亭登高應制得酒字/馬懷素

睿賞叶通三,宸遊契重九。蘭將葉布席,菊用香浮酒。落日下桑榆,秋風歇楊柳。幸齊東户慶,希薦南山壽。《全唐詩》卷93,頁1008。

奉和九日幸臨渭亭登高應制得臣字/陸景初

九秋光順豫,重節霽良辰。登高識漢苑,問道侍軒臣。菊花浮秬鬯,萸房插縉紳。聖化邊陲謐,長洲鴻雁賓。《全唐詩》卷104,頁1095。

奉和九日幸臨渭亭登高應制得月字/韋元旦

雲物開千里,天行乘九月。絲言丹鳳池,旆轉蒼龍闕。灞水歡娛地,秦京游俠窟。欣承解愠詞,聖酒黄花發。《全唐詩》卷69,頁772。

奉和(聖製)九日[幸臨渭亭登高](侍宴)應制得高字/李適

禁苑秋光入,宸遊霽色高。萸房頒綵笥,菊蕊薦香醪。後騎縈堤柳,前旌拂御桃。王枚俱得從,淺淺愧飛毫。《全唐詩》卷70,頁776。

奉和九日幸臨渭亭登高應制得日字/鄭南金

重陽玉律應,萬乘金輿出。風起韻虞弦,雲開吐堯日。菊花浮聖酒,茱香挂衰質。欲知恩煦多,順動觀秋實。《全唐詩》卷104,頁1096。

奉和九日幸臨渭亭登高應制得樽字/于經野

御氣三秋節,登高九曲門。桂筵羅玉俎,菊醴溢芳樽。遵渚歸鴻度,承雲舞鶴騫。微臣濫陪賞,空荷聖明恩。《全唐詩》卷104,頁1097。

奉和九日幸臨渭亭登高應制得還字/盧懷慎

時和素秋節,宸豫紫機關。鶴似聞琴至,人疑宴鎬還。曠望臨一作迷平野,潺湲俯暝灣。無因酬大德,空此愧崇班。《全唐詩》卷104,頁1097—1098。

景龍三年秋

[作品]

餞唐永昌一作餞唐郎中洛陽令/沈佺期

洛陽舊有一作出神明宰,輦轂由來天地中。餘邑政成何足貴,因君取則四方同。《全唐詩》卷97,頁1054—1055。

餞唐永昌/崔日用

洛陽桴鼓今不鳴,朝野咸推重太平。冬至冰霜俱怨別,春來花鳥若爲情。《全唐詩》卷46,頁560。

餞唐永昌/閻朝隱

洛陽難理若棼絲,椎破連環定不疑。鸚鵡休言秦地樂一作鳥道長安樂,回頭一作首一顧一相思。《全唐詩》卷69,頁771。

餞唐永昌(赴任東都)自尚書郎爲令/李適

聞道飛鳧向洛陽,翩翩矯翮度文昌。因聲寄意三花樹,少室巖前幾過香。有田在少室,不見十年矣。《全唐詩》卷70,頁778。

餞唐永昌/劉憲

始見郎官拜洛陽,旋聞近侍發雕章。緒言已勗期年政,綺字當一作先生滿路光。《全唐詩》卷71,頁783。

餞唐永昌/徐彦伯

金溪碧水玉潭沙,鳧鳥翩翩弄日華。鬬雞香陌行春倦,爲摘東園桃李花。《全唐詩》卷76,頁826—827。

餞唐永昌/李乂

田郎才貌出咸京,潘子文華向洛城。願以深心留善政,當令强項謝一作識高名。《全唐詩》卷92,頁1001。

餞唐永昌/薛稷

河洛風煙壯市朝,送君飛舄去漸遥。更思明年桃李月,花紅柳緑宴浮橋。《全唐詩》卷93,頁1008。

餞唐永昌/馬懷素

聞君出宰洛陽隅,賓友稱觴餞路衢。别後相思在何處,祇應關一作闕下望仙舄。《全唐詩》卷93,頁1010。

餞唐永昌/徐堅

郎官出宰赴伊瀍,征傳駸駸灞水前。此時悵望新豐道,握手相看共黯然。《全唐詩》卷107,頁1112。

餞唐永昌/武平一

聞君墨綬出丹墀,雙舄飛來佇有期。寄謝銅街攀柳日,無忘粉署握蘭時。《全唐詩》卷102,頁1086。

景龍三年十月八日

[紀事]

十一月一日,安樂公主入新宅,賦詩。《唐詩紀事》卷9,頁114。

中宗與修文館學士宴樂賦詩,每命彦伯爲之序,文綵華縟。《夜宴安樂公主新第序》云:"言容有典,緝似幄之柔規;湯沐增榮,結風庭之藻涣。"又曰:"鳴璜節珮,登繡軸之琱軒;花綬香纓,帶澤壺之青鏁。"此言駙馬。《唐詩紀事》卷9,頁118。

昆明池者,漢孝武所穿,有蒲魚利,京師賴之。中宗朝,安樂公主請焉,帝曰:"前代已來,不以與人。不可。"主不悦,因大役人徒,别掘一池,號曰"定昆池"。既成,中宗往觀,令公卿賦詩。李黄門日知詩曰:"但願暫思居者逸,無使時傳作者勞。"及睿宗即位,謂之曰:"當時朕亦不敢言,非卿中正,何能若是。"無何而遷侍中。《隋唐嘉話》卷下,頁42。又見《唐詩紀事》卷8,頁107。

《景龍文館記》曰:安樂公主西莊在京城西延平門外二十里,司農卿趙履温種殖,將作大匠楊務廉引流鑿沼,延袤十數里,時號定昆池。《長安志》卷12,頁142。又見《重輯説郛》卷46,頁2b。

[附録]

己巳,上幸定昆池,命從官賦詩。黄門侍郎李日知詩曰:“所願蹔思居者逸,勿使時稱作者勞。”及睿宗即位,謂日知曰:“當是時,朕亦不敢言之。”《資治通鑑》卷209,頁6637。

上官婕妤及後宫多立外第,出入無節,朝士往往從之遊處,以求進達。安樂公主尤驕横,宰相以下多出其門。與長寧公主競起第舍,以侈麗相高,擬於宫掖,而精巧過之。安樂公主請昆明池,上以百姓蒲魚所資,不許。公主不悦,乃更奪民田作定昆池,累石象華山,引水象天津,欲以勝昆明,故名定昆。安樂有織成裙,直錢一億,花卉鳥獸,皆如粟粒,正視旁視,日中影中,各爲一色。《資治通鑑》卷209,頁6623—6624。

[作品]

安樂公主移入新宅侍宴應制景龍三年十一月一日/宗楚客

星橋他日創,仙榜此時開。馬向鋪錢埒,簫聞弄玉臺。人同一作疑衛叔美,客似一作是,一作有長卿才。借問遊天漢,誰能取一作帶石回。《全唐詩》卷46,頁561。

安樂公主移入新宅侍宴應制同用開字/趙彦昭

雲物中京曉,天人外館開。飛橋象河漢,懸榜學逢萊。北闕臨仙檻,南山送壽杯。一窺輪奂畢,慚悳一作更思棟梁材。《全唐詩》卷103,頁1088。

(侍宴)安樂公主[移入]新宅[侍宴]應制/武平一

紫漢秦樓敞,黄山魯館開。簪裾分上席,歌舞列平臺。馬既如龍至,人疑學鳳來。幸兹一作忻聯棣蕚,何以接鄒枚。《全唐詩》卷102,頁1084。

安樂公主(移入)新宅[侍宴應制]/沈佺期

初聞衢漢來,移住斗城隈。錦帳迎風轉,瓊筵拂霧開。馬香遺舊埒,鳳吹繞新臺。爲問沈冥子,仙槎何處回。《全唐詩》卷96,頁1030。

夜宴安樂公主新宅應制并序/徐彦伯

言容有典,緝似幄之柔規;湯沐增榮,結風庭之藻涣。鳴璜節珮,登繡軸之琱軒;花綬香纓,帶澤壺之青鏁。《唐詩紀事》卷9,頁118。

鳳樓開闔引明光,花酎一作醑連添醉益香。欲知帝女薰天貴,金柯一作珂玉桂夜成行。《全唐詩》卷76,頁826。

夜宴安樂公主新宅[應制]/閻朝隱

鳳皇鳴舞樂昌年，蠟炬開花夜管弦。半醉徐擊珊瑚樹，已聞鐘漏曉聲傳。《全唐詩》卷69，頁771。

[夜](侍)宴安樂公主新宅應制/李乂

牽牛南渡象昭回，學鳳樓成帝女來。平旦鵷鸞歌舞席，方宵鸚鵡獻酬杯。《全唐詩》卷92，頁1001。

夜宴安樂公主新宅[應制]/蘇頲

車如流水馬如龍，仙史高臺十二重。天上初移衡漢匹，可憐歌舞夜相從一作逢。《全唐詩》卷74，頁815。

夜宴安樂公主新宅[應制]/劉憲

層軒洞户旦新披，度曲飛觴夜不疲。綺綴玲瓏河色曉一作繞，珠簾隱映月華窺。《全唐詩》卷71，頁783。

夜宴安樂公主新宅應制/李適

銀河半倚鳳皇臺，玉酒相傳鸚鵡杯。若見君平須借問，仙槎一去幾時來。《全唐詩》卷70，頁778。

夜宴安樂公主[新]宅[應制]/韋元旦

主第新成銀作榜，賓筵廣宴玉爲樓。壺觴既卜仙人夜，歌舞宜停織女秋。《全唐詩》卷69，頁774。

夜宴安樂公主[新]宅[應制]/武平一

王孫帝女下仙臺，金榜珠簾入夜開。遽惜瓊筵歡正洽，唯愁銀箭曉相催。《全唐詩》卷102，頁1085。

夜宴安樂公主[新]宅[應制]/李迥秀

金榜岧嶤雲裏開，玉簫參差天際迴。莫驚側弁還歸路，祗爲平陽歌舞催。《全唐詩》卷104，頁1093。

夜宴安樂公主[新]宅[應制]/沈佺期

濯龍門外主家親，鳴鳳樓中天上人。自有金杯迎甲夜，還將綺席代一作發陽春。《全唐詩》卷97，頁1054。

夜宴安樂公主新宅[應制]/薛稷

秦樓宴喜月裴回,妓筵銀燭滿庭開。坐中香氣排花出,扇後歌聲逐酒來。《全唐詩》卷93,頁1008。

夜宴安樂公主[新]宅[應制]/馬懷素

鳳樓窈窱凌三襲,翠幌玲瓏瞰九衢。複道中宵留宴衎,彌令上客想踟躕。《全唐詩》卷93,頁1010。

夜宴安樂公主[新]宅[應制]/崔日用

銀燭金屏坐碧堂,只言河漢動神光。主家盛時一作明歡不極,才子能歌夜未央。《全唐詩》卷46,頁560。

夜宴安樂公主新宅[應制]/岑羲

金榜重樓開夜扉,瓊筵愛客未言歸。銜歡不覺銀河曙一作曉,盡醉那知玉漏一作露稀。《全唐詩》卷93,頁1005。

夜宴安樂公主[新]宅[應制]/盧藏用

侯家主第一時新,上席華年不惜春。珠釭綴日一作月那知夜,玉斝流霞畏底一作極晨。《全唐詩》卷93,頁1004。

夜宴安樂公主新宅應制/李日知

所願暫知居者樂,無使時稱主者勞。《全唐詩》卷795,頁8942。

景龍三年十一月十三日

[紀事]

二十三日,南郊,徐彦伯上南郊賦。《唐詩紀事》卷9,頁114。

[作品]

南郊賦

維帝唐八十有五載,鴻徽鑠於縣寓。騰陽精,握機矩。還攝提以産氣,配神明而作主。倬四后之在天,伊萬物之胥覩。左日壑,右星圃。吹烈火於炎邱,覿堅冰於委羽。莫不匍匐我聲教,駿奔我珪組。納大荒之管鑰,伏堪輿之扃户。兹可以孩黔嬴,扶盤古。苞混茫而首出,亦奚云於三五哉。於穆我皇,纂戎而昌。青氣揺社,白雲入房。與天地合契,與日月齊光。杖太一,敺羣剛。共工戮兮河嶽正,旬始滅一作三苗格兮星辰張。輯稽古之禮物,懸象魏之舊章。雖配天復禹,繼嗣興湯者,不其忞歟。肇允神聖,浸發葆命。芬德馨香,崇庸祇敬。吟蓼蕭以游渥,合臯桑而藴正。關石龢鈞,飛沈翔泳。擇明居之全法,撰蒼渠之闕令,則太階平而玉衡正也。庶績洪凝,賡歌浩作。陰騭於下,有孚焕若。恢負勝之圖,賁昭功之鑰。是以玄黽遊乎湍瀨,丹鳥吟於觀閣。芝房菌蠢而玉英,景雲璀璨而金蕚。雙觡共抵之獸,躑躅苑山;一稃二米之潁,紛拏畎壑。邦誦中和,甿歌小毖。歲合作噩,日交長至。遘朔旦之明期,擇純陽之正地。欲陳大旅,展時事。告紫宙之成功,定皇天之寶位。蜃鶩司典,鳲鳩蒇職。崇泰壇,考星翼。畫八卦以通道,錯五行而辨域。對越精祇,森羅正直。木巽火而殷薦,豫乘雷以罔極。載師清野,土訓掃壥。繚垣虹合,參途電聯。籠組帷以艾景,覆皇邸以慶煙。宫伯糾其禁,内饔烹其鱻。周庐攢搆以戢晉,列纛抗莖而翩綿。繩繩都人,濟濟多士。九牧之守,百蠻之子。莫不挈鴈提羔,攢驂噎軌。紛鴻溶以騰逗,叛遹皇而佁儗。或駢肩而側足,候吾君之戾止。若葵藿之傾離光,同江河之赴溟水也。然後啓端門,警仙蹕。雙鳳矯首,六龍齊膝。青旆骨雲,紅旌慧日。鏘玉鸞之鳴轙,按金雞之廣術。傳畫角以啾嘈,曳朱旗以騈坒。呵風伯令戒道,制玄冥使司律。此靈祇所以保綏,皇天所以宥密。於是闢龍次,幸蜺幬。鶉鳥司裏,熊羆奉收。皇帝乃彰畫黻,襲大裘。端玉珽,肅珠旒。翼翼穆穆,遂臻於圜邱。躬考享,擁神休。設天宗之六席,援長髮之二球。盥以明水,薦以香羞。陳蒼璧而咸事,藉白茅而闡幽。絜騂旄之泔淡,酌元瓚之觩觩。盛哉！坤極順,天樞見。邸乳祥開,曾沙業薦。赫禮數於彤壺,布徽音於紫縣。率先於金簿之蠶,謹覆以瑶筐之薦。皇后介禮,恭兹亞奠。凝億兆之歡心,注穹蒼之景眄。紫微開兮天香滿,神之來兮軒星纂。候黄鐘兮雪飛,調大吕兮風煖。戞雲和之寶瑟,吟孤竹之清管。石麟夭矯,團翠煙而上征;蕤鳳畱霍,迓鴻鳌之無算。瑞氣蜿蜒於藪甸,祥光熠爚於旄罕。三觶終獻,萬祇呈醺。昇羽節,導靈羣。凝肆夏以青晷,颺登歌而咽雲。徽鸞鷖之颯沓,致戩穀之絪緼。禮畢功成,天旋日轉。宸儀允穆,后庸胥展。引大火之流旂,迴夷庚之翠輦。倪三巒之崇搆,御六氣之遥辨。覽太玄之神策,張集靈之瑞典。草木亨兮雷雨雰霈,湛恩灑兮雲霄霮霸。壽觴霞舉兮絲竹龢,筐篚岳立兮駢嵳峩。天子方合符於大庭之國,錯事以梁父之阿。岱崱嶷兮青嶂,汶泓澄兮紫波。屯千轂以霆转,整萬轡而星羅。則述易象者獻風行之繇,談比興者奏時邁之歌。蕩蕩乎!巍巍乎!無得而名言矣。遂作頌曰:

煌煌靈臺,告成功兮。我君孝享,亞坤宮兮。純嘏布濩,延皇穹兮。惟策代表,靏升中兮。享壽千億,傳無窮兮。《全唐文》卷267,頁17a—20a。

景龍三年十一月十五日

[紀事]

十五日,中宗誕辰,長寧公主滿月,李嶠詩龍神見像日,仙鳳養雛年是也。《唐詩紀事》卷9,頁114。

公主之生也,帝誕日而公主滿月。李嶠詩云:"神龍見象日,仙鳳養雛年。大寶來天正,明珠對月圓。祚延金篋裏,歌奏玉箱前。今日宜孫慶,還參祝聖篇。"《唐詩紀事》卷1,頁9—10。

[作品]

中宗降誕日長寧公主滿月侍宴應制/李嶠

神龍見像日,仙鳳養雛年。大火乘一作寶來天正,明珠對月圓。作新一作祚延金篋裏,歌奏玉筐一作籍前。今日宜孫慶,還參祝壽一作聖篇。《全唐詩》卷58,頁691。

中宗降誕日長寧公主滿月侍宴應制/鄭愔

春殿猗蘭美,仙階柏樹榮。地逢芳節應,時覩聖人生。月滿增祥莢,天長髮瑞靈。南山遥可獻,常願奉皇明。《全唐詩》卷106,頁1105。

景龍三年十一月

[附録]

太平、安樂公主各樹朋黨更相譖毁,上患之。冬,十一月,癸亥,上謂修文館直學士武平一曰:"比聞内外親貴多不輯睦,以何法和之?"平一以爲:"此由讒諂之人陰爲離間,宜深加誨諭,斥逐姦險。若猶未已,伏願捨近圖遠,抑慈存嚴,示以知禁,無令積惡。"上賜平一帛而不能用其言。《資治通鑑》卷209,頁6637。

景龍三年十二月八日

［紀事］

《景龍文館記》：三年臘日，帝於苑中召近臣，賜臘。晚自北門入於内殿，賜食，加口脂，盛以翠碧鏤牙筩。《能改齋漫録》卷6，頁141。

景龍三年十二月十二日

［紀事］

十二月十二日，幸温泉宫，敕浦州刺史徐彦伯入仗，同學士例，因與武平一等五人獻詩。上官昭容獻七言絶句三首。《唐詩紀事》卷9，頁114—115。

中宗幸温湯，［上官婉兒］獻三絶句云……《唐詩紀事》卷3，頁28。

［作品］

奉和幸新豐温泉宫應制/武平一

秦王登碣石，周后襲崑崙。何必在遐遠，方稱萬宇尊。我皇順時豫，星駕動軒轅。雄戟交馳道，清笳度國門。回輿長樂觀，校獵上林園。行漏移三象，連營總八屯。旌摇鸜鵒谷，騎轉鳳皇原。絶壁蒼苔古，靈泉碧溜温。參差開水殿，窗窱敞巖軒一作垣。豐邑模猶在，驪宫迹尚存。煙松銜翠幄，雪徑遶花源。侍從推玄草，文章召虎賁。深仁浹夷夏，洪造溢乾坤。謬忝王枚列，多慚雨露恩。《全唐詩》卷102，頁1084。

奉和幸新豐温泉宫應制/徐彦伯

姬典歌時邁，虞篇記省方。何如黑帝月，玄覽一作運白雲鄉。翠仗縈船岸，明旆一作旂應蒷音負陽。風摇花毦彩，雪豔寶戈芒。御陌開函一作油次，離宫夾樹行。桂枝籠騕褭，松葉覆一作蔭堂皇。仙石一作女含珠液，温池孕璧房。湧疑神瀵溢，澄一作泛若帝臺漿。獨沸流常熱，潛蒸氣轉香。青壇一作坻環玉甃，紅礎一作淀鑠金光。藻曜凝芳潔，葳蕤獻淑祥。五龍歸寶算，九扈叶時康。同預華封老，中衢祝聖皇。《全唐詩》卷76，頁825。

駕幸新豐温泉宫獻詩三首/上官昭容

三冬季月景〔龍〕（隆）年，萬乘觀風出灞川。遥看電躍龍爲馬，回矚霜原玉作田。

鸞旂掣曳拂空回，羽騎驂驔躡景來。隱隱驪山雲外聳，迢迢御帳日邊開。

翠幕珠幃敞月營，金罍玉斝泛蘭英。歲歲年年常扈蹕，長長久久樂升一作承平。《全唐詩》卷5，頁61。

景龍三年十二月十四日

［紀事］

《景龍文館記》：《宴韋嗣立莊》云："松門駐旌旆，薜幄列簪裾。"《類説》卷6，頁187。又見《紺珠集》卷7，頁19a。

［韋］嗣立莊在驪山鸚鵡谷，中宗幸之。嗣立獻食百轝，及木器藤盤等物。上封爲逍遥公，谷爲逍遥谷，原爲逍遥原。中宗留詩，從臣屬和，嗣立並鐫於石，請張説爲之序，薛稷書之。……先一日，太平公主、上官昭容題詩數首，故張説詩云"舞鳳迎公主，雕龍賦婕妤"。《唐詩紀事》卷11，頁154。

十四日，幸韋嗣立莊，拜嗣立逍遥公，名其居曰清虚原、幽棲谷。《唐詩紀事》卷9，頁115。又見《隋唐嘉話》卷下，頁43。

［附録］

甲午，上幸驪山温湯；庚子，幸韋嗣立莊舍。以嗣立與周高士韋夐同族，賜爵逍遥公。嗣立，皇后之疏屬也。由是顧賞尤重。乙巳，還宫。《資治通鑑》卷209，頁6638。

［作品］

東山記/張説

兵部尚書同中書門下三品修文館大學士韋公，體含真静，思協幽曠。雖翊亮廊廟，而緬懷林藪。東山之曲，有别業焉。嵐氣入野，榛煙出俗。石潭竹岸，松齋藥畹。虹泉電射，雲木虚吟。恍惚疑夢，閒[1]闗忘術。兹所謂丘壑夔龍，衣冠巢許。幸温泉之歲也，皇上聞而賞之。廼命掌舍設帟，金吾劃次，太官載酒，奉常抱樂。停輿輦於青靄，佇翬褕於紫氛。[2]百神朝於谷口，[3]千官飲乎池上。緹騎環山，朱旂焰野。縱觀空巷，途歌傳壑。是日即席拜公逍遥公，名其居曰清虚原、幽棲谷。景移樂極，天子賦詩。王后帝女，宫嬪邦媛，歌焉和焉，以寵德也。加以中宫敦序，謂我諸兄。引内子於重幄,見兒童於行殿。家人之禮優,棠棣之詩作。於是實其筐筥,下以昭忠信之獻;賁其束帛,上以示慈惠之恩。朝野歡并,君臣義洽。夫飛翠華,歷茨嶺,至道之主也;紆紫綬,期赤松,素履之輔也。千載一時,難乎此遇。故兩曜合舍,衆星聚德。雅道光華,高風允塞。寒谷煦景,窮崖潤色。猗歟盛事,振古未有。篆之玄石,貽代厥後。《全唐文》卷226,頁1a—2a。

(1)"閒",《張燕公集》作"間"(卷12,頁11b)。

(2)"氛",《張燕公集》作"雲"(卷12,頁11b)。

(3)"口",原作"中",據《張燕公集》改(卷12,頁11b)。

[奉和](扈從)幸韋嗣立山莊[侍宴]應制/張説

寒灰飛玉綰,湯井駐金輿。既得方明相,還尋大隗居。懸泉珠貫下,列帳錦屏舒。騎遠林逾密,笳繁谷自虛。門旗塹複磴,殿幕裹一作裹事通渠。舞鳳迎公主,雕龍賦一作起婕妤。地幽天賞洽,酒樂御筵初。菲才叨侍從,連藻愧應徐。《全唐詩》卷88,頁963。

奉和幸韋嗣立山莊侍宴應制/李嶠

南洛師臣契,東巖王佐居。幽情遺紱冕,宸眷屬樵漁。制下峒山蹕,恩回灞水輿。松門駐旌蓋,薜幄引簪裾。石磴平黄陸,煙樓半紫虛。雲霞仙路近,琴酒俗塵疏。喬木千齡外,懸泉百丈一作尺餘。崖深經鍊藥,穴古舊藏書。樹宿摶風鳥,池潛一作遊縱壑魚。寧知天子貴,尚憶武侯廬。《全唐詩》卷61,頁725。

[奉和](陪)幸韋嗣立山莊[侍宴]應制/李乂

樞掖調梅暇,林園種槿初。入朝榮劍履,退食偶琴書。地隱東巖室,天迴北斗車。旌門臨窋窱,輦道屬扶疏。雲罕明丹谷,霜笳徹紫虛。水疑投石處,谿似釣璜餘。帝澤頒卮酒,人歡頌里閭。一承黄竹詠,長奉白茆居。《全唐詩》卷92,頁999。

[奉和](陪)幸韋嗣立山莊[侍宴應制]/沈佺期

台階好赤松,别業對青峯。茆室承三顧,花源接九重。虹一作龍旗縈秀木,鳳輦拂疏筇。徑直一作狹千官擁,溪長萬騎容。水堂開禹膳,山閣獻堯鍾。皇鑑清居遠,天文睿奬濃。巖泉他夕一作日夢,漁釣往年逢。共榮丞相府,偏降逸人封。封嗣立爲逍遥公。故有末句。《全唐詩》卷97,頁1044。

奉和幸韋嗣立山莊侍宴應制/武平一

三光回斗極,萬騎肅鉤陳。地若遊汾水,畋疑歷渭濱。圓塘冰寫鏡,遥樹雪[1]成春。弦奏魚聽曲,機忘鳥狎人。築巖思感夢,磻石想垂綸。落景搖紅壁,層陰結翠筠。素風紛可尚,玄澤藹無垠。薄暮清笳動,天文煥紫宸一作北辰。《全唐詩》卷102,頁1085。

(1)"雪",原作"露",據《文苑英華》(卷175,頁853)改。

奉和幸韋嗣立山莊侍[宴](燕)應制/趙彦昭

賢族唯題里,儒門但署鄉。何如表巖洞,宸翰發輝光。地在兹山曲,家臨郃水陽。六龍駐旌罕,四牡耀旂常。北斗臨台座,東山入廟堂。天高羽翼近,主聖股肱良。野竹池亭氣,村花澗谷香。縱然懷豹隱,空愧躡鵷行。《全唐詩》卷103,頁1090。

[奉和幸](侍宴)韋嗣立山莊[侍宴]應制/徐彦伯

鼎臣休澣隙,方外結遥一作遐心。別業青霞境,孤潭碧樹林。每馳東墅策,遥弄北溪琴。帝眷紓一作幸行時豫,台園賞歲陰。移鑾明月沼,張組一作樂白雲岑。御酒瑶觴落,仙壇竹徑深。三光一作章懸聖藻,五等冠朝簪。自昔皇恩感,一作自愧承恩盛,咸言獨自一作在今。《全唐詩》卷76,頁825。

奉和幸韋嗣立山莊侍宴應制/劉憲

東山有謝安,枉道降鳴鑾。緹騎分初日,霓旌度曉寒。雲蹕巖間下,虹橋澗底盤。幽棲俄以屆,聖矚宛餘歡一作觀。崖懸飛溜直,岸轉綠潭寬。桂華堯酒泛,松響舜琴彈。明主恩斯極,賢臣節更殫。不才叨侍從,詠德以濡翰。《全唐詩》卷71 ,頁783。

奉和[幸]韋嗣立山莊侍宴應制/崔湜

丞相登前府,尚書啓舊林。式閭明主睿一作意,榮族聖嬪心。川狹旌門抵,巖高蔽帳臨。閑窗憑柳暗,小徑入松深。雲卷千峯色,泉和萬籟吟。蘭迎天女佩,竹礙侍臣簪。宸翰三光燭,朝榮四海欽。還嗟絶機叟,白首漢川陰。《全唐詩》卷54,頁665。

奉和幸韋嗣立山莊[侍宴]應制/蘇頲

摐金寒野霽,步玉曉山幽。帝幄期松子,臣廬訪葛侯。百工徵往夢,七聖扈來遊。斗柄乘時轉，台階捧日留。樹重巖籟合，泉迸水光浮。石徑喧朝履，璜溪擁釣舟。恩如犯星夜，歡擬濟河秋。不學堯年隱，空令傲許由。《全唐詩》卷74，頁807。

奉和聖製幸韋嗣立山莊應制／李嶠

萬騎千官擁帝車，八龍三馬訪仙家。鳳皇原上開一作窺青壁，鸚鵡杯中弄紫霞。《全唐詩》卷61，頁729。

奉和聖製幸韋嗣立山莊應制／劉憲

非吏非隱晋尚書，一丘一壑降乘輿。天藻緣情兩曜合，山卮獻壽萬年餘。《全唐詩》卷71，頁783。

奉和聖製幸韋嗣立山莊應制／趙彦昭

廊廟心存巖壑中，鑾輿矚在灞城東。逍遥自在蒙莊子，漢主徒言河上公。《全唐詩》卷103，頁1090。

奉和聖製幸韋嗣立山莊應制／武平一

鳴鑾赫奕下重樓，羽蓋逍遥向一丘。漢日唯聞白衣寵，唐年更覩赤松遊。《全唐詩》卷102，頁1086。

奉和[聖製]幸韋嗣立山莊應制／崔湜

竹徑桃源本出塵，松軒茅棟别驚新。御蹕何須林下駐，山公不是俗中人。《全唐詩》卷54，頁667。

奉和[聖製]幸韋嗣立山莊應制／沈佺期

東山朝日翠屏開，北闕晴空綵仗來。喜遇天文七曜動，少微今夜近一作入三台。《全唐詩》卷97，頁1054。

奉和[聖製]幸韋嗣立山莊(侍宴)應制／李乂

曲樹迴廊繞澗幽，飛泉噴下溢池流。祇應感發明王夢，遂得邀迎聖帝遊。《全唐詩》卷92，頁1000。

奉和聖製幸韋嗣立山莊應制／張説

西京上相出扶陽，東郊别業好池塘。自非仁智符天賞，安能日月共回光。《全唐詩》卷89，頁982。

奉和聖製幸韋嗣立山莊應制/蘇頲

樹色參差隱翠微,泉流百尺向空飛。傳聞此處投竿住,遂使兹辰扈蹕歸。《全唐詩》卷74,頁815。

景龍三年十二月十五日

[紀事]

《景龍文館記》:宴白鹿觀,御詩序云:"人題四韻,後罰三盃。"李[峤]、宗楚[客]等謝曰:"既陪天歡,不敢不醉。"又曰:"敬舉天盃飲。"《類説》卷6,頁187。又見《紺珠集》卷7,頁19b。

十五日,幸白鹿觀。《唐詩紀事》卷9,頁115。

[作品]

[奉和]幸白鹿觀應制/李嶠

駐蹕三天路,迴旃萬仞谿。真庭羣帝饗,洞府百靈棲。玉酒仙壚釀,金方暗壁題。佇看青鳥入,還陟紫雲梯。《全唐詩》卷58,頁693。

[奉和]幸白鹿觀應制/李乂

制蹕乘驪阜,回輿指鳳京。南山四皓謁,西嶽兩童迎。雲幄臨懸圃,霞杯薦赤城。神明近兹一作福地,何必往蓬瀛。《全唐詩》卷92,頁995。

[奉和]幸白鹿觀應制/沈佺期

紫鳳真人府,斑龍太上家。天流芝蓋下,山轉桂旗斜。聖藻垂寒露,仙杯落晚霞。唯應問王母,桃作幾時花。《全唐詩》卷96,頁1031。

奉和幸白鹿觀應制/武平一

玉府淩三曜,金壇駐六龍。綵旒懸倒景,羽蓋偃喬松。玄圃靈芝秀,華池瑞液濃。謬因沾舜渥一作聖澤,長願奉堯封。《全唐詩》卷102,頁1084。

奉和幸白鹿觀應制/趙彦昭

雲驂驅半景,星蹕坐中天。國誕玄一作元宗聖,家尋碧落仙。玉杯鸞薦壽,寶算鶴知年。一覩光華旦,欣承道德篇。《全唐詩》卷103,頁1088。

奉和幸白鹿觀應制/劉憲

玄遊乘落暉,仙宇藹霏微。石梁縈澗轉,珠旆掃壇飛。芝童薦膏液,松鶴舞驂騑。還似瑤池上,歌成周馭歸。《全唐詩》卷71,頁780—781。

[奉和]幸白鹿觀應制/崔湜

御旗探紫籙,仙仗闢丹丘。捧藥芝童下,焚香桂女留。鸞歌無歲月,鶴語記春秋。臣朔真何幸,常陪漢武遊。《全唐詩》卷54,頁662—663。

奉和(聖製)幸白鹿觀應制/張説

洞府寒山曲,天遊日旰迴。披雲看石鏡,拂雪上金臺。竹徑龍驂下,松庭鶴轡來。雙童還獻藥,五色耀仙材。《全唐詩》卷87,頁942。

[奉和]幸白鹿觀應制/蘇頲

碧虛清吹下,藹藹入仙宮。松磴攀雲絶,花源接澗空。受符邀羽使,傳訣註香童。詎似閒居日,徒聞有順風。《全唐詩》卷73,頁800。

[奉和]幸白鹿觀應制/徐彦伯

鳳輿乘八景,龜籙向三仙。日月移平地,雲霞綴小天。金童擎紫藥,玉女獻青蓮。花洞留宸賞,還旗繞夕煙。《全唐詩》卷76,頁823。

景龍三年十二月十八日

[紀事]

十八日,幸秦始皇陵。《唐詩紀事》卷9,頁115。

[作品]

幸秦始皇陵景龍三年十二月十八日/[唐]中宗(皇帝)

眷言君失德,驪邑想秦餘。政煩方改篆,愚俗乃焚書。阿房久已滅,閣道遂成墟。欲厭東南氣,翻傷掩鮑車。《全唐詩》卷2,頁24。

景龍三年十二月二十二日

[紀事]

[中宗]《登驪山高頂》詩云:"四郊秦漢國,八水帝王都。閶闔雄里閈,城闕壯規模。貫渭稱天邑,含岐實奥區。金門披玉館,因此識黄圖。"帝自題序末云:"人題四韻,後罰三盃。"日暮,成者五六人,餘皆罰酒。《唐詩紀事》卷1,頁10。

[作品]

登驪山高頂寓目/[唐]中宗(皇帝)

四郊秦漢國,八水帝王都。閶闔一作閭閻雄里閈,城闕壯規模。貫渭稱天邑,含岐實奥區。金門披玉館,因此識皇一作黄圖。《全唐詩》卷2,頁23—24。

奉和[登]驪山高頂寓目應制/李嶠

步輦陟山巔,山高入紫煙。忠臣還捧日,聖后欲捫天。迥識平陵樹,低看華嶽蓮。帝鄉應不遠,空見白雲懸。《全唐詩》卷58,頁693。

奉和(聖製)登驪山高頂寓目應制/劉憲

驪阜鎮皇都,鑾遊眺八區。原隰旌門裏,風雲扆座隅。直城如斗柄,宫[1]樹似星榆。從臣詞賦末,濫得上天衢。《全唐詩》卷71,頁780。

(1)"宫",原作"官",據《文苑英華》(卷170,頁822)改。

奉和(聖製)登驪山高頂寓目應制/趙彦昭

皇情遍九垓,御輦駐昭回。路若隨天轉,人疑近日來。河看大禹鑿,山見巨靈開。願扈登封駕,常持薦壽杯。《全唐詩》卷103,頁1088。

奉和(聖製)登驪山高頂寓目應制/蘇頲

仙蹕御層氛,高高積翠分。巖聲中谷應,天語半空聞。豐樹連黄葉,函關入紫雲。聖圖恢宇縣,歌賦小一作少横汾。《全唐詩》卷73,頁800。

奉和登驪山高頂寓目應制/崔湜

名山何壯哉,玄覽一徘徊。御路穿林轉,旌門倚石開。煙霞肘後發,河塞掌中來。不學蓬壺遠,經年猶未迴。《全唐詩》卷54,頁662。

奉和登驪山高頂寓目應制/李乂

崖巘萬尋懸,居高敞御筵。行戈疑駐日,步輦若登天。城闕霧中近,關河雲外連。謬陪登岱駕,欣奉濟汾篇。《全唐詩》卷92,頁993—994。

奉和登驪山高頂寓目應制/武平一

鑾輿上碧天,翠帟拖晴煙。絶崿紆仙徑,層巖敞御筵。雲披丹鳳闕,日下黑龍川。更覩南熏奏,流聲入管弦。《全唐詩》卷102,頁1083。

奉和(聖製)登驪山高頂[寓目](矚眺)應制/張説

寒山上半空,臨眺盡寰中。是日巡遊處,晴光遠近同。川明分渭水,樹暗辨新豐。巖壑清音暮,天歌起大風。《全唐詩》卷87,頁942。

奉和登驪山[高頂寓目]應制/閻朝隱

龍行踏絳氣,天半語相聞。混沌疑初判,洪荒若始分。《全唐詩》卷69,頁772。

景龍四年一月一日

[紀事]

四年正月朔,賜羣臣柏樹。《唐詩紀事》卷9,頁115。

[作品]

奉和元日賜羣臣柏葉應制/趙彦昭

器乏雕梁器,材非構廈材。但將千歲葉,常奉萬年杯。《全唐詩》卷103,頁1090。

[奉和]元日(恩)賜[羣臣]柏葉應制景龍四年/李乂

勁節凌冬勁,芳心待歲芳。能令人益壽,非止麝含香。《全唐詩》卷92,頁1000。

奉和[元日](正旦)賜[羣](宰)臣柏葉應制/武平一

緑葉迎春緑,寒枝歷歲寒。願持柏葉壽,長奉萬年歡。《全唐詩》卷102,頁1085。

景龍四年一月五日

[紀事]

景龍四年正月五日,移仗蓬萊宫,御大明殿,會吐蕃,騎馬之戲,因重爲柏梁體聯句。帝曰:"大明御寓臨萬方。"皇后曰:"顧慙内政翊陶唐。"長寧公主曰:"鸞鳴鳳舞向平陽。"安樂公主曰:"秦樓魯館沐恩光。"太平公主曰:"無心爲子輙求郎。"温王重茂曰:"雄才七步謝陳王。"上官昭容曰:"當熊讓輦愧前芳。"吏部侍郎崔湜曰:"再司銓管恩可忘?"著作郎鄭愔曰:"文江學海思濟航。"考功員外郎武平一曰:"萬邦考績臣所詳。"著作郎閻朝隱曰:"著作不休出中腸。"時上疑御史大夫竇從一、將作大匠宗晋卿素不屬文,未即令續。二人固請,許之。從一曰:"權豪屏跡肅嚴霜。"晋卿曰:"鑄鼎開嶽造明堂。"此外遺忘。時吐蕃舍人明悉獵請,令授筆與之,曰:“玉醴由來獻壽觴。”上大悦,賜與衣服。《唐詩紀事》卷1,頁10。

五日,蓬萊宫宴吐蕃使,因爲柏梁體。吐蕃舍人亦賦。《唐詩紀事》卷9,頁115。

《景龍文館記》:鄭愔聯句云:“文江學海思濟航。”《紺珠集》卷7,頁20a。

《景龍文館記》:宴土蕃使,作(1)蹀馬之戲,皆五色綵絲金具,裝於鞍上,加麟首鳳(2)翅。樂作,馬皆隨音蹀足,宛轉中節,胡人大駭。《類説》卷6,頁186。又見《紺珠集》卷7,頁18b—19a。

(1)“作”,據《紺珠集》補。

(2)“鳳”,原作“飛”,據《紺珠集》改。

《景龍文館記》:殿中奏蹀馬之戲,宛轉中律,遇作飲酒樂者,以口銜盃,卧而復起,吐蕃大驚。《考古編》卷9,頁68。又見《演繁露》卷3,頁13b;《記纂淵海》卷89,頁11b;《重輯説郛》卷46,頁3b。

《景龍文館記》:三年,宴吐蕃使於承慶殿,太常引樂人奏《五方師子》《太平破陣樂》《六夷》等舞,殿中奏蹀馬之戲。《玉海》卷108,頁9a,卷105,頁18a。

[作品]

景龍四年正月五日移仗蓬萊宫御大明殿會吐蕃騎馬之戲因重爲柏梁體聯句

大明御宇臨萬方。[唐中宗]帝。顧慚内政翊陶唐。皇后。鸞鳴鳳舞向平陽。長寧公主。秦樓魯館沐恩光。安樂公主。無心爲子輒求郎。太平公主。雄才七步謝陳王。温王重茂。當熊讓輦愧前芳。上官昭容。再司銓筦恩可忘。吏部侍郎崔湜。文江學海思濟航。著作郎鄭愔。萬邦考績臣所詳。考功員外郎武平一。著作不休出中腸。著作郎閻朝隱。權豪屏迹肅嚴霜。御史大夫竇從一。鑄鼎開岳造明堂。將作大匠宗晋卿。玉醴由來獻壽觴。吐蕃舍人明悉獵。《全唐詩》卷3,頁24—25。

景龍四年一月七日

[紀事]

七日,重宴大明殿,賜綵縷人勝,又觀打毬。《唐詩紀事》卷9,頁115。

[作品]

人日[重](侍)宴大明宫恩賜綵縷人勝應制/李嶠

鳳城景色已含韶,人日風光倍覺饒。桂吐半輪迎此夜,蓂開七葉應今朝。魚猜水凍行猶澀,鶯喜春熙弄欲嬌。愧奉登高摇彩一作紫翰,欣逢御氣上丹霄。《全唐詩》卷61,頁723。

人日[重宴](侍讌)大明宫[恩賜綵縷人勝]應制/趙彦昭

寶契無爲屬聖人,琱輿出幸玩芳辰。平樓半入南山霧,飛閣旁臨東墅一作野春。夾路穠花千樹發,垂軒弱柳萬條新。處處風光今日好。年年願奉屬車塵。《全唐詩》卷103,頁1089。

(奉和)人日重宴大明宫恩賜綵縷人勝應制一作正月七日宴大明殿/崔日用

新年宴樂坐一作正東朝,鐘鼓鏗鍠大樂調。金屋瑶筐開寶勝,花箋綵筆頌春椒。曲池一作江苔色冰前液,上苑梅香雪裏嬌一作飄。宸極此時飛聖藻,微臣竊抃預聞韶。《全唐詩》卷46,頁559。

(奉和)人日[重]宴大明宫恩賜綵縷人勝應制/韋元旦

鸞鳳旌旗拂曉一作曉夕陳,魚龍角觝大明辰一作晨。青韶既肇人爲日,綺勝初成日作人。聖藻凌雲裁柏賦,仙歌促宴摘梅春。垂旒一慶宜年酒,朝野俱歡薦壽新。《全唐詩》卷69,頁773。

(奉和)人日[重宴](讌)大明宫恩賜綵縷人勝應制一作正月七日宴大明殿/馬懷素

日一作萬宇千門平旦開,天容萬一作辰象列昭回。三陽候節金爲勝,百福迎祥玉作杯。就暖風光偏著柳,辭寒雪影半藏梅。何幸得參詞賦職,自憐終乏馬卿才。《全唐詩》卷93,頁1009。

人日重宴大明宫恩賜綵縷人勝應制/蘇頲

疏龍磴道切昭回,建鳳旗門繞帝臺。七葉仙蓂依一作承月吐,千株御柳拂煙開。初年競貼宜春勝,長命先浮一作添獻壽杯。是日皇一作最靈知竊幸,羣心就一作能捧大明來。《全唐詩》卷73,頁804。

人日重宴大明宮恩賜綵縷人勝應制/李乂

詰旦行春上苑中,憑高卻下大明宫。千年執象寰瀛泰,七日爲人慶賞隆。鐵鳳曾騫摇瑞雪,銅烏細轉入祥風。此時朝野歡無算,此歲雲天樂未窮。《全唐詩》卷92,頁998。

人日重宴大明宮恩賜綵縷人勝應制/鄭愔

瓊殿含光映早輪,玉鸞嚴蹕望初晨。池開凍水仙宫麗,樹發寒花禁苑新。佳氣裴回籠細網,殘霙淅瀝染輕塵。良時荷澤皆迎勝,窮谷晞陽猶未春。《全唐詩》卷106,頁1107。

人日[重]宴大明宮恩賜綵縷人勝應制/李適

朱城待鳳韶年一作華至,碧殿疏一作蟠,又作乘龍淑氣來。寶帳金屏人已帖,圖花學鳥勝初裁。林香近接宜春苑,山翠遥添獻壽杯。向夕憑高風景一作日麗,天文垂耀象昭回。《全唐詩》卷70,頁777。

人日重宴大明宮[恩]賜綵縷人勝應制/沈佺期

拂旦雞鳴仙衛陳,憑高龍首帝城一作庭春。千宫黼帳杯前壽,百福香奩勝裏人。山鳥初來猶怯囀,林花未發已偷新。天文正應韶光轉,設報懸知用此辰。《全唐詩》卷96,頁1041。

[人日重宴大明宮恩賜綵縷人勝應制](1)(奉和立春日内出綵花樹應制)一作人日大明宮應制/劉憲

禁苑韶年一作華,又作光此日歸,東郊道上轉青旂。柳色梅芳何處所,風前雪裏覓芳菲。開冰池内魚新一作初躍,剪綵花間燕始飛。欲識王遊布陽氣,爲觀天藻競春暉。《全唐詩》卷71,頁781。

(1)題據《文苑英華》(卷172,頁831)、《唐詩紀事》(卷9,頁124)、《古今歲時雜詠》(卷5,頁63)改。

[人日重宴大明宮恩賜綵縷人勝應制](1)(奉和聖製春日幸望春宫應制)/閻朝隱

句芒人面乘兩一作兩乘龍,道是春神衛九重。綵勝年年逢七日,酴醿歲歲滿千鍾。宫梅間雪祥光遍,城柳含煙淑一作瑞氣濃。醉倒君前情未盡,願因歌舞自爲容。《全唐詩》卷69,頁771。

(1)題據《文苑英華》(卷172,頁832)、《唐詩紀事》(卷9,頁124)、《古今歲時雜詠》(卷5,

頁65)改。

[幸]梨園[亭]觀打毬應制(1)/武平一

令節重遨遊,分鑣應(2)綵毬。驂驔迴上苑,蹀躞繞通溝。影就紅塵没,光隨赭汗流。賞闌清景暮,歌舞樂時休。《全唐詩》卷102,頁1083—1084。

(1)《唐詩紀事》(卷11,頁169)題爲《人日西臺觀打毬應制》,《古今歲時雜詠》(卷5,頁66)"西臺"作"雪臺"。

(2)"應",《文苑英華》(卷175,頁851)、《唐詩紀事》(卷11,頁169)、《古今歲時雜詠》(卷5,頁66)皆作"戲"。

幸梨園亭觀打毬應制/沈佺期

今春芳苑遊,接武上瓊樓。宛轉縈香騎,飄颻拂畫毬。俯身迎未落,迴轡逐傍流。衹爲看花鳥,時時誤失籌。《全唐詩》卷96,頁1030。

幸梨園亭觀打毬應制一作梨園亭子侍宴/崔湜

年光陌上發,香輦禁中遊。草緑鴛鴦殿,花明翡翠樓。寶一作天杯承露酌,仙管雜風流。今日陪歡豫,皇恩不可酬。《全唐詩》卷54,頁663。

景龍四年一月八日

[紀事]

《景龍文館記》曰:景龍四年春,上令侍臣自芳林門經苑東度入仗,至望春宫迎春。内出綵花樹,人賜一枝。《事賦類》卷4,頁67。又見《山谷内集詩注》卷13,頁18b。

八日立春,内殿賜綵花。《唐詩紀事》卷9,頁115。

《景龍文館記》:正月八日立春,内出綵花,賜近臣。武平一應制云:"鑾輅青旂下帝臺,東郊上苑望春來。黄鶯未解林間囀,紅蕊先從殿裏開。畫閣條風初變柳,銀塘曲水半含苔。欣逢睿藻先韶律,更促霞觴畏景催。"是日中宗手敕批云:"武平一年雖最少,文甚警新。悦紅蕊之先開,訝黄鶯之未囀。循還吟咀,賞嘆兼懷。今更賜花一枝,以彰其美。"所賜學士花並令插在頭上。後所賜者,平一左右交插,因舞蹈拜謝。時崔日用乘酣飲,欲奪平一所賜花。上於簾下見之,謂平一曰:"日用何爲奪卿花?"平一跪奏曰:"讀書萬卷,從日用滿口虚張;賜花一枝,學平一終身不獲。"上及侍臣大笑,因更賜酒一杯,當時嘆美。《重輯説郛》卷46,頁1a—2a。

［作品］

奉和立春内出綵花树應制/武平一

鑾輅青旂下帝臺，東郊上苑望春來。黄鶯未解林間囀，紅蕊先從殿裏開。畫閣條風初變柳，銀塘曲水半含苔。欣逢睿藻光韶律，更促霞觴畏景催。《全唐詩》卷102，頁1085。

景龍四年一月二十九日

［紀事］

二十九日晦，(1)幸滻水。《唐詩紀事》卷9，頁115。

(1) 明謝肇淛《五雜俎》："《景龍文館記》云：'景龍四年正月二十八日晦。'夫二十八日，亦可爲晦耶。"（卷2）謝所見"二十八日"當爲傳寫、刻印之訛。

［作品］

正月晦日侍宴滻水應制賦得長字景龍四年/宗楚客

御輦出明光，乘流一作舟泛羽觴。珠胎隨月減，玉漏與年長。寒盡梅猶白，風遲柳未黄。日斜旌騎轉，休氣滿一作展林塘。《全唐詩》卷46，頁561。

［正月晦日］侍宴滻水［應制］賦得濃字/張説

千行發御柳，一葉下仙筇。青浦宸遊至，朱城佳氣濃。雲霞交暮色，草樹喜春容。藹藹天旗轉，清笳入九重。《全唐詩》卷87，頁944。

［正月］晦日［侍宴］滻水應制/沈佺期

素滻接宸居，青門盛祓除。摘蘭喧鳳野，浮藻溢龍渠。苑蝶飛殊懶，宫鶯囀不疏。星(1)移天上(2)入，歌舞向儲胥。《全唐詩》卷96，頁1029。

(1)"星"，《古今歲時雜詠》（卷9，頁114）作"景"。

(2)"上"，《古今歲時雜詠》（卷9，頁114）作"仗"。

景龍四年二月一日

［紀事］

《文館記》云："吐蕃使其大首領瑟瑟、告身贊咄、金，告身尚欽藏以下來迎金城公主。"譯者云："贊咄，猶此左僕射；欽藏，猶此侍中。"蓋贊咄即贊吐也。《資治通鑑》卷209，頁6638。

二月一日,送金城公主。《唐詩紀事》卷9,頁115。

金城公主和蕃,中宗送至馬嵬,羣臣賦詩。帝令御史大夫鄭惟忠及利用護送入蕃,學士賦詩以餞,徐彥伯爲之序云。《唐詩紀事》卷12,頁180。

[附録]

己卯,上自送公主至始平;二月,癸未,還宫。公主至吐蕃,贊普爲之别築城以居之。《資治通鑑》卷209,頁6639。

[作品]

奉和送金城公主適西蕃應制/李嶠

漢帝撫戎臣,絲言命錦輪。還將弄機女,遠嫁織皮人。曲怨關山月,妝消道路塵。所嗟穠李樹,空對小榆春。《全唐詩》卷58,頁691。

奉和送金城公主適西蕃應制/崔湜

懷戎前策備,降女舊姻[1]修。簫鼓辭家怨,旌旃出塞愁。尚孩中念切,方遠御慈留一作流。顧乏謀臣用,仍勞聖主憂。《全唐詩》卷54,頁662。

(1)"姻",原作"因",據《文苑英華》(卷176,頁860)、《唐詩紀事》(卷9,頁125)改。

奉和送金城公主適西蕃應制/劉憲

外館踰河右,行營指路岐。和親悲遠嫁,忍愛泣將離。旌旆羌風引,軒車漢月隨。那堪馬上曲,時向管中吹。《全唐詩》卷71,頁680。

奉和(聖製)送金城公主適西蕃應制/張説

青海和親日,潢星出降時。戎王子壻寵一作禮,漢國舅家慈。春野開離讌,雲天起别詞。空彈馬上曲,詎減鳳樓思一作悲。《全唐詩》卷87,頁942。

奉和送金城公主適西蕃應制/薛稷

天道寧殊俗,慈仁一作深恩乃戢兵。懷荒寄赤子,忍愛鞠蒼生。月下瓊娥去,星分寶婺行。關山馬上曲,相送不勝情。《全唐詩》卷93,頁1006—1007。

奉和送金城公主適西蕃應制/閻朝隱

甥舅重親地,君臣厚義鄉。還將貴公主,嫁與耨檀一作褥氊王。鹵簿山河一作川暗一作闊,琵琶一作胡琴道路長。迴瞻父母國,日出在東方。《全唐詩》卷69,頁771。

奉和送金城公主適西蕃應制/蘇頲

帝女出天津,和戎轉罽一作綺輪。川經斷腸望,地與析支鄰。奏曲風嘶馬,銜悲月伴人。旋知偃兵革,長是漢家親。《全唐詩》卷 73,頁 800。

奉和送金城公主適西蕃應制/韋元旦

柔遠安夷俗,和親重漢年。軍容旌節送,國命錦車傳。琴曲悲千里,簫聲戀九天。唯應西海月,來就掌珠圓。《全唐詩》卷 69,頁 772。

奉和送金城公主適西蕃應制/徐堅

星漢下天孫,車服降殊蕃。匣中詞易切,馬上曲虛繁。關塞移朱帳,風塵暗錦軒。簫聲去日遠,萬里望河源。《全唐詩》卷 107,頁 1112。

奉和送金城公主適西蕃[應制]/崔日用

聖后經綸遠,謀臣計畫多。受降追漢策,築館許[1]戎和。俗化烏孫壘,春生積石河。六龍今出餞,雙鶴願爲歌。《全唐詩》卷 46,頁 560。

(1)"許",原作"計",據《文苑英華》(卷 176,頁 861)、《唐詩紀事》(卷 10,頁 132)改。

[奉和]送金城公主適西蕃應制/鄭愔

下嫁戎庭遠,和親漢禮優。笳聲出虜塞,簫曲背秦樓。貴主悲黄鶴,征人怨紫騮。皇情眷億兆,割念俯懷柔。《全唐詩》卷 106,頁 1105—1106。

奉和送金城公主適西蕃應制/李適

絳河從遠聘,青海赴和親。月作臨邊曉,花爲度隴春。主歌悲顧鶴,帝策重安人。獨有瓊簫去一作處,悠悠思錦輪。《全唐詩》卷 70,頁 776。

奉和送金城公主適西蕃應制/馬懷素

帝子今何去一作在,重姻適異方。離情愴宸掖,别路遶關梁。望絶園中柳,悲纏陌上桑。空餘願黄鶴,東顧憶迴翔。黄鶴見漢書西域傳,公主歌云:願爲黄鵠兮歸故鄉。《全唐詩》卷 93,頁 1008—1009。

[奉和]送金城公主適西蕃[應制]/武平一

廣化三邊靜,通姻[1]四海安。還將膝下愛,特副域中歡。聖念飛玄藻,仙儀下白蘭。日斜征蓋没,歸騎動鳴鸞。《全唐詩》卷 102,頁 1084。

(1)"姻",原作"煙",據《文苑英華》(卷 176,頁 861)、《唐詩紀事》(卷 11,頁 168)改。

奉和送金城公主適西蕃應制/徐彦伯

鳳扆憐簫曲,鸞閨念掌珍。羌庭遥築館,廟策重和親。星轉一作去銀河夕,花移玉樹春。聖心凄送遠,留蹕望征塵。《全唐詩》卷 76,頁 823。

奉和送金城公主適西蕃應制/唐遠悊

皇恩睠下人,割愛遠和親。少女風遊兑,姮娥月去秦。龍笛迎金榜,驪歌送錦輪。那堪桃李色,移向虜庭春。《全唐詩》卷69,頁774。

[奉和]送金城公主適西蕃應制/沈佺期

金榜扶丹掖,銀河屬紫闈。那堪將鳳女,還以嫁烏孫。玉就歌中怨,珠辭掌上恩。西戎非我匹,明主至公存。《全唐詩》卷96,頁1030—1031。

景龍四年二月三日

[紀事]

三日,幸司農少卿王光輔莊。是夕,岑羲設茗飲,詩論經史。武平一論《春秋》,崔日用請北面。日用贈平一歌曰:"彼名流兮左氏癖,意玄遠兮冠今昔。"《唐詩紀事》卷9,頁115。

初,崔日用自言明《左氏春秋》諸侯官族。它日,學士大集,日用折平一曰:"君文章固耐久,若言經,則敗績矣。"時崔湜、張説素知平一該習,勸令酬詰,平一乃請所疑。日用曰:"魯三桓,鄭七穆,奈何?"答曰:"慶父、叔牙、季友,桓三子也。孟孫至彘凡九世,叔孫舒、季孫肥凡八世。鄭穆公十一,子然及士子子孔三族亡,子羽不爲卿,故稱七穆,子罕、子駟、子良、子國、子游、子印、子豐也。"一坐驚服。平一問日用曰:"公言齊桓公、楚莊王時,諸侯屬齊若楚凡幾?平公、靈王時,諸侯屬晋、楚凡幾?晋六卿,齊、楚執政幾何人?"日用謝曰:"吾不知,君能知乎?"平一條舉始末,無留语。日用曰:"吾請北面。"闔座大笑。《新唐书》卷119,頁4294—4295。

[作品]

贈武平一/崔日用

彼名流兮左氏癖,意玄遠兮冠今夕。《全唐詩》卷46,頁560。

景龍四年二月二十一日至二十二日

[紀事]

唐《景龙文馆记》曰:四年春,上宴於桃花園,羣臣畢從,學士李嶠等各獻《桃花詩》。上令宫女歌之,辭既清婉,歌仍妙絶,獻詩者舞蹈稱萬歲。上敕太常簡二十篇入樂府，號曰《桃花詩》。《太平御覽》卷967，頁11b。又見《紺珠集》卷7，頁20a；《類説》卷6，頁186；《白孔六帖》卷99，頁9a；《記纂淵海》卷93，頁23b；《重輯説郛》卷46，頁2b—3a。

二十一日，張仁亶至自朔方，宴於桃花園，賦七言詩。明日，宴承慶殿，李嶠桃花園詞，因號《桃花行》。《唐詩紀事》卷9，頁115。

張仁亶自朔方入朝，中宗於西苑迎之，從臣宴於桃花園。嶠歌曰："歲去無言忽顚頟，時來含笑吐氛氲。不能擁路迷仙客，故欲開蹊待聖君。"趙彦伯曰："紅萼競燃春苑曉，茸茸新吐御筵開。長年願奉西王讌，近侍慙無東朔才。"又一從臣歌曰："源水叢花無數開，丹跗紅萼間青梅。從今結子三千歲，預喜仙遊復摘來。"明日宴承慶殿，上令宫女善謳者唱之。詞既婉麗，歌仍妙絶，樂府號《桃花行》。《唐詩紀事》卷10，頁146，卷11，頁155。

［作品］

侍宴桃花園詠桃花應制/李嶠

歲去無言忽顚頟，時來含笑吐氛氲。不能擁路一作擢迷仙客，故欲開蹊待聖君。《全唐詩》卷61，頁729。

侍宴桃花園詠桃花應制/蘇頲

桃花灼灼有光輝，無數成蹊點更飛。爲見芳林含笑待，遂同温樹不言歸。《全唐詩》卷74，頁815。

［侍宴］桃花園［詠桃花］（馬上）應制/張説

林間豔色驕天馬，苑裏穠華一作妝伴麗人。願逐南風飛帝席，年年含笑舞青春。《全唐詩》卷89，頁981。

侍宴桃花園詠桃花應制/李乂

綺萼成蹊遍籞[(1)]芳，紅英撲地滿筵一作庭香。莫將秋宴傳王母，來比春華奉一作壽聖皇。《全唐詩》卷92，頁1000。

（1）"籞"，《文苑英華》（卷169，頁817）作"苑"。

侍宴桃花園詠桃花應制/趙彦昭

紅萼競燃一作妍春苑曙，粉[(1)]茸新吐一作向御筵開。長年願奉西王母一作宴，近侍慚無東朔才。《全唐詩》卷103，頁1090。

（1）"粉"，《唐詩紀事》（卷10，頁146）作"茸"。

侍宴桃花園[詠桃花應制]/徐彦伯

源水叢花無數開,丹跗紅萼間青梅。從今結子三千歲,預喜仙遊復摘[1]來。《全唐詩》卷76,頁827。

(1)"摘",《文苑英華》(卷169,頁816)作"再"。

景龍四年二月

[作品]

[奉和]春日遊苑喜雨應詔/李嶠

園樓[1]春正歸,入苑弄芳菲。密雨迎仙步,低雲拂御衣。危花霑易落,度鳥溼難飛。膏澤登千庾,歡情徧九圍。《全唐詩》卷58,頁696。

(1)"樓",《唐詩紀事》(卷10,頁144)作"林"。

奉和春日遊苑喜雨應詔/李乂

仙蹕九成臺,香筵萬壽杯。一旬初降雨,二月早聞雷。葉向朝隮一作躋密,花含宿潤開。幸承天澤豫一作遍,無使日光催。《全唐詩》卷92,頁994。

景龍四年二月三十日

[紀事]

《景龍文館記》:寒食賜麥粥、帖綵毬、鏤雞子。《類説》卷6,頁187。又見《紺珠集》卷7,頁20a。

景龍四年三月一日

[紀事]

三月一日清明,幸梨園,命侍臣爲拔河之戲。《唐詩紀事》卷9,頁115。

《景龍文館記》:四年清明,中宗幸梨園,命侍臣爲拔河之戲。以大麻絙兩頭繫十餘小索,每索數人,執之以挽,六弱爲輸。時七宰相、二駙馬爲東朋,三相、五將爲西朋。僕射韋巨源、少師唐休璟以年老,隨絙而踣,久不能起。帝以爲笑樂。韋承慶應制詩:"舊火收槐燧,餘寒入桂宫。鶯正隱葉,雞鬬始開籠。"《重輯説郛》卷46,頁2a。又見《類説》卷6,頁187,《紺珠集》卷7,頁20b,《説郛》卷77,頁12a。

[附録]

庚戌,上御梨園毬場,程大昌曰:梨園在光化門北。光化門者,禁苑南面西頭第一門,在芳林、景曜門之西也。中宗令學士自芳林門入,集於梨園,分朋拔河。則梨園在太極宫西,禁苑之内矣。……命文武三品以上拋毬及分朋河,韋巨源、唐休璟衰老,隨絚踣地,久之不能興;上及皇后、妃、主臨觀,大笑。《資治通鑑》卷209,頁6639—6640。

景龍四年三月二日

[作品]

奉和春日幸望春宫應制/岑羲

和風助律應韶年,清蹕乘高入望仙。花笑鶯歌迎帝輦,雲披日霽俯皇川。南山近壓一作獻仙樓一作杯上,北斗平臨御扆一作魏闕前。一奉恩榮同鎬宴一作歡在鎬,空知率舞聽薰弦。《全唐詩》卷93,頁1005。

奉和春日幸望春宫[應制]一作立春内出綵花應制/崔湜

澹蕩春光滿曉空,逍遥御輦入離宫。山河眺望雲天外,臺榭參差煙霧中。庭際花飛錦繡合,枝間鳥囀一作語管弦同。即此歡娱齊鎬宴,唯應率舞一作土樂薰風。《全唐詩》卷54,頁665。

奉和(聖製)春日幸望春宫應制/張説

别館芳菲上苑東,飛花澹蕩御一作舞筵紅。城臨渭水天河靜一作近,闕對南山雨露一作雲霧通。繞殿流鶯凡幾樹,當蹊亂蝶許多叢。春園既醉心和樂,共識皇恩造化同。《全唐詩》卷87,頁960。

奉和春日幸望春宫應制/劉憲

暮春色最便妍,苑裏花開列御筵。商一作南山積翠臨城起,滻水浮光共暮連。鶯藏嫩葉歌相喚,蝶礙芳叢舞不前。歡娱節物今如此,願奉宸遊億萬年。《全唐詩》卷71,頁781。

奉和春日幸望春宫應制/蘇頲

東望望春春可憐,更逢晴日柳含煙。宫中下見南山盡,城上平臨北斗懸。細草偏承回輦處,輕花微落奉觴前。一作飛花故落舞筵前。宸遊對此歡無極,鳥哢聲聲入管弦。一作鳥哢歌聲雜管弦。《全唐詩》卷73,頁804。

奉和春日幸望春宫[應制]/鄭愔

晨蹕凌高轉翠旌,春樓望遠背朱城。忽排花上遊天苑,卻坐雲邊看帝京。百草香心初罥蝶,千林嫩葉始藏鶯。幸同葵一作微藿傾陽早,願比盤根應候榮。《全唐詩》卷106,頁1107。

奉和(聖製)春日幸望春宫應制/薛稷

九春風景足林泉,四面雲霞敞御筵。花鏤黄山繡作苑,草圖玄灞錦爲川。飛觴競一作趁醉心迴日,走馬争先眼著鞭。喜奉仙遊歸路遠,直言一作論行樂不言旋。《全唐詩》卷93,頁1007。

奉和(聖製)春日幸望春宫應制/韋元旦

九重樓閣半山霞一作斜,四望韶陽春未賒。侍蹕妍歌臨灞涘,留觴豔舞出京華。危竿一作萍競捧中街日,戲馬一作鳥争銜上苑花。景色歡娱長若此,承恩不醉不還家。《全唐詩》卷69,頁773。

奉和(聖製)春日幸望春宫應制/崔日用

東郊風一作草物正熏馨,素滻鳧鷖戲緑汀。鳳閣斜通平一作長樂觀,龍旂直逼望春亭。光風摇動一作遥豔蘭英紫,淑氣一作景依遲柳色青。渭浦明晨修禊事,羣公傾賀水心銘。《全唐詩》卷46,頁559。

奉和(聖製)春日幸望春宫應制/馬懷素

綵仗琱輿俯碧潯,行春御氣發皇心。摇風細柳縈馳道,映日輕花出禁林。遍一作通野園亭開帟幕,連堤草樹狎衣簪。謬參西掖霑堯酒,願沐南薰解舜琴。《全唐詩》卷93,頁1009。

奉和春日幸望春宫應制/李適

玉輦金輿天上來,花園四望錦屏開。輕絲半拂朱門一作城柳,細纈全披畫閣梅。舞蝶飛一作分行飄御席,[歌鶯](鶯歌)度曲繞仙杯。聖詞今日光輝滿,漢主秋風莫道才。《全唐詩》卷70,頁777。

奉和春日幸望春宫應制/李乂

東城結宇敞一作瞰千尋,北闕迴輿具四臨。麗日祥煙承罕畢,輕荑弱草藉衣簪。秦商重沓雲巖近,河渭縈紆霧壑深。謬接鵷鴻陪賞樂,還欣魚鳥遂飛沈。《全唐詩》卷92,頁998。

奉和春日幸望春宫應制/沈佺期

芳郊緑野散春晴,複道離宫煙霧生。楊柳千條花欲綻,蒲萄百丈蔓初紫。林香酒氣元相入,鳥囀歌聲各自成。定是風光牽宿醉,來晨復得幸昆明。《全唐詩》卷 96,頁 1041。

景龍四年三月三日

[紀事]

唐《景龍文館記》曰:上巳日,上幸於渭濱,宴侍臣。其日賜侍臣等柳棬各一,云帯之免蠆毒,辟濕氣。《太平御覽》卷 947,頁 6b。又見《錦綉萬花谷》前集卷 4,頁 21b—22a。

三日上巳,祓禊於渭濱,賦七言詩,賜細柳圈。《唐詩紀事》卷 9,頁 115。

《景龍文館記》:唐制,上巳祓禊賜侍臣細栁圈,云帶之免蠆毒瘟疫。中宗四年上巳,祓禊於渭濱,賦七言詩,賜細栁圈。李乂應制詩:"此日欣逢臨渭賞,昔年空道濟汾詞。"沈佺期詩:"寶馬香車清渭濱,紅桃碧栁禊堂春。皇情尚憶垂竿佐,天瑞先呈捧劍人。"《重輯説郛》卷 46,頁 2a—2b。又見《類説》卷 6,頁 187,《紺珠集》卷 7,頁 20b,《説郛》卷 77,頁 12a。

[作品]

上巳日祓禊渭濱應制/韋嗣立

乘春祓禊逐風光,扈蹕陪鑾渭渚傍。還笑當時水濱老,衰年八十待文王。《全唐詩》卷 91,頁 988。

上巳日祓禊渭濱應制/徐彦伯

晴風麗日滿芳洲,柳色一作御幕春筵祓錦流。皆言侍蹕一作曲侍横汾一作璜溪宴,暫似乘槎一作輕飛天漢遊。《全唐詩》卷 76,頁 826。

上巳日祓禊渭濱應制/劉憲

桃花欲落柳條長,沙頭水上足風光。此時御蹕來遊處,願奉年年祓禊觴。《全唐詩》卷 71,頁 783。

上巳日祓禊渭濱應制/沈佺期

寶馬香車清渭濱,紅桃碧柳禊堂春。皇情尚憶垂竿佐,天祚一作瑞先呈捧劍人。《全唐詩》卷 97,頁 1054。

[上巳日](奉和三日)祓禊渭濱應制/李乂

上林花鳥暮春時,上巳陪遊樂在茲。此日欣逢臨渭賞,昔年空道濟汾詞。《全唐詩》卷92,頁1000。

[上巳日](奉和三日)祓禊渭濱應制/張説

青郊上巳豔陽年,紫禁皇遊祓渭川。幸得歡娱承湛露,心同草樹樂春天。《全唐詩》卷89,頁981。

景龍四年三月五日

[紀事]

三月……丙辰,游宴桃花園。《舊唐書》卷7,頁149。

景龍四年三月八日

[紀事]

八日,令學士尋勝,同宴於禮部尚書竇希玠亭,賦詩,張説爲之序。《唐詩紀事》卷9,頁115。

八日,中宗令學士尋勝,同宴於禮部尚書竇希玠林亭。張説製序云:"召絲竹於伶官,借池亭於貴族。雕俎在席,金羈駐門。遠山片雲,隔層城而即興;繁鶯芳樹,遶高臺而共樂。"《唐詩紀事》卷12,頁176—177。

[作品]

南省就竇尚書山亭尋花柳宴序/張説

尋花柳者,上賜羣臣之宴也。大哉春氣,同夫聖心。無物不榮,有情咸達。況乃五教敷洽,萬邦懷和。尉候警而莫犯,刑法存而不用。歷觀近古,此遇良難。諸公入金門,侍瑶殿,窈窕雲閣,葳蕤華館,不亦泰乎。然王事靡盬,夙夜在公。接良會於愷澤,散煩襟於清曠,不亦優乎。爾其嘉賓爰集,勝賞斯備。召絲竹於伶官,借池亭於貴里。雕俎在席,金羈駐明。遠山片雲,隔層城而助興;繁鶯芳樹,遶高臺而共樂。旨酒未缺,芳塘半陰。盍陳既醉之詩,以永太平之日。《全唐文》卷225,頁12。

景龍四年三月十一日

[紀事]

十一日,宴於昭容之别院。《唐詩紀事》卷9,頁115。

[作品]

奉和幸上官昭容院獻詩四首/鄭愔

地軸樓居遠,天台闕路賒。何如遊帝宅,即此對仙家。座拂金壺電,池摇玉酒霞。無云一作勞秦漢隔,别訪武陵花。

堯茨一作祠姑射近,漢苑建章連。十五蓂知月,三千桃紀年。鸞一作鶯歌隨鳳吹,鶴舞向鶡弦。更覓瓊妃伴,來過玉女泉。

宫掖賢才重,山林高尚難。不言辭輦地,更有結廬歡。池棟清温燠,巖窗起沍寒。幽亭有仙桂,聖主萬年看。

槎流天上轉,茅宇禁中開。河鵲填橋至,山熊避檻來。庭花采菉蓐,巖石步莓苔。願奉輿圖泰,長開錦翰裁。《全唐詩》卷106,頁1105。

景龍四年三月二十七日

[紀事]

二十七日,李嶠入都祔廟,徐彦伯等餞之,賦詩。《唐詩紀事》卷9,頁115。

[作品]

送特進李嶠入都祔廟/徐彦伯

特進三公下,台臣百揆先。孝圖開寢石,祠主卜牲筵。恩級青綸賜,徂裝紫橐懸。綢繆金鼎席,宴餞玉潢川。北斗分征路,東山起贈篇。樂池歌緑藻,梁苑藉紅荃。騎轉商巖日,旌摇關塞煙。廟堂須鯁議,錦節佇來旋。《全唐詩》卷76,頁825—826。

景龍四年春

[作品]

餞唐州高使君赴任/崔湜

芳春桃李時,京都一作東物華好。爲岳豈不貴,所悲涉遠道。遠道不可思,宿昔夢見之。贈君雙佩刀,日夕視來期一作有親期。《全唐詩》卷 54,頁 661。

餞唐州高使君赴任/韋元旦

桐柏膺新命,芝蘭惜舊遊。鳴皋夜鶴在,遷木早鶯求。傳擁淮源路,尊空灞水流。落花紛送遠,春色引離憂。《全唐詩》卷 69,頁 772。

餞唐州高使君赴任/蘇頲

永日奏文一作對時,東風摇蕩夕。浩然思樂事,翻復餞征客。淮水春流清,楚山暮雲白。勿言行路遠,所貴專城伯。《全唐詩》卷 73,頁 796—797。

餞唐州高使君赴任/徐彦伯

香萼媚紅滋,垂條縈緑絲。情人拂瑶袂,共惜此芳時。驌驦已躑躅,鳥隼方葳蕤。跂予望太守,流潤及京師。《全唐詩》卷 76,頁 825。

餞唐州高使君[赴任]/張説

常時好閒獨,朋舊少相過。及爾宣風去,方嗟别日多。淮流春晼晚,江海路蹉跎。百歲屢分散,歡言復幾何。《全唐詩》卷 87,頁 948。

餞唐州高使君赴任/李乂

淮源之水清,可以濯君纓。彼美稱才傑,親人佇政聲。歲寒疇曩意,春晚别離情。終歎臨岐遠,行看擁傳榮。《全唐詩》卷 92,頁 996。

餞唐州高使君赴任/盧藏用

餞酒臨豐樹,褰帷出魯陽。蕙蘭春已晚,桐柏路猶長。祖逖方城鎮,安期外氏鄉。從來二千石,天子命唯良。《全唐詩》卷 93,頁 1003。

餞唐州高使君[赴任]/岑羲

蒼茫南塞地,明媚上春時。目極傷千里,懷君不自持。征軍别岐路,斜日下崦嵫。一歎軺軒阻,悠悠即所思。《全唐詩》卷 93,頁 1004—1005。

餞唐州高使君赴任/馬懷素

外牧資賢守,斯人奉帝俞。淮南膺建隼,渭北暫分符。坐歎煙波隔,行嗟物候殊。何年昇美課一作政,迴首一作看北城隅。《全唐詩》卷 93,頁 1009。

餞(高)唐州[高使君赴任](詢)/沈佺期

弱冠相知早,中年不見多。生涯在王事,客一作容鬢各蹉跎。良守初分岳,嘉聲即潤河。還從漢闕下,傾耳聽中和。《全唐詩》卷 96,頁 1037。

景龍四年四月一日

[紀事]

四月一日,幸長寧公主莊。《唐詩紀事》卷9,頁115。

長寧公主,韋庶人所生,下嫁楊慎交。制曰:"駙馬都尉楊慎交,分榮戚里,藉寵公門。恭肅著於立身,恪勤効於從政。鳳凰樓上,宛符琴瑟之歡;烏鵲橋前,載協松蘿之契。宜分覃茅土,式廣山河。"造第東都,府財幾竭。又取西京高士廉第,左金吾衛廢營,合爲宅,作三重樓,築山浚池。帝及后數臨幸,置酒賦詩,羣臣屬和。故李嶠《長寧公主東莊侍宴》詩,其末云:"承恩咸已醉,戀賞未還鑣。"崔湜云:"席臨天女貴,杯接近臣歡。"李適云:"願奉瑤池駕,千春侍德音。"李乂云:"地出東郊迴日馭,城臨南斗度雲車。"徐彦伯云:"鳳扆憐簫曲,鸞閨念掌珍。"《唐詩紀事》卷1,頁9。

[作品]

侍宴長寧公主東莊應制/李嶠

別業臨青甸,鳴鑾降紫霄。長筵鵷鷺集,仙管鳳皇調。樹接南山近,煙含北渚遥。承恩咸已醉,戀賞未還鑣。《全唐詩》卷58,頁691。

侍宴長寧公主東莊應制/崔湜

沁園東郭外,鸞駕一遊盤。水榭宜時陟,山樓向晚看。席臨天女貴,杯接近臣歡。聖藻懸宸象,微臣竊仰觀。《全唐詩》卷54,頁662。

侍宴長寧公主東莊應制/李適

鳳樓紆睿幸,龍舸暢宸襟。歌舞平陽第,園亭沁水林。山花添聖酒,澗竹繞熏琴。願奉瑤池駕,千春侍德音。《全唐詩》卷70,頁776。

侍宴長寧公主東莊[應制]/劉憲

公主林亭地,清晨降玉輿。畫橋飛渡水,仙閣涌臨一作凌虛。晴新看蛺蝶,夏早摘芙蕖。文酒娱遊盛,忻叨侍從餘。《全唐詩》卷71,頁780。

侍宴長寧公主東莊應制/李乂

紫禁乘宵一作雷動,青門訪水嬉。貴遊鱣序集一作上台鱣序慶,仙女鳳樓期。合宴簪紳滿,承恩雨露滋。北辰還捧日,東館幸逢時。《全唐詩》卷92,頁995。

侍宴長寧公主東莊應制/鄭愔

公門襲漢環一作佩,主第稱秦玉。池架祥鱣序一作宇,山吹鳴鳳曲。拂席蘿薜垂,迴舟芰荷觸。平陽妙舞處,日暮清歌續。《全唐詩》卷106,頁1104。

遊長寧公主流杯池二十五首/上官昭容

逐仙賞,展幽情。喻崑閬,遇蓬瀛。

遊魯館,陟秦臺。汙山壁,愧瓊瑰。

檀欒竹影,飆颻松聲。不煩歌吹,自足娛一作怡情。

仰循茅宇,俯眄喬枝。煙霞問訊,風月相知。

枝條鬱鬱,文質彬彬。山林作伴,松桂爲鄰。

清波洶湧,碧樹冥蒙。莫怪留步,因攀桂叢。

莫論圓嶠,休說方壺。何如魯館,即是仙都。

玉環騰遠創,金埒荷殊榮。弗玩珠璣飾,仍留仁智情。鑿山便作室,憑樹即爲楹。公輸與班爾,從此遂韜聲。

登山一長望,正遇九春初。結駟填街術一作衍,閭閻滿邑居。鬬雪梅先吐,驚風柳未舒。直愁斜日落,不畏酒尊虛。

霽曉氣清和,披襟賞薜蘿。玳瑁凝春色,琉璃漾水波。跂石聊長嘯,攀松乍短歌。除非物外者,誰就此經過。

暫爾遊山第,淹留惜未歸。霞一作水窗明月滿,澗户白雲飛。書引藤爲架,人將薜作衣。此真攀玩所一作桂府,臨睨賞光輝。

放曠出煙雲,蕭條自不羣。漱流清意府,隱几避囂氛。石畫妝苔色,風梭織水文。山室一作空何爲貴,唯餘蘭桂熏。

策杖臨霞岫,危步下霜蹊。志逐深山靜,途隨曲澗迷。漸覺心神逸,俄看雲霧低。莫怪人題樹,祇爲賞幽棲。

攀藤招逸客,偃桂協幽情。水中看樹影,風裏聽松聲。

攜琴侍叔夜,負局訪安期。不應題石壁,爲記賞山時。

泉石多仙趣,巖壑寫奇形。欲知堪悦耳,唯聽水泠泠。

巖壑恣登臨,瑩目復怡心。風篁類長笛,流水當鳴琴。

懶步天台路,惟登地肺山。幽巖仙桂滿,今日恣情攀。

暫遊仁智所,蕭然松桂情。寄言棲遯客,勿復訪蓬瀛。

瀑溜晴疑雨,叢篁晝似昏。山中真可玩,暫請報王孫。

傍池聊試筆,倚石旋題詩。豫彈山水調,終擬從鍾期。

横鋪豹皮褥。側帶鹿胎巾。借問何爲者。山中有逸人。

沁水田園先自多,齊城樓觀更無過。倩語張騫莫辛苦,人今從此識天河。

参差碧岫聳蓮花,潺湲緑水瑩金沙。何須遠訪三山路,人今已到九仙家。

憑高瞰險一作迴足怡心,菌閣桃源不暇尋。餘雪依林成玉樹,殘霙點岫即瑶岑。《全唐詩》卷5,頁61—63。

景龍四年四月五日

[紀事]

《景龍文館記》:四年夏四月,上與侍臣於樹下(1)摘櫻桃,恣其食。末後於葡萄園大陳宴席,奏宫樂至冥,每人賜朱櫻兩籠也。《重輯説郛》卷46,頁3a。又見《王荆公詩注》卷39,頁8b;《補注杜詩》卷4,頁26a;《記纂淵海》卷92,頁12a;《全芳備祖集》后集卷9,頁2a。

(1)"下",原作"中",據《王荆公詩注》改。

上幸兩儀殿,命侍臣食櫻桃,盛以琉璃,和以杏酪,飲酴醿酒。《景龍文館記》。《記纂淵海》卷92,頁12a。又見《緯略》卷11,頁179;《錦綉萬花谷》後集卷37,頁11b;《全芳備祖集》前集卷15,頁1b,後集卷9,頁2a;《古今合璧事類備要》卷31,頁1b。

[附録]

夏,四月,丙戌,上遊芳森園按唐禁苑廣矣,漢長安都城,盡入唐苑之内,而漕渠首受豐水,北流矩折入於禁苑而東流,又矩折北流而入於渭。苑地自曹渠之東,大安宫垣之西,南出與宫城齊,南列三門,中曰芳林。自芳林門而入禁苑,其地以芳林園爲稱。命公卿馬上摘櫻桃。《資治通鑑》卷209,頁6640。

景龍四年四月十四日

[紀事]

唐《景龍文館記》曰:興慶池者,長安城東隅形勢之地也,中多王侯第宅。天后初,有居人王純掘地,獲黄金百斤致富。官司聞之,密加搜獲。

純懼,投於井中。縣官窺之,見雙赤虵仰首張吻,遂不敢入。純以此金當爲己得,復入取之,還見赤虵,赫然蟠屈,純懼而出。其夜井水湧溢,漸成此池,可廣百餘頃。《太平御覽》卷934,頁5a。

六日,幸興慶池觀競渡之戲,其日過希玠宅,學士賦詩。《唐詩紀事》卷9,頁115。

夏日,帝幸五王第,乃過希玠宅。劉憲詩云:"北斗樞機任,西京肺腑親。"李乂詩云:"貴遊開北第,宸眷幸西鄉。"《唐詩紀事》卷12,頁177。

與慶池。《景龍文館記》:在隆慶坊。本是平地,垂拱後因雨水流潦成小池,近五王宅,號爲五王子池。後因分龍首渠水灌之,日以滋廣。至景龍中,瀰亘數頃,澄泓皎潔,有雲氣,或見黄龍出其中。《類編長安志》卷3,頁84。

乙未,上幸隆慶池,《考異》曰:《景龍文館紀》以爲其月十二日。按長曆,是月壬午朔。今從《實録》《本紀》。結綵爲樓,宴侍臣,泛舟戲象以厭之。《資治通鑑》卷209,頁6640—6641。

[作品]

(奉和)[隆](興)慶池[侍宴](戲競渡)應制/徐彦伯

夾道傳呼翊翠虬,天回日一作地轉御芳洲。青潭曉靄籠仙蹕,紅嶼晴花隔綵旒。香溢金杯環廣坐,聲傳一作揺妓舸匝中流。羣臣相慶嘉魚樂,共哂横汾歌吹秋。《全唐詩》卷76,頁826。

(帝幸)[隆](興)慶池[侍宴](戲競渡)應制/李適

拂露金輿丹旆轉,凌晨黼帳碧池開。南山倒影從雲落,北澗揺光寫溜一作浪迴。急槳一作舸争標排荇度,輕帆截浦觸荷來。横汾宴鎬歡無極,歌舞年年聖壽杯。《全唐詩》卷70,頁777—778。

[隆](興)慶池[侍宴](戲競渡)應制/武平一

鑾輿羽駕直城隈,帳殿旌門此地開。皎潔靈潭圖日月,参差畫舸結樓臺。波揺岸影隨橈轉,風送荷香逐酒來。願奉聖情歡一作常不極一作皇歡常不極,長遊雲漢幾昭回。《全唐詩》卷102,頁1085。

[隆](興)慶池侍宴應制/劉憲

蒼龍闕下天泉池,軒駕來簫管吹。緣堤夏篠縈不散,冒水新荷卷復披。帳殿疑從畫裏出,樓船直在鏡中移。自然東海神仙處,何用西崑轍迹疲。《全唐詩》卷71,頁781—782。

[隆](興)慶池侍宴應制/蘇頲

降鶴池前回步輦,棲鸞樹杪出行宫。山光積翠遥疑逼,水態含青近若空。以上二句,初云:山光逼嶼疑無地,水態迎帆若有風。時爲趙郡李乂、范陽盧從願所賞,但末句又押風字,故易之。直視天河垂象外,俯窺京室畫中。皇歡未使恩波極,日暮樓船更起風。《全唐詩》卷73,頁805。

[隆](興)慶池侍宴應制/沈佺期

碧水澄潭映遠空,紫雲香駕御微風。漢家城闕疑天上,秦地山川似鏡中。向浦回舟萍已緑,分林蔽殿槿初紅。古來徒羨横汾賞,今日宸遊聖藻雄。《全唐詩》卷96,頁1042。

[隆](興)慶池侍宴應制/韋元旦

滄池漭沆帝城邊,殊勝昆明鑿漢年。夾岸旌旗疏輦一作遠道,中流簫鼓振樓船。雲峯四起迎宸幄,水一作寶樹千重入御筵。宴樂已深魚藻詠,承恩更欲奏甘泉。《全唐詩》卷69,頁773—774。

(侍宴)隆慶池[侍宴]應制/張説

靈池月滿直城隈,黻帳天臨御路開。東沼初陽疑吐出,南山曉翠若浮來。魚龍百戲紛容與,鳧鷁雙舟較泝洄。願似金堤青草馥一作色,長承瑶水白雲杯。《全唐詩》卷87,頁960—961。

[隆](興)慶池侍宴應制/蘇瓌

金闕平明宿霧收,瑶池式宴俯清流。瑞鳳飛來隨帝輦,祥魚出戲躍王舟。帷齊緑樹當筵密,蓋轉緗荷接岸浮。如臨竊比微臣懼,若濟叨陪聖主遊。《全唐詩》卷46,頁562。

[隆](興)慶池侍宴應制/李乂

神池泛濫水盈科,仙蹕紆徐步輦過。縱棹洄沿萍溜合,開軒眺賞麥風和。潭魚在藻供遊詠一作欣游泳,谷鳥含櫻入賦歌。寄語乘槎溟海客,回頭來此問天河。《全唐詩》卷92,頁998。

[隆](興)慶池侍宴應制/馬懷素

積水逶迤繞直一作貝城,[含](舍)虚皎鏡有餘清。圖雲曲樹一作樹連緹幕,映日中塘間綵旌。賞洽猶聞簫管沸,歡留更睹木蘭輕。無勞海上尋仙客,即此一作有蓬萊在帝京。《全唐詩》卷93,頁1010。

[奉和聖製]幸禮部尚書竇希玠宅應制一作陪幸五王宅/李乂

家住千門側,亭臨二水傍。貴遊開北地一作第,宸眷幸西鄉。曳履迎中谷,鳴絲出後堂。浦疑觀萬象一作物,峯似駐三光。草向瓊筵樂,花承繡扆香。聖情思舊重一作里,留飲賦雕章。《全唐詩》卷92,頁998—999。

奉和聖製幸禮部尚書竇希玠宅[應制]/沈佺期

北闕垂旒暇,南宮聽履迴。天臨翔鳳轉,恩向躍龍開。蘭氣薰仙帳,榴花引御杯。水一作日從金穴吐,雲是玉衣來。池影搖歌席,林香散舞臺。不知行漏晚,清蹕尚裴徊。《全唐詩》卷97,頁1045。

奉和聖製幸禮部尚書竇希玠宅應制/蘇頲

尚書列侯第,外戚近臣家。飛棟臨青綺,迴輿轉翠華。日交當户樹,泉漾滿池花。圓頂圖嵩石,方流擁魏沙。豫遊今聽履,侍從昔鳴笳。自有天文降,無勞訪海楂。《全唐詩》卷74,頁807。

奉和[聖製]幸禮部尚書竇希玠宅應制一作陪五王宅/劉憲

北斗樞機任,西京肺腑親。疇昔王門下,今兹御一作製幸辰。恩光山水被,聖作管弦新。遶坐熏紅藥,當軒暗緑筠。摘荷纔早夏,聽鳥尚餘春。行漏今徒晚,風煙起觀津。《全唐詩》卷71,頁782。

景龍四年五月二十九日

[紀事]

己卯,上宴近臣,國子祭酒祝欽明自請作《八風舞》,摇頭轉目,備諸醜態;祝欽明所謂《八風舞》,非春秋魯大夫衆仲所謂舞者所以節八音行八風者也,借八風之名而備諸淫醜之態耳。今人謂淫放不返爲風,此則欽明所謂八風也。上笑。欽明素以儒學著名,吏部侍郎盧藏用私謂諸學士曰:"祝公五經掃地盡矣!"諸學士者,修文館學士及直學士也。《資治通鑑》卷209,頁6641。

二十九日,御宴,祝欽明爲《八風舞》,諸學士曰:"祝公斯舉,五經掃地盡矣!"《唐詩紀事》卷9,頁115。

《景龍文館記》:内宴,祝欽明作《八風舞》,以手據地,作諸醜狀。盧藏用曰:"祝公使五經掃地盡矣。"《紺珠集》卷7,頁21a。

《景龍文館記》:祝欽明贍博,號一時儒首。《紺珠集》卷7,頁19a。

景龍四年五月

[紀事]

韋后秘不發喪,自總庶政。癸未,召諸宰相入禁中,徵諸府兵五萬人屯京城,使駙馬都尉韋捷、韋灌、衛尉卿韋璿、左千牛中郎將韋錡、長安令韋播、郎將高嵩分領之。《景龍文館記》:"徵諸兵士二千人,屯皇城左右衛,令韋捷、韋擢押當;又令韋錡押羽林軍,韋播、高嵩分押左右營萬騎,韋元巡六街。"《資治通鑑》卷209,頁6642。

景龍四年

[紀事]

後宴兩儀殿,帝命后兄光禄少卿嬰監酒,嬰滑稽敏給,詔學士嘲之,嬰能抗數人。酒酣,胡人襪子、何懿等唱"合生",歌言淺穢,因倨肆,欲奪司農少卿宋廷瑜賜魚。[武]平一上書諫曰:"樂,天之和,禮,地之序;禮配地,樂應天。故音動於心,聲形於物,因心哀樂,感物應變。樂正則風化生,樂邪則政教邪,先王所以達廢興也。伏見胡樂施於聲律,本備四夷之數,比來日益流宕,異曲新聲,哀思淫溺。始自王公,稍及閭巷,妖伎胡人,街童市子,或言妃主情貌,或列王公名質,詠歌蹈舞,號曰'合生'。昔齊衰,有《行伴侶》,陳滅,有《玉樹後庭花》,趨數驚僻,皆亡國之音。夫禮慊而不進即銷,樂流而不反則放。臣願屏流僻,崇肅雍,凡胡樂,備四夷外,一皆罷遣。兩儀、承慶殿者,陛下受朝聽訟之所,比大餉羣臣,不容以倡優媟狎虧污邦典。若聽政之暇,苟玩耳目,自當奏之後廷可也。"不納。《新唐書》卷119,頁4295。

《景龍文館記》:殿内奏《合笙》歌,其言淺穢。武平一諫曰:"妖巫娼妓,街童市女,談妃主之情貌,列王公之名質,詠歌蹈舞,號曰《合笙》,不可施於宫禁。"《類説》卷6,頁187。又見《紺珠集》卷7,頁21a,《説郛》卷17,頁12a。

《景龍文館記》:薛稷知集庫,馬懷素知經庫,沈佺期知史庫,武平一知子庫,通曰四部書。《類説》卷6,頁186。又見《紺珠集》卷7,頁19a,《錦綉萬花谷》後集卷29,頁9b,《古今事文類聚》別集卷3,頁16a。

《景龍文館集》云:中宗令諸學士入甘露殿,其北壁列書架,架上其書,學士等略見《新序》《説苑》《鹽鐵》《潛夫》等論。架前銀硯一,碧鏤牙管十,銀函盛紙數十種。《文房四譜》卷1,頁3。又見《事類賦注》卷15,頁307,《玉海》卷159,頁46a—46b。

《景龍文館記》:以文欏綺栢爲材。《類説》卷6,頁186。又見《紺珠集》卷7,頁20b—21a,《白孔六帖》卷38,頁6b。

唐《景龍文館記》曰:薰風殿,其材木皆用青桂白檀,香氣氛氲,盈於四遠。《太平御覽》卷957,頁6b。

學士傳

宗楚客

初,娑葛既代烏質勒統衆,見上卷神龍二年。父時故將闕啜忠節不服。《考異》曰:郭元振傳作"史那闕啜忠節",《突厥傳》止謂之"闕啜忠節",《文館記》謂之"阿史那忠節"。元振《疏》皆云"忠節",乃其名也。突厥有五啜,其一曰胡禄居闕啜。或者忠節官爲闕啜歟?今從《突厥傳》。今按西突厥亦姓阿史那氏;闕,部落之名;啜,官名也;忠節,人名也。諸家有書阿史那闕啜忠節者,詳書之也;或書官以綴其名,或書姓以綴其名者,約文也。數相攻擊。忠節衆弱不能支,金山道行軍總管郭元振奏追忠節入朝宿衛。《資治通鑑》卷209,頁6625。

《景龍文館記》曰:監察御史崔琬具衣冠,對仗彈大學士、兵部尚書郢國公宗楚客及侍中紀處訥,時楚客在列,奏言:"臣以庸妄,叨居樞密,中外朋結謀臣,臣先奏聞,計垂天鑑。"上頷之,謂琬言:"楚客事朕知,且去,待仗下來。"至仗下後,琬方續奏;敕令於西省對問。中書門下奏無狀;有進止即令復位。初,娑葛父子與阿史那忠節代爲仇讎,娑葛頻乞國家除忠節,安西都護郭元振表請如其奏。宗楚客固執,言"忠節竭誠於國,作扞玉關,若許娑葛除之,恐非威强拯弱之義。"上由是不許。無何,娑葛擅殺御史中丞馮嘉賓、殿中侍御史吕守素,破滅忠節,侵擾四鎮。時碎葉鎮守使中郎周以悌率鎮兵數百人大破之,奪其所侵忠節及於闐部衆數萬口。奏到,上大悦,拜以悌左屯衛將軍,仍以元振四鎮經略使授之;敕書簿責元振。宗議發勁卒,令以悌及郭虔瓘北討,仍邀吐蕃及西域諸部計會同擊娑葛;右臺御史大夫解琬議稱不可。後竟與之和。娑葛聞前議,大怨,乃付元振狀,稱宗先取忠節金。上以問之,宗具以前事奏。時太平、安樂二公主以親貴權寵,各立黨與,陰相傾奪,爰自要官宰臣皆分爲兩。時太平尤與宗不善,故諷琬以彈之;外傳取娑葛金,非也。《資治通鑑考異》,《資治通鑑》卷209,頁6632引。

宋之問

《景龍文館記》:宋之問曰:西域秘掖,此禁仙流。《紺珠集》卷7,頁21b。

杜審言

審言卒,李嶠已下請加命,時武平一爲表云:"審言譽鬱中朝,文高前列,是以升榮粉署,擢秀蘭臺。往以微瑕,久從遠謫。陛下膺圖玉扆,下制金門,收賈誼於長沙,返蔡邕於左校。審言獲登文館,預奉屬車,未獻長卿之辭,遽啓元瑜之悼。臣等積薪增愧,焚芝盈感,伏乞恩加朱紱,寵及幽泉,假飾終之儀,舉哀榮之典,庶弊帷莫棄,墜履無遺。"乃贈著作郎。制曰:"漢覃恩祐,方慶於同時;漳浦疢疴,忽歸於厚夜。蒿里修文之地,永閟音徽;蓬山著作之曹,宜加寵數。"《唐詩紀事》卷6,頁79。

《景龍文館記》:杜審言好大言,臨終,宋之問等往問之,乃曰:"甚爲造化小兒相苦。僕在,久厭公等。今死,固當慰心,但恨不見替人爾。"言訖遂絶。《紺珠集》卷7,頁17b。

閻朝隱

授著作郎直學士,制云:"朝隱夜光成寶,朝陽擢秀,文高一變,藝總三端。承顧問於鸞掖,掌圖書於麟府。頃屬播遷,獲返班序。方來石室分曹,已參於著述;金門直事,俾崇於伸奬。可修文館直學士。"《唐詩紀事》卷11,頁156—157。

徐彦伯

中宗與修文館學士宴樂賦詩,每命彦伯爲之序,文彩華縟。《唐詩紀事》卷9,頁119。

上官婉兒

唐上官昭容之方娠,母鄭氏夢神人畀之大秤,以此可稱量天下。生彌月,鄭弄之曰:"爾非秤量天下乎?"孩啞應之曰:"是。"襁中遇家禍,入掖庭。年十四,聰達敏識,才華無比。天后聞而試之,援筆立成,皆如宿搆。自通天後,建景龍前,恒掌宸翰。其軍國謀猷,殺生大柄,多其決。至若幽求英儁,鬱興詞藻,國有好文之士,朝希不學之臣。二十年間,野無遺逸,此其力也。而晚年頗外通朋黨,輕弄權勢,朝廷畏之矣。玄宗平難,被誅。出《景龍文館記》。《太平廣記》卷271,頁2133。

二 《大曆年浙東聯唱集》輯校

輯校序例

一、《大曆年浙東聯唱集》二卷，編者未詳，收唐代宗廣德元年至大曆五年（763—770）間五十七位文士在越州聯句唱和之作，其姓名可考知者有鮑防、嚴維、劉全白、吕渭、謝良輔、丘丹、吴筠等三十八人。

二、玆考輯此集逸詩三十八首，偈十一首，序二首，詳細考證參本書第三章。

三、所輯作品據《會稽掇英總集》《唐詩紀事》《全唐詩》《全唐詩補編》等録入，並校以《蘭亭考》《嘉泰會稽志》《古今歲時雜詠》等。

目　録

經蘭亭故池聯句/鮑防　嚴維　劉全白　宋迪　吕渭　吴筠等三十六人(1)

曲水邀歡處,遺芳尚宛然。名從右軍出,山在古人前。蕪没成塵迹,規模得大賢。湖心舟已並,村步騎仍連。賞是文辭會,歡同癸丑年。茂林無舊徑,修竹起新煙。宛是崇山下,仍依古道邊。院開新勝地,門占舊畬田。荒阪披蘭築,枯池帶墨穿。序成應唱道,杯得每推先。空見雲生岫,時聞鶴唳天。滑苔封石磴,密篠礙飛泉。事感人寰變,歸慚府服牽。寓時仍睹葉,歎逝更臨川。野興攀藤坐,幽情枕石眠。玩奇聊倚[2]策,尋異稍移船。草露猶霑服,松風尚入絃。山遊頗同調[3],今古有多篇。《會稽掇英總集》卷14,頁1a—1b。《蘭亭考》卷12,頁5a—6b。《全唐詩續補遺》卷3,頁368。

(1)題下原注云:"元本不注名姓於聯句下。"《蘭亭考》詩末原注云:"《經蘭亭故池聯句》,鮑防、嚴維、劉全白、朱迪共二十五人,具姓名。大曆中唱五十七人。見本不注姓名於聯句下。"《西溪叢語》(卷上,頁33)記有"大曆中朱迪、吕渭、吴筠等三十七人《經蘭亭故池聯句》"。《嘉泰會稽志》(卷10,頁44b)稱此詩爲"大曆中鮑防、嚴維、吕渭列次三十七人聯句"。按此詩僅三十六句,不當有三十七人聯唱,當爲三十六人之訛。

(2)"倚",原作"寄",據《蘭亭考》改。

(3)"頗同調",《蘭亭考》作"稱絶調"。

松花壇茶宴聯句/嚴維 吕渭等人[1]

幾歲松花下,今來草色平。衣冠遊佛刹,鼓角望軍城。亂竹邊溪暗,孤雲向嶺明。遶壇煙樹老,入殿雨花輕。山磬人天界,風泉遠近聲。夜禪三世晤,朝梵一章清。上砌莓苔遍,緣窗薜荔生。焚香忘世慮,啜茗長幽情。聚土何年置,修心此地成。道緣雲起滅,人世月虧盈。蟬噪林當曉,虹生澗欲晴。水流驚歲序,塵網悟簪纓。池上蓮無著,籬間槿自榮。因知性不染,更識理常精。從此應貪味,非唯悔近名。山栖多自愜,林卧欲無營。已接追涼處,仍陪問法行。賞心殊未徧,惆悵暮鐘鳴。《會稽掇英總集》卷14,頁1b—2a。《全唐詩續拾》卷17,頁904。

(1)《會稽掇英總集》未列姓名。《嘉泰會稽志》(卷18,頁10a)載:"松花壇,在雲門,大曆中嚴維、吕渭茶宴於此,聯句云:……"

尋法華寺西溪聯句/賈弇 陳允初 吕渭 張叔政 鮑防 周頌 □成用 鄭槩 嚴維

常願山水遊,靈奇賞皆遍。賈弇。雲端訪潭洞,林下徵茂彦。陳允初。枕石愛閑眠,尋源樂清宴。吕渭。探幽漸有趣,憑險恣流眄。張叔政。竹影思掛冠,湍聲忘摇扇。鮑防。旁登樵子徑,卻望金人殿。周頌。蘿葉朝架煙,松花暮飛霰。□成用。蟬聲掩清管,雲色缘素練。鄭槩。從事暮澄清,看心得方便。嚴維。攀崖屢迴互,絶迹無健羨。陳允初。野客歸路逢,山僧入林見。賈弇。雲林會獨往,世道從交戰。鮑防。塔廟年代深,雲霞朝夕變。周頌。潛流注限隩,觸石乍踐濺。□成用。逸興發山林,道情忘貴賤。鄭槩。臨流日復夕,應接空無倦。嚴維。《會稽掇英總集》卷 14,頁 2a—3a。《全唐詩續拾》卷 17,頁 904—905。

雲門寺小溪茶宴懷院中諸公/嚴維　謝良弼　裴晃　吕渭　鄭槩　陳允初　庾騤　賈肅

喜從林下會,還憶府中賢。嚴維。石路雲門裏,花宫玉笥前。謝良弼。日移侵岸竹,溪引出山泉。裴晃。猨飲無人處,琴聽淺溜邊。吕渭。黄粱誰共飯,香茗憶同煎。鄭槩。暫與真僧對,遥知靜者便。陳允初。清言皆亹亹,佳句又翩翩。庾騤。竟日懷君子,沈吟對暮天。賈肅。《會稽掇英總集》卷 14,頁 3a。《全唐詩續拾》卷 17,頁 905。

徵鏡湖故事/陳允初　吕渭　嚴維　謝良弼　賈肅　鄭槩　庾騤　裴晃

將尋鍊藥井,更逐賣樵風。陳允初。刻石秦山上,探書禹穴中。吕渭。溪邊尋五老,橋上覓雙童。嚴維。梅市西陵近,蘭亭上道通。謝良弼。雷門驚鶴去,射的騐年豐。賈肅。古寺思王令,孤潭憶謝公。鄭槩。帆開岩上石,劍出浦間銅。庾騤。興裏還尋戴,東山更向東。裴晃。《會稽掇英總集》卷 14,頁 3b。《全唐詩續拾》卷 17,頁 905—906。

自雲門還泛若耶入鏡湖寄院中諸公/謝良弼　吕渭　鄭槩　嚴維　裴晃　陳允初　蕭幼和

山中秋賞罷,溪上晚歸時。謝良弼。出谷秦人望,經湖謝客期。吕渭。日斜愁路遠,風横畏舟遲。鄭槩。章句懷文友,途程問檝師。嚴維。淺沙遊蚌蛤,危石起鸕鷀。裴晃。落葉飛孤戍,横塘向古祠。陳允初。行行多興逸,無處不相思。蕭幼和。《會稽掇英總集》卷 14,頁 3b—4a。《全唐詩續拾》卷 17,頁 906。

秋日宴嚴長史宅/鄭槩　裴晃　嚴維　徐嶷　張著　范縫　劉全白　沈仲昌　闕名

北客來江外,秋山到越中。鄭槩。故交多此見,清興復能同。裴晃。落木秦山近。衡門鏡水通。嚴維。簷前苔繞砌,籬下菊成叢。徐嶷。泫泫花承露,泠泠葉動風。鄭槩。卷簾看彩翠,對酒命絲桐。張著。戊日辭巢燕,商天向浦鴻。范縡。騫開通細雨,笑語望秋空。劉全白。嬾竹霜天緑,殘花醉裏紅。沈仲昌。客遊驚落葉,更使恨風蓬。闕名。《會稽掇英總集》卷 14,頁 4a—4b。《全唐詩續拾》卷 17,頁 906。

嚴氏園林六字/嚴維　鄭槩　王綱　沈仲昌　賈全　段格　劉題

策杖山横緑野,乘舟水入衡門。嚴維。客來多從業縣,僧去還指煙村。鄭槩。春韭青青耐剪,香粳日日宜飧。王綱。自愧薄霑冠冕,何如樂在丘園。沈仲昌。鳥散紛紛花落,人行處處苔痕。賈全。水池偏多白鷺,畦隔半是芳蓀。段格。柳徑共知歸郭,暮雲誰使當軒。劉題。《會稽掇英總集》卷 14,頁 4b。《全唐詩續拾》卷 17,頁 906—907。

柏梁體狀雲門山物并序/秦瑀　鮑防　李聿　李清　杜奕　袁邕　吕渭　崔泌　陳允初　鄭槩　杜倚

狀,比也,比與釋氏有藥草諭品,詩家則六藝之一焉。義取覩物臨事,君子早辯不當,有似是而非,採詩之官可得而補缺矣。無以小言默,無以細言棄,相尚佳句,題於層閣,古者稱會必賦,其能闕乎。星郎主文,賓賦所以中嶲也。秦瑀。

幡竿映水出蒲檣。秦瑀。榴花向陽臨鏡粧。鮑防。子規一聲猿斷腸。李聿。殘雲入户起爐香。李清。晴虹夭矯架危梁。杜奕。輕蘿縹緲挂霓裳。袁邕。月臨影殿玉毫光。吕渭。粉帶新篁白簡霜。崔泌。玲瓏珠綴魚網張。陳允初。高枝反舌巧如簧。鄭槩。風摇寶鐸佩鏘鏘。秦瑀。古松擁腫懸如囊。杜倚。雨垂珠箔映迴廊。李聿。薔薇緑刺半鍼長。鮑防。五粒松英大麥芒。李清。古藤蚴蟉毒龍驤。杜奕。深林怪石猛虎藏。袁邕。石碑勒字棊局方。吕渭。山僧行道鴻雁行。崔泌。亭亭孤笱緑沈鎗。鄭槩。蜂窠倒挂枯蓮房。陳允初。燃燈幽殿星煌煌。杜倚。《會稽掇英總集》卷 14,頁 5a—5b。《全唐詩續拾》卷 17 頁,907—908。

花嚴寺松潭/張叔政　嚴維　吕渭　賈弇　周頌　鄭槩　陳允初　□成用

山下花嚴會,松間水積深。張叔政。晚荷交亂影,疎竹引輕陰。嚴維。

雲散千巖暮,風生萬木吟。吕渭。循涯通妙理,步勝獲幽尋。賈弇。望鳥知無迹,看猿欲學心。周頌。浮榮指西景,微尚寄東岑。鄭槩。待月開山閣,聞鐘出石林。陳允初。波文摇翠壁,蟬響續幽琴。張叔政。永日陪霜簡,通宵聽梵音。賈弇。機閒任情性,道勝等浮沈。□成用。賞異方終古,佳遊幾度今。嚴維。自然輕執簡,寧敢忘抽簪。陳允初。過見心皆妄,驅馳力未任。吕渭。從來謝公意,山水愛登臨。周頌。《會稽掇英總集》卷14,頁6a—6b。《全唐詩續拾》卷17,頁908。

入五雲溪寄諸公聯句從一字至九字/鮑防　嚴維　鄭槩　□成用　吕渭　陳允初　張叔政　賈弇　周頌

東,西。鮑防。步月,尋溪。嚴維。鳥已宿,猿又啼。鄭槩。狂流礙石,迸筍穿磎。□成用。望望人煙遠,行行蘿徑迷。吕渭。探題只應盡墨,持贈更欲封泥。陳允初。松下流時何歲月,雲中幽處屢攀躋。張叔政。乘興不知山路遠近,緣情莫問日過高低。賈弇。静聽林下潺潺足湍瀨。厭聞城中喧喧多鼓鼙。周頌。《會稽掇英總集》卷14,頁6b。《全唐詩》卷789,頁8888。

登法華寺最高頂憶院中諸公從一字至九字/周頌　□成用　張叔政　賈弇　[鮑防]　嚴維　吕渭　鄭槩　陳允初

身,心。周頌。城郭,山林。□成用。望處遠,到時深。張叔政。雲崖杳杳,煙樹沈沈。賈弇。嘯侣時停策,探幽或撫琴。[鮑防]得法小枝小葉,懷人如玉如金。嚴維。月色前庭清静觀,梵聲初夜海潮音。吕渭。思君子山深不可見,登高頂望遠欲相尋。鄭槩。何事歸舟客興權不駛,君不見紅蓮緑荇沙禽。陳允初。《會稽掇英總集》卷14,頁7a。《全唐詩續拾》卷17,頁908—909。

憶長安十二詠

正月[1]/謝良輔

憶長安,正月時,和風喜氣相隨。獻壽彤庭萬國,燒燈青玉五枝。終南往往殘雪,渭水處處流澌。《唐詩紀事》卷47,頁712。《全唐詩》卷307,頁3483—3484。

(1)《唐詩紀事》及《古今歲時雜詠》皆録此組詩爲《憶長安十二詠》,未逐月列題。此爲《全唐詩》擬題,下同。

二月/鮑防

憶長安,二月時,玄鳥初至禖祠。百囀宫鶯繡羽,千條御柳黄絲。更有曲江[1]勝地,此來寒食佳期。《唐詩紀事》卷47,頁713。《古今歲時雜詠》卷43,頁491。《全唐詩》卷307,頁3484。

(1)"江",《全唐詩》云"一作池"。

三月/杜奕

憶長安,三月時,上苑遍是花枝。青門幾場送客?曲水竟[1]日題詩。駿馬金鞭[2]無數,良辰美景追隨。《唐詩紀事》卷47,頁713。《古今歲時雜詠》卷43,頁497。《全唐詩》卷307,頁3486。

(1)"竟",《全唐詩》云"一作競"。

(2)"鞭",《古今歲時雜詠》作"鞍"。

四月/丘丹

憶長安,四月時,南郊萬乘旌旗。嘗酎玉卮更獻,含桃絲籠交馳。芳草落花無限,金張許史相隨。《唐詩紀事》卷47,頁714。《古今歲時雜詠》卷44,頁503。《全唐詩》卷307,頁3480。

五月/嚴維

憶長安,五月時,君王避暑華池。進膳甘瓜朱李,續命芳蘭綵絲。競處高明臺榭,槐陰柳色通逵。《唐詩紀事》卷47,頁715。《古今歲時雜詠》卷44,頁507。《全唐詩》卷263,頁2925。

六月/鄭槩

憶長安,六月時,風臺水榭[1]逶迤。朱果雕籠香透,分明紫禁寒隨。塵驚九衢客散,赭珂[2]滴瀝青驪。《唐詩紀事》卷47,頁717。《古今歲時雜詠》卷44,頁510。《全唐詩》卷307,頁3487。

(1)"榭",《古今歲時雜詠》作"閣"。

(2)"珂",《古今歲時雜詠》作"汗"。

七月/陳允初

憶長安,七月時,槐花點散[1]罘罳。七夕針樓競出,中元香供初移。繡轂金鞍無限,遊人處處歸遲[2]。《唐詩紀事》卷47,頁717—718。《古今歲時雜詠》卷45,頁515。《全唐詩》卷307,頁3487。

(1)"點散",《古今歲時雜詠》作"散點"。

(2)"遲",原作"隨",據《古今歲時雜詠》改。

八月/吕渭

憶長安,八月時,闕下天高舊儀。衣冠共頒金鏡,犀象對舞丹墀。更愛終南灞上,可憐秋草碧滋。《唐詩紀事》卷47,頁718。《古今歲時雜詠》卷45,頁519。《全唐詩》卷307,頁3488。

九月/范燈[1]

憶長安,九月時,登高望見昆池。上苑初開露菊,芳林正獻霜梨。更想千門萬户,月明[2]砧杵參差。《唐詩紀事》卷47,頁718—719。《古今歲時雜詠》卷45,頁523。《全唐詩》卷307,頁3489。

(1)"燈",諸書皆訛作燈。

(2)"月明",《古今歲時雜詠》作"明月"。

十月/樊珣

憶長安,十月時,華清士馬相馳。萬國來朝漢闕,五陵共獵秦祠。晝夜歌鐘不歇,山河四塞京師。《唐詩紀事》卷47,頁719。《古今歲時雜詠》卷46,頁529。《全唐詩》卷307,頁3489。

十一月/劉蕃

憶長安,子月時,千官賀至丹墀。御苑雪開瓊樹,龍堂冰作瑶池。獸炭氊爐正好,貂裘狐白相宜。《唐詩紀事》卷47,頁719。《古今歲時雜詠》卷46,頁532。《全唐詩》卷307,頁3490。

十二月/謝良輔

憶長安,臘月時,温泉彩仗新移。瑞氣遥迎鳳輦,日光先暖龍池。取酒蝦蟇陵下,家家守歲傳巵。《唐詩紀事》卷47,頁712。《古今歲時雜詠》卷46,頁534。《全唐詩》卷307,頁3484。

狀江南十二月每月須一物形狀[1]

孟春[2]/鮑防

江南孟春天,荇葉大如錢。白雪裝梅樹,青袍似葑田。《唐詩紀事》卷47,頁713。《全唐詩》卷307,頁3485。

(1)《唐詩紀事》題爲《狀江南十二詠》,此據《古今歲時雜詠》改。

(2)此爲《全唐詩》擬題,下同。

仲春/謝良輔

江南仲春天,細雨色如煙。絲爲武昌柳,布作石門泉。《唐詩紀事》卷47,頁712。《古今歲時雜詠》卷43,頁491。《全唐詩》卷307,頁3484。

季春/嚴維

江南季春天,蓴葉細如絃。池邊草作逕,湖上葉如船。《唐詩紀事》卷47,頁715。《古今歲時雜詠》卷43,頁497。《全唐詩》卷263,頁2925。

孟夏/賈弇

江南孟夏天,慈竹筍如編。蜃氣爲樓閣,蛙聲作管絃。《唐詩紀事》卷47,頁719。《古今歲時雜詠》卷44,頁503。《全唐詩》卷307,頁3483。

仲夏/樊珣

江南仲夏天,時雨下如川。盧橘垂金彈,甘蕉吐白蓮。《唐詩紀事》卷47,頁719。《古今歲時雜詠》卷44,頁507。《全唐詩》卷307,頁3490。

季夏/范燈

江南季夏天,身熱汗如泉。蚊蚋成雷澤,袈裟作水田。《唐詩紀事》卷47,頁719。《古今歲時雜詠》卷44,頁510。《全唐詩》卷307,頁3489。

孟秋/鄭槩

江南孟秋天,稻花白如氈。素腕慚新藕,殘粧妬晚蓮。《唐詩紀事》卷47,頁717。《古今歲時雜詠》卷45,頁515。《全唐詩》卷307,頁3487。

仲秋/沈仲昌

江南仲秋天,鱓鼻大如船。雷似樟亭浪,苔爲界石錢。《唐詩紀事》卷47,頁720。《古今歲時雜詠》卷45,頁519。《全唐詩》卷307,頁3483。

季秋/劉蕃

江南季秋天,栗熟大如拳。楓葉紅霞舉[1],蘆花白浪川。《唐詩紀事》卷47,頁719。《古今歲時雜詠》卷45,頁523。《全唐詩》卷307,頁3490。

(1)“舉”,原作“翠”,據《古今歲時雜詠》改。

孟冬/謝良輔

江南孟冬天,荻穗軟如綿。緑絹芭蕉裂,黄金橘柚懸。《唐詩紀事》卷47,頁712。《古今歲時雜詠》卷46,頁529。《全唐詩》卷307,頁3484。

仲冬/吕渭

江南仲冬天,紫蔗節如鞭。海將鹽作雪,山用火耕田。《唐詩紀事》卷47,

頁718。《古今歲時雜詠》卷46,頁532。《全唐詩》卷307,頁3488。

季冬/丘丹

江南季冬月,紅蟹大如𥳑[1]。湖水龍爲鏡,鑪峰[2]氣作煙。《唐詩紀事》卷47,頁714。《古今歲時雜詠》卷46,頁535。《全唐詩》卷307,頁3480。

(1)"𥳑",原作"鯿",據《古今歲時雜詠》改。

(2)"峰",原作"風",據《古今歲時雜詠》改。

中元日鮑端公宅遇吴天師聯句/嚴維　鮑防　謝良輔　杜弈　李清　劉蕃　謝良弼　鄭槩　陳允初　樊珣　丘丹　吕渭　范淹　吴筠

道流爲柱史,教戒下真仙。嚴維。共契中元會,初修内景篇。鮑防。遊方依地僻,卜室喜牆連。謝良輔。寶笥開金籙,華池漱玉泉。杜弈。怪龍隨羽翼,青節降雲煙。李清。昔去遺丹竈,今來變海田。劉蕃。養形奔二景,鍊[1]骨度千年。謝良弼。騎竹投陂裏,攜壺挂[2]牖邊。鄭槩。洞中嘗入靜,河上舊談玄。陳允初。伊洛笙歌遠,蓬壺日月偏。樊珣。青騾薊[3]訓引,白犬伯陽牽。丘丹。法受相君後,心存象帝先。吕渭。道成能縮地,功滿欲升天。范淹。何意迷孤性[4],含情戀數賢。吴筠。《古今歲時雜詠》卷28,頁295。《全唐詩》卷789,頁8888。

(1)"鍊",原作"練",據《全唐詩》改。

(2)"挂",原作"在",據《全唐詩》改。

(3)"薊",原作"爾",據《全唐詩》改。

(4)"性",原作"往",據《全唐詩》改。

酒語聯句各分一字/劉蕃　鮑防　謝良輔　嚴維　沈仲昌　丘丹　吕渭　鄭槩　陳允初　□迥

山簡酣歌倒接䍦。劉蕃。看朱成碧無所知。鮑防。耳鳴目眩駟馬馳。謝良輔。口稱童羖腹鴟夷。嚴維。兀然落帽灌酒巵。沈仲昌。太常吏部相對時。嚴維。藉糟枕麴浮酒池。丘丹。甕間籬下卧不移。吕渭。叫呼不應無事悲。鄭槩。千日一醒知是誰。陳允初。左傾右倒人避之。□迥。《全唐詩》卷789,頁8888。

雲門寺濟公上方偈

序/鮑防

己酉歲,仆忝尚書郎司浙南之武。時府中無事,墨客自臺省而下者凡十有一人,會雲門濟公之上方。以偈者,贊之流也,姑取於佛事云。《會稽掇英總集》卷15,頁9b。《全唐詩續拾》卷17,頁909。

護戒刀偈/鮑防

剖妄妄絶,决機機壞。彼堅鋼刀,護聲聞戒。《會稽掇英總集》卷15,頁9b—10a。《全唐詩續拾》卷17,頁909。

茗侶偈/李聿

采采春渚,芳香天與,滌慮破煩,靈芝之侶。《會稽掇英總集》卷15,頁10a。《全唐詩續拾》卷17,頁909。

芭蕉偈/杜奕

幽山浄土,生此芭蕉。無心起喻,覺路非遥。《會稽掇英總集》卷15,頁10a。《全唐詩續拾》卷17,頁910。

山啄木偈/闕名

爾禽啄木,惡蠹傷木。愈木無病,巢枝自足。《會稽掇英總集》卷15,頁10a。《全唐詩續拾》卷17,頁910。

澡瓶偈/闕名

靈圓取相,塵垢是澡。定水清浄,救彼熱惱。《會稽掇英總集》卷15,頁10a—10b。《全唐詩續拾》卷17,頁910。

山石榴偈/鄭槩

何方而有,天上人間。色空我性,對爾空山。《會稽掇英總集》卷15,頁10b。《全唐詩續拾》卷17,頁910。

漉水囊偈/杜倚

裂素成器,給我救彼。密浄圓靈,護生絜水。《會稽掇英總集》卷15,頁10b。《全唐詩續拾》卷17,頁910。

藤偈/袁邕

得彼柔性,契兹佛乘。豈無衆木,我喻垂藤。《會稽掇英總集》卷15,頁10b。《全唐詩續拾》卷17,頁910。

薔薇偈/崔泌

護草木性,植彼薔薇。眼根不染,見爾色非。《會稽掇英總集》卷15,頁10b—11a。《全唐詩續拾》卷17,頁910。

班竹杖偈/闕名

護性維戒,扶身在杖。動必由道,心無來往。《會稽掇英總集》卷15,頁11a。《全唐詩續拾》卷17,頁910。

題天章寺偈/任逵

降伏心住,自在心住。有心且住,無心即住。《會稽掇英總集》卷15,頁11a。《全唐詩續拾》卷17,頁911。

三 《吴興集》輯校

輯校序例

一、《吴興集》十卷,顔真卿編,收其於唐代宗大曆八年至十二年(773—777)間任湖州刺史時與文人詞客餞别唱和之作,參與唱和的詩人可考知者有皎然、陸羽、袁高、吕渭、劉全白、張薦、吴筠、柳淡(中庸)、皇甫曾、張志和、耿湋、楊憑、楊凝、塵外(韋渠牟)等共九十五人。

二、兹考輯此集逸詩五十八首,詞二十首,文十首,詳細考證參本書第四章。

三、所輯作品據《顔魯公文集》(《四部備要》本)、《晝上人集》(《四部叢刊》本)、《全唐詩》等録入,並校以《顔魯公文集》(《四部叢刊》本)、《杼山集》(汲古閣刊本)、《晝上人集》(北京圖書館藏明葉恭焕賜書樓抄本;簡稱賜書樓本)、《全唐文》等。

目　録

五言奉和顏使君真卿與陸處士羽登妙喜寺三癸亭亭[1]即陸生所創/皎然

秋意西山多,列岑縈左次。繕亭歷三癸,疏趾鄰竹寺。元化隱靈蹤,始君啓高誄。誅榛養翹楚,鞭草理芳穗。俯砌披水容,逼天掃峯翠。境新耳目换,物遠風烟異。倚石忘世情,援雲得真意。嘉林幸勿翦,禪侶欣可庇。衛法大臣過,佐遊群英萃。龍池護清澈,虎節到深邃。徒想嵊頂期,於今没遺記。《皎然集》卷3,頁1a。

(1)"亭"字,據汲古閣本補(卷3,頁1a)。

題杼山癸亭得暮字亭陸鴻漸所建/顏真卿

杼山多幽絶,勝事盈跬步。前者雖登攀,淹留恨晨暮。及兹紓勝引,曾是美無度。歘搆三癸亭,實爲陸生故。高覽能枷物,疏鑿皆有趣。不越方丈間,居然雲霄遇。巍峨倚修岫,曠望臨古渡。左右苔石攢,低昂桂枝蠹。山僧狎猨狖,巢鳥來枳椇。俯視何楷臺,傍瞻戴顒[1]路。遲迴未能下,夕照明村樹。《顏魯公文集》卷12,頁4a。

(1)"顒",原作"禺",據四部叢刊本改(卷15,頁1a)。

五言杼山上峰和顏使君真卿袁侍御五韻賦得印字仍期明日登開元寺樓之會/皎然

道情寄遠岳,放曠臨千仞。香路延絳騶,華泉寫金印。日欹諸天近,雨過三華潤。留客雲外心,忘機松中韻。靈嘉早晚期,爲布東山信。《皎然集》卷1,頁9a

五言奉同顏使君真卿袁侍御駱駝橋翫月/皎然

山中常見月,不及共遊時。水上恐將缺,林端愛落遲。烏驚憲府客,人詠鮑家詩。永夜南橋望,徘徊若有期。《皎然集》卷3,頁5b。

謝陸處士杼山折青桂花見寄之作(1)/顔真卿

羣子遊杼山,山寒桂花白。緑蘂含素萼,採折自逋客。忽得(2)巖中詩,芳香潤金石。全高南越蠹,豈謝東堂策。會愜名山期,從君恣幽覿。《顔魯公文集》卷12,頁4a。

(1)"作",四部叢刊本作"什"(卷15,頁1b)。

(2)"得",四部叢刊本作"枉"(卷15,頁1b)。

三言擬五雜組聯句八首/李萼 殷佐明 顔真卿 皎然 袁高 陸士修 蔣至

五雜組,盤上葅。往復還,頭懶梳。不得已,罶裏魚。李萼。五雜組,郊外蕪。往復還,櫪上駒。不得已,谷中愚。殷佐明。五雜組,繡與錦。往復還,興又寢。不得已,病伏枕。顔真卿。五雜組,星與辰。往復還,有情人。不得已,客傷春。晝。五雜組,酒與肉。往復還,東籬菊。不得已,醉便宿。袁高。五雜組,闤闠間。往復還,門上關,不得已,鬢毛班。陸士修。(1)五雜組,繍紋線。往復還,春來燕。不得已,入征戰。蔣至。《皎然集》卷10,頁6a—6b。

(1)"陸士修"三字,據汲古閣本補(卷10,頁9a)。

三言重擬五雜組聯句四首/張薦 李萼 顔真卿 皎然

五雜組,四豪客。往復還,阡與陌。不得已,長沙謫。薦。五雜組,五辛盤。往復還,馬上鞍。不得已,左降官。萼。五雜組,甘鹹醋。往復還,烏與兔,不得已,韶光度。真卿。五雜組,五色絲。往復還,回文詩。不得已,失佳期。晝。《皎然集》卷10,頁6b—7a。

五言夜宴詠燈聯句一首/陸士修 張薦 顔真卿 皎然 袁高

桂酒牽詩興,蘭釭照容情。士修。詎慚珠乘朗,不讓月輪明。薦。破暗光初白,浮雲色轉清。真卿。帶花疑在樹,比燎欲分庭。晝。顧已慙微照,開簾識近汀。高。《皎然集》卷10,頁7a—7b。

五言月夜啜茶聯句一首/陸士修 張薦 李萼 崔萬 顔真卿 皎然 袁高

泛夜邀坐客,代飲引情言。陸士修。醒酒宜華席,留僧想獨園。張薦。

不須攀月桂，何假樹庭萱。李萼。御史秋風勁，尚書北斗尊。崔萬。流華净肌骨，疏瀹清心源。真卿。不似春醪醉，何辭緑菽蘗。晝。素瓷傳靜夜，芳氣滿閒軒。袁高。《皎然集》卷10，頁7a。

七言大言聯句/皎然　顔真卿　李萼　張薦

高歌閬風步瀛洲。晝，燀鵬瀹鯤飱未休。真卿。四方上下無外頭。萼。一啜頓涸滄溟流。薦。《皎然集》卷10，頁8b。

七言小言聯句/顔真卿　皎然

長路遥遥蠶吐絲。真卿。焦螟蚊睫察難知。晝。《皎然集》卷10，頁8b。

七言樂語聯句一首/李萼　顔真卿　皎然　張薦

苦河既濟真僧喜。萼。新知滿座笑相視。真卿。戎客歸來見妻子。晝。學生放假偷向市。薦。《皎然集》卷10，頁8b—9a。

七言讒語聯句一首/李萼　顔真卿　皎然　張薦

拈䭜舐指不知休。萼。欲炙待立涎交流。真卿。過屠大嚼豈知羞。晝。食店門外强淹留。薦。《皎然集》卷10，頁9a。

七言滑語聯句一首/顔真卿　皎然　劉全白　李萼　沈益

雨裏下山踏榆皮。真卿。莓苔石橋步難移。晝。蕪荑醬醋喫煮葵。全白。縫靴蠟線油塗錐。萼。急逢龍背須且騎。益。《皎然集》卷10，頁9a。

七言醉語聯句一首/劉全白　顔真卿　皎然

逢糟遇麴便酩酊。全[1]白。覆車墜馬皆不醒。真卿。倒着接䍦髮垂領。晝。《皎然集》卷10，頁9a。

(1)“全”，原作“令”，據《全唐詩》改(卷788，頁8886)。

五言送李侍御聯句一首/顔真卿　皎然　張薦　李萼

吾友駐行輪，遲遲惜上春。真卿。東西出餞路，惆悵獨歸人。晝。歡會期他日，驅馳恨此身。薦。須知貴公望，從此願相因。萼。《皎然集》卷10，頁8a。

五言翫月重送聯句一首[1]/張薦　李萼　顔真卿　皎然

春谿與岸平，初月出谿明。薦[2]。璧彩寒仍潔，金波夜轉清。萼。孤光遠近滿，練色往來輕。真卿。望望隨蘭棹，依依出柳城。晝。《皎然集》卷10，頁8a。

(1)《顔魯公文集》此詩題爲《玩初月重遊聯句》(卷12,頁9a)。

(2)《顔魯公文集》署爲“張薦上十二老丈”(卷12,頁9a)。按顔真卿排行十三,“十二”當爲“十三”之訛。

五言重送横飛聯句一首/李萼 顔真卿 皎然

春田草未齊,春水滿長谿。萼上十三[1]兄。出餞風初暖,攀光日漸西。真卿。歸期江上遠,别思月中遲。晝。《皎然集》卷10,頁8b。

(1)“十三”,原作“士元”,汲古閣本作“十元”(卷10,頁11b),《顔魯公文集》作“十二”(卷12,頁9b),“元”或“二”疑爲“三”之訛,顔真卿排行十三。

登峴山觀李左相石尊[1]聯句/顔真卿 劉全白 裴循 張薦 吴筠 强蒙 范縉 王純 魏理 王修甫 顔峴 左輔元 劉茂 顔渾 楊德元 韋介 皎然 崔宏 史仲宣 陸羽 權器 陸士修 裴幼清 柳淡 釋塵外 顔顒 顔須 顔頊 李萼

李公登飲處,因石爲窪尊。真卿。人事歲年改,峴山今古存。劉全白。榛[2]蕪掩前跡,苔蘚餘舊痕。裴循。叔子尚遺德,山公此迴軒。張薦。維舟陪高興,感昔情彌敦。吴筠。藹藹賢哲事,依依離别言。强蒙。嶇嶔横道周,迢遰連山根。范縉。餘烈曖林野,衆芳揖蘭蓀。王純。德暉映巖足,勝賞延高原。魏理。遠水明匹練,因晴見吴門。王修甫。陪遊追盛美,揆德欣討論。顔峴。器有成形用,功資造化元。左輔元。流霞方泔淡,别鶴遽翩飜。劉茂。舊規傾逸賞,新興麗初暾。顔渾。醉後接䍦倒,歸時騶騎喧。楊德元。遲迴向遺迹,離别益傷魂。韋介。覽事古興屬,送人歸思繁。釋清晝。懷賢久徂[3]謝,贈遠空攀援。崔宏。八[4]座欽懿躅,高名[5]播乾坤。史仲宣。松深引閑步,葛弱供險捫。陸羽。花氣酒中馥,雲華衣上屯。權器。森沈列湖樹,牢落望郊園。陸士修。白日半巖岫,清風滿邱樊。裴幼清。旌麾間翠幄,簫鼓來朱轓。柳淡。閑[6]路躡雲影,清心澄水源。釋塵外。萍連浦中嶼,竹繞山下村。顔顒。景落全谿暗,煙凝半嶺昏。顔須。去日往如復,换年涼代温。顔頊。登臨繼風雅[7],義激舊府恩。李萼。《顔魯公文集》卷12,頁6a。

(1)“尊”,《四部叢刊》本作“樽”,下同(卷15,頁1b)。

(2)“榛”,《四部叢刊》本作“蓁”(卷15,頁2a)。

(3)“徂”,原作“阻”,據《四部叢刊》本改(卷15,頁2a)。

(4)“八”,原作“入”,據《四部叢刊》本改(卷15,頁2a)。

（5）“名”，原作“明”，據《四部叢刊》本改（卷15，頁2a）。

（6）“閑”，原作“間”，據《四部叢刊》本改（卷15，頁2b）。

（7）“雅”，《四部叢刊》本作“騷”（卷15，頁2b）。

奉同顔使君真卿清風樓賦得洞庭山歌送吴煉師歸林屋洞/皎然

名山洞府到金庭，三十六洞稱最靈。不有古仙啓其秘，今日安知靈寶經。中山鍊師棲白雲，道成仙秩號元君。安之高仙者有元君，次有夫人元有君，秩比左仙公。三千甲子朝玉帝，世上如今名始聞。吐納青牙養肌髮，花冠玉舄何高潔。不聞天上來謫仙，自是人間受真訣。吴興太守道家流，仙師遠放清風樓。應將内景還飛去，且從分風當此留。湖之山兮樓上見，山冥冥兮水悠悠。世人不到君自到，縹緲仙都誰與儔。黄鶴孤雲天上物，物外飄然自天匹。一别千年未可期，仙家不數人間日。《皎然集》卷7，頁6a—6b。

五言奉和顔使君真卿修韻海畢會諸文生東堂重校/皎然

外學宗碩儒，遊焉從後進。恃以仁恕廣，不學門欄峻。著書裨理化，奉上表誠信。探討始河圖，紛論歸海韻。親承大匠琢，況覩頽波振。錯簡記鈆槧[(1)]，音籤，閱書移玉鎮。曷由旌不朽，盛美流歌引。《皎然集》卷3，頁4a。

（1）“槧”，原作“暫”，據汲古閣本改（卷3，頁5b）。

奉陪顔使君修韻海畢東谿泛舟餞諸文士/皎然

諸侯崇魯學，羔雁日成群。外史刊新韻，中郎定古文。魯公著書依《切韻》，起東字脚，皆列古篆。菁華兼白氏，綠素備三墳。國語思開物，王言欲致君。研精業已就，歡宴惜應分。獨望西山去，將身寄白雲。《皎然集》卷5，頁2a。

五言奉和顔使君修韻海[(1)]畢州中重宴/皎然

世學高南郡，身封盛魯邦。九流宗韻海，七字揖文江。借賞雲歸堞，留歡月在窗。不知名教樂，千載與誰雙。《皎然集》卷3，頁7b。

（1）“韻海”，原作“海韻”，據汲古閣本改（卷3，頁11b）。

五言奉酬顔[(1)]使君真卿見過郭中寺寺無山水之賞故予述其意以答焉/皎然

州西柳家寺，禪舍隱人間。證性輕觀水，棲心不買山。履聲知客貴，雲影悟身閑。彦會前賢事，方今可得攀。《皎然集》卷1，頁8a。

(1)“酬顔”二字,據汲古閣本補(卷1,頁11b)。

五言春日陪顔使君真卿皇甫曾西亭重會韻海[1]諸生/皎然

爲重南臺客,朝朝會魯儒。暄風衆木變,清景片雲無。峰翠飄檐下,谿光照座隅。不將簪艾隔,知與道情俱。《皎然集》卷3,頁10a。

(1)“韻海”,原作“海韻”,據汲古閣本改(卷3,頁16b)。

三言喜皇甫侍御見過南樓翫月聯句一首/顔真卿　陸羽　皇甫曾　李萼　皎然　陸士修

喜嘉客,闢前軒。天月浄,水雲昏。真卿。雁聲苦,蟾影寒。聞裛浥,滴檀欒。陸羽。歡宴處,江湖闊。皇甫曾。卷翠幙,吟佳句。恨清光,留不住。李萼。高駕動,清角催。惜歸華,重徘徊。晝。露欲晞,客將醉。猶宛轉,照深意。陸士修。《皎然集》卷10,頁8a。

七言重聯句一首/顔真卿　皇甫曾　李萼　陸羽　皎然

須持憲節推高步,獨占詩流横素波。不是中情深惠好,誰能千里遠經過。真卿。詩書宛似陪康樂,少長還同宴永和。夜酌此時看振玉,晨趨幾日重鳴珂。曾。萬井更深空寂寞,千方霧起隱嵯峨。熒熒遠火分漁浦,歷歷寒枝露鳥窠。萼。漢朝舊學君公隱,魯國今從弟子科。只自傾心暫呴嚅,何曾將口恨蹉跎。羽。獨賞謝吟山照曜,共知殷歎樹婆娑。華轂苦嫌雲路隔,網衣長向雪峰何。晝。《皎然集》卷10,頁7b—8a。

同顔魯公[1]泛舟送皇甫侍御曾/皎然

維舟若許暫從容,送過重江不厭重。霜簡别來今始見,雪山歸去又難逢。《皎然集》卷5,頁7a。

(1)“公”字原闕,據賜書樓本補。

烏程水樓留别/皇甫曾

悠悠千里去,惜此一尊同。客散高樓上,帆飛細雨中。山程隨遠水,楚思在青楓。共説前期易,滄波處處同。《全唐詩》卷210,頁2181。

五言同顔使君清明日遊因送蕭主簿/皎然

誰知賞佳節,别意忽相和。暮色汀洲遍,春情楊柳多。高城戀旌旆,極浦宿風波。惆悵友山月,今宵不再過。《皎然集》卷4,頁9b。

竹山連句題潘氏書堂/顔真卿　陸羽　李萼　裴修　康造

湯清河　皎然　陸士修　房夔　顔粲　顔顓　顔須　韋介　李觀　房益　柳淡　顔峴　潘述

竹山招隱處,潘子讀書堂。真卿。萬卷皆成袠,千竿不作行。陸羽。練容飡沆瀣,濯足詠滄浪。李萼。守道心自樂,下帷名益彰。裴修。風來似秋興,花發勝河陽。康造。支策曉雲近,援琴春日長。湯清河。水田聊學稼,野圃試條桑。清晝。巾折定因雨,履穿寧爲霜。陸士修。解衣垂蕙帶,拂席坐藜牀。房夔。檐宇馴輕翼,簪距染衆芳。顔粲。草生還近砌,藤長稍依牆。顔顓。魚樂憐清淺,禽閑憙頡行。顔須。空園種桃李,遠墅下牛羊。韋介。讀易三時罷,圍碁百事忘。李觀。境幽神自王,道在器猶藏。房益。晝歠山僧茗,宵傳野客觴。柳淡。遥峯對枕席,麗藻映縑緗。顔峴。偶得幽棲地,無心學鄭鄉。潘述。《顔魯公文集》卷12,頁9b。

水堂送諸文士戲贈潘丞聯句/顔真卿　潘述　陸羽　權器　皎然　李萼　潘述

居人未可散,上客須留著。莫唱阿鞞迴,應云夜半樂。真卿奉潘丞。詩教刻燭成(1),酒任連盤酌。從他白眼看,終戀青山郭。述奉陸三。林棲非姓許,寺住那名約。會異永和年,才同建安作。羽呈權十四。何煩問更漏,但遣催弦索。共説長句能,皆言早歸惡。器呈然公。�知殊出處,還得同笑謔。雅韻雖暫歡,禪心肯抛卻。清晝上侍御。一宿同高會,幾人歸下若。簾開北陸風,燭焯南枝(2)鵲。萼奉潘十五。文場苦叨竊,釣渚甘漂泊。弱質幸見容(3),菲材(4)誠重諾。述。《顔魯公文集》卷12,頁7a—7b。

(1)"成",《四部叢刊》本作"賦"(卷15,頁2b)。

(2)"枝",原作"極",據《四部叢刊》本改(卷15,頁3a)。

(3)"容",原作"客",據《四部叢刊》本改(卷15,頁3a)。

(4)"材",《四部叢刊》本作"才"(卷15,頁3a)。

奉應顔尚書真卿玄真子置酒張樂舞破陣畫洞庭三山歌/皎然

道流迹異人共驚,寄向畫中觀道情。如何萬象自心出,而心澹然無所營。手援毫,足蹈節,披縑灑墨稱麗絶。石文亂點急管催,雲態徐揮慢歌發。樂音洛縱酒酣狂更好,攢峰若雨縱橫掃。尺波澶漫意無涯,片嶺崚嶒勢將倒。盼睞方知造境難,象忘神遇非筆端。昨日幽奇湖上見,今朝舒卷手中看。興餘輕拂遠天色,曾向峯東海邊識。秋容暮景颯颯容,翻疑是真畫不得。顔公素高山水意,常恨三山不可至。賞君狂畫忘遠遊,不出軒遲坐蒼翠。《皎然集》卷7,頁1b—2a。

奉和顔魯公真卿落玄真子舴艋舟歌楚章華臺成影願諸侯落之/皎然

滄浪子後玄真子,冥冥釣隱江之汜。刳木新[1]成舴艋舟,諸侯落舟自兹始。得道身不繫,無機舟亦閑。從水遠逝兮任風還,朝五湖兮夕三山。停綸乍入芙蓉浦,擊汰時過明月灣。太公取璜我不取,龍伯釣鼇我不釣。竹竿嫋嫋魚簁簁,此中自得還自笑。汗漫一遊何可期,後來誰遇冰雪姿。上古初聞出堯世,今朝還見在堯時。《皎然集》卷7,頁5a。

(1)"新",原作"薪",據汲古閣本改(卷7,頁7a)。

水亭詠風聯句/裴幼清　楊憑　楊凝　左輔元　陸士修　權器　陸羽　顔真卿　皎然　耿湋　□喬　陸涓

清風何處起,拂檻復縈洲。裴幼清。回入飄華幕,輕來疊晚流。楊憑。桃竹今已展,羽翣且從收。楊凝。經竹吹彌切,過松韻更幽。左輔元。直上青蘋末,偏隨白浪頭。陸士修。山山催雨過,浦浦發行舟。權器。動樹蟬爭噪,開簾客罷愁。陸羽。度弦方解愠,臨水已迎秋。真卿。涼爲開襟至,清因作頌留。清晝。周迴隨遠夢,騷屑滿離憂。耿湋。豈獨銷煩暑,偏能入迥樓。□喬。王風今若此,誰不荷明休。陸涓。《顔魯公文集》卷12,頁7b。

溪館聽蟬聯句/楊憑　楊凝　權器　陸羽　顔真卿　耿湋　□喬　裴幼清　□伯成　皎然

高樹多涼吹,疎蟬足斷聲。楊憑。已催居客感,更使别人驚。楊凝。晚夏猶知急,新秋别有情。權器。危湍和不似,細管學難成。陸羽。當斆附金重,無貪耀火明。真卿。青松四面落,白髮一重生。耿湋。向夕音彌厲,迎風翼更輕。□喬。單嘶出迥樹,餘響思空城。裴幼清。嘒唳松間坐,蕭廖竹裏聲。□伯成。如何長飲露,高潔未能名。清晝。《顔魯公文集》卷12,頁8a。

送耿湋拾遺聯句/顔真卿　耿湋

堯舜逢明主,嚴徐得侍臣。分行接三事,高興柏梁新。真卿。楚國千山道,秦城萬里人。鏡中看齒髮,河上有煙塵。湋。望闕飛青翰,朝天憶紫宸。喜來歡宴洽,愁去詠歌頻。真卿。顧盼情非一,睽攜去[1]亦頻。吴興

賢太守,臨水最殷勤。漳。《顔魯公文集》卷12,頁8a

(1)"去",《四部叢刊》本作"處"(卷15,頁3a—3b)。

陪讌湖州公堂/耿湋

謝公爲楚郡,坐客是瑶林。文府重門奥,儒源積浪深。壺觴邀薄醉,笙磬發高音。末至才仍短,難隨白雪吟。《全唐詩》卷268,頁2991。

五言同顔使君真卿李侍御萼遊法華寺登鳳翅山望太湖/皎然

雙峰開鳳翅,秀出南湖州。地勢抱郊樹,山威增郡樓。正逢周柱史,來會魯諸侯。緩步凌彩蒨,清鐃發颷飀。披雲得靈境,拂石臨芳洲。積翠遥空碧,含風廣澤秋。蕭辰資麗思,高論驚精修。何以鍾山集,徵文及惠休。《皎然集》卷3,頁2a。

五言奉同顔使君真卿送李侍御萼賦得荻塘路/皎然

落日車遥遥,客心在歸路。細草暗回塘,春泉縈[1]古渡。遺蹤歎蕪没,遠道悲去住。寂寞荻花空,行人别無數。《皎然集》卷6,頁3b。

(1)"縈",原作"榮",據汲古閣本改(卷6,頁5a)。

五言晦日陪顔使君白蘋洲集/皎然

南朝分古郡,山水似湘東。隄月吴風在,湔裾楚客同。桂寒初結旆,蘋小欲成叢。時晦佳游促,高歌聽未終。《皎然集》卷3,頁7b。

五言奉酬顔使君真卿王員外圓宿寺兼送員外使迴/皎然

魯公邀省客,貧寺人過少。錦帳唯野花,竹屏有窗篠[1]。朝行日色浄,夜聽泉聲小。釋事情已高,依禪境無擾。超遥長路首,悵望空林杪。離思從此生,還將此心了。《皎然集》卷1,頁9a。

(1)"篠",原作"蓧",據汲古閣本改(卷1,頁18a)。

五言奉賀顔使君真卿二十八郎隔絶自河北遠歸/皎然

相失值氛烟,纔應掌上年。久離驚貌長,多難喜身全。比信尚書重,如威太守憐。滿庭看玉樹,更有一枝連。《皎然集》卷2,頁7b。

五言九日陪[1]顔使君真卿登水樓/皎然

重陽荆楚尚,高會此難陪。偶見登龍客,同遊戲馬臺。風文向水疊,雲態擁歌迴。持菊煩相問,捫襟媿不才。《皎然集》卷3,頁7a。

(1)"陪"字,据汲古阁本补(卷3,頁10b)。

五言奉同顔使君真卿峴山送李法曹陽冰西上獻書時會有詔徵赴京/皎然

漢日中郎妙,周王太史才。雲書捧日去,鶴版下天來。草見吴洲發,花思御苑開。羊公惜風景,欲别幾遲徊。《皎然集》卷4,頁6a。

五言奉陪顔使君真卿登峴山送張侍御嚴歸堂/皎然

峴首千里情,北轅自兹發。煙霞正登覽,簪筆限趨謁。黄鶴望天衢,白雲歸帝闕。客心南浦柳,離思西樓月。留賞景不延(1),感時芳(2)易歇。他晨有山信,一爲訪林樾。《皎然集》卷4,頁1b。

(1)"景不延",原作"不延景",據汲古閣本改(卷4,頁2a)。

(2)"芳",原作"方",據汲古閣本改(卷4,頁2a)。

五言陪顔使君餞宣諭蕭常侍/皎然

江濤凋瘵後,遠使發天都。昏墊宸心及,哀矜詔命敷。恤民驅急傳,訪舊枉正艫。外鎮藩條最,中朝顧問殊。文皆正風俗,名共溢寰區。已事方懷闕,歸期早戒塗。繁笳咽水閣,高蓋擁雲衢。暮色生千嶂,秋聲入五湖。離歌猶宛轉,歸馭已踟躕。今夕庾公意,西樓月亦孤。《皎然集》卷5,頁2a。

夜集聯句/皎然 顔真卿

寒花護月色,墜葉占風音。清晝。兹夕無塵慮,高雲共片心。真卿。《顔魯公文集》卷12,頁10a。

漁父五首/張志和

西塞山前白鷺飛,桃花流水鱖魚肥。青箬笠,緑蓑衣,斜風細雨不須歸。

釣臺漁父褐爲裘,兩兩三三舴艋舟。能縱櫂,慣乘流,長江白浪不曾憂。

霅溪灣裏釣魚翁,舴艋爲家西復東。江上雪,浦邊風,笑著荷衣不歎窮。

松江蟹舍主人歡,菰飯蓴羹亦共餐。楓葉落,荻花乾,醉宿漁舟不覺寒。

青草湖中月正圓,巴陵漁父櫂歌還。釣車子,橛頭船,樂在風波不用仙。《全唐诗》卷890,頁10053。

漁父十五首/佚名[1]

遠山重疊水縈紆,水碧山青畫不如。山水裏,有巖居,誰道儂家也釣魚。

釣得紅鮮劈水開,錦鱗如畫逐鈎來。從棹尾,且穿顋,不管前溪一夜雷。

桃花浪起五湖春,一葉隨風萬里身。車宛轉,餌輪囷,水邊時有羡魚人。

五嶺風煙絶四鄰,滿川鳧雁是交親。風觸岸,浪揺身,青草燈深不見人。

雪色髭須一老翁,時開短棹撥長空。微有雨,正無風,宜在五湖煙水中。

殘霞晚照四山明,雲起雲收陰又晴。風脚動,浪頭生,定是虚篷夜雨聲。

極浦遥看兩岸花,碧波微影弄晴霞。孤艇小,信横斜,那個汀洲不是家。

洞庭湖上晚風生,風觸湖心一葉横。蘭棹快,草衣輕,只釣鱸魚不釣名。

舴艋爲舟力幾多,江頭雷雨半相和。珍重意,下長波,半夜潮聲不柰何。

垂楊灣外遠山微,萬里晴波浸落暉。擊楫去,本無機,驚起鴛鴦撲鹿飛。

衝波棹子橛頭船,青草湖中欲暮天。看白鳥,下長川,點破瀟湘萬里煙。

料理絲綸欲放船,江頭明月向人圓。尊有酒,坐無氈,拋下漁竿踏水眠。

風攪長空浪攪風,魚龍混雜一川中。藏遠溆,繫長松,儘待雲收月照空。

舴艋爲家無姓名,胡蘆中有甕頭清。香稻飯,紫蓴羹,破浪穿雲樂性靈。

偶然香餌得長鱏，魚大船輕力不任。隨遠近，共浮沈，事事從輕不要深。《全唐五代詞》正编卷1，頁28—32。

(1)此十五首中，可能有顔真卿、陸羽、徐士衡、李成矩等浙西詩人的和作，但也可能雜有南卓、柳宗元之作；詳参本書第四章所考述。

有唐茅山玄靖先生廣陵李君碑銘并序/顔真卿

先生姓李氏，諱含光，廣陵江都人。本姓弘(1)，以孝敬皇帝廟諱改焉。二十一代祖宏，江夏太守，避王莽，徙居晋陵，遂爲郡人。高祖文嶷，陳桂陽王國侍郎。曾祖榮，皇朝雷州司馬。祖師龕，隱居以求其志，徙於江都。父孝威(2)，博學好古，雅修彭聃之道，與天台司馬鍊師子微爲方外之交，尤以篤慎著於州里。考行議謚，曰正隱先生。母瑯琊王氏，賢明有德行(3)。先生孩提則有殊異，晬日獨取《孝經》，如捧讀焉。羈丱好静處，誦習墳典。年十八，志求道妙，遂師事同邑李先生，遊藝數年。神龍初，以清行度爲道士，居龍興觀，尤精《老》《莊》《周易》之深趣。執喪過哀，口不嘗甘旨之味，食惟穬麥而已，封殖(4)膳羞，皆出(5)其手，號毁骨立，親族莫不傷之。開元十七年，從司馬鍊師於王屋山傳受大法，靈文金記，一覽無遺。綜核古今，該明奥旨。玄宗知先生偏得子微之道，乃詔先生居王屋山陽臺觀以繼之。歲餘，請居茅山，纂修經法。頻徵，皆謝病不出。天寶四載冬，乃命中官賫璽書徵之。既延入禁中，每欲諮稟，必先齋浴。他日，請傳道法，先生辭以足疾，不任科儀者數焉，玄宗知不可强而止。先生嘗以茅山靈蹟，翦焉將墜，真經祕籙，亦多散落。請歸修葺，乃特詔於楊、許舊居紫陽以宅之。仍賜絹二百匹，法衣兩副，香爐一具。御制詩及序以餞之。又禁於山側採捕魚獵，食葷血者，不得輒入，公私祈禱，咸絶牲牢。先生以六載秋到山，是歲詔書三至，渥澤頻繁，暉映崖谷。初山中有上清真人許長史、楊君、陶隱居自寫經法，歷代傳寶。時遭喪亂，散逸無遺。先生奉詔搜求，悉備其跡，而進上之。先時玄宗將求大法，請先生爲師，先生竟執謙沖，辭疾而退。洎七載春，玄宗又欲受三洞真經，其年春之三月，中官賫璽書云：其月十八日，尅受經誥。是日，於大同殿潔修其事。遂遥禮(6)先生爲玄師，并賜衣一襲以伸師資之禮，因以玄靖爲先生之嘉號焉，仍詔刻石於華陽洞宫,以誌之。是歲夏五月,隱居先生合丹之所,有芝草八十一莖,散生於松石之間。詔俾先生與中官啓告靈仙,緘封表進。夏又詔以紫陽觀側近二百户,太平、崇玄兩觀各一百户,並蠲其官徭,以供香火。秋七月,又徵先生。既至,請居道觀以養疾。九載春,辭歸舊山。其年夏六月,前生靈芝之所,又産三百餘莖,煌煌秀異,人所莫覩,先生又圖而奏之。是歲冬,又徵先生於紫庭[7]别院館之。十載秋,先生又懇辭告老,御製序詩以餞之。十有一載,先生奉詔與門人韋景昭等於紫陽之東鬱岡山,别建齋院,立心誠肅。是夜仙壇林間徧生甘露,因以上聞,特詔嘉異。初隱居先生以三洞真法傳昇玄先生,昇玄付體玄先生,體玄付正一先生,正一付先生。自先生距於隱居,凡五葉矣,皆總襲[8]妙門,大正真法,所以茅山爲天下道學之所宗矣。於戲,是非可齊也,我物均焉;生死可忘也,覺夢同焉。如此者何域心於變化之際哉。先生以大曆己酉歲冬十一月十有四日,遁化於茅山紫陽之别院,春秋八十有七。其年十二月八日,門人赴喪而至者數千人,號奉冠舄,遷窆於雷平山之西陲。遺命以松棺、竹杖、木几、水瓶、香奩、香爐置於藏門[9]内,門弟子等仰奉嘉猷,克尊儉德。先生器識真淳,業行高古,道窮情性之本,學冠天人之際。所以優游句曲,鬱爲王者之師;出入明庭,特寵肩輿之貴。是知順風而問,昔稱於黄帝;望山而請,今見於玄宗矣。又博覽羣言,長於著撰,嘗以《本草》之書,精明藥物,事關性命,難用因循,著《音義》兩卷。又以《老》《莊》《周易》爲潔浄之書,著《學記》《義略》各三篇、《内學記》二篇以[10]續仙家之遺事,皆名實無違,詞旨該博。初先生幼年,頗工篆籀,而隸書尤妙,客或賞之,云賢於其父,因投筆不書。玄宗詔山人王旼,强請先生楷書上經一十三紙,以補[11]楊、許之闕。先生能於陰陽術數之道,而不以藝業爲能,極於轉鍊服食之事,而不以壽養爲極,但冥懷素樸,妙味玄津,非夫博大之至人,孰能盡於此。真卿乾元[12]二年以昇州刺史充浙江節度,欽承至德,結慕玄微,遂專使致書於茅山,以抒誠懇。先生特令韋鍊師景昭復書於真卿,恩眷綢繆,足勵超然之志。然宗師可仰,望紫府而非遥;王事不遑,寄白雲而悠遠。洎大曆六年,真卿罷刺臨川,旋舟建業,將宅心小嶺,長庇高蹤,而轉刺吴興,事乖夙願。徘徊郡邑,空懷尊道之心;瞻望林巒,永負借山之記。而景昭洎郭閎等,以先生茂烈芳猷,願銘金石,乃邀道士劉明素來託斯文。真卿與先生門人中林子殷淑、遺名子[13]韋渠牟嘗接采真之遊,緒聞含一之德,敢强名於巷黨,曷足辨於鴻蒙。其詞曰:

抱一混茫,人之紀綱。先生以之,氣王神强。乃啓玄旨,玄門以彰。乃爲帝師,帝道惟康。甘露呈端,靈芝效祥。上士云感,高風載[14]揚。鶴返仙廟,雲辭帝鄉。退歸而老,妙識行藏。德本無累,道心有常。實曰形解,孰云坐亡。伐石表墓,勒銘傳芳。谷變陵遷,厥跡彌光。《顔魯公文集》卷7,頁5b—7b。

(1)“弘”,原作“宏”,據《四部叢刊》本作改(卷9,頁12a)。

(2)“威”,《四部叢刊》本作“感”(卷9,頁12a)。

(3)“行”,據《四部叢刊》本補(卷9,頁12a)。

(4)“殖”,《四部叢刊》本作“植”(卷9,頁12b)。

(5)“出”,《四部叢刊》本作“經”(卷9,頁12b)。

(6)“禮”,《四部叢刊》本作“請”(卷9,頁13a)。

(7)“庭”,原作“陽”,據《四部叢刊》本作改(卷9,頁13b)。

(8)“襲”,《四部叢刊》本作“集”(卷9,頁13b)。

(9)“門”,據《四部叢刊》本補(卷9,頁14b)。

(10)“以”,據《四部叢刊》本補(卷9,頁14b)。

(11)“補”,原作“備”,據《四部叢刊》本改(卷9,頁15a)。

(12)“元”,原作“十”,據《四部叢刊》本改(卷9,頁15a)。

(13)“子”,據《四部叢刊》本補(卷9,頁15b)。

(14)“載”,《四部叢刊》本作“再”(卷9,頁15b)。

吴興沈氏述祖德記/顔真卿

南齊徵士吴興沈君,名驎士,郡人也。藴道德,晦於邑之餘不溪。家貧無資,以織簾爲業,故時人號爲織簾先生。精於禮傳,嘗自詁訓。宗人吏部郎中淵、中書郎約累薦,徵爲著作郎,高卧不起,名重江表。臨終遺教,依皇甫玄晏棺中貯《孝經》一卷,穿壙三尺,置棺平土,不設機位,四時地席,玄酒而奠。子彝奉而行之。吴郡陸惠曉、張融皆爲之誄。徵士嘗製述祖德碑,立於金鵝山之先塋。年月淹遠,風雨蠹蝕,朽字殘文,翳而莫分。乾元中爲盜火所焚[1],碑首毁裂,嵚然將墮。過江二十葉孫御史中丞震移牒郡國,請其封葺,或屬兵凶,曠而莫修。忽有仆樹,生於龜腹,盤根抱趾,聳幹夾碑,嶷如工造,鬱若神化,欹者復正,危而再堅。夫德無名,遇賢而鍾慶;神無質,假物以申應。沈氏積善既遠,徵士植德既深,天將興舊族乎? 吾知沈之復大也。權檢校宗事十九葉孫前太廟齋郎怡,拜泣松櫝,增修舊塋,感先碑之隕覆,懼遺文之殘闕,乃具他石,傳而貳焉。崇其本,所以尊先也;建其新,所以嗣德也。以真卿江南婚姻之舊,中外伯仲之穆,謬忝拜刺,見託斯文,刊諸碑陰,以傳無朽。因改其樹爲慶樹,以旌其美焉。沈氏之故事,具於家諜,今闕而不紀。時有唐大曆八年冬十二月。《顏魯公文集》卷5,頁12b—13a

(1)"焚",《四部叢刊》本作"襲"(卷13,頁11a)。

湖州烏程縣杼山妙喜寺碑銘/顏真卿

州西南杼山之陽,有妙喜寺者,梁武帝之所置也。大同七年夏五月,帝御壽光閣,會所司奏請置額。帝以東方有妙喜佛國,因以名之。舊置在州西金斗山。唐太宗文皇帝升極之六年春二月,移於此山。山高三百尺,週迴一千二百步,蓋昔夏杼南巡之所。今山有夏王村,山西北有夏駕山,皆后杼所幸之地也。晉吴興太守張玄之《吴興疏》云:烏程有墟名東張,地形高爽,山阜四周。即此山也。其山勝絶,遊者忘歸,前代亦名稽留山。寺前二十步,跨澗有黄浦橋,橋南五十步,又有黄浦亭,並宋鮑昭送盛侍郎及庾中郎賦詩之所。其水自杼山西南五里黄糵山出,故號黄浦,俗亦名黄糵澗,即梁光禄卿江淹賦詩之所。寺東偏有招隱院,其前堂西廈謂之温閣。從草堂東南屈曲有懸巖,徑行百步,至吴興太守何楷釣臺。西北五十步至避它城。按《説文》云:它,蛇也。上古患虵,而相問無它乎。蓋往古之人,築城以避它也。有處士竟陵子陸羽《杼山記》所載如此。其臺殿廊廡,建立年代,並具於記中。大曆七年真卿蒙刺是邦。時浙江西觀察判官殿中侍御史袁君高巡部至州,會於此土,遂立亭於東南。陸處士以癸丑歲冬十月癸卯朔二十一日癸亥建,因名之曰三癸亭。西北於藂桂之間創桂棚,左右數百步,有芳林茂樹,悉産丹、青、紫三桂,而華葉異,各樹桂下有支徑,以袁君步焉,因呼爲御史徑。真卿自典校時,即考五代祖隋外史府君與法言所定《切韻》,引《説文》《蒼雅》諸字書,窮其訓解。次以經史子集中兩字已上成句者,廣而編之,故曰《韻海》。以其鏡照原本,無所不見,故曰《鏡源》。天寶末,真卿出守平原,已與郡人渤海封紹、高篔、族弟今太子通事舍人渾等修之,裁成二百卷。屬安禄山作亂,止具四分之一。及刺撫州,與州人左輔元、姜如璧等增而廣之,成五百卷。事物嬰擾,未遑刊削。大曆壬子歲,真卿叨刺於湖,公務之隙,乃與金陵沙門法海、前殿中侍御史李萼、陸羽、國子助教州人褚沖、評事湯衡、清河丞太祝柳察、長城丞潘述、縣尉裴循、常熟主簿蕭存、嘉興尉陸士修、後進楊遂初、崔宏、楊德元、胡仲、南陽湯涉、顔祭(1)、韋介、左興宗、顔策,以季夏於州學及放生池日相討論。至冬,徙於玆山東偏。來年春,遂終其事。前是顔渾、正字殷佐明、魏縣尉劉茂、括州録事參軍盧鍔、江寧丞韋寧、壽州倉曹朱弁、後進周願、顔晅、沈殷、李莆亦嘗同修,未畢,各以事去。而起居郎裴鬱、祕書郎蔣志、評事吕渭、魏理、沈益、劉全白、沈仲昌、攝御史陸向、沈祖山、周闓、司議邱悌、臨川令沈咸、右衛兵曹張著、兄謩、弟薦、蒍、校書郎權器、興平丞韋桓(2)尼、後進房夔、崔密、崔萬、竇叔蒙、裴繼、姪男超、峴、愚子頵、顧往來登歷。時杼山大德僧皎然工於文什,惠達靈煜,味於禪誦,相與言曰:昔盧山東林,謝客有遺民之會;襄陽南峴,羊公流潤甫之詞。況乎玆山深邃,羣士響集,若無記述,何以示將來。乃左顧以求蒙,俾記詞而藏事。銘曰:

夏侯(3)南巡,山名是因。梁王東揆,寺牓攸詢。形勝天絶,規模鼎新。避它城古,垂釣臺堙。棚以桂結,浦由黄申。二庾迢遞,三癸嶙峋。徑列御史,傳紓逸人。紛吾著書,羣彦惠臻。韻海鏡源,自秋徂春。編同貫魚,學比成鱗。幸托勝引,亟倍僧珍。庶斯見傳,金石不泯。《顔魯公文集》卷7,頁7b—9a。

(1)黄本驥注云"一本作'察'"。

(2)"桓",《四部叢刊》本作"柏"(卷4,頁5a)。

(3)"侯",《四部叢刊》本作"后"(卷4,頁5b)。

乞御書題額恩敕批答碑陰記/顔真卿

肅宗皇帝恩許,既有斯答,御劄垂下,而真卿以疎拙蒙譴。粤若來八月既望,貶授蓬州長史。泉今上即位,寶應元年夏五月拜利州刺史。屬羌賊圍城,不得入。恩勅追赴上都,爲今尚書前相國彭城公劉公晏所讓,授尚書户部侍郎。二年春三月改吏部。廣德元年秋八月拜江陵尹兼御史大夫,充荆南節度觀察處置等使,未行受代,轉尚書右丞。明年春正月撿校刑部尚書兼御史大夫,充朔方行營汾晋等六州宣慰使,以招諭太師中書令僕固懷恩,不行,遂知省事。永泰二年春二月貶峡州别駕。旬餘移貶吉州。大曆三年夏五月蒙除撫州刺史。六年閏三月代到,秋八月至上元。爾來十有六年,困於疎愚,累蒙竄謫,其所置[1]碑石,迄今委諸巖麓之際,未遑崇樹。七年秋九月歸自東京,起家蒙除湖州刺史,來年春正月至任。州東有苕、霅兩溪,溪左有放生池焉,即我寶應元聖文武皇帝所置也。州西有白鶴山,山多樂石,於是採而斲之,命吏幹磨礱之[2],家僮鐫刻之,建於州之駱駝橋東。蓋以抒臣下追遠之誠,昭先帝生成之德。額既未立,追思莫達[3],客或請先帝所賜敕書批答中諸事[4],以緝而勒之,真卿從焉。勒願斯畢,瞻慕不足,遂志諸碑陰,庶乎乾象昭回,與宇宙而終始;天文焕發,將日月而齊暉。時則有唐大曆九年青龍甲寅之歲孟秋甲子之日也。

《顔魯公文集》卷5,頁13a—13b。

(1)"置",《四部叢刊》本作"採"(卷13,頁12b)。

(2)"礱之",據《四部叢刊》本補(卷13,頁12b)。

(3)"達",《四部叢刊》本作"逮"(卷13,頁12b)。

(4)"事",原作"字",據《四部叢刊》本改(卷13,頁12b)。

浪跡先生玄真子張志和碑銘/顔真卿

士有牢籠太虚,擻脓玄造,擺元氣而詞鋒首出,軋無間而理窟肌分者,其惟玄真子乎?玄真子姓張氏,本名龜齡,東陽金華人。父遊朝,清真好道,著《南華象罔説》十卷,又著《沖虚白馬非馬證》八卷,代莫知之。母留氏,夢楓生腹上,因而誕焉。年十六遊太學,以明經擢第。獻策肅宗,深蒙賞重,令翰林待詔,授左金吾衛録事參軍。仍改名志和,字子同。尋復貶南浦尉,經量移,不願之任,得還本貫。既而親喪,無復宦情。遂扁舟垂綸,逐三江,泛五湖,自謂烟波釣徒。著十二卷,凡三萬言,號玄真子,遂以稱焉。客或以其文論道縱横,謂之造化鼓吹。京兆韋詣爲作内解。玄真又述《太易》十五卷,凡二百六十有五卦。以有無爲宗,觀者以爲碧虚金骨。兄浦陽尉鶴齡,亦有文學,恐玄真浪跡不還,乃於會稽東郭買地結茅齋以居之。閉竹門,十年不出。吏人嘗呼爲掏河夫,執畚就役,曾無忤色。又欲以大布爲褐裘服。徐氏聞之,手爲織[1]纊。一製十年,方暑不解。所居草堂椽柱皮節皆存,而無斤斧之跡,文士效柏梁體作歌者十餘人。浙江東觀察使御史大夫陳公少遊,聞而謁之,坐必終日。因表其所居曰玄真坊,又以門巷湫隘,出錢買地,以立閈閎,旌曰迴軒巷。仍命評事劉太真爲敘,因賦《柏梁之什》,文士詩以美之者十五人。既門隔流水,十年無橋,陳公遂爲刱造,行者謂之大夫橋,遂作《告大夫橋文》以謝之。常以豹皮爲屐,駿皮爲屩。隱素木几,酌斑螺盃,鳴榔杖拏,隨意取適。垂釣去餌,不在得魚。肅宗嘗賜奴婢各一,玄真配爲夫婦,名夫曰漁僮,妻曰樵青。人問其故,曰:漁僮使捧釣收綸,蘆中鼓枻;樵青使蘇蘭薪桂,竹裏煎茶。竟陵子陸羽、校書郎裴修嘗詣,問有何人往來。答曰:太虚作室而共居,夜月爲燈以同照,與四海諸公未嘗離别,有何往來?性好畫[2]山水,皆因酒酣乘興,擊鼓吹笛,或閉目,或背面,舞筆飛墨,應節而成。大曆九年秋八月,訊真卿於湖州。前御史李蕚以縑帳請焉。俄揮灑,横拂而纖纊霏拂,亂搶而攢毫雷馳,須臾之間,千變萬化,蓬壺髣髴而隱見,天水微茫而昭合。觀者如堵[3],轟然愕眙。在坐六十餘人,玄真命各言爵里紀年名字第行,於其下作兩句題目,命酒以蕉葉書之,援翰立成,潛皆屬對,舉席駭歎。竟陵子因命畫工圖而次焉。真卿以舴艋既敝,請命更之。答曰:儻惠漁舟,願以爲浮家泛宅,沿泝江湖之上,往來苕霅之間,野夫之幸矣。其詼諧辨捷,皆此類也。然立性孤竣,不可得而親疎;率誠澹然,人莫窺其喜愠。視軒裳如草芥,屏嗜欲若泥沙。希跡乎大丈夫,同符乎古作者,莫可測也。忽焉去我,思德兹深,曷以寘懷,寄諸他山之石。銘曰:

邈玄真,超隱淪。齊得喪,甘賤貧。泛湖海,同光塵。宅漁舟,垂釣綸。輔明主,斯若人。豈烟波,終此身。《颜鲁公文集》卷7,頁9a—10b。

(1)"纖",原作"執",據《四部叢刊》本改(卷9,頁10a)。

(2)"畫"字,據《四部叢刊》本補(卷9,頁11a)。

(3)"堵",原作"覩",據《四部叢刊》本改(卷9,頁11a)。

湖州石柱記[1]/顔真卿

烏程縣 舊緊,今望。鄉四十,里二百。東去蘇州二百一十里,南去杭州一百八十九里,西北去揚州六百四十七里,西去宣州三百一十七里,北去東都二千八百七十五里,北去上郡三千七百七十六里。

帝顓頊塚　吴大帝陵　吴景帝陵　鈕皇后陵　吴丹陽太守蕪湖侯太史慈墓　吴大將軍朱治墓　吴蕩寇將軍程普墓　晉侍中羅含墓　晉黄門

侍郎潘尼墓　齊宣城太守邱靈鞠墓　梁中書侍郎邱遲墓　梁司空康絢鎮墓　陳五兵尚書唐宗墓

長城縣

大雷山　芳巖　震澤　若溪　吴王夫概廟　陳景帝陵　陳錢皇后陵　陳昭烈王陵　謝安墓　殷仲文墓　陳武帝故宅　陳文帝故宅　吴均故宅　陳氏五主屏風　陳高祖竹帳　國朝高僧南山律主道宣

安吉縣

天目山　崑山　橫溪　梅溪　蛟龍池[2]　翔鳳林　裴子野故宅　周宏讓故宅　姚萇雉尾扇　施世瑛[3]金鐘

山川

卞山　法華寺　金井　玉澗　乳竇　石膏　温泉　項王走馬埒　項王飲馬池　項王繫馬石

衡山　帝顓頊冢　春秋鳩兹城

峴山　顯亭　故别駕李適之石酒罇　五花亭

杼山　妙喜寺　黄浦橋　避它城　何楷釣臺

昇山　吴均入東記　晉吴興太守王羲之烏亭

金蓋山　何氏書堂　張邵、邱道祚禪幽寺

太湖　周迴四萬八千頃

霅溪

白蘋洲《顔魯公文集》卷5，頁14a

(1)《四部叢刊》本題作《吴興地記》(卷13，頁13a)。

(2)“池”，《四部叢刊》本作“溪”(卷13，頁15a)。

(3)“瑛”，《四部叢刊》本作“英”(卷13，頁15a)。

通議大夫守太子賓客東都副留守雲騎尉贈尚書左僕射博陵崔孝公宅陋室銘記／顔真卿

公諱沔，字若沖，博陵安平人。其先出於齊太公之後。自亭伯三世文宗，祕書監六闕一字派别。叔軌季則，倶死王事。神謙神通，並高循績。子彭弘[1]度，以武幹稱；景儁巨倫，以文行著。繼方面者累代，列史傳者十人。奕葉相承，恒爲鼎族。曾祖弘峻，隋銀青光禄大夫趙王長史。祖儼，皇朝益州雒縣令。父皚,年未四十,爲庫部員外郎。因擇能吏爲壽安令,又充江西道廉察使,徙醴泉。遂歷四邑,盤桓不進,以剛正也。累至朝散大夫汝州長史,封安平縣男,贈衛尉少卿。公即安平之次子也。全德天至,成人王立,蓋聖代之寶臣,華宗之孝子,文章之哲匠,禮樂之祖師。既不可以一名,又何能以悉數。年二十四,舉鄉貢進士。考功郎李迥[2]秀器之曰:王佐才也。遂擢高第。其年舉賢良方正,對策萬數,公獨居第一。而兄渾亦在甲科。典試官梁載言、陳子昂歎曰:雖公孫鼂郄不及也。召見前殿,拜麟臺校書郎,繇是名蓋天下。御史張思敬以德行薦,久之,以資授陸渾主簿。平陽王敬暉,弘度外之交,略上官之禮。丁府君憂,服除,太夫人勉起之。以所試超邁,擢拜左補闕,遷殿中侍御史。奉勅按竊金者,公得其情,許之不死,竟得減論。諸王或恃貴不遵法度,舉而按之,其不吐茹也如此。尋遷起居舍人,當扈從,以親老抗疏乞退,薦瑯琊王邱、太原郭潾、渤海封希顔等自代。睿宗嘉之,特許留司,以遂其孝養。遷祠部員外郎。倖僧有請度人者,公拒不奉詔,遷給事中。大理卿韓思復用法小差,權臣致劾,公特寬之。遷中書舍人,省改紫微,其官仍舊。又固辭以親老,除虞部郎中。開元初,攝御史中丞。或訟吏曹之不平,公與崔泰之銜命詳理,多所收拔。俄而即真,兼都畿按察使。歲或不稔,公請發粟賑貸之,賴全活者以萬數。内謁者霍元忠有罪,公執之以聞。玄宗使以璽書勞之。公之澄清中外也,以畿縣令長陸景融、劉體微、盧暉有異政,丞尉宋遥、皇甫翼、陳希烈、宋鼎、蕭隱之、范冬芬、楊慎餘、劉日正、高昌寓、州掾李瑱、裴曠等,並以清白吏疏而薦之。二十二年,置十道採訪使,公所舉六人在焉。執事子有不法者,公舉之不回。移著作郎,尋遷祕書少監修圖書使。尋判大理卿禮部侍郎。公既職司典禮,乃删寫疏論數百卷,以備闕遺。特加朝散大夫,遷左庶子。丁太夫人憂。徵拜中書侍郎,出爲魏州刺史。乃肇移元城,徙置新市,吏人便之。乙丑歲,玄宗東封,知頓使奏課第一,賜絹二百匹。嶽下觀禮,獻《慶雲頌》,又賜絹一百匹。明年入朝,分掌十銓。公與王邱爲選人所歌曰:沔人澄明澈底清,邱山介直連天峻。時人韙之。還州,以理有異績,御史大夫崔隱甫、中丞宇文融朝服表薦,璽書寵慰。無何,徵拜左散騎常侍。上以六宫親蠶絲賜近臣,公獻《御絲賦》。

又侍讌别殿,賦《端午詩》,屢蒙錫以縑帛綵羅。兼判國子祭酒,俄充東都副留守。十七年,有事陵廟,追贈安平公及太君曰安平郡[3]夫人。駕還,罷留守。二十年春,奉敕撰《龍門公宴詩序》,賜絹百匹。延入集賢院,修《老子道德經疏》,行於天下。二十一年,遷祕書監,修撰如故。屬耕籍田,爲居守,賜絹百匹。遷太子賓客,出兼懷州刺史。二十四年罷州,又以本官充東都副留守,累加通議大夫。二十七年冬十一月十有七日,寢疾薨於位,春秋六十有七。玄宗震悼,贈禮部尚書。葬日量借手力幔幕,故吏前監察御史博陵崔頌爲公行狀云:公德充符契,精貫人極。孝愛聞於天下,制作垂於無窮。執太夫人之喪,徒跣吐血,以身爲糞土。況乎含弘内恕,夷坦外名,德至矣乎。今之達者,若以富貴崇德,行藏養高,則老萊闕於榮親,黔婁褊於謀道,又加於古人矣。故養則致其樂,喪則過於哀,以兄姊之戚亞其親,甥姪之慈甚其子。至於藥砭備物,温清異宜。手胝杵臼之間,身辱滫瀡之伍,汲汲然矣。每至宗廟心齋,嚴恭祀事,明發不寐,翌日餘悲。故聲氣感人者深,儀形化人者遠。躬踐五德,退讓於恭儉温良;行張四維,加信於仁義禮智。而老驥伏櫪,以鮑驄不忘;白鳩巢檐,以家瑞終黔。則非殊倫絶輩,擬議乎萬一矣。太常博士裴總議曰:公醇一誕靈,文明含粹。蹈元和以爲天性,籍間氣以爲人師。前後歷官,或拜而不至,或至而不留,瘠形瞽目,誓尊[4]孝養,可不謂孝乎。遂謚曰孝公。凡所著文集二十九卷,並嗣子祐甫《論次先志》一卷,爲三十卷。吏部員外郎赵郡李華爲集序云:公之侍親也,孝達乎神祇;居憂也,哀貫乎天地。喪明有數,而茹荼終身。親交鄰里,飢者待公而炊,寒者待公而裘,烝嘗之奠,待公而具,故禄廩雖厚,而未常[5]足也。傳祖禰之美,合於禮經。見公文章,知公行事,則人倫之序,理亂之源備矣。祐甫純行而文,直清而和,希公門者,謂公存焉,亡賢數載如此。初太夫人患目,公傾家求醫。或曰:療之必愈,恐壽不得延。太夫人及公悲恨而罷。自是竭力奉養,不脱冠帶者僅三十年。每至良辰美景,勝引佳遊,必扶侍左右,笑言陳説。親朋往來,莫知太夫人之有苦也。公年官雖高,至於食菓蔬菜,與子姪躬自植藝溉灌,以申馨潔。曁終喪,雖見孩稚者,必設位束帶,盡哀以禮之。公與江夏李邕友善。爲校書郎時,引邕館於祕閣之下,讀書者累年。邕由是才名益盛。

邕與尚書席建侯嘗過公,怪乘馬癯羸,曰:何不於廳前自觀秣飼?忽然致殞,何以更之。公唯而不易。他日,二公又以爲言,公良久則曰:每欲發言,恐涉有疑於厮養者,所以沈吟自媿。二公退而謂人曰:每想崔公此言,使人慚恧如醉。延和太極之間,公既留司東都,遂鬻所乘馬,就故人監察御史張汯子深河南府崇政坊買宅以製居,建宗廟於西南。維先太夫人安平郡夫人堂在宅之中,儉而不陋,浄而不華。六十餘年,榱楝如故。堂東嫂盧夫人所居,堂之東北,鄭氏、李氏姊歸寧所居。堂之北五步之外,建瓦堂三間以居之。雜用舊椽,不崇壇,無赭堊。累歷清要,所得禄秩,但奉烝嘗,資嫂姊,給孤幼,營甥姪婚姻而已。朝服衣馬,一皆取其下者,唯祭器祭服稱禮焉。其室竟不修。泉夫人太原郡太夫人王氏捐帳牀之後,公徙居他室,或在賓館,而無常所。爲常侍時,著《陋室銘》以自廣。天寶末,子孫灑掃,貯書籍劍履而已。逆胡再陷洛陽,屋遂崩圮,唯檐下廢井存焉。長子成甫,倜儻有才名,進士校書郎,早卒。祐甫能荷先業,以進士高第,累登臺省,至吏部郎中,充永平軍節度使尚書李公勉行軍司馬兼侍御史中丞。永懷先德,明發不寐。恐茂烈湮淪,罔垂後裔,乃刻《陋室銘》於井北遺址之前,以抒所志。某夙仰名教,實欽孝公之盛德;晚聯臺閣,竊慕中丞之象賢。又能好我不遺,見託論譔。採風猷而莫窮萬一,涉泉海而豈究津涯。操筆强名,退增戰恧。時則大曆十一年青龍景辰孟夏之月也。《颜鲁公文集》卷5頁,15b—18a。

(1)“弘”,原作“宏”,據《四部叢刊》本改,下同(卷14,頁4b)。

(2)“迴”,原作“廻”,據《四部叢刊》本改(卷14,頁5a)。

(3)“郡”,據《四部叢刊》本補(卷14,頁6b)。

(4)“尊”,《四部叢刊》本作“遵”(卷14,頁7b)。

(5)“常”,《四部叢刊》本作“嘗”(卷14,頁7b)。

銀青光禄大夫海濮饒房睦台六州刺史上柱國汲郡開國公康使君神道碑銘/顔真卿

君諱希銑,字南金。其先出於周,武王同母少弟衛康叔封之後也。《史記》云:成王長用事,舉康叔爲周司寇,賜衛寶祭器,以彰有德,封子康伯,支庶有食邑於康者,遂以爲氏焉。代爲衛大夫。至漢有東郡太守超,始居汲郡,超之裔孫魏强弩將軍權。權生晋虎賁中郎泰,泰生闕太守威,威生蘭陵令、奮節將軍翼，隨晋元帝過江，爲吴興郡丞。因居烏程，事見山謙之《吴興記》。翼生豫章太守鎮，鎮生征虜司馬、建武將軍欽信，欽信生宋晋熙王兵曹參軍黯，黯生南臺郎高，高生齊驃騎大將軍孟真，孟真生梁散騎侍郎僧朗，僧朗生陳給事中、五兵尚書宗諤，爲山陰令。子孫始居會稽，遂爲郡人焉。曾祖孝範，江夏王府法曹、臨海縣令。祖英，隋齊王府騎曹、江寧縣令、皇朝隨郡王行軍倉曹。父國安，明經高第，以碩學掌國子監，領三館進士教之，策授右典戎衛録事參軍，直崇文館太學助教，遷博士、白獸門内供奉、崇文館學士，贈杭州長史。君即長史府君之叔子也。年十四，明經登第，補右内率府胄曹。應詞藻宏麗舉甲科，拜祕書省校書郎，轉左金吾衛録事參軍。應博通文史舉高第，授太府寺主簿，轉丞。又應明於政理舉，拜洛陽河清令，加朝散大夫、涇州司馬、德州長史，轉定州。屬突厥侵疆，君以偏師抗之，遷海州刺史。上功，以敕書賜方岳繡袍一領，雜綵二百段。下車未幾，詔擇政術尤異者，察使奏公，恩制褒異，遷濮州，加銀青光禄大夫，累封汲郡開國公。策勳上柱國，轉饒州，入爲國子司業。以言事貶房州，轉睦州，遷台州，所至之邦必聞美政。開元初，入計至京，抗表請致仕。玄宗不許，仍留三年，請歸鄉。敕書褒美，賜衣一襲，並雜綵等，仍給傳驛至本州。冬十月二十有二日，不幸遘疾，薨於會稽覺允[(1)]里第，春秋七十一。夫人陳郡殷氏，太子中舍人聞禮之曾孫，右清道率令德之孫，洛州録事參軍子恩之第五女，睿宗先天二年封丹陽郡夫人。公薨之年，没於東都章善坊私第，春秋六十九。嗣子朝散大夫婺州司馬襲汲郡公元瑛、會稽縣男元瑾、宣州司士京兆府奉先尉會稽縣男元瑒、朝議郎前獲嘉丞元瓌[(2)]等，虔以天寶四載七月四日，窆於山陰縣籬渚村之先塋，卜遠日而葬合焉，禮也。嗚呼，君負不器之姿，包周身之智；寬仁且惠，愨愿而恭；金玉其相，敬明其道；文意麗藻，二雅所祇；政事優長，百僚所則。嘗撰自古以來《清白吏圖》四卷，仍自爲序贊，以見其志。宰相黄門侍郎韋承慶、中書舍人馬吉甫等美而同述焉，盛行於世。赴海州時，君兄德言爲右臺侍御史，弟爲偃師令，俱以詞學擅名，時同請歸鄉拜掃，朝野榮之。與狄仁傑、岑羲、韋承慶、嗣立、元懷景、姚元崇友善，至是咸傾朝同賦詩以餞之，近代未有此比。君之四代祖至於大父，爲諸王椽屬者七人，歷尚書郎、給事中、侍御史者二人。君之先君崇文學士府君有文集十卷,注《駮文選異義》二十卷。《漢書闕一字》十卷,自述文集二十卷。元昆修書學士顯府君文集十卷,撰《詞苑麗則》二十卷,《海藏連珠》三十卷,《累璧》三十卷。姪祕書監集賢院侍講學士闕一字元撰《周易異義》二十卷。秀州長史元瓌著《干禄寶典》三十卷。姪刑部員外郎璀、男美原尉南華撰《代耕心鏡》十卷,闕六字百二十卷。君之先君至南華,四代進士,登甲科者七人,舉明經者一十三人,時君闕五字門頗盛美矣。君之女曰辨惠,盩厔縣令陝郡長史部象銭之妻。君之孫台州司户參軍闕三字先歲而卒。汾州司田參軍真弼,德州平昌縣令輔文[3],崇文學生曙,懷州武陟尉憺,宣州南陵尉渭,鄉貢明經緯綸,皆修身踐言,敦詩説禮,紹承餘訓,克稟義方。及君告老,鄒自然、陳光璧、閭邱景陽、陶暹送越州,邑子謝務遷、僧陸鑑、校書郎陳齊卿恒爲文酒之會,論者休焉。恆求舊之念,崇乞言之禮。天乎不慭,其恨若何。大曆十一年元瓌闕九字乞願言刊勒,懼没徽猷,求無愧之詞,垂不朽之事。顧惟[4]末學,曷足當仁。銘曰:

汲公恂恂,德懋而淳。濟濟多士,東南有筠。緝熙代業,詞章發身。佐軍貔虎,典校麒麟。三擢昆[5]玉,再司闕二字。鵬翔海汭,驥展河湑。驟貳嘉州,錫命斯頻。繡寵方嶽,榮加搢紳。六登闕一字洽膠庠闕六字華墓表申闕二字見節文昭友仁。懸車告老,衣錦頤[6]神。連璧襲懿,梓澤齊彬。饋酳未濟,春濛遽淪。朝廷惋悼,遠近悲辛。季子象賢,恐懼鬱堙。嘉猷鴻伐,千秋不泯。《顔魯公文集》卷10,頁8b—10b。

(1)“允”,《四部叢刊》本作“胤”(卷7,頁6b)。

(2)“瓌”,原作“環”,据本文末之“元瓌”“季子”改。

(3)“文”,《四部叢刊》本作“旻”(卷7,頁8a)。

(4)“惟”,原作“爲”,據《四部叢刊》本改(卷7,頁8a)。

(5)“昆”,《四部叢刊》本作“崑”(卷7,頁8b)。

(6)“頤”,《四部叢刊》本作“熙”(卷7,頁8b)。

梁吴興太守柳惲西亭記/顔真卿

湖州烏程縣南水亭,即梁吴興太守柳惲之西亭也。繚以遠峯,浮於清流,包括氣象之妙,實資遊宴之美。觀夫搆宏材,披廣榭,豁達其外,睽罛其中,雲軒水閣,當亭無暑,信爲仁智之所創制。原乎其始,則柳吴興惲西亭之舊所焉,世增崇之,不易其地。按吴均《入東記》云:惲爲郡,起西亭、毗山二亭,悉有詩。今處士陸羽《圖記》云:西亭,城西南二里,烏程縣南六十步,跨苕溪爲之。昔柳惲文暢再典吴興,以天監十六年正月所起,以其在吴興郡理西,故名焉。文暢嘗與郡主簿吴均同賦《西亭五韻》之作,由是此亭勝事彌著。間歲頗爲州僚據而有之,日月滋深,室宇將壞,而文人嘉客不得極情於兹,憤憤悱悱者久矣。邑宰李清請而修之,以攄衆君子之意,役不煩費,財有羨餘,人莫知之,而斯美具也。清皇家子,名公之胤,忠肅明懿,以將其身,清簡仁惠,以成其政。絃歌二歲,而流庸復者六百餘室,廢田墾者三百頃。浮客臻湊,迨乎二千。種桑畜養,盈於數萬。官路有刻石之堠,吏廚有餐錢之資。敦本經久,率皆如是。略舉數者,其餘可知矣,豈必夜魚春躍而後見稱哉。於戲,以清之地高且才,而勵精於政事,何患雲霄之不致乎。清之筮仕也,兩參雋乂之列,再移仙尉之任,毗贊於蜀邑,子男於吴興,多爲廉使盛府之所辟薦。則知學詩之訓,間緝之心,施之於政,不得不然也。縣稱緊舊矣,今詔升爲望。清當受代,而邑人已軫去思之悲,白府願留者屢矣。真卿重違耆老之請,啓於十連,優詔以旌清之美也。某不佞,忝當分憂共理之寄。人安俗阜,固有所歸。雖無魯臣掣肘之患,豈盡言子用刀之術。由此論之,則水亭之功乃餘力也。夫知邑莫若州,知宰莫若守,知而不言,無乃過乎。今此記述,以備其事,懼不宣美,豈徒愧詞而已哉。大曆一紀之首夏也。《顔魯公文集》卷5,頁18b—19a。

項王碑陰述/顔真卿

西楚霸王當秦之末,與叔梁避讎於吴,蓋今之湖州也。雖滅秦而宰制天下,魂魄猶思樂兹邦,至今廟食不絶。其神靈事迹,具見竟陵子陸羽所載圖經。大曆七年,真卿蒙刺是州。十二載,姦臣伏法,恩命追真卿上都闕二字[(1)]尅期首路,竟陵是諗。予以故碑顛趾,嘗因仍草莽,已而復闕一字[(2)]之。真卿乃命再加崇樹闕五字[(3)]紀之。時則仲夏方生明之日。《顔魯公文集》卷5,頁20b—21a。

(1)"闕二字",據《四部叢刊》本補(補遺,頁3b)。

(2)"闕一字",據《四部叢刊》本補(補遺,頁3b)。

(3)"闕五字",據《四部叢刊》本補(補遺,頁3b)。

四 《汝洛集》輯校

輯校序例

一、《汝洛集》,劉禹錫編,爲《劉白唱和集》之第四卷,收唐文宗大和八年至開成二年(834—837)白居易、劉禹錫、姚合、裴度、李紳等人的唱和作品。

二、兹考輯此集逸詩六十六首,斷句一,並加以編年,詳細考證參本書第五章。其中有七首爲劉禹錫在蘇州、汝州、同州等地與白居易、裴度遥相唱和之作,其餘皆爲諸人在洛陽集會酬和作品。

三、所輯作品據《劉禹錫集箋證》《白居易集箋校》《全唐詩》《全唐詩補編》等録入,並校以宋紹興末杭州刊本《劉賓客文集》(臺灣故宫博物院藏;簡稱宋杭本)[1]、《金澤文庫本白氏文集》(東京:勉誠社,1983—1984;簡稱金澤本)。

(1)關於此集刊刻時間地點,參劉衛林《故宫博物院所藏宋刊本〈劉賓客文集〉版本考略》,《漢學研究》15卷1期(1997),頁209—242。

目　録

開成二年夏聞新蟬贈夢得/白居易
謝樂天聞新蟬見贈/劉禹錫
秋中暑退贈樂天/劉禹錫
賀樂天談氏外孫女初生/劉禹錫
洛下雪中頻與劉李二賓客宴集因寄汴州李尚書/白居易
和樂天洛下雪中宴集寄汴州李尚書/劉禹錫
與夢得偶同到敦詩宅感而題壁/白居易
樂天示過敦詩舊宅有感一篇吟之泫然追想昔事因成繼和以寄苦懷/劉禹錫
閒坐憶樂天以詩問酒熟未/劉禹錫

汝洛集引/劉禹錫

大和八年,予自姑蘇轉臨汝,樂天罷三川守,復以賓客分司東都。未幾,有詔領馮翊,辭不拜職,换太子少傅分務,以遂其高。時予代居左馮。明年,予罷郡,以賓客入洛,日以章句交懽。因而編之,命爲《汝洛集》。《劉禹錫集箋證》外集卷9,頁1500。

唐文宗大和八年

郡内書懷獻裴侍中留守/劉禹錫

功成頻獻乞身章,擺落襄陽鎮洛陽。萬乘旌旗分一半,八方風雨會中央。兵符今奉黄公略,書殿曾隨翠鳳翔。心寄華亭一雙鶴,日隨[1]高步繞池塘。《劉禹錫集箋證》外集卷4,頁1214。

(1)"隨",宋杭本作"陪"。

劉蘇州寄釀酒糯米李浙東寄楊柳枝舞衫偶因嘗酒試衫輒成長句寄謝之/白居易

柳枝慢踏試雙袖,桑落初香嘗一盃。金屑醅濃吴米釀,銀泥衫穩越娃裁。舞時已覺愁眉展,醉後仍教笑口開。慚愧故人憐寂寞,三千里外寄歡來。《白居易集箋校》卷32,頁2225。

酬樂天衫酒見寄/劉禹錫

酒法衆傳吴米好,舞衣偏尚越羅輕。動摇浮蟻香濃甚,裝束輕鴻意態生。閲曲定知能自適,舉杯應嘆不同傾。終朝相憶終年别,對景臨風無限情。《劉禹錫集箋證》外集卷4,頁1219。

大和九年

夢劉二十八因[1]詩問之/白居易

昨夜夢夢得,初覺思踟躕。忽忘來汝郡,猶疑在吴都。吴都三千里,汝郡二百餘。非夢亦不見,近與遠何殊?尚能齊近遠,焉用論榮枯?但問寢與食,近日兩何如?病後能吟否?春來曾醉無?樓臺與風景,汝又何如蘇?相思一相報,勿復慵爲書。《白居易集箋校》卷30,頁2066—2067。

(1)金澤本"因"後有"以"字(後集卷63,頁100)。

和劉汝州酬侍中見寄長句因書集賢坊勝事戲而問之/白居易

洛川汝海封畿接,履道集賢來往頻。一復時程雖不遠,百餘步地更相親。汝去洛程一宿,履道、集賢兩宅相去一百三十步。朱門陪宴多投轄,青眼留歡任吐茵。聞道郡齋還有酒,風前月下對何人?《白居易集箋校》卷32,頁2215。

奉和裴令公新成午橋莊緑野堂即事/白居易

舊徑開桃李,新池鑿鳳凰。只添丞相閣,不改午橋莊,遠處塵埃少,閑中日月長。青山爲外屏,緑野是前堂。引水多隨勢,栽松不趁行。年華玩風景,春事看農桑。花妒謝家妓,蘭偷荀令香。遊絲飄酒席,瀑布濺琴牀。巢許終身隱,蕭曹到老忙。千年落公便,進退處中央。時裴加中書令。《白居易集箋校》卷33,頁2238。

奉和裴令公新成緑野堂即事[1]/劉禹錫

藹藹鼎門外,澄澄洛水灣。堂皇臨緑野,坐卧看青山。位極却忘貴,功成欲愛閑[2]。官名司管籥,心術去機關。禁苑凌晨出,園花及露攀。池塘魚撥[3]剌,竹徑鳥緜蠻。志在安瀟灑,嘗經歷險艱。高情方造適,衆意望徵還。好客交珠履,華筵舞玉顔。無因隨賀燕,翔集畫梁間。《劉禹錫集箋證》外集卷4,頁1222。

(1)"事",宋杭本作"書"。

(2)"閑",原作"間",據宋杭本改。

(3)"撥",宋杭本作"拔"。

和裴令公新成緑野堂即事/姚合

結構立嘉名,軒窗四面明。丘墻高莫比,蕭宅僻還清。池際龜潛戲,庭前藥旋生。樹深檐稍邃,石峭徑難平。道曠襟情遠,神閒視聽精。古今功獨出,大小隱俱成。曙雨新苔色,秋風長桂聲。携詩就竹寫,取酒對花傾。古寺招僧飯,方塘看鶴行。人間無此貴,半仗暮歸城。《全唐詩》卷501,頁5694。

喜遇劉二十八偶書兩韻聯句/裴度　劉禹錫　白居易　李紳

病來佳興少,老去舊遊稀。笑語縱橫作,杯觴絡繹飛。度。清談如水[1]玉,逸韻貫珠璣。高位當金鉉,虚懷似布衣。禹錫。已容狂取樂,仍任醉忘機。捨眷將何適,留歡便是歸。居易。鳳儀常欲附,蚊力自知微。願假樽罍末,膺門自此依。紳。《劉禹錫集箋證》外集卷4,頁1240。

(1)"水",宋杭本作"冰"。

劉二十八自汝赴左馮途經洛中相見聯句/裴度　白居易　李紳　劉禹錫

不歸丹掖去,銅竹漫云云。唯喜因過我,須知未賀君。度。詩聞安石詠,香見令公熏。欲首函關路,來披緱嶺雲。居易。貂蟬公獨步,鴛鷺我同羣。插羽先飛酒,交鋒便戰文。紳。鎮嵩知表德,定鼎爲銘勳。顧鄙容商洛,徵歡候汝墳。禹錫。頻[1]年多謔浪,此夕任喧紛。故態猶應在,行期未[2]要聞。度。遊藩榮已久,捧袂惜將分。詎厭杯行疾,唯愁日向曛。居易。窮陰初莽蒼,離思漸氤氳。殘雪午橋岸,斜陽伊水濆。紳。上謨尊右掖,全略靜東軍。萬頃徒稱量,滄溟詎有垠?禹錫。《劉禹錫集箋證》外集卷4,頁1241。

(1)"頻",宋杭本作"頃"。

(2)"未",原作"永",據宋杭本改。

喜見劉同州夢得/白居易

紫綬白髭鬚,同年二老夫。論心共牢落,見面且歡娱。酒好携來否?詩多記得無?應須爲春草,五馬少踟躕。《白居易集箋校》卷33,頁2243—2244。

酬喜相遇同州與樂天替代/劉禹錫

舊托松心契,新交竹使符。行年同甲子,筋力羨丁夫。别後詩成帙,携來酒滿壺。今朝停五馬,不獨爲羅敷。前章比言春草,白君之舞妓也。故有此答。《劉禹錫集箋證》外集卷4,頁1221。

兩何如詩謝裴令公贈別二首/劉禹錫

一言一顧重,重何如？今日陪遊清洛苑,昔年別入承明廬。

一東一西別,別何如？終期大冶再鎔鍊,願托扶摇翔碧虛。《劉禹錫集箋證》外集卷4,頁1220。

將之官留辭裴令公留守/劉禹錫

祖帳臨伊水,前旌指渭河。風煙里數少,雲雨別情多。重疊受恩久,邅迴如命何？東山與東閣,終冀再經過。《劉禹錫集箋證》外集卷4,頁1220。

裴令公席上贈別夢得/白居易

年老官高多別離,轉難相見轉相思。雪銷酒盡梁王起,便是鄒枚分散時。《白居易集箋校》卷33,頁2244。

唐文宗開成元年

閑卧寄劉同州/白居易

軟褥短屏風,昏昏醉卧翁。鼻香茶熟後,腰暖日陽中。伴老琴長在,迎春酒不空。可憐閑氣味,唯欠與君同。《白居易集箋校》卷33,頁2242。

酬樂天閑卧見寄[1]/劉禹錫

散誕向陽眠,將閒敵地仙。詩情茶助爽,藥力酒能宣。風碎竹間日,露明池底天。同年未同隱,緣欠買山錢。《劉禹錫集箋證》外集卷4,頁1215。

(1)“寄”,宋杭本作“憶”。

自左馮歸洛下酬樂天兼呈裴相公/劉禹錫

新恩通籍在龍樓,分務神都近舊丘。自有園公紫芝侶,時賓行四人盡在洛中。仍追少傅赤松遊。華林霜葉紅霞晚,伊水晴光碧玉秋。更接東山文酒會,始知江左未風流。王儉云:江左風流宰相惟有謝公。《劉禹錫集箋證》外集卷4,頁1223。

喜夢得自馮翊歸洛兼呈令公/白居易

上客新從左輔迴,高陽興助洛陽才。已將四海聲名去,又占三春風景來。甲子等頭憐共老,文章敵手莫相猜。鄒枚未用争詩酒,且飲梁王賀喜盃。《白居易集箋校》卷33,頁2272。

予自到洛中與樂天爲文酒之會時時構詠樂不可支則慨然共憶夢得而夢得亦分司至此[1]歡愜可知因爲聯句/裴度　白居易　劉禹錫

成周文酒會,吾友勝鄒枚。唯憶劉夫子,而今又到來。度。欲迎先倒屣,入座便傾杯。飲許伯倫右,詩推公幹才。並以本事。居易。久曾聆郢唱,重喜上燕臺。晝話牆陰轉,宵歡斗柄迴。禹錫。新聲還共聽,故態復相咍。遇物皆先賞,從花半未開。度。起時烏帽側,散處玉山頹。墨客喧東閣,文星犯上台。居易。詠吟君稱首,疏放我爲魁。憶戴何勞訪?指夢得,夢得分司而來。留髡不用猜。宴席上老夫蹔起,樂天堅坐不動。度。奉觴承麴蘖,落筆捧瓊瑰。醉弁無妨側,詞鋒不可摧。此兩韻美令公也。居易。水軒看翡翠,石徑踐莓苔。童子能騎竹,佳人解詠梅。陪遊南宅之境。禹錫。洛中三可矣,鄴下七悠哉。自向風光急,不須絃管催。度。樂觀魚踊躍,閒愛鶴徘徊。煙柳青凝黛,波萍綠撥醅。居易。春榆初改火,律管又飛灰。紅藥多遲發,碧松宜亂栽。禹錫。馬嘶駝陌上,鷁泛鳳城隈。色色時堪惜,些些病莫推。度。洄流尋軋軋,餘刃轉恢恢。從此知心伏,無因敢自媒。禹錫。室隨親客入,席許舊寮陪。逸興嵇將阮,交情陳與雷。此兩句屬夢得也。居易。洪爐思哲匠,大廈要羣材。他日登龍路,應知免曝顋[2]。禹錫。《劉禹錫集箋證》外集卷4,頁1242—1243。

(1)“此”,宋杭本作“止”。

(2)“曝顋”,宋杭本作“暴鰓”。

和令公問劉賓客歸來稱意無之作/白居易

水南秋一半,風景未蕭條。皂蓋迴沙苑,籃輿上洛橋。閑嘗黄菊酒,醉唱紫芝謠。稱意那勞問,請平聲錢不早朝。《白居易集箋校》卷33,頁2274。

酬夢得窮秋夜坐即事見寄/白居易

焰細燈將盡,聲遥漏正長。老人秋向火,小女夜縫裳。菊悴籬經雨,萍銷水得霜。今冬暖寒酒,先擬共君嘗。《白居易集箋校》卷33,頁2275。

涼風亭睡覺/裴度

飽食緩行新睡覺,一甌新茗侍兒煎。脱巾斜倚繩牀坐,風送水聲來耳邊。《全唐詩》卷335,頁3757。

奉和裴晉公涼風亭睡覺/劉禹錫

驪龍睡後珠原在,仙鶴行時步又輕。方寸瑩然無一事,水聲來似玉琴聲。《劉禹錫集箋證》外集卷4,頁1217。

秋齋獨坐寄樂天兼呈吴方之大夫/劉禹錫

空齋寂寂不生塵,藥物方書繞病身。纖草數莖勝靜地,幽禽忽至似佳賓。世間憂喜雖無定,釋氏銷磨盡有因。同向洛陽閒度日,莫教風景屬他人。《劉禹錫集箋證》外集卷4,頁1225。

答夢得秋庭獨坐見贈/白居易

林梢隱映夕陽殘,庭際蕭疏夜氣寒。霜草欲枯蟲思急,風枝未定鳥棲難。容衰見鏡同惆悵,身健逢盃且喜歡。應是天教相煖熱,一時垂老與閑官。《白居易集箋校》卷33,頁2276。

酬夢得霜夜對月見懷/白居易

淒清冬夜景,摇落長年情。月帶新霜色,碪和遠雁聲。暖憐爐火近,寒覺被衣輕。枕上酬佳句,詩成夢不成。《白居易集箋校》卷33,頁2280—2281。

吴方之見示聽江西故吏朱幼恭歌三篇頗有懷故林之思吟諷不足因而和之/劉禹錫

侯門[1]故吏歌聲發,逸處能高怨處低。今歲洛中無雨雪,眼前風景似[2]江西。《劉禹錫集箋證》外集卷4,頁1233。

(1)"門",宋杭本作"家"。

(2)"似",原作"是",據宋杭本改。

小庭寒夜寄夢得/白居易

庭小同蝸舍,門閑稱雀羅。火將燈共盡,風與雪相和。老睡隨年減,衰情向夕多。不知同病者,争奈夜長何!《白居易外集》卷上,頁3839。

酬樂天小亭寒夜有懷/劉禹錫

寒夜陰雲起,疏林宿[1]鳥驚。斜風閃燈影,近[2]雪打窗聲。竟夕不能寐,同年知此情。漢皇無奈老,何況本書生?《劉禹錫集箋證》外集卷4,頁1216。

(1)"宿",宋杭本作"暗"。

(2)"近",宋杭本作"迸"。

雪中訝諸公不相訪/裴度

憶昨雨多泥又深,猶能攜妓遠過尋。滿空亂雪花相似,何事居然無賞心?《全唐詩》卷335,頁3757。

答裴令公雪中訝白二十二與諸公不相訪之什/劉禹錫

玉樹瓊樓滿眼新,的知開閤待諸賓。遲遲未去非無意,擬作梁園座右人。《劉禹錫集箋證》外集卷4,頁1230。

酬令公雪中見贈訝不與夢得同相訪/白居易

雪似鵝毛飛散亂,人披鶴氅立徘徊。鄒生枚叟非無興,唯待梁王召即來。《白居易集箋校》卷33,頁2283。

吴秘監每有美酒獨酌獨醉但蒙詩報不以飲招輒此戲酬兼呈夢得/白居易

蓬山仙客下煙霄,對酒唯吟獨酌謠。不怕道狂揮玉爵,記云:飲玉爵者弗揮。亦曾乘興换金貂。吴監前任散騎常侍。君稱名士誇能飲,王孝伯云:但常無事,讀《離騷》,痛飲,即可稱名士。我是愚夫可見招。獨酌謠云:愚夫子不招。賴有伯倫爲醉伴,何愁不解傲松喬?《白居易集箋校》卷33,頁2279。

吴方之見示獨酌小醉首篇樂天續有酬答皆含戲謔極至風流兩篇之中並蒙見屬輒呈濫吹益美來章/劉禹錫

閑門共寂任張羅,静室同虚養太和。塵世歡虞關意少,醉鄉風景獨遊多。散金疏傅尋常樂,枕麴劉生取次歌。計會雪中争挈榼,鹿裘鶴氅遞相過。《劉禹錫集箋證》外集卷4,頁1227。

懶放二首呈劉夢得吴方之/白居易

青衣報平旦,呼我起盥櫛。今早[1]天氣寒,郎君應不出。又無賓客至,何以銷閑日?已向微陽前,暖酒開詩帙。

朝憐一牀日,暮愛一爐火。牀暖日高眠,爐温夜深坐。雀羅門懶出,鶴髮頭慵裹。除却劉與吴,何人來問我?《白居易集箋校》卷29,頁2045—2046。

(1)"早",金澤本作"旦"(後集卷62,頁82)。

晝居池上亭獨吟/劉禹錫

日午樹陰正,獨吟池上亭。静看蜂教誨,閑想鶴儀形。法酒調神氣,清琴入性靈。浩然機已息,几仗復何銘?《劉禹錫集箋證》卷22,頁629。

閑園獨賞/白居易

午後郊園靜,晴來景物新。雨添山氣色,風借水精神。永日若爲度,獨遊何所親?仙禽狎君子,芳樹倚佳人。蟻鬥王爭肉,蝸移舍逐身。蝶雙知伉儷,蜂分見君臣。蠢蠕形雖小,逍遥性即均。不知鵬與鷃,相去幾微塵?《白居易集箋校》卷32,頁2218—2219。

和樂天閑園獨賞八韻前以蜂鶴拙句寄呈今辱蝸蟻妍詞見答因成小巧以取大咍/劉禹錫

永日無人事,芳園任興行。陶廬樹可愛,潘宅雨新晴。傅粉琅玕節,熏香菡萏莖。榴花裙色好,桐子藥丸成。柳蠹枝偏亞,桑間(1)葉再生。睢盱欲鬭雀,索漠不言鶯。動植隨四氣,飛沈含五情。搶(2)榆與水擊,小大强爲名。《劉禹錫集箋證》外集卷4,頁1218。

(1)"間",宋杭本作"閑"。

(2)"搶",宋杭本作"槍"。

齋戒滿夜戲招夢得/白居易

紗籠燈下道場前,白日持齋夜坐禪。無復更思身外事,未能全盡世間緣。明朝又擬親盃酒,今夕先聞理管絃。方丈若能來問疾,不妨兼有散花天。《白居易集箋校》卷33,頁2273。

和樂天齋戒月滿夜對道場偶詠懷/劉禹錫

常修清浄去繁華,人識王城長者家。案上香煙鋪貝葉,佛前燈燄透蓮花。持齋已滿招閒客,理曲先聞命小娃。明日若過方丈室,還應問爲法來耶。《劉禹錫集箋證》外集卷4,頁1226。

長齋月滿攜酒先與夢得對酌醉中同赴令公之宴戲贈夢得/白居易

齋宫前日滿三旬,酒榼今朝一拂塵。乘興還同訪戴客,解酲仍對姓劉人。病心湯沃寒灰活,老面花生朽木春。若怕平原怪先醉,知君未慣吐車茵。《白居易集箋校》卷33,頁2277。

酬樂天齋滿日裴令公置宴席上戲贈/劉禹錫

一月道場齋戒滿,今朝華幄管絃迎。銜杯本自多狂態,事佛無妨有佞名。酒力半酣愁已散,文鋒未鈍老猶争。平陽不獨容賓醉,聽取喧呼吏舍聲。《劉禹錫集箋證》外集卷4,頁1228。

題酒甕呈夢得/白居易

若無清酒兩三瓮,争向白鬚千萬莖? 麴糵銷愁真得力,光陰催老苦無情。凌烟閣上功無分,伏火爐中藥未成。更擬共君何處去? 且來同作醉先生。《白居易集箋校》卷33,頁2284。

酬樂天偶題酒甕見寄/劉禹錫

從君勇斷抛名後,世路榮枯見幾回。門外紅塵人自走,甕頭清酒我初開。三冬學任胸中有,萬户侯須骨上來。何幸相招同醉處,洛陽城裏好池臺。《劉禹錫集箋證》外集卷4,頁1229。

開成二年

對酒勸令公開春遊宴/白居易

時泰歲豐無事日,功成名遂自由身。前頭更有忘憂日,向上應無快活人。自去年來多事故,從今日去少交親。宜須數數謀歡會,好作開成第二春。《白居易集箋校》卷33,頁2288。

酬樂天請裴令公開春嘉[1]宴/劉禹錫

高名大位能兼有,恣意遨遊是特恩。二室煙霞成步障,三州風物是家園。晨窺苑樹韶光動,晚渡河橋春思繁。絃管常調客常滿,但逢花處即開樽。《劉禹錫集箋證》外集卷4,頁1230—1231。

(1)"嘉",宋杭本作"加"。

池上早春即事招夢得/白居易

老更驚年改,閑先覺日長。晴熏榆莢黑,春染柳梢黄。雪破山呈色,冰融水放光。低平穩船舫,輕暖好衣裳。白角三升榼,紅茵六尺牀。偶遊難得伴,獨醉不成狂。我有中心樂,君無外事忙。經過莫慵懶,相去兩三坊。《白居易集箋校》卷33,頁2293。

贈夢得/白居易

年顔老少與君同,眼未全昏耳未聾。放醉卧爲春日伴,趁歡行入少年叢。尋花借馬煩川守,弄水偷船惱令公。聞道洛城人盡怪,呼爲劉白二狂翁。《白居易集箋校》卷33,頁2296—2297。

三月三日祓禊洛濱并序/白居易

開成二年三月三日,河南尹李待價以人和歲稔,將禊於洛濱。前一日,啓留守裴令公。令公明日召太子少傅白居易、太子賓客蕭籍、李仍叔、劉禹錫、前中書舍人鄭居中、國子司業裴惲、河南少尹李道樞、倉部郎中崔晋、司封員外郎張可續、駕部員外郎盧言、虞部員外郎苗愔、和州刺史裴儔、淄州刺史裴洽、檢校禮部員外郎楊魯士、四門博士談弘謨等一十五人,合宴于舟中。由斗亭,歷魏堤,抵津橋,登臨泝沿,自晨及暮,簪組交映,歌笑間發,前水嬉而後妓樂,左筆硯而右壺觴,望之若仙,觀者如堵。盡風光之賞,極遊泛之娱。美景良辰,賞心樂事,盡得於今日矣。若不記録,謂洛無人,晋公首賦一章,鏗然玉振,顧謂四座繼而和之,居易舉酒抽毫,奉十二韻以獻。座上作。

三月草萋萋,黄鶯歇又啼。柳橋晴有絮,沙路潤無泥。禊事修初畢,遊人到欲齊。金鈿耀桃李,絲管駭鳧鷖。轉岸迴船尾,臨流簇馬蹄。鬧於楊子渡,踏破魏王堤。妓接謝公宴,詩陪荀令題。舟同李膺汎,醴爲穆生攜。水引春心蕩,花牽醉眼迷。塵街從鼓動,煙樹任鴉棲。舞急紅腰凝去聲,歌遲翠黛低。夜歸何用燭?新月鳳樓西。《白居易集箋校》卷33,頁2298—2299。

三月三日與樂天及河南李尹奉陪裴令公泛洛禊飲各賦十二韻/劉禹錫

洛下今修禊,群賢勝會稽。盛筵陪玉鉉,通籍盡金閨。波上神仙妓,岸傍桃李蹊。水嬉如鷺振,歌響雜鶯啼。歷覽風光好,沿洄意思迷。棹歌能儷曲,墨客競分題。翠幄連雲起,香車向道齊。人誇綾步障,馬惜錦障泥。塵暗宫牆外,霞明苑樹西。舟形隨鷁轉,橋影與虹低。川色晴猶遠,烏聲暮欲棲。唯餘蹋青伴,待月魏王隄。《劉禹錫集箋證》外集卷4,頁1236。

寄賀[(1)]東川楊尚書慕巢兼寄西川繼之二公近從弟兄情分偏睦早忝遊舊因成是詩/劉禹錫

太華蓮峯降嶽靈,兩川棠樹接郊坰。政同兄弟人人樂,曲奏塤篪處處聽。楊葉百穿榮會府,芝泥五色耀天庭。各抛筆硯誇旄鉞,莫遣文星讓將星。《劉禹錫集箋證》外集卷4,頁1237。

(1)“賀”,原作“和”,據宋杭本改。

同夢得寄賀東西川二楊尚書/白居易

龍節對持真可愛,雁行相接更堪誇。兩川風景同三月,千里江山屬一家。魯衛定知聯氣色,潘楊亦覺有光華。予與二公皆忝姻戚。應憐洛下分司伴,冷宴閑遊老看花。《白居易集箋校》卷33,頁2304。

晚春酒醒尋夢得/白居易

料合同惆悵,花殘酒亦殘。醉心忘老易,醒眼别春難。獨出雖慵懶,相逢定喜歡。還擕小蠻去,試覓老劉看。小蠻,酒榼名也。《白居易集箋校》卷33,頁2305。

洛陽[1]春贈劉李二賓客齊梁格/白居易

水南冠蓋地,城東桃李園。雪銷[2]洛陽堰,春入永通門。淑景方靄靄,遊人稍喧喧。年豐酒漿賤,日晏歌吹繁。中[3]有老朝客,華髮映朱軒。從容三兩人,籍草開一樽。樽前春可惜,身外事勿論。明日期何處?杏花遊趙村。洛城東有[4]趙村,杏花千餘樹[5]。《白居易集箋校》卷29,頁2049。

(1)“陽”,金澤本作“城”(後集卷62,頁84)。

(2)“銷”,金澤本作“消”(後集卷62,頁84)。

(3)“中”,金澤本作“别”(後集卷62,頁84)。

(4)“有”,金澤本作“遊”(後集卷62,頁84)。

(5)“樹”,金澤本作“株”(後集卷62,頁84)。

和樂天洛城春齊梁體八韻/劉禹錫

帝城宜春入,遊人喜意[1]長。草生季倫谷,花出莫愁坊。斷雲發山色,輕風漾水光。樓前戲馬地,樹下鬭雞場。白頭自爲侣,緑酒亦滿觴。潘園觀種植,謝墅閲池塘。至閒似隱逸,過老不悲傷。相問焉功德?銀黄遊故鄉。《劉禹錫集箋證》外集卷4,頁1235。

(1)“意”,宋杭本作“日”。

酬思黯見示小飲四韻/劉禹錫

抛却人間第一官,俗情驚怪我方安。兵符相印無心戀,洛水嵩雲恣意看。三足鼎中知味久,百尋竿上擲身難。追呼故舊連宵飲,直到天明興未闌。《劉禹錫集箋證》外集卷4,頁1266。

同夢得酬牛相公初到洛中小飲見贈時牛相公辭罷揚州節度,就拜東都留守/白居易

淮南揮手抛紅旆,洛下迴頭向白雲。政事堂中老丞相,制科場裏舊將軍。宮城烟月饒全占,關塞風光請中分。詩酒放狂猶得在,莫欺白叟與劉君。《白居易集箋校》卷33,頁2310。

開成二年夏聞新蟬贈夢得十年來常與夢得索居,同在洛下,每聞蟬多有寄答,今喜以此篇唱之/白居易

十載與君别,常感新蟬鳴。今年共君聽,同在洛陽城。噪處知林靜,聞時覺景清。涼風忽嫋嫋,秋思先秋生。殘槿花邊立,老槐陰下行。雖無索居恨,還動長年情。且喜未聾耳,年年聞此聲。《白居易集箋校》卷36,頁2462—2463。

謝(1)樂天聞新蟬見贈/劉禹錫

碧樹有蟬後,煙雲改容光。瑟然引秋風(2),芳草日夜黄。夾道喧古槐,臨池思垂楊。離人下憶淚,忠士激剛腸。昔聞阻山川,今聽同匡牀。人情便所遇,音韻豈殊常?因之比笙竽,送我遊醉鄉。《劉禹錫集箋證》外集卷4,頁1256。

(1)"謝",宋杭本作"酬"。

(2)"風",宋杭本作"氣"。

秋中暑退贈樂天/劉禹錫

暑服宜秋著,清琴入夜彈。人情皆向菊,風意欲摧蘭。歲稔貧心泰,天涼病體安。相逢取次第,却甚少年歡。《劉禹錫集箋證》外集卷4,頁1238。

賀樂天談氏外孫女初生/劉禹錫

從此引鴛雛。《全唐詩續拾》卷27,頁1072。

洛下雪中頻與劉李二賓客集因寄汴州李尚書/白居易

水南水北總紛紛,雪裏歡遊莫厭頻。日日暗來唯老病,年年少去是交親。碧氊帳暖梅花濕,紅燎爐香竹葉春。今日鄒枚俱在洛,梁園置酒召何人?《白居易集箋校》卷34,頁2331。

和樂天洛下雪中宴集寄汴州李尚書/劉禹錫

洛城無事足杯盤,風雪相和歲欲闌。樹上因依見寒鳥,座中收拾盡閒

官。笙歌要請頻何爽,笑語忘機拙更歡。遥想兔園今日會,瓊林滿眼映旂竿。《劉禹錫集箋證》外集卷4,頁1239。

與夢得偶同到敦詩宅感而題壁/白居易

山東纔副蒼生願,《漢書》云:山東出相。川上俄驚逝水波。履道凄涼新第宅,敦詩宅在履道,修造初成。宣城零落舊笙歌。崔家妓樂,多歸宣州也。園荒唯有薪堪採,門冷兼無雀可羅。今日相逢偶同到,傷心不是故經過。《白居易集箋校》卷33,頁2289。

樂天示過敦詩舊宅有感一篇吟之泫然追想昔事因成繼和以寄苦懷/劉禹錫

凄涼同到故人居,門枕寒流古木疏。向秀心中嗟棟宇,蕭何身後散圖書。本營歸計非無意,唯算生涯尚有餘。忽憶前言(1)更惆悵,丁寧相約速懸車。敦詩與予友樂天三人同甲子,平生相約同休洛中。《劉禹錫集箋證》外集卷4,頁1231—1232。

(1)"言",原作"因",據宋杭本改。

閒坐憶樂天以詩問酒熟未/劉禹錫

案頭開縹帙,肘後檢青囊。唯有達生理,應無治老方。減書存眼力,省事養心王。君酒何時熟?相攜入醉鄉。《劉禹錫集箋證》外集卷4,頁1234。

五　《洛中集》輯校

輯校序例

一、《洛中集》，白居易編，爲《劉白唱和集》之第五卷，收唐文宗開成三年至武宗會昌二年（838—842）間白居易、劉禹錫、牛僧孺、王起等人在洛陽集會唱和作品。

二、兹考輯此集逸詩一百四十七首，斷句六，並加以編年，詳細考證參本書第五章。

三、所輯作品據《劉禹錫集箋證》《白居易集箋校》《全唐詩》《全唐詩補編》等録入，並校以宋紹興末杭州刊本《劉賓客文集》（簡稱宋杭本）、《金澤文庫本白氏文集》（簡稱金澤本）。

目　録

和樂天宴李周美中丞宅池上賞櫻桃花/劉禹錫
酬牛相公獨飲偶醉寓言見示/劉禹錫
和思黯居守獨飲偶醉見示六韻時夢得和篇先成頗爲麗絶因添兩韻繼而美之/白居易
憶江南詞三首/白居易
和樂天春詞依憶江南曲拍爲句/劉禹錫
送蘄州李郎中赴任/劉禹錫
送蘄春李十九使君赴郡/白居易
和牛相公遊南莊醉後寓言戲贈樂天兼見示/劉禹錫
和思黯南莊見示/劉禹錫
奉和思黯自題南莊見示兼呈夢得/白居易
思黯南墅賞牡丹花/劉禹錫
早夏曉興贈夢得/白居易
樂天少傅五月長齋廣延緇徒謝絶文友坐成睽閒因以戲之/劉禹錫
酬夢得以予五月長齋延僧徒絶賓友見戲十韻/白居易
樂天池館夏景方妍白蓮初開綵舟空泊唯邀緇侶因以戲之/劉禹錫
和夢得夏至憶蘇州呈盧賓客/白居易
晚夏閑居絶無賓客欲尋夢得先寄此詩/白居易
酬樂天晚夏閑居欲相訪先以詩見貽/劉禹錫
分司洛中多暇數與諸客宴遊醉後狂吟偶成十韻因招夢得賓客兼呈思黯奇章公/白居易
酬樂天醉後狂吟十韻/劉禹錫
奉和思黯相公雨後林園四韻見示/白居易
牛相公林亭雨後偶成/劉禹錫
雨後秋涼/白居易
酬樂天感秋涼見寄/劉禹錫
酬牛相公宫城早秋寓言見示兼呈夢得/白居易
酬留守牛相公宫樹早秋寓言見寄/劉禹錫
新秋對月寄樂天/劉禹錫
酬夢得早秋夜對月見寄/白居易
早秋雨後寄樂天/劉禹錫
秋涼閑卧/白居易
和樂天秋涼閑卧/劉禹錫
夢得卧病攜酒相尋先以此寄/白居易

秋晚病中樂天以詩見問力疾奉酬/劉禹錫
秋晚新晴夜月如練有懷樂天/劉禹錫
酬夢得暮秋晴夜對月相憶/白居易
酬思黯代書見戲/劉禹錫
戲答思黯/白居易
戲贈夢得兼呈思黯/白居易
同夢得和思黯見贈來詩中先敍三人同謳之歡次有歎鬢髮漸衰嫌孫子催老之意因酬妍唱兼吟鄙懷/白居易
酬思黯見示小飲四韻/劉禹錫
李蘇州遺太湖石奇狀絶倫因題二十韻奉呈夢得樂天/牛僧儒
奉和思黯相公以李蘇州所寄太湖石奇狀絶倫因題二十韻見示兼呈夢得/白居易
和牛相公題姑蘇所寄太湖石兼寄李蘇州/劉禹錫
小臺晚坐憶夢得/白居易
酬樂天小臺晚坐見憶/劉禹錫
與夢得沽酒閑飲且約後期/白居易
樂天以愚相訪沽酒致歡因成七言聊以奉答/劉禹錫
夢得相過援琴命酒因彈秋思偶詠所懷兼寄繼之待價二相府/白居易
燒藥不成命酒獨醉/白居易
和樂天燒藥不成命酒獨醉/劉禹錫
初冬即事呈夢得/白居易
歲夜詠懷/劉禹錫
和劉夢得歲夜詠懷/盧貞
歲夜詠懷兼寄思黯/白居易
樂天夢得有歲夜詩聊以奉和/牛僧儒
和陳許王尚書酬白少傅侍郎長句因通簡汝洛舊遊之什/劉禹錫
詠老贈夢得/白居易
酬樂天詠老見示/劉禹錫
答白居易求馬/裴度
酬裴令公贈馬相戲/白居易
裴令公見示酬樂天寄奴買馬絶句斐然仰和且戲樂天/劉禹錫
洛濱病卧李侍郎見惠藥物謔以文星之句/劉禹錫
看夢得題答李侍郎詩詩中有文星之句戲和之/白居易

唐文宗開成三年

新歲贈夢得/白居易

暮齒忽將及,同心私自憐。漸衰宜減食,已喜更加年。紫綬行聯袂,籃輿出比肩。與君同甲子,歲酒合誰先?《白居易集箋校》卷34,頁2335。

元日樂天見過因舉酒爲賀/劉禹錫

漸入有年數,喜逢新歲來。震方天籟動,寅位帝車迴。門巷埽殘雪,林園驚早梅。與君同甲子,壽酒讓先杯。《劉禹錫集箋證》外集卷4,頁1264。

洛中早春贈樂天/劉禹錫

漠漠復靄靄,半晴將半陰。春來自何處?無迹日以深。韶嫩冰後水,輕盈煙際林。藤生欲有託,柳弱不自任。花意已含蓄,鳥言尚沈吟。期君當此時,與我恣追尋。翻愁爛熳後,春暮卻傷心。《劉禹錫集箋證》外集卷4,頁1244。

和夢得洛中早春見贈七韻/白居易

衆皆賞春色,君獨憐春意。春意竟如何?老夫知此味。燭餘減夜漏,衾暖添朝睡。恬和臺上風,虛潤池邊地。開遲花養豔,語懶鶯含思。似訝隔年齋,如勸迎春醉。何日同宴遊?心期二月二。此日出齋,故云。《白居易集箋校》卷36,頁2470。

櫻桃花下有感而作開成三年春,李周美賓客南池者/白居易

藹藹美周宅,櫻繁春日斜。一爲洛下客,十見池上花。爛熳豈無意?

爲君占年華。風光饒此樹,歌舞勝諸家。失盡白頭伴,長成紅粉娃。停盃兩相顧,堪喜亦堪嗟! 白頭伴、紅粉娃皆有所屬。《白居易集箋校》卷36,頁2471。

和樂天宴李周美中丞宅池上賞櫻桃花/劉禹錫

櫻桃千萬枝,照耀如雪天。王孫宴其下,隔水疑神仙。宿露發清香,初陽動暄妍。妖姬滿髻插,酒客折枝傳。同此賞芳月,幾人有華筵? 杯行勿遽辭,好醉過(1)三年。《劉禹錫集箋證》外集卷4,頁1245。

(1)"過",宋杭本作"逸"。

酬牛相公獨飲偶醉寓言見示/劉禹錫

宫漏夜丁丁,千門閉霜月。華堂列紅燭,絲管靜中發。歌眉低有思,舞體輕無骨。主人啓酡顔,酣暢浹肌髮。猶思城外客,阡陌不可越。春意日夕深,此歡無斷絶。《劉禹錫集箋證》外集卷4,頁1268。

和思黯居守獨飲偶醉見示六韻時夢得和篇先成頗爲麗絶因添兩韻繼而美之/白居易

宫漏滴漸闌,越烏啼復歇。此時若不醉,争奈千門月! 主人中夜起,妓燭前羅列。歌袂默收聲,舞鬟低赴節。絃吟玉柱品,酒透金盃熱。朱顔忽已酡,清奏猶未闋。妍詞黯先唱,逸韻劉繼發。鏗然雙雅音,金石相磨戛。《白居易集箋校》卷36,頁2469。

憶江南詞三首 此曲亦名謝秋娘,每首五句/白居易

江南好,風景舊曾諳。日出江花紅勝火,春來江水緑如藍。能不憶江南?

江南憶,最憶是杭州。山寺月中尋桂子,郡亭枕上看潮頭。何日更重遊?

江南憶,其次憶吴宫。吴酒一盃春竹葉,吴娃雙舞醉芙蓉。早晚復相逢。《白居易集箋校》卷34,頁2353。

和樂天春詞依憶江南曲拍爲句/劉禹錫

春去也,多謝洛城人。弱柳從風疑舉袂,叢蘭裛露似霑巾。獨坐亦含嚬。《劉禹錫集箋證》外集卷4,頁1255。

送蘄州李郎中赴任/劉禹錫

楚關蘄水路非賒,東望雲山日夕佳。薤葉照人呈夏簟,松花滿盌試新

茶。樓中飲興因明月,江上詩情爲晚霞。北地交親長引領,早將玄鬢到京華。《劉禹錫集箋證》卷 28,頁 921—922。

送蘄春李十九使君赴郡/白居易

可憐官職好文詞,五十專城未是遲。曉日鏡前無白髮,春風門外有紅旗。郡中何處堪攜酒?席上誰人解和詩?唯共交親開口笑,知君不及洛陽時。《白居易集箋校》卷 34,頁 2340—2341。

和牛相公遊南莊醉後寓言戲贈樂天兼見示/劉禹錫

城外園林初夏天,就中野趣在西偏。薔薇亂發多臨水,鸂鶒雙遊不避船。水底遠山雲似雪,橋邊平岸草如煙。白家唯有杯觴興,欲把頭盤打少年。《劉禹錫集箋證》外集卷 4,頁 1246。

和思黯[1]南莊見示/劉禹錫

丞相新家伊水頭,智囊心匠日增修。化成池沼無痕迹,奔走清波不自由。臺上看山徐舉酒,潭中見月漫迴舟。從來天下推尤物,合屬人間第一流。《劉禹錫集箋證》外集卷 4,頁 1253。

(1)"黯"後,宋杭本有"憶"字。

奉和思黯自題南莊見示兼呈夢得/白居易

謝家別墅最新奇,山展屏風花夾籬。曉月漸沉橋脚底,晨光初照屋梁時。臺頭有酒鶯呼客,水面無塵風洗池。除卻吟詩兩閑客,此中情狀更誰知?《白居易集箋校》卷 34,頁 2340。

思黯南墅賞牡丹花/劉禹錫

偶然相遇人間世,合在增城阿姥家。有此傾城好顏色,天教晚發賽諸花。《劉禹錫集箋證》外集卷 4,頁 1247。

早夏曉興贈夢得/白居易

窗明簾薄透朝光,卧整巾簪起下牀。背壁燈殘經宿焰,開箱衣帶隔年香。無情亦任他春去,不醉争銷得晝長?一部清商一壺酒,與君明日暖新堂。《白居易集箋校》卷 34,頁 2347。

樂天少傅五月長齋廣延緇徒謝絶文友坐成暌間因以戲之/劉禹錫

五[1]月長齋戒,深居絶送迎。不離通德里,便是法王城。舉目皆僧事,全家少俗情。精修無上道,結念未來生。賓閣田衣占,書堂信鼓鳴。戲童爲塔象[2],啼鳥學經聲。黍用青菰角,葵承玉露烹。馬家供薏苡,劉氏餉蕪菁。暗網籠歌扇,流塵晦酒鐺。不知何次道,作佛幾時成?《劉禹錫集箋證》外集卷4,頁1248。

(1)"五",宋杭本作"一"。

(2)"象",宋杭本作"像"。

酬夢得以予五月長齋延僧徒絶賓友見戲十韻/白居易

賓客懶逢迎,翛然池館清。簷閑空燕語,林靜未蟬鳴。葷血還休食,盃觴亦罷傾。三春多放逸,五月暫修行。香印朝煙細,紗燈夕焰明。交遊諸長老,師事古先生。竺乾,古先生也。禪後心彌寂,齋來體更輕。不唯忘肉味,兼擬減風情。蒙以聲聞待,難將戲論争。虚空若有佛,靈運恐先成。《白居易集箋校》卷34,頁2344。

樂天池館夏景方妍白蓮初開綵舟空泊唯邀緇侶因以戲之/劉禹錫

池館今正好,主人何寂然?白蓮方出水,碧樹未鳴蟬。靜室宵聞磬,齋廚晚絶煙。番[1]僧如共載,應不是神仙。《劉禹錫集箋證》外集卷4,頁1249—1250。

(1)"番",宋杭本作"蕃"。

和夢得夏至憶蘇州呈盧賓客/白居易

憶在蘇州日,常諳夏至筵。粽香筒竹嫩,炙脆子鵝鮮。水國多臺榭,吴風尚管絃。每家皆有酒,無處不過船。交印君相次,褰帷我在前。此鄉俱老矣,東望共依然。予與劉、盧三人前後相次典蘇州,今同分司,老於洛下。洛下麥秋月,江南梅雨天。齊雲樓上事,已上十三年。《白居易集箋校》外集卷上,頁3853。

晚夏閑居絶無賓客欲尋夢得先寄此詩/白居易

魚笋朝餐飽,蕉紗暑服輕。欲爲窗下寢,先傍水邊行。晴引鶴雙舞,秋生蟬一聲。無人解相訪,有酒共誰傾?老更諳時事,閑多見物情。只應劉與白,二叟自相迎。《白居易集箋校》卷34,頁2351。

酬樂天晚夏閑居欲相訪先以詩見貽/劉禹錫

池榭堪臨泛,翛然散鬱陶。步因驅鶴緩,吟爲聽蟬高。林密添新竹,枝低組晚桃。酒醅晴易熟,藥圃夏頻薅。老是班行舊,閑[1]爲鄉里豪。經過更何處?風景屬吾曹。《劉禹錫集箋證》外集卷4,頁1250。

(1)"閑",原作"間",據宋杭本改。

分司洛中多暇數與諸客宴遊醉後狂吟偶成十韻因招夢得賓客兼呈思黯奇章公/白居易

性與時相遠,身將世兩忘。寄名朝上籍,寓興少年場。老豈無談笑?貧猶有酒漿。隨時求伴侶,逐日用風光。數數遊何爽?些些病未妨。天教榮啓樂,人恕接輿狂。改業爲逋客,移家住醉鄉。不論招夢得,兼擬誘奇章。要路風波險,權門市井忙。世間無可戀,不是不思量。《白居易集箋校》卷34,頁2323—2324。

酬樂天醉後狂吟十韻來章有移家住醉鄉之句/劉禹錫

散誕人間樂,逍遥地上仙。詩家登逸品,釋氏悟真詮[1]。制誥留臺閣,歌詞入管絃。處身於木雁,任世變桑田。吏隱情兼遂,儒玄道兩全。八關齋適罷,三雅興尤偏。文墨中年舊,松筠晚歲堅。魚書曾替代,香火有因緣。陸法和云:與梁元帝於空王寺佛前訂香火因緣。欲向醉鄉去,猶爲色界牽。好吹楊柳曲,爲我舞金鈿。《劉禹錫集箋證》外集卷4,頁1266—1267。

(1)"詮",宋杭本作"筌"。

奉和思黯相公雨後林園四韻見示/白居易

新晴夏景好,復此池邊地。煙樹緑含滋,水風清有味。便成林下隱,都忘門前事。騎吏引歸軒,始知身富貴。《白居易集箋校》卷34,頁2351。

牛相公林亭雨後偶成/劉禹錫

飛雨過池閣,浮光生草樹。新竹開粉奩,初蓮爇香炷。野花無時節,水鳥自來去。若問知境人,人間第一處。《劉禹錫集箋證》外集卷6,頁1375。

雨後秋涼/白居易

夜來秋雨後,秋氣颯然新。團扇先辭手,生衣不著身。更添砧引思,難與簟相親。此境誰偏覺?貧閑老瘦人。《白居易集箋校》卷34,頁2356。

酬樂天感秋涼見寄/劉禹錫

庭晚初辨色,林秋微有聲。槿衰猶强笑,蓮迥卻多情。檐燕歸心動,韝鷹俊氣生。閒人占閒景,酒熟且同傾。《劉禹錫集箋證》外集卷4,頁1251。

酬牛相公宫城早秋寓言見示兼呈夢得時夢得有疾/白居易

七月中氣後,金與火交争。一聞白雪[1]唱,暑退清風生。碧樹未摇落,寒蟬始悲鳴。夜涼枕簟滑,秋燥衣巾輕。疏受老慵出,劉楨疾未平。何人伴公醉?新月上宫城。《白居易集箋校》卷30,頁2090。

(1)"雪",金澤本作"雲"(後集卷63,頁118)。

酬留守牛相公宫樹早秋寓言見寄/劉禹錫

曉月映宫樹,秋光起天津。涼風梢動葉,宿露未生塵。景氣尚芳麗,曠望感心神。揮豪成逸韻,開閤遲來賓。擺去將相印,漸爲逍遥身。如招後房宴,卻要白頭人。《劉禹錫集箋證》外集卷6,頁1369。

新秋對月寄樂天/劉禹錫

月露發光彩,此時方見秋。夜涼金氣應,天静火星流。蛩響偏依井,螢飛直過樓。相知盡白首,清景復[1]追遊。《劉禹錫集箋證》外集卷4,頁1257。

(1)"復",宋杭本作"没"。

酬夢得早秋夜對月見寄/白居易

吾衰寡情趣,君病懶經過。其奈西樓上,新秋明月何?庭蕪淒白露,池色淡金波。況是初長夜,東城砧杵多!《白居易集箋校》卷34,頁2356。

早秋雨後寄樂天/劉禹錫

夜雲起河漢,朝雨灑高林。梧葉先風落,草蟲迎溼吟。簟涼扇恩薄,室静琴思深。且喜炎[1]前別,安能懷月[2]陰。《劉禹錫集箋證》外集卷4,頁1258—1259。

(1)"炎",宋杭本作"火"。

(2)"月",宋杭本作"寸"。

秋涼閑卧/白居易

殘暑晝猶長,早涼秋尚嫩。露荷散清香,風竹含疏韻。幽閑竟日卧,衰病無人問。薄暮宅門前,槐花深一寸。《白居易集箋校》卷29,頁2003。

和樂天秋涼閑卧/劉禹錫

暑退人體輕,雨餘天色改。荷珠貫索斷,竹粉殘妝在。高僧掃室請,逸客登樓待。槐柳漸蕭疏,開[1]門少光彩。《劉禹錫集箋證》外集卷4,頁1259。

(1)"開",宋杭本作"閑"。

夢得卧病攜酒相尋先以此寄/白居易

病來知少客,誰可以爲娱?日晏開門未?秋寒有酒無?自宜相慰問,何必待招呼。小疾無妨飲,還須挈一壺。《白居易集箋校》卷34,頁2327。

秋晚病中樂天以詩見問力疾奉酬/劉禹錫

耳虚多聽遠,展轉晨雞鳴。一室背燈[1]卧,中夜[2]拂[3]葉聲。蘭芳經雨散[4],鶴病得秋輕。肯蹋衡門草,唯應是友生。《劉禹錫集箋證》外集卷4,頁1260。

(1)"燈",宋杭本作"鑪"。

(2)"夜",宋杭本作"庭"。

(3)"拂",宋杭本作"埽"。

(4)"散",宋杭本作"敗"。

秋晚新晴夜月如練有懷樂天/劉禹錫

雨歇晚霞明,風調夜景清。月高微暈散,雲薄細鱗生。露草百蟲思,秋林千葉聲。相望一步地,脈脈萬重情。《劉禹錫集箋證》外集卷4,頁1252。

酬夢得暮秋晴夜對月相憶/白居易

霽月光如練,盈庭復滿地。秋深無熱後,夜淺未寒時。露葉團荒菊,風枝落病梨。相思懶相訪,應是各年衰。《白居易集箋校》卷34,頁2371。

酬思黯代書見戲/劉禹錫

官冷如漿病滿身,凌[1]寒不易過天津。少年留守多情興,請待花時作主人。《劉禹錫集箋證》外集卷4,頁1265。

(1)"凌",宋杭本作"陵"。

戲答思黯思黯有能箏者,以此戲之/白居易

何時得見十三絃,待取無雲有月天。願得金波明似鏡,鏡中照出月中仙。《白居易集箋校》卷34,頁2334。

戲贈夢得兼呈思黯/白居易

霜鬢莫欺今老矣,《傳》曰:今老矣,無能爲也。一盃莫笑便陶然。陳郎中處爲高户,裴使君前作少年。陳商郎中酒户涓滴,裴洽使君年九十餘。顧我獨狂多自哂。與君同病最相憐。月終齋滿誰開素?須甋奇章置一筵。《白居易集箋校》卷34,頁2337。

同夢得和思黯見贈來詩中先敍三人同讌之歡次有歎鬢髮漸衰嫌孫子催老之意因酬妍唱兼吟鄙懷/白居易

醉伴騰騰白與劉,何朝何夕不同遊?留連燈下明猶飲,斷送樽前倒即休。催老莫嫌孫稚長,加年須喜鬢毛秋。教他伯道争存活,無子無孫亦白頭。《白居易集箋校》卷34,頁2371。

酬思黯見示小飲四韻/劉禹錫

抛卻人間第一官,俗情驚怪我方安。兵符相印無心戀,洛水嵩雲恣意看。三足鼎中知味久,百尋竿上擲身難。追呼故舊連宵飲,直到天明興未闌。《劉禹錫集箋證》外集卷4,頁1266。

李蘇州遺太湖石奇狀絶倫因題二十韻奉呈夢得樂天/牛僧儒

胚渾何時結,嵌空此日成。掀蹲龍虎鬬,挾怪鬼神驚。帶雨新水靜,輕敲碎玉鳴。攙叉鋒刃簇,縷絡釣絲縈。近水摇奇冷,依松助淡清。通身鱗甲隱,透穴洞天明。醜凸隆胡準,深凹刻兕觵。雷風疑欲變,陰黑訝將行。噤痒微寒早,輪囷數片横。地祇愁墊壓,鰲足困支撑。珍重姑蘇守,相憐懶慢情。爲探湖裏一作底物,不怕浪中鯨。利涉餘千里,山河僅百程。池塘初展見,金玉自凡輕。側眩魂猶悚,周觀意漸平。似逢三益友,如對十年兄。旺興添魔力,消煩破宿酲。媲人當綺皓,視秩即公卿。南朝有司空石,蓋以定石之流品。念此園林寶,還須别識精。詩仙有劉白,爲汝數逢迎。《全唐詩》卷466,頁5291—5292。

奉和思黯相公以李蘇州所寄太湖石奇狀絶倫因題二十韻見示兼呈夢得/白居易

錯落復崔嵬,蒼然玉一堆。峯駢仙掌出,罅拆劍門開。峭頂高危矣,盤根下壯哉!精神欺竹樹,氣色壓亭臺。隱起磷磷狀,凝成瑟瑟胚。廉稜露鋒刃,清越扣瓊瑰。岌嶪形將動,巍峩勢欲摧。奇應潛鬼怪,靈合蓄雲雷。黛潤霑新雨,斑明點古苔。未曾棲鳥雀,不肯染塵埃。尖削琅玕笋,窪剜馬瑙罍。海神移碣石,畫障簇天台。在世爲尤物,如人負逸才。渡江一葦載,入洛五丁推。出處雖無意,升沉亦有媒。媒爲李蘇州。拔從水府底,置向相庭隈。對稱吟詩句,看宜把酒盃。終隨金礪用,不學玉山頹。疏傳心偏愛,園公眼屢迴。共嗟無此分,虚管太湖來。居易與夢得俱典姑蘇,而不獲此石。《白居易集箋校》卷34,頁2349。

和牛相公題姑蘇所寄太湖石兼寄李蘇州/劉禹錫

震澤生奇石,沈潛得地靈。初辭水府出,猶帶龍宫腥。登自江湖國,來榮卿相庭。從風夏雲勢,上漢古槎形。拂拭魚鱗見,鏗鏘玉韻聆。煙波含宿潤,苔蘚助新青。嵌穴胡雛貌,纖鋩蟲篆銘。孱顔傲林薄,飛動向雷霆。煩熱近還散,餘酲見便醒。凡禽不敢息,浮壒莫能停。静稱垂松蓋,鮮宜映鶴翎。忘憂常目擊,素尚與心冥。眇小欺湘燕,團圓笑落星。徒然想融結,安可測年齡?采取詢鄉耋,搜求按舊經。垂鉤入空隙,隔浪動晶熒。有獲人争賀,歡謠衆共聽。一州驚閲寶,千里遠揚舲。覩物洛陽陌,懷人吴御亭。寄言垂天翼,早晚起滄溟。《劉禹錫集箋證》外集卷6,頁1376。

小臺晚坐憶夢得/白居易

汲泉灑小臺,臺上無纖埃。解帶面西坐,輕襟隨風開。晚涼閑興動,憶同傾一盃。月明候柴户,藜仗何時來?《白居易集箋校》卷30,頁2092。

酬樂天小臺晚坐見憶/劉禹錫

小臺堪遠望,獨上清秋時。有酒無人勸,看山祇自知。幽禽囀新[(1)]竹,孤蓮落静池。高門勿遽掩,好客無前期。《劉禹錫集箋證》外集卷4,頁1258。

(1)"新",宋杭本作"深"。

與夢得沽酒閑飲且約後期/白居易

少時猶不憂生計,老後誰能惜酒錢?共把十千沽一斗,相看七十欠三年。閑徵雅令窮經史,醉聽清吟勝管絃。更待菊黄家醖熟,共君一醉一陶然。《白居易集箋校》卷34,頁2360。

樂天以愚相訪沽酒致歡因成七言聊以奉答/劉禹錫

少年曾醉酒旗下,同輩黄衣頷亦黄。蹴蹋青雲尋入仕,蕭條白髮且飛觴。今徵古事歡生雅,客喚閒人興任[(1)]狂。猶勝獨居荒草院,蟬聲聽盡到寒螿。《劉禹錫集箋證》外集卷4,頁1251。

(1)"任",宋杭本作"在"。

夢得相過援琴命酒因彈秋思偶詠所懷兼寄繼之待價二相府/白居易

閑居静侣偶相招,小飲初酣琴欲調。我正風前弄秋思,君應天上聽雲韶。雲韶，雅曲，上多與宰相同聽之。時和始見陶鈞力，物遂方知盛聖朝。雙鳳棲梧魚在藻，飛沉隨分各逍遥。《白居易集箋校》卷34，頁2363。

燒藥不成命酒獨醉/白居易

白髮逢秋王，去聲。丹砂見火空。不能留奼女，争免作衰翁。賴有盃中緑，能爲面上紅。少年心不遠，只在半酣中。《白居易集箋校》卷33，頁2312。

和樂天燒藥不成命酒獨醉/劉禹錫

九轉欲成就，百神應[1]主持。嬰啼鼎上去，老貌鏡前悲。卻顧空丹竈，迴心向酒巵。醺然耳熱後，暫似少年時。《劉禹錫集箋證》外集卷4，頁1260—1261。

(1)"應"，宋杭本作"陰"。

初冬即事呈夢得/白居易

青氈帳煖喜微雪，紅地爐深宜早寒。走筆小詩能和否？潑醅新酒試嘗看。僧來乞食因留宿，客到開樽便共歡。臨老交親零落盡，希君恕我取人寬。《白居易集箋校》卷34，頁2373。

歲夜詠懷/劉禹錫

彌年不得意，新歲又如何？念昔同遊者，而今有幾多？以閒爲自在，將壽補蹉跎。春色無情故，幽居亦見過。《劉禹錫集箋證》外集卷4，頁1263。

和劉夢得歲夜詠懷[1]/盧貞

文翰走天下，琴尊卧洛陽。貞元朝士盡，新歲一悲涼。名早緣才大，官遲爲壽長。時來知病已，莫歎步趨妨　《全唐詩》卷463，頁5270

(1)"詠懷"，原作"懷友"，據《古今歲時雜詠》改(卷41，頁12a)。

歲夜詠懷兼寄思黯/白居易

偏數故交親，何人得六旬？與思黯、夢得數還，淪没者少過得六十。今年已入手，餘事豈關身？老自無多興，春應不揀人。陶窗與弘閣，風景一時新。《白居易集箋校》外集卷上，頁3854。

樂天夢得有歲夜詩聊以奉和/牛僧儒

惜歲歲今盡，少年應不知。淒涼數流輩，歡喜見孫兒。暗減一身力，潛添滿鬢絲。莫愁花笑老，花自幾多時。《全唐詩》卷466，頁5291。

和陳許王尚書酬白少傅侍郎長句因通簡汝洛舊遊之什/劉禹錫

寥廓高翔不可追,風雪失路蹔相隨。方同洛下書生詠,又建軍前大將旗。雪裹命賓開玉帳,飲中請號駐金卮。竹林一自王戎去,嵇阮雖貧興未衰。《劉禹錫集箋證》外集卷 6,頁 1377—1378。

詠老贈夢得/白居易

與君俱老也,自問老何如(1)? 眼澀夜先卧,頭慵朝未梳。有時扶杖出,盡日閑門居。懶照新磨鏡,休看小字書。情於故人重,跡共少年疏。唯是閑談興,相逢尚有餘。《白居易集箋校》卷 32,頁 2236。

(1)"何如",金澤本作"如何"(後集卷 65,頁 166—167)。

酬樂天詠老見示/劉禹錫

人誰不顧老,老去有誰憐? 身瘦帶頻減,髮稀帽自偏。廢書緣惜眼,多灸爲隨年。經事還諳事,閲人如閲川。細思皆幸矣,下此(1)便翛然。莫道桑榆晚,爲霞尚滿天。《劉禹錫集箋證》外集卷 4,頁 1261。

(1)"此",宋杭本作"比"。

贈馬相戲[答白居易求馬]/裴度

君若有心求逸足,我還留意在名姝。《全唐詩》卷 335,頁 3757。

酬裴令公贈馬相戲裴詩云:君若有心求逸足,我還留意在名姝。蓋引妾换馬戲,意亦有所屬也。/白居易

安石風流無奈何! 欲將赤驥换青娥。不辭便送東山去,臨老何人與唱歌?《白居易集箋校》卷 34,頁 2334。

裴令公見示酬(1)樂天寄奴買馬絶句斐然仰和且戲樂天/劉禹錫

常奴安得似方回? 争望追風絶足來。若把翠娥酬緑耳,始知天下有奇才。《劉禹錫集箋證》外集卷 4,頁 1264。

洛濱病卧李侍郎見惠藥物謔以文星之句/劉禹錫

隱几支頤對落暉,故人書信到柴扉。周南留滯商山老,星象如今屬少微。《劉禹錫集箋證》外集卷 6,頁 1368。

看夢得題答李侍郎詩詩中有文星之句戲和之/白居易

看題錦繡報瓊瑰，俱是人天第一才。好遣文星守躔次，亦須防有客星來。《白居易集箋校》卷34，頁2332。

開成四年

和僕射牛相公春日閑坐見懷/劉禹錫

官曹崇重難頻入，第宅清閒且獨行。階蟻相逢如偶語，園蜂速去恐違程。人於紅藥唯看色，鶯到垂楊不惜聲。東洛池臺怨抛擲，移文非久會應成。《劉禹錫集箋證》外集卷4，頁1269。

牛相公見示新什謹依本韻次用以抒下情/劉禹錫

劇韻新篇至，因難始有(1)能。雨天龍變化，晴日鳳騫騰。遊海驚何極？聞韶素不曾。愜心時拊髀，擊節自麾肱。符彩添隃墨，波瀾起剡藤。揀金光熠熠，累璧勢層層。珠媚多藏賈，花撩欲定僧。封來真寶物，寄與愧文(2)朋。已老無時疾，時洛中時癘多傷少年。長貧望歲登。雀羅秋寂寂，蟲翅曉薨薨。羸驥方辭絆，虛舟已絶絙。榮華甘死別，健羨亦生憎。玉柱琤瑽韻，金觥雹凸棱。何時良宴會？促膝對華燈。《劉禹錫集箋證》外集卷4，頁1271。

(1)“有”，宋杭本作“見”。

(2)“文”，宋杭本作“交”。

浪淘沙詞九首/劉禹錫

九曲黄河萬里沙，浪淘風簸自天涯。如今直上銀河去，同到牽牛織女家。

洛水橋邊春日斜，碧流輕淺見瓊砂。無端陌上狂風急，驚起鴛鴦出浪花。

汴水東流虎眼文，清淮曉色鴨頭春。君看渡口淘沙處，渡卻人間多少人。

鸚鵡舟頭浪颭沙，青樓春望日將斜。御泥燕子争歸舍，獨自狂夫不憶家。

濯錦江邊兩岸花，春風吹浪正淘沙。女郎剪下鴛鴦錦，將向中流疋晚霞。

日照澄州江霧開,淘金女伴滿江隈。美人首飾侯王印,儘是沙中浪底來。

八月濤聲吼地來,頭高數丈觸山回。須臾卻入海門去,捲起沙堆似雪堆。

莫道讒言如浪深,莫言遷客似沙沈。千淘萬漉雖辛苦,吹盡狂沙始到金。

流水淘沙不暫停,前波未滅後波生。令人忽憶瀟湘渚,回唱迎神三兩聲。《劉禹錫集箋證》卷27,頁863—864。

浪淘沙詞六首/白居易

一泊沙來一泊去,一重浪滅一重生。相攪相淘無歇日,會教山海一時平。

白浪茫茫與海連,平沙浩浩四無邊。暮去朝來淘不住,遂令東海變桑田。

青草湖中萬里程,黄梅雨裏一人行。愁見灘頭夜泊處,風翻暗浪打船聲。

借問江潮與海水,何似君情與妾心?相恨不如潮有信,相思始覺海非深。

海底飛塵終有日,山頭化石豈無時?誰道小郎抛小婦,船頭一去没迴期。

隨波逐浪到天涯,遷客生還有幾家?卻到帝鄉重富貴,請君莫忘浪淘沙。《白居易集箋校》卷31,頁2169—2170。

贈樂天/劉禹錫

唯君比萱草,相見可忘憂。《全唐詩續拾》卷27,頁1072。

酬夢得比萱草見贈來篇云:唯君比萱草,相見可忘憂/白居易

杜康能散悶,萱草解忘憂。借問萱逢杜,何如白見劉?老衰勝少夭,閑樂笑忙愁。試問同年内,何人得白頭?《白居易集箋校》卷34,頁2381。

歲暮呈思黯相公皇甫朗之及夢得尚書/白居易

歲暮皤然一老夫,十分流輩九分無。莫嫌身病人扶侍,猶勝無身可遣

扶。《白居易集箋校》卷35,頁2393。

歲暮病懷贈夢得時與夢得同患足疾/白居易

十年四海故交親,零落唯殘兩病身。共遣數奇從是命,同教步蹇有何因？眼隨老減嫌長夜,體待陽舒望早春。新樂堂前舊池上,相過亦不要他人。《白居易集箋校》卷35,頁2395—2396。

貧居詠懷贈樂天/劉禹錫

若有金揮勝二疏。《全唐詩續拾》卷27,頁1072。

酬夢得貧居詠懷見贈/白居易

歲陰生計兩蹉跎,相顧悠悠醉且歌。廚冷難留烏止屋,《詩》云:瞻屋爰止,于誰之屋？言烏多止富貴之屋也。門閑可與雀張羅。病添莊舄吟聲苦,貧欠韓康藥債多。日望揮金賀新命,來篇云:若有揮金勝二疏。俸錢依舊又如何？時夢得罷賓客除秘監,祿俸略同,故云。《白居易集箋校》卷35,頁2397。

酬夢得見喜疾瘳/白居易

暖臥摩綿褥,寒傾藥酒螺。昏昏布裘底,病醉睡相和。末疾徒雲爾,傳云:風淫末疾。末謂四支。餘年有幾何？須知差初介反與否,相去校無多。《白居易集箋校》卷35,頁2398。

開成五年

楊柳枝詞八首/白居易

六么水調家家唱,白雪梅花處處吹。古歌舊曲君休聽,聽取新翻楊柳枝。

陶令門前四五樹,亞夫營裏百千條。何似東都正二月,黃金枝映洛陽橋？

依依嫋嫋復青青,勾引春風無限情。白雪花繁空撲地,綠絲條弱不勝鶯。

紅板江橋青酒旗,館娃宮暖日斜時。可憐雨歇東風定,萬樹千條各自垂。

蘇州楊柳任君誇,更有錢塘勝館娃。若解多情尋小小,綠楊深處是蘇家。

蘇家小女舊知名,楊柳風前别有情。剥條盤作銀環樣,卷葉吹爲玉笛聲。

葉含濃露如啼眼,枝嫋輕風似舞腰。小樹不禁攀折苦,乞君留取兩三條。

人言柳葉似愁眉,更有愁腸似柳絲。柳絲挽斷腸牽斷,彼此應無續得期。《白居易集箋校》卷31,頁2167—2168。

别柳枝/白居易

兩枝楊柳小樓中,嫋娜多年伴醉翁。明日放歸歸去後,世間應不要春風。《白居易集箋校》卷35,頁2392。

前有别楊柳枝絶句夢得繼和云春盡絮飛留不得隨風好去落誰家又復戲答/白居易

柳老春深日又斜,任他飛向别人家。誰能更學孩童戲,尋逐春風捉柳花!《白居易集箋校》卷35,頁2416。

楊柳枝詞九首/劉禹錫

塞北梅花羌笛吹,淮南桂樹小山詞。請君莫奏前朝曲,聽唱新翻楊柳枝。

南陌東城春早時,相逢何處不依依?桃紅李白皆誇好,須得垂楊相發揮。

鳳闕輕遮翡翠幃,龍池遥望麴塵絲。御溝春水相輝映,狂殺長安年少兒。

金谷園中鶯亂飛,銅駝陌上好風吹。城中桃李須臾盡,争似垂楊無限時。

花萼樓前初種時,美人樓上鬭腰支。如今抛擲長街裏,露葉如啼欲恨誰?

煬帝行宫汴水濱,數株殘柳不勝春。晚來風起花如雪,飛入宫牆不見人。

御陌青門拂地垂,千條金縷萬條絲。如今綰作同心結,將贈行人知不知?

城外春風吹酒旗,行人揮袂日西時。長安陌上無窮樹,唯有垂楊綰別離。

輕盈嫋娜占年華，舞榭妝樓處處遮。春盡絮飛留不得，隨風好去落誰家？《劉禹錫集箋證》卷27，頁858。

送唐州崔使君侍親赴任/白居易

連持使節歷專城，獨賀崔侯最慶[1]榮。烏府一抛霜簡去，朱輪四從板輿行。崔郎中從殿中連典四郡，皆侍親赴任。發時温水[2]沙鷗送，到日方城[3]竹馬迎。唯慮郡齋賓友少，數[4]盃春酒共誰傾？《白居易集箋校》卷35，頁2412。

(1)"慶"，金澤本作"後"(後集卷68，頁186)。

(2)"温水"，原作"正許"，據金澤本改(後集卷68，頁186)。

(3)"城"，原作"乘"，據金澤本改(後集卷68，頁186)。

(4)"數"，金澤本作"一"(後集卷68，頁186)。

洛中送崔司業使君扶侍赴唐州/劉禹錫

緑野方城路，殘春柳絮飛。風鳴驌驦馬，日照老萊衣。洛苑魚書至，江村雁户歸。相思望淮水，雙鯉不應稀。《劉禹錫集箋證》卷28，頁926。

皇甫郎中親家翁赴任絳州宴送出城贈别/白居易

慕賢入室交先定，結援通家好復成。新婦不嫌貧活計，嬌孫同慰老心情。洛橋歌酒今朝散，絳路風煙幾日行？欲識離羣相戀意，爲[1]君扶病出都城。《白居易集箋校》卷35，頁2410。

(1)"爲"，金澤本作"送"(後集卷68，頁185)。

送河南皇甫少尹赴絳州/劉禹錫

祖帳臨周道，前旌指晋城。午橋羣吏散，亥字老人迎。詩酒同行樂，別離方見情。從兹洛陽社，吟詠欠書生。《劉禹錫集箋證》卷28，頁927。

秋霖即事聯句三十韻/王起　白居易　劉禹錫

蕭索窮秋月，蒼茫[1]苦雨天。泄雲生棟上，行潦入庭前。居易送上僕射。苔色侵三徑，波聲想五絃。井蛙争入户，轍鮒亂歸泉。起送上中丞大監。高霤愁晨坐，空階驚夜眠。鶴鳴猶未已，蟻穴亦頻遷。禹錫送上少傅侍郎。散漫疏還密，空濛斷又連。竹霑青玉潤，荷滴白珠圓。居易。地溼灰蛾滅，池添水馬憐。有苗霑霢霂，無月弄潺湲。起。籬菊潛開秀，園蔬已罷鮮。斷行隨[2]雁翅，孤嘯聳鳶肩。禹錫。橋柱黏黄菌，牆衣點緑錢。草荒行藥路，沙淀釣魚船。居易。長者車猶阻,高人榻且懸。此思劉君之來也。金烏何日見?玉爵幾時傳?起。近井桐先落,當簷石欲穿。趨風誠有戀,披霧邈無緣。禹錫以答懸榻之言。廩米陳生醭,庖薪溼起煙。鳴雞潛報曉,急景暗凋年。居易。蓋灑高松上,絲繁細柳邊。拂叢時起蝶,墜葉乍驚蟬。起。巾角皆争墊,裙裾別[3]似湔。人多蒙翠被,馬盡著連乾。禹錫。好客無來者,貧家但悄然。寒泥印鶴跡,漏壁絡蝸涎。居易。蚊聚雷侵室,鷗翻浪滿川。上樓愁冪冪,繞舍厭濺濺。起。律候今秋矣,歡娱久曠焉。但令[4]高興在,晴後奉周旋。禹錫。《劉禹錫集箋證》外集卷4,頁1272。

(1)"茫",宋杭本作"然"。

(2)"隨",宋杭本作"垂"。

(3)"別",宋杭本作"例"。

(4)"令",原作"今",據宋杭本改。

喜晴聯句/王起 白居易 劉禹錫

苦雨晴何喜?喜於未雨時。氣收雲物變,聲樂鳥烏知。居易送上僕射。蕙泛光風圃,蘭開皎月池。千峯分遠近,九陌好追隨。起送上尚書。白日開天路,玄陰卷地維。餘清在林薄,新照入漣漪。禹錫。碧樹涼先落,青蕪溼更滋。曬毛經浴鶴,曳尾出泥龜。居易。舞去商羊速,飛來野馬遲。柱邊無潤礎,臺上有遊絲。起。橋淨行塵息,隄長禁柳垂。宫城開睥睨,觀闕麗罘罳。禹錫。洛水澄清鏡,嵩煙展翠帷。梁成虹乍見,市散蟻[1]初移。居易。藉草風猶暖,攀條露已晞。屋穿添碧瓦,牆缺召金鎚。起。迥澈來雙目,昏煩去四支。霞文晚煥爛,星影夕参差。禹錫。爽助門庭肅,寒摧草木衰。黄乾向陽菊,紅洗得霜梨。居易。假蓋閒誰惜?彈絃燥更悲。散蹄良馬穩,炙背野人宜。起。洞户晨輝入,空庭宿霧披。推牀出書目,傾笥上衣椸。禹錫。道路行非阻,軒車望可期。無辭訪圭竇,且願見瓊枝。居易。仙[2]閣蓬萊客,古以秘書喻蓬萊。儲宫羽翼師。此言少傅。每憂陪麗句,何暇覿英姿?起以酬圭竇之言。翫景方搔首,懷人尚斂眉。因吟仲文什,高興盡於斯。禹錫。《劉禹錫集箋證》外集卷4,頁1273—1274。

(1)"蟻",宋杭本作"蟣"。

(2)"仙",原作"山",據宋杭本改。

酬樂天/劉禹錫

鍊盡美少年。《全唐詩續拾》卷 27,頁 1072。

夢得前所酬篇有鍊盡美少年之句因思往事兼詠今懷重以長句[1]答之/白居易

鍊盡少年成白首,憶初相識到今朝。昔饒春桂長先折,今伴寒松最後凋。昔登科第,夢得多居先。今同暮年,洛下爲老伴。生事縱貧猶可過,風情雖老未全銷。聲華寵命人皆得,若箇如君歷七朝?夢得貞元中及今,凡仕七朝也。《白居易集箋校》卷 35,頁 2408。

(1)金澤本"長句"後有"奉"字(後集卷 68,頁 183)。

談氏外孫生三日喜是男偶吟成篇兼戲呈夢得/白居易

玉芽珠顆小男兒,羅薦蘭湯浴罷時。芣苢春來盈女手,梧桐老去長孫枝。慶傳媒氏燕先賀,喜報談家烏預知。明日貧翁具雞黍,應須酬賽引雛詩。前年談氏外孫女初生,夢得有賀詩云:從此引鴛雛。今幸是男,前言似有徵,故云。《白居易集箋校》卷 35,頁 2417。

唐武宗會昌元年

會昌春連宴即事/王起　白居易　劉禹錫

元年寒食日,上巳暮春天。雞黍三家會,鶯花二節連。居易。光風初淡蕩,美景漸暄妍。簪組蘭亭上,車輿曲水邊。禹錫。松聲添奏樂,草色助鋪筵。雀舫宜閒泛,螺杯任漫傳。起。園蔬香帶露,池柳暗藏煙。麗句輕珠玉,清談勝管絃。居易。陌喧金距鬭,樹動綵繩懸。姹女妝梳豔,遊童衣服鮮。禹錫。圃香知種蕙,池暖憶開蓮。怪石雲疑觸,夭桃火欲然。起。正歡唯恐散,雖醉未思眠。嘯傲人間世,追隨地上仙。居易。燕來雙涎涎,雁去累翩翩。行樂真吾事,尋芳獨我先。禹錫。滯周慙太史,太史公留滯周南,今榮示慙古人矣。入洛繼先賢。此言劉、白聲價與二陸爭長矣。昔恨多分手,今歡謬比肩。起。病猶陪宴飲,老更奉周旋,望重青雲客,情深白首年。居易。偏嘗珍饌後,許入畫堂前。舞袖翻紅炬,歌鬟插寶蟬。禹錫。斷金多感激,倚玉貴遷延。説吏吞顔注,論詩笑鄭箋。起。松筠寒不變,膠漆冷彌堅。興伴王尋戴,謂隨僕射過尚書也。榮同隗在燕。居易自謂。擲盧誇使氣,刻燭鬭成篇。實藝皆三捷,虚名愧六聯。禹錫。興闌猶舉白,話靜每思玄。更説歸時好,高[1]亭月正圓。起。《劉禹錫集箋證》外集卷4,頁1275—1276。

(1)"高",宋杭本作"亭"。

僕射來示有三春向晚四者難并之説誠哉是言輒引起題重爲聯句疲兵再戰勍敵難降下筆之時輾然自哂走呈僕射兼簡尚書/王起 白居易 劉禹錫

三春今向晚,四者昔難并。借問低眉坐,何如攜手行?居易。舊遊多過隙,新宴且尋盟。鸚鵡杯[1]須樂,麒麟閣未成。起。分陰當愛惜,遲景好逢迎。林野熏風起,樓臺穀雨晴。禹錫。牆低山半出,池廣水初平。橋轉長虹曲,舟迴小鷁輕。居易。殘花猶布繡,密竹自聞笙。欲過芳菲節,難忘宴會情。起。月輪行似箭,時物勢如傾。見雁隨兄去,聽鶯求友聲。禹錫。蕙長書帶展,菰嫩翦刀生。座[2]密衣裳暖,堂虚絲管清。居易。峯巒侵碧落,草木近朱明。與點非沂水,陪膺是洛城。白嘗爲三川守,故云。起。撥醅争緑醑,卧酪待朱櫻。幾處能留客?何人喚解酲?禹錫。舊儀尊右揆,新命寵春卿。有喜鵲頻語,無機鷗不驚。居易。青林思小隱,白雪仰芳名。訪舊殊千里,登高賴九城。起。鄴侯司管鑰,疏傅傲簪纓。綸綍曾同掌,煙霄即上征。禹錫。册庭嘗接武,書殿忝連衡。蘭室春彌馥,松心晚更貞。居易。琴招翠羽下,釣掣紫鱗呈。只願迴烏景,誰能避兕觥?起。方知醉兀兀,應勝走營營。鳳閣鸞臺路,從他年少争。居易更呈二公。《劉禹錫集箋證》外集卷4,頁1277—1278。

(1)"杯",宋杭本作"林"。

(2)"座",宋杭本作"坐"。

同留守王僕射各賦春中一物從一韻至七/劉禹錫

鶯。能語,多情。春將半,天欲明。始逢南陌,復集東城。林疏時見影,花密但聞聲。營中緣催短笛,樓上來定哀箏。千門萬户垂楊裏,百囀如簧煙景晴。《劉禹錫集箋證》外集卷4,頁1254。

會昌元年春五絶句/白居易

病後喜過劉家

忽憶前年初病後,此生甘分不銜盃。誰能料得今春事,又向[1]劉家飲酒來?

贈舉之僕射今春與僕射三爲寒食之會

雞毬餳粥屢開筵,談笑謳吟間管絃。一月三迴寒食會,春光應不負今年。

盧尹賀夢得會中作

病聞川守賀筵開,起伴尚書飲一盃。任意少年長(2)笑我,老人自覓老人來。

題朗之槐亭

春風可惜無多日,家醖唯殘飲(3)半瓶。猶望君歸同一醉,籃舁早晚入槐亭。

勸夢得酒

誰人功畫麒麟閣?何客新投魑魅鄉?兩處榮枯君莫問,殘春更醉兩三場(4)。《白居易集箋校》卷35,頁2438—2441。

(1)"向",金澤本作"到"(後集卷68,頁202—203)。

(3)"長",金澤本作"場"(後集卷68,頁202—203)。

(4)"飲",原作"軟",據金澤本改(後集卷68,頁202—203)。

(5)"場",金澤本作"觴"(後集卷68,頁202—203)。

樂天是月長齋鄙夫此時愁卧里閭非遠雲霧難披因以寄懷遂爲聯句所期解悶焉敢驚禪/白居易　劉禹錫

五月長齋月,文心苦行心。蘭葱不入户,薝蔔自成林。夢得。護戒先辭酒,嫌喧亦撤琴。塵埃賓位靜,香火道場深。樂天。我靜馴狂象,吾餘施衆禽。定知於佛佞,豈復向書淫?夢得。欄藥凋紅豔,庭槐换緑陰。風光徒滿目,雲霧未披襟。樂天。樹爲清涼倚,池因盥漱臨。蘋芳遭燕拂,蓮坼待蜂尋。夢得。舍下環流水,窗中列遠岑。苔斑錢剥落,石怪玉嶔崟。樂天。鶻頂迎秋秃,鶯喉入夏瘖。柳絲垂色綫,棘刺露長鍼。夢得。散秩身猶幸,趨朝力不任。官將才共拙,年與病交侵。樂天。徇樂非時選,忘機似陸沈。鑑容稱四皓,捫腹有三壬。夢得。攜手慙連璧,同心許斷金。紫芝雖繼唱,前後各任賓客。白雪少知音。樂天。憶罷吴門守,相逢楚水潯。舟中頻曲宴,夜後各加斟。夢得。濁酒銷(1)殘漏,絃聲間遠砧。酡顏舞長袖,密坐接華簪。樂天。持論峯巒峻,戰文矛戟森。笑言誠莫逆,造次必相箴。夢得。往事應[2]如昨,餘歡迄至今。迎君常倒屣,訪我輒攜衾。樂天。陰魄初離畢,將有後雨。陽光正在參。五月之節。待公休一食,縱飲共狂吟。夢得。《劉禹錫集箋證》外集卷4,頁1279—1280。

(1)"濁酒銷",宋杭本作"燭泪鎖"。

(2)"應",宋杭本作"輒"。

過裴令公宅二絶句裴令公在日,常同聽楊柳枝歌,每遇雪天,無非[1]招宴,二物如故,因成[2]感情。/白居易

風吹楊柳出牆枝,憶得同歡[3]共醉時。每到集賢坊地[4]過,不[5]曾一度不低眉。

梁王舊館雪濛濛,愁殺鄒枚二老翁。此句兼屬夢得。假使明朝深一尺,亦無人到兔園中。《白居易集箋校》卷35,頁2442。

(1)"非",金澤本作"不"(後集卷68,頁203—204)。

(2)"成",金澤本作"而"(後集卷68,頁203—204)。

(3)"歡",金澤本作"歌"(後集卷68,頁203—204)。

(4)"地",金澤本作"北"(後集卷68,頁203—204)。

(5)"不",金澤本作"無"(後集卷68,頁203—204)。

偶吟自慰兼呈夢得予與夢得甲子同,今俱七十/白居易

且喜同年滿七旬,莫嫌衰病莫嫌貧。已爲海内有名客,又占世間長命人。耳裏聲[1]聞新將相,眼前失盡故交親。尊榮富壽難兼得,閑坐思量最要身。《白居易集箋校》卷35,頁2448。

(1)"聲",金澤本作"數"(後集卷68,頁207)。

雪暮偶與夢得同致仕裴賓客王尚書飲/白居易

黄昏慘慘雪霏霏,白首相歡醉不歸。四箇老人三百歲,裴年九十餘,王八十餘,予與夢得俱七十,合三百餘歲,可謂希有之會也。人間此會亦應稀。《白居易集箋校》卷35,頁2450。

雪夜小飲贈夢得/白居易

同爲懶慢園林客,共對蕭條雨雪天。小酌酒巡銷永夜,大開口笑送殘年。久將時背成遺老,多被人呼作散仙。呼作散仙應有以,曾看東海變桑田。《白居易集箋校》卷36,頁2512。

會昌二年

哭劉尚書夢得二首/白居易

四海齊名白與劉,百年交分兩綢繆。同貧同病退閑日,一生一死臨老頭。盃酒英雄君與操,曹公曰:天下英雄唯使君與操耳。文章微婉我知丘。仲尼云:後世知丘者《春秋》。又云:《春秋》之旨微而婉也。賢豪雖殁精靈生,應共微之地下遊。

今日哭君吾道孤,寢門淚滿白髭鬚。不知箭折弓何用?兼恐脣亡齒亦枯。窅窅窮泉埋寶玉,駸駸落景挂桑榆。夜臺暮齒期非遠,但問前頭相見無?《白居易集箋校》卷36,頁2541—2542。

六　《洛下遊賞宴集》輯目

輯目序例

一、《洛下遊賞宴集》十卷，白居易晚年所編，收其自唐文宗大和三年至武宗會昌五年(829—845)退居洛陽期間與文人士大夫遊賞宴集的唱和作品，預唱者包括徐凝、崔玄亮、李紳、裴度、牛僧孺、皇甫曙、胡杲、吉皎、劉真、鄭據、盧貞、張渾、盧貞等。

二、玆考輯此集逸詩題目二百二十三首，斷句九，已收於《汝洛集》《洛中集》者，爲避免重複不再收入此集；並加以編年，詳細考證參本書第五章。

三、所輯題目據《白居易集箋校》《全唐詩》《全唐詩補編》等。由於此集詩篇較多，且絶大多數輯自白集，爲節省篇幅，此處僅標出這些作品在此三種著作中的卷頁數，未逐一詳引作品。

目　録

唐文宗大和三年

白蓮池汎舟/白居易　《白居易集箋校》卷27，頁1887

侍郎宅泛池/徐凝　《全唐詩》卷474，頁5383

答蘇六/白居易　《白居易集箋校》卷27，頁1892

雨中訪崔十八/白居易 《白居易集箋校》外集卷上,頁3840

同崔十八宿龍門兼寄令狐尚書馮常侍/白居易 《白居易集箋校》外集卷中,頁3884—3885

送沈倉曹赴江西/白居易 《白居易集箋校》外集卷中,頁3885

秋遊/白居易 《白居易集箋校》卷27,頁1893

和秋遊洛陽/徐凝 《全唐詩》卷474,頁5383

臨都驛送崔十八/白居易 《白居易集箋校》卷27,頁1896

崔十八新池/白居易 《白居易集箋校》卷22,頁1501

贈皇甫賓客/白居易 《白居易集箋校》卷27,頁1881

拜表早出贈皇甫賓客/白居易 《白居易集箋校》外集卷上,頁3843

蕭庶子相過/白居易 《白居易集箋校》卷27,頁1883

答尉遲少尹問所須/白居易 《白居易集箋校》卷27,頁1884

同崔十八寄元浙東王陝州/白居易 《白居易集箋校》卷27,頁1885

答蘇庶子月夜聞家僮奏樂見贈/白居易 《白居易集箋校》卷27,頁1886

令狐尚書許過弊居先贈長句/白居易 《白居易集箋校》卷27,頁1890

答崔十八/白居易 《白居易集箋校》卷27,頁1891

遊平泉贈晦叔/白居易 《白居易集箋校》卷27,頁1894

大和四年

春風/白居易 《白居易集箋校》卷27,頁1928

和嘲春風/徐凝 《全唐詩》卷47,頁5383

酬皇甫賓客/白居易 《白居易集箋校》卷28,頁1942

勸行樂/白居易 《白居易集箋校》卷28,頁1932

池上贈韋山人/白居易 《白居易集箋校》卷28,頁1942

重陽席上賦白菊/白居易 《白居易集箋校》卷27,頁1904

秋遊平泉贈韋處士閑禪師/白居易 《白居易集箋校》卷22,頁1512

期宿客不至/白居易 《白居易集箋校》卷27,頁1903

和侍郎邀宿不至/徐凝 《全唐詩》卷474,頁5383

夜題玉泉寺/白居易 《白居易集箋校》外集卷上,頁3842

和夜題玉泉寺/徐凝 《全唐詩》卷474,頁5358

自鄂渚至河南將歸江外留辭侍郎/徐凝 《全唐詩》卷474,頁5383

別白公/徐凝 《全唐詩》卷474,頁5386

同王十七庶子李十六員外鄭二侍御同年四人遊龍門有感而作/白居易 《白居易集箋校》卷28,頁1949

池上小宴問程秀才/白居易 《白居易集箋校》卷28,頁1950

夜宴惜別/白居易 《白居易集箋校》卷28,頁1966

大和五年

認春戲呈馮少尹李郎中陳主簿/白居易 《白居易集箋校》卷25,頁1778—1779

水堂醉卧問杜三十一/白居易 《白居易集箋校》卷28,頁1983

送敏中歸豳寧幕/白居易 《白居易集箋校》卷25,頁1773

雪夜喜李郎中見訪兼酬所贈/白居易 《白居易集箋校》卷27,頁1910—1911

雪後早過天津橋偶呈諸客/白居易 《白居易集箋校》卷28,頁1985

與諸道者同遊二室至九龍潭作/白居易 《白居易集箋校》卷28,頁1980

座中戲呈諸少年/白居易 《白居易集箋校》卷28,頁1985

大和六年

早春雪後贈洛陽李長官長水鄭明府二同年/白居易 《白居易集箋校》卷28,頁1987

送徐州高僕射赴鎮/白居易 《白居易集箋校》卷26,頁1850

六年寒食洛下宴遊贈馮李二少尹/白居易 《白居易集箋校》卷22,頁1516

從龍潭寺至少林寺題贈同遊者/白居易 《白居易集箋校》卷27,頁1914

夜從法王寺下歸嶽寺/白居易 《白居易集箋校》卷27,頁1915

宿龍潭寺/白居易 《白居易集箋校》卷27,頁1916

嵩陽觀夜奏霓裳/白居易 《白居易集箋校》卷27,頁1916

舒員外遊香山寺數日不歸兼辱尺書大誇勝事時正值坐衙慮囚之際走筆題長句以贈之/白居易 《白居易集箋校》卷22,頁1519—1520

早冬遊王屋自靈都抵陽臺上方望天壇偶吟成章寄温谷周尊師中書李相公/白居易 《白居易集箋校》卷22,頁1520—1521

和杜録事題紅葉/白居易 《白居易集箋校》卷27,頁1918

題崔常侍濟上別墅/白居易 《白居易集箋校》卷27,頁1919

濟源上枉舒員外兩篇因酬六韻/白居易 《白居易集箋校》外集卷中,頁3883

天壇峯下贈杜録事/白居易 《白居易集箋校》卷27,頁1921

十二月四日寄樂天/崔玄亮 《全唐詩續拾》卷26,頁1045

答崔賓客晦叔十二月四日見寄/白居易 《白居易集箋校》卷21,頁1461

十二月二十三日作兼呈晦叔/白居易 《白居易集箋校》卷31,頁2099

洛下送牛相公出鎮淮南/白居易 《白居易集箋校》卷 31,頁 2104
六年冬暮贈崔常侍晦叔/白居易 《白居易集箋校》卷 31,頁 2097
夜招晦叔/白居易 《白居易集箋校》卷 26,頁 1864
戲招諸客/白居易 《白居易集箋校》卷 31,頁 2098
雪夜對酒招客/白居易 《白居易集箋校》卷 28,頁 1994
醉後重贈晦叔/白居易 《白居易集箋校》卷 28,頁 1996
戲答皇甫監/白居易 《白居易集箋校》卷 26,頁 1864—1865
勸我酒/白居易 《白居易集箋校》卷 21,頁 1461
贈同座/白居易 《白居易集箋校》卷 26,頁 1862

大和七年

酬舒三員外見贈長句/白居易 《白居易集箋校》卷 31,頁 2107
送楊八給事赴常州/白居易 《白居易集箋校》卷 31,頁 2126
七年初到洛陽寓居宣教里時已春暮而四老俱在洛中分司/李紳 《全唐詩》卷 481,頁 5470
贈皇甫六張十五李二十三賓客/白居易 《白居易集箋校》卷 31,頁 2118
酬李二十侍郎/白居易 《白居易集箋校》卷 31,頁 2113
洛中春遊呈諸親友/白居易 《白居易集箋校》卷 31,頁 2106
和高僕射罷節度讓尚書授少保分司喜遂遊山水之作/白居易 《白居易集箋校》卷 31,頁 2121
裴常侍以題薔薇架十八韻見示因廣爲三十韻以和之/白居易 《白居易集箋校》卷 31,頁 2111—2112
醉送李二十常侍赴鎮浙東/白居易 《白居易集箋校》卷 31,頁 2127—2128
送陳許高僕射赴鎮/白居易 《白居易集箋校》卷 31,頁 2133
秋日與張賓客舒著作同遊龍門醉中狂歌凡二百三十八字/白居易 《白居易集箋校》卷 29,頁 2011—2012
履信池櫻桃島上醉後走筆送別舒員外兼寄宗正李卿考功崔郎中/白居易 《白居易集箋校》卷 29,頁 2013
池上送考功崔郎中兼別房竇二妓/白居易 《白居易集箋校》卷 31,頁 2132
送考功崔郎中赴闕/白居易 《白居易集箋校》卷 31,頁 2122
送舒著作重授省郎赴闕/白居易 《白居易集箋校》卷 31,頁 2143
藍田劉明府攜酎相過與皇甫郎中卯時同飲醉後贈之/白居易 《白居易集箋校》卷 31,頁 2146

同諸客嘲雪中馬上妓/白居易 《白居易集箋校》卷 31,頁 2144
醉別程秀才/白居易 《白居易集箋校》卷 31,頁 2129
贈草堂宗密上人/白居易 《白居易集箋校》卷 31,頁 2115
喜照密閑實四上人見過/白居易 《白居易集箋校》卷 31,頁 2116—2117

大和八年

早春招張賓客/白居易 《白居易集箋校》卷 31,頁 2151
玩半開花贈皇甫郎中/白居易 《白居易集箋校》卷 31,頁 2153
侍中晋公欲到東洛先蒙書問期宿龍門思往感今輒獻長句/白居易 《白居易集箋校》卷 31,頁 2164
奉和晋公侍中蒙除留守行及洛師感悦發中斐然成詠/白居易 《白居易集箋校》卷 31,頁 2165
春池上戲贈李郎中/白居易 《白居易集箋校》卷 31,頁 2152
早夏遊宴/白居易 《白居易集箋校》卷 29,頁 2021
夏中雨後遊城南莊示樂天八韻/裴度 《全唐詩續拾》卷 27,頁 1068
奉酬侍中夏中雨後遊城南莊見示八韻/白居易 《白居易集箋校》卷 32,頁 2185
和裴令公遊南莊憶白二十韋七二賓客/姚合 《全唐詩》卷 501,頁 5697
送兖州崔大夫駙馬赴鎮/白居易 《白居易集箋校》卷 32,頁 2186
張常侍相訪/白居易 《白居易集箋校》卷 29,頁 2020
池上清晨候皇甫郎中/白居易 《白居易集箋校》卷 29,頁 2028
早秋登天宫寺閣贈諸客/白居易 《白居易集箋校》卷 32,頁 2192
代林園戲贈/白居易 《白居易集箋校》卷 32,頁 2190
戲答林園/白居易 《白居易集箋校》卷 32,頁 2191
重戲贈/白居易 《白居易集箋校》卷 32,頁 2191
重戲答/白居易 《白居易集箋校》卷 32,頁 2192
八月十五日夜同諸客玩月/白居易 《白居易集箋校》卷 32,頁 2194
對晚開夜合花贈皇甫郎中/白居易 《白居易集箋校》卷 32,頁 2195
答皇甫十郎中秋深酒熟見憶/白居易 《白居易集箋校》卷 32,頁 2201
酬皇甫郎中對新菊花見憶/白居易 《白居易集箋校》卷 32,頁 2197
初冬即事憶皇甫十/白居易 《白居易集箋校》外集卷上,頁 3838
除夜言懷兼贈張常侍/白居易 《白居易集箋校》外集卷上,頁 3832
菩提寺上方晚望香山寺寄舒員外/白居易 《白居易集箋校》卷 30,頁 2064

雪中晏起偶詠所懷兼呈張常侍韋庶子皇甫郎中/白居易　《白居易集箋校》卷 30,頁 2060—2061

題贈平泉韋徵君拾遺/白居易　《白居易集箋校》卷 32,頁 2196

曉上天津橋閑望偶逢盧郎中張員外攜酒同傾/白居易　《白居易集箋校》卷 32,頁 2193

送劉五司馬赴任硤州兼寄崔使君/白居易　《白居易集箋校》卷 31,頁 2166

和韋庶子遠坊赴宴未夜先歸之作兼呈裴員外/白居易　《白居易集箋校》卷 32,頁 2198

送宗實上人遊江南/白居易　《白居易集箋校》卷 32,頁 2202

大和九年

和河南鄭尹新歲對雪/白居易　《白居易集箋校》外集卷上,頁 3834

二月一日作贈韋七庶子/白居易　《白居易集箋校》卷 30,頁 2065

贈盧績/白居易　《白居易集箋校》外集卷上,頁 3845

初夏閑吟兼呈韋賓客/白居易　《白居易集箋校》卷 32,頁 2183

五月齋戒罷宴徹樂聞韋賓客皇甫郎中飲會亦稀又知欲攜酒饌出齋先以長句呈謝/白居易　《白居易集箋校》卷 32,頁 2218

張常侍池涼夜閑讌贈諸公/白居易　《白居易集箋校》卷 29,頁 2038

和皇甫郎中秋曉同登天宫閣言懷六韻/白居易　《白居易集箋校》卷 29,頁 2039

韋七自太子賓客再除秘書監以長句賀而餞之/白居易　《白居易集箋校》卷 32,頁 2229

龍門送别皇甫澤州赴任韋山人南遊/白居易　《白居易集箋校》卷 32,頁 2224

酒熟憶皇甫十/白居易　《白居易集箋校》卷 32,頁 2230

贈鄭尹/白居易　《白居易集箋校》外集卷上,頁 3843

送吕漳州/白居易　《白居易集箋校》卷 29,頁 2039—2040

新亭病後獨坐招李侍郎公垂/白居易　《白居易集箋校》卷 33,頁 2241

裴侍中晋公以集賢林亭即事詩二十六韻見贈猥蒙徵和才拙詞繁輒廣爲五百言以伸酬獻/白居易　《白居易集箋校》卷 29,頁 2033—2035

池畔閑坐兼呈侍中/白居易　《白居易集箋校》外集卷上,頁 3837

送姚杭州赴任因思舊遊二首/白居易　《白居易集箋校》卷 32,頁 2205

開成元年

清明日登老君閣望洛城贈韓道士/白居易　《白居易集箋校》卷 33,頁 2253

酬鄭二司録與李六郎中寒食日相過同宴見贈/白居易　《白居易集箋校》卷 33,頁 2255

喜與楊六侍御同宿/白居易　《白居易集箋校》卷 33,頁 2256

殘春詠懷贈楊慕巢侍郎/白居易　《白居易集箋校》卷 33,頁 2257

歎春風兼贈李二十侍郎二絶/白居易 《白居易集箋校》卷33,頁2250
春來頻與李二賓客郭外同遊因贈長句/白居易 《白居易集箋校》卷33,頁2251
春和令公緑野堂種花/白居易 《白居易集箋校》卷33,頁2252
春盡日天津橋醉吟偶呈李尹侍郎/白居易 《白居易集箋校》卷33,頁2259
題天竺南院贈閑元旻清四上人/白居易 《白居易集箋校》卷30,頁2085—2086
秋霖中奉裴令公見招早出赴會馬上先寄六韻/白居易 《白居易集箋校》卷33,頁2268
雪中酒熟欲攜訪吴監先寄此詩/白居易 《白居易集箋校》卷33,頁2282
嘗酒聽歌招客/白居易 《白居易集箋校》卷33,頁2269

開成二年

令公南莊花柳正盛欲偷一賞先寄二篇/白居易 《白居易集箋校》卷33,頁2294—2295
晚春欲攜酒尋沈四著作先以六韻寄之/白居易 《白居易集箋校》卷33,頁2297
春夜宴席上戲贈裴淄川/白居易 《白居易集箋校》卷33,頁2296
惜春贈李尹/白居易 《白居易集箋校》卷33,頁2287
南莊一絶/裴度 《白居易集箋校》卷33,頁2307
和裴令公南莊一絶/白居易 《白居易集箋校》卷33,頁2307
和裴令公一日日一年年雜言見贈/白居易 《白居易集箋校》卷29,頁2051—2052
題牛相公歸仁里宅新成小灘/白居易 《白居易集箋校》卷36,頁2463—2464
長齋月滿寄思黯/白居易 《白居易集箋校》卷33,頁2315
送盧郎中赴河東裴令公幕/白居易 《白居易集箋校》卷33,頁2313
冬夜對酒寄皇甫十/白居易 《白居易集箋校》卷33,頁2316
酬思黯相公見過敝居戲贈/白居易 《白居易集箋校》卷29,頁2004
偶以拙詩數首寄呈裴少尹侍郎蒙以盛製四篇一時酬和重投長句美而謝之/白居易 《白居易集箋校》卷30,頁2094
送李滁州/白居易 《白居易集箋校》卷33,頁2314
閑吟贈皇甫郎中親家翁/白居易 《白居易集箋校》卷34,頁2326
戲酬皇甫十再勸酒/白居易 《白居易集箋校》外集卷中,頁3902
酬思黯戲贈/白居易 《白居易集箋校》卷34,頁2327—2328
又戲贈/牛僧孺 《白居易集箋校》卷34,頁2329
又戲答絶句/白居易 《白居易集箋校》卷34,頁2329

開成三年

立春日呈宫傅侍郎/皇甫曙 《全唐詩》卷490,頁5551

早春持齋答皇甫十見贈/白居易　《白居易集箋校》卷34,頁2336
酬皇甫十早春對雪見贈/白居易　《白居易集箋校》卷34,頁2339
早春憶遊思黯南莊因寄長句/白居易　《白居易集箋校》卷34,頁2338
遊平泉宴浥澗宿香山石樓贈座客/白居易　《白居易集箋校》卷36,頁2467
酬思黯相公晚夏雨後感秋見贈/白居易　《白居易集箋校》卷34,頁2354
與牛家妓樂雨夜合宴/白居易　《白居易集箋校》卷34,頁2360—2361
九月八日酬皇甫十見贈/白居易　《白居易集箋校》卷34,頁2364
問皇甫十/白居易　《白居易集箋校》卷34,頁2382
詠懷寄皇甫朗之/白居易　《白居易集箋校》卷34,頁2358
戲答思黯/白居易　《白居易集箋校》卷34,頁2334
蘇州故吏/白居易　《白居易集箋校》卷34,頁2368
自罷河南已换七尹每一入府帳然舊遊因宿内廳偶題西壁兼呈韋尹常侍/白居易　《白居易集箋校》卷34,頁2374

開成四年

送蘇州李使君赴郡二絶句/白居易　《白居易集箋校》卷34,頁2383
對鏡偶吟贈張道士抱元/白居易　《白居易集箋校》卷35,頁2405

開成五年

殘春晚起伴客笑談/白居易　《白居易集箋校》卷35,頁2411—2412
春晚詠懷贈皇甫朗之/白居易　《白居易集箋校》卷35,頁2413
晚池汎舟遇景成詠贈吕處士/白居易　《白居易集箋校》卷35,頁2422
早入皇城贈王留守僕射/白居易　《白居易集箋校》卷35,頁2431

唐武宗會昌元年

和敏中洛下即事/白居易　《白居易集箋校》卷36,頁2502
送敏中新授户部員外郎西歸/白居易　《白居易集箋校》卷36,頁2503
雪朝乘興欲指李司徒留守先以五韻戲之/白居易　《白居易集箋校》卷35,頁2451
寒亭留客/白居易　《白居易集箋校》卷36,頁2509
和李中丞與李給事山居雪夜同宿小酌/白居易　《白居易集箋校》卷36,頁2510
題崔少尹上林坊新居/白居易　《白居易集箋校》卷35,頁2444
李盧二中丞各創山居俱誇勝絶然去城稍遠來往頗勞弊居新泉實在宇下偶題十五韻聊戲二君/白居易　《白居易集箋校》卷36,頁2484
南侍御以石相贈助成水聲因以絶句謝之/白居易　《白居易集箋校》卷36,頁2504

閑居自題戲招宿客/白居易 《白居易集箋校》卷36,頁2505—2506

李留守相公見過池上汎舟舉酒話及翰林舊事因成四韻以獻之/白居易 《白居易集箋校》卷36,頁2505

和李相公留守題漕上新橋六韻/白居易 《白居易集箋校》卷37,頁2571

會昌二年

酬南洛陽早春見贈/白居易 《白居易集箋校》卷36,頁2522

攜酒往朗之莊居同飲/白居易 《白居易集箋校》卷36,頁2523

夏日與閑禪師林下避暑/白居易 《白居易集箋校》卷36,頁2526

歲暮夜長病中燈下聞盧尹夜宴以詩戲之且爲來日張本也/白居易 《白居易集箋校》卷36,頁2513

初致仕後戲酬留守牛相公并呈分司諸寮友/白居易 《白居易集箋校》卷37,頁2547

閑居偶吟招鄭庶子皇甫郎中/白居易 《白居易集箋校》卷36,頁2481

飲後戲示弟子/白居易 《白居易集箋校》卷36,頁2486

宴後題府中水堂贈盧尹中丞/白居易 《白居易集箋校》卷36,頁2500—2501

酬寄牛相公同宿話舊勸酒見贈/白居易 《白居易集箋校》卷37,頁2552

會昌三年

送王卿使君赴任蘇州因思花迎新使感舊遊寄題郡中木蘭西院/白居易 《白居易集箋校》卷36,頁2519

出齋日喜皇甫十早訪/白居易 《白居易集箋校》卷36,頁2520

會昌四年

喜裴儔使君攜詩見訪醉中戲贈/白居易 《白居易集箋校》卷37,頁2556

會昌五年

胡吉鄭劉盧張等六賢皆多年壽予亦次焉偶於弊居合成尚齒之會七老相顧既醉甚歡靜而思之此會稀有因成七言六韻以紀之傳好事者/白居易 《白居易集箋校》卷37,頁2563—2564

七老會詩/胡杲 《全唐詩》卷463,頁5263

七老會詩/吉皎 《全唐詩》卷463,頁5263

七老會詩/劉真 《全唐詩》卷463,頁5264

七老會詩/鄭據 《全唐詩》卷463,頁5264

七老會詩/盧貞 《全唐詩》卷463,頁5264—65

七老會詩/張渾 《全唐詩》卷463,頁5265

九老圖詩并序/白居易　《白居易集箋校》外集卷上,頁 3861

永豐坊西南角園中有垂柳一株柔條極茂白尚書曾賦詩傳入樂府遍流京都近有詔旨取兩枝植於禁苑乃知一顧增十倍之價非虛言也因此偶成絶句非敢繼和前篇/盧貞　白居易　《白居易集箋校》卷 37,頁 2558—2561

樂天偶眠詩/盧貞　《全唐詩續拾》卷 27,頁 1073

七 《漢上題襟集》輯校

輯校序例

一、《漢上題襟集》十卷，段成式編，收其於唐宣宗大中十年至十四年(856—860)間遊徐商襄陽幕，與温庭筠、温庭皓、韋蟾、元繇、余知古、王傳、徐商等唱和酬答的作品及諸人往來書劄。

二、兹考輯此集逸詩四十八首又斷句十聯一句，賦一首，連珠二首，書簡十九首又斷句三，詳細考證參本書第六章。

三、所輯詩、賦、連珠據《全唐詩》《全唐詩補編》《全唐文》《全唐文拾遺》等録入，校以《文苑英華》《類説》《唐詩紀事》《萬首唐人絶句》《古今歲時雜詠》等；所輯書劄據《文房四譜》録入，校以《全唐文》。

目 録

梅/温庭皓

一樹寒林外,何人此地栽。春光先自煖,陽豔暗相催。曉覺霜添白,寒迷月借開。餘香低惹袖,墮蕊逐流杯。零落移新煖,飄颻上故臺。雪繁鶯不識,風裊蝶空迴。羌吹應愁起,征徒異渴來。莫貪題詠興,商鼎待鹽梅。《全唐詩》卷597,頁6916。

梅/韋蟾

高樹臨溪豔,低枝隔竹繁。何須是桃李,然後欲忘言。擬折魂先斷,須看眼更昏。誰知南陌草,卻解望王孫。《全唐詩》卷566,頁6557—6558。

觀山燈獻徐尚書三首(1)并序/段成式

尚書東苑公鎮襄之三年,四維具舉,而仍歲穀熟。及上元日,百姓請事山燈,以報穰祈祉也。時從事及上客從公登城南樓觀之。初爍空焮谷,漫若朝炬。忽驚狂燒卷風,撲緣一峯。如塵烘旆色,如波殘鯨鬣,如霞駮,如珊瑚露,如丹蛇蛻離,如朱草叢叢,如芝之曲,如蓮之擎。布字而疾抵電書,寫塔而争同蜃搆,亦天下一絶也。成式辭多嗤累,學未該悉。策山燈事,唯記陳後主宴光壁殿,遥詠山燈詩云:雜桂還如月,依柳更疑星。輒成三首,以紀壯觀。

風杪影淩亂,露輕光陸離。如霞散仙掌,似燒上峨嵋。道樹千花發,扶桑九日移。因山成衆像,不復藉蟠螭。

湧出多寶塔,往來飛錫僧。分明三五月,傳照百千燈。馴狖移高柱一作炷,慶雲遮半層。夜深寒焰白,猶自綴金繩。

磊落風初定,輕明雲乍妨。疏中摇月彩,繁處雜星芒。火樹枝柯密,燭龍鱗甲(2)張。窮愁讀書者,應得假餘光。《全唐詩》卷584,頁6766—6767。

(1)"三首"二字據《古今歲時雜詠》補,"三"原訛作"二"(卷7,頁82)。

(2)"甲",《唐詩紀事》作"角"(卷58,頁878)。

奉和觀山燈獻徐尚書三首(1)/温庭皓

一峯當勝地,萬點照嚴城。勢異崑岡發,光疑玄圃生。焚書翻見字,舉燧不招兵。況遇新春夜,何勞秉燭行。

九枝應並耀,午夜忽潛然。景集青山外,螢分碧草前。輝華侵月影,歷亂寫星躔。望極高樓上,摇光滿綺筵。

春山收暝色，爝火集餘輝。麗景饒紅焰，祥光出翠微。白榆行自比，青桂影相依。唯有偷光客，追游欲忘歸。《全唐詩》卷597，頁6915。

(1)"奉和""三首"據《古今歲時雜詠》補(卷7，頁83)。

奉和觀山燈獻徐尚書三首[1]/章蟾

新正圓月夜，尤[2]重看燈時。累塔嫌沙細，成文訝筆遲。歸牛疑燧落，過雁誤書遲。生惜蘭膏燼，還爲隔歲期。

舉燭光纔起，揮毫勢競分。點時驚墜石，挑處接崩雲。辭異秦丞相，銘非竇冠軍。唯愁殘焰落，逢玉亦俱焚。

多寶神光動，生金瑞色浮。照人低入郭，伴月夜當樓。熏穴應無取，焚林固有求。夜闌陪玉帳，不見[3]九枝留。《全唐詩》卷566，頁6557。

(1)《全唐文》題為"上元"，並云"一作奉和山燈三首"，據《古今歲時雜詠》改(卷7，頁83)。

(2)"尤"，《古今歲時雜詠》作"猶"(卷7，頁83)。

(3)"見"，《古今歲時雜詠》作"爲"(卷7，頁83)。

寄一作與[元](周)繇[1]一作爲憲求人參/段成式

少賦令才猶强作，衆醫多失[2]不能呼。九莖仙草真難得，五葉靈根許惠無。《全唐詩》卷584，頁6769。

(1)"元繇"，原訛作"周繇"，據本書第六章所考改，下同。

(2)"失"，原作"識"，據《唐詩紀事》改(卷54，頁825)。

以人葠遺段成式/[元](周)繇

人形上品傳方志，我得真英自一作白紫團。慚非叔子空持藥，更請伯言審細看。《全唐詩》卷635，頁7293。

看牡丹贈段成式[1]柯古前看吝酒/[元](周)繇

金蕊英霞疊彩香。初疑少女出蘭房。逡巡又是一年别。寄語集仙呼索郎。《全唐詩》卷635，頁7293。

(1)《萬首唐人絶句》題作"看牡丹"(卷44，頁13a)。

怯酒贈[元](周)繇一作答[元](周)爲憲看牡丹/段成式

大[1]白東西飛正狂，新芻[2]石凍雜梅香。詩中反語常回避，尤怯花前喚索郎。《全唐詩》卷584，頁6767。

(1)"大"，《唐詩紀事》作"太"(卷54，頁824)。

(2)"芻"，《唐詩紀事》及《萬首唐人絶句》俱 作"蒭"(卷54，頁824，卷44，頁7a)。

嘲元中丞一作襄陽中堂賞花,爲憲與妓人戲,語嘲之/段成式

鶯裏花前選孟光,東山逋客酒初狂。素娥畢竟難防備,燒得河車莫遣嘗。《全唐詩》卷584,頁6769。

和段成式/[元](周)繇

迴簪轉黛喜猜防,粉署裁詩助酒狂。若遇仙丹偕羽化,便隨蕭史亦何傷。《全唐詩》卷635,頁7294。

不赴光風亭夜飲贈[元](周)繇[1]/段成式

屏開屈膝見吳娃,蠻蠟同心四照花。姹女不愁難管領,斬新鉛裏得黄牙。《全唐詩》卷584,頁6768。

(1)《萬首唐人絶句》無"贈周繇"三字(卷44,頁8a—8b)。

和段柯古不赴光風亭夜宴[1]/元繇[2]

玉樹瓊筵映彩霞,澄虚樓閣[3]一作澄波虚閣似仙家。只緣存想歸蘭室,不向春風看夜花。《全唐詩》卷635,頁7294。

(1)原題爲"和段成式",詩末注云"此首題一作和段柯古不赴光風亭夜宴",據注改。《萬首唐人絶句》作"酬段柯古不赴夜飲"(卷44,頁12b—13a)。

(2)原署爲周繇,據《萬首唐人絶句》改(卷44,頁12b)。

(3)"澄虚樓閣",《萬首唐人絶句》作"澄波虚閣"(卷44,頁12b)。

題僧壁/韋蟾

一竹横簷挂淨巾,竈無煙火地無塵。剃頭未必知心法,要且閒於名利人。《全唐詩》卷566,頁6558。

題僧壁一本下有和韋蟾三字/段成式

有僧支頰撚眉毫,起就夕陽磨剃刀。到此既知閒最一作處樂,俗心何啻九牛毛。《全唐詩》卷584,頁6768。

和柯古窮居苦日喜雨/韋蟾

貞機澹少思,雅尚防多僻。攬葛猶不畏,勞形同處瘠。頭焦詎是焚,背汗寧關炙。方欣見潤礎,那虞悲鑠石。道與古人期,情難物外適。幾懷朱邸綬,頗曠金門籍。清奥[1]已蕭蕭,陳柯將棫棫。玉律詩調正,瓊卮酒腸窄。衣桁襲中單,浴牀拋下絡。黎侯寓於衛,六義非凡格。《全唐詩》卷566,頁6556—6557。

(1)"奥",《文苑英華》作"興"(卷331,頁1723)。

隱山書事/段成式

隨樵劫猿藏,限石覷熊緣。《隱山書事》,見《襄陽志》。《全唐詩》卷584,頁6772—6773。

嘲飛卿七首/段成式

曾見當壚一箇人,入時裝束好腰身。少年花蒂[1]多芳[2]思,只向詩中寫取真。

醉[3]袂幾侵魚子纈,飄[4]纓長罥[5]鳳皇[6]釵。知君欲作閒情賦,應願將身作錦鞋。

翠蝶密偎金叉一作匕首,青蟲危泊玉釵梁。愁生半額不開靨,只爲多情團扇郎。

柳煙梅雪隱青樓,殘日黃鸝語未休。見説自能裁袙腹,不知誰更著帩頭。

愁機懶織同心苣,悶繡先描連理枝。多少風流詞句裏,愁中空詠早環詩。

燕支山色重能輕,南陽水澤鬭分明。不煩射雉先張翳,自有琴中威鳳聲。

半歲愁中鏡似荷,牽環撩鬢卻須磨。花前不復抱瓶渴,月底還應琢刺歌。《全唐詩》卷584,頁6769。

(1)"蒂",《類説》作"下"(卷49,頁1458)。

(2)"芳",《類説》作"才"(卷49,頁1458)。

(3)"醉",《類説》作"翠"(卷49,頁1458)。

(4)"飄",《類説》作"縹"(卷49,頁1458)。

(5)"罥",《類説》作"戛"(卷49,頁1458)。

(6)"皇",《類説》作"凰"(卷49,頁1458)。

答段柯古見嘲/温庭筠

彩翰一作輪殊翁金繚繞,一千二百逃飛鳥。尾薪一作生橋下未爲癡,暮雨朝雲世間少。《全唐詩》卷583,頁6761。

柔卿解籍戲呈飛卿三首/段成式

長擔犢車初入門,金牙新醞盈深罇。良人爲漬木瓜粉,遮卻紅腮交午痕。

最宜全幅碧鮫綃，自襞春羅等舞腰。未有長錢求鄴錦，且令裁取一團嬌。

出意挑鬟一尺長，金爲鈿鳥簇釵梁。鬱金種得花茸細，添入春衫領裏香。《全唐詩》卷584，頁6769。

戲高侍御七首/段成式

百媚城中一箇人，紫羅垂手見精神。青琴仙子長教示，自小來來號阿眞。

七尺髮猶三角梳，玳牛獨駕長檐車。曾城自有三青鳥，不要蓮東雙鯉魚。

花恨紅腰一作腮柳妬眉，東鄰牆短不曾窺。猶憐最小分瓜日，奈許迎春得藕時。

自等腰身尺六彊，兩重危鬢盡釵長。欲爊羅薦嫌龍腦，須爲尋求石葉香。

別起(1)青樓作幾層，斜陽幔(2)卷鹿盧(3)繩。厭(4)裁魚子深紅纈，泥(5)覓蜻蜓淺碧綾。

詐嫌嚼貝磨衣鈍，私帶男錢壓鬢低。不獨邯鄲新嫁女，四枝鬟上插通犀。

可羨羅敷自有夫，愁中漫捋白髭鬚。豹錢驄子能擎舉，兼著連幹許換無。《全唐詩》卷584，頁6770。

(1)“起”，《類説》作“趣”（卷49，頁1458）。

(2)“幔”，《類説》及《萬首唐人絶句》俱作“慢”（卷49，頁1458，卷44，頁10a）。

(3)“鹿盧”，《萬首唐人絶句》作“轆轤”（卷44，頁10a）。

(4)“厭”，《類説》作“願”（卷49，頁1458）。

(5)“泥”，《類説》作“去”（卷49，頁1458）。

［光風亭夜宴妓有醉毆者］(1)/温庭筠

吴國初成陣，王家欲解圍。拂巾雙雉叫，飄瓦兩鴛飛。《全唐詩》卷583頁6764。

(1)據《唐詩紀事》（卷57，頁875），此當爲斷句，題爲《全唐詩》編者所擬。

[光風亭夜宴妓有醉毆者]/段成式

捽胡雲彩落,疻面月痕消。光風亭夜宴,妓有醉毆者。

擲履仙鳧起,撦衣蝴蝶飄。羞中含薄怒,顰裏帶餘嬌。醒後猶攘臂,歸時更折腰。狂夫自纓絶,眉勢倩人描。題同上。《紀事》卷57,頁875。《全唐詩》卷584,頁6773。

[光風亭夜宴妓有醉毆者]/韋蟾

争揮鈎弋手,競聳踏摇身。傷頰詎關舞,捧心非效嚬。襄陽[光風](風光)亭夜宴有妓醉毆賦。《紀事》卷57,頁875。《全唐詩》卷566,頁6558。

嘲段成式一作廣陽公宴,段柯古速罷馳騁,坐觀花黯,或有眼飽之嘲,因賦此詩/[元](周)繇

蹙鞠且徒爲,寧如目送時。報讐慚選耎,存想恨逶遲。促坐疑辟咡,銜盃强朵頤。恣情窺窈窕,曾恃好風姿。色授應難奪,神交願莫辭。請君看曲譜,不負少年期。《全唐詩》卷635,頁7293。

和[元](周)繇一作和[元](周)繇廣陽公宴嘲段成式詩/温庭筠

齊馬馳千駟,盧姬逞十三。玳筵方喜一作盻[(1)]睞,金勒自趁𨃬。墮珥情初洽,鳴鞭戰未酣。神交花冉冉,眉語柳毶毶。卻略青鸞鏡,翹翻翠鳳篸。專城有佳對,寧肯顧春蠶。《全唐詩》卷583,頁6764。

(1)“喜”,《唐詩紀事》作“盻”(卷54,頁825)。

和[元](周)繇見嘲并序一作和[元](周)爲憲廣陽公宴見嘲詩/段成式

近者初開金埒,大敞紅筵。騎歷塊而風生,鼓摻撾而雷發。成式未曾盤馬,徒效執鞭。過君子之營,徒接將軍之第。款段辭退,因得坐觀。是時滿目鉛黄,逆鼻蘭麝。晚薪餘論,恨織素而不憐;斜柯新知,歎因針而難假。化符端公,妾换名馬。賦闢長門,莫逆賞心。形於善謔,爲憲老舅。吟飄白雪,思效碧雲。六韻傳觀,不得落地。鏗如佩玉,粲若列星。僦眼詎貴於千金,貸心只勞於一句。輒鳴瓦缶,方應金鐃。拗輔宜哈,足代諧笑。

才甘魚目並,藝怯馬蹄間。王謝初飛蓋,姬姜盡下山。縛鷄方[(1)]一作難角逐,射雉豈開顔。亂翠移林色,狂紅照座殷。防梭齒雖在,乞帽鬢慚斑。儻恕相如瘦,應容累騎還。《全唐詩》卷584,頁6772。

(1)"方",《唐詩紀事》作"難"(卷54,頁825)。

賀襄陽副使節判同加章綬/徐商

朱紫花前賀故人,兼榮此會頗關身。同年坐上聯賓榻,宗姓亭中布錦裀。晴日照旗紅灼爍,韶光入隊影玢璘。芳菲解助今朝喜,嫩蕊青條滿眼新。《全唐詩》卷597,頁6907。

和徐商賀盧員外賜緋一作和徐相公賀襄陽徐副使加章服/段成式

雲雨軒懸鶯語新,一篇佳句占陽春。銀黄少年偏欺酒,金紫風流不讓人。連璧座中斜白滿,貫珠歌裏落花頻。莫辭倒載吟歸去,看欲東山又吐茵。《全唐詩》卷584,頁6767。

和徐商賀盧員外賜緋魚[1]/王傳

朱紫聯輝照日新,芳菲全屬斷金人。華莚重處宗盟地,白雪飛時郢曲春。仙府色饒攀桂侣,蓮花光讓握蘭身。自憐亦是膺門客,吟想恩榮氣益振。《全唐詩》卷566,頁6553。

(1)原題爲"和襄陽徐相公商賀徐副使加章綬",題下注云"一作和徐商賀盧員外賜緋魚"。

句/[元](周)繇

開栗弋之紫皺。《西溪叢語》卷下,頁96。

與温庭筠雲藍紙絶句并序/段成式

一日辱飛卿九寸小紙,兩行親書,云要采箋十番,録少詩[稿](爲)。予有雜箋數角,多抽揀與人,既玩之輕明,復用殊麻滑。尚愧大庾所得,猶至四百枚,豈及右軍不節,盡付九萬幅。因知碧雲棋上,重翻懊惱之辭,紅葉溝中,更擬相思之曲。固應桑根作本,藤角爲封,古拙不重蔡侯,新樣偏饒桓氏。何啻奔墨馳騁,有貴長簾;下筆縱横,偏求側理。所恨無色如鴨卵,狀如馬肝,稱寫《璇璣》,且題裂帛者。予在九江,出意造雲藍紙。既乏左伯之法,全無張永之功。輒分五十枚,並絶句一首,或得閑中暫當藥餌也。今《飛卿集》中有《播掿詞》。蘇易簡《文房四譜》四《紙譜》。《全唐詩續補遺》卷7,頁420—421。

三十六鱗充使時,數番猶得裹相思。待將袍襖重抄了,盡寫襄陽播掿一作掘拓詞。《全唐詩》584,頁6767。

連珠/段成式

其一

竊以銅街麗人,恨塵泥之將隔;石室素女[1],怨仙俗[2]之易分。因知三鳥孤鸞,從來要匹;金鷄玉鵠,不願[3]成羣。

其二

名比大喬,怨佳期之未卜;居連小市,恨的信之難[4]移。因知愁逼夜長[5],斜漢回而[6]脉脉。寒侵夢淺[7],行雲去以遲遲。湘烟録。《唐文拾遺》卷30,頁10718。

(1)"女",《類説》作"子"(卷49,頁1457)。

(2)"俗",《類説》作"侶"(卷49,頁1457)。

(3)"願",《類説》作"厭"(卷49,頁1457)。

(4)"難",《類説》作"可"(卷49,頁1457)。

(5)"愁逼夜長",《類説》作"夜逼更長"(卷49,頁1457)。

(6)"而",《類説》作"時"(卷49,頁1457)。

(7)"淺",《類説》作"斷"(卷49,頁1457)。

錦鞵賦/温庭筠

闌裏花春,雲邊月新。耀粲織女之束足,嫵婉嫦娥之結璘。碧繶緗鈎,鸞尾鳳頭。鞻稱雅舞,履號遠遊。若乃金蓮東昏之潘妃,寶屧臨川之江姬。匍匐非壽陵之步,妖蠱實苧蘿之施。羅襪紅蕖之豔,豐跗皜錦之奇。凌波微步瞥陳王,既躞蹀而容與;花塵香跡逢石氏,倏窈窕而呈姿。擎箱回津,驚蕭郎之始見;李文明練,恨漢后之未持。重爲系曰:瑶池仙子董雙成,夜明簾額懸曲瓊。將上雲而垂手,顧轉盼而遺情。願綢繆於芳趾,附周旋於綺楹。莫悲更衣牀前棄,側聽東晞佩玉聲。《全唐文》卷786,頁8222。

送温飛卿墨往復書十五首/段成式　温庭筠

[段云:]近集賢[1]舊吏,獻墨二挺,謹分一挺送上。雖名殊九子,狀異二螺,如虎掌者非佳,似兔支者差勝。不思吴興道士,忽遇因取上章;趙王[2]神女,得之遂能注易。但所恨隃麋[3]松節,絶已多時;上谷槲頭,求之未獲也。成式述作中躓,草隸非上[4],海若[5]白事,足以驅策。詎可供成塚之硯,奪如椽之筆乎。

[温答云:]庭筠白:節日僮幹至,奉披榮誨,蒙賚易州墨一挺。竹山奇製,上蔡輕煙。色掩緇[6]帷,香含漆簡。雖復三臺故物,貴重相傳;五兩新膠,乾輕入用。猶怨[7]於潛曠遠,建業尪羸。韋曜名方,即求雞木;傳玄佳致,别染龜銘。恩加於蘭署[8]郎官,禮備於松檽介婦。汲妻衡弟,所未窺觀;廣記漢儀,何嘗著列。矧又玄洲上苑,青瑣西垣。讐字猶新,疑籤尚[9]整。帳中女史,每[10]襲青香;架上仙人,常持縹帙。得於華近,辱在庸虛。豈知夜鶴頻驚,殊慚志業;秋虵屢綰,不稱精研。惟憂痗物虛投,蠟盤空設,晉陵雖壞,正握銅兵。王詔徒深,誰磨石硯。捧受榮佩[11],不任下情。庭筠再拜。

[段答云:]昨獻小墨,殆不任用。籍[12]根之力,殊未堅剛;和彝之餘,固非精好。既非懷化所得,豈是筑陽可求。况某從來政能,慚洎[13]祖之市果;自少學業,愧稚川之伐薪。飛卿掣肘功深,碎[14]掌闕倦;齊奮五筆,捷發百函。愁中復解玄嘲,病裏猶屠墨守。烟不所附,抑有神乎哉。闕禮承訊,忻懌兼襟。莫測疲[15]辭,難知古訓。行當祇謁,條訪闕疑。成式狀。

[温答云:]昨夜安東聽倡[16],牖北[17]追凉。枏枕才欹,蘭釭未艾。縹繩初解,紫簡仍傳。麗事珍繁,擿華益贍。雖則竟山充貢,握槧堪書。五丸二兩之精英,三輔九江之清潤。葛龔受賜,稱下士難求;王粲著銘,想遐風易遠。俱苞输囷,盡入淙池。遺逸皆存,纖微悉舉。鷃觀鵬運,豈識逍遥;鯢入鮒居,應嗟坎窞。願承謦欬,以牖[18]愚蒙。庭筠狀。

[段答云:]昨更拾從土黑聲之餘,自謂無遺策矣。但媿井蛙尚猶自恃,醯雞未知大全。忽奉毫白,復新耳目。重耳误徹,谬设生憇;張奂致渝,研味難盡。詎同王遠術士,題字入木;班孟仙人,噴墨竟紙。雖趙壹[19]非草,數丸志黴;汲媛餉夫,十螺未説。肝膽將破,翰荅已疲。有力負之,更遲承問。成式狀。

[温答云:]伏蒙又抒沖襟,詳徵故事。蒼然之氣,仰則彌高;毖彼之泉,汲而增廣。方且驚神褫魄,寧惟衿甲投戈。復素洛呈祥,翠嫣垂貺。龜字著象,鳥英含華。至於漢省五丸,武部[20]三善。仲宜佳藻,既詠浮光;張永研工,常稱點漆。逸少每停質滑,長康[21]常務色輕。搗乃韋書,

知爲宋畫。荀濟提兵之檄，磨楯[22]而成；息[23]躬覆族之言，削門而顯。敢恃蛙井，猶望鯤池，不任慚伏宗仰之至。庭筠狀。

[段答云：]赫日初升，白汗四匝。愁議墨陽之地，嬾窺兼愛之書。次復八行，盈襞交互。訪伏牛之夜骨，豈望登真；迷艮獸之沈脂，虛成委[24]任。更得四供晉寢[25]，五入漢陵。隱侯辭著於麝膠，葛玄術成於魚吐。寧止千松政染，三丸[26]可和。僧虔[27]獨擅之才，周顒自謂無愧而已。支策長望，梯几熟觀。方困九攻，徒榮十部。齊師其遁，詎教[28]脱扃。成式狀。

[温答云：]竊以童山不秀，非鄒衍可吹；眢井無泉，豈耿恭不拜。墨尤之事，謂之[29]獲麟；筆聖之言，翻同倚馬。靜思神運，不測冥搜。亦有自相里而分，豈公輸所削。流輝精絹，假潤清泉。銘著李尤，書投蘇竟。字憂素敗，不長飛揚。傅相见貽，守宫斯王。研蚌胎而合美，配馬滴以成章。更率荒蕪，益慚疎略。庭筠狀。

[段答云：]藍染未青，玄嘲轉白。責羝羊以乳，耨石田而望苗。殆將壯膓，豈止憎貌。猶記烟磨青石，黛漬幕書。施根易思，號介難曉。蘇秦同志傭力，有而可題；王隱南遊著書，無而誰給。今則色流琅硯，光滴彩毫。腹笥未緘，初不停綴。疲兵怯戰，惟願豎降。成式狀。

[温答云：]驛書方來，言泉更湧。高同泰畤，富類敖倉。怯蒙叟之大匪，駭王郎之小賊。尤有剛中巧製，廟裏奇香。徵上黨之松[30]心，識長安之石炭。馬黫靡用，龜食難知。規[31]虞器以成奢，然梁刑而嚴罪。便當北面，不獨棲毫。庭筠狀。

[段答云：]飛卿博窮奥典，敏給芳詞，吐水千瓶，有才一石。成式尺紙寒暑，素所不嫻，一卷篇題，從來蓋寡。竊以墨事故實[32]，巾箱先無；可謂附騏驥而雖疲，遵繩墨而不跌者。忽記鄴西古井，更欲探尋；虢略鏤盤，誰當倣效？況又劇間可答，但愧於子安；一見之賜，敢同於到惲乎。陣崩鶴唳，歌怯雞鳴。復將晨壓我軍，望之如墨也。豈勝懋居，懾處之至。成式狀。

[温答云：]庭筠閱市無功，持摀寡效。大魂陣聽，蝸睆傷明。庸敢撫翼鵷鵬，追蹤驥騄。每承函素，若涉滄溟。亦有㠌叢尚存，箋餘可記。至

於縹從新制,既禦秦兵;綬匪舊儀,仍傳漢制。張池造寫,蔡碣舍舒。荷新溢之恩,空沾子野;發冶城之诏,獨避元規。窘類頡羹,辭同格飦。其爲愧怍,豈可勝言。庭筠狀。

[段答云:]韞櫝遍尋,緘筠窮索。思安世篋内,搜伯喈帳中。更覩沈家令之謝箋,思生松黛;楊師道之佳句,才焕熌[33]華。抑又時方得賢,地不愛寶。定知灾祥不兩,誰識穹昊所無。還介方酬,鬱儀未晛。羽驛沓集,筆路載馳。豈知石宣[34]之書,能迷中散;麻襦之語,只辦[35]光和。底滯之時,徵引多誤。殫筆搦紙,慚怯倍增。成式狀。

[温答云:]昨日浴籤時,光風亭小宴,三鼓[36]方歸,臨出捧緘,在酲忘答。亦以蚳蝝久罄,川瀆皆隕。豈知元化之杯,莫能窮竭;季倫之寶,益更扶疎。雖有瀚海疊石,須陽水號。煙城侄詠,剩出青松;惡道遺蹤,空留白石。扇裏止餘烏牸,筭[37]間正作蒼蠅。豈敢猶彎楚野之弓,尚索神亭之戟。謹當焚筆,不復操[38]觚矣。庭筠狀。

[段答云:]問義不休,攬筆即作,何啻[39]懸鼓[40]得槌也。小生方更陪鰓,尚自舉尾。更搜屋犬[41],得復刀圭。因記風人辭中,將書烏皂;長歌行裏,謂出松烟。供椒掖量用百丸,給蘭臺率以六石。棠梨所染,滋潤[42]多方。黎勒共和,周遮無法。傅玄稱爲正色,豈虚言歟。飛卿筆陣堂堂,舌端衮衮。一盟城下,甘作附庸。成式狀。《文房四譜》卷5,頁14a—20a。《全唐文》卷786,頁8222—8223,卷787,頁8233—8234。

(1)"賢",《全唐文》作"仙"。

(2)"趙王",《全唐文》作"越王"。

(3)"隃麋",《全唐文》作"鷄山"。

(4)"上",《全唐文》作"工"。

(5)"海若",《全唐文》作"惟茲"。

(6)"掩縚",《全唐文》作"奪紫"。

(7)"怨",《全唐文》作"恐"。

(8)"署",《全唐文》作"省"。

(9)"尚",原作"上",據《全唐文》改。

(10)"每",《全唐文》作"猶"。

(11)"佩",《全唐文》作"荷"。

(12)"籍",《全唐文》作"藉"。

(13)“洎”,《全唐文》作“伯”。

(14)“碎”,《全唐文》作“焠”。

(15)“疲”,《全唐文》作“詖”。

(16)“倡”,原作“偈”,據《全唐文》改。

(17)“牖北”,原作“比因”,據《全唐文》改。

(18)“牖”,《全唐文》作“啓”。

(19)“壹”,原作“一”,據《全唐文》改。

(20)“部”,《全唐文》作“都”。

(21)“康”,原作“庸”,據《全唐文》改。

(22)“楯”,《全唐文》作“盾”。

(23)“息”,原作“思”,據《全唐文》改。

(24)“委”,原作“不”,據《全唐文》改。

(25)“寢”,原作“主”,據《全唐文》改。

(26)“丸”,原作“凡”,據《全唐文》改。

(27)“庱”,原作“繻”,据《全唐文》。

(28)“教”,《全唐文》作“知”。

(29)“之”,原作“以”,據《全唐文》改。

(30)“松”,原作“私”,據《全唐文》改。

(31)“規”,《全唐文》作“窺”。

(32)“實”,《全唐文》作“有”。

(33)“焕”,《全唐文》作“發”;“熉”字據《全唐文》補。

(34)“宣”,《全唐文》作“室”。

(35)“只辦”,《全唐文》作“獨辨”。

(36)“皷”,《全唐文》作“鼓”。

(37)“筓”,《全唐文》作“屏”。

(38)“操”,原作“搽”,據《全唐文》改。

(39)“啻”,原作“翅”,據《全唐文》改。

(40)“皷”,《全唐文》作“鼓”。

(41)“犬”,原作“火”,據《全唐文》改。

(42)“潤”字據《全唐文》補。

寄温飛卿葫蘆管筆往復二首/段成式　温庭筠

桐鄉往還,見遺葫蘆筆管,輒分一枚寄上。下走困於守拙,不能大用。濩[1]落之實。有同於惠施;平[2]原之種。本慚於屈轂。然雨思茶[3]器,愁想酒杯。嫌苦菜而不吟,持長柄而爲贈。未曾安筆,卻省歲書。八月斷來,固是佳者。方知緑沈赤管,過於淺俗。求大白麥穗,獲臨賀石班,蓋可爲副也。飛卿窮素緗之業,擅雄伯之名。沿泝九流,訂銓百氏。筆洒瀝而轉潤(4),紙襞績而不供。或助操彈,且非玩好。便望審安承墨,細度覆毫,勿令仲宣等閒中詠也。成式狀。

庭筠累日來洛水寒疝,荆州夜嗽。筋骸莫攝,邪蠱相攻。蝸睆傷明,對蘭釭而不寢;牛腸治嗽,嗟藥録而難求。前者伏蒙雅賜葫蘆筆管一莖,久欲含詞,聊申拜貺。而上池未效,下筆無聊;慚悅沈吟,幽(5)懷未叙。然則產於何地,得自誰人?而能絜以裁筠,輕同舉羽。豈伊蓍(6)草,空操九寸之長;何必靈芝,獨號三株之秀。但曾藏戢册省,永貯仙居。卻(7)笑遺民,遷茲(8)佳種。惟應仲履,忽壓煩聲。豈常見已墮遺犀,仍抽直榦。青松所染(9),漆竹藏(10)珍。足使玳瑁慚華,琉璃掩耀。一枚爲貴,豈異(11)陸生;三寸見稱(12),遂兼揚子。謹當刊於巖竹,寘以郊翰。隨纖管(13)而爲牀,擬淩(14)雲而作屋。所恨書裙寡媚,釘帳無功。實覥凡姿,空塵異貺。庭筠狀。《文房四譜》卷2,頁14a—15a。《全唐文》卷786,頁8222,卷787,頁8232—8233。

(1)"濩",原作"瓠",據《全唐文》改。

(2)"平",原作"豎",據《全唐》改。

(3)"茶",原作"桊",據《全唐文》改。

(4)"潤",原作"王",據《全唐文》改。

(5)"幽",原作"出",據《全唐文》改。

(6)"蓍",原作"籌",據《全唐文》改。

(7)"却",原作"供",據《全唐文》改。

(8)"茲",原作"永",據《全唐文》改。

(9)"染",《全唐文》作"築"。

(10)"藏",原作"三",據《全唐文》改。

(11)"異",原作"其",據《全唐文》改。

(12)"稱",《全唐文》作"珍"。

(13)"管",原作"刊",據《全唐文》改。

(14)"凌",原作"高",據《全唐文》改。

寄余知古秀才散卓筆十管軟健筆十管書/段成式

竊以孝經援神契,夫子搢[1]之以拜北極;尚書中候,周公授之以出玄圖。其後仲將稍精,右軍益妙;張芝遺法,庾[2]氏新規。其毫則景都愈於中山,麝柔劣於羊勁。或得懸蒸之要,或傳痛頡之方。起自蒙恬,蓋臻[3]其妙。不惟玄首黄瑄之製,含丹纏素之華,軟健備於一牀,雕鏤工於二管而已。跗則大白麥穗,臨賀石班;格爲仙掌之形,架作蓮花之狀。限書一萬字,應貴鹿毛;書紙四十枚,詎兼人髮。前寄筆出自新銓,散卓尤精。能用青毫之長,似學鐵頭之短。况虎僕久絶,桐燭難成。鷹固無慙,兔或增懼。足使王朗遽閣,君苗欲焚。户牖門墻,足備其闕也。《文房四譜》卷 2,頁 16a—17b。《全唐文》卷 787,頁 8232。

(1)"搢",原作"簪",據《全唐文》改。

(2)"庾",原作"聞",據《全唐文》改。

(3)"臻",原作"知",據《全唐文》改。

謝段公五色筆狀/余知古

伏蒙郎中殊恩,賜及前件筆。竊以趙國名毫,遼東仙管,曾進言於石室,亦[1]奏議於圜丘。經阮籍而飛動稱神,得王珣而形製方大。妙合景純之讚,奇標逸少之經。利器莫先,豈宜虚授。某藝乏鴻彩,膺此緑沈。降自成麟,翻將畫虎。空懷得手之媿[2],如無落度之憂[3]。春蚓未成,豐狐濫對。喜並出圖而授,驚逾入夢之徵。將欲遺於子孫,清白莫比;更願藏之篋笥,瑞應那同。捧戴明恩,伏增感激。謹狀。《文房四譜》卷 2,頁 17b—18a。《全唐文》卷 760,頁 7893—7894。

(1)"亦",據《全唐文》補。

(2)"媿",《全唐文》作"趣"。

(3)"如無落度之憂",《全唐文》作"實多過眼之迷"。

句/段成式

杯宴之餘,常居硯北。

長疏硯北,天機素少。

筆下詞文,硯北諸生。《墨莊漫録》卷 10,頁 20a—20b。

参考書目

安東俊六,《景龍宫廷文学の創作基盤》,《中国文学論集》3 期(1972)。

白居易(772—846)著,朱金城箋校,《白居易集箋校》,6 册,上海:上海古籍出版社,1988。

白居易著,川瀨一馬監修,《金澤文庫本白氏文集》,東京:勉誠社,1983—1984。

白居易著,《白孔六帖》,《四庫全書》本。

班固(32—92),《漢書》,12 册,北京:中華書局,1962。

北京大學古文獻研究所,《全宋詩》,73 册,北京:中華書局,1991—1999。

畢寶魁,《韓孟詩派研究》,瀋陽:遼寧大學出版社,2000。

卞孝萱,《劉禹錫年譜》,北京:中華書局,1963。

卞孝萱、張清華、閻琦,《韓愈評傳》,南京:南京大學出版社,1998。

Bol, Peter K. "*This culture of ours*": *Intellectual Transitions in T'ang and Sung China*. Stanford: Stanford University Press, 1992.

岑參(715? —770)著,陳鐵民、侯忠義校注,《岑參集校注》,上海:上海古籍出版社,1981。

岑仲勉,《金石論叢》,上海:上海古籍出版社,1981。

岑仲勉,《登科記考訂補》,收《登科記考》,北京:中華書局,1984。

岑仲勉,《岑仲勉史學論文集》,北京:中華書局,1990。

柴格朗,《劉白唱和考》,《中國語文志》1986 年 3 期。

晁公武(1132 進士),《郡齋讀書志》,《宛委别藏》本。

陳伯海,《唐卷子本〈翰林學士集〉考索》,《中華文史論叢》29 輯(1984)。

陳伯海主編,《唐詩彙評》,3 册,杭州:浙江教育出版社,1995。

陳伯海、朱易安,《唐詩書録》,濟南:齊魯書社,1988。

陳景沂,《全芳備祖集》,《四庫全書》本。

陳克明,《韓愈年譜及詩文繫年》,成都:巴蜀書社,1999。

Ch'en, Kenneth S. *The Chinese Transformation of Buddhism*. Princeton: Princeton University Press, 1973.

陳尚君,《〈翰林學士集〉前記》,收傅璇琮編,《唐人選唐詩新編》。

陳尚君,《唐人編選詩歌總集叙録》,收《唐代文學叢考》,北京:中國社會科學出版社,1997。

陳尚君編,《全唐詩續拾》,收《全唐詩補編》。

陳尚君編,《全唐詩補編》,3 册,北京:中華書局,1992。

陳舜俞(?—1072),《廬山記》,《守山閣叢書》本。

陳耀文(1550 進士),《天中記》,《四庫全書》本。

陳寅恪,《元白詩箋證稿》,上海:中華書局,1959。

陳寅恪,《陳寅恪先生文集》,5 册,臺北:里仁書局,1980—1981。

陳友琴編,《古典文學研究資料彙編・白居易卷》,北京:中華書局,1962。

陳允吉,《唐音佛教辨思録》,上海:上海古籍出版社,1988。

陳允吉,《李賀:詩歌天才與病態畸零兒的結合》,《復旦學報》1988 年 6 期。

陳允吉,《"牛鬼蛇神"與中唐韓孟盧李詩的荒幻意象》,《復旦學報》1996 年 3 期。

陳振孫,《直齋書録解題》,上海:上海古籍出版社,1987。

陳植鍔,《試論王禹偁與宋初詩風》,《中國社會科學》1982 年 2 期。

陳祖言,《張説年譜》,香港:中文大學出版社,1984。

陳祖言, "Chang Yüeh: First Poet of the High T'ang." *T'ang Studies* 12 (1994).

陳祖言, "Impregnable Phalanx and Splendid Chamber: Chang Yüeh and the Aesthetics of High T'ang Poetry." *Chinese Literature, Essays, Articles, Reviews* 17 (1995).

程大昌(1123—1195),《考古編》,《叢書集成初編》本。

程大昌,《演繁露》,《叢書集成初編》本。

赤井益久,《大曆期の聯句と詩會》,《漢文学會會報》29 辑(1984)。

戴偉華,《唐方鎮文職僚佐考》,天津:天津古籍出版社,1994。

道原編,《景德傳燈録》,《四部叢刊》本。

董誥(1740—818)等編,《全唐文》,11 册,北京:中华书局,1983。

董其昌,《畫禪室隨筆》,上海:上海遠東出版社,1999。

杜甫(712—770)著,仇兆鰲(1685 進士)注,《杜詩詳注》,4 册,北京:中華書局,1979。

杜甫著,黄希、黄鶴注,《補注杜詩》,《四庫全書》本。
杜公瞻,《編珠》,《四庫全書》本。
杜曉勤,《齊梁詩歌向盛唐詩歌的嬗變》,臺北:商鼎文化出版社,1996。
杜佑(735—812),《通典》,臺北:新興書局,1963。
二宮俊博,《洛陽時代の白居易:"狂"という自己意識について》,《中国文学論集》10期(1981)。
方南生,《段成式年譜》,收《酉陽雜俎》,北京:中華書局,1981。
方師鐸,《傳統文學與類書之關係》,天津:天津古籍出版社,1986。
封演,《封氏聞見記》。《叢書集成初編》本。
傅璇琮,《唐代詩人叢考》,北京:中華書局,1980。
傅璇琮,《唐代科舉與文學》,西安:陝西人民出版社,1986。
傅璇琮,《唐初三十年的文學流程》,《文學遺産》1998 年 5 期。
傅璇琮主編,《唐才子傳校箋》,5 册,北京:中華書局,1987—1995。
傅璇琮主編,《唐人選唐詩新編》,西安:陝西人民教育出版社,1996。
傅璇琮、張忱石、許逸民編,《唐五代人物傳記資料綜合索引》,北京:中華書局,1982。
高木正一,《景龍の宮廷詩壇と七言律詩の形成》,《立命館文学》224 期(1964)。
高島俊男,《初唐期における五言律詩の形成》,《日本中国学會報》25 期(1973)。
高似孫(? —1231),《緯略》,《叢書集成初編》本。
高志忠,《劉禹錫詩文繫年》,南寧:廣西人民出版社,1988。
葛洪(283—363)著,王明校注,《抱朴子内篇校注》,北京:中華書局,1985。
葛立方,《韻語陽秋》,收何文焕編,《歷代詩話》。
葛曉音,《漢唐文學的嬗變》,北京:北京大學出版社,1990。
葛曉音,《詩國高潮與盛唐文化》,北京:北京大學出版社,1998。
郭茂倩,《樂府詩集》,4 册,北京:中華書局,1979。
郭慶藩(1844—1997)編,《莊子集釋》,4 册,北京:中華書局,1961。
郭紹虞編,富壽蓀校點,《清詩話》,2 册,上海:上海古籍出版社,1983。
郭紹虞編,《清詩話續編》,4 册,上海:上海古籍出版社,1983。
郭象注,《莊子》,《四部備要》本。
韓理洲,《王績生平求是》,《文史》18 輯(1983)。
韓理洲,《王績詩文繫年考》,《山西大學學報》,1983 年 2 期。
韓偓著,齊濤注,《韓偓詩集箋注》,濟南:山東教育出版社,2000。
韓愈(768—824)著,錢仲聯繫年集釋,《韓昌黎詩繫年集釋》,2 册,上海:上海古籍出版社,1984。
何喬遠(1558—1632),《閩書》,收《四庫全書存目叢書》,濟南:齊魯書社,1996。
賀裳,《載酒園詩話又編》,收郭紹虞編,富壽蓀校點,《清詩話》。
何文煥編,《歷代詩話》,2 册,北京:中華書局,1981。
河内昭圓,《劉禹錫の佛教受容》,《大谷學報》50 期 3 號(1971)。
河内昭圓,《詩僧皎然の佛教》,《文藝論叢》42 號(1994)。
洪邁(1123—1202),《萬首唐人絶句》,北京:文學古籍刊社,1955。
洪邁,《容齋隨筆》,上海:上海古籍出版社,1978。
洪興祖(1090—1155),《韓子年譜》,收屈守元等編,《韓愈全集校注》,成都:四川大學出版社,1996。
侯迺慧,《詩情與幽境:唐代文人的園林生活》,臺北:東大出版公司,1991。
胡道靜,《中國古代的類書》,北京:中華書局,1982。
胡應麟(1551—1602),《詩藪》,上海:上海古籍出版社,1979。
胡震亨(1569—1645),《唐音癸籤》,上海:古典文学出版社,1957。
户崎哲彦,《宝林伝の序者靈徹と詩僧靈澈》,《仏教史学研究》30 卷 2 期(1987)。
華忱之,《孟郊年譜》,收《孟東野詩集》,北京:人民文學出版社,1984。
花房英樹,《白氏文集の批判的研究》,京都:彙文堂書店,1960。
花房英樹,《白居易研究》,京都:世界思想社,1971。
黄本驥,《顔魯公年譜》,收《顔魯公文集》,《四部備要》本。
黄朝英,《靖康緗素雜記》,上海:上海古籍出版社,1986。
黄庭堅(1045—1105)著,任淵(1131 進士)注,《山谷内集詩注》,《四庫全書》本。
黄岩孫編,《仙溪志》,收《宋元地方志叢書續編》,臺北:大化書局,1990。
黄永武編,《敦煌寶藏》,140 册,臺北:新文豐出版公司,1981—1986。
黄震雲,《〈漢上題襟集〉考索》,《舟山師專學報》1994 年 2 期。
霍松林、鄧小軍,《韓偓年譜》,《陝西師範大學學報》1988 年 4 期;1989 年 1 期。
計有功(1121 進士),《唐詩紀事》,2 册,上海:上海古籍出版社,1987。
計有功,王仲鏞校注,《唐詩紀事校箋》,2 册,成都:巴蜀書社,1989。
紀昀(1724—1805)等,《四庫全書總目提要》,2 册,北京:中華書局,1965。
賈島(779—843)著,李嘉言校,《長江集新校》,上海:上海古籍出版社,1983。
賈晋華,《皎然論大曆江南詩人辨析》,《文學評論叢刊》22 輯(1984)。
賈晋華,《〈大曆年浙東聯唱集〉考述》,《文學遺産增刊》18 輯(1989)。
賈晋華,《詩可以群:中國傳統詩歌普及化軌迹描述》,《江海學刊》1989 年 4 期。

賈晉華,《王績與魏晉風度》,《唐代文學研究》2 輯 (1990)。

賈晉華,《〈大曆年浙東聯唱集〉補考》,《江海學刊》153 期(1991)。

賈晉華,《大曆年浙西聯唱:〈吴興集〉考論》,《寧波大學學報》4 卷 1 期(1991)。

賈晉華,《河汾作家群與隋唐之際文學》,《學術論叢》1991 年 2 期。

賈晉華,《隋唐五代類書與詩歌》,《廈門大學學報》1991 年 3 期。

賈晉華,《皎然年譜》,廈門:廈門大學出版社,1992。

賈晉華,《進士試詩與律詩定型》,《文學研究》2 期(1992)。

賈晉華,《五代廬山詩人群考論》,《鐵道師院學報》1992 年 2 期。

賈晉華,《華忱之著〈孟郊年譜〉訂補》,《唐代文學研究》4 輯(1993)。

賈晉華,《論韓孟集團》,《中華文史論叢》51 輯(1993)。

賈晉華,《五代泉州詩壇》,《廈門大學學報》1993 年 3 期。

賈晉華,"The 'Pearl Scholars' and the Final Establishment of Regulated Verse." *T'ang Studies* 14 (1996).

賈晉華,《"平常心是道"與"中隱"》,《漢學研究》16 卷 2 期(1998)。

賈晉華, "A Study of the *Jinglong wenguan ji*." *Monumenta Serica* 47 (1999).

賈晉華,《太宗朝宫廷詩人群:唐詩之發軔》,《清華學報》29 卷 2 期(1999)。

賈晉華,《唐五代江南風物詞探微》,《詞學》 13 輯 (2001)。

賈晉華,*The Hongzhou School of Chan Buddhism in Eighth-through-Tenth Century China*. Albany: State University of New York Press, 2006.

賈晉華,《古典禪研究:中唐至五代禪宗發展新探》,香港:牛津大學出版社,2010。

賈晉華、傅璇琮,《唐五代文學編年史:五代卷》,瀋陽:遼海出版社,1998。

蔣天樞,《陳寅恪先生編年事輯》,上海:上海古籍出版社,1981。

蔣寅,《大曆詩風》,上海:上海古籍出版社,1992。

蔣寅,《大曆詩人研究》,2 册,北京:中華書局,1995。

皎然,《晝上人集》(又作《皎然集》《杼山集》),《四部叢刊》本;汲古閣刊本;北京圖書館藏明葉恭焕賜書樓抄本。

皎然,《詩式》,《十萬卷樓叢書》本。

橘英範,《劉白の聯句について》,《中國中世文學研究》31 期(1997)。

橘英範,《劉白唱和詩研究序説》,《廣島大學文學部紀要》55 卷特輯 3 號(1995)。

橘英範,《劉白唱和詩復原の問題點》,《中國中世文學研究》21 期 2 號(1991)。

Knechtges, David R. *Wen Xuan, or Selections of Refined Literature*. 3 vols. Princeton: Princeton University Press, 1982—1996.

空海(774—835)著,王利器校注,《文鏡秘府論校注》,北京:中國社會科學出版社,1983。

孔延之,《會稽掇英總集》,《續修四庫全書》本。

鄺健行,《初唐五言律體律調完成過程之觀察及其相關問題之討論》。《唐代文學研究》3期(1992)。

Lambert, Marie-Thérèse and Guy Degen. *Li He, Les visions et les jours*. Paris: La Différence, 1994.

李白(701—762)著,瞿蜕園、朱金城校注,《李白集校注》,2冊,上海:上海古籍出版社,1980。

李重華(1724進士),《貞一齋詩説》,收郭紹虞編,富壽蓀校點,《清詩話》。

李昉(925—996)等編,《太平廣記》,10冊,北京:中華書局,1961。

李昉,《文苑英華》,北京:中華書局,1966。

李嘉言,《賈島年譜》,收李嘉言編,《長江集新校》。

李商隱(813—858),《樊南文集》,上海:上海古籍出版社,1988。

李商隱著,馮浩(1719—1801)注,《玉溪生詩集箋注》,2冊,上海:上海古籍出版社,1979。

李延壽,《南史》,6冊,北京:中華書局,1975。

李養正,《道教概説》,北京:中華書局,1989。

李澤厚,《中國古代思想史論》,北京:人民出版社,1986。

李肇,《唐國史補》,上海:上海古籍出版社,1979。

李中,《碧雲集》,《四部叢刊》本。

梁廷楠,《南漢書》,廣州:廣東人民出版社,1981。

林寶著,岑仲勉校記,郁賢皓、陶敏整理,《元和姓纂》,3冊,北京:中華書局,1994。

令狐德棻(583—666)等,《周書》,3冊,北京:中華書局,1971。

劉崇遠,《金華子雜編》,《叢書集成初編》本。

劉復,《敦煌掇瑣》,南京:中央研究院歷史語言研究所,1925。

劉餗,《隋唐嘉話》,上海:古典文学出版社,1956。

劉肅,《大唐新語》,北京:中華書局,1984。

劉衛林,《故宫博物院所藏宋刊本〈劉賓客文集〉版本考略》,《漢學研究》15卷1期(1997)。

劉熙載(1813—1881),《藝概》,上海:上海古籍出版社,1978。

劉昫(888—947)等,《舊唐書》,16冊,北京:中華書局,1979。

劉禹錫(772—842),《劉賓客文集》,臺灣故宫博物院藏宋刊本。

劉禹錫著,瞿蜕園箋證,《劉禹錫集箋證》,3 册,上海:上海古籍出版社,1989。

劉曾遂,《試論韓孟詩派的復古與尚奇》,收《研究生論文選集:中國古代文學分册》,南京:江蘇人民出版社,1983。

劉尊明,《唐五代詞史論稿》,北京:文化藝術出版社,2000。

柳宗元(773—819),《柳宗元集》,4 册,北京:中華書局,1979。

柳田聖山,《無の探求:中国禅》,東京:角川書店,1969。

Loewe, Michael. *The Origins and Development of Chinese Encyclopedias*. London: The China Society, 1987.

龍衮,《江南野史》,《五代史書彙編》本,杭州:杭州出版社,2004。

陸次雲,《五朝詩善鳴集》,南京圖書館藏清康熙刻本。

陸龜蒙(? —881?)編,《松陵集》,《四庫全書》本。

陸心源等編,《唐文拾遺》,收《全唐文》。

陸游(1125—1210),《南唐書》,《四部叢刊》本。

逯欽立編,《先秦漢魏晋南北朝詩》,3 册,北京:中華書局,1983。

《論語》,《十三經注疏》本。

羅根澤,《中國文學批評史》,4 册,上海:上海古籍出版社,1984。

羅聯添,《韓愈研究》,臺北:學生書局,1981。

羅聯添,《白香山年譜考辨》,收《唐代四家詩文論集》。

羅聯添,《白居易作品繫年》,收《唐代四家詩文論集》。

羅聯添,《李翺年譜》,收《唐代詩文六家年譜》。

羅聯添,《劉禹錫年譜》,收《唐代詩文六家年譜》。

羅聯添,《張籍年譜》,收《唐代詩文六家年譜》。

羅聯添,《唐代詩文六家年譜》,臺北:學海出版社,1986。

羅聯添,《唐代四家詩文論集》,臺北:學海出版社,1996。

羅宗强,《隋唐五代文學思想史》,上海:上海古籍出版社,1986。

羅宗强,《玄學與魏晋士人心態》,杭州:浙江人民出版社,1991。

駱天驤(1223? —1300?),《類編長安志》,北京:中華書局,1990。

馬端臨(1254? —1323),《文獻通考》,2 册,杭州:浙江古籍出版社,1988。

馬令,《南唐書》,《四部叢刊》本。

埋田重夫,《白居易と韓愈の聯句詩について——聯句形成史における その位置をめぐって》,《中国詩文論叢》2 集(1983)。

埋田重夫,《白居易詠病詩の攷察:詩人と題材を結ぶもの》,《中国詩文論叢》6 集(1987)。

埋田重夫,《白居易と睡眠:閑と適を充足させるもの》,《中国文學研究》16 集(1990)。

毛先舒(1620—88),《詩辨坻》,收郭紹虞編,富壽蓀校點,《清诗话续编》。

毛張健,《唐體餘編》,南京圖書館藏清康熙刻本。

孟郊(751—814),《孟東野詩集》,北京:人民文學出版社,1984。

孟郊著,華忱之、喻學才校注,《孟郊詩集校注》,北京:人民文學出版社,1995。

孟棨,《本事詩》,上海:上海古籍出版社,1991。

《孟子》,《十三經注疏》本。

Miller, David Charles. "Self-Presentation in the Poetry of Lu Kuei-meng (d. 881?)." Ph. D. Dissertation, Stanford University, 1990.

牟潤孫,《唐初南北學人論學之異趣及其影響》,《注史齋叢稿》,北京:中華書局,1987。

Nienhauser, William H., Jr. *P'i Jih-hsiu.* Boston: Twayne Publishers, 1979.

Nienhauser, William H., ed. *The Indiana Companion to Traditional Chinese Literature.* 2 vols. Bloomington: Indiana University Press, 1986 & 1998.

歐陽修(1007—1072),《新五代史》,3 册,北京:中華書局,1974。

歐陽修等,《新唐书》,20 册,北京:中華書局,1975。

Owen, Stephen (宇文所安). *The Poetry of Meng Chiao and Han Yü.* New Haven: Yale University Press, 1975.

Owen, Stephen (宇文所安). *The Poetry of the Early T'ang.* New Haven: Yale University Press, 1981.

Owen, Stephen (宇文所安). *The Great Age of Chinese Poetry: The High T'ang.* New Haven: Yale University Press, 1981.

Owen, Stephen (宇文所安). *The End of the Chinese "Middle Ages": Essays in Mid-Tang Literary Culture.* Stanford: Stanford University Press, 1996.

Owen, Stephen (宇文所安),賈晋華譯,《初唐詩》,北京:三聯書店,2004。

Owen, Stephen (宇文所安),賈晋華譯,《盛唐詩》,北京:三聯書店,2004。

潘自牧,《記纂淵海》,上海:上海古籍出版社,1992。

彭定求(1645—719)等編,《全唐詩》,25 册,北京:中華書局,1960。

皮日休(834? —883?),《皮子文藪》,上海:上海古籍出版社,1981。

平野顯照,《唐代文学と佛教の研究》,東京:朋友書店,1978。

平岡武夫,《白居易:生涯と歲時記》,東京:朋友書店,1998。

蒲積中编,徐敏霞校点,《古今歲時雜詠》,瀋陽:遼寧教育出版社,1998。

齊己(864—943?),《白蓮集》,《四部叢刊》本。

錢仲聯,《李長吉年譜會箋》,收《夢苕盦專著二種》,北京:中國社會科學出版社,1984。

錢鍾書,《談藝録》,北京:中華書局,1984。

喬象鍾、陳鐵民主編,《唐代文學史》,2 册,北京:人民文學出版社,1995。

任半塘,《唐聲詩》,2 册,上海:上海古籍出版社,1982。

任半塘、王昆吾編,《隋唐五代燕樂雜言歌辭集》,2 册,成都:巴蜀书社,1990。

Rouzer, Paul E. *Writing Another's Dream: The Poetry of Wen Tingyun*. Stanford: Stanford University Press, 1993.

阮閱編,《詩話總龜》,2 册,北京:人民文學出版社,1987。

桑世昌,《蘭亭考》,《知不足齋叢書》本。

尚定,《走向盛唐》,北京:中國社會科學出版社,1994。

Shang, Wei. "Prisoner and Creator: The Self-Image of the Poet in Han Yu and Meng Jiao." *Chinese Literature, Essays, Articles, Reviews* 16 (1994).

申寶昆,《由唐詩至宋詩跑道上的傳棒人:皮陸》,《西南師範大學學報》1996 年 4 期。

沈約(441—513),《宋書》,8 册,北京:中華書局,1974。

釋靜、釋筠編,《祖堂集》,長沙:岳麓書社,1996。

施宿等,《嘉泰會稽志》,《宋元方志叢刊》本。

市原亨吉,《中唐初期における江左の詩僧について》,《東方学報》28 期(1958)。

Shih, Feng-Yü (施逢雨). "Li Po: A Biographical Studies." Ph. D. Dissertation. University of British Columbia, 1983.

司馬光(1019—1086),《資治通鑑》,20 册,北京:中華書局,1971。

司馬光,《資治通鑑考異》,《資治通鑑》引。

松浦友久,《白居易における"適"の意味:詩語史における獨自性を基礎として》,《中国詩文論叢》11 集(1992)。

宋敏求(1019—1079),《長安志》,《宋元方志叢刊》本。

宋敏求,《劉賓客文集後序》,《劉賓客文集》,臺灣故宫博物院藏宋刊本。

宋育仁,《三唐詩品》,南京圖書館藏民國鉛印本。

Spring, Madeline. *Animal Allegories in T'ang China*. New Haven: American Oriental Society, 1993.

蘇軾(1037—1101),《蘇軾詩集》,8 册,北京:中華書局,1987。

蘇易簡,《文房四譜》,《叢書集成初編》本。

孫昌武,《佛教與中國文學》,上海:上海人民出版社,1988。

孫昌武,《白居易與洪州禪》,《文學研究》3 輯(1993)。

孫昌武,《中國文學中的維摩與觀音》,北京:高等教育出版社,1996。

孫昌武,《禪思與詩情》,北京:中華書局,1997。

孫光憲(? —968),《北夢瑣言》,上海:上海古籍出版社,1981。

孫望,《王度考》,收《蝸叟雜稿》,上海:上海古籍出版社,1982。

孫望編,《全唐詩補逸》,收陳尚君編《全唐詩補編》。

太田次男等編,《白居易研究講座》,7 册,東京:勉誠社,1993—1998。

談鑰,《吴興志》,《叢書集成續編》本。

陶弘景(452? —536)著,吉川忠夫、麥谷邦夫編 ,朱越利譯,《真誥校注》,北京 : 中國社會科學出版社, 2006。

陶敏,《晚唐詩人周繇及其作品考辨》,《唐代文學研究》第 5 輯(1994)。

陶敏,《全唐詩人名考證》,西安:陝西人民教育出版社,1996。

陶敏,《〈景龍文館記〉考》,《文史》48 期(1999)。

陶敏、傅璇琮,《唐五代文學編年史・初盛唐卷》,瀋陽:遼海出版社,1998 年。

陶岳,《五代史補》,《五代史書彙編》本。

陶宗儀(1316—403)編,《説郛》100 卷,收《説郛三種》,上海:上海古籍出版社,1988。

陶宗儀編,陶珽(1610 進士)重編,《説郛》120 卷,收《説郛三種》。

佟培基,《全唐詩重出誤收考》,西安:陝西人民教育出版社,1996。

童養年編,《全唐詩續補遺》,收陳尚君編《全唐詩補編》。

堤留吉,《白樂天研究》,東京:春秋社,1969。

脱脱(1314—1355)等,《宋史》,40 册,北京:中華書局,1985。

University of Chicago Press. *The Chicago Manual of Style*. Chicago: University of Chicago Press, 1993.

撫尾正信,《白居易の仏教信仰につぃて》,《西日本史学》5 期(1950)。

Waley, Arthur. *Translations from the Chinese*. New York: Alfred A. Knopf, 1941.

Waley, Arthur. *The Life and Works of Po Chu-i*. London: George Allen & Unwin, 1949.

汪辟疆編,《唐人小説》,上海:上海古籍出版社,1978。

王安石(1021—1086)著,李壁(1159 1222)注,《王荆文公詩李壁注》,上海:上海古籍出版社,1993。
王弼(226—249)等注,《周易正義》,《十三經注疏》本。
王勃(649？—676?)著,蔣清翊注,《王子安集注》,上海:上海古籍出版社,1995。
王讜著,周勛初校證,《唐語林校證》,2冊,北京:中華書局,1987。
王定保(870—940),《唐摭言》,上海:上海古籍出版社,1978。
王宏鈞,《〈古鏡記〉傳奇探微》,《中華文史論叢》1985年1期。
王績(590—644),《王無功文集》,上海:上海古籍出版社,1987。
王績著,康金聲、夏連保校注,《王績集編年校注》,太原:山西人民出版社,1992。
王績著,王國安注,《王績詩注》,上海:上海古籍出版社,1981。
王昆吾,《唐代酒令藝術》,上海:東方出版中心,1995。
王夢鷗,《初唐詩學著述考》,臺北:臺灣商務印書館,1977。
王溥(922—982),《唐會要》,3冊,北京:中華書局,1957。
王欽若(962—1025)等編,《太平御覽》,上海:上海古籍出版社,1994。
王欽若辑,周勛初等校訂,《册府元龜》,南京:鳳凰出版社,2006。
王士禛(1634—1711),《居易録》,《叢書集成續編》本。
王士禛,張世林點校,《分甘餘話》,北京:中華書局,1989。
王通(584—617),《中説》,《四部叢刊》本。
王維(701—761)著,趙殿成編,《王右丞集箋注》,上海:上海古籍出版社,1984。
王維著,陳鐵民校注,《王維集校注》,北京:中華書局,1997。
王堯臣(1001—1056)等,《崇文總目》,《粤雅堂叢書》本。
王毅,《園林與中國文化》,上海:上海人民出版社,1990。
王應麟(1223—1296),《困學紀聞》,《四部叢刊》本。
王應麟輯,《玉海》,南京:江蘇古籍出版社;上海:上海書店,1990。
王運熙、楊明,《隋唐五代文學批評史》,上海:上海古籍出版社,1994。
王重民,《敦煌古籍敘録》,北京:中華書局,1979。
王重民編,《補全唐詩》,收陳尚君編,《全唐詩補編》。
Watson, Burton. "Buddhism in the Poetry of Po Chü-i." *Eastern Buddhist* 21 (1988).
Watson, Burton. "Buddhist Poet-Priests of the T'ang." *Eastern Buddhist* 25.2 (1992).
《維摩詰所説經》,收《大正新修大藏經》,第14册第475號。
魏徵(580—643)等,《隋書》,2册,北京:中華書局,1973。
温庭筠著,曾益等注,《温飛卿詩集箋注》,上海:上海古籍出版社,1980。
文瑩,《玉壺清話》,《知不足齋叢書》本。

聞一多,《聞一多全集》,上海:開明書店,1948。

Wu, Chi-yu (吴其昱). "Deux fragments du Tchou-ying tsi: Une anthologie de poèmes des T'ang (ca. 702) retrouvée à touen-houang," *Mélanges de Sinologie offerts à Monsieur Paul Demiéville*. Paris: L'Institute des Hautes études chinoises, 1974.

Wu, Chi-yu (吴其昱). "Quatorze poètes du tchou-ying tsi," *Nouvelles contributions aux études de Touenhouang*, ed. Michel Soymié. Geneva: Librairie Droz, 1981.

吴兢,《貞觀政要》,《四部叢刊》本。

吴企明,《"唐人選唐詩"傳流、散佚考》,收《唐音質疑録》,上海:上海古籍出版社,1985。

吴任臣(? —1689),《十國春秋》,4 册,北京:中華書局,1983。

吴汝煜、胡可先,《全唐詩人名考》,南京:江蘇教育出版社,1990。

吴淑(947—1002),《事類賦注》,北京:中華書局,1989。

吴文治,《韓愈資料彙編》,4 册,北京:中華書局,1983。

吴在慶,《唐五代文史叢考》,南昌:江西人民出版社,1995。

吴在慶、傅璇琮,《唐五代文學編年史:晚唐卷》,瀋陽:遼海出版社,1998。

吴曾,《能改齋漫録》,上海 : 上海古籍出版社, 1984。

西村富美子,《初唐期の應制詩人》,《四天王寺女子大学紀要》9 期(1976)。

夏承燾,《温飛卿繫年》,收《唐宋詞人年譜》,上海:上海古籍出版社,1979。

下定雅弘,《白居易の詩における老莊と仏教:その〈長慶集〉から〈後集〉以後への變化について》,《禪文化研究所紀要》16 期(1992)。

下定雅弘,《白居易の文における老莊と仏教:その〈長慶集〉から〈後 集〉以 後への變化について》,《禪文化研究所紀要》18 期(1992)。

向島成美,《六朝聯句詩考》,《漢文教室》141 期。

蕭馳,《中國詩歌美學》,北京:北京大學出版社,1986。

肖占鵬,《韓孟詩派研究》,天津:南開大學出版社,1999。

謝思煒,《白居易集綜論》,北京:中國社會科學出版社,1997。

謝維新,《古今合璧事類備要》,《四庫全書》本。

興膳宏,《從四聲八病到四聲二元化》,《唐代文學研究》3 輯(1992)。

興膳宏,《皎然〈詩式〉の構造と理論》,《中國文學報》50 卷(1995)。

許慎(58? —147?),《説文解字》,北京:中華書局,1963。

許學夷(1563—1633),《詩源辨體》,北京:人民文學出版社,1987。

徐朔方,《王通門人辨疑》,《浙江大學學報》29.4(1999)。

徐松,《登科記考》,3 册,北京:中華書局,1984。

徐獻忠(1483—1559),《唐詩品》,明嘉靖刻本《唐百家詩》附。

徐鉉(917—992),《徐公文集》,《四部叢刊》本。

徐夤,《釣磯文集》,《四部叢刊》本。

徐夤,《雅道機要》,收張伯偉編,《全唐五代詩格校考》。

徐增,《而庵説唐詩》,南京圖書館藏崇德堂書坊刻本。

許總,《唐詩體派論》,臺北:文津出版社,1994。

薛居正(912—981)等,《舊五代史》,6 册,北京:中華書局,1976。

閻琦,《韓詩論稿》,西安:陝西人民出版社,1984。

顔真卿(709—784),《顔魯公文集》,《四部備要》本;《四部叢刊》本。

颜真卿等,《竹山連句題潘氏草堂》,江蘇廣陵古籍刻印社發行,1990。

杨慎(1488—1559),《升庵集》,《四庫全書》本。

Yang, Xiaoshan. "Having It Both Ways: Manors and Manners in Bai Juyi's Poetry." *Harvard Journal of Asiatic Studies* 56 (1996).

楊億(974—1020),《武夷新集》,《四庫全書》本。

姚寬(1105—62),《西溪叢語》,北京:中華書局,1993。

姚垚,《皮日休陸龜蒙唱和詩研究》,碩士論文,臺灣大學,1980。

葉廷珪編,李之亮校点,《海録碎事》,北京:中華書局,2002。

佚名,《紺珠集》,《四庫全書》本。

佚名,《錦綉萬花谷》,《四庫全書》本。

佚名,《五國故事》,《五代史書彙編》本。

尹協理、魏明,《王通論》,北京:中國社會科學出版社,1984。

尤信雄,《孟郊研究》,臺北:文津出版公司,1984。

余嘉錫,《四庫提要辨證》,4 册,北京:中華書局,1980。

余恕誠,《唐詩風貌》,合肥:安徽大學出版社,1997。

余英時,《士與中國文化》,上海:上海人民出版社,1987。

郁賢皓,《唐刺史考全编》,6 册,合肥:安徽大學出版社,2000。

元好問(1190—1257),《元遺山詩集箋注》,北京:人民文學出版社,1958。

樂史(930—1007),《宋本太平寰宇記》,北京 : 中華書局, 2000。

贊寧(919—1001),《宋高僧傳》,2 册,北京:中華書局,1987。

曾慥(? —1155)著,王汝涛等校注,《類説校注》,福州:福建人民出版社,1996。

曾棗莊等編,《全宋文》,成都:巴蜀書社,1988。

曾昭岷等編,《全唐五代詞》,2 册,北京:中華書局,1999。
張邦基,《墨莊漫録》,《四部叢刊三編》本。
張伯偉編,《全唐五代詩格校考》,西安:陝西人民出版社,1996。
張達人,《劉禹錫年譜》,臺北:商務印書館,1977。
張清華,《韓學研究》,2 册,南京:江蘇教育出版社,1998。
張錫厚,《王績研究》,臺北:新文豐出版公司,1995。
張新民,《文中子事蹟考辨》,《文獻》1995 年第 2 期。
張璋、黄畬編,《全唐五代詞》,上海:上海古籍出版社,1986。
趙昌平,《從鄭谷及其周圍詩人看唐末至宋初詩風動向》,《文學遺産》1987 年 3 期。
趙昌平,《鄭谷年譜》,《唐代文學論叢》9 輯(1987)。
趙昌平,《趙昌平自選集》,桂林:廣西師範大學出版社,1997。
趙彦衛著,傅根清點校,《雲麓漫鈔》,收《唐宋史料筆記叢刊》,北京:中華書局,1996。
鄭樵(1104—1162),《通志》,杭州:浙江古籍出版社,1988。
鄭文寶(953—1013),《南唐近事》,《五代史書彙編》本。
鄭玄(127—200)、孔穎達(574—648)注,《禮記正義》,《十三經注疏》本。
鍾惺(1572—1624)、譚元春(1586—1637)編,《唐詩歸》,南京圖書館藏明萬曆丁巳(1605)刻本。
齋藤茂著,陳勇譯,《關於孟郊的〈石淙十首〉:從聯句到連作詩》,《中國文學研究》1996 年 4 期。
齋藤茂著,《孟郊交遊考》(1—3),《人文研究・大阪市立大學文學部紀要》49 卷 10 分册(1997);50 卷 8 分册(1998);51 卷 6 分册(1999)。
周勛初,《周勛初文集》,7 册,南京:江蘇古籍出版社,2000。
周勛初主編,《唐詩大辭典》,南京: 江蘇古籍出版社,1990。
周勛初主編,《唐人軼事彙編》,2 册,上海:上海古籍出版社,1995。
周祖譔,《武後時期之洛陽文學》,《廈門大學學報》105 期(1991)。
周祖譔編,《隋唐五代文論選》,北京:人民文學出版社,1990。
周祖譔主編,《中國文學家大辭典・隋唐五代卷》,北京:中華書局,1992。
朱金城,《白居易年譜》,臺北:文史哲出版社,1991。
祝穆,《古今事文類聚》,《四庫全書》本。
卓爾,《晚明自適説與佛學關係之考辨》,收童慶炳編,《文化評論:中國當代文化戰略》,北京:中國工商聯合出版社,1995。

後　記

這部小書的撰寫,可以追溯至二十年前。當時我將碩士論文題目定爲《皎然論大曆江南詩人辨析》,開始嘗試從詩人群體的研究入手來探討唐詩發展。畢業後我繼續撰寫和發表了一些有關其他唐代詩人群的研究文章,1993 年曾以"唐代文學集團研究"爲課題獲得中國國家教委青年人文社會科學基金。但次年我由於偶然的機會出國留學,只好暫時停止各項研究工作。去年春天博士畢業後來到香港城市大學執教,我不斷地思考如何深化以往的研究,開始形成集會總集的新概念,並確立以唐代集會總集與詩人群的關係作爲研究對象的課題,從而將原本零碎分散的詩人群研究統一起來。一年多來,在連續開設六門新課的緊張教學之餘從事這部書的寫作,真可以用"嘔心瀝血,廢寢忘食"這一陳語來形容。此書雖然有一些舊文作爲基礎,但工作量仍然極其繁重。所收舊文大多經過重要修改補充,特別是以往在廈門大學執教時爲條件所限,未能全面閱讀海外有關論著,此次則儘可能搜集參考。雖然舊文中的觀點原本都是獨立得出的,只要發現有他人已先行述及者,就都補出注脚,以示嚴謹。注釋部分爲遵守國際規範,也全部重新做過。至於新撰寫的諸多章節及七個集會總集的輯校,所耗時間精力,就更難以言傳。大致是將幾乎所有的節假日都用上,不但至今尚未得暇帶十三歲的愛子鄭冰瑜遊覽香港名勝,還得他幫忙做了許多工作。如書中所引《四庫全書》中的衆多偏僻資料,就靠他利用電腦尋檢打印;所輯七個集會總集中,有一部分資料經他細心核對;長達二十餘頁的參考書目,也靠他編排。

這部小書得以問世,應該感謝的人還非常多。從碩士論文以來,我對唐代詩人群體的研究就一直得到業師周祖譔教授的悉心指教和支持。此外,多年來我在這方面所發表的論著,還有幸得到了諸多學界前輩的熱忱鼓勵和教誨,包括程千帆教授、羅聯添教授、陳貽焮教授、王運熙教授、朱金城教授、周勛初教授、傅璇琮教授、羅宗强教授、郁賢皓教授、陳允吉教授等等。1993 年獲青年基金,即得到祖譔師和允吉師的鼎力推薦。許多同輩學友則給予各種各樣的實際幫助,此處難以一一列舉。

去年春季學期,我因故错過了申請研究基金的機會,承中文、翻譯及語言學系的領導大力支持,臨時撥出一筆小基金,使我得以充分利用暑假展開工作。秋季學期撰寫申請報告時,得到系裏負責科研工作的羅仁地(Randy LaPolla)博士的熱心幫助,提出許多寶貴的修改意見。其後又得到文學院領導的支持,順利申請到基金,從而大大加快了研究進度。兩位學生助手張石川和謝文欣於繁忙的學習之餘,幫助做了大量尋檢、輸入及核對資料的工作。香港科技大學的王小雷館員爲中、日、英文資料的查詢提供了有益的信息。香港城市大學圖書館負責館際互借服務的譚文正先生和劉美雲女士不厭其煩地處理我的無數請求,使我得以順利地獲得所有需要的資料。此外,還承日本友人大平桂一教授、齋藤茂教授、户崎哲彦教授惠賜許多寶貴的論著和資料。

初稿完成後,承郁賢皓教授詳細審閱全稿,提出大量寶貴的修改意見,使得拙稿避免了許多错訛。又承周勛初教授、楊忠教授、郁賢皓教授、倪培翔先生熱忱推薦出版社,並有幸承北京大學出版社接受拙著,特别是喬征勝先生和馬辛民先生給予了重要的支持和幫助。

謹此向以上諸多師友、同事、領導、學生致以深摯的謝意! 此外,我還想利用這一機會,向在五年半艱辛的留學生涯中熱情幫助過我的 Victoria B. Cass 教授、艾龍(Elling O. Eide)先生、劉再復教授夫婦、李澤厚教授夫婦、Paul W. Kroll 教授、Paul Gordon 教授、鮑家麟教授、賴幹堅教授、錢南秀教授、顔海平教授夫婦、沈志佳教授夫婦及 Tomiko M. Dobson 女士致以衷心的謝意! 雖説是大恩不言謝,我還是要向長期以來關懷、愛護、幫助我的父母和兄嫂弟妹鄭重地説一聲謝謝!

最後,謹以這本菲薄的小書悼念私淑恩師程千帆教授。二十年前,千帆師從南京來到廈門,主持我的碩士論文答辯會。先生不但高度肯定了拙文中對詩人群體的探索,以及考證與評論相結合的研究方法,還熱忱鼓勵我前去報考他的博士生。雖然我當時因爲需要照顧年邁的公婆而未克負籍白下,但千帆師的鼓勵仍爲我指出了向上一路。二十年後,當我終於圓了博士之夢,並捧出這本沿著當年的學術路子發展而來的小書,我又怎能不深深緬懷這位誨人不倦、桃李滿天下的學界宗師!

賈晉華

2001 年 5 月 20 日於九龍聚石齋

再版後記

拙著出版十三年以來,承讀者的偏愛,久已脱銷。此次承北京大學出版社厚意再版,十分感謝劉方、馬辛民、徐丹麗、徐邁諸位編審的熱情支持和幫助,特别是徐邁辛苦而出色的編輯工作!

十三年來,學界關於唐代集會總集、詩人群及其他相關的唐詩研究的成果極爲豐碩,如果全面吸收和回應,將遠遠超過拙著所能容納的篇幅。因此,再版的拙著以保持本來面目爲目標,主要訂正了一些疏漏訛誤的語句,以及更换了一些原始資料的版本。另外,還調整了全書三編的結構,將原來的附編移前爲中編。下編中的《洛下游賞宴集》出於篇幅的考慮,此次僅考輯詩歌篇目。我的博士生黄晨曦、劉恭煌及碩士生萬向蘭幫助做了許多核對資料的工作,特此致謝。

星移物换,人事滄桑。慈父賈茂芝先生以八十九高齡辭世,另有四位尊敬的師長亦在近年來先後謝世,包括授業恩師周祖譔先生、私淑恩師王運熙先生、熱忱指教幫助過我的艾龍(Elling O. Eide)先生及馬克瑞(John R. McRae)先生。謹以此新版深切紀念慈父及四位師長。

賈晋華

2014年2月13日於蓮島聚石齋